블랙
BLACK

초판 1쇄 찍은 날 2012년 10월 9일
초판 1쇄 펴낸 날 2012년 10월 15일

지 은 이 | 안창근
펴 낸 이 | 서경석
편 집 장 | 권태완
편 집 | 주소영 · 박우진 · 어정원
디 자 인 | 이혜정

펴 낸 곳 | 도서출판 청어람
등록번호 | 제1081-1-89호
등록일자 | 1999. 5. 31
어람번호 | 제10-0017호

주소 | 경기도 부천시 원미구 심곡2동 163-2 서경B/D 3F (우) 420-822
전화 | 032-656-4452 팩스 | 032-656-4453
E-mail | chungeoram@chungeoram.com
HOMEPAGE | http://www.chungeoram.com
NAVER CAFE | http://cafe.naver.com/goldpenclub

ⓒ 안창근, 2012

ISBN 978-89-251-3027-9 03810

블랙

안 창 근 장 편 소 설

황금펜 클럽
GOLD

CONTENTS

BLACK
프롤로그

2005년 7월, 이스탄불, 디기.

톰은 잔뜩 긴장했다. 녀석들은 틀림없이 무장을 하고 있을 것이다. 그들은 상대의 눈을 보면서 태연하게 방아쇠를 당기는 잔혹한 놈들이다. 약속 장소가 번화가라는 점이 몹시 마음에 걸렸다. 자그마한 실수라도 많은 사람이 다칠 가능성이 높다.

하루도 안 되는, 사실 반나절이 약간 넘는 짧은 시간이지만 예측 가능한 모든 시나리오에 대한 대응 전략이 마련되었다. 지원도 충분했다. 만일의 사태에 대비해 다수의 저격수까지 배치했다.

하지만 어떤 일도 계획한 대로 완벽하게 움직여 주는 법은 없다. 톰은 군 시절 기본적인 저격 교육을 받았다. 덕분에 시가지에서의 저격의 어려움에 대해 익히 잘 알고 있었다.

사방에 건물이 빼곡히 들어차 있고, 골목이 많아서 시야를 확보하기 곤란하다. 가장 큰 문제는 돌발 상황이다. 전시(戰時)에는 의외로 돌발 상황이라는 변수가 그리 많지 않다. 갑자기 사방에서 차가 끼어들거나 보행자가 상대를 밀치지 않는다.

약속 장소는 모퉁이에 위치하고 있었다. 교통 흐름의 변화가 극심한 곳이다. 녀석들이 이곳을 접선 장소로 정한 이유를 충분히 알 수 있었다. 등줄기를 타고 땀방울이 흘러내렸다.

그는 모퉁이에 서 있는 모자를 쓴 남자를 주목하며 다른 요원들을 호출했다. 우선 '눈' 부터 시작했다.

"여기는 알파 원, 알파 투 아무 이상 없나?"

"이상 없습니다."

가장 가까이에서 표적을 추적할 '눈' 을 시작으로 '눈' 의 뒤를 따를 자와 반대편에서 접근할 요원, 주요 지점을 지키고 있는 모든 요원이 이상 없음을 보고했다. 차에 타고 있는 요원들도 모두 확인했다. 그래도 마음이 놓이질 않았다.

이스탄불의 유럽 지역 구(舊) 시가지는 도로 사정이 열악한 것으로 악명 높다. 도로 폭도 좁고 길은 마치 미로 같다. 사방으로 연결된 길은 연결되고 또 연결되어 끊임없이 길을 만들어낸다. 사실 차량을 통한 추적은 포기하고 있었다.

등과 겨드랑이는 이제 축축하다 못해 흠뻑 젖어들고 있었다.

혹시 상대가 눈치챌까 싶어 모퉁이에 서 있는 요원에게 방탄복을 입히지 못한 게 마음에 걸렸다. 일이 잘못되면 그는 맨몸으로 총알세례를 받아내야만 한다. 그나마 GPS 추적 장치를 단 건 다행이었다.

쫓아야 할 상대가 누군지 모른다는 점도 신경에 거슬렸다. 이쪽이 아는 건 접선 방식뿐이었다. 물론 이곳을 감시하는 수많은 카메라가 위험인물을 가려내고 있지만 그것만 믿을 수 없다는 사실을 톰은 너무나 잘 알고 있었다. 최신 장비만으로 잡을 수 있다면 이 세상의 모든 테러범은 이미 공룡과 같은 길을 걸었을 것이다.

약속 시간에서 5분이 지났다. 접선은 물 건너간 것일까? 무슨 낌새를 챈 것일까? 어떻게? 톰의 머리가 복잡해지기 시작했다. 아쉬움에 절로 몸이 떨렸다. 이런 절호의 기회를 놓칠 수는 없었다.

언제나 그렇듯 정보는 전혀 엉뚱한 곳에서 흘러나왔다. 이스탄불에 주재하던 한 CIA 요원이 그의 정보원으로부터 표적에 대한 정보를 얻었다. 그다지 신빙성 있는 소스는 아니었지만 그 요원은 확신하고 있었다. 그렇게 작전은 시작되었다. 벌써 2년 전 일이다.

이쪽이 아는 건 접선 시간과 접선 방법뿐이었다. 검은색 모자에 청바지, 레알 마드리드의 주전 스트라이커인 호나우도 티셔츠를 입고 있으면 그쪽에서 접근한다고 했다. 접선 방법은 그에게 근처에 있는 모스크로 가는 길을 물으며 담배꽁초를 버리는 남자가 있으면 그 꽁초를 주워서 상대를 따라가는 것이다.

틀림없이 이쪽의 접선자를 감시하고 있는 자가 한두 명은 있을 것이다. 하지만 아직 수상한 사람을 발견했다는 연락은 없었다.

수많은 관광객이 그를 지나쳐 갔다. 기독교와 이슬람교, 아시아와 유럽, 백인과 아랍계 및 아시아계, 소련의 붕괴 전 서구의 자본주의와 구소련의 공산주의 세력이 부딪쳤던 이스탄불. 토인비의 말처럼 '인류 문명이 살아 있는 거대한 옥외 박물관'이다. 또한 소련의 붕괴 전에는 첩보 활동을 하기에 가장 이상적인 곳으로 손꼽힌 곳이기도 하다. 이전에 비해 많이 희석되긴 했지만 지금도 수많은 스파이가 활동하고 있다.

약속 시간에서 20분이 지났다. 톰은 초조해졌다. 몇 년간 심혈을 기울인 작전이다.

여기까지 오는 길은 십자군 원정보다 더 험난한 고행 길이었다. 위기 때마다 기막힌 운도 따라주었다. 의심 많은 그들을 속여서 여기까지 왔다는 건 신의 은총이 없이는 불가능한 일이었다.

그런데 정상에 올라서 깃발을 꽂으려는 순간, 그 모든 것이 수포로 돌아간다는 생각은 속이 쓰리다 못해 토악질을 불러일으켰다. 이건 처음이자 마지막 기회다. 표적은 앞으로 영원히 나타나지 않을 것이다. 어떤 희생을 무릅쓰고라도 녀석을 잡으라는 상부의 명령 또한 그의 어깨를 짓눌렀다.

그때, 누군가가 모자 쓴 남자에게 말을 걸었다. 오른손에는 막 불을 붙인 담배를 들고 있었다. 톰은 침을 꿀꺽 삼켰다. 팽팽한 긴장감이 모퉁이를 에워싸기 시작했다. 그들 두 명은 5미터 정도의 거리를 두고 걸었다. '눈'과 나머지 일행이 조용히 그들의 뒤를 따랐다. 톰은 그들과 조금 거리를 두었다. 그들은 미로 같은 골목을 20분 가까이 걸었다.

마틴은 작전용 밴 안에서 화면에 나타나는 부하들의 움직임을 주의 깊게 관찰했다. 모든 요원은 GPS 추적 장치를 소지했다. 그들의 위치가 실시간으로 표시되고 있었다. 아직까지는 큰 문제가 없어 보였다. 그런데 어느 순간 모든 움직임이 약속이나 한 듯 동시에 멈췄다.

"알파 원! 무슨 일이야?"

마틴은 다급하게 톰을 호출했다.

"제이슨이 가게로 들어갔습니다."

"위험해 보이나?"

"여기서는 알 수 없습니다. 밖에서는 가게 내부가 전혀 보이지 않습니다. 관광객인 척하고 들어가 볼까요?"

"표적이 확인될 때까지 접근하지 말고 기다려. 다시 한 번 말하지만 표적이 확인되기 전에는 절대 움직여서는 안 돼. 그리고 '눈'과 다른 요원들을 대기 중인 요원으로 교체하도록 해."

"알겠습니다."

마틴은 좀 전에 딴 생수병을 들이켰다. 마지막 한 방울이 그의 목을 타고 넘어갈 때까지 입을 떼지 않았다. 그래도 속이 탔다. 녀석은 반드시 잡아야 한다. 녀석은 그 정보의 진위 여부를 확인해 줄 수 있는 아주 중요한 인물이다.

5분이 마치 5년 같았다. 요즘 들어 아침에 거울을 볼 때면 밤새 늘어난 흰머리에 깜짝 놀라곤 한다. 내일 아침엔 아마도 온 머리가 백발이 되어 있을 것 같았다.

"다시 움직입니다."

톰의 다급한 목소리가 들려왔다.

"표적 확인은?"

"아직 아무런 신호도 없습니다. 간단한 신체검사를 한 모양입니다. 옷과 신발이 모두 바뀌어 있고, 가지고 있던 소지품이 하나도 없습니다. 안내자도 다른 사람으로 교체되었습니다."

역시 만만찮은 녀석들이야. 미리 요원의 몸에 GPS 추적 장치를 주입하길 잘했군. 마틴은 생수병을 찾기 위해 테이블을 더듬으며 생각했다. 아무리 발가벗겨 놓고 검사해 봐야 피부에 주입된

GPS 장치를 찾을 수는 없다. 만에 하나 그들이 그걸 발견했다면 이미 요원은 싸늘한 시체가 되어 있을 것이다.

하지만 표적에게 GPS를 부착하는 작전은 이것으로 종말을 고했다. 표적이 확인되면 바로 덮쳐야만 한다. 생수병을 들었지만 빈 병이었다. 옆에 있던 요원이 새 생수병을 건넸다.

10분 넘게 복잡한 길을 돌던 움직임이 다시 한 번 멈췄다. 마틴은 꿀꺽 침을 삼켰다.

톰은 발걸음을 늦췄다. 그들이 갑자기 도로변에 서 있는 회색 렉서스에 올라탔다. 차는 시동이 걸려 있었지만 출발하진 않았다. 차를 타고 다른 곳으로 이동하는 것이 아니라 차 자체가 약속 장소인 모양이다. 짙은 선팅 때문에 차에 타고 있는 사람의 얼굴을 확인할 순 없었다.

톰은 좀 전에 교대한 요원들을 모두 지나쳐 가게 했다. 그리고 대기 중이던 새로운 요원과 차량을 불렀다. 그들에게 차에 지나치게 접근하지 말라고 반복해서 경고했다.

차 안에서 무슨 대화가 오가는지 궁금했다. 아무리 노련한 요원이라도 아주 작은 실수로 끝장이 난다. 톰은 위장 근무 경험이 풍부했다. 단어 하나에 목숨이 왔다 갔다 하는 그 순간을 떠올리자, 그의 몸에서 아드레날린이 부글부글 끓어오르기 시작했다.

팽팽한 고무줄 같은 긴장에 몸이 터져 나가려고 할 때, 차의 뒷문이 부드럽게 열리면서 요원이 밖으로 나왔다. 그는 나오자마자 오른팔을 크게 휘저었다. 약속된 신호였다.

빙고!

톰은 재빨리 렉서스의 운전석으로 달려갔다. 운전사는 톰이 달려오는 걸 보더니 차를 출발시키려고 했다. 생과 사는 한순간에 결정나게 마련이다. 톰이 한발 빨랐다. 그는 망설임 없이 총구를 겨누고 방아쇠를 당겼다. 소음기를 장착한 USP compacts tactical이 불을 뿜었다. 총성은 주변의 소음에 자연스레 묻혔다. 방탄차가 아닐까 하는 걱정이 들었다. 다음 순간 톰은 구멍 난 창문 너머로 운전사가 힘없이 고개를 떨구는 모습을 보았다. 만세를 부르고 싶었다.

조수석에 타고 있던, 이곳으로 요원을 안내한 남자가 권총을 꺼내 들었다. 그도 한발 늦었다. 맞은편에서 걸어오던 요원의 권총이 먼저 불을 뿜었다. 그는 머리에 두 발의 총알을 맞았다. 뒷좌석에 타고 있던 표적이 문을 열고 차에서 뛰어내렸다. 그와 동시에 20여 미터 후방에 주차해 있던 파란색 랜드로버가 급출발했다. 근처에 있던 요원들의 권총이 불을 뿜었지만 차는 멈추지 않았다. 그제야 놀란 사람들의 고함 소리가 들려왔다. 맞은편에 대기하고 있던 BMW가 재빨리 랜드로버의 측면을 들이받았다. 비명 소리가 해일처럼 번져갔다.

톰은 그쪽에 신경 쓸 여력이 없었다. 그는 도망치는 표적을 넘어뜨리고 그자의 등 뒤에 올라탔다. 상대는 심하게 저항했지만 톰에게는 통하지 않았다. 곧 다른 요원이 표적의 손에 수갑을 채웠다. 그래도 상대는 저항을 멈추지 않았다. 요원의 팔을 물려고 했다. 요원은 침착하게 팔을 뺀 후 주사기를 꺼냈다. 톰이 다시 녀석을 위에서 찍어 눌렀다. 요원은 석시닐콜린(극히 짧은 시간에 작용하는 소멸성 근육 이완제)을 주사했다. 녀석은 곧 모든 동작을 멈췄다. 마치 시체 같았다. 죽은 건 아닐까 하는 의심이 들 정도였다. 톰은 녀석이 자살할 경우에 대비해 자살 방지용 재갈을 물렸다.

톰은 요원과 함께 녀석을 일으켜 세웠다. 원체 덩치가 큰데다 축 늘어진 녀석의 몸은 거대한 납덩이를 단 것처럼 무거웠다. 표적을 호송할 밴은 50미터나 떨어져 있었다.

온몸에서 뿜어져 나온 아드레날린이 그들을 헐크로 만들었다. 톰과 요원은 육중한 표적을 옆구리에 낀 채 날듯이 뛰었다. 그들은 밴 안에 있던 건장한 요원들에게 표적을 인도했다. 차는 녀석을 태우자 바로 출발했다.

톰은 다시 현장으로 돌아왔다. 요원들이 완료 신호를 보냈지만 톰은 자신의 눈으로 직접 확인하고 싶었다. BMW는 이미 사라지고 없었다. 하지만 랜드로버는 차선을 막은 채 서 있었다. 사방에서 울리는 클랙슨 소리가 귀를 어지럽혔다.

랜드로버의 운전사는 차 밖으로 나와 있었다. 그는 곳곳에 총알 구멍이 나 있는 차 문에 등을 기댄 채 허물어져 가고 있었다. 주변에 검붉은 피가 흥건하게 고여 있었다. 그는 권총도 제대로 쥐지 못했다. 조수석에 있던 자는 이마 한가운데 구멍이 나 있었다. 저격수에게 당한 모양이다. 운전사도 곧 숨을 거뒀다. 요원들은 한 명도 다치지 않았다. 작전은 완벽한 성공이었다.

긴장이 풀리자 길바닥에 쓰러져 있는 민간인들의 모습이 눈에 들어왔다. 총에 맞은 건지 놀라서 도망치다 다친 건지 알 수가 없었다. 적어도 사망하지는 않았다.

요란한 사이렌 소리가 들려왔다. 톰과 요원들은 거리 저편으로 재빨리 사라졌다. 그들은 왼쪽 90도 방향으로 두 번을 꺾었다. 차량 두 대가 시동을 켠 채 그들을 기다리고 있었다.

"수고했어!"

마틴이 톰의 등을 두드리며 말했다.

"상부에는 연락했습니까?"

톰은 이마의 땀을 닦으며 말했다.

"물론! 샴페인은 돌아가는 전용비행기 안에서 따자고."

"관타나모 직행입니까?"

"어디 따로 봐둔 곳이라도 있나?"

BLACK
1 부

1

쑨우(孫武)는 빌길음을 재촉했다. 이곳은 일 때문이 아니라면 절대 발을 들이고 싶지 않은 곳이다. 부랑자들이 들끓어서 대낮에도 안심할 수 없다. 파란 하늘 아래 드러난 상하이의 뒷골목을 쓰레기와 약에 취한 마약중독자들이 점령하고 있었다.

쑨우는 마약중독자들을 뼛속 깊이 경멸했다. 할 수만 있다면 징그러운 벌레를 잡듯 때려잡고 싶었다. 무시무시한 공안이 아니라면 실제로 그렇게 했을지도 모른다. 어릴 때부터 그의 싸움 실력은 이름값을 톡톡히 했다. 부모님께서 그것 때문에 지어준 이름은 아니었지만.

드디어 목적지에 도착했다. 쑨우는 가지고 있던 분필을 꺼내서 벽에 낙서 같은 글귀를 적었다. '홍콩의 무적 용사 돌아오다' 라는 글이었다. 본인이 생각해도 우스워서 그는 글을 적다 말고 허리를 꺾고 웃었다. 하지만 곧 그의 얼굴에서 웃음기가 씻은 듯이 사라졌다. 그는 이곳에 왔을 때처럼 조심스럽게, 경멸의 눈초리를 안고 떠났다.

다음날, 그는 같은 시간, 같은 장소에 나타났다. 옷차림은 어제와 같았다. 지저분하고 남루한 옷에서는 고약한 악취가 풍겼다. 그래도 그건 이곳의 악취에 비하면 약과였다. 온갖 쓰레기가 썩는 냄새와 지저분한 광경에 그는 절로 눈살을 찌푸렸다.

짜증 나긴 하지만 이건 절대 놓치고 싶지 않은 일이었다. 이 일은 그에게 꽤 짭짤한 수입을 보장해 주었다.

가난한 시골 출신인 그에게 이곳 상하이는 희망의 도시였다. 그러나 그 꿈은 이곳에 도착한 지 며칠 지나지 않아 무참하게 깨졌다. 일자리가 많긴 하지만 치열한 경쟁은 그의 상상을 초월했다. 순진한 시골 청년에게 상하이라는 거대한 전쟁터는 결코 적응하기 쉬운 곳이 아니었다.

하지만 그에게는 타고난 성실성과 끈기가 있었다. 그건 금방 다른 사람의 눈을 끌지는 못하지만 그걸 알아보는 사람에게는 깊은 신뢰를 주게 마련이다. 그런 그를 가장 먼저 꿰뚫어 본 건 그가 일하는 술집의 단골손님이었다. 그는 쑨우에게 간단한 심부름들을 시켰다. 그때마다 적지 않은 돈을 그의 손에 쥐여 주었다. 그의 요구 사항은 침묵뿐이었다.

물론 그런 행운이 항상 있는 건 아니었다. 보통 두세 달에 한 번 정도였다. 어떤 때는 한 달에 서너 번까지 심부름을 하는 경우도 있었지만 그런 경우는 극히 드물었다. 최근에는 넉 달이 넘도록 일이 없었다. 그래서 무척 궁핍한 생활을 해야만 했다.

그가 메시지를 남기는 장소는 자주 변경됐다. 장소는 항상 마음에 들지 않았다. 하나같이 이런 지저분한 뒷골목이었기 때문이다. 그래서 그때마다 상하이에 올 때 입고 왔던 허름한 옷을 꺼내 입어야 했다. 이런 옷을 입고 있으면, 아니, 이런 곳에서 항상 보게 되는 삶의 탈락자들을 보고 있으면 자신도 그런 처지가 되는 건 아닐까 걱정하게 된다. 그건 대부분 악몽으로 이어져 며칠 밤씩 그를 괴롭히곤 했다.

그는 다른 사람과 부딪치지 않게 신경 쓰면서 최대한 고개를 숙이고 걸었다. 이런 곳에서 걸을 땐 항상 그랬다. 여기서 고개를 뻣뻣이 쳐들고 가다가 건들거리는 녀석들과 눈이 마주치기라도 하면 고약한 상황이 발생할 수도 있다. 싸움에는 자신이 있지만 칼을 든 미친 녀석들을 상대하는 건 자살 행위였다.

목적지에 도착한 쑨우는 벽을 살폈다. 거기 어제 적었던 낙서는 깨끗이 지워지고 없었다. 그 자리를 다른 낙서가 차지하고 있었다.

무적용사, 저녁에 축하주나 한잔하세. 귀천.

쑨우는 소매로 정성스레 낙서를 지웠다. 그리고 낙서의 내용을 속으로 쉬지 않고 되뇌었다. 오늘 저녁 손님에게 그 내용을 전달함에 있어서 단 하나의 실수도 용납되지 않기 때문이다.

흑표는 창밖으로 펼쳐진 야경을 감상했다. 질릴 만도 하건만 상하이의 야경은 오늘도 그를 설레게 했다. 그는 화려한 스카이라인을 자랑하는 푸둥보다는 고풍스러운 푸시 지역을 선호했다. 이곳

푸시 지역의 멋진 건물들은 유럽 한가운데에 있는 듯한 착각을 안겨주었다.

오성홍기가 유독 그의 눈길을 끌었다. 모든 건물에는 하나같이 오성홍기가 걸려 있었다. 마치 과거의 치욕에 대한 보상이기라도 하는 듯.

정적을 깨는 발걸음 소리가 들려왔다. 흑표는 그가 왔음을 그 소리만으로도 파악할 수 있었다. 도둑고양이처럼 은밀하고 비밀의 냄새를 풍기는 발걸음 소리는 그만이 낼 수 있는 것이었다. 곧 문이 열리며 신경질적으로 보이는 다소 마른 체형의 남자가 나타났다.

"어서 오게. 차를 한잔하겠나, 아니면 술?"

흑표는 상대를 정면으로 응시하며 말했다.

흑표는 160이 조금 넘는 단신이지만 상대를 주눅 들게 하는 카리스마의 소유자였다. 단단한 체격과 검은 피부 때문은 아니었다. 선천적으로 그에게 부여된 능력인 것처럼 아주 자연스럽게 뿜어져 나왔다.

"얼굴이 더 좋아지시는 것 같습니다."

"그동안 자네 얼굴을 안 봐서 그런 거야."

"정말 운치 있는 밤이군요. 이런 분위기에는 차보다는 역시 술이 낫겠군요."

메마른 남자는 부서질 것 같은 미소를 지으며 말했다.

"존이 무슨 일로 날 찾은 거지? 당분간 연락하지 않기로 했는데 말이야."

흑표는 상대에게 위스키를 따른 술잔을 건네주며 말했다.

"그건 저도 모릅니다. 아시다시피 전 심부름꾼일 뿐입니다."

"정말 아무것도 모르나?"

흑표는 상대를 지그시 응시하며 말했다.

상대는 술을 홀짝일 뿐 아무런 말을 하지 않았다. 흑표는 굳이 상대를 재촉하지 않았다. 그는 시선을 돌려 창밖을 내다보았다. 간혹 사용할 뿐이지만 이런 멋진 곳을 구하길 잘했다고 생각했다. 아쉽게도 올해가 지나면 팔아야 하지만.

"이번에는 아주 간단한 메시지 하나만 전달하라는 명령을 받았습니다."

"무슨 메시지?"

흑표는 고개를 돌리며 말했다.

"싱가포르에서 내일 저녁을 같이 먹자. 그게 전부입니다."

상대는 술잔을 내려놓으며 말했다. 어느새 술잔은 깨끗하게 비어 있었다.

"알겠네. 한 잔 더 하겠는가?"

흑표는 빈 술잔을 보며 말했다.

"아뇨. 됐습니다. 제가 따로 전달할 메시지가 있습니까?"

"아니. 그냥 알았다고 전해주게."

"그럼."

상대는 올 때처럼 조용한 발걸음으로 사라져 갔다.

흑표는 술을 들이켰다. 차가우면서 화끈한 느낌이 좋았다. 그는 시가에 불을 붙이며 사색에 잠겼다. 존이 직접 만날 것을 요구한 걸 보면 무척 중대한 일이다. 그건 위험을 내포하지만 동시에 두둑한 보수를 의미하기도 했다.

우선 비행기 편부터 알아봐야겠군. 그는 전화기를 들었다.

2

낮부터 잔뜩 흐려 있던 하늘에서 빗방울이 하나둘 떨어지기 시작했다. 우산을 따로 챙겨오지도 않았지만 있더라도 별 필요가 없을 정도의 가는 빗방울이었다.

김기환은 담배에 불을 붙였다. 초조함을 달래는 데 이것 이상으로 좋은 건 없었다. 그는 속마음을 겉으로 드러내지 않기 위해 최대한 느긋하게 담배를 피웠다. 담배를 끄면서 시간을 확인했다. 약속 시간에서 18분이 지났다. 약속을 어기는 친구는 아니지만 정확하게 약속 시간을 지킨 적도 없었다.

그는 물끄러미 주위를 둘러보았다. 화려한 이태원의 밤은 오늘도 여느 때와 다름없었다. 밤이 절정으로 치달으면서 술에 취해 비틀거리는 취객들의 모습이 눈에 띄게 늘어났다.

전봇대에 오늘 먹은 걸 다 확인한 취객 한 명이 이쪽으로 걸어오고 있었다. 피하고 싶었다. 쓰러질 듯 비틀거리는 발걸음도 신경 쓰였고, 괜히 시비를 걸 것 같은 예감이 들었다. 하지만 워낙 갈지자로 걷고 있어서 방향을 예측하기 힘들었다.

취객은 그의 앞에서 외마디 비명과 함께 쓰러졌다. 젠장. 오늘 시작과 끝이 다 재수 없네. 기환은 욕을 삼키며 생각했다. 어쩔 수 없었다. 기환은 그를 부축해 일으켜 세우려고 했다.

"접니다."

술 냄새와 음식 냄새가 섞인 역한 냄새가 번져왔다. 하지만 말투는 의외로 차분했다. 기환은 그제야 모자를 눌러쓴 상대의 얼굴을 자세히 확인했다.

"너였구나. 그런데 이런 변장까지 필요할 정도야?"

기환은 상대의 오른팔을 어깨에 두르며 말했다.

"상황이 많이 안 좋습니다. 돈은 준비됐습니까?"

그는 기환에게 매달리다시피 하며 말했다.

"무슨 술을 이렇게 많이 마셨어요? 그래, 집이 어디예요?"

기환은 일부러 목청을 높여 말했다. 그리고 목소리를 최대한 죽여 말했다.

"가져왔어. 현금으로 오백."

"천이라고 했을 텐데요."

짜증이 섞인 목소리였다.

"아, 글쎄, 집이 이디냐고요?"

기환은 상대의 오른팔을 다시 한 번 어깨에 걸치며 말했다. 동시에 그는 왼쪽 팔꿈치로 상대의 옆구리를 슬쩍 치며 목소리를 죽여 말했다.

"정보가 확인되면 나머지 오백은 그때 주겠어."

"진짜 너무하시네. 목숨 내놓고 하는 일에 후불이라니."

그는 옆구리의 통증 때문인지 잔뜩 인상을 구기며 말했다.

"그래 도대체 얼마나 중요한 정보이기에 천이나 부른 거야?"

"돈부터 주세요."

기환은 대답 대신 손가방에서 두툼한 종이봉투를 꺼냈다. 봉투에는 백만 원씩 다섯 묶음의 현금이 들어 있다. 제법 묵직했다. 그는 재빨리 봉투를 상대의 가방 안으로 밀어 넣었다.

"액수는 정확하니까 걱정 마. 빨리 얘기해."

기환은 대로변으로 발걸음을 옮기며 말했다. 큰길에는 택시를 잡으려는 사람들이 차선 하나를 완전히 점령하고 있었다.

"정말 우연히 들은 건데 말입니다. 저도 처음에는 안 믿었는데……."

오늘따라 말투가 굉장히 조심스러웠다. 기환이 그를 알고 지낸 지 만으로 2년이 넘었다. 이렇게 조심스러웠던 기억은 없다.

"그런데?"

"몇 군데 확인을 거쳐보니 확실한 정보였습니다. 이번 부산에서 열리는 APEC이 얼마 안 남은 건 아시죠?"

"너보다 더 잘 알고 있어. 근데 왜 뜬금없이 APEC 얘기가 나오는 거야?"

기환은 콧방귀를 뀌며 말했다. 안 그래도 그것 때문에 연일 야근 중이었다.

"그것과 관련해서 아주 중대한 정보를 입수했습니다."

"어떤?"

"그게, 그러니까……."

상대는 아주 작은 목소리로 말했다.

기환은 잔뜩 긴장해서 그의 말을 들었다. 상대는 품에서 꺼낸 종이쪽지를 기환에게 건넸다. 기환은 반사적으로 주위를 둘러보았다. 갖가지 색의 네온사인 아래로 수많은 내·외국인들이 지나가고 있었다. 얼핏 보면 서울이 아니라 맨해튼 한복판에 있는 것 같았다.

그들 쪽으로 걸어오던 여자 두 명이 인상을 찌그리며 빙 둘러 갔다. 술에 취한 사람은 남녀노소 모두에게 외면 받게 마련이다. 빗줄기가 조금 강해졌다. 아직은 견딜 만했다.

기환은 가로수에 상대의 등을 기대게 한 후 핸드폰을 꺼내 들었다. 핸드폰 번호를 누르는 척하며 상대가 건넨 쪽지를 확인했다.

"집 전화번호 불러봐요."

기환은 목청을 높여 말했다. 눈으로는 정신없이 쪽지를 훑었다.

"이거 확실한 정보야?"

기환은 상대의 옆구리를 툭 치며 말했다.

"제가 거짓말하는 거 보셨습니까?"

"이게 관련자들 전부의 명단인가?"

"제가 아는 한에서는요. 시간이 많이 부족했습니다."

돈을 더 달라는 소리군. 기환은 상대의 얼굴을 빤히 쳐다보며 생각했다.

"그들이 어떤 역할을 했는지에 대한 정확한 정보는 없어?"

"관련 서류를 다 뒤져봐야 할 겁니다. 원래 본인 명의로 뭔가를 하는 자들이 아니잖습니까?"

"겨우 이 정도의 정보로 천만 원이나 받으려고 한 거야?"

기환은 상대를 빤히 쳐다보며 말했다. 그는 곧 고함을 내질렀다.

"아, 글쎄, 집 전화번호 불러보라니깐!"

"좀 더 확실한 증거를 원하신다면 제가 찾은 게 조금 있긴 합니다만……."

녀석은 말끝을 흐렸다. 셈이 무척 빠른 놈이다. 돈이 되는 정보는 한 번에 팔지 않았다. 감질나도록 여러 번 나누어서 팔았다. 그래도 때리고 싶을 정도로 밉지는 않았다.

"뭐야? 돈을 더 내라는 거야?"

"관심 없으면 관두십시오. 그리고 언제부터 확실한 증거 서류까지 넘겨줘야 했습니까?"

녀석은 정색하며 말했다.

"아무튼 조사해 보면 뭐가 나와도 나오겠지. 이거 다른 데도 판 건 아니지?"

기환은 상대의 눈을 응시하며 말했다.

이 정도 자신하는 걸 보면 확실한 정보가 분명하다. 겨우 천만 원, 아니, 오백만 원을 벌기 위해 가짜 정보를 팔 정도로 어리석은 녀석은 아니었다. 문제는 이 정보가 새어 나가는 것이다. 녀석은 기환하고만 거래하는 건 아니었다.

"가장 먼저 연락드린 겁니다."

"그다지 가치 있는 것 같지는 않은데."

이게 사실이라면 정말 대단한데. 기환은 칭찬을 해주고 싶었다. 하지만 참았다. 칭찬은 정보의 가격이 두 배로 뛰는 걸 의미했다. 지금도 충분히 비쌌다.

"목숨 걸고 했습니다. 제가 언제 거짓말하는 거 보셨습니까?"

"네 말대로라면… 무서운 일이군."

"충격과 공포지 말입니다."

녀석은 입가에 가벼운 미소를 머금으며 말했다.

"근데 다른 정보들은 어디에 있지? 가지고 오지 않았나?"

기환은 상대의 얼굴 표정을 살피며 말했다. 녀석은 재빨리 몸을 움츠렸다.

"당연히 가지고 오지 않았습니다. 몸수색을 하실 거라면 포기하십시오. 경찰을 부르겠습니다."

기환은 어이없어 허 하고 웃었다. 녀석도 따라 웃었다.

"늘 그렇지만 돈이면 안 되는 일이 없지 말입니다."

녀석은 기환의 옆구리를 슬쩍 치며 말했다.

"다음 주, 아니, 자료가 확인되는 대로 잔금 바로 지급하도록 하지. 아무튼 나머지 자료들 미리 준비해 놔. 자료 확인되는 대로 바로 연락할 테니."

"걱정 마세요. 잔금이나 빨리 부쳐줘요."

녀석은 환하게 웃었다.

3

도시의 밤은 화려한 조명과 함께 찾아온다. 이곳 싱가포르의 밤 또한 마찬가지다. 하나둘 거리에 불이 들어왔다. 곧 도시는 화려한 화장을 마치고 요염한 자태를 뽐냈다.

"자! 이제 시작해 볼까요?"

서류를 뒤적이던 존이 영어로 말했다.

그는 190에 가까운 장신에 골격도 컸다. 흑표와 같이 있으니 다윗과 골리앗 같았다. 상대가 아무런 대꾸가 없자 존은 파일 하나를 앞으로 내밀며 말했다.

"지금까지 조사한 자료들입니다. 언제나 그렇듯 확인 후 즉시 폐기하기 바랍니다."

"왜 나에게 이런 일까지 의뢰하는 거요? 가뜩이나 의혹의 눈초리가 매서운 지금."

유창한 미국식 영어였다. 말투에서 그의 감정이 묻어 나왔다. 날카롭고 짜증이 섞인 목소리였다.

"중국 당국이 당신을 의심한다는 증거는 없소."

"언제는 확실한 증거가 있어서 스파이를 잡아들였소?"

흑표는 고개를 존을 향해 돌리며 말했다.

"최대한 당신을 보호해 주겠소. 걱정 마시오. 그리고 잘 알겠지만 풍요로운 미국식 생활 방식과 자유에 대한 질투 때문에 미국을 싫어하는 사람들이 너무 많소. 그게 우리가 당신에게 이번 조사를 부탁하는 이유요."

존은 흑표의 눈을 정면으로 응시하며 말했다.

"그게 사실이 아니라는 걸 당신은 누구보다 잘 알고 있지 않소. 미국에 대한 불만은 미국인이 미국에서 보이는 사고방식이나 행동에 기인한 것이 아니라 미국의 대외 정책이 초래한 분노 때문이오."

"신이 아닌 이상 누구나 실수하게 마련이오. 그건 국가 또한 마찬가지요. 중국은 소수민족을 학살하는 것으로도 모자라서 수도 한복판에서 민간인을 대량으로 학살하지 않았소?"

존은 음성을 높이며 말했다.

"끝없는 토론이 될 것 같군요. 그만합시다. 그래, 무슨 일인지 핵심만 설명해 주시오."

"얼마 전 필리핀의 민다나오에서 작전 중이던 우리 측 요원에게서 충격적인 보고를 받았소. 나중에 다시 설명하겠지만 이건 중국 정부에서도 각별히 관심을 가져야 할 사항이오."

흑표는 잔뜩 찡그리며 뭔가를 말하려다 그만두었다. 그의 표정을 살피던 존은 느긋하게 커피를 한 잔 들이켠 후 말했다.

"우린 필리핀 반군 토벌 작전 중 알 카에다와 관련된 비밀문서를 획득했소."

"알 카에다?"

"알 카에다와 연계되어 있는 아부사야프 조직을 소탕 중이었소. 아부사야프 조직에 대해서는 잘 아시죠?"

"계속하시오."

"검거 직전 그곳의 최고 책임자가 자살해 버려서 그 문서의 진위 여부를 바로 파악할 수는 없었소. 하지만 포로들의 증언이 하나같이 일치했소. 그래서 당장 그 문서에 대한 조사에 착수했소."

"얼마 전 이스탄불에서 실종된 친구하고도 관련이 있소?"

"역시 정보통이 대단하군요. 그럼 내가 어떤 대답을 할지도 잘 아시겠군요."

존은 흑표를 빤히 쳐다보며 말했다.

"계속하시오."

"시간이 촉박한 관계로 모든 자료에 대한 검증을 마칠 수는 없었지만 우리가 확인한 자료들은 모두 사실이었소. 그래서 말인데… 이게 참, 말이 안 된다고 생각하지만……."

존은 잠시 주저했다. 흑표는 다시 창밖으로 시선을 돌렸다.

"알 카에다가 APEC을 대상으로 테러를 계획 중이라는 정보를 입수했소."

"뭐라고?"

흑표는 깜짝 놀라 재빨리 몸을 돌리며 말했다.

"처음에는 우리도 믿기지 않아서 반신반의했소. 하지만 증거들이 속속 드러났소."

존은 다시 자료를 내밀었다. 하지만 흑표는 계속하라는 듯 가볍게 고갯짓했다.

"NSA의 감청 결과도 그렇고 문서도 그렇고. 무엇보다 알 카에다 고위층의 확인이 있었소."

"어떤?"

"우리가 획득한 문서는 금방 해독되지 않았소."

"그래서 그자를 잡아들인 거 아니오?"

흑표는 짜증이 섞인 목소리로 말했다.

"이건 사실 9.11에 버금가는… 아니, 그 이상의 파괴력을 가진 테러요……. 미국 대통령은 물론 APEC에 참석한 각국 정상들에 대한 테러를 계획 중이라는 정보가 있소."

"정말이오?"

흑표는 못 믿겠다는 듯 존을 힐끔 쳐다봤다. 존은 가볍게 고개를 끄덕였다.

"음……. 정말 믿기 힘들군요. 물론 APEC에 참석하는 국가들이 대부분 미국을 지지하는 건 사실이지만… 그렇게 했다가는 전 세계를 적으로 돌릴 텐데."

흑표는 고개를 저으며 말했다.

"알 카에다는 수많은 하부 조직을 가지고 있소. 사실 지금의 알 카에다는 상징적인 존재에 가깝지 않소?"

"그래서요?"

"알 카에다의 하부 조직의 하나인 써드 웨이브(The Third Wave)가 이번 테러를 주도하는 것으로 추측되오."

"하부 조직 중의 하나가 계획 중인데 그렇게까지 위험하오? 그나저나 써드 웨이브는 처음 들어보는데."

"창설된 지 오래되지 않은 데다 모든 것이 비밀에 싸인 조직이오.

이들은 알 카에다가 그렇지만 극단적인 회교 분리주의자들이오. 회교 분리주의자 중에서도 가장 과격하다고 알려져 있소. 무엇보다 이들이 무서운 건… 그들이 단순한 폭탄테러범이 아니라 뛰어난 두뇌를 가진 과학자 및 전직 스파이와 군인들로 이루어졌다는 점이오."

"핵 테러도 가능하단 말인가요?"

흑표는 깜짝 놀라며 말했다.

"모든 가능성이 열려 있다고 보면 되오. 핵 테러뿐만 아니라 마인드 컨트롤에 의한 암살도 배제할 수 없소."

"음…….. MK 울트라가 새어 나간 거요?"

흑표는 존을 빤히 쳐다보며 말했다. 예상과 달리 존의 눈동자는 전혀 흔들리지 않았다.

"냉전시대에 마인드 컨트롤을 연구한 건 미국만이 아니오. 러시아는 물론 영국, 프랑스, 당신의 조국인 중국도 그 분야의 연구에 매진했잖소?"

"구체적으로 어떤 증거들이 밝혀졌소? 뭔가 증거가 나온 모양인데."

"필리핀에서 입수한 서류의 암호를 해독한 결과, 놀라지 마시오. APEC의 경호 체계와 정상들의 일정에 관한 비밀 정보들이 빠짐없이 들어 있었소."

"정말이오?"

흑표는 대들듯 말했다. 존은 아무런 대답을 하지 않았다. 흑표는 잠시 침묵했다.

"그 정도라면… 당장 각국의 정보기관에 그 사실부터 알려야 하는 거 아니오?"

흑표는 자료를 앞으로 끌어당기며 말했다.

"그럴 수는 없소."

존은 담배에 불을 붙이며 말했다.

"왜?"

"작전을 망치는 가장 쉬운 방법은 공동작전을 하는 것이오."

"물론 그렇긴 하지만 이건 경우가 다르지 않소. 최소한 귀띔은 해줘야 하는 거 아니오? 혹시 다른 이유가 있는 거요?"

흑표는 존을 빤히 쳐다보며 말했다.

"생각해 보시오, 그 정보들이 어디에서 나왔을지."

존은 담배 연기를 길게 내뿜으며 말했다.

"정보기관들을 의심한단 말이군. 그래서 중국 정부에 알려주지도 않았고."

흑표는 이마에 굵은 주름을 잡으며 말했다. 그는 자리에서 일어나 방 안을 서성이기 시작했다.

무겁고 어색한 침묵이 흘렀다. 침묵을 깬 건 존이었다.

"우리는 정보의 출처로 중국과 북한을 가장 의심하고 있소."

"중국을?"

"중국은 이란과 친하고 테러 집단과도 교류가 있소. 그건 북한 또한 마찬가지요."

"중국에서 그런 정보를 흘렸다고? 북한은 몰라도 중국에서 그런 정보가 흘러나갔을 리는 없소. APEC에는 중국의 최고지도자도 참석한단 말이오."

흑표는 목에 핏대를 세우며 말했다.

"잘 알겠지만 이 세계에서 절대적인 것이란 없소. 어제의 동지가 오늘의 적이 되는 게 우리 일이지 않소. 우선 쿠데타 가능성도 있고, 돈에 매수된 자들이 정보를 흘렸을 가능성도 있소. 또한 위구르족이나 파룬궁 수련생을 통해서 정보가 새어 나갔을 가능성은 항상 존재하오. 전혀 아무런 근거 없이 추측한 건 아니라는 사실을 알아주기 바라오."

"고의로 흘린 가짜 정보들도 확인됐나 보군."

흑표는 탄식하듯 말했다.

"아무튼 중국과 북한이 가장 가능성이 높소."

"그 정도로 대상을 압축했으면 당신들이 직접 처리해도 되는 문제 아니오. 단지 더러운 일에 손을 대기 싫어서 나한테 부탁하는 것이오?"

"중국과 북한은 우리가 쉽게 접근할 수 있는 곳이 아니오. 특히 북한은 정보의 블랙홀이라고 불리는 곳이오. 또한 북한이 그동안 남한에 숨겨둔 무기를 테러 집단에 넘긴다면 보통 문제가 아니오."

"설마? 그건 한반도에 당장 전면전이 벌어질지도 모르는 엄청난 일이오."

흑표는 음성을 높였다.

"그 무기를 사용하는 건 테러 집단이지 북한이 아니오."

존은 입꼬리를 말아 올리며 말했다.

"그나저나 자료를 입수했으면 녀석들이 어떻게 행동할지 속속들이 알 것 아니오? 그런데 뭐가 문제란 말이오?"

"우리가 입수한 자료는, 말하자면 퍼즐의 일부분일 뿐이었소."

존은 곤란하다는 듯 어깨를 으쓱인 후 다음 말을 이었다.

"우리에게 자료의 진위를 확인해 준 자도 전체적인 그림은 그리지 못했소. 그도 일부만을 알고 있었소. 더구나 써드 웨이브는 중국과 북한에 발을 걸치고 있는데다 폭력 조직과도 연계되어 있는 듯하오."

"그들의 조직이 그렇게 광범위하단 말이오? 그 정도라면 내가 전혀 모를 리가 없는데……."

흑표는 고개를 갸우뚱거리며 질문했다.

"물론 그들 조직의 규모에 관한 건 추측일 뿐이오. 하지만 항상 최악의 상황을 염두에 둬야 하오. 더구나 우린 비공식적인 일을 하기에는 제약이 너무 많소."

존은 손을 뒤집으며 말했다.

흑표는 잠시 존을 노려봤다. 존은 굳이 흑표의 눈을 피하지 않았다. 흑표도 최근 CIA가 힘들다는 사실을 잘 알고 있었다. 하지만 음모의 냄새가 진득하게 배어 있는 이런 일을 맡고 싶지는 않았다. 흑표는 시선을 돌려 창밖을 하염없이 바라봤다.

"우리 사정을 최대한 헤아려 주시오. 우리의 힘이 약해져서 당신한테 좋을 건 없소."

존이 말했다.

CIA의 자리를 다른 정보기관이 대신하면 흑표의 사업에 큰 장애가 되는 건 사실이다. 장애 정도가 아니라 사업을 접어야 할지도 모른다.

그들 덕분에 때로는 중남미에서, 때로는 동남아나 아프가니스탄에서 양질의 마약을 헐값에 구입할 수 있었다. 경쟁사보다 싼값에 더 좋은 제품을 판매하는 게 사업의 가장 중요한 성공 요인이다. 그걸 상실한다면 그간 쌓았던 모든 것을 잃게 된다. 또한 그들이 건네주는 정보 덕분에 여태까지 잡히지 않을 수 있었다.

흑표는 인상을 잔뜩 구겼다. 짜증 나는 상대긴 하지만 CIA와 공존하는 게 그에게는 이익이었다.

"더러운 일은 항상 내 몫이군. 지금쯤 상당히 진행됐을 텐데……. 이 정도의 테러를 준비한다면 얼마나 걸릴 것 같소?"

"최소 2, 3년은 걸렸을 거요."

"조사하기에는 시간이 턱없이 부족한데."

흑표는 벽에 걸린 달력을 보며 말했다. APEC까지는 채 넉 달도 남지 않았다.

"물론 우리도 자체적으로 조사를 시작하고 있소. 그쪽도 당장 시작해 주시오. 그리고 아무래도 테러가 발생할 한국에서 조사를 하는 게 좀 더 효율적이지 않을까 싶소."

"한국에서?"

"그렇소. 테러범들은 어떻게든 한국에 입국할 것이오. 당신 정도의 정보력이라면 그들을 찾아내는 건 그렇게 어려운 일은 아닐 거요."

"한국 정보기관에 의뢰하는 게 더 나을 텐데."

"좀 전에도 말했지만 작전을 망치는 가장 쉬운 방법은 공동작전을 하는 것이오."

"그들도 믿지 못하는 거요?"

흑표는 의외라고 생각했다.

"난 당신을, 아니, 당신 능력을 믿소."

"날 너무 과대평가하는군요. 더구나 난 지금 감시를 당하고 있는 상태요."

"우리 쪽에서 최대한 협조해 주겠소."

"감시의 눈길을 돌릴 묘책이라도 있는 거요?"

흑표는 존을 향해 시선을 돌리며 말했다.

"최선을 다하겠소."

존은 흑표의 눈을 정면으로 응시하며 말했다.

"일단 자료는 검토해 보겠소. 이 일을 맡을지는 자료를 다 확인한 다음에 결정하겠소."

흑표는 자료를 뒤적이며 말했다.

존은 새로운 담배에 불을 붙였다. 그는 상대가 서류를 다 검토할 때까지 침묵을 지켰다.

4

해가 뜬 지 한 시간도 되지 않았지만 관타나모는 더웠다. 보고서 때문에 밤을 꼬박 새웠다. 하지만 그게 몸에 밴 습관을 바꿀 수는 없었다. 톰은 5킬로미터를 뛰고 팔굽혀펴기를 200번 했다. 땀을 흠뻑 흘리고 나니 어깨를 짓누르던 피로와 부담이 가셨다. 면도를 하고 기분 좋게 샤워를 마쳤다.

옷을 갈아입고 자전거로 출근했다. 겨우 5분 거리였지만 사무실에 도착했을 때 그의 몸은 축축하게 젖어 있었다. 잠시 에어컨 바람을 맞고 있는데 마틴이 방문을 열고 들어왔다. 피로 때문에 그의 눈은 붉게 충혈되어 있었다.

"새로운 소식 있나?"

마틴은 냉장고를 뒤지며 말했다.

"보고서는 보셨습니까?"

"두 번이나 봤네."

마틴은 맥주를 꺼내며 말했다.

“아쉽게도 새로운 정보는 없습니다. 거짓말탐지기 결과도 그렇고 심문을 맡은 요원들도 하나같이 그가 아는 걸 모두 말했다고 생각합니다.”

“골치 아프군. NSA에서도 별다른 정보가 없어서… 다들 우리 쪽만 쳐다보는 중인데…….”

마틴은 톰과 눈이 마주치자 왼손으로 맥주를 가리켰다. 톰은 고개를 끄덕였다. 마틴은 냉장고에서 맥주를 한 병 꺼내 톰에게 건넸다.

“압력이 상당한 모양이군요.”

톰은 시원한 맥주병으로 목을 마사지하며 말했다. 더위가 확 달아났다.

“압력도 압력이지만 펜타곤에 밀리기 싫어서 그래.”

“그쪽도 아무런 정보를 얻지 못하고 있을 텐데요.”

톰은 고개를 갸우뚱거리며 말했다.

“그렇다고 우리까지 손 놓고 있자는 말인가? 물론 쉽지 않다는 건 나도 잘 알아. 이전과 같은 접근 방법은 통하지 않으니까 말이야. 9.11까지만 해도 테러리스트들에 대한 프로파일은 어느 정도 일치했지만 7.7 런던 테러의 범인들은 우리의 예상을 완전히 빗나가 버렸지.”

9.11 이전의 테러리스트에 대한 프로파일은 대체로 이러했다. 그들은 중동의 작은 시골 마을 출신에 독실한 이슬람 가정에서 자랐다. 나이는 17세에서 24세. 서방, 특히 미국에 강한 증오심을 가지고 있다. 모든 외국인을 의심한다. 그들의 신앙과 혈연, 전통에 속하지 않는 사람은 모두 멀리한다. 외국어는 거의 하지 못한다. 가장 중

요한 건 알라의 이름으로 순교하는 걸 주저하지 않는다는 점이다.

9.11 당시의 테러범은 대체로 이 프로파일과 일치했지만 학력과 외국어 구사 능력은 달랐다. 그들은 미국 한복판에 살며 영어를 구사했다.

반면 7.7 런던 테러범은 배경이 이들과 확연히 달랐다. 놀랍게도 그들은 크리켓을 좋아하고 예의 바른 영국 시민이었다.

"과거와 같은 접근 방법은 전혀 소용이 없어졌죠."

"그들은 우리의 예상보다 훨씬 빨리 진화하고 있어. 그래서 더 무서운 거야."

마틴은 빈 맥주병을 테이블 위에 내려놓으며 말했다.

"오마르가 조만간 연락을 준다고 했으니 조금만 더 기다려 보죠."

정보를 얻으려면 어떻게든 써드 웨이브에 접근해야 하는데 거기서부터 막혀 버렸다.

조직이 보유하고 있는 모든 정보원의 리스트를 몇 번이나 검토했다. 하지만 눈을 씻고 찾아봐도 적절한 인물은 존재하지 않았다. 마틴은 그에 대해 심하게 짜증 냈지만 사실 당연한 일이다. 테러리스트들은 그들이 과거 공작원 후보를 물색해 왔던 그런 장소에 출입하지 않는다.

대사관의 화려한 칵테일파티를 제외하더라도, 동네의 허름한 바에서 최고급 바까지 다 훑어도 그들과 만날 수 없다. 식당은 말할 필요도 없다. 헬스클럽이나 골프장에서 마주칠 일도 없다. 철저하게 어둠 속에 숨어 지내는데다 바늘 떨어지는 소리도 의심하는 테러리스트들과 그들은 행동반경이 확연히 달랐다.

그래서 톰은 한발 물러서야만 했다. 그는 표적과 그 사이에서 교량 역할을 할 인물을 찾았다. 이것 역시 쉽지 않았다. 무엇보다 연결 사슬이 너무 복잡했다.

톰의 정보원인 부유한 아랍의 상인에게서 레바논에 있는 그의 거래상으로, 거래상의 친척에게로, 친척의 친한 친구인 테러 조직의 하수인에게로, 마지막으로 그들의 목표인 써드 웨이브의 조직원이 확실해 보이는 테러리스트까지.

"근데 오마르 말이야."

마틴은 냉장고에서 새 맥주를 꺼내며 말했다.

"왜요?"

"너무 자신의 능력을 과신하는 거 아냐?"

"능력을 과신하는 게 아니라 현재로서는 그가 유일한 희망이기 때문입니다."

톰은 자신도 모르게 미간을 찡그렸다.

"아무리 그가 최선을 다한다고 해도 이쪽의 요구 사항이 제대로 전달되기도 힘들뿐더러, 설령 제대로 전달됐다고 해도 그쪽에서 시의적절하게 정보를 보내준다는 건 불가능한 일이야."

"그래서 그가 불필요한 연결고리를 제거하겠다고 하지 않았습니까? 테러 조직의 하수인이 그와 같은 부족 출신이라는 건 커다란 행운입니다. 그의 말처럼 그자에게 바로 접근할 수 있을지도 모르잖습니까? 따지고 보면 그들 둘은 먼 친척이니까요."

"너무 막연해. 어설프게 접근하다 꼬리가 잡히면 그뿐만 아니라 우리도 곤란해져. 이쪽에서 눈치채고 있다는 걸 그들도 알게 된다는 말이야."

"오마르는 절대 어설픈 아마추어가 아닙니다."

톰은 언성을 높였다. 마틴의 심정을 모르는 건 아니지만 그는 노골적으로 정보원을 무시하고 있었다. 그가 직접 리쿠르트한 정보원이라서 후한 점수가 주어졌을지 모르지만 최대한 객관적인 시선으로 바라봐도 오마르는 어디 내놔도 빠지지 않을 능력의 소유자였다.

"너무 녀석만 믿지 마. 다른 방법을 한번 찾아보자고."

"어떤 방법 말입니까?"

"날도 더운데 너무 열 올리지는 말게. 이럴 게 아니리 해변에 바람이나 쐬러 가세. 멋진 여자들을 구경하고 있으면 혹시 아나? 애인도 생기고 멋진 아이디어가 떠오를지? 하하하!"

마틴은 잇몸을 드러내며 웃었다.

그때 전화벨이 울렸다. 사무실 전화가 아니었다. 회의 탁자 위에 놓인 위성전화기였다. 톰은 재빨리 전화를 받았다. 그는 묵묵히 듣기만 했다. 그새 마틴은 맥주 한 병을 비웠다.

"무슨 일이야?"

마틴은 입가에 묻은 맥주 거품을 닦으며 말했다.

"할 일이 생겼습니다. 이제부터 바빠지겠는데요."

톰은 환하게 웃었다.

5

기환은 사우나 휴게실에서 잠이 깼다. 반사적으로 시간을 확인했다. 잠시 눈을 붙인 것 같은데 두 시간이 지났다. 그는 하품을 하며 온탕으로 향했다. 마침 탕 안에 사람이 없어서 애들처럼 풍덩 뛰어들었다.

따뜻한 물이 긴장과 피로를 날려 보냈다. 호텔 사우나는 아니지만 여기도 시설은 좋은 편이었다. 시간이 많지 않아서 모든 시설을 다 즐기지 못하는 게 안타까웠다.

선풍기 바람에 몸을 말리며 TV를 봤다. 뉴스가 나오고 있었다. 그는 뉴스 내용보다는 여자 앵커의 섹시한 입술에 주목했다. 귀를 후비던 그는 깜짝 놀라 귀를 쑤셔 버렸다. 통증은 전혀 느껴지지 않았다. 그의 감각은 이미 마비되어 있었다.

뺑소니 사고 소식이었다. 어제저녁 이태원에서 취객이 차량에 치여 사망했다. 앵커는 빗길 과속 운전이 가장 큰 원인으로 추측되지만 음주 운전의 가능성도 높다고 했다. 아직 범인에 대한 단서는 전혀 없는 모양이다. 앵커는 간절히게 목격자의 신고를 호소했다.

그를 쇼크에 빠뜨린 건 피해자의 사진이었다. 피해자는 바로 어제저녁에 만났던 그의 정보원이었다. 사고 시간은 그와 헤어진 지불과 10분 정도 지나서였다.

녀석을 먼저 택시 태워서 보냈는데. 기환은 그와 헤어지던 마지막 장면을 떠올리며 생각했다. 녀석이 택시를 타고 가는 걸 보고 그도 바로 택시를 타고 그곳을 떴다. 이유를 알 수 없지만 녀석은 그 근처에서 내린 모양이다. 돈이 생겨서 근처에 있는 술집에 간 것일까?

하지만 분명 헤어질 당시 녀석은 취해 있지 않았다. 일부러 취객 행세를 했을 뿐이다. 술을 들이붓는다고 해도 10분 만에 정신을 잃을 정도로 취하지는 않는다.

어지러웠다. 세상이 빙빙 도는 것 같았다. 그는 털썩 의자에 주저 앉았다. 하지만 곧 정신을 차렸다. 그가 하는 일 중에 앉아서 해결되는 건 하나도 없다. 그는 급하게 옷을 챙겨 입고 지하주차장으로 향했다.

평소 운전 습관이 좋은 편은 아니었지만 오늘은 특히 심했다. 급제동과 급출발을 반복했다. 카메라에도 몇 번 찍힌 것 같았지만 그는 아랑곳하지 않았다. 익숙한 빌딩이 보였다. 그는 주차장에 차를 세운 후 느린 엘리베이터 대신 계단을 뛰어올랐다. 3층까지 올라가는 데 10초도 걸리지 않았다. 그는 출판사 간판이 걸린 문을 덜컥 열었다.

"좋은 아침."

입사 동기인 김수진이 커피잔을 내려놓으며 말했다. 입사 때부터 같은 팀인데다 활달한 성격이라 팀 내에서 그녀와 가장 친했다.

"마침 자리에 있었네. 잠시만 나하고 얘기 좀 하자."

기환은 웃옷을 의자에 걸고는 급하게 책상을 뒤지며 말했다. 평소 정리·정돈하고는 담을 쌓고 살아서 그런지 금방 찾아지지가 않았다. 그는 욕설을 마구 내뱉었다.

"선배, 무슨 일인데 그래요?"

수진은 동그래진 눈으로 기환을 바라봤다.

참 표정이 풍부한 여자야. 기환은 그녀를 보며 생각했다. 그녀는 같은 과는 아니었지만 기환의 대학 후배였다. 그래서 평소에 그를 선배라고 부르며 따랐다. 화려하진 않지만 예쁘장한데다 미혼이라 많은 총각들의 뜨거운 시선을 한 몸에 받고 있었다.

"좀 급한 일이야. 사무실에서 얘기하긴 그렇고… 잠시 밖에 나가서 얘기하지."

"혹시… 바람피우다가 들키기라도 한 거예요?"

기환은 대답 대신 억지로 미소 지었다.

누구에게도 알리지 않았지만 와이프와는 별거 상태였다. 재결합의 가능성은 현재로서는 전혀 없었다.

어디서부터 잘못된 걸까? 인정하긴 싫지만 원인은 그에게 있었다. 그녀는 그를 설레게 했던 그때와 비교해 봐도 변한 게 없었다. 하지만 그는 달랐다. 비밀스러운 임무들이 그를 부모·형제와 친구, 심지어 같은 침대를 쓰는 그녀로부터 멀어지게 했다. 그는 일상으로부터 고요하고 고독하게 가라앉아 있었던 것이다.

기환은 휴게실로 향했다. 마침 휴게실은 텅 비어 있었다. 3층에는 그의 출판사와 여행사가 세들어 있었다. 그가 속한 출판사와 마찬가지로 여행사 역시 위장이다. 사실 이 빌딩에 있는 모든 회사가 다 위장이었다.

정보기관이 사용하는 곳답게 건물 전체에 각종 감시 장비가 설치되어 있음은 물론, 입구에서부터 보안이 철저하다. 외부인은 결코이 빌딩에 발을 들이지 못한다. 또한 이 건물은 전문가에 의해 거의매일 도청 검사를 받는다. 어떤 비밀스러운 얘기도 밖으로 흘러나가지 않는 곳이다.

기환은 동전을 찾으려고 바지 주머니를 뒤졌다. 젠장. 동전이 하나도 없었다. 지갑은 사무실에 있었다. 수진이 빙긋이 웃더니 동전을투입했다. 기환은 콜라를 선택했다. 수진은 오렌지 주스를 뽑았다.

뭐부터 말해야 할지 머릿속에 무수한 단어가 맴돌기만 할 뿐 정리되지가 않았다. 수진이 어깨를 툭 치며 담배를 건넸다. 담배를 끌때쯤 입을 열 수가 있었다. 기환은 수진에게 그간의 사정을 최대한침착하고 자세하게 설명했다.

"젠장. 누군가 녀석을 살해한 게 틀림없어."

기환은 벽을 주먹으로 치며 말했다. 체중을 실은 그의 펀치는 묵직한 진동을 만들었다.

"너무 오버하는 거 아닐까요? 단순한 뺑소니 사고일지도 몰라요."

수진은 기환에게 다시 담배를 건네며 말했다.

"녀석은 전혀 취하지 않았어. 일부러 위장했던 거야. 녀석이 취해서 비틀거리다 차에 치일 일은 없었어. 더구나 녀석은 유난히 몸조심을 하고 있었어. 그렇게 조심하던 모습은 한 번도 본 적이 없어. 떨어지는 낙엽도 신경 쓰던 놈이 갑자기 술에 취해서 대로변으로 뛰어든다고?"

"사람 일이란 알 수 없는 법이죠. 혹시 강도 사건 아닐까요? 선배가 그 사람한테 현금을 줬다면서요?"

"그렇긴 했지……."

"누군가 돈을 뺏고 대로변으로 그 사람을 밀쳤는지도 몰라요."

"좀 더 알아봐야겠지만 그렇진 않을 것 같은데. 위험을 느꼈으면 바로 택시를 타든지 했을 텐데 말이야. 녀석은 눈치도 빠르지만 발은 더 빨라. 강도를 당했을 리는 없어."

기환은 날렵한 녀석의 몸매를 떠올렸다. 녀석은 중학교 때 육상 선수였다. 실제로 같이 달려본 기환은 그가 얼마나 빠른지 잘 안다. 그도 상당히 빠른 편인데 녀석은 총알이었다.

"혹시 도망치다가 실수로 대로변에 뛰어든 건 아닐까요?"

"그 정도로 멍청한 놈이 아니라니까 그러네. 녀석은 굉장히 실력 좋은 정보원이었단 말이야. 현장 요원으로 뽑고 싶을 정도로 말이야. 귀신에게 홀리지 않고서야 녀석이 차에 치일 일은 없어."

기환은 침을 튀기며 말했다.

"선배는 누군가가 고의적으로 살해했다고 확신하고 있군요."

수진은 기환의 눈을 응시하며 말했다.

"물론 증거는 없지만… 여러 정황상 그런 것 같아."

"그동안 그 사람을 통해서 밀수범이나 마약상에 대한 정보를 얻어냈다면서요? 그럼 그들 중에 원한을 가진 자도 있을 거 아니에요?"

"녀석은 그렇게 멍청하지 않아. 등 뒤에서 칼침을 맞을 정도로 어수룩하게 일을 하진 않았어."

"장담할 수는 없는 일이잖아요."

"이건 그들이 배신자를 처치하는 방법과는 거리가 멀어. 그들이 녀석을 제기히려고 미움먹었다면 다른 녀석들에게도 경고히는 의미에서 칼을 사용했을 거야. 제발 같은 말 자꾸 반복하게 하지 마."

기환은 목청을 높였다.

"참! 어제 그 사람한테서 정보를 얻었다고 했죠? 어떤 거예요?"

수진은 여전히 침착한 목소리로 말했다.

"아직 확인이 끝나지 않았어."

"줘봐요! 내가 도와줄게."

"너도 위험할지 몰라."

기환은 수진의 눈을 지그시 응시하며 말했다.

"우리 직업 자체가 위험한 일인데 뭘 그래요?"

수진은 손을 내밀었다. 기환은 좀 전에 챙겼던 자료를 건넸다. 수진은 빠른 속도로 자료를 훑어본 후 처음부터 꼼꼼하게 자료를 확인했다.

"써드 웨이브? 이건 뭐죠?"

수진은 고개를 갸우뚱거리며 질문했다. 이름도 이상한데다 유독 이것만 뒤에 전화번호나 간단한 코멘트가 달려 있지 않았다.

"나도 잘 몰라. 사실 그것부터 알아보려고 했는데…… . 아무튼 녀석들, 정말 씨를 말려 버릴 거야."

기환은 양손을 꽉 움켜쥐며 말했다.

"그래, 어디 짚이는 곳이라도 있어요?"

"아무래도… 이것 역시 순전히 내 추측일 뿐이지만… 테러 집단일 가능성이 제일 높은 것 같아."

"왜요?"

"피살자가 죽기 전 그들을 언급했어. 부산에서 밀수 총기를 대량 구매하려는 사실을 확인했다면서 말이야."

"단지 그것 때문에?"

"녀석은 그것과 관련된 자료를 가지고 있는 눈치였어. 내가 돈을 조금밖에 준비하지 않아서 다 팔지 않았을 뿐이야."

"그 자료를 뺏기 위해서 그를 죽였다?"

"그래. 더구나 살해 수법이 좀 거칠어."

"어떤 면에서요."

"깔끔하게 상대를 제거하려고 마음먹었다면 자살이나 좀 더 치밀한 사고사로 위장할 수 있었을 거야. 단순 뺑소니라고 해도 뺑소니 사고가 나면 당연히 경찰이 개입되게 마련이야."

"그렇죠."

수진은 추임새를 넣었다.

"그럼 당연히 시끄러워질 수밖에 없어. 혹시… 녀석이 다른 나라의 정보기관에 정보를 팔다가 밉보였을 가능성을 부정할 수는 없어. 그런 부류들이 으레 그렇듯 돈이 최우선이었으니까 말이야. 하지만 아무리 생각해 봐도 이건 세련된 프로의 수법은 아니야."

"정보기관이 한 일은 절대 아니다 이 말이군요."

수진은 왼손으로 턱을 괴며 말했다.

"정보기관이 그런 일을 할 이유도 없을뿐더러, 처리하는 방식이 아마추어 같아서 한 말이야."

"하긴 프로였다면 그 사람을 죽이기 전에 고문부터 해서 그가 얼마나 알고 있는지, 또 그 사실을 다른 사람에게 누설하지는 않았는지 꼼꼼하게 확인했겠죠."

"그래. 하지만 다른 한편으로 생각해 보면 치밀한 준비를 할 시간이 부족해서인지도 몰라."

"조폭들이 했다고 보기도 힘들군요. 그들이 손을 썼다면… 굳이 칼을 사용할 필요도 없이 납치해 버렸을 거예요. 그런 다음 산에 파묻거나 바다에 던져 버렸겠죠. 이렇게 차로 들이받는 건 경찰한테 포위되었을 때나 하는 극단적인 행동이에요."

"음……. 역시 APEC을 노리고 있는 걸까?"

"아무튼 조사해 볼 가치는 있는 것 같아요. 아무리 사소한 정보라도 정보는 정보니까. 그래, 어디서부터 시작할 거예요?"

정보 관계 일에서 원칙론 중 하나는, 아무리 근거 없는 것처럼 보이는 것이라도 조사하지 않고 그냥 지나쳐 버리지 않는 것이다.

"일단 이 자료들부터 검토해 봐야겠지. 동시에 그간 녀석의 행적을 조사해 볼 거야. 녀석은 완벽하진 않지만 증거 자료들을 준비해 놨다고 했어. 어떻게든 그걸 찾아야 해."

기환은 자리에서 일어나며 말했다.

"지금 바로 움직일 거예요?"

"넌 이 자료를 좀 조사해 줘. 숨겨진 자료를 찾는 건 내가 하지."

"선배, 너무 흥분하지는 마."

수진은 기환의 등을 툭 치며 말했다.

6

연길의 하늘은 맑고 높았다. 피부에 와 닿는 시원한 바람은 더없이 향긋했다. 흑표는 상쾌한 공기를 깊이 들이마신 후 천천히 내뱉었다. 속이 확 트이는 것 같았다.

그가 연길을 방문한 건 이번이 처음은 아니다. 거래를 위해서 여러 번 방문한 곳이다. 하지만 최근에는 발길이 뜸했다. 거래가 없어서가 아니다. 사업이 이미 궤도에 올라서 그가 직접 손대지 않아도 잘 굴러갔기 때문이다.

도시 전체에서 이전보다 강한 활기가 느껴졌다. 곳곳에서 분주하게 건물을 올리고 있고, 차량의 숫자도 눈에 띄게 늘었다. 이곳도 발전하는군. 흑표는 천천히 시장 쪽으로 걸으며 생각했다. 20미터 정도의 거리를 두고 충복인 털보가 뒤를 따랐다.

조선족이 많이 사는 곳답게 곳곳에 한글 간판이 눈에 띄었다. 흑표는 모국어인 중국어는 물론 한국어, 영어, 러시아어, 일본어에도 능숙했다. 타고난 외국어 구사 능력이 오늘의 그가 있는 원동력이 되어주었다.

호객을 하는 상인들을 뿌리치며 흑표는 시장 귀퉁이로 향했다.

그는 최대한 좁은 골목길을 이용해서 이동했다. 어떨 때는 한참 동안 제자리에 서 있기도 했고, 물건을 고르는 척 상인과 흥정을 하기도 했다. 그러다 빠른 속도로 걷기도 했다. 털보는 여전히 적당한 거리를 두고 그의 뒤를 따르고 있었다.

흑표는 약제를 파는 곳에서 멈춰 섰다. 그는 약제를 고르는 척하며 거울에 반사되는 사람들의 움직임을 관찰했다. 수상한 자는 없었다. 시간을 확인했다. 약속한 시간에서 1분이 모자랐다. 그는 장뇌삼을 고르기 시작했다.

"죄송합니다. 뒷사람이 갑자기 치고 지나가는 바람에. 고의는 아니었습니다. 정말 죄송합니다."

갑자기 그의 왼발을 밟은 젊은 친구가 중국어로 말했다.

"이게 뭐 하는 짓이야? 젊은 놈이 눈깔 똑바로 안 뜨고 다녀?"

흑표는 한국말로 고함을 내질렀다.

원래는 발을 밟은 걸 핑계로 간단한 대화를 나누기로 되어 있었다. 흑표는 일부러 접촉 방법을 변경했다. 상대가 돌발 상황에 얼마나 잘 대처하는지 확인하기 위해서였다.

"조선족이십니까?"

상대도 한국어로 말했다. 유창했다.

"그게 뭐가 중요해? 조선족이면 발을 밟아도 상관없다는 거야?"

사람들의 시선이 하나둘 집중되기 시작했다.

"그게 아니라… 아무튼 죄송하게 됐습니다."

청년은 무릎을 꿇고 수건을 꺼내 흑표의 신발을 닦았다. 그는 누런 이빨을 드러내며 말했다.

"신발 가죽이 아주 좋습니다. 참! 신발이 주인님한테 이 말 꼭 전해달라고 합니다. 절 아껴주셔서 감사하다고요."

흑표는 대답 대신 가벼운 미소를 지었다.

"이런 말 하긴 좀 그런데… 돌아가신 막내 삼촌이랑 많이 닮으셨습니다."

청년은 흑표의 얼굴을 빤히 쳐다보며 말했다. 흑표와 눈이 마주치자 그는 살며시 고개를 숙였다.

차분하지만 날카로운 눈이다. 젊은 날의 자신의 눈빛 같다고 흑표는 생각했다.

"큰아버지가 아니라?"

막내 삼촌과 큰아버지는 미리 정해져 있는 암호였다.

"관광하러 오셨습니까?"

청년은 가볍게 웃으며 말했다.

"그냥! 친구도 만나고 약도 좀 사고. 뭐, 겸사겸사 왔어."

"식사는 하셨습니까?"

"아직 안 먹었어. 간만에 와서 그런데 좋은 곳 있으면 추천 좀 해봐."

"이 골목 끝까지 가다가 왼쪽으로 틀면 식당들이 나옵니다. 거기에 냉면집이 하나 있습니다. 딴 곳도 좋지만 거기 가서 냉면 한번 드셔보십시오. 이곳 아니면 자주 접하기 힘든 음식인데다 맛도 끝내줍니다."

청년은 오른손으로 방향을 가리켰다. 깨끗하지만 억센 손이다. 햇볕에 적당히 그을린 얼굴하며 누가 봐도 현지인으로 보였다.

"고마워. 그리고 좀 전에 성질내서 미안해."

청년은 가볍게 고개를 숙인 후 걸어갔다.

이 친구였군. 흑표는 청년의 행동을 주의 깊게 관찰하며 생각했다. 청년은 일정한 보폭으로 걸었다. 평범한 얼굴에 평균 체격. 눈에 띄는 구석이 없어서 마음에 들었다. 출신 국가를 알 수는 없지만 중국어와 한국어 실력 모두 수준급이었다.

청년이 눈치채지 못하게 털보는 조심스레 그의 사진을 찍었다. 사람이 많은 시장이다 보니 청년은 멀찍이 떨어진 털보에게 별 관심을 두지 않았다.

흑표는 장뇌삼을 산 후 청년이 추천한 식당으로 향했다. 청년은 냉면집 맞은편에 있는 한국 식당에서 식사하고 있었다. 그는 계단과 가까운 곳에 자리 잡고 있었다. 사람들의 이동이 빈번한 만큼 많은 이들을 관찰할 수 있고, 그들에게 섞이기도 용이했다. 청년은 오른손잡이다. 그의 왼쪽은 벽으로 완벽하게 보호받고 있었다.

제법이군. 역시 존의 눈은 정확해. 돌발 상황에 여유 있게 대처하는 것도 그렇고, 잠시 관찰했을 뿐이지만 존이 추천할 만하다는 생각이 들었다.

흑표는 냉면을 주문했다. 양이 꽤 많았지만 그는 마지막 국물 한 방울까지 음미했다. 자리에서 일어서려는데 맞은편에서 청년이 식당을 나오는 모습이 보였다. 그는 식당 앞에서 운동화 끈을 고쳐 맸다. 미행이 없다는 신호다.

죽기엔 너무 젊군. 흑표는 멀어지는 청년의 뒷모습을 보며 생각했다.

아무리 노련한 스파이라도 완벽하게 위험을 피해 갈 순 없다. 북한은 굉장히 폐쇄적이다. 자그마한 움직임도 눈에 띄는 곳이다. 더구나 북한에서 잡히면 살아남지 못한다. 북한은 스파이라면 출신 국가를 가리지 않고 바로 처형한다. 심지어 혈맹이라는 중국에도 예외는 없다.

흑표는 포만감을 느끼며 식당을 나왔다. 그는 모퉁이를 돌아 곧바로 대로변으로 나갔다. 어느새 털보가 차를 대기시켜 놓고 있었다.

"이제 호랑이를 만나러 가지."

흑표는 털보의 어깨를 가볍게 치며 말했다.

털보가 가볍게 웃었다. 그는 호랑이라고 불리는 정보원과 죽이 잘 맞았다. 둘 다 호탕한 성격에 술을 좋아했다. 또한 호랑이는 처음 만나는 상대도 그를 십년지기처럼 느끼게 하는 묘한 재주가 있는 친구였다. 하지만 흑표는 그를 만나러 가는 길이 즐겁지 않았다. 적어도 오늘만큼은 그랬다. 아는 사람을 지옥으로 빠뜨리는 일은 이제 그만하고 싶었다.

은퇴할 때가 되었나 보군. 흑표는 뒷좌석에 몸을 파묻으며 생각했다.

차는 조용히 출발했다. 15분쯤 지났을 때 벨 소리가 정적을 깨뜨렸다. 존의 번호였다. 이렇게 빨리 전화하다니. 많이 급한 눈치였다.

"구입하기로 했습니다."

흑표가 말했다. 존은 바로 전화를 끊었다.

사안이 중대하긴 하지만 CIA 요원이 북한에 직접 침투해야 할 정도의 일인가 하는 의문이 들었다. 만일 그가 잡힌다면 흑표까지도 위험해진다. CIA 요원이 그를 통해 입국한 사실을 알게 되면 북한은 가만히 있지 않을 것이다. 물론 중국에도 그 사실을 통보할 것이다. 결국 중국과 북한 양쪽 모두에게 쫓기게 된다.

어쩌면 테러는 허울 좋은 핑곗거리일 가능성도 있다. CIA는 북한 핵 문제 때문에 위험을 무릅쓰는 건지도 모른다. 그 정도의 사안이라면 이 정도 위험은 충분히 감수할 수 있다.

일정한 차의 진동에 졸음이 몰려왔다. 눈을 감을까 하는데 그의 본능이 경고를 보냈다. 검은색 토요타 랜드크루저 한 대가 오른쪽 측면에서 달려들고 있었다. 공포 때문인지 차가 집채처럼 느껴졌다. 흑표는 재빨리 안전벨트를 착용했다.

털보가 급하게 핸들을 돌렸지만 한발 늦었다. 랜드크루저는 흑표가 타고 있는 차의 오른쪽 옆구리를 사정없이 들이받았다. 누군가 줄을 걸어 잡아당기는 것처럼 한순간 몸이 확 쏠렸다. 차는 연석을 뛰어넘어 화단에 부딪혔다. 두 번째 충격이 몰려왔다.

털보는 곧 정신을 차리고 차를 제어하려고 노력했다. 그는 차를 출발시켰다. 흑표는 재빨리 뒤를 확인했다. 랜드그루지가 그들의 뒤편에서 재차 달려들었다. 털보도 그 사실을 알고 있었다.

흑표의 몸이 앞으로 확 쏠렸다. 타이어의 마찰음이 귀를 때렸다. 랜드크루저가 그들을 지나쳐 갔다. 번호판은 온통 진흙에 덮여 있었다. 털보는 재빨리 차를 출발시켰다. 이번에는 고개가 뒤로 확 젖혀졌다. 금방 따라붙었다. 어느새 그들이 탄 차는 랜드크루저의 뒤 범퍼와 거의 10센티미터도 떨어져 있지 않았다.

"어떻게 할까요?"

털보가 앞쪽을 잔뜩 노려보며 말했다. 분노로 목소리가 가볍게 떨렸다.

"보는 눈이 너무 많아."

어떤 놈인지 얼굴을 확인하고 싶었다. 아니, 그 배후를 캐내고 싶었다. 하지만 사람들의 시선이 그들을 향하고 있었다. 공안이 출동하면 곤란하다.

털보는 속도를 줄였다. 앞차와의 거리가 순식간에 수십 미터로 벌어졌다.

"호랑이한테 가실 겁니까?"

털보가 백미러를 흘끔거리며 말했다.

"숙소로 돌아가세."

"좀 우회해서 가는 게 좋을 것 같습니다. 차도 최대한 빨리 바꾸는 게 좋을 것 같습니다."

"자네 편한 대로 하게."

도대체 그 망할 놈이 뭘 원한 것일까? 초보운전이나 실수는 절대 아니었다. 대낮에 이렇게 공격하는 걸 보면 미치광이인지도 모른다. 흑표는 곧 고개를 내저었다. 번호판에 진흙을 잔뜩 발라놓은 용의주도함은 운전자가 정신이상자와는 거리가 멀다는 사실을 여실히 증명하고 있었다.

차는 뚜렷한 목적지도 없이 수십 킬로미터를 내달렸다. 털보는 쉬지 않고 백미러를 흘끔거렸다.

흑표는 창밖으로 시선을 돌렸다. 낙조가 강물 사이로 저물고 있었다. 두만강은 참 오랜만이군. 그는 차분하게 강물에 반사되는 석양을 감상했다.

털보가 위성전화기를 들고 통화를 시작했다. 이 시간에 이런 곳에서 차량을 수배하는 건 여간 힘든 일이 아니다. 그는 꽤 열을 올렸다. 어둠이 금세 사방을 물들였다.

갑자기 헤드라이트 불빛이 뒤 유리창을 밝혔다. 강한 불빛이 시야를 점령했다. 털보는 깜짝 놀라 전화기를 떨어뜨렸다. 그는 가속 페달을 힘껏 밟았다. 하지만 거리는 전혀 멀어지지 않았다. 뒤차는 범퍼가 닿을 정도로 바짝 따라붙었다.

"그 녀석입니다. 조심하십시오."

털보가 말했다.

흑표는 이번에도 재빠른 동작으로 안전벨트를 착용했다. 쿵쿵. 랜드크루저가 본격적으로 밀어붙이기 시작했다. 녀석은 계속해서 강 쪽으로 몰아붙였다. 속도로 떼어내기에는 도로 사정이 여의치 않았다. 털보는 고비마다 아슬아슬하게 중심을 잡았다. 그러나 언제까지 운에 맡길 수는 없었다.

"총을 주게나."

흑표가 말했다. 하지만 털보는 듣지 못했다. 그는 아드레날린이 폭발하는 짜릿한 쾌감에 빠져 모든 신경이 불빛이 밝히는 좁은 도로에만 집중되어 있었다.

흑표는 그의 어깨를 두드리려던 손을 멈췄다. 놀이기구를 탄 것처럼 상하 좌우로 온몸이 마구 흔들렸다. 권총이 있다 해도 이렇게 차가 지그재그로 움직여서는 제대로 조준할 수가 없다. 큰길만 나오면 안전할 것이다.

갑자기 몸이 공중으로 붕 뜨는 기분이 들었다. 이대로 하늘 끝까지 날아올랐으면 했다. 하지만 다음 순간 둔중한 충격이 느껴졌다.

"꽉 잡으세요!"

털보의 고함 소리가 들려왔다. 그리고 1초도 지나지 않아서 목이 뒤로 젖혀졌다.

다시 한 번 묵직한 충격이 느껴짐과 동시에 차는 발사된 총알처럼 거침없이 튀어 나갔다. 주위가 환해졌다. 그제야 흑표는 그들이

포장도로에 접어들었다는 사실을 깨달았다. 맞은편에서 오는 차의 헤드라이트 불빛이 이렇게 반가운 건 처음이었다.

"그 녀석은 지금도 따라오나?"

흑표는 뒤를 돌아보며 말했다.

"아닙니다. 도로로 뛰어들 때 그 망할 놈은 차를 멈췄습니다. 그런데 어떻게 우리를 따라왔을까요? 분명 중간에 미행은 전혀 없었는데."

"요즘은 장비가 워낙 좋잖아. GPS 추적 장치를 단 모양이야."

"아! GPS 추적 장치."

털보는 억센 손으로 사정없이 자신의 이마를 때리며 말했다.

5킬로 정도 더 달린 다음 갓길에 차를 세웠다. 추적 장치는 어렵잖게 찾을 수 있었다. 털보는 추적 장치를 발로 으깨며 여전히 벌건 얼굴로 욕을 내뱉었다.

그래도 연길은 안전하다고 생각했는데 오산이었군. 흑표는 뒤를 흘끔 보면서 생각했다. 그러고 보니 죽음 외에 안전한 도피처는 없었다.

7

수진은 기환의 정보원이 남긴 자료를 검토했다. 사실 자료라고 말하기 민망한 수준이었다. 몇 명의 이름과 회사 이름이 전부였다. 그나마 깨끗하게 출력한 것도 아니고 노트에 자필로 휘갈겨 쓴 것이었다. 거기다 심하게 구겨져 있었다.

그녀는 직접 확인해 볼 수 있는 자료와 그렇지 않은 것들로 구분하는 일부터 시작했다. 기환이 확인할 수 있는 자료들은 이미 체크

되어 있었다. 몇 명의 이름에 붉은색 펜으로 체크 표시가 되어 있었다. 기환은 밖으로 나가기 전 그들에 대해 조사했던 자료들을 찾아서 그녀에게 넘겨줬다. 사실 그것만 해도 상당한 양이었다. 안 그래도 해야 할 일이 태산 같은데.

APEC 때문에 연초부터 비상이 걸린 상태였다. 단지 테러뿐만 아니라 지진이나 태풍 등 긴급 상황에 대한 대피 계획까지 모두 마련해야 했다.

물론 한국만 바쁜 건 아니었다. 미국도 굉장히 바빴다. 이미 20명의 대(對)테러 대책 선발팀이 파견되어 있었다. 회담 전까지 100명의 요원이 추가로 파견될 예정이었다. 그들은 CIA, FBI, 국토안보부 요원들로 구성되었다. 그들은 자체적인 위성통신망까지 구축하고 분주하게 활동하고 있었다.

수진은 기지개를 켜며 하품을 했다. 눈도 침침하고 관절이 녹슨 실린더처럼 뻑뻑했다. 자리에서 일어났다. 무릎에서 우두둑하는 소리가 났다. 그녀는 고개를 좌우로 흔들며 사무실 내부를 살폈다. 대부분의 자리는 비어 있었다. 그렇다고 빈자리의 주인들이 퇴근한 건 아니었다. 다들 밤낮없이 뛰어다니는 중이었다.

"저녁 먹어야지?"

김명훈 과장이 문틈으로 얼굴만 살짝 내밀며 말했다.

언제 돌아왔지? 수진은 고개를 갸우뚱거렸다. 분명 회의에 참석하러 가는 모습은 봤는데 돌아오는 모습은 보지 못했다. 시계를 확인하니 9시가 가까워 오고 있었다. 그런데도 아직 식사를 안 한 모양이다.

"과장님, 자리에 계셨어요?"

"그럼 바둑이라도 두러 간 줄 알았냐?"

"국정원에 가신다고 하더니."

"갔다 왔어."

김 과장은 기지개를 켜며 말했다.

수진은 김 과장이 홍의장군 곽재우 같다고 생각했다. 그는 동에 번쩍, 서에 번쩍 예상치 못한 곳에서 나타나곤 했다. 예상을 깨는 것. 그건 스파이의 숙명이기도 했다.

"과장님은 뭐 드실 건데요?"

"아무거나 시켜. 자장면도 좋고, 떡볶이도 좋고, 피자도 좋고, 치킨도 좋고, 그 유명한 설렁탕도 좋고."

한때 국정원의 상징과도 같았던 설렁탕. 수진은 실소를 머금었다.

1분 후, 수진은 김 과장의 방문을 두드렸다.

"들어와!"

"저 과장님, 과장님하고 저 둘만 시켜야 할 것 같습니다. 다른 사람들은 이미 먹었답니다."

"넌 그 사람들 식사하러 갈 때 뭐 했어?"

"휴게실에 있었거든요."

기환 선배하고 얘기할 게 있어서요. 수진은 그 말을 속으로 삼켰다.

"아주 왕따를 당하는구나. 그러게 평소에 잘하지. 우리 둘밖에 없으니 가장 무난한 거 시키자. 탕수육에 자장면 두 개 당첨이다."

배달은 아주 빨랐다. 서비스로 군만두까지 딸려왔다. 김 과장과 수진은 게걸스럽게 자장면부터 먹어치웠다. 탕수육과 만두도 금방 바닥을 드러냈다.

"우리도 조만간 부산에 내려가야 하는 거 아니에요?"

수진은 냅킨으로 꼼꼼하게 입가를 닦으며 말했다.

"그럴지도 모르지. 왜? 남자친구가 외박하는 걸 싫어해서 그래?"

"서울에서 외박하나 부산에서 외박하나 마찬가지 아닌가요?"

"남자친구가 있다는 걸 부정하지는 않는군."

"과장님은 지금 제가 남자를 만날 시간이 있다고 생각하세요?"

수진은 톡 쏘듯 말했다.

"난 애들 코 고는 모습이라도 봤으면 소원이 없겠다."

"하긴 저희와는 달리 상부는 물론 미국 애들 닦달까지 다 받아내야 하니……."

"사실 걔들이 건네주는 블랙리스트 다 처리하려면 지금보다 요원이 열 배는 있어야 할 거다. 더구나 지금 입국하는 애들도 문제지만 기존에 있는 이슬람권 외국인들의 숫자가 상당해서 말이야."

"아니라는 생각이 더 강하지만 완전히 배제할 수도 없는 문제라서……. 참 난감한 일이죠, 그들까지 다 감시한다는 건."

테러범을 잡는 건 영화처럼 금방 해결되는 일이 아니다. 잠재적인 용의자만 해도 수천 명에 이르는데다, 용의자 한 명을 감시하는 데만 여러 명의 요원이 필요하다.

"넌 어떻게 생각해?"

"뭘요?"

"정말 테러가 일어날까?"

"그건 누구도 장담 못하는 일이죠. 동남아시아의 알 카에다 조직이 직접적인 경고를 한 적도 있잖아요? 단순한 협박이라는 생각이 들긴 하지만 7.7 런던 테러가 일어날 줄 누가 알았어요? 하긴 9.11이 더 충격적이었죠."

"그러게 말이야. 더구나 이건 처음부터 아주 불합리한 게임이야."

"왜요?"

"젠장! 우린 늘 100퍼센트 성공해야 하지만 테러범은 한 번만 성공하면 되거든. 딱 한 번만."

김 과장은 나무젓가락을 부러뜨리며 말했다. 그래도 분이 풀리지 않는지 수진이 사용한 나무젓가락도 마저 부러뜨렸다.

"아무튼 내가 보기엔 말이야, 테러가 발생한다면 APEC이 열리는 부산보다 서울이 훨씬 가능성이 높을 것 같아."

"7.7 런던 테러처럼요?"

"그래. 당시 경찰력이 G—8 정상회담이 열리는 스코틀랜드에 집중되는 바람에 런던 테러를 막지 못했지. 이번에도 그걸 노릴 가능성이 높아. 내가 테러범이라도 그렇게 할 것 같아. 그들이 조사했다면 부산이 얼마나 철옹성인지 충분히 알 거야."

"맛보기 좀 보여주세요."

수진은 민감한 자료에 접근할 권한이 없었다. 김 과장은 모든 자료에 대한 열람 권한이 있음은 물론, 경호 문제로 미국 요원들과도 협의 중인 만큼 자료에 나와 있지 않은 사항들도 속속들이 알고 있었다.

"민감한 것들은 제외하고 간단한 것들만 알려주지. 우선 1차 정상회의장으로 쓰일 벡스코 같은 경우는 유리 외벽에 방탄 필름을 입혔어."

"저격이 힘들겠군요."

"사실 저격에 용이한 곳은 우리가 미리 다 체크해서 요원들을 배치해 놨어."

"벡스코는 그렇다 쳐도, 2차 정상회의장인 누리마루 APEC 하우스 같은 경우는 바다 쪽으로 완전히 트여 있어서 좀 위험하지 않나요? 배를 타고 접근해서 저격하면 충분히 가능할 것 같은데요."

"APEC 기간 동안은 구축함은 물론 초계함까지 동원될 예정이야. 해군은 반경 2킬로 내에 어떠한 선박의 접근도 허용하지 않을 거야. 수중에는 잠수함이 배치될 거고, UDT 대원들의 수중 매복도 준비되어 있어. 아무튼 거긴 지금도 주·야간으로 외부인의 출입이 철저히 통제되고 있어."

"총기나 화약이 아니라 생화학무기를 사용할 경우는요?"

"화생방 방호 사령부의 화생방 경호가 완벽하게 준비되어 있어. 또한 공항이나 항만뿐만 아니라 APEC 관계자들이 묵을 부산 지역 호텔 등에 대해서도 철저한 대책이 수립되어 있지."

"테러범들한테 당장 이 정보를 넘기고 싶은데요. 너희가 접근할 구석이 손톱만큼도 없으니 집에 가서 씻고 자라. 이 말을 꼭 해주고 싶어지는데요."

"물론 세상에 완벽한 것이란 없어. 아주 자그마한 빈틈이 나중에는 거대한 댐을 무너뜨리기도 하는 법이니까. 아무튼 수고 많다."

"제가 뭘요. 과장님에 비하면 전 땅 짚고 헤엄치기죠. 그럼 수고하세요."

수진은 자리에서 일어나며 말했다.

"일 적당히 하고 집에 좀 들어가. 젊은 처녀가 다크서클이 그렇게 짙어서야."

"사직서 적을까요? 제가 누구 때문에 다크서클이 생겼는데."

"이젠 농담도 못하겠군."

김 과장은 환하게 웃으며 말했다.

8

상하이에서 인천. 두 시간 남짓의 짧은 비행이지만 흑표는 피곤을 느꼈다. 존을 만난 이래로 정신없이 바빴다. 조사해야 할 것도 많았고, 존과는 별도로 사업 문제로 만나야 할 사람도 많았다. 갖가지 문제는 사람을 만나는 횟수의 제곱에 비례해서 증가했다.

그 와중에 그를 죽이려고 달려들던 녀석까지 있었다. 위협은 과거에도 지겹도록 겪었다. 하지만 그때는 상대가 누군지 분명히 알고 있었다. 오른뺨을 맞으면 최소한 상대의 오른뺨을 할퀼 수는 있었다.

그는 풀던 짐을 내려놓고 와인을 들이켰다. 늙는 건 어떻게 할 수 없군. 그는 창문 유리에 어스름히 비친 자신의 모습을 보며 생각했다. 이마와 눈가에 굵게 자리 잡은 주름도 그렇고, 귓가에 삐죽이 튀어나온 흰머리가 젊음과의 영원한 이별을 증명해 주고 있었다.

벨 소리가 들렸다. 털보였다. 그는 침대 위에 널브러진 짐들을 보자 의아한 듯 고개를 갸우뚱거렸다. 그는 흑표의 눈치를 살피며 말했다.

"식사는 어떻게 할까요?"

"별생각이 없어. 나중에 먹을 테니 먼저 먹고 와."

흑표는 와인을 따르며 말했다.

"알겠습니다."

"참! 나가는 길에 내일 만나자는 표시부터 하도록 해."

"요 앞 중학교 신호등에 테이프로 엑스(X) 표시를 하면 되는 거죠?"

"그래. 잘 기억하고 있군."

털보는 고개를 끄덕인 후 조심스레 문을 닫고 나갔다. 가장 믿음이 가는 친구다. 말보다는 주먹이 앞서서 곤란한 상황을 연출하는 경우도 있지만 그의 명령에는 절대적으로 복종했다. 이번 여행에도 그를 동행한 건 그런 이유 때문이었다.

사실 털보를 북한에 보내고 싶었다. 위험한 상황이 연출될 가능성이 가장 높은 곳은 북한이다. 현지 사정에도 밝아야 함은 물론 과감하고 빨라야 한다. 스스로 안가를 찾고 각종 서류도 직접 위조할 줄 알아야 한다. 또한 최악의 경우 단독으로 국경을 넘을 수 있는 능력도 겸비해야 한다. 그런 면에서 털보는 최강이었다. 하지만 그가 주체적으로 무엇인가를 해야 할 때는 항상 엄마를 돌아보는 초등학생 같았다.

음악을 들을까 하다가 TV를 켰다. 채널을 돌리는데 화면에서 익숙한 얼굴이 나왔다. 젊은 숀 코너리였다.

007 시리즈. 스파이 영화의 전설. 최신 스포츠카와 전 세계 휴양지를 배경으로 한 화려한 액션, 관능적인 미녀, 어떤 곤란한 문제도 해결해 내고야 마는 멋진 스파이. 하지만 현실은 영화보다 몇 배는 더 복잡하고 지저분했다. 저렇게 혼자의 힘으로 완벽하게 해결하는 경우는 듣지도 보지도 못했다. 그래도 시선은 TV에 고정되었다.

자동차 추격 신을 보던 흑표는 며칠 전의 사건을 떠올렸다. 과연 누가 나를 살해하려고 했을까? 머릿속이 다시 복잡해졌다. 연길에서의 그 사건 이후 거짓말처럼 조용했다. 실패 후 이전보다 더 조심스럽게 움직여서 그럴지도 모른다. 하지만 기필코 그를 제거하고자 마음먹었다면 불가능한 일도 아니다.

역시 단순한 협박이었을까? 협박이라면 누가? 왜?

당장 의심스러운 건 연길에서 그 지저분한 일을 하는 녀석들이다. 녀석들에게는 룰이 없었다. 돈이 되는 일이라면 뭐든지 했고, 몇 푼을 위해 기꺼이 목숨도 걸었다. 어떤 면에서 흑표는 그들에게 라이벌이었다. 그들이 흑표를 위협할 동기는 충분했다.

그들이 연관됐는지는 아직 확실하지 않다. 사건 이후 급하게 그들에 대한 조사를 의뢰했지만 아직 답변이 없다. 녀석들은 거친 만큼 체계적이지도 조심스럽지도 못하다. 그들이 했다면 어떻게든 밝혀낼 것이다.

문제는 그들이 아닐 경우다. 그럴 경우 대상과 동기 모두 몇 배는 복잡해진다. 가장 먼저 생각해 볼 수 있는 건 이번 조사와 관련된 녀석들이다. 동기 면에서는 그들 이상 가는 용의자가 없다.

그런데 테러범들의 손길이 어떻게 연길까지 미친 걸까? 청부살인? 그가 조사한다는 걸 어떻게 알아냈기에?

모든 것은 극도의 보안 속에 진행됐다. 만일 중간에 정보가 샜다고 하더라도 이렇게 빨리 반응한다는 건 불가능에 가깝다. 퍼즐 같은 정보들을 연결해서 그를 찾아내는 건 굉장히 어려운 일이다.

그는 일을 맡길 때나 조사를 할 때 절대 필요 이상의 정보를 넘겨주지 않았다. 또한 믿을 만한 심복들을 시켜 일을 맡겼기에 어떤 경우에도 그들은 누가, 무엇 때문에, 어떤 것을 조사하는지 완벽한 그림을 그리지 못한다. 설령 운 좋게 연결고리를 계속 더듬어온다고 해도 그에게까지 도달하는 데는 적지 않은 시간이 소요된다.

끔찍한 일이지만 그와 가까운 곳에서 정보가 새어 나갔는지도 모른다. 털보? 그는 고개를 내저었다. 그가 배신을 하려고 마음먹었다면 이미 수십 번은 했을 것이다. 그럼 누구? 존? 그는 이번에도 고개를 내저었다. 아직 존에게 그는 이용 가치가 충분했다. 당장 지금도 존의 의뢰로 작업 중이다.

아냐. 장담할 수 없어. 오래된 명언이 떠올랐다. 이쪽 업계에 관계된 놈은 그가 누구든 간에 믿는 것은 위험하다.

혹시 테러 조직이 심어놓은 두더지가 있다면? 이 경우가 제일 난감했다. 두더지는 존재한다는 사실을 밝혀내기부터가 굉장히 어렵다. 설령 두더지가 있다는 낌새를 챈다고 하더라도 두더지를 잡는 건 보통 일이 아니다. 섣부른 실수로 금방 잡힐 정도로 멍청한 녀석이 오랫동안 두더지 행세를 할 수는 없나. 그선에 저형될 테니까.

머릿속은 장터나 다름없었다. 사방에서 고함을 질러대는 상인들 틈에서 뭐부터 사야 할지 갈피를 잡을 수가 없었다. 샤워를 하려다가 목욕을 하는 게 나을 것 같다는 생각이 들었다. 따뜻한 물속에 누워 있으니 졸음이 몰려왔다. 그는 깜빡깜빡 졸면서 목욕을 마쳤다.

그는 와인을 마시며 서울의 야경을 감상했다. 언제부터인가 그는 낮보다는 밤을 더 좋아하게 됐다. 어릴 때는 어둠을 좋아하지 않았다. 시골에는 전기가 제대로 들어오지 않았다. 밤은 말 그대로 암흑 그 자체였고 쓸데없이 길기만 했다. 무섭고 춥기까지 했다.

언제부터 바뀐 것일까? 화이트로 근무하다가 블랙이 된 그때부터 그랬던 것 같다. 블랙 요원이야말로 그의 천직이었는지도 모른다. 지금은 화이트도 블랙도 아닌, 용병과 비슷한 입장이다. 그러나 과거로 돌아가고 싶은 마음은 없었다.

9

기환은 경찰서 앞에서 잠시 머뭇거렸다. 경찰서를 방문하는 건 결코 즐거운 일이 아니다. 더구나 지금의 상황을 어떻게 설명해야 할지 머리가 쑤셔왔다. 기환은 담배를 피우며 변명거리를 떠올리려고 노력했다. 답답했다. 아이디어는 하나도 떠오르지 않았다. 아무래도 그들에게 아무런 설명을 하지 않는 게 가장 좋을 것 같았다.

그러고 보니 그가 녀석에 관해 알고 있는 건 이름과 전화번호뿐이었다. 뉴스를 통해 확인한 바에 따르면 이름은 가명이었다. 물론 휴대폰도 대포폰이다.

사실 마음만 먹으면 녀석에 대한 정보를 얻는 게 불가능한 일도 아니었다. 불가능이 아니라 아주 쉬웠다. 녀석의 지문이 찍힌 물건의 감정을 의뢰하면 몇 시간 내에 결과가 나올 것이다. 하지만 그러고 싶지 않았다.

그에게 중요했던 건 녀석이 아니라 녀석이 넘겨주는 정보였다. 그것 때문이라도 녀석과 거리를 두고 싶었다. 솔직히 쉽지 않았다. 동생 같은 생각이 들어서 끌린 건 사실이다. 개인적으로 몇 번 술자리도 가지곤 했지만 자제해야 했다.

사건 담당자인 김영효 형사는 마침 자리에 있었다. 그의 얼굴을 보자 전화라도 하고 올 걸 하는 생각이 들었다. 요즘 정신이 없어서 그런지 사소한 일에는 신경이 미치지 못했다.

"수고하십니다."

기환은 정신없이 자판을 두드리는 김 형사의 앞자리에 앉으며 말했다.

"무슨 일이신지?"

김 형사는 의아해하며 말했다. 약속도 없이 이렇게 불쑥 형사를 찾아오는 사람은 없다. 신참 기자일 가능성이 높다고 생각한 듯 그는 이내 인상을 구겼다.

"여기서 나왔습니다."

기환은 자신의 신분을 증명해 주는 배지를 건네며 말했다. 김 형사의 얼굴 주름이 배는 늘었다.

"여기는 무슨 일로 오신 겁니까? 도대체 무슨 일이신지? 간첩 신고라도 들어왔습니까?"

그는 기환의 눈치를 살피며 조심스럽게 입을 열었다.

"뭐 좀 물어보려고 왔습니다. 어제 새벽 이태원에서 발생한 뺑소니 사건, 여기서 맡고 있죠?"

"제 담당입니다만……. 왜 그러시는지?"

김 형사는 순간적으로 눈빛을 번뜩이며 말했다.

기환은 그의 눈이 참 매섭다고 생각했다. 나도 다른 사람들에게 저렇게 보일까? 기환은 김 형사의 눈빛에 약간의 거부감을 느꼈다.

"질문은 제가 하겠습니다. 사건 자료를 지금 볼 수 있을까요?"

"외부에 공개하는 건 곤란한데요."

김 형사는 고개를 뻣뻣이 쳐들며 말했다.

"긴말하지 않겠습니다."

기환은 음성을 높였다.

"여기서 보고 바로 돌려주세요."

김 형사는 책상을 뒤지며 말했다.

마구 널브러진 서류 더미에서 그는 아주 빨리 사건 자료를 찾아냈다. 역시 형사는 형사군. 찾아내는 데는 귀신이야. 기환은 김 형사에게 빙긋이 웃어주며 생각했다.

현장 사진은 끔찍했다. 잔인한 좀비 영화의 한 장면 같았다. 녀석의 몸에서 성한 곳을 찾기란 녀석이 다시 살아 돌아오는 것만큼이나 힘들어 보였다. 부검을 따로 하지 않아도 사인은 뺑소니 사고로 인한 충격이 분명했다.

"경찰에서는 어떻게 생각하십니까?"

기환은 마지막 페이지를 넘기며 말했다.

"아직 부검도 끝나지 않았고 이제 막 조사가 시작됐습니다."

"개인적인 의견을 물은 겁니다. 그냥 편하게 대답하시면 됩니다."

기환은 부드럽게 말했다.

"제 개인적인 의견을 원하신다……. 그런데 왜 이러시는지 살짝 귀띔이라도 해주시면 안 됩니까?"

"질문은 제가 한다고 했습니다."

기환은 다시 정색을 하며 말했다.

"까칠하시기는……."

형사는 다음 말을 잇기 전 잠시 기환의 눈치를 살폈다.

"맨 처음 현장에 출동할 때는 빗길에 발생한 단순 뺑소니 사고인 줄 알았습니다. 그런데… 지금은 그렇지 않습니다."

"왜요?"

"단순 뺑소니 사고라고 보기에는 이상한 점이 있어서 말이죠."

"어떤 점이 수상했죠?"

김 형사는 잠시 뜸을 들이려 했지만 기환은 이를 용납하지 않았다.

"우선 가해 차량은 피살자를 한 번만 친 게 아니라 여러 번 쳤습니다."

"여러 번?"

"네! 맨 처음에 한 번, 후진하면서 다시 한 번, 마지막으로 전진하면서 또 한 번."

"당황해서 그런 게 아닐까요?"

"당황했다면 처음에 사람을 쳤을 때 차를 세웠어야죠. 정확하게 쓰러진 사람을 향해 차를 후진시킨다는 건 이치에 맞지 않습니다. 더구나 급브레이크를 밟은 흔적도 전혀 없어요. 아무래도 원한에 의한 고의적인 살인사건 같습니다."

"피해자가 원한 살 일이 많았나요?"

"그건 지금부터 조사해 봐야죠."

"그나저나 목격자는 전혀 없었나요?"

기환은 의자를 당기며 말했다.

"그게… 사고 장소가 대로변에서 약간 벗어난 곳인데다 갑자기 비가 와서 거리에 행인도 많지 않았어요. 사고 직후 현장을 급히 빠져나가는 차량을 봤다는 신고가 몇 건 있긴 한데……. 차량번호도 제대로 기억하지 못하는데다 차량도 갤로퍼, 카니발, 1톤 트럭 등 아주 제각각이에요."

"그래도 방송까지 나갔는데 뭐가 나와도 나오겠죠."

"글쎄요……. 마침 사고 현장이 CCTV도 없는 곳이라서 어려움이 많습니다. 비가 쏟아지는 바람에 현장도 많이 훼손되고……."

김 형사는 머리를 긁적이며 말했다.

"여러모로 고생이 많습니다. 참! 피해자 가족들은 만나보셨습니까?"

　사건 파일은 아직 완성되어 있지 않았다. 가족 및 주변 관계는 파일에 없었다.

　"노모가 한 분 계시는데……. 몸이 좋지 않아요. 지금 병원에 입원해 계십니다."

　"많이 안 좋으신가요?"

　"생명이 위독할 정도는 아닌데 중풍이 와서 말이죠. 거동이 많이 불편한 모양이더군요. 입원한 지도 꽤 오래됐고. 아무튼 병원 사람들 증언에 따르면 피해자는 정말 효자였다고 하더군요. 병간호하는 사람들이 가장 잘 알죠. 저 사람이 진심인지 연극인지."

　김 형사는 잠시 말을 멈췄다. 그는 한숨을 내쉰 후 다음 말을 이었다.

　"한결같이 정말 좋은 청년이라고 하더군요. 더구나 아직 한창 나인데……."

　"다른 가족은 없나요?"

　"두 명뿐이더군요."

　"중풍으로 입원했다면 병원비가 꽤 나올 텐데."

　"여태까지 병원비를 미룬 적이 한 번도 없다더군요. 뚜렷한 직업도 없는데 어떻게 그 많은 병원비를 마련했는지 의심이 가더군요. 거기서부터 조사를 시작해 볼 생각입니다."

　김 형사는 눈빛을 번뜩이며 말했다.

　기환은 녀석이 그렇게 악착같이 돈을 번 이유를 알게 된 충격에 잠시 멍했다. 마지막으로 본 녀석의 환하게 웃던 모습이 생각났다. 그래서 더 마음이 아팠다.

"그 외에 다른 건?"

"가장 이상한 점은 말이죠, 피살자의 가방에 있던 현금 오백만 원입니다. 그렇게 많은 현금을 그 시간에 가지고 있다는 게 상식적으로 이해가 되지 않는 일입니다. 뚜렷한 직업도 없는 자가 말이죠."

"음."

기환은 낮게 신음했다.

"더구나 현금에는 손도 대지 않았어요."

"금품을 노린 단순 강도 상해 사건은 아니란 말이군요."

"피살자의 시계도 그대로 있었습니다. 사실 뭐 별로 비싼 것도 아니었습니다만. 아무튼 금품을 노리지 않은 건 확실합니다."

"그럼 그 오백만 원과 살인 사건과는 전혀 관련이 없을 가능성이 ~~높군요~~."

"지금은 모든 가능성을 열어놓아야죠. 그 오백만 원을 추적하다 보면 살해 동기를 찾을지도 모르는 일이니까요."

김 형사는 상대의 표정을 주의 깊게 살피며 말했다.

어쩌면 피살자는 고정간첩일지도 모른다. 오백만 원은 간첩의 활동 자금일 가능성이 있다. 나머지 간첩을 잡는다면? 김 형사는 짜릿한 쾌감을 느꼈다. 이번 사건은 아무리 봐도 월척이었다.

"피살자의 소지품 좀 확인할 수 있을까요?"

"특별한 건 없었습니다. 신분증도 가지고 있지 않더군요."

"그런데 어떻게 신원을 파악했죠?"

"지문 감식을 의뢰했습니다. 전과가 있어서 예상보다 빨리 결과가 나왔죠."

역시 전과자였군. 기환은 조금 씁쓸했다.

"소지품은 어떤 게 있었습니까?"

"현금 오백만 원이 든 봉투하고 휴대폰이 두 개 있었습니다. 주머니에 있던 삼만 오천 원 상당의 현금과 담배, 라이터. 그게 전부입니다."

이상한데. 기환은 고개를 갸우뚱했다. 녀석은 자료를 가지고 있지 않았던 걸까? 아니면 정말 그 자료 때문에 목숨을 잃은 것일까?

"제가 직접 확인할 수 있겠죠?"

"그건 좀……."

김 형사는 귀찮다는 표정을 지으며 말했다.

"같은 말 자꾸 반복하게 하지 맙시다."

기환은 담배를 꺼내 물며 말했다. 그는 김 형사에게도 담배를 건넸다. 김 형사는 주저 없이 담배를 받아 불을 붙였다. 둘은 잠시 담배를 즐겼다.

"따라오십시오."

김 형사가 자리에서 벌떡 일어나며 말했다.

피살자의 소지품은 지하창고에 보관되어 있었다. 입구에 졸면서 앉아 있던 남자가 벌떡 일어나며 김 형사를 맞았다.

기환은 군 시절 근무 중에 졸던 기억을 떠올렸다. 괜히 쓴웃음이 터져 나왔다.

"좀 전에 말했듯 이게 전부입니다."

김 형사가 말했다.

"참! 전화 통화 내역은 다 확인했습니까?"

"그게… 핸드폰에는 통화 내역이 하나도 남아 있지 않았습니다. 일단 통신사에 협조 요청을 해놓은 상태입니다. 개통한 지 며칠 안

된 대포폰 같은데……. 별로 나올 게 없을 것 같습니다."

"그렇군요."

기환은 소지품을 확인했다. 정보원의 가방과 그 안에 있던 휴지, 현금 오백만 원이 들어 있던 봉투에는 검게 변한 피가 묻어 있었다. 모자와 별도의 현금 삼만 오천 원, 담뱃갑, 휴대폰, 라이터는 비교적 깨끗했다. 김 형사의 말처럼 다른 소지품은 없었다.

기환은 정보원이 가방에 봉투를 넣던 순간을 떠올렸다. 옆으로 매는 작은 가방은 그때 분명히 비어 있었다. 누군가 그의 소지품을 훔치지는 않은 것 같았다. 물론 자신할 순 없었다.

가스가 가득 찬, 술집 상호가 적힌 라이터가 기환의 기억 한편을 자극했다. 그는 어둠 속에 묻힌 자극의 근원을 부지런히 파나갔다.

"흠흠. 내일 중으로 이것들도 전부 지문 감식을 의뢰할 생각입니다."

팔짱을 끼고 있던 김 형사가 말했다. 그는 어색한 침묵이 싫은지 연신 헛기침을 해댔다.

"이것들 전부요?"

"네. 현금 오백만 원도 전부 다요."

"지폐에는 여러 사람의 지문이 있을 텐데."

"지문이 중복해서 나오는 사람이 있으면 그 사람이 돈을 건네준 사람일 가능성이 높겠죠."

"그렇긴 하군요."

생각보다 똑똑하군. 기환은 상대의 얼굴을 보며 생각했다.

"혹시 지문이 제대로 안 나올 경우는 사고 지역 인근 현금지급기의 거래 내역을 다 조회해 볼 생각입니다."

"전부 다요?"

"사건 당일 분에 한해서요. 오백만 원은 적은 돈이 아닙니다. 아무래도 밤늦게 현금을 가지고 있었던 걸로 봐서는 은행 영업시간에 돈을 찾은 건 아닌 것 같아요. 밤에 백만 원 이상의 거액이 인출되는 경우는 그렇게 많지 않습니다."

이건 완전 찰거머린데. 기환은 침을 꿀꺽 삼키며 생각했다. 돈과 봉투에 지문을 남기지 않은 게 천만다행이다 싶었다. 지문을 남기고 싶지 않을 경우 장갑을 낄 수도 있지만 이는 오히려 사람들 시선을 자극할 수 있다. 그럴 경우 손끝에 투명막을 입혀서 해결한다. 막을 입히는 건 아주 간단하다. 항공 접착제를 두 번 바르면 된다.

"새로운 정보가 있으면 이 번호로 전화 주십시오."

기환은 명함을 건네며 말했다.

10

카이로는 도시 전체가 후끈했다. 마치 거대한 화로에서 쉬지 않고 열기를 뿜어내는 것 같았다. 도로를 가득 메운 자동차 행렬에서 뿜어대는 매캐한 매연이 더위를 한층 부추겼다.

혹시 모를 미행 때문에 골목길을 한참이나 돌아온 오마르는 온몸이 땀범벅이었다. 톰은 실내 온도를 최대한 낮췄다.

"만남은 어땠나?"

톰은 바로 핵심으로 들어갔다.

"만족할 만했습니다. 사흘 동안 실컷 먹고 즐긴다고 돈이 좀 들긴 했지만요."

오마르가 대답했다.

"어때? 가능성이 보여?"

"녀석은 저와 마찬가지로 독실한 무슬림은 아니더군요. 술과 여자를 무척 좋아하더군요."

오마르는 환하게 웃었다. 그의 웃는 모습은 어린애를 연상시킨다. 참 사람을 편하게 한다. 그래서 다른 사람에게 쉽게 접근할 수 있는 것이다.

"어떻게 접근했나?"

"보고한 그대로입니다. 먼 친척이니 부담 없이 접근했죠. 우연히 네가 우리 부족 출신이라는 말을 들었다. 그래서 확인해 보니 사실이더라. 마침 이집트에 있다는 말을 들었다. 나도 이집트에 장기간 체류할 예정이다. 먼 이국땅에서 고향 얘기랑 친척들 소식도 나눌 겸 카이로에서 한 번 만났으면 한다. 뭐 그런 스토리였죠."

"우리가 조사한 바에 따르면 굉장히 조심스러운 성격인 것 같던데……. 뭐 그쪽 종사자들이 다 그렇지만."

"저한테는 적대감이 없어서 그런지 처음부터 긴장을 풀고 있더군요."

"그자 집안이 그렇게 부유하지는 않은 모양이던데?"

"경제적인 상황이 그렇게 좋아 보이진 않았습니다. 애들이 두 명 있는데, 큰애가 많이 아픈 모양이더군요."

오마르는 톰에게 서류를 건네며 말했다. 톰은 서류를 받아서 꼼꼼하게 확인했다. 서류는 완벽해 보였다.

오마르가 돌아간 후 다시 확인할 것이다. 모든 자료는 다른 경로를 통해 철저하게 확인해 봐야 한다. 교차 점검과 이중 점검은 그

필요성을 아무리 강조해도 지나치지 않다.

"그렇군. 이게 그자의 가장 큰 약점 같긴 한데……. 이것만 가지고 확신할 수 있을까?"

톰은 서류를 손가락으로 툭툭 치며 말했다.

시간이 부족하지만 작전은 언제나 철두철미해야 한다. 더구나 굉장히 소중한 정보를 다루고 있다. 그걸 위해서 그의 귀중한 정보원인 오마르의 신분이 드러날 위험까지 감수하고 있다. 다른 때 같으면 적절한 위장과 가명을 사용했을 것이다. 하지만 이번에는 그럴 시간도 없었고, 그런 식으로 표적에게 접근할 수도 없었다. 그도 오마르도 모든 걸 걸고 있는 것이다.

이번 작전이 성공하든 실패하든 오마르는 CIA와의 관계를 우호적으로 청산할 것이다. 그리고 두둑한 퇴직 보너스를 받은 다음 꿈같은 은퇴 생활에 들어갈 것이다. 그의 가족들은 이미 안전한 곳에 피신해 있다.

"조직에 불만이 좀 있더군요. 항상 말단으로 있으니 당연한 일이겠죠. 아들 문제와 이 문제를 잘 결합한다면 그자를 포섭하는 데 큰 무리는 없어 보입니다."

"서방 세계를 극도로 증오할 텐데."

"미국이나 영국은 치를 떨 정도로 싫어하지만 프랑스나 스위스 같은 나라에는 큰 불만이 없었습니다. 그쪽에 병원과 적당한 거주지를 마련해 주면 별다른 문제는 없을 것 같습니다. 기본적으로 돈도 좋아하는 눈치고요. 헤어지면서 용돈이나 하라며 얼마간의 돈을 쥐여 줬는데 전혀 거부하지 않더군요."

"언제 또 만나기로 했나?"

"당분간 제가 카이로에 계속 있을 거라고 말해놨습니다. 제 연락처를 줬으니 그쪽에서 연락이 올 겁니다."

너무 막연한 건 아닐까? 톰은 고뇌했다. 그는 다리를 반대편으로 꼬았다. 조금 찬 기운이 느껴졌다. 오마르의 땀도 다 식었다. 톰은 리모컨으로 실내온도를 2도 올렸다.

"하긴 자네가 자꾸 연락하는 건 좀 그렇지. 하지만 우리에겐 시간이 많지 않아. 시간은 그들 편이네."

"아들 문제 때문에라도 조만간 연락이 올 겁니다. 그쪽으로 제가 알고 있는 의사들이 좀 있다고 했거든요."

"독실하지는 않더라도 테러 조직의 하수인으로 일할 정도면 어느 정도 믿음은 있다는 말인데⋯⋯. 단순히 돈과 아들의 병 치료만으로 그를 전향시킬 수 있을까?"

"그는 수니파입니다. 그래서 시아파가 대부분인 그의 조직에서 인정을 받지 못하고 있죠. 이 점을 집중적으로 공략할 생각입니다."

"테러 조직에 가담할 정도면 그자도 이슬람 원리주의자일 텐데."

"제가 설득할 수 있습니다. 걱정 마십시오."

"그래도 처음에는 사업 관계로 정보를 구하는 것처럼 위장해야만 해. 그들이 테러를 계획한 국가의 주식 시장에서 풋옵션을 사용하기 위해서라든지, 아니면 환율 차이 등을 이용하기 위해서라든지⋯⋯. 아무튼 이 단계에서 가장 중요한 건, 자네가 그에게 뭔가를 주는 만큼 녀석도 자네에게 뭔가를 토해내야 한다는 점이야."

"안 그래도 그것 때문에 녀석에게 용돈을 줄 때 간단한 정보를 알아봐 달라고 했습니다."

"어떤?"

"그들 조직에 저희 부족원들이 또 있는지 알아봐 달라고 했습니다."

"의심하지 않을까?"

"친척을 찾는 걸 의심할 리는 없습니다. 그리고 아주 우호적인 분위기였습니다."

"그때는 술에 취해서 그냥 넘어갔겠지만 돌아가서는 수상하다고 생각할지도 몰라."

"그건 그자를 다시 만나보면 확실하게 알게 되겠죠. 그 점에 대해서는 너무 염려하지 마십시오. 제가 적절히 대처하겠습니다."

"다른 친척이 있으면 그자 역시 포섭할 생각이지?"

"네. 그리고 녀석에게서 정보를 얻는 방법에 대해서 제가 따로 생각해 둔 게 몇 가지 있습니다. 지금부터 검토해 보도록 하죠."

"역시 자네는 멋져."

톰은 노트북에 전원을 넣으며 말했다.

그와 마틴이 미리 준비해 둔 몇 가지 시나리오가 있긴 했다. 하지만 포섭 대상자에 대한 자료가 부족했기에 직접 표적을 만난 오마르의 시나리오만큼 철저하지는 않을 것이다.

둘은 곧 심각한 대화에 빠져들었다.

11

선글라스를 쓰고 있어도 햇볕은 따가웠다. 허나 싫지는 않았다. 흑표는 한강이 내려다보이는 벤치에 앉아 농구 경기를 관람했다. 코트에는 청년들이 가쁜 숨을 내쉬며 경기에 열중하고 있었다. 승리를 위해 돌진하는 모습은 언제 봐도 감동적이다.

스포츠는 역시 현장에서 봐야 해. 그는 그들의 땀 냄새와 거친 숨소리를 생생하게 느끼며 생각했다.

어느덧 약속 시간에서 20분이 지났다. 이상했다. 분명 털보가 붙인 테이프는 뜯겨 있었고, 반대편 신호등에 일(一) 자로 테이프가 붙어 있었다. 가능성은 희박하지만 애들이 장난친 건지도 모른다.

10분이 더 지났지만 아무런 움직임이 없었다. 오늘 저녁에 다시 붙여야겠다고 생각하며 자리에서 일어났다. 그때 그의 왼쪽 50미터 거리에 있던 털보가 고개를 까딱이는 모습이 보였다. 회색 양복에 흰색 와이셔츠를 입은 40대 남자 한 명이 걸어오고 있었다. 10미터를 걸으면 한두 명은 볼 수 있는 아주 평범한 외모였다.

"오래만입니다."

녀석은 손을 내밀며 말했다.

흑표는 가볍게 악수를 나눴다. 그는 말하는 법을 잊은 듯했다. 상대가 부담스러워할 정도로 아무런 말도 하지 않았다.

"죄송합니다. 사장님이 나오셔야 하는데 바쁜 일이 있으셔서……. 시간 괜찮으시면 제가 차로 모시겠습니다."

사내는 고개를 90도로 숙이며 말했다.

흑표의 입은 여전히 굳게 다물어져 있었다. 심지어 털보에게도 고개를 끄덕여 주는 것으로 대신했다. 정장을 입은 남자는 흑표를 자신의 차로 안내했다. 털보는 50미터의 거리를 유지하며 그들을 따라왔다.

"이 찹니다."

남자는 검은색 에쿠스의 뒷좌석 문을 열며 말했다. 흑표는 군말 없이 차에 탔다. 남자도 바로 차에 탔다.

"저 친구가 따라올 때까지 여기서 잠시만 기다리지."

흑표는 처음으로 입을 열었다. 털보가 차를 세워둔 곳은 여기서 조금 떨어진 곳이다. 차를 가지고 오려면 시간이 걸린다.

"알겠습니다. 은단 좀 드시겠습니까?"

기억력이 좋은 놈이군. 흑표는 남자를 빤히 쳐다보며 생각했다. 남자는 웃으며 흑표에게 은단을 건넸다. 그는 계속 말을 붙이려고 했다. 하지만 흑표가 시선을 창밖으로 돌리자 금방 입을 다물었다. 털보가 탄 차량이 나타나자 차는 부드럽게 출발했다.

흑표가 한국의 폭력 조직과 관계를 가진 지는 10년이 넘었다. 사실 동아시아에 그의 발길이 닿지 않는 곳은 없었다. 그들과의 돈독한 관계의 밑바탕에는 마약이 있었다.

마약이야말로 황금알을 낳는 거위다. 그는 중국과 북한에서 제조한 마약을 한국에 판매하는 것은 물론 한국을 경유, 일본이나 동남아에 판매해 왔다. 그 모든 건 삼합회, 대만의 죽련방, 야쿠자, 러시아 마피아, 한국의 무수한 폭력 조직과 그물망처럼 연결되어 있기에 가능한 일이었다.

존이 그에게 한국에 들어가서 조사해 달라고 한 건 직접 폭력 조직을 만나서 수사 기관이 하기 힘든 조사를 대신 해달라는 완곡한 표현이기도 했다.

차가 멈춘 곳은 번화한 시장 한가운데였다. 뒤에서 따라오던 털보가 가볍게 클랙슨을 울렸다. 근처에 마땅히 차를 댈 곳이 없었다.

"제가 주차하고 오겠습니다."

조수석에 앉아 있던 남자가 문을 열고 나가며 말했다.

흑표는 안내인을 따라 차에서 내렸다. 인파가 많은 곳으로 오자 털보는 흑표 뒤에 바짝 붙어 만일의 사태에 대비했다. 연길에서의 사건 이후 털보는 이전보다 배는 긴장해 있었다.

좁은 골목길을 몇 바퀴 돌자 비릿한 생선 냄새가 코를 찌르기 시작했다. 안내인은 냄새의 진원지로 향했다. 이 건물도 시장도 모두 처음 와보는 곳이다. 그새 사무실을 또 옮긴 모양이군. 역시 조심스러워. 흑표는 선글라스를 벗으며 생각했다.

안내인은 그 건물 지하창고로 내려갔다. 창고 입구에 건장한 청년 둘이 서 있었다. 그들은 털보는 물론 흑표도 몸수색했다.

"괜찮아."

흑표는 발끈하는 털보를 제지하며 말했다.

털보는 계속 씩씩거렸지만 별다른 사고 없이 몸수색을 마쳤다. 창고 안에 자그마한 사무실이 하나 있었다. 고 사장은 그곳에 있었다.

그는 마약으로 성공한 친구다. 처음에는 말단 마약 운반상으로 시작했다. 운동화 밑창이나 여행용 가방 옆면에 소량 포장된 히로뽕을 숨겨 들어오는 고전적인 수법으로 돈을 벌어들였다.

그의 진가가 나타난 건 마약 운반상을 시작한 지 3년이 지나서부터다. 그는 세관 검색을 통과하는 기발한 신종 수법들을 속속 개발해 냈다. 이온 스캐너 검색을 피하는 방법도 그의 작품이다. 이 방법은 납골함 밑바닥에 비닐로 싼 히로뽕을 넣고 옥돌 판을 덮은 다음 실리콘으로 밀봉 처리하는 것이다.

고 사장은 주먹보다는 머리로 승부하는 스타일이다. 따라서 흑표가 아는 한국의 폭력 조직 중 수완과 정보력에서만큼은 손으로 꼽을 정도로 뛰어났다.

"먼 길 오느라 수고 많으셨습니다. 미리 연락 주셨으면 마중이라도 나갔을 텐데요."

고 사장은 양팔을 활짝 벌리며 환영의 뜻을 표했다. 과장되게 행동하는 게 그의 특징이다. 흑표는 그와 가볍게 포옹했다.

"석 달 만인가요?

고 사장이 질문했다.

"그 정도쯤 됐군요. 그래, 사업은 잘되시죠?"

"난속이 심해서 아주 죽겠습니다. 이제 이 시업도 그만 접어야 할까 봅니다."

고 사장은 오른손으로 이마를 짚으며 말했다.

"많이 힘든가 보군요."

"가뜩이나 경기까지 안 좋아서 돈 벌기가 더 힘드네요. 그래, 뭐 좋은 소식이라도 있습니까? 한국까지 다 들어오시고."

고 사장은 호기심 어린 눈빛으로 말했다.

"그냥 바람 좀 쐬는 김에 들렀습니다."

"아시아 투어 중이시군요."

"그렇게 볼 수도 있겠죠."

"좋은 곳 있으면 저도 소개 좀 시켜주십시오. 가끔 외국 바람도 쐬고 해야지. 이런 냄새 나는 지하창고에 처박혀 있다 보니 폐가 아주 썩어 문드러질 것 같습니다."

"건강은 건강할 때 지켜야죠. 다 먹고살자고 하는 짓인데."

흑표는 고 사장의 부하가 가져온 녹차를 받으며 말했다.

철두철미한 고 사장답게 부하들도 똑똑했다. 그들은 흑표가 커피보다는 녹차를 좋아한다는 걸 지금도 기억하고 있었다. 털보에게는 시원한 콜라 한 병이 배달되었다.

"그렇죠. 죽으면 다 부질없는 것을. 요즘도 운동 꾸준하게 하시나 봅니다."

고 사장은 깍지 낀 흑표의 손을 보며 말했다.

흑표의 정권에는 굳은살이 박여 있었다. 그는 오랜 시간 무술을 수련했다. 쿵푸뿐만 아니라 무에타이, 태권도, 가라데, 검도 등 종목을 가리지 않는 무술광이었다. 심장에 무리가 갈 수 있으니 좀 더 편한 운동을 하라는 의사의 권유가 있었지만 그는 아랑곳하지 않았다.

"지팡이 짚고 다니지 않으려면 평소에 부지런히 운동해야죠."

"정말 대단하십니다. 저도 꾸준히 운동하려고 하는데 쉽지가 않네요."

"건강에는 잘 먹고 잘 쉬는 게 최고죠."

"먹는 건 잘 먹습니다. 제대로 쉬지 못해서 문제죠. 언제 편하게 휴양 같은 걸 해봤어야지 잘 쉴 텐데……. 참! 놀러 가는 것도 잘 골라서 가야겠더라구요. 평택에 최 사장 아시죠? 아 왜 그 머리 벗겨진 친구 있잖아요. 저보다 훨씬 많이 벗겨졌잖아요."

고 사장은 손으로 자신의 이마를 가리키며 말했다.

엄살이 심해서 그렇지, 그의 이마는 그렇게 휑한 편은 아니었다. 하긴 모르는 일이다. 흑표는 요즘 가발이 워낙 잘 나온다는 사실을 떠올렸다.

"최 사장 알죠. 근데 왜?"

"아, 글쎄, 최 사장이 급사했지 뭡니까?"

"언제? 무슨 일로?"

"필리핀에 놀러 갔다가 총에 맞았다지 뭡니까?"

"총? 총이라……. 너무 무리한 추측 같긴 하지만……. 혹시 청부 살인 아닐까요?"

"그건 아닌 모양입니다. 한 발밖에 맞지 않았으니까요. 발사한 총알도 딱 한 발이었답니다."

고 사장은 오른손 검지를 세워 하나라는 걸 강조했다.

"그런데 사망했다고? 소총에 맞았나?"

"권총이었습니다."

"급소를 맞은 모양이군요."

"딱히 머리나 심장에 맞은 것도 아니라고 합니다."

"그런데 어떻게?"

흑표는 호기심이 동했다.

"과다 출혈이 문제였다고 합니다."

"과다 출혈?"

"네. 그 뭐더라? 야, 둘째야! 뭘를 총알에 발랐다고 했냐?"

고 사장은 흑표를 이곳으로 안내했던 남자를 쳐다보며 말했다.

"쥐약이었습니다, 형님."

"아, 맞다! 쥐약. 글쎄, 미친놈이 총알에 쥐약을 잔뜩 발라놔서 지혈이 제대로 되지 않았다지 뭡니까, 글쎄."

"현지 경찰은 뭐라고 했답니까?"

"단순 강도 사건으로 결론 난 모양이더군요."

"아무리 외국이라도 강도를 당하다니……. 최 사장 혼자서 여행 갔었나요?"

"같이 따라간 애가 두 명이나 있었는데……. 워낙 급작스럽게 벌어진 일이라 손을 쓸 수가 없었답니다. 총도 소음총이라 처음엔 총

소리가 아니라 지나가는 행인이 박수 치는 소리인 줄 알았답니다."

"소음총?"

"왜 그 영화에 나오는 소리 안 나는 총 있잖아요, 총구 앞에 쇠파이프 같은 걸 연결한."

고 사장은 열을 올리며 말했다.

"아! 그 총 말이군요."

총에 대해서는 내가 훨씬 전문가인데. 흑표는 빙긋이 웃으며 대답했다.

"아무튼 근처에서 차량 접촉 사고가 발생하는 바람에 앰뷸런스도 늦게 도착했다고 그러고……. 쥐약 때문에 지혈이 잘 안 돼서 정말 어이없게도 과다 출혈로 갔다는군요."

"그랬군요."

흑표의 머리가 복잡해졌다. 탄두에 쥐약을 묻히는 건 중동 자살폭탄 테러범들이 자주 사용하는 수법이다. 그렇게 하면 혈액 응고를 지연시켜 출혈이 최대한 지속하도록 만든다.

존은 써드 웨이브가 중동의 전설적인 암살 조직인 어세신(The Assassins)과 연관되어 있을 것으로 추측했다. 흑표는 최 사장의 죽음이 그들과 관련 있는 건 아닐까 생각했다.

"사람 일이란 게 정말 한 치 앞도 모르는 거라는 사실을 최 사장보고 깨달았습니다. 그 멀쩡하던 사람이 그렇게 갑자기 가다니. 마른하늘에 날벼락도 유분수지."

"그러게 말입니다. 그나저나……."

흑표는 맞장구를 쳐주며 여러 조직의 동향에 대해 넌지시 질문했다.

존의 자료에 따르면 써드 웨이브는 결코 아마추어가 아니다. 그들은 틀림없이 대리인을 통해서 접촉을 시도했을 것이다. 간단한 대화만으로 그들의 동향을 파악하는 건 불가능하다.

하지만 흑표는 고 사장과의 대화에서 최소한 하나는 건졌다. 그건 최 사장의 의문의 죽음이었다.

12

존은 해독 프로그램으로 암호로 된 통신문을 해독했다. 그간 가슴 졸였는데. 다행히 좋은 소식이었다.

존은 보안 전화기를 들었다. 상대는 벨이 두 번째 울릴 때 전화를 받았다. 존은 그도 무척 신경 쓰는 모양이라고 생각했다.

"CHARM, 아니, 이제는 NKCELL이군요. NKCELL에게서 연락이 왔습니다."

존이 말했다.

"무슨 문제가 생겼나?"

상대의 목소리는 무척 메말랐다. 사람이 아니라 기계가 말하는 것 같았다.

"아무 이상 없습니다. 작전은 아주 잘 진행되고 있습니다. 물건이 무사히 도착했다고 합니다."

존이 음성을 높였다.

"별다른 문제는 없었고?"

"흠집 하나 없이 잘 도착했다고 합니다. 다음 연락은 시간이 좀 걸릴 것 같다고 합니다."

"수고했어. 간만에 NK로 시작하는 코드를 받은 요원답구만. 그리고 다른 일들은?"

존은 NK로 시작하는 코드명을 부여받았던 요원들을 떠올려 보았다. 그들은 대부분 살아남지 못했다. 그래서 이번에는 natural killer cell이라는 뜻을 가진 NKCELL을 코드명으로 부여했다. 제발 이번만큼은… 그가 부여한 코드명을 오랫동안 사용할 수 있었으면 했다.

"톰이 부지런히 뛰고 있습니다."

"보고서를 보긴 했는데, 톰을 무시하는 게 아니라 그렇게 금방 정보를 얻어낼 것 같지는 않아."

"흑표 또한 본격적인 조사를 시작하고 있습니다. 조만간 결과가 나올 겁니다."

"그 친구 요즘 좀 힘들다며?"

"네. 곤란한 문제들이 좀 있습니다."

존은 내심 놀라며 말했다.

그런 내용은 보고서 어디에도 적혀 있지 않았는데. 어떻게 알아낸 것일까?

"그것 때문에 문제가 생기지는 않겠어?"

"최대한 지원하고 있습니다. 걱정 마십시오."

"어떻게?"

여전히 일정한 톤의 목소리였다.

당장 보고서를 제출하라는 소리가 안 나와서 다행이군. 존은 그의 깐깐한 얼굴을 떠올리며 생각했다.

"우리 요원들이 FBI 요원으로 변장해서 중국의 산업스파이를 대대적으로 검거하는 것처럼 위장했습니다. 효과가 있었습니다. 또한 흑표를 보호하기 위해 만들었던 가상의 두더지 칭기즈칸이 이미 미국으로 망명했다는 소문."

"FBI에서 눈치채는 건 아니겠지?"

상대는 가차 없이 말을 자르며 들어왔다.

"걱정 마십시오."

"어쩌면 이번 일은 특수정보수집국 창설 이래 최대의 경사가 될지도 몰라. 물론 작전이 성공한다면 말이야."

"어떻게든 성공시키겠습니다."

"그럼 수고하게."

상대는 말을 끝냄과 동시에 전화를 끊었다.

언제나 자기 할 말만 하는군. 존은 이마의 땀을 닦으며 생각했다. NSA와 CIA에서 두루 근무한 경험이 있는 그의 상관은 특수정보수집국을 총지휘하고 있었다.

특수정보수집국(SCS:Special Collection Service)은 CIA와 NSA의 비밀 연대 조직이다. 1978년 CIA의 첩보 기술과 NSA의 기술 역량을 결합할 목적으로 설립되었다. 도청기나 파라볼라 안테나 등 고성능 도청 장비를 접근이 어려운 지역에 설치하고, 외국의 통신 요원들을 매수하는 것이 주요 설립 목적이었다. 이 조직은 NSA와 CIA 관리들이 번갈아가며 책임을 맡는다.

특수정보수집국은 1950년대 프랭크 롤렛에 의해 설립된 CIA의 '디비전D'와 관련이 깊다. 수년 동안 디비전D는 NSA를 도와 외국의 암호 자료를 빼오고 외국의 암호 요원이나 교신 전문가를 영입해 오는 일을 맡았다.

현재의 특수정보수집국은 그런 디비전D의 후신이다. 암호와 광섬유, 인터넷을 위시한 새로운 기술로 인해 NSA의 도청 요원들과 암호 해독가들의 어려움이 날로 커지자 특수정보수집국의 중요성이 한층 부각되었다. 덕분에 규모를 대폭 늘릴 수 있었다.

TV시리즈 '제5전선'의 팀처럼 특수정보수집국은 독특한 해결책을 찾아내는 데 주력한다. 수많은 기밀을 얻어내는 가장 손쉬운 방법은 해당 자료가 있는 데이터베이스에 침투하는 것이다. 이를 위한 최상의 방법은 뇌물이든 뭐든 온갖 수단을 동원하여 시스템 관리자들을 포섭하는 것이다.

시스템 관리자를 직접 포섭하기 힘들 때는 좀 더 우회해서 접근한다. 시스템 관리자의 키보드에 도청기를 달거나 취약한 컴퓨터 네트워크에 도청기를 달 사람을 물색해서 매수한다. 이렇게 힘으로써 NSA는 암호 소프트웨어가 정보를 스크램블하기도 전에 정보를 도청해 낼 수 있다. 간혹 NSA나 특수정보수집국이 기술자나 통신 관리에게 뇌물을 건넴으로써 한 나라의 통신 시스템 전체를 훼손하는 경우도 있다.

대개 도청 업무는 미국 대사관 내부의 특수 공간에서 행해진다. 하지만 도청이 어려운 국가에서는 특수정보수집국의 비밀 요원이 사업가나 다른 신분으로 위장해 찾아가야 하는 경우도 있다. 이번 경우처럼 말이다.

첩보 요원은 파라볼라 안테나를 우산으로 위장해 감시 대상 국가로 가져간다. 수신기와 위성 송신기는 라디오와 랩톱 컴퓨터면 충분하다. 요원은 극초단파의 좁은 광선이 지나는 외딴곳, 가령 숲 속의 나무 위나 시골 오두막 같은 곳을 빌려 장비를 위장해 설치한다.

그리고 이 장비가 낚아챈 전파 신호는 멀리 떨어진 정지 궤도의 신호 정보 위성을 거쳐 NSA로 전송된다.

정보의 블랙홀이라는 북한에서 도청에 성공한다면……. 존은 전신을 휘감는 짜릿한 쾌감에 잠시 몸을 맡겼다. 그는 사정할 때보다 이런 자극을 더 즐겼다. 그래서 CIA를 떠나지 못하는 것이다.

이번 작전은 만일 성공한다면 스파이 역사의 한 획을 그을 수 있을 것이다.

물론 아직도 많은 고비가 남아 있다. 이제 시작했을 뿐이다. 중간에 하나라도 잘못되면 모든 것이 수포로 돌아간다.

존은 NKCELL이라는 암호명을 부여받은 침투 요원의 얼굴을 떠올렸다. 탈북자 출신인 NKCELL은 탈북 당시 모든 가족을 잃었다. 전화위복이랄까? 그는 미국의 중산층 가정에 입양되는 행운을 얻었다.

하지만 멋진 가정과 좋은 교육도 그의 뇌리 깊숙이 박혀 있는 북한에 대한 증오를 깨끗이 씻어내지는 못했다. 그게 그가 선택된 가장 중요한 이유였다. 그는 중국 국경 지역에서 태어난 덕분에 중국어도 수준급이었다. 그를 처음 발굴해 냈을 때 존은 흥분으로 밤을 지새웠다. 그리고 이 모든 작전이 기획되었다.

성공을 위하여. 그는 맞은편 거울 속의 자신과 잔을 부딪쳤다.

13

'야누스'는 기환이 마지막으로 찾았을 때의 모습 그대로였다. 푸른색 간판도 그렇고, 어두침침한 실내조명, 삐걱 소리가 나는 의자는 여전했다. 물론 바텐더도. 정말 다행이라고 생각했다. 그가 없으면 기환이 이곳을 찾을 이유가 없었다.

"어! 오랜만에 오셨네요."

바텐더가 먼저 알은척을 했다. 성격이 워낙 좋아서 단골손님이 많은 바텐더였다. 기환도 녀석도 바텐더 때문에 이곳을 찾곤 했다.

"그러게 말이야. 정말 오랜만이네. 그동안 잘 지냈지?"

"그럼요. 잘 지내시죠?"

바텐더는 빙긋이 웃으며 말했다.

기환은 그의 미소를 아주 좋아했다. 남자가 남자의 미소에 반할 수도 있다는 사실을 처음으로 깨닫게 해준 백만 불짜리 미소였다. 마스크에서의 과장된 연기가 아닌 평상시의 짐 캐리의 미소와도 많이 닮았디.

"뭐 그럭저럭."

"요즘 많이 바쁘신 모양이에요. 얼굴이 무척 까칠하시네요."

"나만 힘드나, 뭐. 먹고살려면 이 정도 고생은 감수해야지."

기환은 담배를 꺼내며 말했다.

"그래도 가끔 들르시지 그랬어요."

"오늘이라도 이렇게 오는 게 어디야."

"롱티 드릴까요?"

마지막으로 온 게 서너 달은 된 것 같은데. 녀석은 모든 걸 기억하고 있었다. 하긴 꽤 똑똑한 친구였다.

가게에는 손님이 그렇게 많지는 않았다. 옆 바텐더와 한창 열을 올리며 대화하는 손님이 한 테이블, 홀에 앉아서 맥주를 홀짝이는 연인이 한 테이블. 그를 제외하면 두 팀뿐이었다. 이곳은 새벽 손님이 많다. 피크타임까지는 아직 시간이 있었다. 덕분에 기환은 바텐더와 장시간 대화할 수 있었다. 정보원에 대한 말은 가급적 아꼈다. 일단 이곳을 방문한 목적은 철저히 숨겨야 했다.

롱티를 네 잔째 마시자 취기가 조금 올라왔다. 피곤해서 그런 모양이다.

"롱티 한 잔 더. 그리고 너도 한 잔 더 해."

"고마워요. 그럼 보드카 김렛 한잔할게요."

"그래."

기환은 화장실로 향했다. 볼일을 보고 찬물로 세수했다. 정신이 좀 맑아지는 것 같았다. 다시 자리에 오니 새로 온 손님들이 옆자리를 차지하고 있었다. 이제 바텐더를 혼자서 독차지할 순 없었다.

끈적끈적한 재즈 음악을 안주 삼아 롱티를 비웠다. 손님들이 더 늘어났다. 기환은 그만 자리에서 일어났다.

"가시게요?"

바텐더가 말했다.

"이제 들어가 봐야지."

기환은 손목시계를 손으로 가리키며 말했다. 12시가 넘었다.

"앞으로 자주 찾아주세요."

"그래. 참! 명수는 요즘 뭐 해?"

기환은 갑자기 생각난 듯 말했다. 명수는 정보원의 가명이다. 그는 이곳에서는 명수라는 이름을 쓰고 있었다.

"서로 연락 안 하세요?"

"요즘 좀 바빠서……."

기환은 뒤통수를 긁적이며 말했다.

"명수 씨도 요즘 많이 바쁜 모양이더라고요. 그래도 한 달에 두세 번은 들러요. 엊그제도 왔다 갔는데."

"그래?"

역시 내 예상대로군. 기환은 자신의 추리가 정확했다는 사실에 기뻤다. 녀석이 소지했던 야누스의 상호가 적힌 라이터는 새것이었다. 그래서 녀석이 최근 이곳을 들렀다고 추측했던 것이다.

"아, 참. 깜빡할 뻔했네. 손님 오시면 뭘 좀 전해달라고 그러시던데요."

바텐더는 오른손으로 가볍게 이마를 치며 말했다.

"뭔데?"

호기심이 동했지만 기환은 감정을 드러내지 않으려 노력하며 말했다. 명수가 이곳에서 누구를 만났는지 알아보려고 했는데. 녕수는 결정적인 걸 이곳에 남겨두었던 것이다.

"별건 아니고⋯⋯. 잠시만요."

바텐더가 넘겨준 건 푸른색 편지봉투였다. 풀로 봉해져 있었고 겉면에는 아무런 글자도 적혀 있지 않았다.

"이 자식, 게이 아냐? 남자한테 무슨 러브레터를 보내는 거야."

기환은 너털웃음을 터뜨리며 말했다.

머릿속이 복잡해지기 시작했다. 술기운이 확 달아났다. 녀석은 만일을 대비해 이 편지를 남긴 것이다. 도대체 무슨 내용일까?

"그래도 요즘 세상에 이렇게 편지를 주고받는다는 게 너무 운치 있지 않아요? 전 군대에서 편지 받아본 이래로 남자고 여자고 간에 손으로 적은 편지를 받아본 기억이 없어요. 얼마 전에 여동생한테 편지 한 통 보내달라고 조르기까지 했어요."

"그래서 편지는 받았어?"

"용돈 10만 원을 쥐여 주고 겨우 열 줄짜리 편지 한 통 받았죠."

바텐더는 웃으며 말했다.

역시 멋진 미소다. 기환은 담배를 꺼내며 생각했다.

"그러고 보니 나도 손으로 적은 편지를 받아본 기억이 가물가물하네."

거짓말이었다. 며칠 전 와이프에게서 온 편지를 받았다. 끔찍한 내용이라 떠올리기도 싫었다.

"근데 이걸 남기면서 다른 말은 없던가?"

기환은 편지를 가리키며 말했다.

"아, 참. 이 말도 꼭 전해달라고 했어요. 열쇠는 월드컵(World Cup)에 있다. 혹시나 해서 거기 봉투 뒷면에 적어놨어요."

"월드컵?"

"네. 그렇게 전해주면 아실 거라고 하던데요."

"아! 그렇지."

기환은 빙긋이 웃으며 말했다.

"어디 좋은 곳 뚫어놓으셨나 봐요?"

바텐더는 예의 멋진 미소를 지으며 말했다.

"그럼 수고해. 잔돈은 팁이야."

기환은 계산서와 현금을 바텐더에게 건네주고 황급히 가게를 빠져나왔다.

머릿속이 복잡했다. 열쇠? 갑자기 열쇠가 왜 나왔지? 월드컵은 또 뭐야? 술집이나 어떤 장소 이름인가? 기환은 의아했다.

어쨌든 그의 예상은 정확했다. 여자 문제는 젬병이지만 아직 수사 감각은 죽지 않은 모양이다. 녀석은 야누스에 진실에 접근할 수 있는 단서를 남겨놓았다.

편지 내용이 궁금해서 미칠 지경이었다. 열쇠는 월드컵에 있다는 수수께끼 같은 말도 호기심을 자아냈다. 모든 건 편지를 보면 이해할 수 있을 것이다.

알코올보다는 복수심과 호기심에 몸이 화끈 달아올랐다. 도로변으로 뛰어가서 택시를 잡았다. 사무실로 갈까 하다가 집 주소를 불렀다. 집이 훨씬 가까웠다. 무조건 빨리 가달라고 말하며 타자마자 만 원짜리 한 장을 쥐여 주었다. 카메라에 찍히지 않을 한도 내에서 최고 속도로 이동했지만, 집까지 가는 길이 그렇게 길고 지루할 수가 없었다. 20분도 걸리지 않았지만 부산까지 가는 것보다 배는 멀게 느껴졌다. 기사가 어디 아프냐고 몇 번이니 물어볼 징도로 몸을 들썩였다.

택시에서 내리자마자 뛰듯이 집으로 들어섰다. 별거를 시작할 때 급하게 얻은 원룸은 삭막하기 그지없었다. 가구라곤 침대와 책상, 옷장이 전부다. 지저분했지만 의외로 싱크대는 깨끗했다. 집에서 한 번도 밥을 해먹은 적이 없다. 심지어 컵라면을 제외한 라면도 끓여 먹은 적이 없다.

냉장고를 열고 생수병을 꺼냈다. 택시에 타는 순간부터 갈증을 느끼고 있었다. 2리터짜리 생수병을 거의 반 가까이 비웠다. 급하게 책상을 치웠다. 진공청소기로 책상 위의 먼지를 빨아들인 후 걸레로 닦았다. 그걸로 모자라서 휴지로 한 번 더 닦았다.

폭발물을 만지듯 조심스럽게 편지지를 개봉했다. 겉으로 보기엔 내부에는 편지지뿐이었다. 하지만 눈에 안 띄는 자그마한 물건이

들어 있을지도 몰랐다. 행여나 그걸 흘릴까 싶어 택시에서 개봉하
지 않았다.

　의외로 내용물은 편지지 한 장뿐이었다. 무슨 내용일까? 기환은
조심스레 편지지를 펼쳤다.

　6181066892

　이게 뭐지? 편지에는 단지 이 짧은 숫자만 적혀 있을 뿐이었다.
기환은 오른손으로 급하게 담배를 찾았다.

14

　국정원 대회의실은 꼭두새벽부터 분주했다. 9시부터 회의가 예
정되어 있기 때문이다. 행사 진행을 맡은 김 과장은 정신이 없었다.
가뜩이나 바쁜데 말썽을 일으키지 않는 장비가 없었다. 빔프로젝터
도 그렇고 마이크도 그렇고……. 어제 점검할 땐 아무 이상 없었는
데 새벽에 다시 점검하니 문제가 발생했다.

　겨우 시간을 맞춰 장비를 갖춰놓자 하나둘 참석자들이 입장하기
시작했다. 국정원 원장은 물론 그가 속한 기관 및 기타 관계 기관의
수장들과 CIA, FBI, 비밀검찰국(Secret Service), 각국의 경호팀 관
계자도 참석했다.

　이번 회의는 APEC을 앞두고 전반적인 보안 체계에 대한 감사를
받는 자리였다. 누구를 감사로 선택할지에 대해 의견이 분분했다.
APEC이 끝나기 전에 감사를 선정한다는 게 불가능한 일처럼 보일

정도였다. 결국 전 세계에서 대중교통 수단에 대한 테러(스페인 마드리드 열차 테러도 그렇고, 얼마 전 7.7 런던 테러도 대중교통 수단에 대한 테러다. 따라서 이번에도 대중교통 수단이 테러의 대상이 될 확률이 굉장히 높다.)를 가장 많이 당하는 이스라엘이 적임자라는 데 의견의 일치를 보았다. 그래서 외부 감사로 특별히 모사드 요원이 선택되었다. 그는 지난 한 달간 모든 사항을 꼼꼼하게 점검했다.

1부는 여러 국가 정보기관 및 관련 부처 간의 합동 대응 태세에 대한 간략한 브리핑이 있었다. 2부는 모사드 요원이 그동안 발견한 문제점들을 조목조목 밝히는 자리였다. 회의실이 화끈 달아올랐다. 12시에 끝나기로 한 회의는 1시가 넘었지만 반도 진행되지 못했다. 결국 점심을 먹고 2시부터 다시 진행하기로 했다.

2시에 다시 속행된 회의는 식곤증을 가볍게 태워 버렸다. 가장 절정은 마지막 3부 질의응답 시간이었다. 물론 중간에 여러 가지 질문이 있긴 했지만 진행 관계상 모든 질문을 받아들이지 않았다. 질의응답 시간이 되자 다들 의문 사항들에 대해 납득이 될 때까지 질문했다. 아주 사소한 것들이 심각한 상황을 초래한다. 어처구니없어 보이는 질문도 있었지만 모사드 요원은 침착하게 답변했다.

"자살 공격을 막는 건… 쉬운 일이 아닙니다. 솔직히 말하자면 거의 불가능에 가깝습니다. 그건 최첨단의 인공지능이 장착된, 생각하는 폭탄이라고 할 수 있기 때문입니다. 그들 테러범은 두려움이 전혀 없습니다. 그 점에서는 정말 단순한 기계 같습니다. 하지만 생각하고 결정할 수 있기 때문에 가장 적절한 곳에서 가장 효과적인 시간에 공격을 감행할 수 있습니다. 그 어떤 최신 무기보다 무서운 존재입니다."

모사드 요원은 탁자를 치며 말했다. 그리고는 물을 한 모금 마셨다.

피곤할 텐데 대단한 체력이군. 김 과장은 시계를 흘끔 보며 생각했다. 6시가 가까워지고 있었다.

"또한 주목표에 대한 공격이 어려워지면 언제든 공격 목표를 바꿀 수 있습니다. 여객기가 힘들면 지하철, 지하철이 힘들면 버스, 그것도 힘들면 차량에 폭탄을 가득 싣고 번화가로 돌진할 수도 있습니다."

사방에서 신음 소리가 터져 나왔다. 모사드 요원은 좌중을 한 번 둘러본 후 다음 말을 이었다.

"7.7 런던 테러 때도 해당 노선의 열차가 고장 나자 테러범은 즉시 버스를 다음 공격 목표로 삼았습니다. 또한 이들은 어차피 폭탄과 함께 생을 마감하기 때문에 복잡한 도주로를 택할 필요가 없습니다. 즉, 어디서든 가능하다는 거죠. 여러분이나 제가 생각하는 것처럼 복잡하게 생각해서는 그들에게 효과적으로 대응할 수 없습니다. 최대한 테러범의 입장에서 생각해야 합니다. 내가 테러범이라면, 그리고 살아서 돌아갈 필요가 없다면 어디를 어떻게 공격할 것인가 항상 생각해 보십시오. 아무튼 이런 식의 자살 테러는 다른 방식보다 사망자 숫자를 네 배나 더 늘릴 수 있습니다."

"그래도 예방할 방법이 없을까요? 자살 폭탄 테러를 하는 자들이 가진 공통점 같은 건 없습니까?"

김 과장이 질문했다.

"그들은 전 세계에서 모인 지원자들입니다. 국가도 성별도 나이도 제각각입니다. 안타깝지만… 그들이 가진 공통점이라면 최대한 많은 사람을 살해하려고 한다는 점뿐입니다."

"굉장히 슬픈 소식이군요. 하지만 생화학 공격에 대해서는 나름대로 준비가 되어 있습니다. 오크로라는 로봇을 투입해서 주요 지점에 대한 공격을 방어하고 있습니다. 이놈은 사린가스, 탄저균 등 생화학무기는 물론 방사능 무기까지 탐지할 수 있습니다."

1부에서 테러 예방 장비에 대해 설명했던 요원이 말했다.

"생화학 테러는 사람이 많이 몰리는 복도나 출입문 근처가 가장 위험한 곳입니다. 그런 곳을 집중적으로 감시하십시오. 도시에는 테러리스트들이 노릴 목표가 굉장히 많습니다. 많은 사람이 드나드는 빌딩이나 호텔, 백화점, 지하철, 대형 공연장이나 경기장 등 헤아리기 힘들 정도로 많습니다. 그래서 궁극적인 대테러 방법은 공격이 될 수밖에 없습니다."

"공격이 최선의 방어란 말이군요."

김 과장이 말했다.

"네! 정확합니다. 테러범들을 수색, 섬멸하는 것은 지금까지 증명된 가장 효과적인 테러 억제 방법입니다."

"얼마 전에 영국 런던 스톡웰 역에서 발생한 오인 사살 사건에 대해서는 어떻게 생각하십니까?"

"좋은 질문입니다. 안 그래도 그에 대해서 잠시 얘기하려고 했습니다. 이스라엘의 경우 폭탄 테러범을 제압할 시 테러범이 폭탄 스위치를 누를 경우에 대비하기 위해서 경찰은 안전거리를 확보합니다. 용의자의 20~30미터 전방에 차를 세웁니다."

"중간에 말을 끊어서 정말 죄송한데, 복잡한 지하철에서는 불가능한 일 아닙니까?"

"물론 그렇죠. 그러니 가능하면 용의자가 인파가 많은 곳으로 이동하기 전에 제압해야 합니다. 그리고 가장 중요한 건 이건데요. 이스라엘의 경우 경찰이 폭탄 테러 용의자에게 발포할 수 있는 경우가 정해져 있다는 겁니다. 타깃이 폭탄 테러범일 경우만 총기를 사용할 수 있습니다."

"어떻게 폭탄 테러범이라고 확신할 수 있는 겁니까?"

"폭탄 벨트나 폭탄을 경찰이 직접 봐야만 총을 쏠 수 있습니다. 하지만 영국 경찰은 폭탄을 확인할 필요가 없었죠. 그들의 테러 대응 지침인 크라토스는 분명 문제가 있습니다. 스톡웰 역에서 그런 비극이 발생했던 또 한 가지 이유는 무전입니다. 무전의 경우 지하철의 깊이에 따라 교신 상태가 달라집니다. 오인 사살이 발생했을 때 무전기는 제대로 작동하지 않았습니다. 경찰들이 지하철역에 들어서자 교신이 끊어졌습니다. 런던 경찰들에게 지급된 신형 무전기 역시 교신이 자주 끊긴다고 합니다. 한국도 이 부분에 특히 유념해야 할 것입니다."

"무전은 저희의 확인 결과 큰 문제가 없었습니다."

"네. 저도 그 보고서를 읽었습니다."

"저, 그리고… 이건 답변 안 하셔도 상관없습니다."

김 과장은 잠시 오른손으로 볼펜을 돌리며 뜸을 들였다. 좌중의 시선이 그에게 집중되었다.

"그냥 개인적인 의견을 묻고 싶습니다. 괜찮겠습니까?"

"어떤 겁니까?"

"이번 APEC 기간에 테러가 발생할 확률이 어느 정도라고 보십니까?"

김 과장을 향해 있던 모두의 시선이 거의 동시에 모사드 요원에게로 돌아갔다.

"글쎄요……. 제가 생각하기엔… 이전 자료들은 다 무의미합니다. 누가 월드트레이드센터에 비행기로 테러할 것이라고 예상했겠습니까? 그들은 우리와 같은 사람입니다. 따라서 지금도 계속 진화 중입니다. 더구나 그들이 목표로 삼을 타깃이 사방에 널려 있습니다. 안타깝긴 하지만 냉정하게 판단하자면… 주도권은 우리가 아닌 그들에게 있습니다. 테러 효과를 극대화하기 위해 사람이 많은 공공장소에서 동시 다발적으로 테러를 하는 게 알 카에다의 특징입니다. 일차적으로 공공장소에서의 테러를 막는 데 주력하는 게 최선이라고 생각합니다. 테러의 두 가지 목표인 선전과 공포를 극대화하는 데 그보다 좋은 장소도 없으니 말이죠."

"저희는 적들을 약화시키는 게 가장 효과적이라고 생각합니다. 7.7 런던 테러 같은 경우는 영국 출신의 이슬람교도에 의해서 테러가 발생했습니다. 국내에도 상당수의 이슬람교도가 거주하고 있습니다. 일단 저희는 온건파 이슬람교도를 통해서 강경파를 억압하고 정보를 얻어내는 방식을 사용하고 있습니다. 특히 강경파와 온건파 간의 분열을 조장하는 데 주력하고 있습니다. 대다수 이슬람교도는 강경파가 아닌 온건파입니다. 강경파가 설 땅을 줄이는 것보다 좋은 방법은 없는 것 같습니다."

김 과장은 목청을 높여 말했다.

"굉장히 좋은 방법이군요. 아무튼 알 카에다는 하나의 지휘부를 가진 단일한 조직이라기보다는 일종의 상징이 되었습니다. 이들은 수많은 자생 조직을 가지고 있습니다. 그곳에서 그들은 평범한 젊

은이들을 극단주의자로 만들고 있습니다. 그 뿌리를 없애는 것이야
말로 이들을 박멸할 수 있는 최선의 방법입니다."

몇 개의 질문과 답변들이 더 오갔다. 그리고 회의는 뜨거운 박수
와 함께 끝났다. 김 과장에게 수고했다는 칭찬의 말들이 쇄도했다.
하지만 그의 어깨는 무거웠다. 어제 수진에게 큰소리를 치긴 했지
만 테러를 막을 비책은 없었다.

각국 정상들에 대한 경호는 큰 문제가 없지만, 회담 기간 국내에
서 발생할지도 모를 테러에 대해서는 솔직히 답이 없었다. 소주 생
각이 간절했다.

15

기환은 새벽같이 출근했다. 사무실에 도착하자 편지지와 봉투에
불가시 펜으로 적은 메시지가 없는지부터 조사했다. 의외로 깨끗했
다. 소변이나 화학약품 등을 이용해 메시지를 남겼는지도 조사했
다. 이것 역시 아무 반응이 없었다.

지급으로 정전기 검출기(ESDA) 조사를 의뢰했다. 글자를 쓸 때
펜에 가해지는 압력이 존재하므로 글자를 쓴 종이에는 눌린 자국이
생긴다. 때때로 이 자국은 그 종이 아래에 있던 다른 종이에도 생기
곤 한다. 정전기 검출기는 종이의 눌린 부분은 정전기의 전하량이
다른 부분보다 크다는 원리를 이용해서 눌려 있는 부분에 토너가
달라붙도록 하는 장치이다.

결과는 오래지 않아 나왔다. 이것 역시 깨끗했다.

젠장. 도대체 무슨 메시지지? 확인 결과 편지지에 비밀리에 감춰

둔 메시지는 없었다. 편지지에 적힌 내용 자체가 피살자가 남긴 마지막 메시지가 분명했다.

6181066892

위의 숫자에 알파벳이나 한글을 대입해 봤지만 모두 의미 없는 문자들이 나왔다. 어쩌면 주소나 전화번호, 차량 번호, 아니면 계좌번호일지도 몰랐다. 암호라고 보기에는 너무 짧았다. 물론 자신할 순 없었다.

참! 열쇠는 월드컵에 있다고 했지.

당장 월드컵이라는 상호를 검색했다. 상당히 많은 가게 이름이 나왔다. 전화번호와 주소를 확인했다. 눈이 빠질 징도로 얼중했지만 위의 숫자와 연관 있는 곳은 하나도 없었다.

기환은 암호해독팀에 의뢰해 볼까 하고 생각했다. 곧 고개를 내저었다. 스파이도 아니고 한낱 정보원이 남긴 메시지도 해독하지 못한다는 사실에 자존심이 상했다. 그들에게 어떤 핑계를 대고 해독을 맡길지도 난감한 일이었다. 결정적으로 암호해독팀에 의뢰한다고 해도 업무 과부하가 걸린 상황이라 언제 답이 나올지는 신만이 아는 일이었다.

머리를 쥐어뜯고 있는데 수진이 출근했다. 그녀에게 도움을 청할까 생각했지만 자리에 앉자마자 호출되는 그녀의 모습에 포기하고 말았다. 사실 피로에 찌든 그녀의 얼굴을 보는 순간 포기했다. 어제 부탁한 조사만으로도 충분히 그녀를 괴롭히고 있었다.

여기에만 전념할 시간이 없었다. 밀린 보고서가 산더미 같았다.

보고를 위한 보고들이 기환을 들들 볶았다. 재촉하는 전화만 열 통 가까이 받은 듯했다. 목도 칼칼하고 머리는 바이스로 쥐어짜는 듯 쑤셔왔다.

"선배, 점심 먹으러 가요."

수진이 등을 툭 치며 말했다.

"점심?"

기환은 반사적으로 시간을 확인했다. 1시가 가까워지고 있었다. 중간에 화장실 갔다 온 걸 제외하면 오전 내내 꼼짝 않고 자리를 지키고 있었다. 점심이라는 단어를 듣자 그제야 허기가 느껴졌다.

"벌써 시간이 이렇게 됐나? 다른 사람들은?"

기환은 주위를 둘러보며 말했다. 사무실에는 급한 연락을 받으려고 대기 중인 요원을 제외하면 그들 두 명뿐이었다.

"다들 좀 전에 식사하러 갔어요."

"넌 왜 안 갔어?"

"급하게 마쳐야 할 일이 있어서요. 그리고 오늘도 선배 혼자서 밥 먹을 것 같아서 같이 가려고 기다리고 있었어요."

"오! 가슴이 뭉클해지는데. 기분이다. 점심은 내가 쏜다."

식당은 붐비지도 한산하지도 않았다. 술과 커피만 들이부은 속을 달래주는 시원한 북엇국에 기환은 밥을 두 공기나 비웠다.

둘은 식사를 마치고 잠시 걷기로 했다.

"야! 날씨 좋다."

기환은 하늘을 올려다보며 말했다. 일 년 중 이맘때의 하늘이 가장 맑고 푸른 것 같았다. 답답했던 속이 확 뚫리는 느낌이 들었다.

"어디 여행이라도 갔으면 좋겠어요."

"내 말이 그 말이야."

둘은 간만에 망중한을 즐겼다. 하지만 그 시간은 길지 못했다.

"저기… 미안한데 말이지……."

기환은 주저주저하며 입을 열었다.

"어제 부탁한 거 때문에 그래요?"

"응. 바쁠 텐데 미안해."

"미안한 거 알면 앞으로 그런 부탁 안 하면 되잖아요?"

수진은 빙긋이 웃으며 말했다.

참 괜찮은 여자야. 기환은 그녀의 미소를 보며 생각했다.

"사실 많이 조사하지는 못했어요. 일단 자료에 이름이 올라 있는 회사들을 검색해 봤는데… 쓸 만한 게 잘 안 나오네요. 이럴 게 아니라 징식 조사를 요청하는 게 이때요? 이런 식으로 조사해서는 내년 크리스마스까지 마치지도 못할 텐데."

"음……."

기환은 낮게 신음했다.

"특히 이번 경우처럼 전 세계의 유령 회사들을 상대로 한 조사는 정식 조사를 한다고 해도 무척 까다로운 일이에요. 이런 소규모의 유령 회사들은 전 세계 각지에 수십만 개가 난립해 있어요. 근데 그들 중 몇 군데가 어디에 쓸지도 모르는 부품을 구입한단 말이죠. 수출 신청서를 위조함은 물론 제품 사양과 최종 사용자까지도 조작해요. 수출 허가서에 최종 납품처로 기재되어 있는 나라를 통해 물건을 우회 수입하죠. 더구나 이들은 완제품을 수입하는 게 아니라 여러 부품으로 나누어서 수입해요. 문제는 그거예요. 부품 하나하나는 겉으로 보기엔 아무 문제 될 게 없어요. 나중에 조립하면 위험한 물건이 된다는 게 큰 문제죠."

"많이 힘들긴 하지……."

기환은 고개를 숙이며 말했다.

"이를 미리 알아챘다고 해도 여전히 문제는 남아 있어요. 사용 용도가 하나가 아닐 경우는 무척 곤란하죠."

수진은 잠시 말을 멈추고 턱을 쓰다듬었다.

"농약이 그 좋은 예 중의 하나예요. 한 회사가 A라는 제품을 수입하고 다른 회사가 화학 성분이 다른 B라는 제품을 수입해요. 각각은 아무런 문제가 되지 않지만 이 둘이 섞이면 독가스가 만들어지죠. 이 거래를 눈치챈 수사관이 이를 추궁해도 각각의 회사는 그런 일이 발생할 줄 몰랐다고 발뺌하면 그걸로 그만이에요."

"하지만 이번 경우는 그나마 쉬운 편이잖아. 무기를 여러 부품으로 나누어서 수입하기도 하지만 화학 약품처럼 그 용도를 둘러대기 쉬운 종류는 아니야. 더구나 탄약은 위장이 불가능한 결정적인 증거물이야."

기환은 열을 올렸다.

"그렇긴 하죠. 그런데 누가 어디서 어떻게 수입하는지 확실하게 알아야 잡을 거 아녜요?"

수진은 가볍게 눈을 흘겼다.

"그게 문제지. 아주 고약한 문제지. 참! 써드 웨이브였나? 그건 도대체 뭐 하는 회사야?"

"그게 단순히 회사 이름이 아닌가 봐요."

"회사가 아니면?"

"아직 제대로 검색해 보진 못했는데 알 카에다의 비밀 조직 중의 하나인 모양이에요."

"정말이야?"

기환은 따지듯 말했다.

"선배 또 흥분하려고 하네. 아직 확실한 건 아니에요. 아니, 써드 웨이브란 이름은 알 카에다의 조직이 확실해요. 그 이상을 알긴 힘들지만."

"그게 무슨 말이야?"

"내 권한으로는 해당 자료에 접근할 수가 없었어요."

"정말?"

"그래서 김 과장님한테 지나가는 말로 물어봤는데 알 카에다의 비밀 조직이라고 하더군요. 자료의 접근 권한을 제한한 건 확인되시 않은 정보가 많아서 그렇다디군요."

"김 과장님한테 따로 부탁해 봐야겠군."

"걱정 마, 선배. 내가 누구야? 이미 부탁해 놨지."

수진은 어깨를 으쓱하며 말했다.

"정말 너뿐이다. 내 술 한번 진하게 살게. 참! 이것 좀 봐줄래?"

기환은 정보원이 남긴 편지지를 꺼내서 수진에게 건네주었다.

"이건 뭐예요? 어디 술집에서 연애편지라도 받은 거예요?"

수진은 빙긋이 웃으며 말했다.

"죽은 정보원이 나한테 남긴 메시지야."

기환은 메시지를 찾게 된 과정을 간략하게 설명했다.

"애들 장난처럼 적어놓긴 했는데… 아무튼 이게 그 정보원이 남긴 마지막 메시지가 확실하다 이거죠?"

수진은 고개를 갸우뚱거렸다.

"응. 그 바텐더가 나한테 거짓말할 리는 없어."

"이게 도대체 무슨 숫자지? 무슨 일련번호 같은데."

"암호라는 생각도 들긴 하는데……."

"이게 암호라면 해독하기 무척 힘들겠는데요."

수진은 편지지를 손으로 툭 치며 말했다.

"왜?"

"샘플이 하나밖에 없어서 현재로서는 패턴을 찾기가 불가능해요. 더구나……."

"더구나 뭐?"

"일반적으로 암호를 해독할 때는 암호로 된 메시지의 맨 처음과 끝 부분부터 살펴보죠. 선배가 직접 편지를 쓴다고 생각해 봐요. 뭐부터 할 것 같아요?"

"상대의 이름이나 간단한 안부 인사부터 시작하겠지."

"마지막에는?"

"편지를 보내는 날짜와 보내는 사람 이름, 간단한 끝 맺음말 정도."

"암호 또한 마찬가지예요. 암호화되어 있을 뿐 내용은 일반적인 편지와 별 차이가 없어요. 무슨 말이냐 하면, 암호로 된 메시지라도 시작과 끝 부분에는 어떤 정형화된 패턴이 들어가게 마련이라는 거죠. 그리고 그것들이 암호를 풀어내는 데 결정적인 단서가 되는 경우가 많아요. 물론 이를 방지하기 위해 무의미한 숫자를 마구 나열하는 경우도 있긴 하지만요."

"그러니깐 이건 메시지가 달랑 하나인데다 너무 짧아서 어떠한 패턴도 찾을 수 없다, 뭐 이런 말이야?"

"빙고. 이건 지나치게 짧은데요. 어떤 방식으로 암호화했든 이렇게 짧다는 건 메시지도 짧다는 걸 의미해요. 아무리 봐도 너무 짧은 것 같은데."

수진은 편지지를 흔들며 말했다.

"역시 전화번호나 주소 같은 걸까?"

기환은 왼손으로 턱을 쓰다듬으며 생각했다. 아침에 면도를 안 했더니 수염이 까칠했다. 수진은 고개를 갸우뚱거리며 주위를 걸었다.

"혹시 바텐더가 다른 말은 전혀 안 했어요?"

"무슨 말?"

"그냥 편지지만 선배한테 넘겨준 거야, 아니면 피살자가 남긴 다른 말이나 물건을 따로 전해준 건 없어요?"

수진은 기환을 빤히 쳐다보며 말했다. 마치 문책하는 듯한 눈초리였다.

"아차! 깜빡했네. 열쇠는 월드컵에 있다는 말을 했어."

"열쇠?"

"응. 열쇠."

"열쇠. 분명히 열쇠라는 말을 했다 이거죠?"

"몇 번을 말해야 해. 넌 왜 항상 똑같을 걸 자꾸 물어보는 거야?"

기환은 짜증을 내며 말했다. 하지만 수진은 그의 반응에 신경 쓰는 눈치가 아니었다.

"분명히 열쇠라는 말을 했다는 거죠……. 그럼 이건 암호가 분명해."

"어째서?"

"모든 암호에는 열쇠가 있어요. 물론 열쇠가 있다고 다 암호는 아니지만 이건 암호가 분명한 것 같아요. 선배는 암호학 강의 때 잠만 자서 잘 모르겠지만."

"그래도 성적은 잘 받았어."

"강사가 고등학교 동문이었죠, 아마?"

"그렇다고 낙제할 실력은 아니었다. 지금도 기억나는 암호가 있는데……. 아, 맞다. 내가 녀석에게 암호를 가르쳐 준 적이 있어. 그래, 맞아. 확실해. 갈래짓기 체스판 암호. 이런 젠장. 내가 왜 그걸 기억 못 했을까?"

기환은 자리에서 벌떡 일어나며 말했다. 그는 자신의 머리를 사정없이 때리더니 갑자기 만세 삼창을 외쳤다.

16

흑표는 오 사장을 찾았다. 그 역시 상당한 정보망을 갖추고 있다. 고 사장에 전혀 뒤지지 않을 정도다.

그와 고 사장의 가장 큰 차이점이라면 폭력을 선호한다는 점이다. 그는 폭력이 가져다주는 효과를 극대화시키는 능력이 탁월하다. 그래서 그를 단순하고 폭력적이라고 생각하기 쉽다. 하지만 그건 오산이다. 그는 폭력이라는 가면 뒤에서 열심히 주판알을 튕기는 친구다.

"얼굴이 아주 훤하시군요."

흑표가 말했다.

"사장님도 신수가 아주 훤하시군요. 그간 잘 지내셨죠?"

오 사장은 악수를 청했다. 흑표는 그가 악수의 유래에 정말 적절한 인물이라고 생각했다. 그는 칼을 잘 쓰기로 유명했다. 한창때는 적수가 없다는 말을 듣곤 했다. 지금도 항상 칼을 휴대하고 있는 눈치다.

"염려해 주신 덕분에 잘 지내고 있습니다. 요즘 어떠십니까? 사업은 잘됩니까?"

"그저 그렇습니다. 그나마 오락실 사업이 좀 되는 편이라 겨우 입에 풀칠은 하고 있습니다."

"호, 오락실이 수입이 꽤 좋은 모양이군요."

흑표는 호기심이 동한 듯 눈을 동그랗게 뜨며 말했다.

"꽤 좋다고는 할 수 없지만 고정적인 수입이 생기니까요. 사업하는 사람한테 고정적인 수입이 얼마나 중요한지 잘 아시잖습니까? 그래, 한국에는 무슨 일로 들어오셨습니까?"

"겸사겸사. 이것저것 좀 알아보려고요."

정말 지겨운 질문이군. 흑표는 녹차를 홀짝이며 생각했다.

"아, 참. 듣자 하니 최 사장님이 돌아가셨다면서요?"

흑표는 갑자기 생각난 듯 말했다.

"그것 때문에 분위기가 무척 험악했죠. 처음에 그쪽에서는 암살당했다고 단정 짓고 전쟁이라도 벌일 기세였으니까요."

오 사장은 인상을 긁으며 말했다.

"그래, 별다른 문제는 없었나요?"

"아무런 증거도 없는데 그쪽에서 뭘 어떻게 하겠습니까? 더구나 경찰들도 잔뜩 주시하고 있는데……. 뭐 흐지부지 지금까지 왔죠."

"최 사장이 죽을 때 현장에 같이 있던 친구들은 뭘 했답니까?"

흑표는 어이없다는 표정으로 말했다.

"워낙 순식간에 당했다고 하더군요. 근처에 오토바이까지 대기시켜서 재빨리 내빼는 바람에 도저히 잡을 수가 없었다고 하더군요."

냄새가 나는데. 의혹이 전기에 감전된 것처럼 흑표의 육감을 자극했다.

"범인이 필리핀 사람이었나요?"

"그렇게 보였다고 하더군요. 그러니 방심하고 있었죠."

"그렇군요. 그런데 정말 강도를 당한 겁니까?"

"하하! 지금 저를 의심하는 겁니까?"

오 사장의 입술은 미소 짓고 있었지만 두 눈은 그 반대였다. 그는 최 사장과 앙숙은 아니지만 그다지 사이가 좋지 않았다. 필요 이상으로 발끈하는 걸 보니 그동안 이런 질문을 수도 없이 들은 눈치다.

"아닙니다. 제가 형사도 아니고, 그냥 궁금해서 질문한 겁니다. 너무 어이없는 일이라서 말이죠."

흑표는 양손을 내저으며 말했다.

"그러게요. 필리핀이 우리나라보다 치안이 안 좋다고는 하지만 대로변에서 총을 맞을 정도는 아닌데……. 경찰도 처음에는 청부살인을 의심한 모양입니다. 그런데 밝혀진 건 하나도 없어요. 필리핀 경찰도 딱히 알아낸 게 없는 모양이더군요. 그래서 단순 강도로 결론이 난 겁니다. 최 사장이 워낙 있는 척하는 걸 좋아하는 성격이다 보니……. 어떻게 보면 그가 강도를 불러들였다고 봐야죠. 강도 녀석도 어이가 없었을 겁니다. 금품을 뺏으려고 하는데 덩치가 둘이나 그를 죽일 듯이 덤벼들었으니 말이죠."

"즉사할 정도의 중상은 아니었다고 하던데요."

"마침 근처에서 삼중 추돌 사고가 나서 길이 완전히 막혀 버렸다고 하더군요. 그래서 앰뷸런스가 상당히 늦게 도착했다고 합니다. 피를 흘리는 사람을 업고 뛸 수도 없는 노릇이고……. 정말 운이 나빴다고 봐야죠."

"그럼 이제 그쪽 조직은 누가 운영합니까?"

"역시 예리하시군요. 조직을 물려받은 사람이 살해하지는 않았는지 의심하시는 거죠?"

이 친구, 경찰 영화를 너무 많이 봤군. 흑표는 오 사장에게 가볍게 미소 지어주며 생각했다.

"그쪽에 조문을 가야 할 것 같아서요. 가기 전에 누구를 만나야 할지 그것부터 알아야 할 것 같아서 말이죠."

"당연히 이인자였던 명철이가 맡았습니다. 똑똑한 놈이죠."

고 사장이 말한 정보와 일치했다. 명철이가 조직을 완전히 장악한 게 확실하다.

"명철이라면 가무잡잡하고 잘생긴 친구 말하는 거죠?"

명철은 남자다운 매력이 넘쳤다. 180이 넘는 키에 군살 없는 근육질 몸매, 선 굵은 이목구비의 소유자였다. 얼굴만 따진다면 조폭 중에서는 대한민국 대표가 아니겠느냐는 농담을 듣곤 했다.

"네, 맞습니다. 전에 한번 만나보지 않았습니까?"

"이제 확실히 기억나네요."

"녀석이 아니라 딴 놈이 조직을 이어받았다면……. 생각만 해도 끔찍합니다. 틀림없이 어설픈 복수심에 들떠서 쓸데없는 피바람만 몰고 왔을 겁니다. 녀석은 무척 냉정해요. 계산도 빠르고… 뭐 조금 깐깐하긴 하지만 사업을 하는 데는 최 사장보다 편한 면도 많을 겁니다. 녀석은 사업가 기질을 타고난 놈이라서요."

오 사장은 사업이라는 단어에 악센트를 주며 말했다.

그새 녀석과 거래를 텄나 보군. 흑표는 녹차를 홀짝이며 생각했다.

흑표는 오 사장과 30분 정도 더 대화를 나눈 후 헤어졌다. 그는 주차장으로 가는 길에 공중전화 박스에 들어가서 전화를 걸었다. 그의 부하에게 필리핀에 들어가서 최 사장의 죽음에 관해서 낱낱이 조사하도록 지시했다.

암살은 생각처럼 쉽고 간단하지 않다. 최 사장이 정말 암살당했다면 암살에 직접 관여한 자만 다섯 명 이상일 것이다. 우선 최 사장을 미행하는 사람이 최소 두 명은 필요하다. 교대도 해줘야 하고, 너무 자주 눈에 띄면 상대편의 이목을 자극하게 마련이다. 현장에서 오토바이를 타고 대기하는 사람도 필요하다. 물론 미행자가 이 임무를 맡을 수도 있다. 하지만 암살자에게 표적인 최 사장을 지시해 주고 근처에 경찰이 있지나 않은지 감시하는 인원이 따로 필요할 것이다. 일부러 교통사고를 내는 인물도 필요하다. 암살범들의 도주를 용이하게 하고 앰뷸런스가 일찍 도착하지 못하게 하기 위함이다.

그가 보기엔 동네 갱들이 금품을 노린 범행은 절대 아니다. 최 사장의 보디가드들은 암살당하는 순간까지도 이상한 점을 전혀 눈치채지 못하고 있었다. 암살과 이후 도주, 교통 차단까지 한 치의 오차도 없이 정확하게 맞아 들어간다. 프로의 솜씨다.

물론 암살범은 일격에 치명상을 입히지 못했다. 이것 때문에 속기 쉽다. 사실 일격에 치명상을 입히지 않은 건 단순 강도로 위장하기 위함이다. 그 증거로 어수룩한 노상강도가 탄두에 쥐약을 바르는 치밀함을 보일 일은 절대 없다. 또한 그 정도로 치밀한 놈이 겨우 한 발을, 그것도 급소에 맞히지 못하고 도망칠 리가 만무하다.

최대한 출혈을 지속시키고 일부러 교통사고를 일으켜서 구급차의 접근을 막았다. 우연이 겹쳤다고 생각할 수도 있지만 그건 위장일 가능성이 농후하다.

가장 중요한 건 다음과 같은 점이다. 이토록 어려운 암살을 실행할 정도의 가치가 있는 일은 과연 무엇일까? 단순히 죽이는 게 목적이라면 동네 갱들에게 총을 줘여 줘도 무방하다. 그들은 요란한 소동은 일으키겠지만 확실하게 처치했을 것이다. 아주 싼 가격에.

"좀 천천히 달리지."

흑표는 운전 중인 털보에게 말했다. 그들이 탄 차는 아파트 단지를 지나고 있었다. 흑표는 노트북을 켰다. 이런 아파트 단지에는 위치만 좋으면 공짜로 무선 인터넷에 접속할 수 있다. 더구나 그는 프링글스 통으로 만든 안테나를 사용 중이었다. 이걸 사용하면 상당한 거리의 AP(Access Point)도 검색 가능하다.

굳이 돈이 아까워서 이걸 사용하는 건 아니다. 그가 인터넷을 사용 중이라는 사실을 들키지 않기 위함이다.

편지함을 열어보니 메일이 한 통 와 있었다. 보낸 사람은 중국에 있는 부하였다. 제목은 '즐거운 여행'이었다.

잘 도착했습니다. 4월 30일까지 견적을 내주기로 했습니다.

동행한 친구도 잘 지냅니다. 장사 수완이 무척 좋은가 봅니다. 삼촌 친구한테 소개했더니 그날 바로 주문을 받았습니다. 4월 20일까지 납품한다고 합니다.

입이 무척 무거운 친구더군요. 이익이 얼마인지는 절대 말해주지 않습니다. 삼촌 친구도 물건을 싸게 샀다고 생각하는지 삼촌에게도 알려주지 않습니다.

주문에 문제가 생기면 즉시 연락하겠습니다.

건강하십시오.

호랑이가 중국으로 보낸 편지를 부하가 이메일로 전송한 것이었다. 생각보다 빨리 진행되는군. 흑표는 달력을 확인하며 생각했다. 호랑이가 보낸 편지 내용은 미리 암호화되어 있었다. 보내는 사람은 항상 모든 날짜에 8을 더한다. 8월이면 8을 더해서 4월이 된다. 22일이면 여기도 8을 더해서 30일이 된다. 받는 사람은 거꾸로 모든 날짜에 8을 빼면 실제 날짜가 된다.

물론 특정한 지역이나 인물, 행동도 미리 약정되어 있다. 동행한 친구야 당연히 CIA 요원이고 북한에서 접촉해야 할 인물은 그냥 단순히 삼촌이라고 불렀다. 편지 마지막에 '건강하십시오' 가 아니라 '수고하십시오' 라고 적으면 그가 누군가에게 협박을 당해 이 편지를 적는다는 신호였다.

CIA 요원의 실력이 생각 이상으로 좋은 모양이다. 짧은 내용이지만 호랑이의 놀란 감정이 그대로 드러났다. 동시에 그자에 대한 적대감도 느껴졌다. 흑표가 신신당부해 놓지 않았으면 진작 그자의 주리를 틀었을 것이다. 똑똑한 친구니 별문제 없이 현명하게 처신할 것이다.

호랑이가 접촉한 인물은 굼뜬 편이다. 그런데 이번에는 정보를 상당히 빨리 넘겨준다는 데 생각이 미쳤다. 가격을 너무 높게 부른 건 아닌가 싶었다. 어차피 CIA가 지불할 돈이지만 이런 식으로 단가를 높여놓으면 다음에 그자와 작업할 때 부담이 되게 마련이다.

그나저나 CIA 요원은 대체 어떤 비밀 작전을 수행 중인 걸까? 곁에 있는 호랑이도 눈치채지 못할 정도면 극도의 비밀 작전이 분명하다. 정보는 돈을 의미했다. 깊숙이 감추는 정보일수록 더 비싼 법이다. 호기심이 동했다. 아니, 돈 욕심이 생겼다.

돈이 없었을 때는 돈의 위력을 알지 못했다. 가난한 어린 시절에는 돈이 필요하다는 사실만 알고 있었다. 돈을 가지고 나서야 비로소 돈의 위력을 깨달았다. 그리고 그 중독성도 알게 되었다. 일단 돈이 생기면 절대 그것에서 벗어나지 못한다는 무서운 진실을.

17

"NKCELL로부터 두 번째 메시지가 도착했습니다."

존은 흥분한 목소리로 말했다.

"벌써? 무슨 문제가 생긴 건가?"

수화기 너머의 상대도 흥분한 목소리로 받았다.

"아닙니다. 포섭 대상자와 일차적인 접촉을 가졌다고 합니다."

"그게 이렇게 급하게 연락할 정도로 중요한 일인가?"

그쪽 시간은 새벽 4시 10분 전이다. 존은 그가 매일 아침 6시까지 사무실로 출근한다는 걸 알고 있다. 그렇다고 해도 일어나기에는 너무 이른 시간이다.

"일차 접촉만 했을 뿐인데 상대가 벌써 구매 의사를 보였다고 합니다."

"그래? 역시 정보가 정확했군. 정말 명품 손목시계라면 환장하는 모양이군."

"혹시나 했는데 아주 정확한 정보였습니다. 더구나 한 개만 구입하는 것이 아니라 소장용과 선물용으로 몇 개 더 구입하려고 한답니다. 우리가 준비한 회심의 카드가 이제 빛을 발할 때가 됐습니다."

존은 감격에 가슴이 메었다. 이 작전에는 CIA와 NSA의 모든 역량이 총동원됐다고 해도 과언이 아니다. 참 힘든 길을 걸어왔다. 시작부터 이 작전에 대한 반대의 목소리가 끊이지 않았다. 누가 고양이 목에 방울을 달 것인가 하는 문제는 제쳐 두고라도, 기술적으로 불가능하다는 게 문제였다.

이 작전은 일종의 트로이 목마 방식의 도청이다. 이 방식의 가장 큰 문제점은 이쪽에서 전달한 물건이 어디에 설치될지 전혀 알 수 없다는 점이다. 그래서 개인이 늘 휴대하는 품목으로 대상이 한정될 수밖에 없다. 일상에서 늘 휴대하는 물건이라면 손목시계나 만년필 같은 작은 물건밖에 없다.

이것이 문제의 핵심이다. 도청을 하기 위해서는 마이크와 송신기, 게다가 도청을 일정 기간 지속시키는 데 필요한 전지와 원격 스위치가 필요하다. 그걸 작은 손목시계나 만년필 안에 넣는다는 건 보통 일이 아니다. 가장 큰 문제는 배터리다.

일반적으로 배터리를 오래 지속시키려면 원격 조작으로 송신기 전원을 부지런히 켰다 끄는 방법밖에 없다. 그렇게 하더라도 배터리는 상당한 부피를 차지한다. 천하의 CIA가 진작 손목시계나 만년필에 도청 장치를 설치하지 못한 건 이런 이유 때문이었다.

하지만 과학 기술은 눈부시게 발전하고 있다. NSA가 이 부분을 해결했다. 그들은 최신 나노 기술을 총동원했다. 모든 부품을 최소화하고 아주 작은 배터리로도 장기간 사용할 수 있는 방법을 연구했다. 손목시계의 진동과 가끔씩(사실 일반 손목시계보다 몇 배는 자주 줘야 하지만)주는 시계 밥만으로도 구동이 가능하게 했다. 이걸 개발한 NSA 직원들은 당장에라도 돈방석에 앉을 수 있다. 이를 막기 위해 각서를 쓰게 하고, 긴 포상휴가에다 두둑한 보너스를 지급해야 했다.

기술적으로 아주 중요한 문제가 하나 더 있었다. 북한의 중앙당 청사는 도청 감시가 전 세계에서 가장 심한 곳 중 하나다. 이상한 주파수가 잡히면 그들은 당장 추적할 것이다. 이렇든 저렇든 표적이 중앙당 청사 내부에 있는 동안은 도청이 불가능하다. 더구나 평양 시내에서 수상한 전파가 잡히면 당장 보위부 요원들에게 포착된다.

NSA는 이 문제도 해결했다. 그들은 최대 아홉 시간까지 예약 녹음이 가능하도록 했다. 표적이 중앙당 청사에 있는 동안 녹음이 가능하도록 한 것이다.

음성 파일은 극한의 압축률을 자랑하는 극소형 플래시 메모리에 저장된다. 워낙 압축률이 뛰어나기에(사실 음질은 그렇게 뛰어나지 못하다)이 내용을 전송하는 시간도 아주 짧다. 불과 10초도 걸리지 않는다. 상시적인 감청 포스트에서 표적이 상대적으로 감시가 덜한 집에 있을 때 잠시 데이터를 수신하면 된다.

이런 뛰어난 기술 때문에 또 한 번 반대 여론이 들고일어났다. 잘못되면 이쪽의 최신 기술을 북한에게 몽땅 공짜로 넘겨주게 된다는 게 문제였다. 만일 이 기술을 북한이 획득할 시 엄청난 파장이 예상된다. 그들은 자신들이 사용하는 건 물론, 돈을 받고 적대국이나 테러 집단에 이 기술을 팔 것이기 때문이다.

NSA는 이를 방지하기 위해 억지로 시계를 분해할 경우 내부가 녹아내리도록 했다. 그리고 이런 최고급 수제 손목시계를 멋대로 분해할 사람이 없다는 논리로 맞섰다. 고장이 날 경우 원 제작자에게 수리를 보낼 것을 굳이 강요하지 않아도 이 정도 물건을 사용하는 사람이라면 그 정도 상식은 다 가지고 있게 마련이다.

"아주 호박이 넝쿨째 굴러들어 왔군. 물건은 언제 넘기기로 했나?"

"이틀 후에 물건을 건네기로 했습니다."

"이틀? 그렇게 빨리?"

"네."

"음……. 일이 너무 잘 풀리는데……. 너무 잘 풀려……. 존?"

"네, 말씀하십시오."

"잠시만 생각 좀 해야겠네. 전화 끊지 말고 기다리게. 아무래도 커피를 한잔 마셔야 할 것 같아."

수화기 너머로 발걸음이 멀어지는 소리가 들려왔다. 하지만 걸어오는 소리는 아무리 기다려도 들려오지 않았다.

존은 입술이 바짝 타들어갔다. 설마 여기서 작전을 중단하라는 건 아니겠지? 불행하게도 어떤 작전도 위험하다고 판단되면 즉각 중지될 수 있다. 엄청난 노력과 비용, 희생이 들어갔든지 간에.

30분이 지나서야 상대는 전화기를 들었다. 커피는 핑계고 여러 곳에 전화를 한 게 틀림없었다.

"혹시 이쪽의 정체가 파악된 건 아닐까?"

그다지 자신감이 느껴지지 않는 목소리다. 누군가가 이번 작전에 대해 의문을 제기한 모양이다.

"역공작을 의심하시는 겁니까?"

"그래. 이런 식의 역공작은 이전부터 공산권 정보기관들이 선호하던 방법이야."

소련은 동베를린의 전화망이 도청당한다는 사실을 알고 이를 역이용했다. 고의적으로 기만정보를 흘림으로써 서방의 정보기관들을 골탕 먹인 것이다. 속이고 또 속여서 나중에는 뭐가 진실인지 알기 힘든 게 이쪽의 생리다.

"장담할 순 없지만 그건 아닌 것 같습니다."

"왜?"

"그는 시계 수집광입니다. 최근 북한의 상황 때문에 그는 몇 년째 시계를 구입하지 못하고 있었습니다. 아주 목말라 있었죠. 더구나 NKCELL을 그에게 소개시켜 준 자는 그의 최고 측근입니다. 그가 이렇게 빨리 측근을 의심할 리는 없다고 생각합니다. 만일 이선부터 측근을 의심했다면, 잘 아시겠지만 그는 이미 시체가 되어 있을 겁니다."

"그 말도 일리가 있군. 그래, 물건은 거기 갈 때 가지고 들어갔었나?"

그의 목소리가 많이 부드러워졌다.

존은 이마에 맺힌 땀을 닦았다. 괜한 꼬투리를 잡아서 작전 전체를 취소해 버리지나 않을까 바짝 긴장했는데. 일단 한고비는 넘겼다.

"네. 가지고 갔습니다. 흑표가 미리 뇌물을 먹여놔서 세관을 통과할 때 아무 문제 없었습니다."

"이틀 후면 이제 그쪽의 속내를 속속들이 알 수 있겠군."

"네. 이제 회담을 재개해도 될 듯합니다."

"알았어. 일단 물건을 건네고 아무런 문제가 없는지 테스트가 끝난 이후에 보고하도록 하지."

"이미 모든 테스트가 끝난 물건입니다. 그쪽에 넘기는 대로 바로 작동을 시작할 겁니다."

존은 흥분해서 목청을 높였다.

"진정하게. 우리는 언제나 침착 정확해야 한다는 사실을 명심하게."

"알겠습니다."

"그리고 자네, 정말 수고했어."

"감사합니다."

그는 칭찬에 무척 인색한 사람이다. 그런 그에게 이런 칭찬을 받다니. 존은 감격했다. 이번에도 전화는 뚝 끊어졌다. 하지만 존은 전혀 화가 나지 않았다. 지금 같으면 누가 그를 총으로 쏜다고 해도 화가 나지 않을 것 같았다.

유능한 공작원이나 협조자를 확보하여 활용하는 것은 가장 효과적인 공작방법의 하나이다. 다른 방법에 비해 비용과 노력이 적게 소요되며 보안 노출의 위험이 적기 때문에 모두가 선호하는 방법이다.

냉전시대 최고의 정보기관인 구동독의 HVA(Hauptverwaltung Aufklärung)의 창설자 마르쿠스 볼프(Markus Wolf)를 최고의 스파이로 만든 것도 바로 공작원을 적재적소에 활용할 줄 안다는 점이었다.

마르쿠스 볼프. 스파이의 장인, 역대 최고의 스파이, 비밀 정보의 천재, 스파이 세계의 왕중왕, 첩보원의 스타, 얼굴 없는 사나이.

존은 그를 존경했다. 그를 뛰어넘지는 못하겠지만 최대한 그에 근접한 스파이가 되고 싶었다.

볼프의 업적은 끝이 없다. 서독의 청와대라고 할 수 있는 샤움부르크 궁에 잠입해 빌리 브란트의 최측근 보좌관까지 올랐던 귄터 기욤. 냉전시대 전 유럽을 통틀어 가장 중요한 미군 군사 시설이었던 베를린 템펠호프 공항의 통신 기지에 근무하던 미 공군 제프리 카니를 포섭한 일. 미국이 자랑하는 NSA의 요원 제임스 홀. 서독의 정보기관인 BND의 고위간부 알프레드 슈플러…….

그의 신화는 동독이 역사의 저편으로 사라진 뒤에도 여전히 식지 않았다. 1998년 5월, 교황청 근위대장 에스테르만이 자기 부하에 의해 살해되어 세상을 놀라게 했다. 그러나 사람들을 더 경악시킨 건 에스테르만이 과거 HVA의 첩자였다는 점이다. 에스테르만은 1979년부터 암호명 '베르데'라는 이름으로 HVA의 스파이 활동을 해왔고, ㄱ 내가도 매달 성기적인 금품을 받았다.

"첩보란 팔팔 살아 있는 것이다."

"첩보란 인간의 약점을 희생물로 삼기는 하지만 결국 대단히 매력적이고 엘리트에게 적합한 직업이다."

존의 머릿속은 볼프가 남긴 명언으로 가득 찼다.

그는 흥분을 가라앉히려고 노력했다. 이제 겨우 첫발을 내디뎠을 뿐이다. 앞으로 험난한 히말라야 산맥을 수십 번은 넘어야 한다.

우선 도청기를 통해서 정보를 얻는 기초적인 작업부터 시작해야 한다. 이를 이용해서 약점을 잡아 상대를 회유한다. 그자가 반정부적인 발언을 한 걸 꼬투리 삼거나 그를 통해 정보가 흘러나왔음을 주지시켜 협박해야 한다. 그게 이 작전의 궁극적인 목표다. 처음부터 단순 도청이 아니라 플랜트 작업으로 기획된 작전이다. 그 모든 걸 완수하는 데는 수많은 피와 땀에 더해서 기막힌 행운까지 따라

쥐야 한다. 가장 중요한 건 참을성이다.

볼프는 시시각각 변하는 첩보의 세계에서 끝까지 참을성을 발휘했다. 적국에 스파이를 심어놓고는 절대로 서두르지 않았다. 때가 무르익을 때까지 결과를 재촉하지 않았다. 그 결과 정당과 행정부에서, 국방부에서, 첨단 기업에서, 연구소에서, 나토 사령부에서, 미국의 정보기관에서조차 일급비밀이 흘러나오기 시작했다.

존은 환하게 웃었다. 신을 향해 가는 첫 계단을 그가 막 밟았기 때문이다.

18

"장례식은 잘 치렀나?"

톰은 자리에서 일어나 오마르를 맞으며 말했다.

사실 톰은 그에게 다소 미안한 마음을 가지고 있었다. 이슬람 문화에서 죽음이란 종말이 아니라 새로운 시작이고 고통으로부터의 해방이기에 기쁨으로 본다. 그렇다고 해도 장례식이란 기본적으로 망자를 추모하기 위한 자리다. 더구나 망자는 오마르와 생전에 각별한 사이였다.

하지만 이런 절호의 기회를 그냥 흘려버릴 수는 없었다. 고인은 부족의 최고 연장자였다. 따라서 그의 장례식은 부족의 모든 사람이 집결하는 자리가 될 수밖에 없었다. 톰과 오마르가 회유하려는 자들도 거기에 포함된다. 더구나 많은 사람이 모이는 만큼 다양한 정보가 오가는 자리였다.

"아주 성대하게 치렀습니다."

"자네가 원하던 자들은 다 만나봤나?"

"그들에게도 연락이 갔기에 거의 대부분 참석했습니다."

"거의 대부분?"

"제가 엊그제 이름을 알려준 두 명은 끝내 참석하지 않았습니다. 지금 그 부분을 계속 조사하는 중입니다. 혹시 그쪽에서 그들에 대해 알아낸 게 있습니까?"

부족의 제일 큰 어른 장례식에 특별한 이유 없이 참석하지 않는다는 건 뭔가 중요하고 비밀스러운 일을 하고 있다는 걸 의미한다. 그래서 오마르는 장례식에 참석하지 않은 부족원의 이름을 톰에게 보고했다.

"우리 쪽도 큰 성과는 없어……. 전 세계의 모든 공항, 항만, 국경의 출입국 데이터를 샅샅이 뒤져봤는데 그들이 출국한 정보는 하나도 없었어. 틀림없이 본명으로 움직이지는 않았을 거야."

"그렇긴 하죠. 치밀하게 준비했을 테니까요. 하지만 공항이나 항만의 감시 카메라를 샅샅이 뒤져보면 어디선가 나오지 않을까요? 그들 사진은 확보했다면서요?"

"나름대로 변장을 했을 테고 감시 카메라의 화질이 다 좋은 건 아니야. 혹시 그들의 얼굴이 찍혔다고 해도 금방 알아보기 힘들어. 아무튼 그자들의 가족과 자네가 알려준 그들의 주변 인물들을 계속 주시 중이야. 그들이 살아 있다면 조만간 뭐가 나와도 나오겠지. 이라크나 아프간에 가지 않은 건 확실하지?"

"그런 곳에 갔다면 다른 사람들이 전혀 모를 리가 없습니다."

오마르는 자신도 모르게 언성을 높였다. 그는 자신의 큰 목소리에 놀라 허 하고 웃은 후 평상시의 침착한 목소리로 말했다.

"이렇게까지 흔적이 남지 않은 걸 보면… 아무래도 그자들이 이번 테러에 가담한 게 확실한 것 같군요."

"내 생각도 그래. 다른 소식은 없나?"

"잘 아시겠지만 확인되지 않은 뜬소문이 너무 많습니다. 일단 제가 확인할 수 있는 정보들은 제 선에서 확인을 거쳐야 할 것 같습니다."

"시간이 많지 않네."

망할 놈의 시간. 톰은 속으로 욕을 삼키며 말했다.

"최대한 빠른 시간 내에 보고서를 작성하겠습니다. 그리고 이건 장례식에 참석했던 사람들의 사진입니다."

오마르는 메모리 스틱을 건넸다. 톰은 이를 받아 노트북에 달린 카드 리더기에 꽂았다. 그는 사진을 불러들였다.

"이 사람들 중에 누가 테러 조직에서 일하지?"

톰은 노트북 화면을 오른손 검지로 가리키며 말했다. 오마르는 톰의 옆에 바짝 붙어 용의자들을 일일이 지적해 준 후 그가 알고 있는 그들의 신상명세에 대해 상세히 설명했다.

톰은 용의자들의 사진과 그들의 신상 정보를 따로 추려서 마틴에게 전송했다. 그동안 오마르는 방 안을 계속 돌아다녔다.

"무슨 문제 있나?"

톰은 오마르를 빤히 쳐다보며 말했다.

"이상한 점이 하나 있어서 말이죠."

"이상한 점이라니? 어떤 거?"

톰은 발작적으로 외쳤다.

"장례식 내내 누군가가 저를 감시한다는 느낌을 받았습니다."

"확실해?"

"워낙 사람들이 많아서 그자가 누군지 확신할 수는 없었습니다."

오마르는 이마를 찡그리며 말했다.

"이런 위험한 일에는 직감을 무시할 수 없는 법이야. 자네가 너무 티 나게 캐고 다닌 건 아닌가?"

"평상시처럼 자연스럽게 행동했습니다. 저한테서 이상한 점을 느꼈다면 그자는 초능력자가 분명합니다. 그런데… 정말 이상한 일은 어제 발생했습니다."

"어떤 일인데?"

톰은 허리를 곧추세우며 말했다.

"제 고향에서의 마지막 밤이었습니다. 오랫동안 이곳을 찾지 못할 거라고… 어쩌면 영원히 돌아오지 못할 거라고 생각하니 무척 아쉽더군요. 그래서 밤에 혼자 산책을 하는데 베타가 저를 따라왔습니다."

톰과 오마르는 잠재적인 포섭 대상자들을 중요도 순으로 나눈 후 약어로 불렀다. 가장 중요한 인물은 알파였고, 다음이 베타, 감마 순이었다.

"베타 혼자서?"

"네. 저한테 잠시 할 말이 있다고 하더군요."

"어떤?"

"베타와는 그전부터 약간의 안면이 있었습니다. 그래서 전 돈 문제가 아닐까 생각했는데……. 역시 돈에 관한 거였습니다."

"그런데 그게 뭐가 이상하다는 건가? 자네는 부유한 상인으로 알려져 있지 않나?"

"그가 팔겠다고 하는 게 문제였습니다."

"뭘 팔려고 했는데?"

"정보."

오마르는 비명을 내지르듯 말했다. 톰은 전기에 감전된 듯 잠시 움찔했다.

"정보라니? 그자가 스스로 두더지가 되겠다고 했단 말인가?"

"따지고 보면 그런 얘기였습니다."

"왜 자네한테 그런 얘기를 한 건가? 자네 정체가 벌써 노출됐단 말인가?"

"글쎄요……. 녀석한테 따로 물어보진 않았지만 저를 계속 주시했던 자도 녀석 같았습니다."

"판도라가 실수한 모양이군. 아니면 변심했든지."

판도라는 오마르가 포섭하려고 작업 중인 정보원을 가리킨다. 아직 정식으로 코드명을 부여받은 상태가 아니라 둘은 그를 판도라라고 불렀다.

"그럴지도 모릅니다."

"젠장. 이제 다 끝났군. 빌어먹을. 젠장."

톰은 의자에서 벌떡 일어나며 말했다. 그의 얼굴은 어느새 붉게 달아올라 있었다.

"어쩌면 그게 아닐지도 모릅니다. 아니, 판도라를 통해 정보가 흘러나갔을 리는 없습니다."

"어떻게 확신하나?"

"장례 기간 내내 판도라를 주시했는데 그에게서 특이한 점은 느껴지지 않았습니다. 그리고 아직 녀석에게서 본격적인 정보를 얻은 것도 아닙니다. 잘 아시지 않습니까?"

"그렇긴 하지……."

톰은 머리가 아팠다. 두통약을 먹어야겠다고 생각했다. 통증은 날이 갈수록 심해졌다. 처음에는 작은 망치로 가볍게 두들기는 정도였는데 지금은 해머로 내려치는 것 같았다.

그는 탁자로 가서 서랍에 있는 약을 꺼냈다. 평소에는 두 알만 먹었는데 이번에는 세 알을 들이켰다. 통증은 금방 가라앉지는 않지만 견딜 만했다.

그는 오마르의 말이 일리가 있다고 생각했다. 아직 판도라가 완전히 포섭된 건 아니다. 다시 말하면 판도라에게 이쪽의 정체가 드러날 행동은 전혀 하지 않았다.

"돈이 필요했다고 해도… 왜 하필 자네한테 정보를 팔겠다고 했을까? 그것도 지금 같은 시기에?"

"우선 친척이라 믿을 수 있고, 제 자랑이 아니라 제가 발이 꽤 넓습니다. 또한 이전부터 친척들이 곤란한 일이 있으면 항상 저를 찾아왔습니다. 그래서 저에게 부탁한다고 하더군요."

"어떤 정보를 어떻게 팔겠단 말인가?"

"아주 중요한 정보들을 얻을 수 있다. 이걸 팔고 싶다. 지긋지긋한 가난도 싫고 언제 죽을지 모르는 생활도 싫다. 사실 자신은 독실한 무슬림은 아니다. 아버지와 형의 강요 때문에 독실한 무슬림으로 행세했을 뿐이다. 아버지도 형도 모두 죽었다. 이제라도 이 혹독한 굴레에서 벗어나고 싶다고 하더군요."

"단지 그 이유 때문에?"

"아버지와 형에게 테러를 지시한 사람들은 지금도 모두 살아 있다. 최근 부하 한 명이 폭탄 조작 미숙으로 현장에서 체포됐다. 그냥 넘어갈 분위기가 아니다. 그들은 실수를 만회하는 차원에서 머지않아 자신에게 순교를 명령할 것이다. 난 그렇게 허무하게 죽기는 싫다. 한몫 잡은 후 먼 외국에 가서 인생을 즐기며 살고 싶다. 뭐 그런 논리였습니다. 한 가지 확실한 건 그게 연극이었다면 녀석은 대단한 배우였다는 점입니다."

"이거 기뻐해야 할지 슬퍼해야 할지 판단이 안 서는군."

"늦어도 열흘 안에 연락을 주겠다고 했습니다."

"자네는 어떻게 생각하나?"

톰은 의자에 털썩 주저앉으며 말했다.

오마르는 방 안을 서성이기만 할 뿐 대답하지 않았다.

19

김영효 형사는 조금 빠른 걸음으로 걸었다. 급하게 처리해야 할 사건이 있어서 오늘은 약간 늦었다. 이태원의 밤거리는 절로 술 생각이 나게 했지만 참아야 했다. 지금은 술보다는 진실 쪽이 더 고팠다.

참 이상한 사건이다. 피살자는 조사하면 조사할수록 의문에 빠져들게 만들었다. 당장 어디에 살았는지도 모른다. 주민등록증에 올라와 있는 주소에는 다른 사람이 살고 있었다. 친구도 한 명 없는 듯했다. 장례식장에는 친척 몇 명만이 조문 왔을 뿐이다. 그들 또한 피살자가 어떤 일을 하고 있었는지 전혀 알지 못했다.

유력한 단서로 생각했던 돈 봉투에는 피살자의 지문밖에 없었다. 지폐에서 나온 지문들도 별 소용이 없었다. 현금지급기에 대한 조사도 지지부진했다. 사건 당일 이 근처의 현금지급기에서 백만 원이상의 거금이 여러 번 인출된 적은 없었다. 사실 두 건이 있었는데 조사 결과 이번 사건과는 아무런 연관이 없는 것으로 확인됐다.

분명 어딘가에서 돈을 찾았을 거야. 조사 범위를 더 늘려야겠어. 김 형사는 담배를 끄며 생각했다.

모든 조사가 벽에 부딪히자 김 형사가 택한 방법은 무작위 탐문 수사였다. 피살자가 살해된 인근 지역을 돌며 목격자를 찾았다. 물론 큰 소득은 없었다. 그러나 한번 물면 절대 놓지 않는 그가 벌써 포기할 리는 없었다.

형사에게 필요한 건 튼튼한 두 다리와 인내심이야. 그거면 충분해. 그는 술집의 문을 열며 생각했다.

피살자의 혈액에서 소량이긴 하지만 알코올이 나왔다. 또한 옷에서 구토물이 발견된 것으로 미루어봐서 분명 이 근처 어디에서 술을 마셨을 것이다. 위가 비어 있어서 어떤 음식을 먹었는지는 알 수 없었다. 옷에 남아 있는 구토물도 워낙 소량이었다.

혹시나 해서 탐문 수사 시간을 피살자가 살해된 시간 근처로 정했다. 덕분에 매일같이 새벽별을 보며 집에 들어가야만 했다.

역시나 허탕이었다. 술집 주인은 물론 손님들에게도 피살자의 사진을 보여줬지만 다들 모른다고 고개를 내저었다. 하지만 아직 술집은 많이 남아 있었다.

건널목을 건너던 김 형사는 보행자들에게 질문하는 것도 괜찮겠다고 생각했다. 그리고 보니 편의점 직원들에게 물어보는 게 더 좋지 않을까 하는 생각이 들었다. 편의점 직원들은 근무 시간이 일정하다. 지금 시간에 근무하는 직원들은 사건이 발생하던 시간에도 틀림없이 근무 중이었을 것이다.

갈증이 느껴졌기에 음료수를 살 겸 바로 앞에 있는 편의점으로 들어갔다. 계산을 하며 종업원에게 피살자에 대해 질문했다. 잘 모르겠다는 답변이 돌아왔다.

젠장. 김 형사는 목을 축이며 생각했다. 마침 키 큰 여자가 한 명 걸어왔다. 어제도 이 시간대에 이 근처에서 봤던 얼굴이다.

"저……."

괜히 쑥스러워서 말 붙이기가 힘들었다.

"시간 없어요."

퉁명스러운 대답이 돌아왔다. 김 형사의 얼굴이 화끈 달아올랐다.

"이봐요. 나 형사란 말이야."

"쉿. 난 국정원 비밀요원이에요."

그녀는 검지를 입술에 갖다 대며 말했다.

"아니 이 사람이 진짜."

김 형사는 화가 나서 신분증을 꺼내 펼쳐 보였다. 농담인 줄 알았던 상대의 안색이 변했다.

"콩밥이 그렇게 먹고 싶어?"

김 형사는 윽박질렀다.

"죄송합니다. 형사처럼 보이긴 했는데. 여긴 워낙 그렇게 보이는 사람들이 많아서……."

형사가 아니라 조폭이겠지. 김 형사는 쓴웃음을 삼키며 생각했다.

"저기… 바닥에 뭐가 떨어졌는데요."

그녀는 바닥에 떨어진 종이를 직접 주워 들며 말했다. 그건 피살자의 사진이었다. 주민등록증에 있는 증명사진과 그의 어머니와 최근에 찍은 사진. 사진 속의 그는 환하게 웃고 있었다.

"잘생긴 남자네. 형사님 취향이 독특하시네요."

"너 그 입 좀 안 닥칠래?"

"잠시만요. 이 남자 어디서 본 것 같은데?"

"뭐?"

김 형사는 고함을 내질렀다.

"우리 가게에 오는 손님은 아닌 것 같은데……. 이런 멋진 남자를 내가 어디서 봤더라?"

피살자는 뛰어난 미남은 아니었지만 이정재 같은 호남형의 인상이었다. 그녀는 그런 스타일을 좋아하는 듯했다.

"잘 생각해 봐."

김 형사는 담배를 건네며 말했다.

"고마워요, 형사님."

그녀는 가볍게 윙크했다. 김 형사는 불까지 붙여줬다.

"그런데 이 사람, 무슨 잘못을 했나요? 착해 보이는데."

그녀는 사진을 뚫어져라 쳐다보며 말했다.

"이 사람이 잘못한 건 없어. 오히려 피해자야."

"피해자? 무슨 피해자요?"

"뺑소니 사건으로 사망했어."

"그래요? 이 근처에서 뺑소니를 당한 모양이네요."

"그래. 저번 주 수요일, 왜 그 비 오던 날. 그날 뺑소니를 당했어."

"아, 비 오던 수요일. 무거운 코트 깃을 올려세우며 비 오는 수요일엔 빨간 장미를……."

그녀는 비와 관련된 그 유명한 노래를 부르기 시작했다. 그녀는 노래를 두 번이나 불렀다. 세 번째는 참기 힘들었다.

"노래는 이제 그만 부르지. 왜? 생각이 잘 안 나?"

김 형사는 다시 담배를 건네며 말했다.

"이 사람 그날 무슨 옷을 입고 있었어요?"

"회색 티에 청바지. 모자도 쓰고 있었어."

"어떤 모자였죠?"

"검은색 모잔데, 푸부라고 FUBU라는 알파벳이 적힌 모자였어."

"아! 이제 생각난다. 맞아."

그녀는 손뼉을 치며 밀했다.

"생각나? 정말이야?"

"네. 그날 이 사람 술에 취해서 비틀거렸어요. 멀쩡하게 생긴 사람이 몸을 주체하지 못하기에 또렷하게 기억해요. 비도 오고, 아마 애인한테 차인 모양이라고 생각해서 얼굴을 빤히 쳐다봤었어요. 이렇게 잘생긴 남자를 차다니. 얼마나 대단한 여잔지 무지 부럽기도 했고, 운이 좋으면 나한테도 기회가 오지 않을까 생각했거든요."

"많이 취했었나?"

김 형사는 의아해하며 질문했다. 혈중 알코올 농도는 그다지 높지 않았다. 그런데 만취라니. 술이 약한가? 그래서 도로변으로 뛰어든 건 아닐까? 역시 단순 뺑소니였나?

"그게… 제가 기억하기로는 몸을 제대로 가누지 못해서 다른 사람이 부축해 줬던 것 같아요."

"다른 사람?"

"네. 형사님 무서워요. 그렇게 노려보지 마세요."

"미안. 버릇이 되어놔서."

김 형사는 눈에 힘을 풀며 말했다.

"그 남자도 잘생겼어요. 그래서 제가 기억하고 있죠. 비 오는 수요일 저녁에 잘생긴 남자 두 명을 보고 감동받지 않을 여자는 없어요."

"인상착의는?"

"키가 한 180 정도 됐던 것 같고… 검은 양복에 흰색 와이셔츠를 입고 있었어요. 직장인처럼 보였어요. 머리 스타일도 단정했고요. 몸매도 좋았어요. 날씬하면서도 단단한 그런 체격 있잖아요?"

김 형사는 상대의 눈을 빤히 쳐다봤다. 그녀는 살짝 고개를 숙이며 말했다.

"물론 그 사람 옷을 벗겨본 건 아니지만… 대충 보면 다 알아요."

"혹시 이 사람은 아니겠지?"

김 형사는 핸드폰을 내밀며 말했다. 혹시나 해서 몰래 찍어둔 국정원 직원의 사진이 있었다. 외모에 대한 실명을 듣는 순간 바로 그를 떠올렸는데 전체적인 인상착의가 공교롭게도 모두 일치했다.

"글쎄요……. 비슷한 것 같기도 하고. 사진이 많이 흐릿해서 장담하기는 힘드네요."

그녀는 고개를 갸웃거리며 말했다.

"너 전화번호 불러봐. 신분증도 내놔봐."

"지금 작업 들어오시는 거예요?"

"빨리 불러."

김 형사는 침을 튀기며 말했다.

이런 행운을. 목격자와 단서를 동시에 얻었다. 정확하진 않다고 하지만 그는 국정원 직원이 확실하다고 단정 지었다. 그건 형사들만이 가진 직감이었다. 국정원 직원을 조사한다는 건 뒤가 켕기는 일이지만 이번 사건 뒤에는 거대한 음모가 엮여 있을지도 몰랐다.

참! 그 라이터에 상호명이 적혀 있던 술집. 그는 국정원 직원을 만났던 순간을 떠올리다 국정원 직원이 라이터를 주의 깊게 보던 걸 기억해 냈다. 분명 그 술집과도 무슨 연관이 있을 것이다. 몸이 화끈 달아올랐다.

"형사님? 이제 그만 가도 돼요? 저도 먹고살아야 하는데……."

"그래. 가도 돼. 그리고 내가 전화하면 바로 받아야 해. 안 그러면 콩밥 좀 먹어야 할 거야."

"왜 자꾸 겁주고 그러세요. 전화하면 비로 받을 테니 걱정 말아요."

20

기환은 정보원에게 암호에 대해 알려준 적이 있다. 물론 그가 암호 전문가는 아니다. 그래도 암호에 대한 기본적인 지식은 있다. 녀석에게 암호를 교육한 건 만일의 사태에 대비하기 위해서였다.

녀석은 아주 민감한 정보들에도 접근하고 있었다. 녀석에게 문제가 생긴다는 건 중요한 연락망이 끊긴다는 걸 의미했다. 사실 그건 핑계에 가까웠다. 무엇보다 녀석의 안위가 걱정됐다.

녀석은 비싼 걸 제외하면 모든 점이 마음에 들었다. 가정 형편 때문에 대학은 꿈도 못 꿔봤다고 하는데 여느 일류대학 출신 못지않게 머리 회전이 빨랐다. 해킹이 취미라고 할 정도로 컴퓨터도 잘 다뤘다. 침착한데다 인내심도 강했다. 말을 많이 하는 편은 아니지만 자연스레 상대에게서 정보를 얻어내는 타고난 재주도 있었다. 여태까지 그가 만난 정보원 중 최고였다.

그동안 운이 좋았는지 복잡한 암호를 사용할 일은 없었다. 그래서 깜빡 잊고 있었다. 만일을 대비해 그가 정보원에게 알려준 암호 체계는 갈래짓기 체스판(Straddling Checkerboard) 암호였다.

이 암호는 해독하기 어려운 것으로 정평이 나 있다. 왜냐하면, 어떤 문자는 한 자리로, 나머지 문자는 두 자리로 표시하기 때문이다. 암호를 해독하려는 사람은 어느 자리에서 문자가 한 자리로 표시되는지 알 방법이 없다. 따라서 모든 문자마다 이게 한 자리로 표현된 것인지 아니면 두 자리로 표현되는 것의 일부분인지 양 갈래를 지어야 한다. 결국 뭐가 뭔지 알 수 없는 괴상한 단어들이 암호 해독자의 노트를 가득 메워 버린다.

이 암호를 완성하기 위해서는 우선 열쇠가 있어야 한다. 열쇠는 중복되지 않는 여덟 개의 문자이다. 이때 열쇠를 표현하는 데 사용되지 않는 숫자들이 행의 번호들이 된다. 아래의 경우 1과 5가 열쇠를 표현하는 데 사용되지 않았으므로 행들은 순서대로 1과 5로 표시된다. 그런 다음 열쇠를 적고 남은 단어들을 알파벳 순서대로 공백에 적어주면 된다.

암호화하는 건 아주 쉽다. 열쇠에 사용된 문자들은 한 자리로 표시된다. 나머지는 모두 두 자리로 표시된다. 예를 들어 D의 경우는 6으로 표시되고 e의 경우는 18로 표시된다.

해독할 경우는 조금 까다롭다. 숫자가 연속적으로 적히기에 어떤 경우에 한 자리이고 어떤 경우에 두 자리인지부터 파악해야 한다. 열쇠에서 문자가 없는, 즉 공백인 1과 5가 행의 값으로 사용됐으므로 1이나 5로 시작하는 숫자가 있으면 이는 다음 숫자까지 합쳐서 두 자리 숫자가 하나의 문자를 나타낸다는 걸 뜻한다.

	0	9	8	7	6	5	4	3	2	1
	W	O	R	L	D		C	U	P	
1	a	b	e	f	g	h	i	j	k	m
5	n	q	s	t	v	x	y	z	·	/

편지지에 적혀 있는 6181066892를 위의 표에 따라 해독하면 DEADDROP이 된다.

Dead Drop?

기환은 기억을 더듬었다. 이번에는 금방 해답을 찾을 수 있었다.

21

털보의 차가 주차장을 빠져나갔다. 기다렸다는 듯 주차장 맞은편 길가에 서 있던 차량 한 대가 따라붙었다. 지긋지긋한 놈들. 흑표는 고개를 저으며 생각했다. CIA의 감시는 시간이 갈수록 노골적으로 변해가고 있었다. 도청도 모자라서 이틀 전부터는 차량으로 미행하기 시작했다.

망할 자식들. 지들이 부탁한 일 처리하는데 미행이라니. 빨리 조사를 완료하라는 무언의 메시지도 담겨 있는 듯했다. 그들이 보기엔 매일 골프와 술로 유흥을 즐긴다고 생각할지도 모른다. 물론 그렇게 해야만 정보를 얻어낼 수 있다는 사실을 잘 알고 있겠지만.

흑표는 건물 뒤편으로 돌아나가서 택시를 잡았다. 사거리에서 내린 후 눈에 띄는 커피숍으로 들어갔다. 그는 한참 동안 신문을 보며 커피를 즐겼다. 커피숍을 나와서는 대로변을 따라서 걷다가 부리나

케 버스에 올라탔다. 대여섯 코스를 지나자 지하철역이 나타났다. 복잡한 환승역 중의 한 곳이었다. 그는 지하철로 갈아탔다.

환승역만 골라 지하철을 몇 번 갈아탄 후 다시 지상으로 나왔다. 그는 근처에 있는 대형 서점으로 향했다. 책을 고르고 있는데 정보원이 다가왔다. 한국에 있는 그의 정보원 중 가장 능력이 좋은 자였다. 비싸긴 하지만.

흑표는 그와 등을 맞대고 선 후 이쪽을 감시하는 자가 없는지 살폈다. 수상한 자는 눈에 띄지 않았다. 다들 책을 고르느라 여념이 없었다.

"혹시 최 사장 살해 소식에 대해서는 알고 있나?"

흑표는 나지막한 목소리로 말했다.

"한동안 무척 시끄러웠죠."

"그랬다고 하더군."

"혹시… 명철이에 대한 정보를 원하십니까?"

"그가 살해하지 않은 건 자네도 잘 알고 있지 않은가? 누가 최 사장을 죽였나?"

흑표가 아는 명철은 계산은 빠르지만 최 사장을 죽일 정도로 의리 없는 놈은 아니었다. 엊그제 직접 만나봤지만 그에게서 수상한 구석은 끝내 발견하지 못했다.

물론 잘못 판단했을 가능성도 있다. 하지만 술자리를 같이한 자들 모두 그런 생각을 갖고 있었다. 한 명은 속일 수 있을지 몰라도 그들 전부를 속인다는 건 불가능에 가까운 일이다.

"정말 모릅니다."

"그가 아무런 이유 없이 살해당한 거라고 생각하는 건 아니겠지?"

"이건 확인되지 않은 정보입니다만……. 최 사장이 살해될 당시 무기 거래에 관여했다는 소문이 있긴 했습니다."

"무기 거래? 마약이 아니라?"

"네. 확실하진 않습니다. 최 사장이 죽은 이후 떠돈 무수한 소문 중의 하나일 뿐입니다."

"전혀 근거 없는 소문은 아닌 것 같은데……. 일단 그것부터 좀 조사해 주게. 단순히 권총 한 자루 밀수하는 수준은 아닌 것 같은데 말이야."

"러시아 마피아도 관여되어 있고, 무기 거래상도 끼어 있고……. 상당히 복잡했다는 말이 있습니다."

"최 사장이 죽기 6개월 전부터의 거래 내역을 모두 조사해 주게. 가능하면 1년 전 것까지도. 시간은 얼마 정도 걸리겠나?"

"한 일주일……. 아니, 열흘……."

정보원의 말투에서 곤란하다는 심정을 읽을 수 있었다. 요즘 일이 많은 모양이군. 흑표는 이마를 찡그리며 생각했다.

"시간이 별로 없어. 사흘 주지."

"그래도……."

"대신 수고비는 넉넉하게 챙겨주겠어."

"최선을 다해보겠습니다."

"최 사장 말고 다른 조직 중에 무기 거래에 관여된 곳이 있는지도 같이 알아봐 줘. 단순한 소문이라도 그 출처를 다 명기하도록 하고."

"알겠습니다."

"가능하면 최 사장을 살해한 자가 누군지도 알아봐."

"그것까진……."

"원래 이쪽 바닥이 상대가 총을 구입하면 나도 총을 구입하자, 이런 주의 아냐? 최 사장이 무기를 구입한다니까 라이벌 조직에서 지레 겁먹고 제거한 걸 수도 있어. 그 부분을 중점적으로 조사해 봐. 다른 부분은 필요 없어."

다른 부분은 그가 직접 조사할 생각이었다. 러시아 마피아와 연계해 국내에 총기류를 밀반입하는 건 부산 조직이다. 한국에 있는 조폭 대부분은 부산을 통해 러시아 총기를 구입한다. 최 사장이 그들을 따돌리고 직접 무기를 구입하려다 암살당한 건 아닐까 하고 추측했다.

하지만 그건 정보원의 능력을 뛰어넘는 수준의 정보였다. 그는 부산에는 연줄이 없었다. 그 부분에 대해서는 본인이 직접 조사할 생각이었다.

"그리고 이건 조금 더 시간을 두고 조사해도 되는 정보들인데 말이야. 최근 시중에 무기명 채권이 대량으로 풀린 적은 없는지 조사해 줘. 다이아몬드나 값비싼 우표, 동전도."

테러는 돈이 한두 푼 드는 작업이 아니다. 특히 각국의 수뇌부를 노릴 정도의 대규모 테러라면 상당한 자금이 소요되게 마련이다. 자금의 출처를 알 수 없는 무기명 채권은 어떤 경우든 사용하기 편한 지불 수단이다. 다이아몬드나 우표, 동전 또한 무기명 채권처럼 휴대가 간편하고 따로 돈세탁 할 필요도 없다.

"이것도 가능한 한 빨리 조사해 드려야 하는 거죠?"

"물론."

"다 끝났습니까?"

"그래. 사흘 후, 같은 시간, 장소는 맞은편 서점."

"그럼 이만."

정보원은 다른 책을 고르는 척하며 천천히 멀어져 갔다.

흑표는 느긋하게 책 구경을 했다. 그는 책 보는 걸 좋아했다. 특히 역사에 관심이 많았다. 한국에 온 김에 중국과는 입장이 다른 한국의 역사서들을 구입하고 싶었다. 그는 한참 동안 역사서를 뒤적이다 그중에 몇 권을 골랐다.

서점에서 나온 흑표는 다른 정보원을 만나기 위해 발걸음을 옮겼다. 여전히 미행이 붙은 건 아닌지 의식하며 이동했다. 이린 생활이 짜증 나긴 하지만 스릴도 있었다.

현장을 떠난 이후 가장 그리웠던 건 위험한 줄타기를 하는 짜릿했던 순간들이었다. 그건 그가 살아 있다는 사실을 그 어느 때보다 분명하게 깨닫게 해주었고, 상대를 속였을 때는 싸구려 마약과는 비교할 수 없는 쾌감과 성취감을 안겨주었다.

그가 만날 정보원은 한국에 있는 이슬람 사회와 연관이 깊은 자였다. 문화도 그렇지만 이슬람의 경제 개념은 서구 자본주의의 눈에는 무척 독특하게 비친다. 코란은 이자를 금기시한다. 이 중 흑표가 특별히 관심을 가지고 있는 건 하왈라다. 하왈라란 아랍어로 '신뢰'를 뜻하는 말이다. 이는 은행을 통하지 않고 전 세계에 널리 퍼진 조직망을 이용해 자금을 유통하는 이슬람의 전통적인 송금 시스템이다. 원래 실크로드 교역을 하던 이슬람 대상(隊商)들의 재산을 사막의 도적들로부터 보호할 목적으로 고안된 것으로, 약간의 수수료만으로 세계 어느 곳이든지 송금이 가능하다.

송금자는 전 세계에 산재해 있는 하왈라 점포에서 송금 금액과 약간의 수수료만 내면 비밀번호를 부여받게 된다. 수취인은 이 비밀번호를 대고 가까운 하왈라 점포에서 송금된 자금을 수령하면 된다. 이 과정에서 담보를 설정한다거나 서류 작업을 하지 않기에 거래가 완료되는 즉시 모든 기록이 폐기 처분된다. 거래자의 신분이나 금액 등의 증거를 전혀 남기지 않는 방법이기에 음성 자금 이동의 중요한 수단으로 사용된다. 국제 테러 조직들은 자금 세탁과 테러 자금 조달 수단으로 이를 적극 활용하고 있다.

한국에서 테러를 계획 중이라면 보석이나 우표, 무기명 채권뿐만 아니라 하왈라도 이용했을 가능성이 높다. 흑표는 정보원을 만나 이를 확인하고 한국 내 이슬람 사회의 전체적인 동향도 파악할 참이었다.

22

기환은 급하게 데드 드롭(Dead Drop)으로 차를 몰았다. 스파이들은 직접 물건을 교환하기 힘든 경우가 대부분이다. 이럴 경우를 대비해 데드 드롭이라는 무인 교환 장소를 설정해 놓는다. 특정 벤치 밑에 청테이프로 물건을 붙여놓는 경우도 있고, 다리 밑에 숨겨놓는 경우도 있다. 내용물을 비닐로 밀봉한 다음 한적한 공원 화단에 묻어두기도 한다.

정보원에게 암호를 가르쳐 줄 때 데드 드롭도 한군데 설정해 두었다. 만일의 경우 그곳을 이용할 생각이었다. 하지만 아직 그곳을 이용한 적은 단 한 번도 없었다.

기환은 공원 입구에 차를 세웠다. 그는 초조한 마음을 달래며 최대한 느긋하게 걸었다. 평일이지만 생각보다 사람이 많았다. 산책로가 끝나는 곳에 이르자 갈림길이 나타났다. 왼쪽은 경사가 급한 등산로고, 오른쪽은 비교적 완만한 편이다. 기환은 오른쪽 길을 택했다. 500미터쯤 가자 간단한 운동 기구와 벤치가 있는 공터가 나타났다. 노인 한 분이 벤치에 앉아 있었다.

"안녕하세요. 오늘 날씨가 아주 좋습니다."

기환은 그와 눈이 마주치자 가볍게 웃으며 인사했다. 노인은 웃으며 손을 흔들어주었다. 자연에서는 모두가 친구가 된다. 하지만 콘크리트 숲에서는 한 빌짝만 돌아서면 모두가 적으로 돌변한다. 특히 스파이의 세계에서는.

기환은 벤치 뒤편으로 향했다. 산 정상을 향한 등산로는 아니지만 길이 하나 있었다. 150미터쯤 걷자 자그마한 개울에 도착했다. 개울에는 오래전에 지은 아치 형태의 작은 다리가 있었다. 3미터 정도의 길이에 한 사람이 겨우 지나갈 정도로 폭이 좁은 다리였다.

재빨리 주변을 확인했다. 아무도 없었다. 기환은 다리 아래로 내려갔다. 다리 밑부분에 검은색 비닐로 봉해진, 손바닥의 반도 안 되는 작은 물체가 청테이프로 단단히 붙여져 있었다. 기환은 조심스럽게 테이프를 뜯어냈다.

불에 달군 돌멩이를 주머니에 넣은 것처럼 안절부절못하는 모습을 보일 순 없었다. 최대한 천천히 걸으려고 노력했다. 차에 앉자마자 비닐을 뜯었다. 비닐 안에 든 물체는 USB 플래시메모리였다.

기환은 노트북을 켰다. 부팅되는 시간 동안 쉬지 않고 다리를 떨었다. 윈도우가 구동되자 플래시메모리를 연결하고 데이터를 불러들였다. 그는 자신도 모르게 침을 삼켰다. 자료의 대부분은 서류를 디지털카메라로 찍은 것들이었다. 정보원이 작성한 듯한 워드 파일도 있었다. 그는 빠르게 자료들을 훑었다.

자료 중 가장 눈에 띄는 건 써드 웨이브라는 이름이었다. 아예 폴더 하나를 차지하고 있었다. 해당 폴더 밑에 나래무역과 세계무역이라는 이름으로 된 엑셀 파일이 있었다. 우선 나래무역부터 클릭했다.

기환은 천천히 커서를 내렸다. 깜짝 놀랄 만한 이름이 나왔다. 이미 고인이 된 최 사장이었다. 마약과 무기 거래에 깊이 관련된 인물이라서 기환은 진작부터 그를 주목하고 있었다. 얼마 전 총기 사고로 사망하는 바람에 그를 놀라게 했던 인물이기도 하다. 자료는 세계무역이라는 회사와 최 사장이 대표로 있는, 아니, 있던 나래무역과의 거래 자료였다.

그가 써드 웨이브와 관련되어 있었다니. 그래서 살해된 것일까? 기환은 그의 예상보다 훨씬 거대한 음모가 도사리고 있다는 사실을 깨달았다.

자료를 뒤지던 기환은 사진들을 발견했다. 인터넷에서 다운받은 듯한 전원 사진이었다. 사진은 모두 네 장이었다. 이상했다. 정보원이 비밀을 숨긴 자료에 아무런 의미 없는 풍경 사진을 넣었을 리가 만무했다. 이게 도대체 뭐지? 아무래도 이건 암호분석팀에 의뢰해야겠다고 생각했다.

하지만 마지막 자료에 비하면 여태까지 발견한 건 약과였다. 마지막 자료를 확인하던 기환은 비명을 내지를 뻔했다. 이건 그도 열람할수 없는 일급 기밀 문서였다. APEC 기간 동안 각국 정상들의 일정과 경호 체계에 대한 극비 문서였다. 경호원의 위치, 비상 탈출로, 경호 배치 대체 요원, 의료팀에 대한 정보가 빼곡히 적혀 있었다.

기환은 충격에 한동안 아무것도 할 수 없었다. 당장 이 자료를 상부에 보고해야 한다는 생각만이 머릿속에 가득했다. 그는 여유를 찾기 위해 담배를 피웠다. 흥분이 좀 가라앉는 것 같았다.

어떤 사건이든 상충된 첩보가 들어오게 마련이다. 그걸 확인하지 않고 상부에 제공한다는 건 아마추어나 하는 짓이다. 더구나 이 정도의 파괴력 있는 정보라면 정보의 확인은 아무리 강조해도 지나치지 않다.

그러니 정보의 확인은 말처럼 쉽지 않다. 이건 그가 확인할 수 있는 레벨을 능가하는 정보다. 언제나처럼 김 과장에게 의뢰할까? 이번에는 쉽게 답이 나오지 않았다.

아무리 친한 사이라고 해도 쉽지 않은 일이 있는 법이다. 이번 경우가 그랬다. 만에 하나 이런 자료가 유출되었다는 소문이 퍼진다면 그 후폭풍은 감당하기 힘들다. 행여 이 자료가 사실이라고 해도 국내가 아니라 해외에서 흘러나갔을 가능성이 더 높아 보였다.

어쩌면 써드 웨이브가 흘린 기만정보(disinformation)일지도 모른다. 이는 상대국의 정보 수집과 정보 분석을 무력화시킬 뿐만 아니라 국력, 군사력, 공작 역량을 분산 내지 소진시키는 효과적인 수단이다. 때로는 상대방이 허위 정보를 확인토록 유도해서 정보 유출의 경로나 지하 공작망을 색출해 내려는 목적으로 사용하기도 한다.

내부의 적을 잡는 것만큼이나 기만 공작에 휘둘리지 않는 것 또한 중요하다. 하지만 그냥 덮어두기엔 자료가 너무 완벽해 보였다.

역시 보고해야 할까? 그는 고개를 세차게 내저었다. 자료 유출에 대한 조사가 이뤄진다면 상당 기간 국내의 모든 정보기관은 제 기능을 수행하기 힘들 것이다. APEC이 코앞으로 다가온 지금 그것이야말로 테러범들이 진정으로 원하는 것이다.

의무와 염려가 동시에 그의 양어깨를 짓눌렀다.

23

"배달 완료되었습니다."

존은 가볍게 떨리는 목소리로 말했다.

"작동은 제대로 되고 있나?"

"숨소리까지 들릴 정도입니다."

"완벽하군."

"이제 상부에 보고하셔도 될 것 같습니다."

존은 자신감에 찬 목소리로 말했다. 그는 큰 소리로 다음 말을 덧붙였다.

"지금부터 북한에 관한 정보에 대해서도 슬램덩크라고 외칠 수 있습니다."

슬램덩크란 확실한 정보라는 걸 의미하는 은어다.

"이젠 펜타곤에 밀리지 않겠군."

독백 같은 말이었지만 진한 회한이 서린 말투였다.

1991년 CIA는 해서는 안 되는 큰 실수를 저질렀다. 당시 이라크에서는 대규모 핵 프로그램이 진행 중이었다. 그대로 진행되었더라면 9~18개월 후엔 핵 실험이 가능한 수준까지 도달할 수 있었다. 하지만 CIA는 이를 전혀 눈치채지 못하고 있었다. 이 사건으로 CIA는 상부의 신뢰를 잃었다. 이번 작전에 목숨을 거는 이유 중의 하나였다.

아프가니스탄에는 CIA가 가장 먼저 들어갔다. 그들은 북부동맹에 수백만 달러를 뿌렸다. 북부동맹은 지상을 맡고 CIA는 공습 지점을 지시했다. 공격을 개시한 지 한 달 만에 수도 카불이 함락됐다. 이때가 CIA의 최고 전성기였다.

이라크에서는 정반대의 상황이 연출되었다. CIA는 이라크에서 대량 살상 무기를 찾는 임무를 맡았다. 하지만 고강도 알루미늄 튜브는 물론 핵 프로그램, 생화학무기 프로그램이 존재했다는 어떠한 증거도 찾을 수 없었다. 정보왜곡이 하나둘 밝혀지기 시작하면서 CIA는 온갖 비난을 뒤집어써야만 했다.

더구나 최근 들어 CIA는 펜타곤과의 파워 게임에서 밀려나는 중이었다. 9.11 이후 펜타곤은 자체적인 정보망을 확충하기 시작했다. 이에 권력과 예산 대부분을 펜타곤에 빼앗겼다.

"CIA가 아직 죽지 않았다는 걸 보여주게 되어서 저도 기쁩니다."

듣기 좋으라고 하는 말이 아니었다. 존은 진심으로 기뻤다. 그의 조직이 위험하고, 힘들고, 가끔 비도덕적인 일들을 한다는 건 그에게 아무런 문제가 되지 않았다. 그에게 문제가 되는 건 조직의 능력이었다. 일련의 무능해 보인다는 평가는 정보기관에는 치명적인 것이었다.

"일단 어떤 정보들이 들어오는지 지켜보기로 하지."

"근데… 조그마한 문제가 있습니다."

"문제? 어떤?"

"NKCELL과 같이 간 자가 괜히 시비를 거는 모양입니다."

"시비? 그자는 흑표가 소개해 주지 않았나? 흑표가 부하 하나 제대로 관리 못 하나?"

"엄밀히 말해서 흑표의 부하는 아닙니다. 프리랜서입니다."

"뭐야? 따로 돈을 요구한다는 건가?"

음성이 높아졌다.

"꼭 돈을 요구하는 건 아닌데……. 이쪽이 어떤 일을 하는지 뒤를 캐고 다니는 모양입니다."

"혹시 흑표의 사주를 받은 건 아닐까?"

"글쎄요……. 지금으로선 알 방법이 없습니다."

"잘 들어. 문제가 생길 것 같으면 당장 제거해 버려. 존, 이번 작전은 보안이 생명이야. 무슨 말인지 알겠지? 그들이 도청당한다는 사실을 알게 되는 순간 모든 게 끝장이란 말이야."

"그렇긴 한데… 북한에서 제거 작전을 벌인다는 게……."

"NKCELL 정도면 혼자서도 충분히 가능한 일 아닌가? 그는 특수부대에서 근무할 당시에도 이런 임무를 성공적으로 수행하지 않았나? 그래서 NKCELL을 북한에 보낸 것 아닌가?"

"그렇긴 합니다만……."

"흑표 때문에 그러나?"

"사실 조금 신경 쓰이긴 합니다. 차라리 북한에 슬쩍 정보를 넘겨서 처리하는 건 어떨까요?"

"NKCELL과 같이 간 자가 밀수를 하고 있다는 정보를 흘리잔 말이지?"

"네."

"그럴 경우 일이 더 복잡해져. 북한은 단지 그자만 제거하려고 하지는 않을 거야. 어떻게든 그 배후와 관련 인물들을 모두 잡아들이려고 하겠지. 괜히 벌집을 들쑤실 필요는 없어."

"NKCELL이 그를 제거하면 흑표가 눈치를 챌 텐데요."

"그건 그때 가서 해결하세."

"혹시… 따로 생각해 두신 게 있습니까?"

"그럼 수고하게."

전화가 뚝 끊겼다.

존은 시가에 불을 붙였다. 그리고 미리 준비해 뒀던 샴페인을 땄다. 샴페인과 시가는 작전에 성공했을 때면 즐기는 일종의 습관이었다. 그는 샴페인을 들이켜며 매일 오늘과 같았으면 좋겠다고 생각했다.

24

마틴은 긴급히 준비한 걸프 스트림을 타고 이집트를 찾았다. 사안이 사안인 만큼 시간과의 싸움이었기 때문이다. 연일 계속되는 피로가 그의 얼굴에서 미소를 뺏어가긴 했지만 그의 천성까지 바꾸지는 못했다.

"톰! 이런 곰팡내 나는 곳이 지겹지도 않나? 벨리댄스 잘하는 곳을 아네. 거기로 가도록 하지."

마틴은 방문을 덜컥 열며 말했다.

"정말 빨리 오셨군요. 맥주는 냉장고에 있습니다."

톰은 놀란 눈으로 마틴을 맞으며 말했다. 그는 마틴이 이렇게 일찍 도착할지 전혀 예상하지 못했다.

"내가 겨우 맥주나 마시려고 이 먼 이집트까지 온 줄 아나? 어서 준비하게. 공연을 시작할 시간이 얼마 남지 않았어."

마틴은 냉장고에서 맥주를 꺼내며 말했다.

"어떻게 생각하십니까?"

톰은 본론으로 들어갔다.

"글쎄… 오마르와 베타의 프로파일을 수십 번 읽어보긴 했는데……. 솔직히 잘 모르겠네. 오마르를 직접 만나본 자네 생각은 어떤가?"

마틴은 오마르라고 말할 때 살짝 미간을 찡그렸다.

"오마르를 의심하시는군요."

"물론 그는 한 번도 우리를 배신하지 않았어. 하지만 그게 그가 영원히 우리를 배신하지 않을 거라는 근거가 되지는 않네."

"그의 가족은 지금 우리 관할하에 있습니다. 그가 얼마나 가족을 끔찍하게 아끼는지 잘 아시잖습니까?"

"물론 그의 가장 큰 약점은 가족이고, 테러범들은 지금 그걸 이용하지 못하는 입장이야. 오히려 우리가 그걸 이용하는 입장이지. 하지만… 너무 일이 쉽게 풀리는 게 수상해."

마틴은 말을 끝내고 맥주를 깨끗이 비웠다. 그는 새로운 맥주를 꺼냈다. 톰은 자리에서 일어나 방 안을 서성이기 시작했다. 맞은편 거울을 보던 그는 자신의 지금 모습이 그날의 오마르와 닮았다는 걸 깨달았다.

그래, 오마르도 그걸 염려하고 있었던 거야. 톰은 이제야 그날 오마르의 복잡한 심경을 읽을 수 있었다. 오마르는 행여 의심받지 않을까 걱정하고 있었던 것이다.

"오마르가 정말 우리를 배신할 생각이었다면 좀 더 노련한 방법을 사용했을 겁니다. 이런 노골적인 방법을 사용할 정도로 어리석지 않습니다."

"자네는 이전부터 오마르의 능력을 너무 과신하고 있네. 그는 자네 생각만큼 뛰어난 인재는 아니야."

마틴은 목청을 높였다. 톰은 인상을 잔뜩 구겼다. 마틴이 오마르를 의심하는 건 단지 그가 오마르를 싫어하기 때문이라는 느낌을 강하게 받았다.

"그래서 말이야……."

마틴은 잠시 주저했다.

"무슨 일입니까?"

톰은 쏘아붙이듯 말했다.

"오마르에게 감시를 붙였네."

"네? 왜 그런 일을? 더구나 저한테 한마디 상의도 없이."

톰은 대들듯 말했다.

"그럴 수밖에 없었네. 이해해 주게."

"그렇게나 그가 싫은 겁니까? 이제 그만할 때도 되지 않았습니까?"

"이건 개인적인 감정의 문제가 아니야. 그는 아주 중요한 인물이야. 따라서 이번 작전의 성공을 위해 어떻게든 보호받아야 하네."

"그가 금방 눈치챌 텐데요."

"그가 항의하면, 내가 방금 한 말을 그대로 전해주면 되네."

"오마르는 눈치가 아주 빠릅니다. 우리가 그를 의심한다는 사실을 금방 눈치챌 겁니다."

"그래야 섣부른 행동을 하지 못할 것 아닌가?"

마틴은 턱을 치켜들며 말했다.

톰은 정말 화가 났다. 하지만 그가 화를 낸다고 바뀔 일은 하나도 없었다. 사실 마틴의 행동은 적절한 것이다. 그가 마틴의 위치에 있었다면 그도 마틴과 똑같이 행동했을 것이다.

"아무튼 오마르의 정보에 의하면 베타는 그쪽에서 인정을 받고 있는 듯합니다. 제가 따로 알아본 바에 의하면 그건 확실한 듯합니다."

"그런데 왜 알파가 아니라 베타가 되었지?"

마틴은 고개를 갸웃거렸다.

"그를 포섭할 가능성이 아주 낮다고 봤기 때문입니다."

"오마르의 말이 사실이라면 정말 커다란 행운이긴 한데… 정말 그자가 이쪽에 정보를 팔 의향이라면 말이야."

"베타는 우리가 원하는 정보에 접근할 수 있을 뿐만 아니라 정보원이 되기에 충분한 사질을 갖춘 것으로 판난됩니다. 여러 건의 테러에 관여하면서 그는 극한의 스트레스 상황에서도 적절히 대처하는 모습을 보였습니다."

"나 역시 베타의 능력을 의심하지는 않네. 하지만 가장 중요한 건 그가 믿을 수 있느냐는 점이야. 혹시 말이야, 이건 가정이네만… 테러 집단에서 그를 이중 공작원으로 만든 건 아닐까?"

"우리에게 기만정보를 넘기기 위해서 말입니까?"

"그래. 그럴 가능성은 항상 존재해. 우리는 그자의 정보를 교차 검증할 루트가 전혀 없네. 더구나 그자는 우리의 질문 내용을 통해 우리가 그들에 대해 얼마나 알고 있는지, 관심사는 무엇인지 속속들이 알게 될 거야. 그자에게 완전히 휘둘려도 우린 그에게 속고 있다는 사실조차 알 길이 전무한 게 현실이야."

"안 그래도 저나 오마르도 그것 때문에 망설이고 있습니다. 베타가 말한 건 모두 사실이었지만 말입니다."

톰과 오마르는 베타의 모든 걸 철저하게 조사했다. 베타의 주장 대로 그의 부하가 자살 폭탄 테러에 실패한 사실이 확인됐다. 톰은 모사드의 협조 덕분에 비밀리에 그자를 면담할 수 있었다. 그자의 증언은 베타의 주장에 힘을 실어줬다.

"그래서 내가 한시바삐 결론을 내려주길 바라고 있는 건가?"

마틴은 톰을 지그시 응시하며 말했다. 톰은 고개를 끄덕였다.

"자! 이 친구야, 이만 자리에서 일어나게. 이 답답한 곳을 벗어나 벨리댄스나 보러 가세. 이 문제는 이렇게 앉아서 고민한다고 금방 해결될 문제는 아니야. 간만에 바람이나 좀 쐬자고. 머리가 맑아지 면 새로운 해결책이 보일지도 몰라. 뭐 하나? 빨리 준비하게."

마틴은 어느새 방을 나서며 말했다.

25

기환은 김 과장의 방문을 가볍게 노크했다.

"들어와!"

투박하지만 정감 가는 김 과장의 목소리가 들려왔다.

"무슨 일이야? 보고서 다 작성했어?"

김 과장은 기환은 보지 않고 정신없이 타이핑하며 말했다.

"일단 작성하긴 했는데……. 제 능력이 워낙 부족해서… 몇 군데 수정해야 할지도 모르겠습니다."

기환은 머뭇머뭇 말했다. 꽤 민감한 사항이 많은데다 높은 양반 들이 열람할 보고서라서 둘 다 무척 신경 쓰던 서류다.

사석에서의 김 과장은 친형 같은 존재였다. 그는 새벽까지 부하 직원의 신세 한탄을 들어주는 큰 귀와 열린 가슴의 소유자였다. 하지만 일에 있어서만큼은 눈물을 쏙 빼낼 정도로 엄격했다. 김 과장 부서로 배치받았다는 말에 다들 불쌍한 눈으로 쳐다보던 그날의 기억이 지금도 생생했다.

"전에 내가 수정하라고 한 부분은 다 고쳤어?"

김 과장은 여전히 타이핑하며 말했다.

"다 손보긴 했습니다."

"줘봐."

김 과장은 손을 내밀며 말했다. 기환은 보고서를 건넸다. 김 과장은 심각한 표정을 지으며 보고서에 푹 빠져들었다.

"커피라도 한 잔 뽑아올까요?"

"커피 좋지. 고마워."

"잠시만 기다리세요."

기환은 빙긋이 웃으며 말했다.

그는 날듯이 자판기로 달려가 커피 두 잔을 뽑았다. 방으로 돌아오니 김 과장은 신경질적으로 담배 연기를 내뿜으며 한층 심각한 분위기를 연출하고 있었다.

과장님, 정말 죄송합니다. 기환은 일부러 커피를 그의 바지에 쏟았다.

"이런! 과장님, 괜찮습니까?"

기환은 어쩔 줄 몰라 하며 말했다.

"어, 괜찮아."

김 과장은 벼락같이 자리에서 일어나 바지를 털며 말했다.

"정말 죄송합니다. 데이지는 않으셨어요?"

기환은 진심으로 질문했다.

"그렇게 뜨겁진 않은데? 괜찮아. 걱정 마."

"정말 죄송합니다. 요즘 정신이 좀 없어서."

기환은 고개를 숙이며 말했다.

"하여튼 내가 죽기 전에 네놈 그 덤벙대는 버릇을 고쳐놔야 할 텐데."

김 과장은 웃으며 말했다. 익지웃음은 절대 아니었다.

"죄송합니다. 술 한잔 사겠습니다."

"그럼 그냥 넘어가려고 했어?"

김 과장은 티슈로 바지를 닦으며 말했다.

"이거 세탁해야 되는 거 아니에요? 세탁소에 맡기고 올까요?"

"당장 갈아입을 바지가 없는데……. 좀 전에 옷을 몽땅 맡겨 버려서 말이야."

저도 알고 있습니다. 기환은 속으로 말했다. 한 시간 전에 김 과장이 다른 직원 편으로 양복을 맡기는 걸 보고 이 작전을 고안해 냈다. 너무 고전적이고 뻔한 수법이긴 하지만.

"뭐 물로 대충 씻으면 되겠지. 마침 커피 색깔이랑 바지 색깔이랑 구분도 잘 안 가는데."

"정말 죄송합니다."

"넌 내가 올 때까지 보고서에 어떤 부분을 수정해야 할지 다시 한 번 검토하도록 해."

김 과장은 종종걸음으로 방을 나섰다.

기환은 김 과장이 사라지자 재빨리 그의 책상에 앉았다. 다행이었다. 김 과장은 그의 계정으로 서버에 접속해 작업 중이었다. 운이 따라주는군. 기환은 특정 디렉터리를 뒤지며 생각했다. 그에게는 해당 자료에 접근할 권한이 없었다. 그래서 김 과장을 이용할 수밖에 없었다. 곧 해당 자료를 찾을 수 있었다.

스파이에게 기억력이란 목숨과도 같다. 메모지나 단서가 될 만한 것들을 휴대하는 바보짓은 '난 스파이요. 잡아가시오' 하고 떠들어 대는 것이나 마찬가지다. 기환은 정보원의 자료에 있던 APEC의 경호 체계에 관해 완벽하게 기억하고 있었다.

기환은 빠른 속도로 스크롤을 내렸다. 그의 머릿속에 있는 자료와 화면에 뜬 자료들을 빠르고 꼼꼼하게 비교했다.

휴. 안도의 한숨이 절로 나왔다. APEC의 경호 체계와 정상들의 일정은 정보원의 자료에 있던 것과는 확연히 달랐다.

그럼 그렇지. 어떻게 이런 중요한 자료가 그렇게 쉽게 흘러나갔겠어. 기환은 만세를 부르고 싶은 걸 억지로 참으며 생각했다. 그렇다고 녀석이 남긴 자료가 다 틀린 건 아닐 것이다. 솔직히 그 자료들이 전부 거짓이었으면 싶었다. 덤으로 정보원의 죽음도.

기환은 혹시나 하는 마음에 써드 웨이브를 검색했다. 많은 양은 아니었지만 최신 자료들이 꾸준하게 업데이트되고 있었다. 기환은 자료를 훑으며 필요한 부분을 기억 한편에 저장했다. 숙련된 스파이답게 그 모든 걸 마치는 데는 그리 오랜 시간이 걸리지 않았다.

수진은 납치를 당하듯 기환에게 끌려왔다. 그들이 도착한 곳은 가끔 찾던 일식집이었다. 이곳은 옆방에서 하는 말이 전혀 들리지 않을 정도로 방음이 잘된다. 비밀스러운 그들이 이곳을 단골로 정한 첫 번째 이유였다. 물론 신선한 해산물과 주방장의 뛰어난 음식 솜씨도 빼놓을 수 없다.

"오늘 무슨 날이에요? 갑자기 웬 술?"

수진은 미리 자리를 잡고 있던 김 과장을 보며 말했다.

"무슨 날은 아니고… 내가 실수한 게 있어서 과장님한테 술 한잔 사기로 했거든."

기환이 말했다.

"커피 쏟은 게 무슨 큰일이냐?"

김 과장은 기환의 등을 툭 치며 말했다.

"커피? 코피가 아니고?"

수진은 기환의 얼굴을 뚫어져라 쳐다보며 말했다.

"이 망할 녀석이 보고서를 잘 적어서 내가 한잔 사려고 이런 자리를 마련한 거야. 짜식. 그동안 내 밑에서 고생하더니 정말 많이 늘었어. 아직 다 열람하진 않았지만 하나같이 만족해하는 눈치야."

김 과장은 미소를 머금었다.

"그 골치 아픈 보고서 드디어 끝냈나 보네. 선배, 축하해요."

수진은 기환의 등을 툭 치며 말했다.

"자, 한잔하지."

김 과장은 직접 제조한 소맥 폭탄주를 치켜들며 말했다. 기환과 수진도 잔을 높이 들었다. 술이 가득 찬 맥주잔이 깨끗이 비는 데는 1초면 충분했다. 김 과장은 익숙한 손놀림으로 폭탄주를 제조했다.

"조금만 더 고생해. APEC이 끝나면 특별 휴가가 있을 모양이야."

김 과장은 다시 잔을 치켜들며 말했다.

"위하여!"

기환이 잔을 부딪치며 큰 소리로 말했다.

"뭘 위한다는 거죠?"

수진이 말했다.

"APEC이 끝날 그날을 위하여."

다들 정신없이 먹고 마셨다. 적당히 취기가 오르자 잔을 비우던 손이 다소 한산해졌다.

"과장님은 이 직업에 만족하세요?"

기환이 질문했다.

"첩보란 대단히 매력적이며 엘리트들에게 적합한 직업이다."

김 과장이 빙긋이 웃으며 말했다.

"미르쿠스 볼프의 말이군요."

"그래. 첩보의 황제가 한 말이지. 아무리 장비가 좋아졌다고 해도 첩보원은 여전히 중요한 존재야. 앞으로도 계속 그러할 거야. 창녀와 함께 인류의 가장 오래된 직업이 그렇게 쉽게 없어지지는 않을 테니까."

"휴민트야말로 첩보의 꽃이죠. 천문학적인 돈을 들여서 인공위성과 감청 장비 따위를 마련한다고 해도 그 의중까지 읽어낼 순 없으니까요. 북한군 일개 사단이 이동하는 걸 위성사진으로 알아냈다고 해도 그들이 무슨 목적으로 이동하는지는 알 수 없죠. 겉으로는 훈련 때문이라고 하는데 전력 재편인지 남침 의도가 있는지는 결국 사람이 알아내야죠."

기환이 말했다.

"그래, 결국 중요한 건 사람이야. 상대 또한 사람인데 기계로 사람을 상대할 순 없어. 사람은 기계처럼 단순하게 생각하지도, 의도한 대로 움직이지도 않으니까 말이야."

"비싸지 않기 때문에 쉽게 폐기당하기도 하죠."

수진이 말했다.

"고가의 장비가 아니라서 쉽게 폐기한다기보다는 정치적인 입지 때문에 배신당한 경우가 대부분이지. 그 왜 94년 7월 8일 김일성 주석 사망 때 그런 일 있었잖아?"

"고위층이 삽질했던 거요?"

"그래. 당시 안전기획부가 김일성 사망 같은 중대 사태도 감지하지 못했다고 여론의 집중포화를 맞았지. 참다못한 안기부 수뇌부가 국회 국방위에서 김일성 사망 당시 북한과 외국 간에 이뤄진 통신 감청 등을 통해 북한에 중대 사태가 일어난 걸 파악하고 있었다고 발표했지. 정말 웃기는 일이지. 이건 북한의 심장인 주석궁 내부에 이쪽의 인적 자산이 있어야만 가능한 일인데 말이야. 우리가 그쪽에 스파이를 심어두었소 하고 북한에 광고하는 꼴이나 마찬가지였어. 실무자들은 모두 반대했지만 정치적 곤경에 빠져 있던 수뇌부는 그들의 주장을 밀어붙여 결국 이 사실이 언론에 보도됐지. 당연한 일이지만 이로부터 수개월이 지나자 힘들게 심어놓은 주석궁 내부의 우리 인적 자산과의 모든 연락이 두절됐지."

"과장님, 이제 국정원 소속이 아니라고 강도 높게 비판하시네요."

수진은 가볍게 웃으며 말했다.

"꼭 국정원 소속이 아니라서 하는 말은 아니야. 애정이 있기에 비판을 하는 거지. 나의 청춘을 바쳤던 직장이고, 또 언제 그곳으로 다시 돌아갈지 모르는 일인데. 그건 너희도 마찬가지잖아."

"국내뿐만 아니라 대만도 비슷한 경우가 있었죠. 총선을 얼마 남겨두지 않은 시점에 중국이 대만 해협을 향해 미사일을 발사하자 대만이 아주 난리가 났었죠. 총선에서 질 위험에 처하자 대만 정부는 중국이 미사일을 쏜 건 단순한 시험 발사였다고 발표하죠. 국민이 정부의 말을 믿지 않을 것에 대비해 중국이 대만을 향해 겨누고 있는 미사일 숫자와 기지 위치까지 구체적으로 밝혔어요. 당연히 이것 역시 중국 군부에 인적 자산이 있어야만 알 수 있는 정보였죠. 중국은 당장 간첩 색출 작전에 돌입했고, 그동안 대만이 힘들게 심어놓은 인적 자산들이 이 한 번의 정치놀음에 모두 사라져 버리고 말았죠."

기환이 말했다.

"그래, 그것 또한 정치놀음에 희생된 거지."

"역시 우리는 카이트(Kite)군요. 언제 줄이 끊어질지 모르는 연."

수진은 술잔을 들며 말했다.

소리 없이 잔이 부딪쳤다. 김 과장은 직접 폭탄주를 제조한 후 모두에게 권했다. 그의 볼은 붉게 달아오르고 있었다. 하지만 목소리는 여전히 침착했다.

"작전이 성공하면 그것만큼 좋은 것도 없지. 70년대는 남북 간의 체제 경쟁이 극에 달했던 시기였어. 그런데 불똥이 엉뚱하게도 아프리카로 튄 거야."

"아프리카요? 거긴 왜요?"

기환이 말했다.

"북한에 비해 수교국이 많다는 게 남한의 체제 우위를 보여주는 것이라는 윗사람들의 판단 때문이었지. 그래서 어떻게든 북한과의 외교관계를 단절케 하고 남한과 수교하도록 하는 데 전력을 다했어. 당시 중앙정보부, 뭐 다들 중정이라고 불렀지. 아무튼 중정 요원 한 명이 그 일을 완수해 냈어."

"대단한 분이시군요."

"당시 아프리카의 모 국가는 내전이 한창이었지. 중정 요원은 그 내전의 한가운데로 뛰어들었어. 그는 사살된 반군의 시체를 뒤져 총기를 수거한 뒤 북한제라는 표시가 찍힌 소총을 그들의 손에 쥐여놓았지. 당연히 그 나라 정부에서 그 사실을 알게 되었고, 북한이 반군을 지원하고 있다고 판단해서 북한과 즉각 단교 조치를 취했지."

"대담하고 기발한 작전이었군요."

"수많은 작전이 행해졌었지. 중동 지역 국가에 수출된 북한 미사일의 설계도를 통째로 빼내온 일도 있었지. CIA와 함께 이란의 미국대사관 직원 구출작전에 참가한 일도 있었고……. 아무튼 멋진 일들이 많았어."

"보상에 비해 정말 국가를 위해 헌신하신 분들이죠."

수진이 말했다. 모두의 빈 잔에 폭탄주를 제조한 후 그녀는 다음 말을 이었다.

"해외공작원은 승진 기회가 제한되어 있어요. 과장님이 말씀하신 그분도 결국 국내 파트로 전직했다고 하죠. 참 유능하신 분이었다는데……. 이후 출세 지향적으로 변신하더니 결국 안 좋은 일로 중정을 떠나셨다고 들었어요."

"그건 그동안 국정원이 국내 정치 위주로 운영되어 왔기 때문에 어쩔 수 없는 일이었어. 상대적으로 해외 파트는 찬밥신세가 될 수밖에. 국내 정치에 관여하는 자리에 있으면서 상부의 입맛에 맞는 보고서를 만들어내는 사람들이 각광받던 시기였지. 뭐 그건 어느 조직이나 마찬가지긴 하지만."

"해외공작원은 말 그대로 정보기관의 꽃인데……."

기환은 어물거리며 말했다.

"CIA라고 별다를 바 없어. 거기 요원들도 해외 공작 같은 위험한 일을 하지 않으려는 경향이 있지. 사실 현장에서 뛰는 공작원보다 분석관이 대우받는 건 어쩔 수 없는 면도 있어."

김 과장은 수진에게 손을 내밀며 말했다. 그는 수진에게 받은 담배를 힘껏 빨았다. 그가 뿜어내는 연기만큼이나 분위기도 텁텁했다.

"여긴 그만 접고 일어나자."

기환은 수진의 어깨를 툭 지녀 말했다.

"가긴 어딜 가? 여기서 끝장을 봐야지."

김 과장이 자리에서 일어서며 말했다.

"여기서 끝장을 보자며 왜 자리에서 일어서세요?"

"화장실 간다."

"같이 가요."

수진은 자리에서 일어섰다.

"넌 여자가 무슨 화장실을 같이 간단 말이야?"

기환은 어이가 없다는 표정을 지으며 말했다.

"입구까지만 같이 가면 되잖아요."

수진까지 세 명이 몽땅 화장실로 향했다. 다들 걸음이 조금 비틀거리긴 했지만 정신을 못 차릴 정도는 아니었다. 자리에 돌아오니 주방장 서비스 안주가 도착해 있었다. 이것 때문이라도 자리를 옮기기가 곤란했다.

"과장님은 왜 그렇게 한자리에서 뻗을 때까지 마시는 걸 좋아하세요? 참! 러시아에 있을 때 생긴 습관이라고 했지."

기환이 이마를 치며 말했다.

"그쪽 친구들은 한번 자리를 잡으면 거기서 쓰러질 때까지 마시더군. 첨엔 좀 어색했는데 버릇이 되니까 그게 젤 좋더라고."

"과장님도 당시 추방당한 그분하고 같이 작업하셨죠?"

수진이 말했다.

기환이 옆에서 수진에게 눈짓했다.

"아! 괜찮아. 뭐, 다 지난 일인데."

김 과장은 웃으면서 말했다.

"내가 그것 때문에 결국 국정원에서 쫓겨났다고 생각하는 모양인데, 다시 말하지만 난 여기에 지원해서 온 거야. 처음 창설된 조직에서 내 뜻을 마음껏 펼쳐보겠다고 지원한 너희처럼 말이야."

"제 생각이 짧았습니다."

기환이 말했다.

"러시아는 황해도 안산 지역에 일명 '라모나(Ramona)'라는 비밀 레이더 기지를 운영하고 있지. 주한미군이 오산에 레이더 기지를 운영하는 것처럼 말이야. 라모나는 한반도 전역은 물론, 일본 오키나와 지역까지 감시할 수 있어. 당시 참사관님과 함께 그곳에 관한 정보를 러시아에서 빼내려고 했었지."

"안타깝게도… 실패의 쓴맛을 보셨군요."

기환이 술잔을 들며 말했다. 또 잔이 부딪쳤다.

"실패하긴 했지만 그때가 그립기도 해. 아직도 최일선에서 뛸 때가 그리워. 빈말이 아니라 너희야말로 진정한 스파이지. 나 같은 퇴물은 이제 첩보계에서는 필요 없어."

"오늘따라 왜 이러세요? 과장님의 힘으로 성공시킨 작전도 많잖아요."

기환의 말에 김 과장은 씁쓸한 미소로 답했다.

"저도 과장님처럼 그런 짜릿한 작전에 참여해 보고 싶어요. 그것 때문에 국정원에 들어왔는데……. 사실 그런 일을 할 기회란 흔치 않잖아요. 어떤 의미에서는 그 당시에 근무하던 분들이 정말 부러워요."

"단지 말초신경을 자극하기 위해 그런 위험한 일을 하는 건 아니야. 무엇보다 신념이 있어야 해."

긴 과장은 담배에 불을 붙이며 말했다. 그의 일굴이 무척 그늘져 보였다.

"과장님, 노래 한 곡 하러 가요. 요즘 스트레스를 너무 많이 받아서 고함 좀 질러야겠어요. 안 그러면 미칠 것 같아요."

기환은 김 과장에게 바짝 붙으며 말했다.

"이 자식, 징그럽게 이게 뭐 하는 짓이야? 저리 안 가?"

김 과장은 질겁했다.

"넌 집에 안 들어가?"

기환은 수진을 흘기며 말했다.

"왜? 또 이상한 데 가고 싶어서 그래? 난 끝까지 따라갈 거야. 만일 날 따돌릴 생각이라면, 선배, 각오 단단히 해둬. 날 따돌리면 바로 집에 전화해 버린다. 그건 과장님도 마찬가지예요."

수진은 우물에서 막 나온 사다코의 눈을 하며 말했다.

26

"알았어."

흑표는 수화기를 내렸다.

최 사장의 죽음에 대한 조사는 아직까지 큰 진전은 없었다. 필리핀의 폭력조직, 그중에서도 청부살인을 수행할 조직을 모두 조사한다는 건 금방 해결되지도 쉽지도 않다. 물론 치밀한 정도로 봐서 꽤 이름 있는 조직임이 분명해 보이긴 하지만.

흑표는 공중전화 박스를 나와 근처 서점으로 향했다. 규모가 큰 편인데다 약속 장소로 자주 사용되는 곳이라 입구부터 인파로 붐볐다. 가볍게 포옹하는 연인들의 모습을 보면서 흑표는 묘한 감흥을 느꼈다. 그들은 젊었다. 하지만 그게 부러운 건 아니었다. 그들의 밝은 모습이 부러웠다. 그는 젊은 시절부터 어둠의 세계에서 살아왔다. 모든 것이 심하게 비틀리고 추잡하고 위험한 세계.

흑표는 서점을 가로질러 뒷문으로 나갔다. 대로변으로 나가 급하게 모퉁이를 돈 다음 잠시 멈춰 섰다. 미행은 없었다. 그는 다시 서점으로 돌아왔다. 그는 역사 서적을 뒤적이며 시간을 보냈다.

5분쯤 지나자 정보원이 나타났다. 그는 오른손으로 뭔가를 만지작거리고 있었다. 그는 등을 맞대고 자연스레 멈춰 섰다. 흑표는 왼손을 뒤로 뻗었다. 정보원은 작은 물체를 넘겼다. USB 플래시메모리였다. 흑표는 재빨리 이를 받아 주머니에 넣었다.

"최선을 다한 자료입니다만… 부족한 부분이 많을 겁니다. 죄송한 말이지만 무기명 채권 부분이나 우표 등은 아직 조사에 착수하지도 못했습니다."

정보원이 말했다.

"지금부터라도 조사하면 돼. 그건 그렇게까지 급한 건 아니야."

"아무래도 시간이 부족하다 보니 확인되지 않은 자료들이 좀 많습니다. 그런 자료들은 따로 표시해 뒀습니다."

"그래, 최 사장의 무기 거래 건은 사실이었나?"

"확실한 증거는 없지만 여러 증언이 일치하는 걸로 봐서 사실인 듯합니다."

자신감 있는 말투였다. 원래 입이 무거운 친구다. 최 사장의 죽음과 무기 거래가 연관이 있을 것 같다는 직감이 이제 사실로 다가왔다.

"최 사장과 연관된 자들에 관한 건?"

"자료에 다 기록해 났습니다. 물론 확실한 증거는 하나도 없습니다. 그리고 최 사장의 거래 내역은 죽기 1년 전 것까지 기록해 났습니다. 물론 이것 역시 증거 자료는 없습니다. 관련자들의 증언과 추측만 있을 뿐입니다."

"수고했어."

"의심스러운 부분이 있으면 언제든 연락 주십시오. 좀 더 상세하게 조사해 보겠습니다."

"일단 자료부터 검토해 봐야겠지."

"자료에는 표시해 놓지 않았는데… 최 사장의 측근에게서 나온 정보가 하나 있습니다."

"어떤?"

흑표는 호기심이 동했다. 의외로 전혀 기대하지 않던 곳에서 단서가 나오곤 하는 법이다.

"최 사장이 죽기 직전 술자리에서 조만간 큰돈이 들어올 것이라고 떠든 적이 있다고 합니다."

"큰돈? 무기 거래 대금이 들어오기로 했나 보지."

"저도 똑같이 질문했는데 무기나 마약 관련 자금은 아니라고 했답니다. 아무튼 큰돈이 들어올 거라고 호언장담했다더군요."

"그래? 그와 관련된 좀 더 자세한 정보는 없어?"

"다음날 필리핀으로 출국했기에 더 이상 들은 말이 없다고 합니다. 그쪽에서는 최 사장이 허풍을 떤 걸로 생각하는 눈치였습니다. 원체 최 사장이 허풍이 심한 편 아닙니까?"

"그렇긴 하지."

최 사장은 돈을 받으러 필리핀에 간 것이 분명하다. 마약이나 무기 밀수가 아니라면 어떤 돈? 흑표는 무척 궁금했다. 하지만 최 사장이 죽기 직전에야 측근한테 털어놓았다면 정보를 얻어낼 방법이 없다.

"참! 무기 거래에 관여한 조직 말인데요."

"뭐 알아낸 거라도 있어?"

"최 사장과 직접적인 연관성은 없는데… 조사하다 보니 루돌프라고 불리는 조직이 있더군요. 처음 들어본 이름인데… 혹시 아시는가 해서요."

"루돌프?"

흑표는 반문했다.

"저도 처음 들어봤습니다. 요즘 뜨고 있는 신흥 조직인 모양입니다. 외국 조직이라는 말도 있고. 아직 많은 게 베일에 싸인 조직입니다. 마약은 기본이고 밀수, 무기 거래 등 돈 되는 사업에는 모두 관여한다는 소문입니다."

"그래? 주로 어디서 활동하는데?"

"홍콩, 일본, 한국, 심지어 중동에까지 진출했다는 말이 있습니다. 국내의 주 활동 근거지는 부산이라고 하더군요."

"그 정도야?"

흑표는 목소리에 놀란 감정을 숨기지 않았다.

"루돌프에 대해서 좀 더 조사해 볼까요?"

"아니. 그건 내가 따로 알아보겠네."

"일단 제가 구할 수 있는 자료는 거기 다 들어가 있습니다. 보시고 궁금한 사항 있으면 언제든 연락 주십시오."

"알겠네. 무기명 채권 부분에 대해서도 빨리 조사해 주게. 혹시라도 새로운 사항이 나오면 바로 연락하고. 돈은 자료 확인하고 입금하도록 하겠네."

"그럼 이만."

정보원은 천천히 멀어져 갔다.

흑표는 이번에는 책을 구입하지 않았다. 머릿속이 너무 복잡해서 책을 볼 여유가 없었다. 루돌프에 관한 건 정보원이 지어낸 얘기는 절대 아닐 것이다. 금방 탄로 날 거짓말을 할 정도로 멍청한 친구는 절대 아니다.

어떻게 그가 들어본 적이 없는 조직이 버젓이 활동 중이란 말인가? 더구나 그의 주 활동 무대에서. 도대체 어떤 방법을 썼기에 이토록 은밀하게 잠입했단 말인가? 이건 단순히 경쟁자가 한 명 늘어난 걸 의미하는 게 아니었다. 그의 눈과 귀가 제 구실을 못하고 있다는 걸 시사했다.

여태까지 아무도 루돌프를 언급하지 않았다. 최근 그가 만났던 한국의 조직은 물론 그의 동업자, 심지어 부하들까지도. 아무리 생각해도 이건 말이 안 된다. 정보원이 사흘 만에 알아낸 정보를 여태 그들이 모를 리가 없다. 그가 모르는 새 루돌프가 그들까지 모두 장악한 건 아닐까 하는 생각이 들었다.

연변의 그 망할 녀석들은 루돌프의 하수인이었나? 아무래도 그럴 것 같다는 생각이 들었다. 가장 중요한 건 아무도 루돌프에 대해서 말하지 않았다는 점이다. 흑표는 발을 디딘 바닥이 무너져 내리는 기분을 느꼈다.

일단은 정보원이 건네준 자료부터 확인해야 한다. 그는 종종걸음으로 숙소로 향했다.

27

이거야. 드디어 찾아냈어.

김 형사는 고함을 내지를 뻔했다. 검은 양복을 입은 젊은 남자의 얼굴이 화면을 가득 메우고 있었다. 정면에서 찍은 건 아니지만 누가 봐도 기환이 확실했다.

김 형사는 담배를 피우며 승리감을 만끽했다. 이건 며칠 동안 눈이 빠지도록 폐쇄 회로 화면을 뒤져본 노고에 대한 보상이었다.

상대는 살해 현장 부근의 감시 카메라를 모두 피했다. 어디에서도 그의 흔적을 찾을 수 없었다. 하지만 목격자에게서 피살자가 그와 같이 있었다는 말을 듣자 그 부근의 모든 CCTV 화면을 구했다. 이미 자료가 지워진 곳도 많았지만 남아 있는 자료들은 빠짐없이 구했다.

가장 마지막 테이프에서 그의 모습을 발견했다. 국정원 요원이 화면에 나타난 시각은 피살자가 살해된 시간과 불과 10여 분 정도의 차이밖에 나지 않았다.

이번에도 그의 예감은 적중했다. 국정원 요원은 피살자와 깊은 연관이 있었고 살해 직전 피살자를 만났다. 피살자에게 돈을 건넸다는 것만 증명해 내면 모든 게 완벽했다. 시나리오는 다음과 같다.

국정원 요원이 비리를 저지르다 우연히 뒷덜미를 잡힌다. 협박자는 젊고 돈 욕심이 강하다. 그는 겁도 없이 국정원 요원을 계속 협박한다. 모든 공무원에게 비리는 치명타다. 더구나 한창나이의 국정원 요원이라면 생명을 걸 만큼 절박한 일이다.

고뇌하던 국정원 요원은 결국 그를 살해할 결심을 한다. 그는 치밀하게 준비한 다음 협박자를 찾아간다. 일단 돈부터 쥐여 줘서 협박자를 달랜다. 그리고 협박과 관련된 자료를 넘겨받는다. 자료를 확인한 후 협박자를 바로 살해한다. 죽은 자는 말이 없는 법이다.

아무리 봐도 완벽한 시나리오다.

피살자와 국정원 요원이 관련이 있음을 확인해 준 또 다른 증인도 있다. 야누스라는 술집의 바텐더는 피살자와 국정원 요원이 같이 있는 모습을 여러 번 목격했다고 말했다.

경찰서로 김 형사를 찾아와 사건 진행 상황을 알아본 바로 그날, 국정원 요원은 야누스를 찾아가 피살자가 그에게 뭔가를 남긴 게 없는지 질문한다. 뭔지는 모르지만 편지 같은 걸 전달했다고 한다. 아마 비리와 관련된 서류나 협박 편지일 것이다. 그걸 챙기지 못한 게 못내 안타까웠다. 가장 확실한 증거물인데.

아무튼 이 모든 걸 증명할 수 있는 근거는 돈의 흐름이다. 피살자의 품에서 나온 오백만 원을 국정원 요원이 건넸다는 사실만 증명하면 모든 게 완벽하다.

그런데 여기서 난관에 봉착했다. 국정원 요원의 계좌를 추적하는 건 그의 선에서 결정할 수 있는 문제가 아니다. 일단 상부에 보고해야겠다는 생각이 들었다.

혹시 잘못 생각한 거라면. 김 형사는 멈칫했다. 세월이 바뀌었다고 하지만 상대는 국정원 요원이다. 그런 자를 화나게 해서 좋을 건 없다. 살아오면서 구린 구석을 하나도 만들지 않는 사람은 없다. 국정원 요원이 눈에 불을 켜고 자신의 뒷조사를 한다면……. 끔찍한 일이다.

하지만 그냥 눈감아 버리기에는 너무 아까운 사건이다. 국정원 요원이 북한의 간첩일지도 모른다. 사람을 죽인다는 건 말처럼 쉬운 일이 아니다. 그런데도 눈 하나 깜빡하지 않고 상대를 해쳤다는 건 절실한 이유가 있기 때문이다. 가장 합당한 이유는 간첩이다.

국정원에 침투해 있는 북한의 간첩을 잡는다면? 이 경우 그의 앞날은 탄탄대로에 접어들게 된다. 당장 특진과 함께 적지 않은 보상금도 받게 된다.

전세금이 올라 울상인 와이프의 얼굴이 떠올랐다. 젊었을 땐 예쁘장하고 항상 웃는 얼굴이었는데. 처음에 처갓집에서는 두 사람의 결혼을 반대했다. 그래서 절대 고생시키지 않겠다는 다짐을 한 후에야 겨우 결혼 승낙을 받아낼 수 있었다. 하지만 그 약속은 지켜지지 못했다. 삶에 찌들어 버린 아내의 얼굴을 떠올리자 괜스레 죄책감이 들었다. 내년에 유치원에 입학할 딸아이의 얼굴도 떠올랐다.

　김 형사는 고민에 빠졌다.

28

　기환은 그가 확인할 수 있는 자료들부터 조사했다. 예상했던 바이지만 곧 장벽에 부딪혔다. 검색만으로 알아낼 수 있는 건 처음부터 한계가 있다. 결국 발로 뛰어야 한다. 더구나 그는 책상에 앉아 있는 것보다 현장을 훨씬 좋아했다.

　그렇다고 아무런 계획 없이 무작정 뛰어들 순 없었다. 그는 간단한 작전을 계획했고, 김 과장의 허락을 받았다. 작전에는 수진의 도움이 필요했다. 수진은 술을 마신 그날 이후로 그다지 기분이 좋아 보이지 않았다.

　노래방에 간 다음 날 같이 커피를 마시는데, 그녀는 지나가는 말로 어제 왜 그랬냐고 가볍게 따졌다. 기환은 실수한 기억이 전혀 없었다. 김 과장에게 물어봐도 그도 모른다고 했다. 아무래도 그날인 눈치다. 그래서 길가에서 파는 작은 화분을 뇌물로 바쳐야 했다.

　작전이 준비되자 그는 바로 행동에 나섰다.

　"JP 코퍼레이션이 몇 층에 있죠?"

　기환은 택배 배달원 복장을 한 채 태연하게 말했다.

　"7층 왼쪽 제일 끝 방이요."

　경비는 기환을 쳐다보지도 않고 대답했다. 경비들은 이 건물을 출입하는 모든 사람을 엄격하게 체크했다. 하지만 어디에도 예외는 있는 법이다. 택배 배달원이나 음식 배달원은 자동 통과다. 그건 어느 곳이나 마찬가지다.

마침 엘리베이터가 도착했다. 대여섯 명의 사람이 내렸다. 하지만 올라가는 사람은 기환 혼자였다. 기환은 빈 박스를 들고 엘리베이터에 탄 다음 7이라고 적힌 버튼을 눌렀다. 7층에서 내린 그는 비상계단을 통해 9층으로 올라갔다. 그가 가려는 곳은 JP 코퍼레이션이 아니라 세계무역이었다. 층수는 다르지만 그곳 역시 건물의 왼쪽 끝 부분에 있었다.

이상했다. 사무실 문이 활짝 열려 있었다. 보안이 좋은 건물이긴 하지만 이렇게 문을 활짝 열어놓고 다니는 회사는 없다. 기환은 슬쩍 내부 동정을 살폈다. 이런 젠장. 사무실 직원들이 식사하러 가는 모습을 봤는데 아직 한 명이 남아 있었다. 역시 계획대로 술술 풀리는 일은 없어. 기환은 문 앞을 다시 지나치며 생각했다.

사무실 직원들의 신상명세는 이미 머릿속에 기억되어 있었다. 기환은 그의 얼굴을 재빨리 확인했다. 그리고 핸드폰을 꺼내 들었다. 단축 번호 2번을 눌렀다. 상대는 신호가 두 번 울리기도 전에 전화를 받았다.

"왜? 사고 쳤어요?"

수진이 말했다.

"사고는 무슨. 보이스 피싱 작전을 시작해야겠어."

"지금 당장?"

"그래. 준비는 다 되어 있지?"

"당근이죠. 누군데요?"

"오상원."

"오케이. 1분 후 오상원한테 전화해요."

수화기 너머로 타닥거리는 키보드 소리가 들려왔다. 그녀는 통신사의 협조하에 표적 아내의 유무선 전화를 당분간 무용지물로 만들 것이다.

기환은 정확히 1분 후 오상원에게 전화를 걸었다.

"오상원입니다."

30대 초반치고는 목소리가 무척 중후한 편이었다. 외모는 아직 앳된 편인데 목소리는 40대, 아니, 50대라고 해도 믿을 정도였다.

"오상원 씨?"

"네. 그런데요."

"내 말 잘 들으시오."

기환은 상대가 집중할 수 있게 한번 호흡을 멈춘 다음 말했다.

"당신 부인을 시금 우리가 데리고 있소."

"뭐라고? 다시 한 번 말해보시오."

"당신 부인을 우리가 데리고 있다고."

기환은 또박또박 힘을 실어서 말했다.

"그게 무슨 말이오? 납치라도 했단 말이오?"

음성이 높아졌다.

"같은 말 자꾸 반복하게 하지 마시오."

기환 역시 음성을 높였다.

"이봐, 멀쩡한 사람이 대낮부터 장난 전화질이야? 정신 좀 차려. 아직 술이 덜 깼어?"

상대는 고함을 내질렀다. 기환은 아무런 응답도 하지 않았다. 그래도 상대는 전화를 끊지 않았다. 엮이기 시작한다는 신호다.

"오상원 씨, 질문 하나 하지."

"무슨?"

"이 시간이면 부인은 어디에 있소?"

"어디에 있긴, 집에 있지."

"그럼 집에 전화해 보시오. 핸드폰도 확인해 보시오."

기환은 그 말만 하고 다짜고짜 전화를 끊었다.

사무실을 흘끔 들여다보니 오상원이 신경질적으로 전화 버튼을 누르는 모습이 보였다. 하지만 집도 핸드폰도 모두 연락이 되지 않았다.

좀 더 기다렸으면 했지만 주어진 시간이 많지 않았다. 앞으로 30분 후면 식사를 끝낸 직원들이 돌아올 것이다. 그 안에 모든 걸 마쳐야 한다.

기환은 5분 후 다시 전화했다. 오상원은 서류를 집어 던지며 고함을 내지르고 있었다. 하지만 전화벨이 울리자 총알처럼 전화를 받았다.

"이제 장난이 아니라는 걸 알았나?"

"도대체 뭘 원하는 거요? 아내는 살아 있소?"

좀 전의 팔팔하던 기세는 어디로 가고 목소리가 풀이 팍 죽었다. 사무실을 흘끔 들여다보니 이마와 목덜미에서 흘러내리는 땀방울을 쉬지 않고 닦고 있었다.

"걱정 마."

"걱정 말라니? 지금 이 상황에서 어떻게 걱정을 안 한단 말이오? 지금 임신 3개월이란 말이오. 선생님, 제발 살려주세요. 뱃속에 있는 애가 무슨 잘못이 있겠어요? 네?"

금방이라도 울 것 같은 목소리였다.

"워워. 진정해. 우리가 원하는 건 돈이지 사람 목숨이 아니야."

"얼마나 필요한 겁니까?"

다시 침착한 목소리로 돌아왔다. 회계를 담당하는 사람답게 역시 돈 계산은 빨랐다.

"만 원짜리로 현금 천만 원. 잘 알겠지만 수표는 절대 받지 않아."

더 부르고 싶었지만 이 정도가 적당할 것 같았다. 기환은 이에 덧붙였다.

"지금 즉시 전달해 줘."

"이것 보세요. 현금 천만 원을 어떻게 금방."

"부인을 찾고 싶다면 잔말 말고 당장 은행으로 뛰어가. 정확하게 30분 후. 요 앞 팬시점 신호등 앞에 파란색 모자에 검은색 진바지, 검은색 티를 입고 검은색 가방을 메고 있는 사람한테 돈을 전달해. 어디서 어떤 복장이라고?"

"팬시점 신호등 앞. 파란색 모자, 검은색 진바지, 검은색 티, 검은색 가방."

"기억력이 좋군. 아! 그리고 이건 노파심에서 하는 말인데, 행여 경찰한테 연락한다면… 잘 알겠지만 그녀의 목숨은 보장하지 못해."

"아내가 살아 있는지 목소리라도 듣게……."

기환은 다급한 목소리가 끝나기도 전에 전화를 끊었다.

"야, 이 개새끼야!"

오상원은 고함을 내질렀다. 하지만 그뿐이었다. 그는 핏기가 빠져 허옇게 변한 얼굴로 멍하니 서 있었다. 그리고 다시 한 번 전화 버튼을 눌렀다. 1분 정도 기다렸지만 전혀 응답이 없었다. 그는 줄이 끊긴 인형처럼 힘없이 바닥에 쓰러졌다.

바닥에 누운 지 10초도 지나지 않아 그는 용수철처럼 벌떡 일어났다. 30분이라는 시간은 결코 긴 시간이 아니다. 그는 사무실 문을 닫고 맹렬하게 뛰어나갔다.

기환은 전날 술집에서 잠시 빼돌려서 복사한 다른 직원의 보안카드로 문을 열고 들어갔다. 다행이었다. 사장실 문은 잠겨 있지 않다. 만능열쇠를 챙겨왔기에 열쇠를 여는 건 문제가 아닌데 보안 등급이 있어서 직원의 카드로는 사장실 문을 열지 못할까 걱정했었다.

일단 사장의 컴퓨터에 있는 자료부터 복사한 다음 서류들을 뒤졌다. 거래와 관계된 서류는 다 사진을 찍은 다음 오상원의 자리로 갔다. 그의 컴퓨터에 있는 자료들도 복사했다. 물론 서류들도 사진을 찍었다. 시간이 많지 않아서 마음이 급했다.

건물 밖에 있던 요원에게서 전화가 왔다.

"직원들이 옵니다."

젠장. 아직 시간이 부족했다.

기환은 화재경보기를 떠올렸다. 마침 복도에 지나가는 사람이 없었다. 그는 재빨리 복도로 나가 경보기를 눌렀다. 요란한 소리가 울렸다.

"선배님이 경보기를 작동시켰습니까?"

요원이 질문했다.

"그래. 직원들 아직 건물 내부로 안 들어왔지?"

"네. 경비들이 아무도 건물로 못 들어가게 확실하게 제지하고 있습니다. 선배님도 빨리 끝내고 나오십시오. 괜히 눈에 띕니다."

"그래. 금방 나갈게."

기환은 남은 자료들을 뒤적이며 말했다.

29

크리스 리들. 암호명 NKCELL. 한국명 박동혁은 뒤를 흘끔거리며 걸었다. 어두워서 잘 보이지는 않지만 인기척은 없었다.

일국의 수도인 평양의 밤은 너무 어두웠다. 그가 떠나던 당시보다 전력 사정이 더 나빠진 모양이다. 외곽 지역이야 그렇다 쳐도 시내에도 적지 않은 건물에 불이 꺼져 있다. 심지어 가로등에도 불이 들어오지 않는다. 밤이 찾아온 평양에서 밝은 건 22미터짜리 김일성 동상과 달밖에 없었다.

결국 다시 돌아오긴 했지만 이 지옥 같은 곳을 떠난 건 정말 잘한 일이라는 생각이 들었다. 애써 기억에서 시운 부모님과 누나의 얼굴이 흐릿한 흑백사진처럼 떠올랐다. 그들과 함께 무사히 탈출했다면……. 많은 것이 달라졌을 것이다.

하지만 지금 삶에 후회는 없다. 그를 양자로 받아들인 리들 씨, 아니, 아버지는 독실한 기독교 신자일 뿐만 아니라 박애주의자였다. 이미 그는 동혁보다 두 살 많은 캄보디아 여자아이를 입양한 상태였다. 푸른 눈의 부모와 검은 눈의 누나는 자꾸만 빗나가려는 동혁을 사랑으로 다잡아줬다. 그들이 없었더라면 동혁은 이미 저세상 사람이 되어 있을 것이다.

두 살 위의 누나는 비교적 어릴 때 입양돼서 미국 문화에 적응된 상태였다. 공부도 잘하고 성격도 온순했다. 항상 동혁이 문제였다. 낯선 땅, 언어도 잘 통하지 않는 곳, 더구나 북한에서 자란 그에게 미국은 하나에서 열까지 모든 것을 바꿔야 하는 곳이었다.

한국에서 근무한 적이 있는 아버지는 한국어를 어느 정도 할 줄 알았다. 그가 직접 할 수도 있었지만 외로워하는 동혁을 위해 근처에 사는 한국 이민자에게 영어 공부 겸 말동무를 부탁했다. 네 살 많은 형이 그의 교육을 맡았다. 겉으로는 순하게 생겼지만 그는 북한에서 온 동혁을 무시하고 구박하기 일쑤였다. 하지만 그에 대해 어떠한 내색도 하지 않았다. 그렇게 철저한 외톨이가 되어갔다.

그 시기 동혁의 소일거리는 불장난과 동물 학대뿐이었다. 이웃 주민들이 그냥 지나칠 리 없었다. 수시로 경찰서를 들락거려야 했다. 그럴 때마다 아버지는 몽둥이 대신 그의 손을 잡고 기도했다. 물론 기도 끝에 따끔한 충고의 말도 잊지 않았다.

어느 정도 미국 생활에 적응되면서 그런 유치한 장난을 그만뒀을 때, 그는 갱단의 일원이 되어 있었다. 어쩔 수 없는 선택이었다. 평생 외톨이로 지내지 않으려면 그런 애들하고라도 어울려야만 했다. 중국 갱단의 일원이 되자 아무도 그의 캐비닛을 건드리지 않았다. 심지어 눈도 마주치려고 하지 않았다. 처음으로 남자 대접을 받는다는 사실에 뿌듯했다.

물론 그 비밀은 오래가지 못했다. 갱들 간의 치열한 구역 다툼은 거의 매일 밤 폭력 사태를 유발했다. 다른 갱들과 싸움을 하다 경찰서에 끌려가면서 그가 갱단에 가입한 사실이 알려졌다.

아버지는 집으로 돌아가는 차 안에서 한마디도 하지 않았다. 차라리 욕이라도 해줬으면 싶었다. 집에 돌아가자 가족들은 기도하자며 동혁의 손을 잡았다. 차마 그분들의 손을 뿌리칠 수는 없었다. 그날 처음으로 아버지의 눈물을 보았다. 미처 깨닫지 못했을 뿐 그는 항상 사랑받고 있었던 것이다.

그러나 갱단을 당장 탈퇴할 마음은 없었다. 일단 문제가 생길 만한 일에는 가능한 한 개입하지 않았다. 그러던 어느 날 그를 갱단에 소개했던 절친한 동료가 칼에 찔려 사망했다. 진이 빠지도록 울던 그는 밤새도록 골목을 뒤졌다. 새벽 어스름 속에 동료를 칼로 찌른 놈을 찾을 수 있었다. 다짜고짜 녀석에게 달려들어 죽도록 팼다. 그 길로 동혁은 갱단을 탈퇴해 버렸다. 거리에서 허무하게 죽기엔 인생이 너무나 아까웠다.

부모님은 대학에 진학하길 원했지만 동혁은 군대를 택했다. 그의 깊은 곳에 잠자고 있는 야성을 달래는 데는 군대가 최고라고 생각했다. 한편으로는 부모님께 부담을 드리고 싶지 않았다. 대학은 군 복무를 마치고 언제든 그의 돈으로 다닐 수 있었다.

빈진주의자였던 아버지는 전쟁은 반대했지만 군내까지 반대하지는 않았다. 동혁은 레인저에 지원했다. 혹독한 훈련이 그를 기다리고 있었지만 입에 단내가 나는 순간들이 그렇게 즐거울 수가 없었다. 군대가 체질이라는 말은 그를 위해 존재하는 것 같았다. 레인저에서 복무한 지 5년이 지났을 때, 그는 델타포스에 지원했다. 쟁쟁한 지원자 중 60% 이상이 탈락했지만 그는 당당히 합격했다.

델타에서 근무한 지 3년째에 접어들던 작년 초, CIA 요원이 불쑥 그를 찾아왔다. 그들은 모든 걸 알고 있었다. 그의 출신지와 돌아가신 부모님, 그분들이 어떻게 돌아가셨는지도 상세하게 알고 있었다. 그리고 부모님을 돌아가시게 한, 한시도 잊지 못했던 그 녀석의 사진을 보여주며 말했다.

"복수를 원하나? 그러면 지금 말하게. 이건 우리가 준비한 작은 선물이야."

그 자리에서 답변하지는 않았다. 생각할 시간이 필요했다. 아버지가 살아 계셨더라면 당장 전화를 걸었을 것이다. 아버지는 그에게 문제가 생기면 언제든 그를 위해 모든 걸 던져줄 사람이었다. 몸뿐만 아니라 마음까지도.

아쉽게도 아버지는 1년 전 암으로 돌아가셨다. 이건 어머니나 누나와 상의할 수 있는 일이 아니었다. 언제나 따뜻하게 그를 감싸주고 중심을 잡아주던 아버지의 공백이 너무도 크게 느껴졌다.

오랜 시간 고민했다. 과거는 단순히 시간이 지나간 것이 아니다. 잊고 싶다고 잊히는 것도 아니다. 어떨 때는 과거가 현재보다 더 생생할 때가 있다. 그리고 내일도 과거 때문에 괴로워할 것이란 사실에 좌절할 때가 있다. 그 모든 걸 지우고 싶었다.

그는 결국 CIA의 제안을 받아들였다. CIA는 그에게 녀석의 주소를 알려줬을 뿐만 아니라 그가 직접 중국에 가서 녀석을 처치하는 데 지원을 아끼지 않았다. 녀석의 목에 칼을 꽂은 그날 이후 밤마다 그를 괴롭히던 처참한 가족들의 모습은 더 이상 꿈에 나타나지 않았다. 마음속 큰 짐을 덜었지만 동시에 CIA에 큰 빚을 지게 되었다.

녀석을 처치한 이후 줄곧 중국에 머물렀다. 주로 북한의 접경지대에 장기간 거주하며 북한의 동향을 살폈다. 그곳은 숨겨진 전쟁터였다. 겉으론 평화로워 보이지만 그 뒷면에는 쫓고 쫓기는 죽음의 게임이 매일같이 벌어지고 있었다. 탈북자들은 끌려가면 끝장이다. 그래도 탈북자 숫자는 줄어들지 않았다. 그들을 쫓는 자의 숫자 또한 마찬가지였다. 안타까웠다.

괜히 시비를 걸어서 악질적인 보위부 요원 한 놈을 죽도록 패주긴 했지만 그걸로 분이 풀리지 않았다. 눈에 띄는 보위부 요원들을 다 죽어 버리고 싶었다. 하지만 분노 때문에 전체 작전을 망칠 수는 없었다. 임무가 우선이었다. 이전에도 그렇고 지금도 그렇고…….

동혁은 날카로우면서도 유려한 곡선을 가진 거버 마크2를 내려다보았다. 달빛과 검날이 멋진 조화를 이루고 있었다. 복수할 때 사용했던 바로 그 칼이다. 개인적인 감정은 없지만 앞에서 걸어가는 자를 제거해야만 한다. 그건 명령이다.

동혁은 리버스 그립(Reverse grip)을 취했다. 그의 몸은 또렷하게 그날의 감각을 기억하고 있었다. 어떤 게 가장 효율적인 살인 기술인지를.

리버스 그립은 찍는 힘이 워낙 강한데다 베기보다는 강하게 손목을 고정히는 힘을 이용해서 위에서 아래로, 혹은 측면에서 목이나 간장(Liver)을 공격할 때 사용하는 방식이다. 단 한 번의 공격으로도 결정적인 한 방을 선사할 수 있게 해준다.

앞사람과의 간격은 채 2미터도 되지 않을 정도로 가까워졌다. 뒷발의 엄지발가락에 힘을 잔뜩 집어넣었다. 순간적으로 도약하는 데 필요한 항력을 얻기 위한 행동이다. 투스텝. 단 두 걸음이면 목표 지점에 도달할 수 있다. 온몸이 막 발사되기 직전의 활시위처럼 팽팽해졌다.

그자의 목에 시선이 집중됐다. 동혁이 아니라 그의 칼이 정한 공격 지점이다. 겨울이 아니라 목도리나 두꺼운 옷으로 가려져 있지도 않다. 최상의 조건이다.

일단 목표가 정해지면 과감하고 신속하게 처리해야 한다. 쓸데없는 긴장감의 지속은 도리어 해가 된다. 동혁은 상대의 목에 있는 경동맥을 노리고 재빨리 달려들었다. 목표 지점에 자신의 모든 체중과 힘을 실었다. 100킬로그램이 넘는 힘이 순간적으로 집중되었다. 날카로우면서도 묵직한 감각이 손끝으로 전해졌다.

칼이 목표 지점을 확실하게 찌른 걸 확인하고는 그자의 입을 틀어막았다. 피가 사방으로 튀었다. 가느다란 신음 소리가 이어지다 뚝 끊겼다. 상대의 몸에서 힘이 빠져나가는 게 느껴졌다. 그제야 동혁은 그의 손등에 뜨뜻한 뭔가가 흘러내렸다는 걸 깨달았다. 핏물인 줄 알았는데 아니었다. 상대의 눈물이었다. 죽는 순간 반사적으로 눈물을 흘린 모양이다.

일단 시체를 치우는 게 급선무였다. 미리 봐뒀던 바로 앞에 있는 야산으로 시체를 둘러업고 갔다. 시 외곽인데다 사람들이 잘 찾지 않는 곳이다. 시체는 무척 무거웠지만 견딜 만했다. 동혁은 시체를 수풀 위에 내려놓았다. 시체의 옷을 모두 벗기고 자신의 옷도 벗었다. 가지고 있던 배낭에서 옷을 꺼내 갈아입은 후 피가 묻은 옷들을 배낭에 쑤셔 넣었다. 시체의 입을 벌려 금이빨을 빼냈다. 시계도 챙겼다.

죽은 자는 밀수꾼으로 알려져 있다. 일부러 수수한 옷차림을 하고 있지만 현금을 꽤 많이 가지고 다닌다는 소문이 돌고 있었다. 물론 그건 상부에서 작업한 것이었다. 나중에 시체가 발견되더라도 강도의 소행으로 오인할 것이다. 그는 야삽으로 땅을 팠다. 나무뿌리나 돌덩이가 없어서 금방 사람을 묻을 정도의 깊이에 도달했다. 시체를 묻고 흙을 덮었다. 주변의 수풀로 흙을 덮은 흔적을 가렸다.

동혁은 혹시 흔적이 남지는 않았는지 주변을 몇 번이나 둘러보았다. 증거를 남기지 않았다는 판단이 들자 그는 그곳을 벗어났다.

10분 정도 걷자 큰 개울이 나타났다. 그는 가방에 돌덩이를 넣고 다리 한가운데에서 개울에 던져 넣었다. 가방은 금방 가라앉았다.

달을 보고 있으니 묘한 감흥이 일었다. 막 사람을 죽인 다음이라 그런지도 몰랐다. 동혁은 미소를 지으며 안가를 향한 발걸음을 재촉했다.

30

마틴은 톰의 모습을 보고는 자지러지게 웃었다.

톰은 조제프 방드리예스로 변장하기 위해 클래식한 프랑소와 핀톤 뿔테 안경을 착용했다. 머리는 올백으로 넘겼다. 그의 날카로운 턱 선을 부드럽게 바꾸기 위해 뺨과 잇몸 사이에 부드러운 플라스틱 덩어리를 채워 넣었다. 얼굴만 바뀐 게 아니다. 단단한 근육질의 몸에서 적당히 배가 나온 약간 풍성한 몸매로 변신해 있었다. 덕분에 이전보다 10년에서 15년은 더 늙어 보였다.

톰은 나이 들어 보이는 걸 극도로 싫어했다. 그래서 거울을 보면서 자신도 모르게 자꾸만 얼굴을 찡그렸다.

마틴은 변신한 톰의 모습을 여러 각도에서 확인했다. 그는 '완벽해!'라고 말하며 박수를 쳤다. 그리고 냉장고에서 맥주를 꺼낸 후 가지고 온 서류를 펼쳤다.

"자네 이름은 조제프 방드리예스. 파리 출신이고 부유한 비즈니스맨이지."

마틴은 불어로 말했다.

"그건 겉모습일 뿐이죠. 전직 대외보안총국(DGSE) 요원이자 지금은 마약 거래와 무기 거래 등 은밀한 거래로 막대한 돈을 벌어들이고 있죠. 아무튼 돈이 되는 일이라면 종목을 가리지 않는 돈벌레죠."

톰은 유창한 불어로 받았다. 그는 아랍어뿐 아니라 불어, 독일어도 구사할 수 있었다. 그중에서 불어가 가장 유창했다.

"자네는 그동안 아랍에서도 사업을 벌여왔네. 그래서 오마르와 안면이 있는 상태지."

"단순한 안면 정도가 아니죠. 오마르를 통해 몇 번의 무기 밀수를 해왔고, 그와는 개인직으로도 친분이 있는 싱태이기도 하죠."

"가장 중요한 건 자네가 정보를 비싼 값에 팔 루트를 알고 있다는 점이야. 자네는 프랑스 정보부뿐 아니라 CIA와 FBI에도 아는 친구들이 있지."

"정보부 요원으로 일할 당시에 안면을 튼 사람들이죠. 지금도 가끔 연락을 주고받는 상태이기도 하고요."

"훌륭하네. 이건 자네 여권과 명함일세. 물론 명함에 있는 파리 전화번호는 우리가 잘 관리하고 있으니 걱정 말게. 언제든지 부담 가지지 말고 전화하라고 하게."

마틴은 빙긋이 웃으며 여권과 명함을 건넸다.

명함에 있는 회사는 CIA가 이런 유의 작전을 위해 관리하는 유령 회사 중 하나였다. 매출도 있고 세금도 꼬박꼬박 내는, 밖에서 보기에는 유령 회사라고 단정 지을 단서가 전혀 없는 곳이다. 전화받는 여비서도 있다. 물론 그녀 역시 CIA 요원이다. 그는 갑자기 생각난 듯 말했다.

"그런데 오마르하고는 따로 입을 맞추지 않아도 괜찮겠나?"

"이 신분은 그전부터 준비해 둔 거라서 그가 실수할 일은 없습니다. 제가 다른 신분으로 위장했을 때도 그는 한 번도 실수하지 않았습니다."

톰은 살짝 언성을 높였다.

"흥분하지 말게. 그나저나 오마르의 불어 실력은 어떤가?"

"오마르의 프로파일을 수십 번은 보신, 아니, 직접 그를 면접하셨던 분이 그것도 모르십니까?"

톰은 핀잔을 줬다.

"아무튼 우리 요원들이 어디서든 자네를 지키고 있을 테니 큰 위험은 없을 거야. 행운을 비네."

"요원들은 최소한의 인원만 배치해 주십시오. 그리고 오마르는 물론이고 베타에게도 섣불리 미행을 붙이는 것도 삼가주시고요."

베타는 무척 조심스러운 인간이다. 오마르를 계속 감시하다간 베타에게 꼬리를 잡힐 우려가 있다. 그래서 오마르에 대한 감시를 중단한 상태였다.

"알겠네. 자네 요청대로 하겠네."

마틴은 잠시 뜸을 들였다. 그는 맥주 한 병을 비운 후 말했다.

"명심하게. 이번 임무는 그자가 정말 돈을 위해 정보를 팔려는지 알아내는 것이네. 지금 당장 녀석에게서 정보를 얻자는 게 아니야. 정보를 얻는 것도 중요하지만 기만정보에 휘둘리지 않는 것도 정보를 얻는 것만큼 중요하네. 써드 웨이브에는 전직 정보부 요원들도 있다는 소문이야. 이런 식의 기만 작전을 기획할 충분한 역량이 있다는 말이네."

"알겠습니다. 최선을 다하겠습니다."

"트리폴리에는 언제 출발할 텐가?"

"지금 즉시 파리로 간 다음 그곳에서 오마르의 연락을 기다리기로 했습니다. 리비아가 최종적인 접선 장소가 될지는 확신할 수 없습니다. 녀석과 오마르는 리비아에서 만나겠지만 저와 만나는 장소는 아무래도 다른 곳이 될 가능성이 높습니다."

"알겠네. 행운을 비네."

31

오전 시간의 공원은 고즈넉했다. 따스한 햇볕이 가볍게 내려앉았고 새들의 지저귀는 소리가 사방에서 들려왔다. 오늘따라 공기도 깨끗하고 하늘도 맑았다. 무엇보다 이곳을 찾는 사람이 일정하다는 점이 마음에 들었다.

다들 흑표와 비슷하거나 그보다 많은 연배의 사람들이다. 간혹 젊은 사람이 눈에 띄긴 하지만 연인과 놀러 왔거나 어린애들을 데리고 놀러 온 사람이 대부분이다. 이런 곳에서 누군가 그를 미행한다면 금방 눈에 띄게 마련이다.

그래도 흑표는 특유의 조심성을 잃지 않았다. 그는 느린 듯 빠른 걸음으로 자주 장소를 옮겼다. 나무가 울창하고 군데군데 벤치가 놓인 곳이 나타났다. 약속 장소였다. 노인 몇 명이 벌써 술판을 벌이고 있었다. 그는 바로 그곳으로 가지 않았다. 술꾼들 때문은 아니었다. 그곳을 관찰할 수 있는 곳에 자리를 잡았다. 그는 신문을 펼쳐 들며 주변을 감시했다. 조심하고 또 조심하는 것이 그가 지금까지 살아 있는 이유였다.

수상한 움직임은 전혀 없었다. 맞은편에서 바둑을 두는 사람들을 구경할까 하는데 전화벨이 울렸다.

"상해산업의 양주우 씨입니까? 동방중공업입니다."

"잘못 거셨습니다."

흑표는 전화를 끊고 다급하게 공중전화를 찾았다. 그는 중국에 있는 부하에게 전화를 걸었다.

"무슨 일이야? 비상 호출을 하다니."

상해산업의 양주우를 찾는다는 건 비상사태라는 걸 의미했다. 또한 동방중공업은 중국에 있는 부하의 호출 번호였다.

"친구가 집에 들어오지 않는답니다."

부하의 목소리는 가볍게 떨렸다.

"언제부터?"

흑표는 놀란 가슴을 쓸어내리며 말했다.

"만 40시간이 지났습니다. 만일을 대비한 비상연락망을 모두 가동해도 아무런 응답이 없다고 합니다."

"혹시 급한 사정이 생긴 건 아닐까?"

"잘 아시면서 그러십니까?"

부하는 질책하듯 말했다.

무척 흥분했군. 흑표는 땀으로 범벅이 되었을 그의 얼굴을 떠올리며 생각했다. 부하는 약간 다혈질이다. 중요한 건 그게 아니다. 호랑이와 중간에 연락이 끊긴 건 처음 있는 일이다. 더구나 비상연락망은 수시로 점검했고 연락하는 방법도 다양했다.

지금까지 연락이 되지 않는다는 건 호랑이의 신변에 큰 문제가 생겼다는 걸 뜻한다. 그가 북한 당국에 잡혔든가 죽었든가 둘 중 하나다.

"알았어. 일단 이 소식이 외부에 알려지지 않도록 각별히 신경 쓰게. 나 외에는 누구도 이 사실을 알면 안 돼. 입단속 단단히 하도록 해."

흑표는 침착한 목소리로 말했다. 누군가 호랑이의 실종에 대해 언급한다면 그가 범인이다. 꼭 그렇지 않더라도 이런 소식이 퍼져서 좋을 건 없었다.

"잘 알겠습니다."

"다른 정보는 없나?"

"전혀 없습니다. 누군가 북쪽 집에 가봐야 할 것 같습니다."

비장함이 서린 목소리였다.

"자네는 안 되네."

"왜입니까?"

말끝이 흔들렸다.

"그 이유는 본인이 가장 잘 알고 있을 텐데. 자네는 그와 지나치게 가까워. 지금도 흥분해 있지 않나?"

"하지만."

"누구를 보낼지는 결정하는 대로 알려주겠네. 그동안 북쪽 집에서 연락이 오면 시간에 구애받지 말고 바로 연락하도록 해."

흑표는 상대의 말을 가차 없이 끊으며 말했다.

"당분간 어떠한 연락도 오지 않을 듯합니다. 친구가 집을 나갔다는 사실을 알자 잔뜩 겁을 집어먹은 것 같습니다. 친구의 실종에 대한 조사를 부탁했는데 단박에 거절당했습니다. 그건 약과입니다. 앞으로는 두 번 다시 연락하지 말라는 말까지 들었습니다."

"시간이 지나면 진정될 거야. 참! 연길의 그 망나니들에 대한 조사는 어떻게 됐어?"

흑표는 혹시 연길의 사건과 이번 사건이 연관되어 있는 건 아닐까 추측했다.

"차량으로 들이받은 사건 말하는 겁니까?"

"그래."

"아무리 봐도 걔들 소행이 아닌 것 같습니다. 아직 어떠한 말도 흘러나오지 않습니다. 그들이 했다면 틀림없이 소식이 있을 텐데……. 아무튼 계속 조사해 보겠습니다."

"알았어."

흑표는 전화를 끊었다. 놀이기구에서 막 내린 것처럼 어지러웠다. 그는 벤치에 털썩 주저앉았다. 고개를 뒤로 젖히고 눈을 감았다.

호랑이가 실종되다니. 언센가 이런 날이 올 것을 예상했건만…….

모든 걸 대비하고 있다는 건 착각이다. 아무리 사소한 것이라도 그것이 현실로 닥쳤을 때는 상상했던 것보다 몇 배는 힘든 법이다.

흑표는 심호흡을 하며 떨리는 가슴을 진정시켰다. 그를 보내지 말았어야 했는데. 감이라는 건 무시해 버리기 곤란한 존재다. 앞으로 그를 보지 못할 것이라는 불길한 예감이 이번 경우 기가 막히게 적중했다.

시간을 확인했다. 약속 시간에서 15분 정도 남았다. 흑표는 벤치 주위를 서성이며 상황을 정리하기 시작했다.

누굴까?

가장 유력한 건 호랑이와 경쟁 관계에 있는 북한 업자들이다. 호랑이는 흑표가 부탁한 일뿐만 아니라 독자적으로 많은 불법적인 일들을 해왔다. 벌이가 꽤 짭짤했다. 아무리 조심해도 돈과 관련되는 일에 절대적인 비밀은 없다. 위험한 일이지만 돈이 된다는 소문이 퍼져 나가면서 호랑이의 사업도 점점 경쟁이 치열해지고 있었다. 그의 경쟁자 중 한 명이 그를 살해했을지 모른다.

어쩌면 북한 당국이 눈치채고 있었는지도 모른다. 그들에게 꼬리를 잡히면 중국인이라고 해도 가차 없이 제거된다. 이 경우 흑표도 위험해진다. 그들은 단순히 호랑이를 제거하는 게 목적이 아니다. 그 배후까지 모두 캐내려고 할 것이다. 고문에는 장사가 없다. 결국은 불게 마련이다. 다행히 호랑이는 북한에 갈 때면 항상 독약을 휴대했다. 산전수전 다 겪은 그가 순순히 잡혔을 리는 없다. 희망 사항이긴 하지만 잡히기 전에 자살했을 것이다.

그러고 보니 호랑이는 최근까지도 전혀 신변의 위협을 느끼지 못했다. 어떻게 그렇게 감쪽같이 호랑이를 제거했을까?

현재로서는 북한에 있는 사업 파트너가 변심했을 가능성이 가장 높다. 갑자기 뒤통수를 쳐서 호랑이가 미처 대비하지 못했을 것이다. 생각하기 싫지만 배신이라는 단어를 떠올리자 CIA라는 단어가 바로 연상되었다.

곰곰이 생각해 보니 수상한 구석이 한둘이 아니었다. 연변의 일도 그렇고, 그들은 지금도 이쪽을 완전히 배제한 비밀 작전을 수행 중이었다. 만일 호랑이가 그 작전의 내막을 알게 됐다면? 정말 중요한 작전이라면 제거됐을 가능성도 있다. CIA가 가장 작업하기 힘들어하는 북한이라는 점 또한 그 추측에 힘을 실어주었다. 북한에서의 작전 실패는 모든 기회가 영원히 사라짐을 의미한다. 그런 상황에서 사람 한 명 죽이는 건 일도 아니다.

이렇게 탐정놀이만 하고 있을 순 없다. 한시라도 빨리 진실을 알아내야 한다. 누굴 보내야 하지? 현지 사정에 밝고 뛰어난 수사 능력에다 위기 상황도 거뜬히 헤쳐나가야 한다. 마땅한 얼굴이 떠오르지 않았다.

문제는 그게 끝이 아니었다. 루돌프 역시 큰 고민거리였다. 그간 그는 루돌프에 대한 조사에 착수했다. 써드 웨이브를 조사하는 것보다 몇 배는 더 조심스럽게 진행했다. 써드 웨이브는 그와 부딪칠 일이 없지만 루돌프는 달랐다. 그의 세계에는 모두가 잠재적인 적이다. 조금만 실수해도 상대를 자극하게 된다. 정체도 모르는 자들과 전쟁을 벌이는 것만큼 어리석은 행동은 없다.

정보원이 없는 말을 지어내진 않았을 것이다. 하지만 정보의 교차 확인은 스파이에게 기본 중의 기본이나. 그는 정말 루돌프란 조직이 있는지 확인하는 작업부터 시작했다. 몇 단계를 거쳐 여러 곳에 조사를 의뢰했다. 결과는 오래잖아 나왔다. 그가 조사를 부탁한 곳 중 한 곳에서 그런 조직이 있다는 답변을 보내왔다. 굉장히 비밀스럽긴 하지만 분명 존재하는 조직이 확실했다. 이토록 조심스럽고 비밀스러운 조직을 파헤친다는 건 노련한 스파이에게도 쉬운 일이 아니다. 그렇다고 전혀 방법이 없는 것도 아니다.

마약 장사도 엄연한 사업이다. 기존의 시장을 파고들려면 양질의 제품을 싸게 파는 것만큼 확실하고 빠른 방법은 없다. 어느 정도 시장을 잠식하면 그때부터 가격을 올리면 된다. 구역 다툼은 자리를 잡고 나서 생각할 일이다. 루돌프는 신생 조직이다. 따라서 그들은 기존의 가격보다 싸게 물건을 내놓을 것이다.

흑표는 우선 부산을 중심으로 한국에서 양질의 마약을 싸게 구입할 수 있는 곳을 찾기로 했다. 한국과는 별도로 중국과 일본, 동남아에도 하수인을 시켜 마약을 싸게 구입하도록 지시했다.

마약 판매는 철저하게 점조직화되어 있다. 각 단계의 판매상들은 하나같이 눈치가 빠르고 굉장히 조심스럽다. 이들에게 접근해서 정보를 빼내는 건 테러범을 찾는 것만큼 어려운 일이다. 하지만 흑표는 그들의 생리를 잘 알고 있었고 이들과 연결할 고리도 많았다.

흑표는 작전을 위해 몇 단계를 거쳐 한 명을 발굴해 냈다. 전직 조폭이자 마약 중독 때문에 망한 친구였다. 돈 한 푼이 아쉬운 형편이라 그는 군말 않고 지시에 따랐다. 그의 임무는 대량의 마약을 구매할 의사가 있는 것처럼 위장해서 중간 판매책에게 접근하는 것이다.

그는 소량의 마약을 구매하긴 했지만 중간 판매책에게 접근하는 데는 다소 시간이 걸릴 것이라고 했다. 그가 지급한 돈에 비해 구매한 마약의 양이 그렇게 많진 않았다. 일부를 빼돌린 게 분명했다. 그 정도쯤 눈감아줄 만했다. 흑표는 우선 그 마약에 대한 성분 조사를 의뢰했다.

동시에 총기 밀수에 대한 조사에도 착수했다. 총기를 밀수하는 사람들 대부분은 그걸로 누굴 해치기보다 개인적으로 소장하는 경우가 많다. 총기 사용으로 문제가 되는 경우는 거의 없다. 그래서 총기 밀수는 마약보다 안전한 사업이다. 따라서 이에 접근하는 것도 마약보다는 훨씬 쉽다.

이번에는 서울에서 매수한 노숙자가 동원됐다. 그는 전직 사기꾼답게 멋진 사업가로 변신했다. 그는 부산으로 내려가 대량의 무기를 구매할 의사가 있음을 곳곳에 내비쳤다. 루돌프도 그 소식을 들을 것이고 하수인을 시켜 그에게 접근할 것이다.

그런데 이게 생각처럼 쉽지 않았다. 얼마 남지 않은 APEC 때문에 단속이 강화되었다. 연말까지는 무기를 구매하는 게 쉽지 않을 것 같았다. 스파이에게도 사기꾼에게도 기다림이란 숙명이다. 미끼를 던졌으니 물 때까지 차분히 기다려야 한다. 흑표는 노숙자가 괜히 나대지 않게 재빨리 서울로 불러들였다.

15분은 금방 지나갔다. 그와 만나기로 한 상대가 걸어오는 모습이 보였다. 그는 흑표 나이 또래로 보이는 중년 남성이었다. 흰색 중절모를 쓰고 흰색 와이셔츠에 붉은색 넥타이를 한 멋쟁이였다. 그도 흑표처럼 한 손에 신문을 들고 있었다. 둘은 가볍게 스치면서 신문을 교환했다. 상대는 공원 입구 쪽으로 걸어 내려갔다. 흑표는 인적이 드문 곳을 찾아 공원 위쪽으로 향했다. 신문 사이에 서류 봉투가 있었다. 흑표는 주위를 실핀 후 서류를 꺼냈다. 서류는 A4 용지 세 장 분량밖에 되지 않았다. 그는 빠르게 서류를 읽어나갔다.

하늘이 캄캄했다. 흑표는 서류를 떨어뜨릴 뻔했다.

"이건 말이 안 돼. 어떻게 이럴 수가……."

그는 고개를 저으며 낮게 내뱉었다.

아무리 생각해 봐도 말이 안 된다. 어떻게 이런 일이 발생한 것일까?

32

기환은 세계무역에서 찾은 자료들을 검토했다. 자료의 양은 상당했다. 혼자서 처리하기에는 벅찼다. 하지만 달리 도움을 구할 곳이 없었다. 자리를 지키고 있는 몇 안 되는 동료들은 다들 전화통을 붙들고 있거나 쉬지 않고 타이핑 중이었다.

자료를 정리하던 그는 최 사장이 대표로 있던 나래무역과 세계무역 간의 거래 기록을 찾을 수 있었다. 한 건이 아니었다. 계속해서 기록이 나왔다. 금액은 최소 수백만 원에서 많게는 수천만 원에 달했다.

돈의 흐름은 거짓말을 하지 않는다. 사람들은 돈을 벌기 위해 사기를 치지만 돈 자체는 절대 사기를 치지 않는 법이다. 아무래도 최 사장이 마약이나 무기 거래, 또는 자금 세탁을 위해 세계무역을 이용했을 가능성이 높다. 진실을 밝혀내려면 나래무역의 자료도 같이 확인해야 한다.

'은밀한 방문'은 생각보다 손이 많이 가는 작업이다. 당장 감시병과 탐색 전문가, 자물쇠 따기 전문가 등의 인원이 필요하다. 침입하기 전에 목표 장소를 연구해야 하는 건 기본 중의 기본이다. 건물 구조와 출입로, 외부 잠금장치, 탈출로, 보안장치, 직원이나 거주자의 업무 패턴 등을 모두 파악해야 한다. 뇌물을 쓰거나 슬쩍 훔치는 등의 방법으로 복사키도 구해야 한다.

서둘러 작전을 계획한다고 해도 최소 1주일은 걸릴 것이다. 무엇보다 세계무역도 겨우 허락을 받은 마당에 김 과장이 새로운 작전을 쉽게 허락해 줄 것 같지 않았다. 기환은 고민에 빠졌다. 정보를 입수할 수 있는 다른 방안은 없을까? 아무리 머리를 쥐어뜯어도 답은 나오지 않았다.

늦은 밤, 기환은 오토바이를 타고 나래무역 사무실로 향했다. 간만에 이걸 타니 감회가 새로웠다. 녀석은 폭발해 버릴 것만 같던 고등학교 시절, 그의 곁을 지켜준 든든한 벗이었다.

시간을 되돌린 것 같았다. 녀석을 처음 탈 때의 설렘과 바람을 가르는 상쾌함을 생생하게 느낄 수 있었다. 기억은 그것으로 끝이 아니었다. 낙엽이 쏟아지던 멋진 길을 여자친구를 뒤에 태운 채 밤새도록 왕복했다. 인적이 드문 새벽, 달빛만이 세상을 비추는 깜깜한 길을 한줄기 라이트에 의지해서 미친 듯이 달리곤 했다. 녀석에 대한 사랑은 날씨를 가리지 않았다. 태풍이 오던 날, 장대비 속을 침처럼 쏘아대는 빗줄기를 뚫고 달렸다. 눈이 펑펑 쏟아지는 겨울밤, 세상을 하얗게 뒤덮은 눈길 위를 처음 스케이트를 타듯 아슬아슬하게 달렸다.

오토바이를 타고 있는 그 순간만큼은 고민도 불안도 방황도 없었다. 오직 오토바이와 바람과 자신뿐이었다.

기훤은 창고에서 조금 떨어진 곳에 멈춰 섰다. 창고에는 사람이 없는 눈치였지만 만일의 사태에 대비해야 했다. 그는 수풀 사이에 오토바이를 숨기고 주의 깊게 창고를 살폈다. 그가 구한 건물의 설계도와 실제 건물이 같은지부터 확인했다. 내부는 어떤지 몰라도 외부 구조는 설계도와 완전히 일치했다.

죽음과도 같은 30분이 흘렀다. 창고를 출입하는 사람은 한 명도 없었다. 그는 망원경을 가방에 집어넣고 투명한 고무 라텍스 장갑을 착용했다. 그리고는 비무장지대를 넘나드는 침투부대원들처럼 조심스럽게 창고로 접근했다. 하나뿐이긴 하지만 감시 카메라의 사각지대를 통해서 이동했다.

밤공기는 따뜻하고 습했다. 등줄기를 타고 땀방울이 흘러내렸다. 야시경으로 보는 세상은 그렇게 아름답지 않았다. 단색의 단조로운 세상만을 보여줬다. 시야도 좁은데다 무게가 있어서 무척 불편했다. 기환은 불빛에 자신의 그림자가 길게 노출되지 않게 신경 쓰며 걸었다.

입구에 도착했지만 기환은 아무런 행동도 취하지 않았다. 몸을 웅크린 채 침묵에 귀를 기울였다. 무거운 침묵이 천 년은 지속될 것 같았다. 창문 위로 고개만 살짝 내밀어 내부를 관찰했다. 어두운데다 워낙 물건들이 많아서 내부를 완벽하게 확인하는 건 불가능했다. 아무튼 움직이는 물체는 없었다.

아무도 없다는 판단이 들자 재빨리 작업에 착수했다. 열쇠구멍을 돌려줄 꺾쇠와 핀을 눌러줄 적쇠를 열쇠구멍에 집어넣었다. 적쇠로 핀을 눌러가면서 각각의 핀이 지정된 높이를 맞추는 건 결코 쉽지 않은 작업이다. 이마를 타고 땀방울이 줄줄 흘러내렸다. 결국 마지막 핀이 굴복했다. 기환은 최대한 조심스럽게 문을 열었다. 조심한다고 했는데 문이 워낙 낡아서 끼익 하는 소음이 발생했다.

기환은 우뚝 멈춰 섰다. 온몸의 잔털까지 바짝 곤두섰다. 다행히 아무런 기척도 없었다. 그는 땅바닥에 떨어진 심장을 주워서 안으로 들어갔다. 밖에서 관찰하기에는 사각지대가 무척 많았다. 저 수많은 박스 뒤에 사람이 숨어 있을지도 모를 일이다. 목표한 사무실은 창고 오른쪽 구석에 위치하고 있었다. 사무실 입구에 도착했지만 여전히 아무런 기척도 없었다.

사무실 문은 굳게 닫혀 있었다. 몸을 최대한 낮춘 후 창문 모서리를 통해 사무실 내부를 살폈다. 사무실은 예닐곱 평 정도의 크기였다. 내부에는 책상 둘, 소파 하나, 캐비닛 하나, 컴퓨터, TV, 전화기와 팩스, 선풍기가 전부였다. 물론 아무도 없었다. 기환은 작업을 시작했다. 입구에 있던 자물쇠보다 훨씬 수월했다. 열쇠는 10초 만에 굴복했다.

오늘도 거저먹기군. 기환은 열쇠를 주머니에 넣으며 생각했다. 그는 우선 사무실의 모습을 여러 각도에서 사진에 담았다.

기환은 컴퓨터를 구동시킨 후 책상을 뒤졌다. 젠장. 책상도 자물쇠로 잠겨 있었다. 하지만 이것도 큰 어려움 없이 열 수 있었다. 컴퓨터 하드에 있는 데이터를 가지고 간 외장하드로 복사했다. 복사가 완료될 동안 사무실을 뒤졌다. 캐비닛에는 옷가지와 잡동사니만 있었다. 몰래 감춰둔 비밀 금고 따위는 어디에도 없었다.

기환은 책상에 있는 서류를 모두 꺼내 사진을 찍기 시작했다. 찰칵, 찰칵. 사진을 찍고 있는 자신의 모습을 거울을 통해 바라봤다. 거울 저편에서 사진기를 든 제임스 본드가 미소 짓고 있었다. 사진을 찍고 나서는 콘센트를 열고 도청 장치를 설치했다. 이렇게 전선에 연결해서 사용하면 일회용 배터리와 달리 영구적으로 사용할 수 있다.

서류들을 다시 원위치시켰다. 데이터 복사가 끝났다. 그는 컴퓨터에 특수 감시 소프트웨어를 설치했다. 컴퓨터를 끄고 사무실을 둘러보았다. 그가 처음에 찍었던 사무실의 모습과 일치하는지 확인했다. 문을 닫기 전 마지막으로 아무것도 뒤에 남지 않도록 다시 한 번 확인했다.

막 입구로 걸어가려는데 희미한 차 소리가 들려왔다. 소리는 급속도로 가까워지고 있었다. 기환은 재빨리 창고에 있는 박스 사이로 몸을 숨겼다. 차가 멈추는 소리가 들렸다. 타이어 긁는 소리로 미루어봐서 꽤 난폭하게 운전하는 놈이다. 오토바이를 멀찍이 세워둔 게 다행이다 싶었다. 근처에 주차했으면 상대가 벌써 눈치챘을 것이다.

안도의 순간도 잠시뿐, 그는 경악했다. 개 짖는 소리가 들려왔다. 사람은 속일 수 있지만 개의 후각을 속인다는 건 불가능하다. 녀석은 굉장히 사납게 짖어댔다. 분명 근처에 개는 없었는데. 개를 차에 태워온 모양이다.

"이 녀석, 왜 이렇게 짖어? 조용히 못 해."

굵직한 남자 목소리가 개를 윽박질렀다. 하지만 개는 멈추지 않았다.

"또 망할 놈의 쥐새끼가 들어왔나 보네. 이리 와."

개를 묶어두려는 모양이다. 개 짖는 소리가 점점 멀어졌다. 기환은 휴 하고 한숨을 내쉬었다. 이 틈에 빠져나가려고 했다. 하지만 반도 못 갔을 때 저벅거리는 발걸음 소리가 천둥소리처럼 들려왔다. 기환은 다시 박스 뒤로 몸을 숨겼다.

문이 삐걱거리며 열렸다. 다음 순간 세상이 밝아졌다. 낡은 창고지만 내부조명 시설은 의외로 좋은 편이었다. 눈이 부셨다. 기환은 재빨리 가방에서 스키 마스크를 꺼냈다. 실내 감시 카메라가 있을까 해서 가지고 왔는데……. 재수 없게도 이걸 사용해야 할 상황이 되어버렸다.

녀석은 땅딸막하지만 무척 다부져 보였다. 각진 얼굴이 그를 한층 강인하게 보이게 했다.

"안에 있는 놈 누구야?"

낮지만 위협적인 목소리였다.

아차 싶었다. 입구의 자물쇠가 열려 있었다. 세 살짜리 꼬마도 침입자가 있다는 걸 알 수 있는 상황이었다.

기환은 사각지대를 통해 조심스럽게 입구로 접근했다. 창고는 충분히 넓었고 갖가지 물건들이 훌륭한 은폐물이 되어주었다. 조심스럽게 걸어가는데 뭔가 툭 하고 바닥으로 떨어졌다. 그렇게 큰 소리는 나지 않았지만 지금처럼 긴장된 상황에서는 바늘 떨어지는 소리도 위험했다.

"누구야?"

고함 소리가 천둥처럼 터져 나왔다.

기환은 제자리에 멈춰 섰다. 뭐가 떨어졌는지 확인해야 했다. 하드디스크였다. 이런. 스키 마스크를 꺼낼 때 가방을 제대로 안 닫은 모양이다. 제길. 빌어먹을.

"좋은 말 할 때 나와! 어서!"

상대는 쇠파이프를 위협적으로 휘두르며 말했다. 공기를 가르는 소리가 채찍처럼 감겨왔다. 소리만으로도 아팠다. 기환은 하드디스크를 가방에 넣고 단단히 잠갔다. 그리고 발걸음 소리가 나지 않게 앞발로 살금살금 걸었다.

"어서 나오라니깐. 지금 나오면 그냥 용서해 줄게. 어서."

쇠파이프를 들고 있으면서 용서해 준다고? 망할 자식. 기환은 입구와 상대의 위치를 계속 가늠하며 생각했다.

"이봐, 마지막으로 경고하는데, 열 셀 동안 안 나오면 사람들을 부르겠어. 그들이 오면 넌 여기서 살아 나가지 못할 거야. 내 동료긴 하지만 상종하기 싫을 정도로 잔인한 놈들이거든."

녀석은 뒤돌아 입구로 향하며 말했다. 문을 닫고 10부터 거꾸로 카운트를 시작했다. 보기보다 머리가 좋은 녀석이다. 유일한 탈출로인 입구를 막고 지원을 요청할 심산이다. 이제 방법은 하나밖에 없다.

정면 돌파.

기환은 급하게 무기가 될 만한 걸 찾았다. 만능 칼을 가지고 있긴 했지만 쇠파이프를 들고 있는 상대에게 짧은 만능 칼을 들이대는 건 자살 행위다. 마침 적당한 길이의 각목이 눈에 띄었다. 기환은 각목을 주워 들고 도둑고양이처럼 조심스레 녀석에게 접근했다.

카운트를 끝내고 주위를 둘러보던 녀석이 전화기를 꺼내 들었다. 시간이 없다. 녀석의 동료가 오면 끝장이다.

기환은 폭발적인 도약으로 녀석에게 달려들었다. 그가 휘두른 각목이 공기를 가르는 날카로운 소리가 들려왔다. 하지만 손끝에 아무런 감각이 없었다. 녀석은 몸을 슬쩍 틀어 각목을 피했다. 기환은 그 틈을 이용해 문을 열고 나가려고 했다.

"어딜 감히."

오른쪽에서 공기를 찢는 무시무시한 파열음이 들려왔다. 기환은 입구로 향하던 몸을 틀 수밖에 없었다. 깡. 쇠파이프가 바닥에 부딪혔다. 듣기만 해도 소름이 돋았다. 저기에 맞으면 뼈가 두 동강이 날 것 같았다.

기환은 기초적인 격투술 훈련을 받긴 했지만 칼 이외의 무기 사용법에 대해서는 문외한이나 마찬가지였다. 단 일 합이었지만 상대는 쇠파이프를 사용해 본 경험이 풍부해 보였다. 이대로 가면 불리했다.

상대는 입구를 지키기만 할 뿐 기환에게 다가오지는 않았다. 녀석의 눈이 희열로 번뜩였다. 쥐를 가지고 노는 고양이 같았다.

"각목을 버려!"

녀석은 명령하듯 말했다. 기환은 아무런 대답을 하지 않았다.

"끝까지 해보겠다는 거야? 좋아! 지원군을 부르지."

녀석이 바지춤에서 다시 전화기를 꺼냈다. 도발을 유도한다는 걸 알고 있었지만 달리 방법이 없었다. 기환은 각목을 휘두르며 녀석에게 달려들었다.

손끝이 찌릿했다. 하마터면 각목을 떨어뜨릴 뻔했다. 녀석이 휘두른 쇠파이프와 각목이 한 번 부딪친 것뿐인데 충격은 손목을 타고 번져와 팔꿈치까지 마비시켰다.

"어이, 이제 시작이야. 힘내라고."

녀석은 히죽거리며 말했다.

기환은 다시 달려들었다. 그것 외에는 방법이 없었다. 녀석은 기환이 휘두른 긱목을 가볍게 막으며 군홧발로 기환의 가슴을 찼다. 모든 신경이 각목에 집중되어 있던 터라 피할 수가 없었다. 기환은 뒤로 물러나다 박스에 부딪힌 후 멈춰 섰다. 숨쉬기가 거북했다. 은근한 충격이 가슴에서 몸 전체로 번져갔다.

"자, 덤벼. 어서 덤벼보라고."

녀석이 말을 끝내기도 전에 기환은 최고 속도로 달려들었다. 녀석은 몸을 살짝 틀면서 피했다. 그리고 기환의 왼 손목을 쇠파이프로 후려쳤다. 전기에 감전된 것 같은 통증이 팔을 타고 번져왔다. 기환은 다급하게 뒤로 물러났다. 반사적으로 왼팔을 가슴으로 끌어당겼다.

"저런. 많이 아픈 모양이군."

얄밉도록 여유가 있었다. 이자는 실전으로 단련된 고수다. 죽었다 깨어나도 그를 이긴다는 게 불가능해 보였다.

"진정한 남자라면 이런 도구 따윈 필요 없어. 주먹 대 주먹으로 승부하자."

기환은 각목을 내던지며 말했다. 어차피 필요 없는 물건이다. 상대를 도발해서 맨주먹 싸움을 하는 게 그나마 승산이 있어 보였다.

"맨주먹으로 싸우면 이길 것 같아?"

상대는 기분 나쁜 미소를 흘리며 말했다.

그제야 기환은 상대의 얼굴을 자세히 확인할 수 있었다. 눈가의 흉터와 뭉개진 코는 수많은 싸움의 표창장이었다. 이자는 맨주먹 싸움에도 일가견이 있어 보였다. 하지만 이것 말고 다른 방법은 없었다.

"시원하게 한판 뜨지."

기환은 왼손을 털며 말했다. 통증은 여전했다. 왼손을 제대로 쥐기가 힘들었다. 최고의 몸 상태로 싸워도 상대를 이길지 장담할 수 없는데, 부상이 무척 신경 쓰였다.

"소원이라면 그렇게 해주지. 간만에 시원하게 맞짱 함 뜨는 것도 좋지."

녀석은 쇠파이프를 내던지며 말했다. 쇠파이프가 바닥에 부딪히며 깡 하는 소리를 냈다. 온몸이 쑤셔왔다. 기환은 가방을 바닥에 내려놓고 제자리에서 가볍게 스텝을 밟았다.

이번에는 녀석이 선공을 택했다. 녀석은 험악한 인상만큼이나 무지막지한 고함 소리를 내며 덮쳐 왔다. 기환은 반사적으로 왼손을 내밀었지만 말 그대로 내민 정도밖에 되지 않았다. 녀석의 오른발이 왼손을 강타했다. 해일 같은 통증이 몰려왔다. 순간적으로 몸이 왼쪽으로 허물어졌다. 그 틈에 피스톤 같은 녀석의 연타가 기환의 얼굴을 강타했다. 눈앞에 별이 번쩍였다. 기환은 뒤로 쓰러졌다.

그는 본능적으로 몸을 굴렸다. 쿵. 녀석의 군화가 바닥을 찍는 소리와 동시에 묵직한 진동이 전해져 왔다. 저기에 밟혔다면 제 발로 여기를 나가는 건 불가능했다. 고통과 함께 분노가 밀려왔다.

기환은 벌떡 일어났다. 상대는 틈을 주지 않았다. 다시 주먹이 날아왔다. 이번에는 기환도 호락호락 당하지만은 않았다. 자신감에 넘친 상대의 큰 펀치를 흘린 후 상대의 몸에 바짝 붙었다. 고개를 들며 머리로 상대의 턱을 받아버린 후 복부에 펀치 두 방을 넣었다. 왼손이 부러질 것 같은 통증에 하마터면 비명을 내지를 뻔했다. 이자의 복부 근육은 엄청났다. 마치 단단한 벽돌을 치는 것 같았다. 오른 주먹도 욱신거리긴 매한가지였다.

"제법 반항할 줄 아는데? 이거 점점 재미있어지는데?"

녀석은 바닥에 침을 뱉으며 말했다. 침에 피가 섞여 있었다. 머리로 들이받은 게 효과가 있는 게 분명했다.

녀석은 달려들듯 달려들듯 페인팅 동작만 계속했다. 그러다 갑자기 오른발로 기환의 왼쪽 허벅지를 가격했다. 순간적으로 몸이 왼쪽으로 허물어지려는 걸 겨우 바로잡고 뒤로 몇 발짝 물러났다. 녀석의 로우 킥은 대단한 위력을 가지고 있었다. 쇠몽둥이로 내려치는 것 같은 충격이었다.

기환은 녀석과의 거리를 유지하는 데 집중했다. 단 한 방으로 나가떨어지지는 않지만 이런 충격을 몇 번 더 받으면 제대로 서 있지 못한다. 로우 킥의 데미지는 계속해서 축적된다. 펀치처럼 금방 회복되지 않는다.

점점 부어오르는 왼쪽 눈도 신경 쓰였다. 시야가 갈수록 좁아졌다. 혀끝으로 진득하고 짠맛이 느껴졌다. 코피가 나는 모양이다. 가뜩이나 스키 마스크 때문에 답답한데. 숨쉬기가 한층 거북해졌다.

뒷걸음질 치는데 뒤꿈치에 뭔가가 걸렸다. 나무 상자였다. 안에 아무것도 없는 듯했다. 기환은 재빨리 그걸 집어 들어 녀석에게 던졌다. 녀석은 멋진 발차기로 상자를 박살 냈다. 그 틈에 기환은 뒷주머니에 있던 만능 칼을 꺼낼 수 있었다. 칼을 쥔 채로 녀석에게 돌진해 들어갔다.

해머 같은 녀석의 로우 킥이 다시 한 번 왼쪽 허벅지에 작렬했다. 지저분한 바닥이 그를 빨아들이려는 듯 다가왔다. 기환은 무너지려는 몸의 중심을 겨우 바로잡았다. 곧 왼쪽 다리에서 격렬한 통증이 전해져 왔다. 차라리 죽고 싶을 정도로 아팠다.

기환은 비명을 내지르는 대신 고함을 내지르며 결사적으로 녀석의 몸을 끌어안으려고 했다. 녀석의 짧고 날카로운 원투 펀치가 날아왔다. 고개를 숙이고 녀석의 다리에 태클을 시도했다. 녀석은 몸을 뒤로 빼려고 했지만 이미 체중이 앞으로 쏠린 상태였다. 기환은 녀석을 붙잡고 더러운 창고 바닥을 뒹굴었다.

몇 바퀴인지 셀 수는 없지만 한참을 구르다 커다란 상자에 부딪히고 나서야 멈출 수 있었다. 기환은 재빨리 칼로 녀석의 옆구리를 찔렀다. 아무리 단단한 근육도 절대 칼을 이길 순 없다. 녀석의 입에서 짧은 비명이 흘러나오는 걸 들으며 기환은 다시 한 번 상대의 옆구리를 찔렀다. 녀석의 강철 같은 근육에서 힘이 빠져나가는 걸 느낄 수 있었다. 기환은 어렵잖게 그의 오른팔을 잡고 있는 상대의 손을 뿌리칠 수 있었다. 그리고 또 찔렀다. 또, 또, 또, 또, 또……

기환은 그의 내면에 이런 야성적인 본능이 숨어 있다는 사실을 처음으로 깨달았다. 상대를 죽이고 싶었다. 진심으로.

33

베타와의 만남은 카타르 코니쉬의 한 씨푸드 레스토랑에서 이루어졌다. 은은한 조명 속에 바다를 바라볼 수 있는 멋진 곳이다. 음식 솜씨 또한 일품이다.

톰은 조금 흥분해 있었다. CIA에 근무한 이래로 지금처럼 만족감을 느낀 적이 없었다. 과도한 피로와 긴장 때문에 머리가 이상해진 건 아니었다. 비록 두통은 갈수록 심해지지만.

해결하기 힘든 어려운 일들이 일상의 활력소가 되어주고 있었다. 성공적으로 작전을 마친 지 얼마 되지 않아서 더 그러한 것 같았다. 물론 진급에 대한 욕심도 한몫했다. 베타까지 성공적으로 포섭한다면 그의 앞에는 출세를 향한 아우토반이 펼쳐질 것이다.

오마르와 베타는 약속 시간에서 15분이 지났을 때 식당에 모습을 드러냈다. 둘 다 아랍 전통 의상이 아니라 간편한 양복 차림이었다.

"반갑습니다. 조제프 방드리예스입니다."

톰은 불어 억양이 섞인 아랍어로 말했다.

"반갑습니다. 아랍어를 잘하시는군요. 오마르를 통해 얘기 많이 들었습니다."

베타는 듣기 좋은 저음의 목소리로 말했다.

그는 건장했지만 결코 뚱뚱하지 않았다. 선 굵은 남자다운 얼굴에 오마르보다 훨씬 젊어 보였다. 다섯 살 차이라고 하는데 겉으로 보기에는 열 살 차이는 나 보였다. 그는 자신의 이름을 밝히지 않았지만 톰은 개의치 않았다. 이런 자리에서 본명을 밝히면 그게 더 의심스러웠다.

"주문은 뭐로 할까요?"

오마르가 불어로 질문했다.

"전에 시킨 걸로."

톰은 일부러 이랍어로 대답했다.

대화는 톰과 오마르가 주도했다. 베타는 아랍어로 짧게 답변하는 게 전부였다. 오마르는 그가 신중하고 조용한 성격이라고 했다. 톰이 봐도 그랬다. 베타의 행동에는 약간 어색한 면이 있었다. 불안감 때문에 그런 듯했다. 톰에게는 그런 모습이 오히려 더 자연스럽게 느껴졌다.

실제로 배가 고프기도 해서 톰은 음식을 깨끗하게 먹어치웠다. 하무르는 생긴 건 험악하지만 맛은 역시 끝내줬다.

"CIA에 있는 친구한테도 이곳을 소개해야겠어."

톰은 불어로 말했다. 베타는 CIA라는 단어를 듣자 반사적으로 톰을 향해 고개를 돌렸다.

"아! 친구한테 이곳을 소개하겠다고요."

톰은 다시 아랍어로 말했다. 은근슬쩍 그의 인맥을 강조하기 위한 연극이었다.

"제가 정보기관의 생리를 확실하게 아는 건 아닙니다만……."

베타는 잠시 머뭇거렸다.

"아무래도… 제 말의 진실성을 보여줘야 절 믿을 것 같습니다.

그건 누가 봐도 당연한 일이라고 생각됩니다."

베타는 거기까지 말하고 또 머뭇거렸다. 갈등이 그의 얼굴 전체로 번져갔다.

확실히 이게 연기라면 대단한 배우군. 골든글러브에다 아카데미까지 휩쓸겠는데. 톰은 베타의 얼굴을 지그시 응시하며 생각했다.

"저한테 정보가 하나 있습니다. 그게 뭐냐 하면……."

베타는 약간 더듬거리며 말했다. 양심 때문에 꺼림칙한 눈치였다. 그는 얘기를 끝내자마자 급히 돌아가 봐야 한다며 오마르와 함께 일어섰다. 톰은 그를 보낸 후 급히 숙소로 돌아갔다.

톰은 숙소에 가서 녹음 파일을 압축한 다음 마틴에게 전송했다. 데이터 전송이 끝나자 위성전화기를 들었다.

"녹음 파일을 보냈습니다. 확인해 보십시오."

"만남은 어땠나?"

"우호적인 분위기였습니다. 처음 만나는 자리라서 사업 얘기는 그다지 많이 하지 않았습니다."

"자네는 어떻게 생각하나? 베타가 믿을 만하던가?"

"글쎄요……. 말을 많이 아끼더군요. 하긴 저라도 그렇게 행동했을 겁니다. 일단은 오마르가 보내주는 정보를 토대로 그를 판단할밖에요."

"혹시 오마르와 베타 간에 서로 눈짓을 주고받지는 않았나?"

"아직도 오마르를 의심하시는 겁니까?"

톰은 역정을 냈다.

"톰, 우리 직업은 말이야, 침대를 같이 쓰는 마누라도 의심해야 하는 아주 더러운 일이야."

"중간에 제가 잠시 화장실에 갔다 오긴 했는데……. 그걸 제외하면 두 사람 간에 수상한 눈빛 교환 같은 건 전혀 없었습니다."

"확신할 수 있나?"

"네."

"다른 요원들도 전혀 이상한 점은 발견하지 못했나?"

마틴은 톰의 예상보다 훨씬 많은 요원을 레스토랑 주변에 배치했다. 그것 때문에 이쪽의 정체가 발각되지 않을까 염려돼서 전화로 잠시 다투기까지 했나.

가장 우려했던 건 베타를 납치하지 않을까 하는 점이었다. 어떻게 보면 그를 납치하는 게 최선의 방법처럼 보일지 모른다. 하지만 베타가 납치되면 녀석들은 모든 계획을 전면 수정할 것이다. 결국 베타를 납치해 봐야 중요한 정보는 얻어내지 못한다.

"네. 수상한 점은 하나도 없었습니다."

"오마르는 지금 어디 있나?"

"베타와 함께 떠났습니다. 베타는 조금 겁을 먹은 눈치더군요. 그래서 오마르를 재촉해 서둘러 돌아갔습니다."

"음… 그랬단 말이지. 아무튼 지금 당장은 자네 말처럼 오마르를 믿어보는 것밖엔 방법이 없군. 하긴 모사드 친구들도 오마르에 대해서 수상한 점을 전혀 찾지 못했네."

"모사드? 그들이 왜 오마르를 조사합니까?"

"오마르뿐만 아니라 베타도 조사해 달라고 부탁했네. 우리도 조사 중이긴 하지만 그들의 조사가 좀 더 객관적일 것 같아서 말이야."

"며칠 전에 폭탄 테러 미수범을 만난 것도 그렇고……. 그러고 보니… 마틴, 도대체 그들에게 뭘 제시했습니까?"

톰은 윽박지르듯 말했다.

"베타를 그들에게 넘기기로 했네."

"뭐요?"

"흥분하지 말게. 베타가 이쪽으로 완전히 넘어올 경우 잠시 심문할 기회를 주는 것뿐이야. 맹세코 그게 전부라네."

"그들이 베타를 가만 놔둘까요? 그는 여러 건의 폭탄 테러에 개입했습니다."

톰은 새된 목소리로 말했다.

"심문은 우리 측 감독관의 입회하에 진행하기로 했네. 걱정 말게. 모사드 나름대로 필요한 정보가 있어서 그런 거니까. 그들이 원하는 건 복수가 아니라 정보네."

"어쨌든 오마르에게 서릿말을 한 셈이군요."

톰은 왼손으로 이마를 지그시 누르며 말했다. 두통이 또 몰려왔다. 아직은 견딜 만했다.

"우리 일은 거짓의 연속이지. 오마르도 이해할 거야. 그리고 베타를 죽이려는 것도 아니지 않은가?"

"그에게 베타가 전향할 경우, 어떤 경우든 베타를 지켜주겠다고 약속했는데……. 뭐 그도 이해하겠죠. 그리고 이건 상당히 급한 일인데요."

"어떤 거야?"

마틴의 목소리가 높아졌다.

"녀석은 자신의 주장을 증명하기 위해 정보를 하나 넘겼습니다."

"역시 내 예상대로군. 미끼를 미리 준비해 두고 있었어. 봐. 내 예상이……."

"최근 아시아 지역에 C4가 반입됐다고 합니다."

톰은 마틴의 말을 중간에 끊으며 말했다.

"뭐라고? 정확히 아시아 어디?"

"그것까진 그도 알지 못한다고 합니다. 그가 관여하는 작전이 아니라서요. 하지만 얼마 전에 아시아 지역에 반입된 건 확실하다고 합니다. 인도네시아가 가장 가능성이 높고, 그다음이 한국이라고 합니다."

"이거 정말 큰일이군. 그의 전향이 가짜든 진짜든 지금 단계에서 넘기는 정보가 가짜일 가능성은 없어."

"그가 위장으로 전향하려고 했다면 좀 더 확실한 정보를 넘겼을 겁니다."

"그건 시간을 가지고 천천히 생각해 봐야 할 것 같아. 상대방에게 가짜를 믿게 하는데 너무 완벽한 정보는 오히려 독이야. 이런 유의 작전에는 여러 정보 중 하나 정도는 잘못된 걸 섞어두는 게 정석이야. 그게 상대에게 더 믿음을 주는 법이거든. 아무튼 이거 급하게 됐군. 톰, C4에 관한 정보는 더 없나?"

"현재로서는 오마르가 베타한테서 더 캐내는 것밖에는 방법이 없습니다."

"조금 있다 다시 전화하겠네."

마틴은 급하게 전화를 끊었다.

34

오늘따라 도시의 밤은 어지럽기만 했다. 갖가지 색깔의 네온사인과 제멋대로 만든 듯 무질서한 간판들의 모습이 술에 취한 듯 몽롱했다.

흑표는 간편한 복장으로 갈아입고 간만에 수련에 들어갔다. 단순히 몸을 움직이는 것이 아니라 신성한 의식을 행하듯 집중했다. 품새 하나하나 절도와 힘을 실었다. 움직임은 빨라졌다가 느려지고 다시 빨라지기를 반복했다. 온몸이 흠뻑 젖었다. 흑표는 찬물로 샤워했다. 침을 쏘듯 따끔한 물줄기를 맞고 있으니 어지럽기만 하던 머릿속이 한결 맑아졌다.

샤워를 마친 후 흑표는 다시 한 번 서류를 꼼꼼히 확인했다. 서류는 루돌프에게서 구매한 마약 성분에 대한 검사 결과였다. 그의 눈에 이상이 있는 건 절대 아니었다. 루돌프가 판매하는 마약의 성분은 놀랍게도 그가 CIA를 통해 구입했던 것들과 정확히 일치했다.

어떻게 이런 일이 있을 수 있을까? 가장 쉽게 생각할 수 있는 건 그의 조직 내부에서 누군가 마약을 빼돌리고 있는 것이다.

아냐. 그는 고개를 내저었다. 한국은 물론 중국과 일본, 동남아에 공급할 정도면 상당한 양의 마약을 빼돌려야 한다. 그 정도의 마약을 빼돌렸다면 그가 알지 못할 리가 없다.

혹시 한국에만 소량을 빼돌린 건 아닌가 하는 생각이 들었다. 다른 곳의 조사 결과가 나오면 정확하게 알 수 있을 것이다.

그의 조직에서 빼돌린 게 아니라면? 어쩌면 루돌프는 테러 조직이 운영하고 있을지도 모른다. 그 증거로 루돌프의 마약은 그가 CIA를 통해 입수했던 아프가니스탄의 그것과 완전히 일치한다. 테러 조직이 자금 조달을 위해 아프가니스탄에서 구입한 마약을 루돌프를 통해 판매했을 가능성이 높다.

어쩌면 최 사장의 죽음이 루돌프와 관련되어 있을지도 모른다. 최 사장은 우연히 루돌프의 정체를 눈치채고, 이를 안 루돌프가 그를 제거했을 가능성이 있다.

당장 부산에 내려가서 조사하고 싶은 마음에 몸이 근질거렸다. 써드 웨이브에 대한 조사를 위해서도 부산은 반드시 가야 할 곳이다. 하지만 호랑이의 죽음이 그의 발목을 잡았다. 지금 그가 처리해야 할 가장 시급한 일은 호랑이를 죽인 자가 누군지 밝혀내는 것이다. 그는 호랑이와 깊숙이 연계되어 있다. 호랑이를 제거한 자가 누구든 다음 목표는 흑표 자신이 될 거라는 건 아침이면 해가 뜨는 것처럼 너무나 명백한 일이었다.

아무리 생각해 봐도 북한에 보낼 마땅한 인물이 떠오르지 않았다. 당장 모든 조사를 중단하고 중국으로 돌아갈까? 몸조심은 과도할수록 좋다. 문득 호랑이와 같이 북한으로 들어간 CIA 요원의 얼굴이 떠올랐다. 평범하지만 차갑게 보이던 얼굴. 흑표는 그를 처음 본 순간 그가 사람을 죽인 경험이 있다는 사실을 알아챘다.

그러고 보니 존에게서 아무런 연락이 없었다. CIA 요원과 호랑이는 따로 작업 중이지만 그들이 지금까지 호랑이의 실종을 알지 못할 리가 없다. 호랑이가 북한 당국에 체포되면 CIA 요원도 위험하다. 그런데 아무런 연락이 없다니. 수상했다.

전화벨이 울렸다. 번호를 확인했다. 존이었다. 역시 그는 양반은 아니었다.

흑표는 소파에서 일어났다. 느긋하게 소파에 몸을 기댄 채 전화를 받을 기분이 아니었다.

"무슨 일로?"

흑표는 의외라는 듯 말했다.

"진행 상태가 어떤지 궁금해서 전화했소."

존의 목소리는 침착했다.

"아직까지 테러범들에 대해 알아낸 건 없소. 계속 조사 중이니 결과가 나오면 바로 연락하겠소."

"시간이 많이 없소."

"최선을 다하고 있소."

흑표는 짜증이 섞인 목소리로 말했다.

"무척 다급하게 됐소. 한국으로 다량의 C4가 유입됐다는 정보를 입수했소."

존은 흥분한 목소리였다.

"그럼 그 유통 경로를 추적하면 되는 것 아니오?"

"그렇게 쉽게 처리되는 일이 아니오. 사실… 완전한 첩보가 아니오."

"믿을 만한 소스가 아니었나 보군."

"우리가 입수한 정보에 따르면 마약을 운반하는 자들이 마약 대신 C4를 한국으로 반입했을 가능성이 높다고 하오. 이 부분을 중점적으로 수사해 주시오."

흑표는 잠시 침묵했다. 곰곰이 생각해 보니 그럴 수도 있을 것 같았다. 물샐틈없는 경비망을 뚫고 마약을 운반하는 자들만큼 확실한 운반책은 없다. 더구나 플라스틱 폭탄인 C4는 유지나 왁스를 첨가하면 어떤 모양으로도 변형이 가능하다. 검문을 피하는 기발한 방법을 개발하는 데는 도가 튼 운반책이라면 들키지 않고 한국으로 반입했을지도 모른다.

"아, 참. 북한에 간 친구는 다시 중국으로 들어갔소? 우리 측 요원이 전혀 소식을 모르던데."

존이 어색한 침묵을 깨며 말했다.

정말 모르고 말하는 걸까? 흑표의 머리가 복잡해졌다. 화제를 돌리기에는 좋은 내용이 아닌데. 한편으로 생각하면 그들이 호랑이를 제거했다면 이런 말을 꺼내지는 않을 것 같았다. 너무 아마추어 냄새가 나기 때문이다.

"중국으로 돌아갔소. 안 그래도 그것 때문에 질문하려고 했는데. 그쪽 요원이 연락이 되지 않는다고 하던데, 무슨 문제 있소?"

호랑이의 실종을 알려서 좋을 건 없다. 행여 그들이 호랑이의 실종에 대한 말을 흘린다면 범인은 당연히 CIA다.

"급한 볼일이 있어서 잠시 중국에 들어갔다 왔소."

그래? 전혀 모르고 있었는데 그동안 혼자서 중국 국경을 넘었단 말이지? 흑표는 하긴 불가능한 일도 아니라고 생각했다. 요령만 알면 중국과 북한의 국경을 넘나드는 건 위험하긴 하지만 불가능한 일은 아니다. 누구에게 얼마큼 돈을 쓰면 되는지 그걸 잘 파악하는 게 핵심이다. 흑표가 본 CIA 요원은 눈치가 상당히 빨라 보였다.

"아무튼 새로운 소식이 있으면 바로 알려주시오. 마약 운반책을 이용했다는 것 말고 다른 정보는 없소? 좀 더 구체적인 정보가 필요한데."

"현재로서는 그것뿐이오. 새로운 정보가 있으면 바로 연락하겠소. 너무 막연한 건 알지만 최선을 다해주시오."

존은 명령하는 투로 말했다.

"알았소."

흑표는 전화를 끊었다. 그는 탁자 위에 있던 생수를 벌컥 들이켰다. 물병을 깨끗이 비웠지만 목은 끊임없이 타들어갔다.

북한에 들어간 CIA 요원이 비밀을 지키기 위해 호랑이의 입을 막았을지도 모른다. 더구나 호랑이는 그에게 상당한 적대감을 가지고 있었다. 동기 면에서는 CIA 이상 가는 용의자가 없다.

그런데 CIA가 먼저 호랑이에 대해 언급한단 말인가? 이쪽을 기만하기 위해서 선수를 친 건가? 사기꾼은 자신이 믿을 만한 사람이라는 걸 강조하게 마련이다. 이 모든 게 그가 호랑이의 실종과 아무런 관련이 없는 것처럼 보이기 위한 기만일 가능성이 농후하다.

물론 그들이 호랑이의 죽음과 아무런 연관이 없을 가능성도 있다. 호랑이가 취급하는 북한산 마약은 중국에서만 판매되는 건 아니다. 일부 마약은 북한의 고위급 간부들에게 공급된다. 그들 중 한 명이 마약 복용 사실이 발각될 위험에 처하자 비밀리에 호랑이를 제거했을 가능성도 있다.

북한의 마약 중독 실태는 심각하다. 대도시에는 마약 중독자들이 눈에 띄게 늘고 있다. 약에 굶주린 자가 이를 훔칠 목적으로 호랑이를 살해했을 가능성도 부정하기 힘들다.

이 시점에서 이렇게 복잡하게 뒤엉킨 의문들을 단번에 풀어헤친다는 건 불가능했다. 그를 둘러싼 상황은 '거울의 방' 효과를 여실히 보여주고 있었다. 진실과 거짓을 가르는 경계선이 회복이 불가능할 정도로 희미해져 버린 것이다.

흑표는 도움을 청해야겠다고 생각했다. 그는 당장 호텔을 나왔다. 정말 오랜만에 연락하는군. 그는 공중전화를 두리번거리며 생각했다.

35

어느새 시곗바늘이 새벽 3시 반을 가리켰다. 기환은 차가운 얼음으로 눈 주위와 목 뒤를 문질렀다. 걷기도 힘든 왼쪽 다리도 정성껏 주물렀다. 통증과 부기가 좀 가라앉는 것 같았다.

"출혈이 많긴 했지만 죽지는 않았다는군. 천만다행이야. 그나저나 왜 그렇게 거칠게 다룬 거야? 네놈 얼굴을 보니 당시 상황이 짐작 가긴 하지만."

김 과장은 물이 가득 찬 잔을 건네며 말했다.

"혹시 진통제 좀 구할 수 없을까요?"

기환은 주위를 두리번거리며 말했다. 사방은 적막에 싸여 있었다. 사무실에는 그들 두 사람뿐이었다.

"여기가 병원 응급실인 줄 알아?"

김 과장은 화를 내다 곧 다정한 말투로 바꿨다.

"아마 수진이 자리에 아스피린이 있을 거야. 그거라도 먹어두도록 해. 그런데 도대체 얼마나 중요한 자료이기에 그걸 훔친다고 사람까지 죽일 뻔한 거야? 경찰에서 조사가 들어오면 어쩌려고?"

"참! 녀석은 경찰한테 뭐라고 했답니까?"

"별다른 말은 하지 않았다고 하더군. 누가 창고에 침입한 거 같아서 창고를 수색하다가 칼에 찔렸다고 했다는군. 용의자의 신상 착의에 대해서는 뒤에서 당한 거라 제대로 보지 못했다고 진술했고. 딴 건 몰라도 그런 건 잘하는군."

김 과장은 빈정대듯 말했다.

"참! 그 녀석 전과는 조사해 보셨습니까?"

"아주 화려하더군. 10대 때부터 소년원을 시작으로 부지런히 감방을 들락거렸어. 지금은 조직의 행동대장이더군."

"그런 놈이 그 시간에 왜 혼자 나타났을까요?"

"모르지. 아무튼 경찰이 알면 골치 아프니까 이건 너하고 나만 아는 비밀로 하고 그만 넘어가자."

"도청 장치 설치한 건 어떻게 하죠?"

기환은 인상을 찡그리며 말했다.

그는 이미 노출됐다. 얼굴을 제대로 확인하지는 못했을 테지만 장담하기 힘들었다. 키나 체격, 말투나 나이 정도는 저들이 파악하고 있다고 보는 게 정확했다. 300미터 이상 떨어진 곳에서도 감청할 수 있다고 하지만 근처에는 얼씬노 하시 않는 게 장수에 도움된다.

"다른 요원을 보낼 테니 걱정 마."

"참! 혹시라도 신고한 흔적이 남지는 않을까요?"

기환은 모든 걸 김 과장에게 일임했다. 자신의 핸드폰으로 119에 신고할 수는 없었다.

"공중전화에서 익명으로 신고한 걸로 처리해 놨어. 창고에서 싸우는 소리가 들려서 지나가는 주민이 신고한 것처럼 해놨으니까 그건 별문제 없을 거야. 그나저나 피떡이 되도록 얻어터져서 화가 머리끝까지 치밀었다고 해도… 목숨이 위험할 정도로 그렇게 막무가내로 찌르면 어떡하냐?"

"죄송합니다."

기환은 고개를 숙이며 말했다.

"꼴좋다. 내가 기본이 얼마나 중요한지 누누이 강조했지? 처음부터 매뉴얼대로 움직였으면 이런 일은 절대 없었잖아?"

김 과장의 입은 호통을 치고 있었지만 눈동자에는 애정이 담겨 있었다.

"과장님한테 허락부터 받았어야 하는데……. 호승심에 그만……."

"일단 집에 가서 좀 쉬도록 해. 부기가 가라앉을 동안은 밖에 돌아다니지 마. 괜히 골치 아픈 일 생길지도 모르니까. 다른 사람들한테는 급한 일로 지방에 출장 보낸 걸로 할 테니까 이참에 며칠 푹 쉬도록 해."

김 과장은 기환의 등을 가볍게 두드리며 말했다.

"정말 죄송합니다. 안 그래도 바빠서 손 하나가 아쉬운 형편인데……."

"그냥 놀라는 말이 아니야. 일단 입수한 자료들 다 검토하고."

김 과장은 잠시 시계를 본 후 덧붙였다.

"오늘은 힘들 테니 내일 저녁까지 거기서 가져온 자료에 대한 보고서 이메일로 제출하도록 해. 아, 참! 이번 주까지 밀수범 동향에 대한 보고서 제출하기로 한 건 문제없지?"

기환은 입안에서 웅얼거릴 뿐 대답하지 못했다.

기환은 열쇠를 꺼내 문을 열었다. 사람의 온기라곤 느껴지지 않는 집은 여관보다 못했다. 먼지투성이에다 담배 냄새와 홀아비 냄새가 섞인 퀴퀴한 냄새가 코를 찔렀다. 기환은 창문을 열어 환기부터 시켰다.

텅 빈 침대를 보고 있으니 그녀가 각방을 쓰자고 하던 그날이 기억났다. 잠자리에 들었다가 몰래 일어나 작업 중이던 그에게 그녀는 이렇게 말했다.

"당신은 나와 같이 있다고 말하지만… 사실은 그렇지 않아요. 당신은 언제나 당신만의 세상에 살고 있어요."

물론 그는 마땅한 답변을 만들어내지 못했다. 그렇게 그녀는 그를 안방 침대에서 쫓아냈다.

그 끔찍한 일만 없었어도. 그는 침대에 털썩 드러누우며 생각했다. 그녀에게 너무 소홀했던 건 부정할 수 없는 사실이다. 그것도 그를 한참 필요로 할 시점에.

이대로 잠들기 전에 샤워하고 옷을 갈아입어야 할 것 같았다. 옆에서 잔소리하는 사람은 없었지만.

기환은 세면대 거울 속의 남자를 잔뜩 노려보았다. 처참했다. 왼쪽 눈두덩은 자두처럼 부풀어 있었다. 양 볼과 이마도 벌겋게 부어 있었다. 사무실에서 대충 씻었지만 곳곳에 피딱지가 시커멓게 들러붙어 있었다. 그나마 코가 부러지지 않은 게 천만다행이었다. 옷에도 곳곳에 피가 묻어 있었다. 그는 피 묻은 옷을 쓰레기봉투에 쑤셔 넣었다.

샤워기를 틀었다. 곧 뜨거운 물이 쏟아져 나왔다. 따갑고 쓰렸지만 꽤 오랫동안 샤워했다. 화장실에서 나왔을 때 그의 몸에 더 이상 핏덩이는 없었다.

물을 마실 겸 냉장고를 뒤져보니 전에 만들어놓은 얼음이 남아 있었다. 얼음주머니를 만들어서 상처에 얼음 마사지를 했다.

진통제와 파스가 필요했지만 집에는 그 흔한 안티푸라민도 없었다. 짜증이 몰려왔다. 한숨을 내쉬는데 구석에 있는 상자 더미로 시선이 갔다. 아내는 그가 미처 챙겨가지 못한 짐들을 택배로 부쳤다. 아직 뜯어보지 않았지만 틀림없이 술도 있을 것이다.

그는 절뚝거리며 걸어가 상자를 뜯었다. 두 번째 상자에 술이 있었다. 선물로 받은 밸런타인 30년산, 조니 워커 블루 등이 들어 있었다. 그는 밸런타인 30년산을 땄다. 그냥 병째 들이켰다. 통증이 조금 가라앉는 것 같았다. 비상약은 꼭 구비해 놔야겠다고 생각했다. 아니, 정말 필요한 건 여자였다. 그냥 여자가 아니라 아내.

술도 마신 김에 푹 쉬고 싶었지만 할 일이 태산 같았다. 상처가 욱신거려서 금방 잠들 것 같지도 않았다. 노트북을 켜고 외장하드를 연결했다. 수많은 폴더가 있었고 자료들은 폴더 여기저기에 마구잡이로 분산되어 있었다. 김 과장이 봤다면 당장 호통을 쳤을 것이다. 자료의 양은 상당했다. 반도 못 봤는데 벌써 날이 밝아오고 있었다. 주위의 환경과는 반대로 눈은 갈수록 침침해져 갔다.

기환은 캔 커피를 마셨다. 잠이 달아난 자리에 허기가 몰려왔다. 컵라면이라도 사올 걸 하는 생각이 들었다. 카페인이 내려앉던 눈꺼풀을 정상으로 돌려놓긴 했지만 그 시간은 길지 않았다. 약에 취한 듯 몽롱했다.

너무 미안한데. 기환은 수진에게 보낼 메일을 작성하며 생각했다. 요즘 그녀를 너무 힘들게 한다는 생각이 들었다. 하지만 관련 계좌들을 추적하는 건 본부에 있는 사람만이 할 수 있고 수진은 계좌 추적에 능숙하다.

잠시 담배를 피우며 고민해 봤지만 그녀 외에는 뚜렷한 방법이 없었다. 기환은 발송 버튼을 클릭했다.

36

40명이 들어갈 수 있는 커다란 원탁 모양의 회의실에는 존과 그의 상사 둘뿐이었다. 존은 황량한 사막 한가운데 홀로 버려진 기분이 들었다.

"써드 웨이브에 대한 조사는 어떻게 되어가고 있나?"

언제 들어도 차가운 목소리다. 존은 그가 부인과 자식에게도 이런 말투를 사용하는지 궁금했다.

"큰 진전 사항은 없습니다. 워낙 비밀스러운 조직이라 그들에 대한 정보가 너무 빈약합니다. 최선을 다하고 있습니다만… 어려움이 많습니다."

존은 잠시 머뭇거린 후 대답했다.

"힘든 건 잘 알지만 시간이 많지 않아. 톰에게서 새로운 소식은 없나?"

"그는 현재 C4에 대한 조사에 주력하고 있습니다. 당장 급한 일이기도 하고, 전향하려는 자의 진위 여부를 확인할 수 있는 유일한 단서라서 말이죠."

"마틴은 그자에 대해서 다소 부정적인 의견을 제시하던데."

"정말 전향한다면 그동안의 모든 문제를 단번에 해결할 수 있는 엄청난 호재가 될 겁니다."

"너무 부정적일 필요는 없지만 지나치게 긍정적이어서도 안 돼. 자네는 톰에 대해서 어떻게 생각하나?"

"글쎄요……. 그가 어리석다고는 생각하지 않습니다."

"톰을 보면 젊은 날의 나를 보는 것 같네. 그래서 더욱 조심스러워져. 그런 부류는 대단한 업적을 달성하기도 하지만 최악의 사태를 만들어내기도 해. 젊음과 의욕의 에너지로 충만해 있어서 공포의 소용돌이 속에서도 맡은 바 임무를 완수해 내지만, 의욕이 너무 앞서서 사건을 키우기도 하거든."

"아무튼 아직까지 별다른 소식이 없다는 건… 저들이 제대로 준비하지 못했을 가능성을 내포하고 있습니다."

존은 대화의 주제를 살짝 바꿨다. 그는 톰을 좋아했다. 사실 그런 열정적인 요원을 싫어하는 사람은 많지 않다. 마틴과의 오랜 라이벌 의식은 제외하더라도.

"존?"

"네?"

"자네, 이 일을 한 지 몇 년이나 됐나?"

존은 대답하지 못했다. 식은땀이 등줄기를 타고 흘러내렸다.

"자네 같은 사람들 때문에 9.11이 일어난 거야. 알아?"

말투에서 감정을 느낄 수 있었다. 흥분과 비난, 그리고 경멸.

"죄송합니다. 제가 너무 경솔했습니다."

"모든 가능성을 다 열어놓아야 해. 어떻게든 저들의 머릿속에 들어가서 저들이 어떻게 행동할지 알아내야 하는 게 자네 임무야."

"저희는 모든 가능성을 열어놓고 조사하고 있습니다. 먼저 총기를 통한 암살 같은 경우는 최소 12.7밀리 이상의 대형 저격총을 사용해야 효과를 볼 수 있습니다."

"회담장과 숙소 건물에 모두 방탄 필름을 입혔다고 했지?"

"네! 5.56밀리나 7.62밀리 구경 탄환에 대해서는 방어가 가능합니다. 완벽하진 않지만요."

"어차피 방탄유리라는 게 여러 번 충격을 받으면 뚫리게 되어 있지 않나?"

"네! 굉장히 두꺼운 방탄유리를 사용하면 문제가 없긴 하지만 모든 유리를 다 그렇게 바꿀 수는 없는 일이라서요. 아무튼 저격이란 여러 번의 기회가 있는 게 아닙니다. 단 한 번으로 끝내야 합니다. 거기다 우리의 경계망은 시야가 트인 곳의 경우 최대 2킬로에 가까운 거리까지 펼쳐져 있습니다."

"7.62밀리의 최대 유효 사거리를 훨씬 넘는 거리군."

"경호망은 12.7밀리의 최대 유효 사거리를 기준으로 하고 있습니다. 그런 이유들 때문에 총을 통해 암살하려면 12.7밀리 구경 이상의 탄환이 필요합니다."

"그러니까 바렛, 혹은 그 이상의 구경을 가진 저격총이 밀수된 적이 있는지만 조사해 보면 된다 이 말이지?"

"네, 그렇습니다."

역시 머리 회전이 빨라. 너무 빨라서 문제야. 존은 이마의 땀을 훔치며 생각했다.

"그런 저격총을 만드는 나라는 생각보다 많아. 구소련 연방에서 흘러나갔을지도 몰라."

"그것도 다 조사했습니다. 다행히 12.7밀리 이상의 탄환을 사용하는 소총은 그렇게 자주 거래되는 물건이 아닙니다. 그래서 큰 어려움 없이 조사를 마칠 수 있었습니다. 한국에는 그런 대형 저격총이 밀수되지 않았다는 게 저희 결론입니다."

존은 자신 있는 목소리로 말했다.

"폭탄은? C4가 한국으로 밀수됐다는 정보를 입수하지 않았나?"

"지금 조사 중입니다. 그런데… 운 좋게 C4를 밀수했다고 해도 회담장에 폭탄을 설치하는 건 현실적으로 불가능합니다. 회담장과 숙소 주변의 보안 상황은 저희가 수시로 점검 중인데, 현재까지 아무런 허점이 없습니다."

"확신할 수 있어?"

"사실 가장 가능성이 높은 건 이라크처럼 EFP 폭탄을 사용해 차량을 공격하는 겁니다. 하지만 도로는 물론 주변의 모든 것이 완벽하게 통제되는데 그런 식으로 공격할 수 있을지 의문입니다."

"EFP 폭탄 같으면 90미터 거리에서 10센티미터 두께의 강철판도 관통하지 않나? 무척 고약하고 위험한 물건인데."

"EFP 폭탄은 말 그대로 폭탄입니다. 미사일처럼 목표물을 추적하지 못합니다. 정확하게 원하는 장소에 표적 차량이 멈추지 않으면 아무런 소용이 없습니다. 그런데 이건 불가능한 일입니다. 회담 기간 동안 차량이 이동하는 곳의 모든 맨홀을 봉하고, 우체통과 쓰레기통도 모두 철거됩니다. 매일 이동 경로를 바꾸고 도로 주변은 경찰에 의해서 완벽하게 통제되고 있습니다. 더구나 한국은 치안이 굉장히 좋은 곳입니다. 폭탄을 실은 통이나 차량을 경호 차량이 지나가는 길가에 정차시켜 놓는다는 건 불가능합니다."

"아무래도 생화학무기나 핵이 가능성이 가장 높겠군. 정말 테러를 계획한다면 말이야."

그는 잠시 침묵하다 말했다.

"그렇습니다. 현재로서는 그게 가장 가능성이 높습니다. 저희도 지금 그쪽을 집중적으로 조사 중입니다."

"참! 북한이 테러범을 지원한다는 정보는 어떻게 됐나? 한국에 숨겨놓은 무기를 테러범에게 넘긴다면 보통 일이 아닌데."

"지금까지 확인된 정보로는 그런 위험은 없는 것으로 보입니다. 써드 웨이브와 북한은 직접적인 연결고리를 가지고 있지 않은 게 확실합니다. 그런데 북한이 그동안 공들여 숨겨놓은 무기를 그들에게 넘길 리가 없습니다. 더구나 행여 그런 정보가 흘러나가면 북한은 완전히 국제사회에서 고립됩니다. 뭐 워낙 예측 불허인 국가이긴 하지만요."

"북한이 아무런 이득도 없이 더구나 허술하게 움직이지는 않겠지. 내 생각에도 북한이 써드 웨이브를 직접적으로 지원하지는 않을 싯 같아. 묵한에 전 세계의 이목이 집중되어 있는데 써드 웨이브가 갑자기 연결고리를 만들 것 같지도 않고."

"그럴 가능성이 높긴 한데……. 아무튼 그쪽도 계속 조사 중입니다. 그렇지만 제가 써드 웨이브라면 그런 식의 접근은 하지 않을 것 같습니다."

"보는 눈이 너무 많다는 말이지? 복잡하고 위험하고?"

"네. 좀 더 세련된 방법을 사용하지 않을까요? 써드 웨이브에는 제법 똑똑한 인물들이 많다는 소문인데."

존은 어깨를 으쓱거리며 말했다.

"그러고 보니 전에 자네 보고서에 에어포스 원에 대한 직접적인 공격을 잠시 언급했던 것 같은데."

그는 존을 바라봤다. 존은 동의의 표시로 가볍게 고개를 끄덕였다.

"그건 어떻게 되었나?"

"아무래도 가장 성공 가능성이 높은 방법은 이착륙 시 지대공 미사일을 통한 공격입니다."

"에어포스 원 같은 경우는 자체적인 방어 시스템을 가지고 있지 않나?"

"채프나 플레어, 적외선 미사일 방어 시스템 같은 첨단 방어 장비가 갖춰져 있긴 하지만 이착륙 시에는 별로 효과가 없습니다. 특히 에어포스 원 같은 큰 비행기는 이착륙 시 거의 무방비나 마찬가지입니다. 그래서 저희는 몇 년 선부터 지내공 미사일 밀거래에 대해서 핵무기만큼이나 신중하게 조사해 왔습니다. 이것 역시 저희 결론으로는 한국에 반입되지 않았습니다. 혹시… 흘러들어 간 게 있다고 해도 사용하기는 불가능할 겁니다."

"어떻게 확신하나?"

"공항 주변은 모두 평지입니다. 적들이 미사일을 발사하려면 훤한 평지에 모습을 드러낼 수밖에 없는데 회담 기간 동안 공항 주변은 24시간 비상 감시체제에 들어갑니다. 지대공 미사일의 유효 사거리는 3에서 5킬로미터 정도입니다. 경비망은 그 이상의 거리를 커버합니다. 투명 망토를 사용하지 않는 이상 군과 경찰의 눈을 피해 미사일을 발사할 수 없습니다. 회담 기간 동안 민간인에 대한 테러가 발생할 가능성은 부정하기 힘들지만 회담에 참석하는 각국 요인들에 대한 경호는 완벽합니다."

"우리가 미처 생각하지 못한 허점이 존재할 수도 있어……."

어색한 침묵이 흘렀다. 존은 이런 침묵이 싫었다. 뭐라도 말해야 했다. 하지만 침묵을 깬 건 존이 아니었다.

"참! 흑표와는 통화했나?"

"네."

"별다른 말은 없던가?"

"그게… 조금 이상한 점이 있었습니다."

"어떤?"

"분명 그의 부하가 행방불명된 사실을 알고 있을 텐데……. 중국으로 돌아갔다고 둘러대더군요."

"역시 노련한 스파이답군. 일단 이쪽을 떠보는 거지."

"대충 둘러대긴 했습니다만……. 그런데 굳이 그자를 제거해야 했습니까? 그 정도로 위험한 상황은……."

"이 일에는 조금의 위험이라도 있어선 안 돼."

상대는 가차 없이 말을 잘랐다.

"그래도 흑표와 관련된……."

"흑표가 둘러대는 걸 보면 이 문제로 걸고넘어지는 일은 없을 거야. 영리한 친구잖아? 안 그래?"

"그렇긴 합니다만……. 혹시라도 문제가 생기면."

"그건 그때 가서 생각하면 돼. 아무튼 NKCELL한테서 오는 모든 정보는 극비이니 보안에 특별히 신경 쓰도록 해."

"알겠습니다."

"만일 흑표 쪽에서 문제 제기를 한다면 그도 제거 대상이야. 무슨 말인지 잘 알겠지?"

그는 윽박질렀다.

존은 괜히 목덜미가 서늘해졌다. 자신에게 항의하는 자는 누구든 가만두지 않겠다는 의미를 내포하고 있어서였다.

"잘 알겠습니다."

37

털보는 의자에 털썩 주저앉았다. 세상이 무너진다는 건 호랑이의 실종을 들은 지금 같은 경우를 의미했다. 시야가 좁아지고 머릿속은 텅 빈, 아니, 시커먼 안개에 뒤덮인 것 같았다. 입술이 바짝 타들어갔지만 갈증은 느껴지지 않았다.

조금 있으니 분노가 치밀었다. 온몸이 갈바람이 훑고 지나간 것처럼 떨려왔다. 눈에 띄는 건 닥치는 대로 부숴 버리고 싶었다. 하지만 그는 막무가내로 불타오르는 10대가 아니었다. 어떻게든 마음을 가라앉히려고 노력했다. 하지만 한껏 달아오른 감정은 좀체 식지 않았다.

시뻘건 분노 속으로 과거의 영상들이 투영됐다. 알려진 것과 달리 호랑이와 그는 오랜 인연을 가지고 있었다. 그들의 운명적인 만남은 그가 처음 이 길에 들어섰던 십대 때로 거슬러 올라간다.

"이 애송이들이 이번에 새로 들어온 애들이야?"

호랑이는 추위와 긴장에 바들바들 떠는 열 명 남짓의 소년들을 보며 말했다. 당시 풋내기였던 털보와 달리 그는 꽤 이름을 날리고 있었다.

"뭐 하고 싶다곤 하는데. 글쎄요……. 몇 명이나 남을지."

털보를 인솔했던 자가 말했다. 왼쪽 뺨에 큰 점이 있는 밉살스럽게 생긴 자였다.

"하루 종일 세워놓을 거야?"

호랑이는 하늘을 보며 말했다. 해가 뉘엿뉘엿 넘어가고 있었다.

모질기 그지없는 한겨울 살을 에는 바람은 밤이 되면서 비수처럼 꽂혀왔다.

"이 정도도 못 견디면 앞으로 뭘 하겠습니까? 더구나 이제 시작인데요, 뭘."

밉살스러운 얼굴만큼 밉살맞은 말이었다.

젠장. 털보는 녀석의 말을 듣고 절망에 빠졌다. 그건 그 혼자만의 일이 아니었다. 소리 없는 동요가 삽시간에 번져갔다. 호랑이는 그런 모습을 보더니 빙긋이 웃으며 사라졌다.

부모·형제의 죽음만큼이나 떠올리기 싫은 기억이었다. 뼈마디가 시리다는 말을 확실하게 깨닫게 해준 밤이었다. 바이스로 옥죄는 것처럼 머리가 쑤셨고, 불에 덴 듯 자극적인 감각이 손과 발을 시작으로 전신을 날카로운 부리로 가차 없이 쏘아댔다. 손을 비비고 발을 동동 구를 때마다 사정없이 몽둥이가 날아들었다. 화끈한 감각은 시간이 지나면서 은근히 그러나 묵직하게 뼈마디까지 스며들었다. 그러다 서서히 감각이 사라질 때쯤이면 밉살맞은 놈은 사나운 사냥개를 앞세워 모두를 운동장으로 내몰았다. 몸이 데워질 만하면 다시 숙소로 돌아와 마당에 서 있게 했다. 달궈진 몸이 식을 때면 차라리 죽고 싶었다.

다음 날 아침까지 남은 사람은 털보와 아주 키가 작던, 얼마 후 칼에 찔려 죽은 친구뿐이었다. 호랑이는 그들을 불러 따뜻한 죽을 먹였다. 밉살스러운 녀석이 눈치를 줬지만 둘은 1분도 안 되어 접시를 깨끗하게 비웠다.

"자네, 날 기억 못 하겠나?"

호랑이는 털보를 빤히 쳐다보며 말했다. 털보는 그제야 그를 자세히 바라봤다. 하지만 머릿속까지 얼어버렸는지 전혀 기억에 없었다.

"자네 집 마당에 큰 은행나무가 있지 않았나?"

털보는 고개를 갸우뚱거릴 뿐 대답하지 않았다. 마당에 은행나무가 있었던 건 사실이지만 그런 집은 동네에 하나씩은 있게 마련이다.

"더구나 자네 어릴 때도 털이 많아서 원숭이라고 놀림 받지 않았나?"

"그걸 어떻게? 아!"

비로소 딜보는 호랑이를 기억해 냈다. 둘은 한동네에 산 적이 있었다. 호랑이가 1년 만에 이사가 버리긴 했지만. 당시 형제가 없던 털보는 호랑이를 친형처럼 따랐다.

호랑이는 그날부로 털보를 자기 밑에 배속시켰다. 둘은 다시 친해졌다. 그렇지만 어릴 때와는 조금 다른 감정이었다. 그때는 단지 친한 동네 형과 동생이었지만 이젠 남자 대 남자로 서로가 좋아졌다. 우정의 깊이도 그때와 비할 바가 아니었다. 결국, 둘은 도원결의를 흉내 내 복숭아밭에서 의형제의 결의를 맺었다.

"한 해, 한 달, 한날에 태어나지 못했어도 한 해, 한 달, 한날에 죽기를 원하니 하늘과 땅의 신령(皇天后土)께서는 굽어살펴 의리를 저버리고 은혜를 잊는 자가 있다면 하늘과 사람이 함께 죽이소서."

아직도 그날의 맹세가 귀에 선했다.

호랑이가 감옥에 들어가고, 그간 조직이 와해되면서 그들은 헤어져야만 했다. 하지만 털보는 인연의 끈을 놓지 않았다. 그와는 계속 연락하며 지냈고, 흑표 밑에서 자리를 잡자 호랑이를 흑표에게 소개했다. 흑표는 호랑이를 아주 마음에 들어 했다. 조심스러운 흑표가 사람을 처음 만난 날 일거리를 준다는 건 지극히 이례적인 일이었다. 그날 밤, 형에게 도움이 됐다는 생각에 밤잠을 설쳤다.

쉬쉬하고 있지만 털보는 살해범이 누군지 알고 있었다. 그는 머리 회전이 그다지 빠르지 않지만 어리석지도 않다. 어르신 밑에서 오래 생활하다 보니 이쪽 생리에 대해서 정통하게 되었다. 속이고 또 속이는 생활이 그의 머리를 깨친 것이다.

모든 건 미리 계획되어 있었을 것이다. 연길에서 막무가내로 덤벼든 차량이 그 증거다. 미치광이가 그들을 위협한 것이 아니다. 추적 장치를 부착한 것도 그렇고 모든 게 미리 치밀하게 준비되어 있었다.

가장 결정적인 건 운전사의 실력이었다. 녀석은 프로였다. 그도 운전에는 자신이 있지만 녀석에게 비할 바는 아니었다. 그 정도 실력자를 그런 외진 곳에서 구할 수는 없다. 비싼 돈을 주고 멀리서 초빙했을 것이다. 그렇게 치밀하게 준비한 자들이 그들을 제거하지 못한 건 단순히 위협만 할 목적이었기 때문이다.

왜 위협만 했는지는 호랑이의 죽음을 알게 된 순간 비로소 깨달았다. CIA는 그들이 북한에 잠입한 정보원에 대해 생각할 여지를 주지 않으려고 한 것이다. 갑자기 과도한 일을 맡긴 것도 그 때문이다. 덕분에 이쪽은 그간 눈코 뜰 새 없이 바빴다.

또한 북한 당국이나 북한에 있는 호랑이의 라이벌이 그를 처치했다면 이렇게 조용할 리가 없다. 당장 발등에 불이 떨어질 사람이 한둘이 아닌데 지나치게 조용하다.

이건 아무리 머리가 나쁜 사람이라도 금방 추리할 수 있는 간단한 문제다. 연길에서 봤던 CIA 요원이 틀림없다. 그가 비밀리에 호랑이를 제거했기에 북한이 조용한 것이다.

결정적으로 호랑이는 CIA 요원과 사이가 좋지 않은데다 그의 뒤를 계속 캐고 다녔다. 스파이들이 가장 싫어하는 행동인데도.

죽일 놈. 털보는 이빨을 부드득 갈았다. 눈앞에 있으면 당장 사지를 찢어버리고 싶었다.

어르신께 미리 말해야 하는 건 아닐까? 한 가닥 이성이 피어올랐다. 하지만 미처 불씨가 되기 전에 진화되고 말았다. 그의 분노는 태산이라도 옮길 정도였다.

털보는 당장 중국에 있는 호랑이의 조직원에게 전화를 걸었다.

"아직도 연락이 없지?"

털보는 여전히 희망을 버리지 못했다. 사실 희망이 아니라 현실을 받아들이기 싫은 것뿐이었다.

"하다못해 시신이라도 찾아야 할 텐데 말입니다. 억울한 죽음은 어쩔 수 없더라도 넋이라도 위로해야 할 텐데……. 큰일입니다."

쓸데없는 소리 하지 마. 털보는 고함을 내지르고 싶었다. 녀석은 호랑이의 죽음을 기정사실화하고 있었다. 하지만 곧 털보도 거기에 동조하는 자신을 발견했다.

"용의자는?"

"너무 많아서 문제입니다. 당장 어디부터 조져야 할지 갈피를 잡을 수가 없습니다."

녀석은 계속 한숨을 내쉬며 말했다.

"내가 사진 한 장을 보내줄 테니 그자부터 조져봐."

"누굽니까?"

"형님과 같이 북한으로 들어간 자야. 지금 평양에 있어."

"너무 조심스러워서 아무도 얼굴을 못 본 그 녀석 말입니까?"

"그래."

"안 그래도 다들 그 녀석을 의심하고 있는데…… 녀석이 형님을 살해했습니까?"

말끝이 살짝 떨렸다.

"나도 확실한 건 몰라. 한 가지 확실한 건 그들을 믿느니 방울뱀을 믿는 게 낫다는 거야."

"평양에 있는 건 확실합니까?"

녀석의 음성이 높아졌다.

"그래. 확실해. 네가 평양에 가기로 했지?"

"네. 제가 형님의 죽음을 조사하기로 했습니다."

흑표는 결국 호랑이의 조직원에게 조사를 맡겼다.

"일단 형님이 거주하던 주변을 중심으로 녀석의 행적을 추직해 봐. 힘 좀 쓰는 애들을 데려가야 할 거야."

"걱정 마십시오."

"녀석은 형님의 시체가 어디에 있는지 알 거야. 무슨 말인지 알겠지?"

"알겠습니다."

38

"알겠습니다."

김 형사는 수화기를 쾅하고 내려놓았다.

"젠장. 제기랄."

그는 욕설을 내뱉으며 자리에서 벌떡 일어났다. 찬바람을 좀 쐬어야 할 것 같았다.

얼마 전 국정원 직원을 불러 그간의 수사 상황에 대해 설명했다. CCTV와 사고 당시 현장의 통화 내역을 조사하고 탐문 수사까지 했지만 결과는 참담했다. 모든 걸 포기하려던 찰나 혹시나 해서 국과수에 의뢰한 피살자의 옷에서 단서가 발견됐다. 육안으로는 볼 수 없었던 희미한 타이어 자국을 찾아낸 것이다. 그것 자체가 범인을 알려주진 않지만 해결의 실마리는 제공해 줬다.

타이어는 홈의 가도와 폭이 종류별로 모두 다르다. 확인 결과 피살자를 친 차량은 1톤 트럭이 분명했다. 아주 운이 좋게도 현장을 목격했다는 증인 중에 가해 차량을 1톤 트럭으로 지목한 사람은 단 한 명이었다. 하지만 목격자는 차종과 색깔은 기억했지만 정작 차량 번호는 제대로 기억하지 못했다. 그래서 국정원 요원에게 국과수에 최면 수사를 의뢰해 줄 것을 부탁했다. 그의 예상대로 국정원 요원은 곤란하다는 표정을 지으며 돌아가더니 전혀 협조해 주지 않았다.

이런 상황에서 그를 의심하지 않으면 그건 형사가 아니다. 김 형사는 국정원 직원 계좌에 대한 수사를 요청했고 방금 그 결과를 통보받았다. 상부에서는 국정원 직원에 대한 어떠한 조사도 불허한다고 했다. 이유 또한 확고했다. 국정원 직원은 국정원만이 감사할 수 있다고 한다.

담배 생각이 간절했다. 김 형사는 서랍을 뒤졌다. 마침 담배가 다 떨어졌다. 그는 옆자리의 이 형사에게 담배를 빌려 밖으로 나갔다. 입구에 있는 자판기에서 커피를 뽑았다.

커피와 담배 덕분에 생각이 정리됐다. 상부의 말대로 국정원 직원을 경찰이 조사하진 못한다. 처음부터 잘못 접근한 것이다. 그간 알아본 바에 따르면 국정원은 어떤 경우에도 신고자의 신원을 보장해 준다고 했다. 신고는 국정원에 직접 해야 한다. 꺼림칙하긴 하지만.

그는 자리로 돌아가 국정원 홈페이지에 접속했다. 그간의 조사 과정과 관련 파일들을 전송했다. 자료가 모두 전송되자 불안감이 엄습했다. 잘못하면 역공을 당할지도 모르는 일이다.

자리에 앉아 있기보단 좀 걸어야 할 것 같았다. 그는 경찰서 주변을 30분 가까이 산책한 다음 담배와 간단한 간식거리를 사왔다. 그는 자리에 앉아 다시 일에 집중했다. 벽에 부딪혔던 사건에 약간의 진전이 있었다.

사돈의 팔촌까지 모두 동원한 끝에 목격자에 대한 최면 수사를 할 수 있었다. 그렇게 고생했는데……. 처음부터 큰 기내는 하지 않았지만 결과는 무척 실망스러웠다. 목격자는 차량의 번호를 처음 한 자리만 겨우 기억해 냈다. 그것만 가지고 용의 차량을 찾을 순 없었다.

하지만 김 형사는 포기하지 않았다. 차량으로 사람을 해치려고 한다면 자신의 차를 사용하지는 않을 것이다. 그는 도난 차량을 우선적으로 조사했다. 마침 시 외곽에서 버려진 1톤 트럭이 발견됐다. 사건 발생 1주일 전에 도난당한 차량이었다. 차종과 색깔은 물론 차량의 첫 번호도 일치했다.

그래서 차량에 대한 조사에 착수했다. 타이어와 차체의 변형 상태로 판단컨대 피살자를 친 게 분명해 보였다. 당장 감식반에 지문 요청을 의뢰했다. 그런데 여기서부터 새로운 벽에 부딪혔다. 트럭에서 제대로 된 지문이 하나도 나오지 않았다. 정말 치밀한 녀석들이란 생각이 들었다. 그렇다고 손을 놓고 있을 순 없었다. 외곽에 차를 버렸다는 건 차량이 버려진 곳에 다른 차량이 대기 중이었음을 의미한다. 틀림없이 핸드폰으로 서로의 위치를 알렸을 것이다. 그는 피살자가 살해된 곳과 차량이 버려진 곳의 사고 발생 시점부터의 통화 내역을 모두 확보했다.

통화 내역의 교차 검증을 통해 의심되는 번호를 찾을 수 있었다. 하지만 그가 찾은 번호는 모두 대포폰이었다. 혹시나 하는 마음에 통화를 시도해 보았지만 폰은 꺼진 상태였다. 긴 형사는 해당 번호의 모든 통화 내역을 확보했다. 그리고 해당 전화가 주로 사용된 지역을 중심으로 탐문 수사에 들어갔다. 물론 차량이 버려진 곳에 대한 탐문 수사도 잊지 않았다.

그는 습관처럼 대포폰에 전화를 걸었다. 오늘도 폰은 꺼져 있었다. 트럭이 버려지는 걸 본 목격자의 제보가 있었는지 확인했다. 역시 아무런 소식이 없었다. 그는 실망하지 않았다. 수백, 수천 번 실패하고 나서야 겨우 범인을 잡는다. 그것도 운이 좋으면.

오늘따라 별이 유난히 밝았다. '별이 빛나는 밤에'라는 라디오 프로에 열광했던 학창 시절이 떠올랐다. 그때 공부를 열심히 해서 변호사나 의사가 될 걸 하는 후회가 들었다. 하지만 차의 시동을 걸자 그의 머릿속에는 범인에 대한 생각밖에 없었다.

39

전화벨은 부드럽게 울렸다. 하지만 기환은 첫머리의 음률만으로도 잠에서 깼다. 그의 직업은 그를 얕게 잠들고, 어떤 상황에서도 즉각 잠을 깨게 만들었다. 그는 발신자의 번호를 확인했다. 수진이었다.

"뭐 찾은 게 있어?"

쇠를 긁어대는 목소리가 나왔다. 목이 무척 따가웠다. 기환은 헛기침을 했다. 몸을 일으키는데 온몸이 쑤셨다. 그는 가볍게 신음했다.

"선배, 어디 아파?"

간만에 듣는 여성스러운 목소리다. 동료라는 느낌이 강해서 그런지 수진이 여자라는 사실을 깜박할 때가 있다.

"아니, 괜찮아. 요즘 무리를 좀 했더니⋯ 가벼운 몸살에 걸린 모양이야."

신 니게 얻이디진데다 짐을 못 자서 그래. 누군가 사신의 상내를 알아줬으면 하는 마음이 들었지만 수진은 그 대상이 아니었다. 그러고 보니 진실을 말할 사람이 김 과장 외에는 세상천지에 한 명도 없었다.

"밥이라도 잘 챙겨 먹어. 출장 가서 아프면 챙겨줄 사람도 없잖아."

출장? 아, 참! 기환은 반문하려던 말을 속으로 삼켰다.

"다들 고생하는데, 뭐. 그래, 무슨 일이야? 내가 부탁한 거 벌써 결과가 나왔어?"

"선배 추측대로 수상한 점이 있긴 해."

"어떻게 확신하지? 돈에 꼬리표가 달려 있는 건 아니잖아?"

의심하고 또 의심하는 건 이쪽 세계의 기본이다. 굳이 어제저녁 기본을 무시하다 호된 꼴을 당해서 그런 건 아니다. 당연히 의심해

봐야 한다. 심지어 자신의 오른손이 한 일이라도.

"그렇긴 하지. 전산으로 입금된 돈에 꼬리표가 달려 있는 건 아니니까. 사실 돈이 실제로 입금된 것도 아니지. 장부상에만 기록될 뿐이니까 말이야. 하지만 흔적은 남게 마련이야."

수진의 목소리는 무척 밝았다.

"어떤 흔적?"

"얘네, 서로 돈세탁을 해준 모양이야. 해외에서 대신 돈을 송금 받아서는 현금으로 인출하든지, 정상 거래로 위장해서 상대편에게 송금해 주는 방법을 사용했어."

"그래?"

"응. 정상적으로 입금된 것처럼 보이는 거래가 대부분이지만 대표적인 조세 회피 지역인 케이먼 군도나 말레이시아 라부안 섬의 역외펀드에서 돈이 입금되기도 했거든."

"그건 대기업들이 자주 쓰는 수법 아냐? 불법 자금 조달이나 외자 유치를 했다고 홍보해서 주가를 조작하기 위해 사용하는 방법이잖아."

"그걸 보고 배웠겠지. 더 중요한 건 이거야. 돈을 송금한 역외펀드 중 한 곳은 선배 정보원이 남긴 쪽지에 이름이 있었어."

"잡았어!"

기환은 고함을 내질렀다.

"확실한 건 아니야. 아쉽게도 우린 그쪽을 수사할 수 있는 능력이 전무해. 일단 아무런 증거도 없고. 이 모든 건 정황 증거일 뿐이야."

"다른 건 없어?"

"왜 없겠어. 정보원이 의심한 역외펀드에서 세계무역에 입금된 금액만큼 한 달 동안 네 번에 나눠서 나래무역으로 입금됐어. 그리고 돈이 입금된 지 일주일도 지나지 않아서 나래무역의 통장에서 그 금액만큼이 현금으로 인출됐어."

"현금으로 인출됐다고? 젠장. 거기서 연결고리가 끊겨 버렸군."

"중요한 게 한 가지 더 있는데, 돈을 찾은 곳은 모두 부산이야."

"부산?"

"그 돈을 마약이나 무기 거래 대금으로 지불하기 위해 찾았을 가능성이 있어. 물론 차명계좌 따위에 입금해 버렸을지도 모르지만."

"꼭 현금으로 지급했다고 단정할 순 없지. 결국, 러시아 마피아 같은 외국인에게 지급될 돈인데……. 한국 돈으로 지급하진 않을 거야. 암달러상을 통해 딜러로 환전하거나 다이아몬드나 값비싼 우표 따위를 구입해서 그걸 대금으로 지급했을 가능성이 높아."

"그렇긴 하지. 참! 선배."

"부산에 있는 그 녀석 말하려고 했지?"

기환은 돈 세탁업자를 떠올리며 말했다. 녀석은 발도 넓고 능력 있는 정보원이다. 녀석과는 국정원에 있을 때부터 거래(사실 협박이었지만)해 왔고, 수진도 그에 대해 잘 알고 있었다.

"선배, 잠 다 깼나 보네."

수진은 키득거리며 말했다.

"안 그래도 오늘 중으로 녀석한테 연락하려던 참이었거든."

"내가 도와줄 수 있는 건 여기까지야."

"정말 고맙다."

"조사한 자료는 방금 선배 메일로 보냈어. 확인해 봐. 참! 선배,

언제까지 출장인데?"

"왜? 일거리가 많아?"

"항상 바쁘지. 아무튼 빨리 마무리하고 올라와요."

"그래. 수고해."

졸음이 물러난 자리에 통증이 몰려왔다. 기환은 보일러를 켜고 아픈 다리를 질질 끌며 화장실로 향했다. 뜨거운 물에 수건을 흠뻑 적신 다음 물을 짰다. 통증이 느껴지는 곳마다 수건으로 마사지했다. 흔히들 얼음을 계속 사용하는 게 좋다고 생각하지만 다친 다음 날에는 따뜻한 수건이 더 좋다. 엉망이 된 얼굴만 아니라면 사우나에 가서 몸을 좀 지지고 싶었다.

통증이 조금 가라앉자 방으로 갔다. 담배에 불을 붙였다. 빈속에 들이마신 첫 모금은 불쾌감을 선사했지만 그건 잠시였다. 이렇게 쉽게 고통이 잊히는 것처럼 안 좋은 기억도 쉽게 지워졌으면 했다.

기환은 담배를 끄고 부산에 있는 정보원에게 전화했다. 녀석은 금방 전화를 받지 않았다. 끊고 나중에 전화할까 하는 참에 겨우 연결됐다.

"잘 지내냐?"

"행님, 이게 얼마 만입니꺼?"

특유의 억센 경상도 사투리가 들려왔다. 녀석은 외모도 그렇지만 목소리도 강호동을 닮았다. 오버가 심한 것도 빼다 박았다.

"바쁘냐?"

전화를 늦게 받는 것도 그렇고, 수화기 너머로 북적거리는 소리가 들려왔다.

"잠시 밥 먹으러 나왔어예. 요즘 안 그래도 행님이 불러주지 않으니 할 일도 없고."

"뭐, 일이 없어? 그럼 아는 것도 없겠네?"

"어허. 노. 노. 노. 그건 또 아니지예. 제가 발 넓은 거 빼면 시체 아입니꺼."

"일거리 하나 줄 테니까 최대한 빨리 해결해."

"뭡니꺼?"

"두 달 전에 삼억 오천만 원 상당의 다이아몬드나 우표, 달러나 미국 국채… 뭐 그런 게 거래된 적이 있는지 조사해 줘. 무슨 말인지 잘 알지?"

"부산에서예?"

"그래서 너한테 연락한 거야."

기환은 음성을 조금 높였나.

"많이 급하신가 보네예."

"너 얼마 전에 죽은 최 사장 알지?"

"네. 그런데 갑자기 최 사장은 왜요?"

"그가 관련되어 있어. 아무튼 내일까지 조사해 줘."

"옛 썰! 최선을 다하겠습니다."

"최선은 필요 없어. 결과만 있으면 돼."

"행님, 아무튼 불러주셔서 정말 감사합니더."

"일이나 똑바로 해."

기환은 퉁명스럽게 쏘아붙였다.

"언제나 최선을 다하는, 고객 감동을 항상 최우선으로 생각하는."

기환은 다짜고짜 전화를 끊어버렸다. 오버하는 건 정말 질색이었다.

그는 노트북을 켜고 메일을 확인했다. 수진이 보낸 메일이 도착해 있었다. 첨부 파일을 다운받은 후 파일 내용을 주의 깊게 확인했다. 언제나 그렇듯 체계적이고 보기 쉽게 정리되어 있었다. 정말 일을 꼼꼼하게 잘한다는 생각이 들었다. 수진의 말처럼 부산에서 찾은 금액이 수상했다. 그전이나 그 후 부산에서 그런 거액을 갑자기 인출한 기록은 어디에도 없다.

돈만큼 확실한 증거는 없다. 이건 지금까지 밝혀진 가장 중요한 단서다. 직접 부산에 내려가야겠다고 생각했다. 얼굴이 이 모양이 아니면 KTX나 비행기를 이용하는 건데. 이런 얼굴로 사람들 앞에 나서긴 곤란했다. 피곤해서 운전하기 싫었지만 차를 가져가는 걸로 결론지었다.

기환은 따뜻한 물로 꽤 오랫동안 샤워했다. 대충 물기를 말린 후 모자를 푹 눌러쓰고 밖으로 나갔다. 집 근처 약방에 가긴 싫었다. 그는 차로 15분 거리에 있는 약방까지 갔다. 근처에 자주 가는 해장국 집이 있어서 그전부터 봐왔던 곳이다.

기환은 우선 해장국 집에서 허기진 배를 채운 다음 약국으로 갔다. 비상시를 대비한 구급약품까지 이번 기회에 몽땅 구입했다. 약사는 간만에 장사가 잘돼서 그런지, 아니면 기환의 얼굴이 너무 잘생겨서 그런지 계속 싱글벙글 웃었다.

집에 와서 파스를 붙이고 약을 발랐다. 진통제와 항생제도 복용했다. 이제 좀 살 것 같았다. 그는 서둘러 출장 준비를 마쳤다. 워낙 출장이 잦다 보니 준비하는 데 5분도 걸리지 않았다.

문을 닫고 나오는데 집이 외로워한다는 기분이 들었다. 사실 외로운 건 자신이란 사실을 잘 알고 있었지만.

그의 애마 흰색 아반떼는 먼지를 뒤집어써서 누렇게 변해 있었다. 언제 세차를 했는지 기억이 없었다. 차는 잘 굴러가기만 하면 돼. 세차를 하라고 재촉하는 아내에게 매번 던졌던 말이 떠올랐다. 괜히 짜증이 났다. 그는 문을 쾅 닫고 시동을 걸었다. 차 내부는 더 지저분했다. 담배 냄새와 쓰레기 냄새가 섞인 퀴퀴한 냄새가 코를 찔렀다. 그는 창문을 열었다. 시원한 바람이 뺨을 스치자 기분이 상쾌해졌다. 낮 시간이라 차량 소통은 원활한 편이었다.

그는 톨게이트에 도착해서야 보고서를 적어야 한다는 사실을 기억해 냈다. 하지만 부산까지 뻗은 고속도로가 그의 발목을 꽉 붙잡고 놓아주지 않았다. 깨질 땐 깨지더라도 신 나게 한번 달려보자. 기환은 가속 페달을 힘껏 밟으며 생각했다. 시원하게 뚫린 고속도로가 그의 질주 본능을 부추기고 있었다.

40

NKCELL은 숙소로 향했다. 그는 조금 들떠 있었다. 방금 받은 수리비 때문은 아니다. 인맥을 넓혔다는, 아니, 상대의 자그마한 약점을 잡았다는 사실이 기뻤다. 표적 같은 경우는 손목시계라서 많은 제약이 있었지만, 그에게 가전제품의 수리를 의뢰한 사람에게는 언제든 고성능 도청 장치를 설치할 수 있다. 연결되고 또 연결되면 CIA가 원하는 거의 모든 대상에게 도청 장치를 설치하는 꿈같은 날이 올지도 모른다.

북한은 어둡지만 한편으로 참 재밌는 곳이기도 하다. 이곳에서 비디오나 컴퓨터, 라디오 등은 반드시 인민보안성 해당 관할 구역 보안서에 등록해야 한다. 특히 라디오 같은 전자제품은 주파수를 고정해야 한다. 만일 보안서에 등록하지 않고 사용하다가 적발되면 해당 제품이 몰수되는 것은 물론 정치적 누명까지 써야 한다. 또한 등록된 비디오, 컴퓨터, 라디오 같은 제품에 대해서는 정기적인 검열과 함께 불시적인 검열도 진행된다.

이 때문에 북한에서는 비디오 같은 경우 두 대를 구입하여 하나만 등록해 놓는 편법을 사용한다. 등록한 제품은 불시 검문에 대비한 검열용이다. 실제로 보고 싶은 외국 영화나 한국 영화는 등록하지 않은 비디오로 본다. 불시 검문이 닥치면 등록하지 않은 비디오는 이불장 깊숙이 숨긴다. 그래서 비디오나 라디오 같은 가전제품을 두 개씩 구비한다. 이때 두 번째 제품은 밀수품을 사용하게 마련이다. 그 제품의 수리 또한 비밀리에 진행됨은 물론이다.

중국과의 무역 거래로 큰돈을 벌고 있는 사업가를 통해 NKCELL은 이런 제품들을 수입하고 수리하는 일을 맡게 됐다. 사업가는 민이라는 이름을 가진 보위부 고위층의 자제다. 그가 몰고 다니는 벤츠는 공식적으로는 보위부 차량이다. 물론 그의 돈으로 샀고 그가 소유한다. 보위부 차량으로 등록해 놓은 건 특권 때문이다. 보위부 차량은 전국 어디든지 마음대로 다닐 수 있다. 차에 다른 사람을 마음대로 태우고 다닐 수도 있으며 휘발유와 경유에 대한 의무적인 구매 원칙 또한 이들 차량에는 면제된다. 물론 그가 누리는 특권은 이것이 전부가 아니다. 더구나 그는 자유로운 사상을 가지고 있고 호탕하다. 그는 북한에서 뭔가를 하려는 사람이라면 혹할 모든 요건을 갖추고 있다.

CIA는 민에게 접근하기 위해 무척 공을 들였다. CIA 공작원이 중국인 사업가로 위장해 그와 거래를 텄다. 공작원은 손해를 감수하면서 그의 환심을 샀다. 자연스럽게 공작원은 그의 가장 큰 거래 대상이 되었다.

민은 전자제품을 밀수하지만 정작 제품에 대해서는 문외한이나 마찬가지다. 그래서 NKCELL이 하는 도청 작업이 그에게 들킬 염려는 없다. 이번 작전을 위해 만들어졌다고 해도 과언이 아닌 맞춤형이다.

어느 정도 허물없는 사이가 되자 공작원은 NKCELL을 자신의 조카라며 그에게 소개했다. 본격적인 작업이 시작된 것이다. 사실 공작원과 NKCELL은 조선족이다. 그래서 북한에 애착을 가지고 있다. 돈은 벌 만큼 벌었다. 이제부터는 동포들에게 노움이 되는 일을 하고 싶다. 더구나 북한과의 교역량은 늘어날 수밖에 없다. 이에 조카를 북한에 보내 현지 상황을 파악하고 새로운 사업 아이템을 찾고 싶다고 공작원은 민에게 말했다.

민이 망설이자 또 다른 미끼를 던졌다. 모든 사업에는 당신도 파트너로 참여할 수 있다. 또한 조카는 전자제품을 수리하는 일에 능숙하다. 당신 고객들의 AS에 대한 불만을 그가 해결해 줄 수 있다. 조카는 만다린어에도 능숙하다. 고객이 원할 경우 중국어 과외 선생이 되어줄 수도 있다.

민은 결국 승낙했다. 그는 NKCELL에게 북한 방문 허가증을 보내고 표적의 집과 수백 미터 떨어진 자신의 호화 아파트를 숙소로 제공했다. 덕분에 숙소와 도청 작업 할 장소를 모두 해결했다.

아직 그는 본격적으로 포섭되지 않았다. 그를 본격적으로 포섭하느냐를 놓고 열띤 논쟁이 벌어졌다. 일단 그를 포섭하지 않아도 가능한 작전이다. 그를 포섭하는 건 NKCELL의 몫으로 남겨졌다.

그를 통하면 북한에 들어오고 나가는 것도 문제가 없다. 그런데도 처음에 호랑이를 통해 입국한 건 다른 이유 때문이었다. 만일의 경우 그가 여러 가지 탈출 루트를 제공할 수 있고, 도청 대상에 가까이 접근할 수 있는 루트를 알고 있어서였다. 물론 나머지 장비를 가지러 얼마 전 국경을 넘을 때는 민이 준 방문증을 사용했다.

막상 이곳에 와보니 이런 식으로 계속 연결고리를 만들면 1년 이내에 표적에게 접근할 수 있을 것 같다. 그렇지만 모든 작전에는 타이밍이 가장 중요하게 마련이다.

퇴근 시간이지만 도로는 한산했다. 낮이고 밤이고 차는 드물다. 사람들은 대부분 걸어 다니거나 혼잡한 대중교통을 이용한다. 귀가를 재촉하는 사람들을 보며 NKCELL은 장례식을 연상했다. 평양 거리는 사람을 어둡고 절망하게 만든다. 회색의 빌딩 그늘과 어두운 색깔의 옷, 옷 색깔보다 더 무거운 사람들의 얼굴.

그들을 웃게 할 수 있다면? 쓸데없는 생각이 들었다. 아니, 그들은 울고 말 거야. 그는 미국에서 처음 마트에 갔던 날을 떠올렸다.

당시 그는 큰 건물을 가득 메운 물건들과 자유롭게 쇼핑하는 사람들을 보고 엄청난 문화적 충격을 받았다. 곧 그 충격은 그가 살아온 인생에 대한 후회로 이어졌고, 자신도 모르게 통곡하고 말았다. 영문을 모르는 부모님은 어쩔 줄 몰라 했다. 그와 같은 감정을 느꼈던 누나가 그를 꼭 안아주었다. 대화는 통하지 않았지만 말이 필요 없었다.

감옥. 그는 왼편에 있는 고층 아파트를 보며 그 단어를 연상했다.

이곳의 고층 아파트는 노약자에겐 감옥이나 마찬가지다. 전력 사정 때문에 엘리베이터가 작동하지 않아서 그들은 죽기 전에 그곳을 나오기 힘들다. 아니, 감옥은 그곳뿐만이 아니다. 북한 전체가 거대한 감옥이다.

그는 잠시 걸음을 늦췄다. 그는 누구를 기다리는 듯 제자리에서 서성거렸다. 그러다 빠른 걸음으로 전기 궤도차를 타는 곳으로 갔다. 하지만 그는 궤도차를 타지 않았다. 두어 대의 궤도차를 그냥 보낸 후 지하철로 향했다. 그는 한참을 내려가다 방향을 돌려 다시 올라갔다.

매일같이 행해지는 보안 절차지만 오늘은 평소와 달랐다. 분명 그를 따르는 자가 두 명이나 있었다. 젠장. 뭐지? 벌써 꼬리를 잡혔나? 실수한 건 없는데. 그는 조심하고 또 조심했나. 하지만 북한은 굉장히 폐쇄적인 국가다. 낯선 사람은 경계 대상이 되게 마련이다. 누군가 그를 신고했을지도 모른다.

그는 최대한 자연스럽게 걸으려고 노력했다. 삶과 죽음의 경계를 수없이 드나들었지만 공포를 느끼지 않는 건 아니다. 죽음이란 언제나 무섭게 마련이다.

이상했다. 상대는 예상과 달리 보위부 요원이 아니었다. 그들은 일반 시민과 마찬가지로 검문을 당했다. 더구나 검문을 꺼리는 기색이 역력했다. 그와 마찬가지로 그들도 공권력을 두려워하고 있었다. 도대체 뭐지? 한층 어지러웠다.

그들이 어디서부터 따라붙었는지 곰곰이 따져봤다. 그러고 보니 어제 숙소 주변에서 그들을 본 기억이 났다. 그때는 워낙 멀리 떨어져 있었던 데다 그들과 눈도 마주치지 않았기에 그냥 넘어갔다. 그들은 최소 어제부터 숙소 주변을 서성인 것이다. 그를 찾기 위해.

젠장. 어떻게 해야 하지? 지금 집으로 간다는 건 도둑에게 문을 열어주는 것과 같다. 그는 무의식적으로 전에 호랑이를 처치했던 시 외곽으로 향했다.

비좁은 버스를 타고 가며 NKCELL은 무기가 될 만한 걸 찾았다. 아쉽게도 칼은 숙소에 있다. 그는 곧 가방에 든 드라이버를 떠올렸다. 이 정도면 훌륭한 무기다. 상대가 한 명이 아니라 두 명이라는 게 꺼림칙하긴 했지만.

해는 어느새 저물었고, 전기가 들어오지 않는 외곽 지역은 그때와 마찬가지로 짙은 어둠에 잠겼다. NKCELL은 조금 빠른 걸음으로 걷다가 모퉁이에서 갑자기 뛰었다. 그에게는 큰 이점이 있었다. 이곳 지리에 능숙하다는 점이다. 그는 모퉁이를 돌다 멈춰 섰다. 다급한 발걸음 소리가 들렸다.

NKCELL은 프로레슬링의 크로스라인 기법을 사용해 첫 번째 남자의 목을 공격했다. 그가 쓰러지자 곧 두 번째 남자를 드라이버로 찔렀다. 상대는 반항하려고 했지만 두 번, 세 번의 찌르기가 눈 깜짝할 사이에 연속해서 들어갔다. 그는 신음 소리를 내뱉으며 허물어졌다. NKCELL은 고개를 돌려 첫 번째 남자를 바라봤다. 아직 뻗어 있었다. NKCELL은 드라이버로 찌른 남자의 등 뒤에 올라탔다. 그자의 목과 가슴 사이의 척추를 오른쪽 무릎으로 힘껏 찍어 눌렀다. 상대는 몸을 흔들며 저항했지만 아무런 소용이 없었다. NKCELL의 체중을 모두 실은 무릎은 금문교를 받치는 기둥처럼 단단했다. 그는 상대의 머리를 양손으로 단단히 붙잡고는 순간적으로 턱을 홱 젖혀 버렸다. 목뼈가 부러지는 소리는 마른 장작이 부서질 때의 그것과 유사했다. 가래 끓는 소리가 났지만 곧 멈췄다. 맥박을 확인했다. 아무것도 느껴지지 않았다.

NKCELL은 첫 번째 남자에게 다가갔다. 녀석은 여전히 팔자 좋게 대(大)자로 누워 있었다. 그의 몸을 뒤집었다. 그의 양손을 뒤로 한 후 타이 랩으로 강하게 결박했다. 그리고 시체와 기절한 녀석을 길가로 옮겼다.

죽은 녀석과 결박한 녀석의 품을 뒤졌다. 두 명 모두 무기는 없었다. 지갑에는 약간의 현금, 공민증과 평양시민증이 들어 있었다. NKCELL은 이를 꼼꼼하게 확인했다. 둘 다 평양 출신으로 아직 미혼이었다. 겉으로 보기엔 완벽해 보이지만 그는 이 서류가 위조되었음을 금방 알아챘다. 결박한 녀석의 주소는 이곳에서 그리 멀지 않은 곳이었다. 그런데 녀석은 이곳 지형에 전혀 익숙하지 않았다. 이 길이 외길이고 지나다니는 사람도 거의 없다는 걸 알았다면 이렇게 다급하고 부주의하게 쫓아왔을 리가 없다.

"도대체 넌 누구야? 누가 보내서 왔어?"

NKCELL은 남자의 뺨을 때리며 말했다. 상대는 곧 정신을 차렸다. 그는 지금의 상황이 믿어지지 않는 듯 주위를 두리번거리다 수풀 사이에 쓰러진 그의 동료를 확인했다.

"녀석처럼 되고 싶은가?"

NKCELL은 낮은 목소리로 협박했다. 갈등이 상대의 얼굴에 번졌다.

"난 아무것도 말하지 않는다."

가늘게 떨리는 목소리였다.

"정말 그럴까? 자신 있어?"

상대는 대답하지 않았다. 하지만 채 5분도 지나지 않아 입을 열었다.

녀석들은 호랑이의 부하였다. 두목의 복수를 위해 NKCELL을 찾은 것이다. 가장 안 좋은 건 NKCELL을 노리는 건 그들 두 명이 전부가 아니라는 점이다. 놀랍게도 그들 뒤에는 흑표가 있었다.

흑표 이 망할 자식. 간덩이가 부었군. 감히 CIA에 선전포고를 해? NKCELL은 어이가 없었다. 가장 화가 나는 건 우여곡절 끝에 신행된 작전을 여기서 중단해야 한다는 점이다.

아쉽지만 냉정해져야 한다. 지금 그의 최우선 과제는 모든 증거를 지우고 어떻게든 북한을 탈출하는 것이다. 이런 미묘한 시기에 그가 북한 당국에 잡히면 김정일은 강력한 협상 카드 하나를 손에 쥐게 된다. 그런 일은 어떻게든 막아야 한다. 최악의 경우 자결함으로써 비밀을 지켜야 한다.

최대한 빨리 북한을 탈출해야 한다. 시간이 없었다.

41

톰은 카이로로 돌아왔다. 놀랍게도 안가에 마틴이 남아 있었다. 그는 베타의 포섭 작전이 완료될 때까지 카이로에 있을 예정이라고 했다. 톰은 그 말에는 놀라지 않았다. 베타가 미끼를 던진 이상 그를 물지 놓아줄지 어떻게든 결정을 내려야 하는 상황이었다.

마틴과 같이 있는 게 나쁘지 않았다. 사실 즐거웠다. 그는 유머 감각이 풍부한 사람인데다 이곳에서 말벗이 될 수 있는 유일한 사람이었다. 안가에 같이 있는 보안요원들과는 하루에 서너 마디를 나누기도 힘들었다. 톰이 낯을 가려서도, 그들이 무뚝뚝해서도 아니었다. 그들과는 보안 등급이 달라서 공통된 주제가 전혀 없다는 게 가장 큰 문제였다.

오늘도 어김없이 밤이 사막을 지나 도시를 찾아왔다. 좀 전부터 안가 내부를 어슬렁거리던 마틴은 톰의 방으로 들어왔다. 톰은 왼쪽 벽에 붙어 있는 근무표를 흘끔 쳐다봤다. 그의 예상이 정확했다. 오늘 잭이 야간 근무였다. 잭은 안가의 보안요원 중 한 명인데 마틴과 죽이 잘 맞았다.

"오마르에게서 새로운 소식은 없나?"

마틴은 소파에 앉으며 말했다.

"조사가 난항을 겪는 모양입니다. 베타를 통해 노골적으로 정보를 얻어낼 수 있는 상황도 아니고⋯⋯. 나른 루트를 열심히 뒤져보는 중이긴 한데, 아시다시피 이런 식의 첩보가 금방 답이 나오는 게 아니잖습니까?"

톰은 말을 끝내고 한숨을 내쉬었다.

"베타의 현재 위치는 알고 있나?"

"혹시⋯ 베타를 납치하실 생각입니까?"

톰은 얼굴을 찡그리며 말했다.

"정 안 되면 그 방법이라도 사용해 봐야지. 이렇게 손을 놓고 있을 수는 없잖은가?"

"NSA나 모사드 쪽에서는 전혀 소식이 없습니까?"

"그러니까 납치까지 고려하는 거 아니겠나?"

"베타는 굉장히 조심스럽습니다. 오마르도 그가 있는 곳을 알지 못합니다. 만남은 항상 베타가 원하는 장소, 원하는 시간대에 이루어질 뿐입니다. 그것도 베타가 원할 때만 말이죠. 무기 거래상들의 동향은 어떻습니까?"

"녀석들을 완벽하게 감시할 수 있다면 얼마나 좋겠나."

마틴은 맥주를 들이켜며 말했다.

톰은 자리에서 일어나 냉장고로 갔다. 그는 마틴 것까지 꺼냈다. 그리고 마틴의 옆자리에 앉았다.

"새로 들어온 DVD가 있던데 그거나 볼까요?"

톰은 마틴에게 방금 꺼낸 맥주를 건네며 말했다.

"뭔데? 화끈한 거야?"

"아주 화끈하다고 합니다."

"제목이 뭔데?"

"올드 보이."

"올드 보이? 노인이 주인공이야? 그럼 상대하는 여자들도 다 나이가 많겠네? 딴 건 없어?"

톰은 대답 대신 빙긋이 웃으며 일어섰다. DVD를 찾는데 위성전화기가 울렸다. 둘은 바짝 긴장했다.

"접니다."

오마르였다.

"무슨 소식이 있나?"

"확실한 건 아닙니다. 하지만 그냥 넘길 수 없는 정보라서 바로 연락드리는 겁니다."

"어떤 거야?"

"에티오피아에 있는 제 정보원한테서 방금 들은 건데, 최근 그곳에서 상당량의 무기가 밀거래됐다는 소문이 있다고 합니다."

"C4가 아니라?"

"물론 그것도 포함됩니다. 상당량의 RPG와 총기류, 수류탄과 실탄이 판매됐다고 합니다."

"전쟁이라도 벌일 참인 거야? 그 많은 무기를 다 어디다 쓰려고?"

만일 이게 사실이라면 악몽이군. 톰은 제발 사실이 아니길 빌었다.

"그러게 말입니다. 조금 있다가 에티오피아로 들어가서 이에 대해 조사해 볼 예정입니다."

"하지만 그것만 가지고 어떻게 써드 웨이브랑 연관 지을 수가 있지? 너무 막연한 거 아냐?"

"무기를 구입한 자가 알 카에다의 하수인 같다고 합니다. 제가 그곳에 가서 직접 확인해 보겠지만 허튼소리를 하는 친구는 아닙니다."

"음……. 알 카에다의 하수인이 대량의 무기를 구입했다……. 그렇다면 가능성을 배제할 순 없겠군. 조심해. 그리고 필요하면 내가 그곳으로 가겠네."

"도움이 필요하면 당장 연락드리겠습니다."

"그럼 수고하게."

톰은 전화를 끊고 멍하니 서 있었다. 뒤에서 등을 툭 치는 바람에 정신이 돌아왔다. 마틴은 톰이 좀 전에 마시던 맥주를 건넸다.

"이제 에티오피아야? 거기는 어떤 술집이 좋은지 알아봐야겠군. 자네 컴퓨터 좀 쓰겠네. 다른 친구들한테 연락은 자네가 해주게. 좀 바빠서 말이야. 아, 참! 에티오피아 편 좌석도 예매해 두게. 내 것까지."

마틴은 허공에 피아노를 치듯 양 손가락을 풀며 말했다. 그의 눈이 간만에 빛나고 있었다.

42

흑표는 공중전화의 수화기를 내렸다. 그는 길을 건너 숙소인 호텔로 갔다. 방으로 돌아온 그는 소파에 털썩 주저앉았다. 모든 건 안갯속이었다. 북한에 간 자들은 감감무소식이고 테러범에 대한 조사도 전혀 진도가 없다. 시간이 갈수록 호랑이를 살해한 게 CIA라는 확신이 들었다. 호랑이의 죽음처럼 이번에도 정확할 것이라는 느낌이 들었다. 그런데 그간 조사한 내용에 따르면 전혀 그렇지 않았다.

암살은 생각처럼 쉽게 진행되지 않는다. 상부의 승인과 그에 따른 몇 가지 절차가 필요하다. CIA 내부에 있는 그의 정보원은 최근 이와 관련한 논의는 전혀 없었다고 했다. 다른 정보원도 같은 말을 했다. 일단 CIA는 호랑이의 실종과 관련이 없어 보인다. 하지만 그들은 고급 정보에 접근하기는 힘든 위치다. 그들이 모르는 비밀 작전이 진행 중인 건지도 모른다.

아무래도 CIA의 의중을 알아낼 다른 루트가 필요했다. 그래서 생각해 낸 게 전직 KGB 요원이자 지금은 러시아 해외정보국(SVR)에 근무하는 친구였다. 흑표는 그 친구가 KGB 요원으로 근무할 때부터 친분을 쌓아왔다. 흑표와 마찬가지로 그도 냉전시대를 지켜본 퇴물이지만 아직 현역으로 복무 중이었다.

최근 몇 년간 연락한 적이 없었기에 중국에 전화해서 그의 연락처를 알아내도록 지시했다. 정보기관에 근무하는 사람의 전화번호를 알아내는 건 결코 쉬운 일이 아니다. 부하는 여러 루트를 통해 수많은 연결고리를 더듬었다. 천신만고 끝에 그와 통화할 수 있는 번호를 알아냈다. 덕분에 방금 그와 통화할 수 있었다.

이런 식의 조사는 금방 결과가 나오지 않는다. 첩보란 수백 명의 사람이 제공하는 정보의 작은 조각들을 여러 각도에서 검토하는 것이다. 뒤집고 또 뒤집어서, 그것도 운이 좋을 경우 커다란 그림의 한구석을 채우는 그럴듯한 퍼즐 한 조각을 만들어내는, 무척이나 힘들고 까다로운 작업이다.

더구나 지금 같은 경우 상대에게 반대급부로 뭔가를 내놓아야 하는 귀찮은 일이다. 하지만 그에게는 선택의 여지가 없었다. 호랑이의 죽음은 발등에 떨어진 불이었다.

가장 안 좋은 건 문제가 그것 하나만이 아니라는 점이다. 루돌프도 호랑이의 죽음만큼 심각한 문제다. 야금야금 시장을 잠식해 오는 녀석을 이대로 방관할 수만은 없다. 그런데 녀석에 대한 조사 역시 지지부진했다. 마약중독자를 통한 접근도 여의치 않고, 무기 거래 역시 APEC 때문에 시장이 얼어붙어 있었다.

그 모든 걸 합친 것보다 더 나쁜 건 조직 내부에 배반자가 있을지도 모른다는 점이다. 이제 정말 은퇴해야 하는 걸까? 그는 살얼음판 위를 전속력으로 질주하는 이런 생활에 부쩍 지쳐가고 있음을 깨달았다. 와인을 한잔 마실까 하는데 전화벨이 울렸다.

"중화산업의 양주우 씨입니까? 거성산업입니다."

"잘못 거셨습니다."

흑표는 전화를 끊고 그 길로 방을 나섰다. 그는 호텔을 나와 호텔 뒤편의 식당 골목으로 들어섰다. 골목 끝에 공중전화가 있었다. 그는 거기서 필리핀에 있는 부하에게 국제전화를 걸었다.

"뭔가 건진 게 있나?"

"이곳의 모든 조직을 다 들쑤셨는데… 한 군데도 없습니다. 아무리 봐도 이 지역 애들이 작업한 건 아닙니다. 다른 지역도 조사 중이긴 한데, 그들이 이곳에 나타났다면 여기 애들의 눈을 모두 피할 수는 없었을 겁니다."

"그러니까 갱단 애들이 작업한 건 아니란 말이지?"

"네. 제가 보기엔 그렇습니다."

"그게 전부인가?"

"이건 확실하지 않긴 한데……."

"말해보게."

"필리핀 반군 애들이 작업한 것 같기도 합니다."

"필리핀 반군?"

"총을 쏜 사람이 아부사야프 조직의 일원이라고 주장하는 녀석이 한 명 있었습니다."

"목격자가 당시 사건 현장에 있었던 건 확실한가?"

"네. 주위 사람들의 증언이 모두 일치했습니다. 녀석은 분명히 사건 현장을 목격했습니다."

"전혀 믿을 수 없는 자인가?"

"약을 하는 친구가 되어놔서 그다지 신빙성이……."

"하지만 갱단이 아니라면 그들일 가능성을 배제할 순 없어."

역시 그쪽으로 연결되는 건가. 흑표는 그의 예감이 정확했다고 생각했다. 만일 암살자가 아부사야프 조직의 일원이라면 사건의 배후에는 알 카에다가 있는 게 분명하다. 아부사야프는 알 카에다의 연계 조직이기 때문이다. 그 고리는 최종적으로 써드 웨이브까지 이어질 것이다.

"알겠습니다. 그쪽으로 조사해 보고 연락드리겠습니다."

"조심하게. 그들이 정말 아부사야프라면 지금보다 몇 배는 위험해져."

"명심하겠습니다."

43

NKCELL은 안전을 자신할 수 없었다. 고문당한 녀석은 미처 동료들에게 그를 발견한 사실을 말하지 못했다고 진술했다. 진심 어린 눈빛이었지만 거짓밀일 가능성도 있나.

그는 초조하게 기다렸다. 어두운 골목길을 쓰다듬는 낯익은 차량의 불빛이 보였다. 애타게 기다리던 민의 벤츠였다. NKCELL은 손을 흔들며 차로 다가갔다.

"여기 네가 부탁한 가방. 빠진 건 없는지 잘 살펴봐."

민은 가방 두 개를 건네며 말했다. 하나는 장비가 들어 있었고 다른 하나는 평범한 여행 가방이었다. NKCELL은 장비부터 살폈다. 하나라도 빠진 게 있으면 위험을 무릅쓰고라도 숙소로 돌아가야 한다. 다행히 빠진 건 없었다.

"꼭 지금 원산에 가야 하는 거야?"

민의 목소리에는 불만이 가득했다.

"미안. 삼촌이 원산에서 황태를 구매할 수 있는지 급히 알아봐 달라고 해서."

"아직 황태가 나올 때는 아닌데."

"지금 예약을 해놓으려고. 원산의 황태를 중국을 통해 한국으로 수출하려는 사람이 삼촌만은 아니거든. 어쩌면… 너무 늦었는지 몰라."

"그렇긴 하지. 그런데 너 원산에 아는 사람 있어?"

"삼촌이 아는 사람이 있어."

"내가 도와줄 수 있는데."

"일단 그 사람부터 만나보고 안 되면 너한테 부탁할게. 동업해야 하는 조건 때문에 망설이는 건 아냐. 오해하지 마."

"야! 너 사람을 뭐로 보고."

민은 정색했다. 그는 속 좁은 남자로 보이는 걸 아주 싫어했다.

"혹시라도 네가 그렇게 오해할까 봐 말을 꺼낸 거야. 기분 나빴다면 사과할게."

"참! 원산에서 바로 중국으로 들어간다고? 평양에 안 들르고?"

"그렇게 됐어. 할머니가 많이 편찮으시대. 원산에서 볼일을 보고 바로 올라가야 할 것 같아."

"저런. 이럴 게 아니라 국경까지 태워줄까?"

"아니, 됐어. 너 내일 오전에 약속 있다며?"

"그렇긴 한데……. 미안해. 큰 도움이 못 돼서."

민의 목소리에는 진심이 담겨 있었다. 짧은 시간이지만 민과 NKCELL은 많이 친해졌다. 솔직한 성격인 민은 외국인인 NKCELL에게는 속마음을 터놓을 수 있어서 굉장히 좋아했다. 더구나 민의 프로파일을 숙독한 NKCELL은 모든 걸 그에게 맞춰주었다.

"괜찮아. 원산까지 태워주는 것만 해도 어딘데."

평양—원산 고속도로는 북한의 가장 큰 고속도로다. 하지만 차량은 그다지 많지 않다. 덕분에 원산까지 한 시간 반도 걸리지 않았다. 민은 국경까지 태워주겠다고 우겼지만 겨우 돌려보낼 수 있었다. 지금 국경으로 가는 건 위험하다. 그곳에는 호랑이의 부하들이 진을 치고 있을 가능성이 높다. 거기에 흑표의 부하까지 더해지면 지옥이 따로 없다.

그래서 원래 계획한 탈출 루트를 택했다. 탈출 루트는 이번 작전이 기획될 때부터 마련되어 있었다. 동해안에는 항시 미국의 원자력 잠수함이 작전 중이다. 이 잠수함을 통해 탈출하는 것이다. 잠수함이 해안가에 접근하면 SEAL 팀 수송용 잠수정인 SDV(Seal Delivery Vehicle)가 발시된디. 이는 인원 수송용 잠수 장비로 SEAL 대원이 타고 있다. 이들 대원들은 이를 타고 해안가에 도착, 미리 대기하고 있는 NKCELL을 태운 후 다시 잠수함으로 돌아가기로 되어 있다.

탈출은 비상 탈출 신호를 보낸 다음 날 새벽 3시 반에서 4시 반 사이에 진행된다. 만일 첫 번째 접촉이 실패하면, 이후 두 번 더 같은 시간에 접촉을 시도한다.

원산은 어두웠다. 그래도 NKCELL은 사람들의 눈을 피해 조심스레 접선 장소로 이동했다.

44

생선 비린내와 짭짤한 바다 냄새가 코를 찔렀다. 시간이 지나자 냄새에는 적응됐지만 사람에게는 여전히 적응되지 않았다. 어둠이 내려앉으면서 자갈치 시장은 인파로 북적였다. 사방에서 잡아당기며 호객 행위를 하는 상인들까지 가세하자 1미터를 가는 데 족히 1분은 걸리는 것 같았다.

기환은 약속 장소인 식당으로 들어섰다. 시장의 끄트머리에 위치해서 그런지 그다지 시끄럽지 않았다. 정보원은 먼저 도착해서 기환을 기다리고 있었다.

"그래, 뭐 좀 알아냈어?"

기환은 모자를 벗으며 말했다.

녀석은 기환의 얼굴을 보더니 큭 하며 입으로 손을 틀어막았다. 망할 자식. 기환은 한 대 때려주고 싶은 걸 억지로 참았다.

"되게 급하시네. 일단 밥부터 먹읍시다. 소주 한잔하실랍니까?"

녀석은 입가에 엷은 미소를 머금으며 말했다.

"차 가지고 왔어. 마시고 싶으면 시켜."

"혼자서 마시면 재미없는데예."

"알았어. 대리운전 부르지, 뭐."

술 생각은 전혀 없었는데. 한 잔 두 잔 들어가다 보니 술이 술을 불렀다. 아픈 것도 다 낫는 것 같았다. 기환과 정보원은 싱싱한 해산물을 안주로 기분 좋게 취해갔다.

"뭐 나온 게 있어?"

기환은 담배에 불을 붙이며 말했다.

"두 달 전부터의 모든 거래를 주시했는데……. 그 정도의 금액이 한 번에 세탁된 적은 없습니다. 틀림없이 여러 번에 걸쳐 여러 군데에서 세탁했을 겁니다. 금액만 가지고 찾기는 어렵습니다."

"그 말을 하려고 만나자고 한 거야?"

기환은 인상을 찡그렸다.

"당연히 아니지예. 최 사장과 관련된 얘기를 해 드릴라고 만나자고 했습니다."

"최 사장? 어떤?"

"최 사장이 이곳의 조직을 따돌리고 러시아 쪽과 직접 거래를 하려고 했다고 합니다."

"그것 때문에 살해된 거야?"

기환은 자신도 모르게 음성을 높였다.

"제가 경찰도 아니고 확실한 건 모르지예. 물론 가능성이 전혀 없는 건 아닙니다. 그런데 영 조용한 걸 보니 관련이 없을 것 같기도 하네예."

"러시아 쪽과는 무기 서래었어?"

"네! 꽤 큰 규모였다는 소문이 돌데예."

"그랬단 말이지."

"재미있는 사실이 하나 더 있는데예……."

녀석은 괜히 뜸을 들였다.

"뭐야? 빨리 말해봐."

"블라디보스토크에 있는 그 영감 있잖아예. 세르게이 영감."

녀석은 기환이 세르게이에게 유난히 집착했다는 사실을 잘 알고 있다. 영감에게 접근하기 위해 녀석을 이용했었기 때문이다.

"세르게이 영감이 왜?"

"최 사장이 그 영감을 통해 무기를 반입하려고 한 모양입니다."

"정말이야?"

"여기까집니다. 안타깝지만 제 능력으로 그 이상은 알아낼 수 없었습니다."

잠시 침묵이 흘렀다. 기환은 그가 돈을 더 요구한다고 판단했다.

"얼마면 돼?"

"돈이 문제가 아닙니다. 제가 접근할 수 없다는 게 문제라예."

녀석은 정색을 하며 말했다.

"그래?"

기환은 녀석의 눈을 바라보며 말했다. 거짓말하는 눈치는 아니었다.

"아무래도 정확한 정보를 얻으려면 블라디보스토크에 직접 가보는 게 확실할 것 같습니다. 소문이 여러 곳에서 도는 걸 보면 그 영감이 개입한 게 확실합니다."

"망할 영감. 안 끼는 데가 없군. 그런데 그 영감한테 접근하는 건 보통 일이 아니잖아."

치밀하고 조심스러운 그자를 속인다는 건 불가능에 가까운 일이었다. 아쉬운 시간과 정력만 날려 버리고 작전은 결국 실패로 돌아가고 말았다.

이혼 위기에 처한 것도 따지고 보면 그 영감 때문이었다. 당시 워낙 촌각을 다투던 상황이라 그를 간절하게 원하던 와이프 곁을 지켜줄 수가 없었다.

"전혀 불가능한 건 아닙니다. 상황은 언제나 바뀌기 마련인기라예."

"어떻게?"

기환은 따지듯 말했다.

"왜 그 도박 좋아하는 영감 있잖아요. 알렉세이 영감."

정보원은 눈빛을 반짝이며 말했다.

알렉세이라면 이전에 포섭하려고 시도했던 자다. 세르게이와 알렉세이 둘은 오랜 친구이자 동업자였다. 하지만 철두철미한 세르게이와 달리 알렉세이는 허점이 눈에 띄는 인물이었다. 그래서 그를 통해 세르게이에게 접근하려고 했다. 그자가 이쪽의 배팅에 아무런 관심을 보이지 않아서 실패하고 말았지만.

"그 영감이 왜?"

"그때와는 달리 요즘 자금 사정이 많이 안 좋은 모양입니다. 사업도 잘 안 되고, 도박 빚이 많다는 소문이 여기까지 들리데예."

"사업이 잘 안 되다니?"

"둘이 갈라선 모양입니다. 사실 그전부터 삐거덕거렸잖아예. 일도 잘 못하는네나 노박판반 선선하다 보니 결국 잘린 모양입니다."

이제는 배신의 모든 조건이 완성됐군. 기환은 만세를 부르고 싶은 걸 억지로 참았다. 돈과 복수. 그걸 양손에 쥐고도 상대를 포섭하지 못하면 당장 이 일을 때려치워야겠다고 생각했다.

"알았어. 수고했어."

기환은 건배를 제의하며 말했다.

45

새벽이라 차가 별로 없었다. 김 형사는 신 나게 밟았다. 하지만 출발한 지 30분도 지나지 않아 암초를 만났다. 안개가 스멀거리며 도로를 점령했다. 톨게이트를 통과한 지 어언 세 시간이 흘렀다. 예전 같으면 부산까지 두 시간 반이면 끊었을 텐데. 그는 딸의 얼굴을 떠올리며 생각했다.

부산이라고 적힌 톨게이트가 희미한 안개 속에 모습을 드러냈다. 목적지에 도착했다는 안도감 때문인지 피로가 몰려왔다. 그는 크게 하품한 다음 창문을 내렸다. 시원한 새벽 공기가 폐를 간질였다. 좀 전에 피웠는데 다시 담배 생각이 났다. 담배에 불을 붙이다 옆에 있는 흰색 아반떼에 눈이 쏠렸다. 아니지. 아니야. 이런 말도 안 되는 행운이 있을 리 없지. 김 형사는 고개를 저으며 생각했다. 그렇지만 그의 눈은 어느새 번호판을 훑고 있었다.

꺼져가던 불씨를 살린 한 통의 제보 전화가 있었다. 피살자가 살해되던 날 해당 장소에 트럭이 버려지는 걸 목격했다는 내용이었다. 늦은 밤인데다 가로등도 없는 외진 곳이라서 용의자들의 신상에 대해서는 자세히 기억하지 못했지만, 트럭에서 내린 두 명의 남자들이 흰색 아반떼를 타고 가는 모습을 목격했다고 했다.

그들이 목격된 시간과 차량이 향한 방향을 감안해서 그들의 도주로를 모두 파악하고, 해당 도로의 CCTV를 확인하는 지겨운 작업이 진행되었다. 그런데 지겨움은 두 번째 문제였다. 흰색 아반떼 차량은 워낙 흔한데다 목격자가 차량 번호를 제대로 기억하지 못했다.

이번에도 맨땅에 헤딩하는 방법밖에 없었다. 일단 해당 시간대에 이동한 아반떼 차량을 모두 확인한 후 도난 차량이 있는지부터 조사했다. 그런데 도난 차량은 한 대도 없었다. 60대가 넘는 차량의 모든 행적을 하나하나 확인한다는 건 보통 일이 아니다. 그래서 김 형사는 나름대로 우선순위를 정했다.

우선 대포 차량을 확인하는 작업부터 시작했다. 과다한 과태료와 과징금이 있는 차량을 우선적으로 추려냈다. 그리고 자동차등록원

부의 소유자에게 연락해 실제로 차량을 소유 중인지 확인했다. 60여 명 중에 세 명이 전혀 연락이 되지 않았다.

임시번호판을 단 차량도 조사 대상에 포함됐다. 차량 소유자가 현금 마련을 위해 신차를 할부로 구입한 후 바로 중고차 시장에 되파는 '차깡'을 하기 때문이다. 임시번호판을 단 차량은 한 대뿐이었는데, 확인 결과 차량 소유자가 계속 소유 중이었다.

용의 차량이 석 대로 줄어든 건 큰 성과였다. 김 형사는 대포차로 의심되는 차들의 목적지를 CCTV를 통해 끈질기게 추적했다.

한 대는 사고 지점 인근에서 완전히 사라져 버렸다. 다른 한 대는 대구로 가는 게 확인됐다. 마지막 차량은 부산으로 갔다.

범죄자는 집 가까운 곳을 꺼리게 마련이다. 범인들은 차가 발견된 곳에서 먼 곳에 서주할 가능성이 높다고 추측했다. 김 형사는 우선 부산에 있는 차량부터 조사해 볼 참이었다. 위치도 그렇지만 무엇보다 의심스러운 점이 가장 많았기 때문이다.

그간 끊긴 수많은 딱지들은 해당 차량의 행동반경을 여실히 드러내 준다. 주로 부산과 그 인근에서만 활동하던 차량이 피살자가 살해될 즈음, 서울과 경기도에서 집중적으로 딱지를 끊었다. 결정적으로 그날 이후 서울과 경기도에는 얼씬도 하지 않았다. 이건 초등학생도 추리할 수 있는 간단한 문제라고 생각했다.

해당 차량이 마지막으로 확인된 곳은 남포동이다. 이틀 전 그곳에서 신호 위반으로 딱지를 끊은 기록이 있었다. 그 근방에서 딱지가 끊긴 건 그게 전부가 아니었다. 남포동 인근에서 주차 위반도 빈번했다. 그래서 일단 남포동을 중심으로 탐문 수사를 벌일 예정이었다. 솔직히 서울에서 김 서방 찾기지만 이것 외에는 방법이 없다.

하늘이 어슴푸레 밝아오면서 차량의 숫자가 늘어났다. 아직 본격적인 출근 시간 전이라 달릴 만했다. 자갈치시장이라고 적힌 간판이 보였다. 몸은 피곤했지만 이 부근을 한 번 둘러보고 숙소를 잡을 생각이었다.

비릿한 바다 냄새와 생선 냄새가 코를 자극했다. 허기를 느꼈지만 범인을 잡겠다는 욕망이 더 강했다. 일단 쭉 둘러본 다음에 식사하고 눈을 붙이자. 김 형사는 담배를 끄며 생각했다. 그 시간이 정오를 훌쩍 넘길 걸 잘 알고 있었지만 그는 애써 무시했다.

타는 듯한 갈증 때문에 잠이 깼다. 김 형사는 눈을 비볐다. 잠시 눈을 붙인 줄 알았는데 세 시간이 지났다. 그는 물을 마시고 굳은 어깨와 목을 풀었다. 허리와 무릎도 뻐근했다. 결국, 차 밖으로 나가 가볍게 체조를 했다. 그리고 본격적으로 작업에 착수했다.

눈에 띄는 흰색 아반떼는 모두 용의 차량으로 보였다. 반대편으로 지나가는 차량의 번호를 확인하다 사고가 날 뻔하기도 했다. 세 시간이 넘게 뒤졌지만 아무런 흔적도 찾을 수 없었다. 차를 해당 차량이 딱지를 가장 많이 끊은 골목에 세웠다. 김밥집에서 사온 김밥으로 늦은 저녁을 먹으며 용의 차량이 나타나길 기다렸다. 기다림이란 형사의 숙명이다.

46

땅을 밟자 건조하고 무더운 공기가 달려들었다. 햇살은 강렬했다. 톰은 단추를 두 개 푼 다음 선글라스를 착용했다. 그는 눈을 살짝 찌푸렸는데 햇살과 더위 때문은 아니었다. 뭐가 그리 좋은지 연신 히히거리는 마틴 때문이었다.

그는 현장에만 오면 소풍 온 어린애 같았다. 하지만 그가 현장에 있는 걸 좋아하는 요원은 많지 않았다. 그는 현장에서 뛰는 요원 중 최고 연장자였다. 그의 동기들은 진작 안락의자에 앉아서 하염없이 늘어나는 뱃살과 씨름 중이었다. 그런데도 마틴은 현장을 떠나려고 하지 않았다. 강제로 그를 본부로 불러들였을 때 그는 이만 은퇴하겠다고 맞섰다.

물론 그가 야망이 없는 사람은 아니다. 하지만 그는 자신이 승진을 위해 상관에게 아부할 성격이 아니라는 사실을 너무 잘 알고 있었다. 또한 그는 상대가 누구든 틀린 건 참지 못했다. 고위 공직자들을 면박 줘서 상관을 기절 일보 직전까지 몰고 간 경우만 해도 열 손가락이 모자랄 정도였다.

가장 중요한 건 그가 자신을 아주 뛰어난 요원이라고 생각한다는 점이었다. 그는 그 뛰어난 재능을 서류 더미와 씨름하며 썩히고 싶어 하지 않았다.

그의 말처럼 아직 어느 누구보다 소용이 많다는 점은 부정할 수 없었다. 그의 노련함과 풍부한 인맥은 견줄 상대가 없었다. 이번 경우를 봐도 그렇다. 그 덕분에 모든 걸 일사천리로 진행할 수 있었다.

마틴은 에티오피아에서 여러 번 작업한 경험이 있었다. 그래서 신분 위장과 현지 지원 모두 그가 직접 해결했다. 톰은 여전히 프랑스 사업가 조제프 방드리예스였고, 마틴은 러시아 사업가인 세르게이 이바노비치 로마노프로 위장했다. 톰과 동업자이고 둘 다 겉으로는 커피 구매 때문에, 실제로는 무기 구매 때문에 에티오피아를 찾는 길이다. 차량과 숙소, 보급 등 필요한 현지 지원은 그의 에티오피아인 정보원이 모두 책임지기로 했다. 대사관이나 CIA 지부를 통하지 않고 마틴이 직접 해결한 덕분에 오마르의 전화를 받은 다음 날 모든 준비를 마칠 수 있었다.

톰은 오마르를 믿었지만 베타를 믿을 수는 없었다. 어쩌면 이건 써드 웨이브가 준비한 함정인지도 몰랐다. 상대가 추리 작업을 하면서 흔적을 더듬어오게 만드는 것이야말로 완벽한 덫이다. 그래서 마틴의 동행을 극구 반대했다.

하지만 마틴은 겨우 CIA 요원 두 명을 제거하기 위해 이런 정교한 함정을 준비하지는 않을 것이라는 논리를 폈다. 그의 말이 더 설득력이 있었고, 아무리 톰이 반대한다고 해도 옹고집쟁이 상사인 마틴을 이길 순 없었다.

톰과 마틴은 아디스아바바의 볼레 국제공항에서 입국 심사를 마친 후 국내선 절차를 밟았다. 국내선으로 이동하는 공항버스를 타고 그들을 데려갈 프로펠러 쌍발기로 이동했다. 비행기는 요란한 굉음과 함께 정시에 이륙했다. 창밖으로 내려다보이는 에티오피아의 대지는 온통 만지면 부서질 듯한 메마른 황토였다. 이곳이 아프리카라는 걸 각인시켜 줬다. 비행기는 곤다르에 잠시 내려 승객 몇 명을 더 태웠다. 그리고 목적지인 악숨(Aksum)까지의 700킬로미터에 달하는 여정을 무사히 마쳤다.

"아벨! 오랜만이야."

마틴은 손을 흔들며 성큼 걸어갔다. 190이 넘는 키 큰 흑인이 역시 손을 흔들며 다가왔다. 마틴의 정보원인 아벨이었다. 사진보다 훨씬 늙어 보였다. 중년에서 노년으로 넘어가는 인생 역정이 얼굴 전체를 뒤덮은 주름에 드러나 있었다. 하지만 신체는 아직 건강했다. 군살 하나 없는 단단한 체격이었다. 마틴의 말처럼 자기관리를 무척 잘하는 모양이었다.

"이게 얼마 만입니까? 정말 반갑습니다."

아벨은 마틴과 가볍게 포옹했다.

"이분은?"

아벨은 톰을 보며 말했다.

"내 파트너네. 프랑스인이지만 영어도 할 줄 아네."

마틴이 대답했다.

"반갑습니다. 조제프 방드리예스입니다."

톰은 악수를 청했다. 아벨의 손은 무척 크고 따뜻했다. 정이 많은 사람이라는 느낌이 들었다.

"차를 준비했습니다. 지금 바로 국성 지역으로 가실 겁니까?"

아벨이 말했다.

"아쉽지만 관광은 다음번에 하겠네."

마틴은 선글라스를 착용했다. 그는 톰을 돌아보며 아쉽다는 듯 말했다.

"자네한테 오벨리스크를 보여줬으면 했는데 아쉽게도 시간이 없군. 에티오피아는 수많은 고대 유적이 있는 곳이야. 다음에 시간 나면 천천히 둘러보세."

톰은 그게 빈말이 아님을 잘 알고 있었다. 마틴은 고고학에 관심이 많았다. 단순한 취미가 아니라 그쪽으로는 전문가였다. 그는 대학에서 고고학을 전공했다. 덕분에 종종 고고학자로 위장했다. 학자, 특히 고고학자라는 명함은 고약한 상황에서도 그가 별다른 어려움 없이 작전을 수행하는 데 큰 힘이 되어주었다.

그가 중동 및 아프리카에서 오래 근무한 것도 그런 영향이 컸다. 그는 시간 날 때마다 고대 유적지를 돌아다녔고, 새로 발굴하는 지역을 탐사했다. 고고학은 맥주만큼이나, 아니, 어쩌면 그 이상으로 그가 좋아하는 것이었다.

아벨은 공항 주차장을 점령한 봉고와 택시들 사이로 일행을 안내했다.

"이 찹니다. 겉모습은 이래도 아직 힘은 좋습니다. 엔진은 새것이나 마찬가집니다."

아벨은 낡은 봉고의 운전석 문을 열며 말했다.

"장비는 다 준비됐나?"

마틴은 조수석에 앉으며 질문했다.

"시간이 많이 부족했지만 최선을 다했습니다. 가는 길에 창고에 들러서 찾아가면 됩니다."

아벨은 시동을 걸었다. 그가 장담했듯 엔진에는 문제가 없었다. 차는 부드럽게 출발했다.

"에리트레아하고는 여전히 사이가 안 좋지?"

마틴은 조수석의 창문을 열며 말했다. 시원한 바람이 실내로 흘러들어 왔다.

"항상 폭풍전야죠. 조심해야 합니다. 그나저나 무기를 왜 이곳에서 구입해서 에리트레아로 운반했을까요? 그냥 소말리아 같은 곳에서 구하는 게 훨씬 편할 텐데 말이죠. 에티오피아는 항구가 없어서 무기를 운송하는 데 더없이 불편한 곳인데……."

"역으로 그걸 노린 거지. 소말리아 같은 국가는 상대적으로 감시가 심하니까 말이야. 누가 에티오피아에서 무기를 구입할 거라고 생각하겠나? 더구나 적대국인 에리트레아 국경을 넘어서 무기를 운반할 거라고는 생각 못하지."

"한니발이 알프스 산맥을 넘은 것과 같은 이치군요."

"상대의 예상을 뛰어넘는 것. 그것이 성공의 비결이지."

"시간이 없긴 했지만 애들을 풀어놨으니 조만간 소식이 들어올 겁니다. 그런데 살이 좀 찌신 것 같습니다."

아벨은 마틴의 배를 곁눈질하며 말했다. 조금 나오긴 했지만 심각한 정도는 아니었다.

"맥주를 워낙 마셔댔더니 말이야. 젊었을 때는 아무리 마셔도 배가 안 나왔는데. 나도 이제 늙었나 봐. 한번 나오기 시작하니까 걷잡을 수가 없어. 부럽게도 자네는 예전 그대로군. 그래, 벌써 손자까지 봤다며? 축하하네."

마틴과 아벨은 밀린 얘기가 많은지 쉴 새 없이 떠들어댔다. 톰은 뒷좌석에 몸을 묻고 휴식을 취했다.

깜빡 잠이 든 톰을 마틴이 흔들어 깨웠다.

"이봐. 조제프! 장비 옮기는 것 좀 도와줘."

톰은 무거운 눈을 비벼 떴다. 어느새 사방은 어둠에 물들어 있었다. 차는 허름한 창고 같은 건물 앞에 정차해 있었다. 아벨이 낡은 창고 문을 힘겹게 열었다. 곧 창고에 어스름한 램프 불이 들어왔다. 전력 사정이 좋지 않은 곳이라 마을에 전깃불이 들어온 곳은 단 한 곳도 없었다. 마틴과 톰은 전등을 챙겨 창고로 들어갔다.

"이게 다 뭡니까? 전쟁이라도 벌일 참입니까?"

톰은 벌린 입을 다물지 못했다. 시간이 부족해서 준비를 제대로 못 했다는 아벨의 말은 거짓말이었다. 창고에는 없는 게 없었다. 의

약품과 비상식량, 텐트, 옷가지들이 입구 왼편을 가득 메우고 있었다. 통신 장비도 있었다. 하지만 총에 비하면 나머지 것들은 아무것도 아니었다. 무기 전시장이 따로 없었다.

가장 그의 눈길을 끈 건 USAS—12 완전 자동 산탄총이었다. 근접전의 악마라고 불리는 무시무시한 놈이다. 더구나 파괴력을 극대화하기 위해서인지 열 발 바나나 탄창이 아니라 스무 발 드럼 탄창이 장착되어 있었다. AKS—74U 돌격소총과 드라구노프 저격총 또한 준비되어 있었다. RPG, 수류탄과 권총도 있었다. Colt 1911과 글록, 톰이 좋아하는 USP compacts tactical도 있었다.

"에리트레아 국경 지역은 위험한 곳이야. 최소한의 무장은 해야지."

마틴이 말했다. 그의 허리에는 어느새 Colt 1911이 꽂혀 있었다.

"이건 최소한의 무장이 아닌데요. 람보가 되고 싶은 겁니까?"

톰은 USP compacts tactical을 챙기며 질문했다.

"경우에 따라서는. 그러고 보니 M60이 없어서 허전하긴 하군. 다음번에는 어떤 일이 있더라도 M60만큼은 반드시 구해놓겠네."

마틴은 돌격소총을 살피며 말했다.

47

"펜타곤 이 개자식들! 이놈들 이거 미친 거 아닙니까? 어떻게 이럴 수 있습니까?"

존은 불편한 감정을 숨기지 않았다. 하지만 상사는 아무런 대꾸가 없었다.

"아무리 우리가 밉다고 해도……. 망할 자식들! 미국 요원이 위험에 처했는데 어떻게 이렇게까지 모른 척할 수 있는 겁니까?"

존은 방 안을 계속 서성이며 말했다. 그들은 막 펜타곤에서 회의를 마치고 돌아온 참이다. 존은 그 자리에서도 분노를 표출했지만 그거로는 턱없이 부족했다.

상사는 여전히 침묵했다. 그는 10분이 지나서야 입을 열었다.

"인정하긴 싫지만 그들 말도 일리는 있어. 가능성은 희박하지만 우리 원자력 잠수함이 원산에 접근 중인 걸 북한이 눈치채면 곤란한 상황이 연출돼. 더구나 지금처럼 민감한 상황에서는 큰 분쟁거리가 될 수도 있어."

"그건 핑계란 걸 잘 아시잖습니까? 어떻게든 우리를 도와주기 싫으시 지어낸 변명일 뿐입니다. 그게 그렇게까지 문세가 됐으면 처음부터 반대했어야지요. 막상 상황이 닥치자 말을 바꾸는 건 세 살짜리가 봐도 명백합니다. 이건 우리 측에 대한 견제일 뿐입니다. 어쩌면… 이건 정말 최악의 상황을 가정한 건데 말이죠……."

존은 잠시 머뭇거렸다. 그러다 양팔을 세차게 휘저으며 격렬하게 감정을 표출했다.

"망할 펜타곤 녀석들이 전쟁을 바라는 건지도 몰라요. 이런 시기에 미국의 스파이가 잡히면 북한은 이를 적극적으로 홍보할 테고, 가뜩이나 나쁜 양국 사이가 극단으로 치닫게 될 겁니다. 더구나 NKCELL이 보내준 자료에 따르면 북한이 핵을 보유한 건 확실해 보입니다. 북한이 NKCELL을 처치한다면 펜타곤은 그들이 그 사실을 은폐하기 위해 처형했다고 몰고 갈 겁니다. 그리고 북한이 핵을 더 보유하기 전에 빨리 군사행동을 취하자고 여론을 조종하겠죠. 펜타곤 녀석들은 그걸 노리는 건지도 몰라요."

"그건 너무 극단적인 생각 같은데."

"가능성이 전혀 없는 것도 아니죠. 분명 우리의 실수긴 하지만…
아무런 증거도 없이 전쟁을 일으킨 자들입니다."

"자네는 그렇게까지 NKCELL을 믿지 못하나? 그는 능력 있는
요원이야. 잠수함을 통하지 않더라도 그는 충분히 탈출할 수 있네.
일반인들도 북한을 탈출하는데 정예요원인 그가 못할 건 뭔가?"

"그를 못 믿는 건 아니지만… 그의 신상에 문제가 생기면 그동안
의 노력이 모두 수포로 돌아갑니다. 더구나 행여 그가 생포되
면……. 정말 끔찍한 상황이 연출됩니다."

"최악의 경우 그는 자결할 거야. 생포될 일은 없어."

"하지만……."

존은 다음 말을 잇지 못했다. 상사가 먼저 말했기 때문이다.

"중국에서 NKCELL 관련 작업을 했던 요원들을 신속히 철수시키
게. 관련 자료는 하나도 남겨서는 안 되네. 철저하게 감독하도록 해."

"좀 더 기다려 보는 게 낫지 않겠습니까? 일단 중요한 요원들은
출장 핑계를 대고 제3국으로 이동시킨 상태입니다. 완전히 철수할지
여부는 NKCELL을 디브리핑하고 나서 처리해도 될 것 같습니다."

"그럼 안가와 통신기기, 기타 장비들부터 처리하도록 해. 만일
NKCELL로부터 일주일 이상 연락이 없으면 먼지 한 톨 남겨서는
안 되네."

"알겠습니다."

존은 허탈했다. 그동안 얼마나 공을 들인 작업인데, 이렇게 물거
품이 되어버리다니.

"그리고 흑표 그 망할 자식은 단단히 손을 봐줘야겠어. 이건 주인을 무는 정도가 아니라 주인을 완전히 죽이려는 행동 아냐?"

상사가 흥분했다. 그의 이런 모습은 좀체 보기 힘들다. 그의 분노를 어렵잖게 짐작할 수 있었다.

"하지만 정말 흑표가 NKCELL을 제거하려고 했을까요? 제가 아는 흑표는 절대 이런 멍청한 짓을 할 위인이 아닙니다. 아무래도 믿기지 않습니다."

"NKCELL의 보고를 듣긴 한 거야?"

짐승을 보는 경멸의 눈빛이다. 존은 그런 눈빛을 극도로 싫어했다. 그는 입을 꽉 다물어 버렸다.

"최대한 빨리 흑표를 제거하도록 해."

상사는 존에게 니기리고 거칠게 손짓하며 밀했다.

48

기환은 김 과장을 밖으로 불러냈다. 출장 간 것으로 되어 있는데 사무실에 나타나긴 곤란했기 때문이다. 그들은 한가한 오후 공원에서 만났다.

"러시아에 가겠다고?"

김 과장은 기환의 얼굴을 빤히 쳐다보며 말했다.

"블라디보스토크입니다."

기환은 선글라스를 고쳐 쓰며 말했다.

"거긴 왜 가려고 그러는데? 숨겨둔 애인이라도 있어?"

"국내에 총기를 밀반입하려는 시도가 있습니다. 아무래도 블라디보스토크에 있는 무기 거래상이 관련된 것 같습니다. 직접 가서 확인해 봐야 할 것 같습니다."

기환은 출력한 자료를 내밀며 말했다. 처음 몇 장만 무기 거래상과 관련된 자료들이고 대부분은 이번 조사와 관련 없는 파일들이었다.

"블라디보스토크라면 세르게이 말이야?"

김 과장은 자료 대신 담배에 손을 가져가며 말했다. 기환은 가슴을 쓸어내렸다.

"네."

기환은 재빨리 담배에 불을 붙여줬다.

"너 아직도 그 영감한테 집착하고 있어?"

"아닙니다. 이번 사건과 그 영감이 연관되어 있어서 조사하려는 것뿐입니다."

"블라디보스토크는 위험한 곳이야. 거긴 북한의 뒷마당이야. 우리에겐 최전선이나 마찬가지인 곳이지."

"설마 제가 고(故) 최덕근 영사님처럼 될 거라고 생각하는 건 아니시죠?"

최덕근 영사는 블라디보스토크 주재 한국영사관에 근무하던 중 암살당했다. 범인은 아직도 잡히지 않았지만 살해 당시 최 영사는 북한에서 생산하는 100달러 위조지폐 '수퍼노트'의 유통 경로를 추적 중이었다.

"화이트도 목숨을 잃은 곳인데 블랙에다 지원도 완벽하지 않은 상태에서 움직이겠다고."

김 과장은 기환을 빤히 쳐다보며 말했다.

기환은 아무런 대답도 하지 않았다. 잠시 침묵이 흘렀다. 김 과장은 캔 커피를 홀짝이며 주변 경관만 바라봤다. 기환은 옆에서 애꿎은 담배만 죽였다.

"너 파키스탄에서 북한대사관 직원의 부인이 암살된 사건 알고 있어?"

침묵을 깨고 김 과장이 입을 열었다.

"경제 담당 참사관의 부인이었죠, 아마?"

"그래. 그 사건은 지금도 여러 가지 가설이 난무하고 있지. 일본은 시신을 넣은 관에 파키스탄에서 제공받은 가스원심분리기 샘플과 설계도를 넣어 특별기 편으로 평양으로 운송했다고 생각했어. 우리 측에서 파악한 내용은 일본과는 완전히 다른 것이었어. 그 부인이 북한과 파키스탄 사이의 미사일 거래에 관한 상세 정보를 서방 국가 정보원에게 제공히려고 했다는 첩보를 입수했거든."

"북한이 암살했다는 말이군요."

"그래. 정보를 넘기기 전 북한에서 파견된 비밀요원에 의해 암살된 것으로 판단했지. 하지만 이후 그 추측도 틀린 것이라는 주장이 나왔어. 그 사건에 관한 탈북자의 증언이 있었거든. 사건의 배후에 인도가 있었다는 거야. 인도는 북한이 파키스탄에 미사일 기술을 전수하는 걸 어떻게든 막아야 하는 입장이었어. 그래서 당시 파키스탄에 파견된 17명의 북한 미사일 기술자를 암살하기 위해 저격수를 파견했지. 하지만 그들에 대한 경호는 그야말로 철통같았지. 그래서 암살 대상을 변경했어."

"왜 하필 아무 관련도 없는 참사관의 부인을 암살했죠?"

"저격수의 실수였어. 참사관을 살해하려다가 실수로 그의 부인을 살해한 거지."

"확실한 정보인가요?"

"일본은 아직도 시신에 원심분리기를 숨겨서 북한으로 가지고 갔다고 생각해. 그걸 위해 부인을 희생했고 말이야. 어쩌면 그게 진실일지도 몰라. 인도인 저격수에 의해 살해됐다는 증거는 어디에도 없거든."

"결정적인 증거가 없으면 모든 가능성을 열어놓으라는 말인가요?"

"그래서 네가 블라디보스토크에 가는 걸 막지 않겠다는 말이야. 잔소리처럼 들리겠지만 조심하도록 해. 거긴 이곳보다 훨씬 위험한 곳이야. 더구나 네가 만나려는 자들은 인정사정없는 놈들이야."

"걱정 마세요."

"언제 갈 거야?"

"빠르면 빠를수록 좋습니다."

"위장은 어떻게 할 건데?"

"러시아에 중고 자동차를 판매하는 상인으로 위장할 생각입니다. 실제로는 무기를 구입하려는 조폭이지요. 전에 한번 써먹을 생각으로 준비해 둔 게 있습니다. 그대로 써도 문제없을 겁니다."

상대에게 접근하지 못해서 결국 실패로 끝나긴 했지만 당시 기환은 나름대로 많은 준비를 했다. 이번 역시 성공을 장담하긴 힘들다. 기환은 그래도 해볼 만한 도전이라고 생각했다.

"위험할 텐데 혼자 가도 괜찮겠어?"

"혼자 움직이는 게 제일 편합니다. 더구나 인원을 빼낼 형편도 아니잖습니까? 세르게이를 직접 만날 일은 없습니다. 걱정 마십시오."

"어떻게 정보를 빼내려고?"

"그 영감과 동업자였던, 사실 동업자라는 건 본인의 주장입니다만, 사람이 한 명 있습니다."

"알렉세이 말하는 거야?"

"네."

"둘이 갈라섰어?"

김 과장은 기환을 빤히 쳐다보며 말했다. 역시 눈치가 빠르다고 기환은 생각했다.

"네. 좀 안 좋게 갈라선 모양입니다. 더구나 요즘 도박에 빠져서 돈이 아주 궁하다고 하더군요. 일단 그자를 만나서 필요한 정보를 빼낼 생각입니다. 그리고 이건 제 위장 신분에 대한 자료입니다."

기환은 들고 있던 자료의 마지막 다섯 페이지를 김 과장에게 건네며 말했다.

"좋아, 그쪽에 연락해 놓으셨어. 몸조심해."

김 과장은 기환의 어깨를 툭 치며 말했다.

49

존은 털썩 주저앉았다. 더 이상 반대할 명분이 없었다. 흑표의 심복 부하가 NKCELL의 제거를 지시한 통화 내용이 NSA에 의해 확인됐다.

멍청한. 이렇게 쉽게 증거를 남기다니. 모든 게 믿기지 않았다. 계산이 빠른 흑표가 이런 어리석은 짓을 저지르다니. 역시 분노는 사람을 단순하게 만든다. 많은 스파이들이 의외의 실수로 잡히고 말았다.

이제부터 본격적으로 흑표 제거 작업에 착수해야 한다. 상사는 이런 일을 예상했던지 많은 것을 준비해 뒀다. 그는 직접적인 암살보다는 다른 방법을 사용하라고 명령했다. 직접적인 암살은 많은 제약 조건이 따르기 때문이다.

우선 상부의 승인을 받아야 하는데 거부될 가능성을 무시하기 힘들다. 설령 승인을 받는다고 해도 이에 따른 몇 가지 행정적인 절차를 거쳐야 한다. 이런 절차를 따라가다 보면 시간도 걸리고 정보가 새어 나갈 가능성이 높아진다.

존은 그동안 흑표의 존재 자체를 극비로 유지했다. 정부의 각료나 정치가, 다른 정보기관 어디에서도 그의 존재를 알지 못했다. 그건 상상 이상으로 힘든 일이다. 정보의 흐름을 설명하기 위해서는 다양하고 철저한 위장이 필요했다. 이에 정보를 넘겨준 수많은 가상 인물들이 만들어졌다. 중국의 반체제 인사나 타락한 관리, 중국과 거래하는 기업의 핵심 인물들을 통해 정보가 흘러나온 것으로 위장했다. 동시에 각종 위장 공작들도 행해졌다. 무척 까다롭고 힘든 작업이었지만 흑표는 그만큼의 가치가 있었다.

그런데 이제 자신의 손으로 그 모든 걸 파괴해야 한다. 새로운 집을 짓기 위해 헌 집을 허물어야 한다는 사실은 그도 잘 알고 있었다. 그가 원하는 권력을 위해서라도 아쉬움은 이만 접어야 했다.

그동안 정보의 출처를 숨기던 것과는 반대로 출처를 노골적으로 밝혀야만 한다. 이건 어려운 일이 아니다. 정보를 흘리는 방법은 아주 다양하다. 각료 회의의 자료나 부처 간의 연락 문서에 슬쩍 흔적을 남겨놓으면 된다. 가장 확실한 방법은 정치가를 이용하는 것이다. 스파이들은 그들을 가장 꺼린다. 스파이에게 정치가는 악몽이다. 그들은 침대를 같이 쓰는 이는 물론이고 친한 친구나 운전사,

술집 바텐더에게도 아무런 거리낌 없이 정보를 제공한다. 웨이터가 옆에 서 있는데도 태연하게 비밀 얘기를 하는 것이 바로 그들이다. 존이 그들을 이용하지 않을 이유는 없었다.

확실한 파멸을 위해 흑표가 중국과 러시아 등 외국 정보기관에 기만정보를 넘기기 위해 작업 중인 CIA 요원이라는 가짜 정보까지 넘겼다. 하지만 그 결과가 언제 나타날지는 장담하기 힘들다. 상부에서는 빠른 처리를 바라고 있었다.

이중 스파이를 통해 정보를 넘기는 방법을 검토해 봤지만 포기했다. 보다 확실한 루트를 통해서 그들에게 정보를 제공하는 게 나을 것 같았다. 출처가 확실하지 않을 경우(한 번 배신한 자는 언제든 다시 배신할 수 있기에 중국─사실 모든 정보기관─은 이중 스파이를 잘 믿지 않는다. 또한 존이 이용할 수 있는 이중 스파이 중 고급 정보에 접근할 수 있는 자는 아쉽게도 흑표뿐이었다) 그들은 정보를 확인하기 위해 몇 번에 걸쳐 조사할 것이다. 그러면 시간도 시간이지만 역으로 흑표에게 정보가 넘어갈 가능성이 높다. 어떻게든 그런 상황은 피해야 한다. 흑표는 여전히 독가시가 잔뜩 돋아 있는 위험한 존재다.

존은 상관의 충고를 받아들이기로 했다. 중국에 정보를 넘기기 위해 이스라엘을 이용하기로 결정했다. 이스라엘은 여러 해 동안 중국과 은밀한 관계를 구축해 왔다. 이스라엘은 중국에 하이테크 군사 장비를 판매할 뿐만 아니라 일련의 비밀 거래에 은밀한 재정 지원을 했다. 이스라엘이 거래할 때는 단순히 돈만을 노리는 건 아니다. 그들은 훨씬 더 중요한 걸 위해 접근한다. 바로 정보다. 은밀한 거래를 통해 이스라엘은 그들이 접근할 수 없는 중동 국가들의 정보를 중국으로부터 수집해 왔다.

최근 이스라엘은 이란에 모든 이목을 집중하고 있다. 강력한 군사력을 자랑하던 이라크가 무너진 지금 이스라엘에 가장 위협이 되는 건 이란이다. 그런데 이란의 행보가 심상치 않다. 이란이 핵을 개발한다면 그 일차적인 타깃은 이스라엘이 될 것이다. 이에 이스라엘은 지금 정보에 잔뜩 굶주려 있었다. 중국의 고위급 이중 스파이의 정보가 그들 손에 들어간다면, 그들은 당장 중국에 정보의 교환을 요구할 것이다.

　중국의 정보기관과 친밀한 관계를 유지하는 모사드 요원 중에 존이 잘 아는 사람이 있다. 사이먼이라는 친구로 과거 모사드와의 합동작전에 참여하며 안면을 튼 사이다. 이후로도 업무 관계로 여러 번 접촉했다. 개인적인 접촉도 이어졌다. 생일 축하 카드나 신년 카드를 꾸준히 주고받았고, 상대국에 출장 중 시간이 날 때면 밤새도록 술잔을 기울이곤 했다. 일이 되려고 그러는지 그는 지금 워싱턴에 있었다. 물론 이 세계에 이런 기막힌 우연은 자연발생적으로 생기진 않지만.

　잘난 양반들은 구체적인 방법에 대해서는 존에게 위임했다. 그들은 존만큼 모사드 요원에 대해 속속들이 알지 못했다. 어설프게 충고하느니 전문가인 존에게 맡기는 게 더 확실하다고 판단한 듯했다. 존이 보기엔 옳은 판단이었다. 물론 실패했을 경우나 이후에 진실이 알려질 경우 모든 비난을 그가 뒤집어써야 하지만.

　친분이 있다곤 하지만 모사드의 일급 요원을 완벽하게 속여 넘긴다는 건 결코 쉬운 일이 아니다. 모든 건 아주 자연스럽게 진행되어야 한다. 부자연스러운 건 그게 바늘구멍이라고 해도 모사드는 끝까지 파고든다.

어떻게든 그들이 자력으로 찾아낸 것처럼 생각하게 만들어야 한다. 그러면 그들은 즉각 추리 작업에 돌입할 것이고, 그들의 명석한 두뇌는 빠른 시간에 정답을 찾아낼 것이다. 그것이 이번 작전의 핵심이다.

존은 밤 10시가 가까운 시간, 사이먼이 묵고 있는 호텔로 불쑥 찾아갔다. 불청객이었는데도 그는 존을 반갑게 맞았다. 둘은 호텔 지하에 있는 바로 향했다.

"이게 얼마 만이지?"

사이먼이 말했다.

"1년은 된 것 같군."

존은 그에게 건배를 제의하며 말했다. 둘은 단숨에 잔을 비웠다.

"전화를 한다는 게 깜빡했어. 안 그래도 내일쯤 전화하려고 했는데. 역시 정보가 빠르군."

사이먼은 빙긋이 웃으며 말했다.

"우리 부서원이 오늘 세미나에 갔다가 자네를 봤다더군."

그건 사실이었다. 물론 세미나를 위해 간 건 아니었지만.

"그 재미없는 세미나? 그 친구도 실컷 자다가 왔겠군."

"수면제가 따로 없었다고 하더군. 덕분에 간만에 숙면을 취했다던데. 나중에 강사의 손을 잡고 감사를 표하기까지 했다던데, 사실이야?"

"강사의 손을 잡고 놓지 않던 친구가 자네 부하였군. 난 왜 그러나 했는데. 하하."

사이먼은 기분 좋게 웃었다. 그는 곧 안색을 바꾸고 질문했다.

"그래, 이 시간에 무슨 일이야? 내가 보고 싶어서 온 거야, 술 생각이 난 거야? 아니면 아직 근무 중인 거야?"

사이먼은 말을 끝내고 바텐더를 불러 술을 주문했다.

"일하다가… 그냥 머리 좀 식히려고 찾아왔어."

존은 어깨를 으쓱거리며 말했다.

"많이 바쁜가 보군."

"1년 내내 비상이지. 알 카에다를 제쳐 두더라도 북한은 여전히 골칫덩이고, 이란도 만만치 않고……. 더구나 APEC이 얼마 남지 않았는데 회담 장소에서 테러가 있을 거라는 정보까지 있어."

"말 그대로 사면초가군."

"혹시 정보 좀 없나?"

존은 목소리를 죽여 말했다.

"어떤?"

"어떤 거라도?"

존은 사이먼의 얼굴을 빤히 쳐다보며 말했다.

"난 근무를 마쳤다네."

사이먼은 건배를 제의하며 말했다. 그는 대화의 주제를 바꾸었다. 자연스레 가족에 대한 얘기로 넘어갔다. 양쪽 다 애들이 한창 말썽을 부릴 나이라 얘깃거리가 끊임없이 쏟아졌다. 술잔이 부지런히 비워졌다.

진동으로 해놓은 핸드폰이 존의 바지에서 춤을 췄다.

"무슨 일이야?"

존은 짜증 내며 전화기를 꺼냈다. 12시가 넘었다.

"뭐, 중국 국가 안전부? 그래. 그래. 알아볼 순 있어. 그런데 지금 당장 알아봐야 하는 거야? 잠시만."

존은 사이먼을 향해 미소를 보낸 후 자리를 떴다. 그는 10분이 지나서야 돌아왔다. 자리에 앉으면서 의자에 걸어놓은 윗옷 주머니에 핸드폰을 넣었다.

"여전히 바쁘군."

사이먼이 말했다.

"언제 일이 터질지 모르니까. 미안해. 자! 한잔하지."

"안 들어가 봐도 돼?"

"괜찮아. 뭐 좀 조사할 게 있긴 한데, 내가 직접 할 일은 아니야."

"정보원만 죽어나겠군."

미끼를 건드리는군. 존은 속으로 환호했다.

"워낙 실력 있는 녀석이니까 일아서 잘할 거야. 사! 시탈 같은 우리의 직업을 위하여 건배."

둘을 단번에 잔을 비웠다.

"역시 자네랑 술을 마시니 가슴에 맺힌 게 뻥 뚫리는 것 같아."

존은 사이먼의 어깨를 슬쩍 치며 말했다.

"그건 내가 할 소리야. 참! 나 잠시 방에 갔다 와야겠어."

"왜?"

"깜빡하고 지갑을 놔두고 와서 말이야."

"내가 살 거야."

"언제나처럼 더치페이 해야지. 안 그러면 난 CIA한테 접대받은 게 돼."

"누가 유대인 아니랄까 봐 돈에는 철저하군. 아! 오해하지 마. 인종 차별적인 발언은 아니야."

존은 정색을 하며 말했다.

"자네가 그럴 사람이 아니란 건 잘 알고 있어. 그러니 지금까지 만나는 거지. 그럼 실례."

사이먼은 빠른 걸음으로 사라졌다.

이 작전이 통하지 않으면 일이 어려워진다. 신호가 올 때가 됐는데. 존은 초조하게 기다렸다. 그는 시간을 확인했다. 5분이 지났다.

그때 중년 신사 한 명이 그를 지나쳐 갔다. 그는 고급 호텔의 분위기에 잘 어울리는 단정한 머리에 값비싼 양복을 입고 있었다.

"미끼를 물었습니다."

그는 낮은 목소리로 말했다. 사이먼의 방을 감시카메라로 감시하는 요원이 그를 통해 신호를 보내온 것이다.

"알았어."

존은 환호를 내지르고 싶은 걸 억지로 참았다.

잠시 후, 사이먼은 환한 얼굴로 돌아왔다. 둘은 간만에 회포를 풀었다. 술과 우정이 알맞게 익어갔다.

"지금 몇 시나 됐지?"

사이먼은 왼손을 들며 말했다. 그는 그만 실수로 술을 존의 허벅지에 쏟았다.

"이런. 내가 술이 취했나 봐."

사이먼은 주머니에서 손수건을 꺼내며 말했다.

"괜찮아. 커피도 아니고 알코올인데, 뭐. 화장실 가서 휴지로 대충 닦으면 돼."

존은 사이먼이 건네는 수건을 손을 내저어 거부하며 말했다.

"이거 미안해서 어쩌지. 오늘 술은 내가 사야겠군. 세탁비 대신에 말이야."

"그럼 내가 모사드한테 접대받은 걸로 되는데."

존은 빙긋이 웃으며 말했다.

"그럼 화장실 좀 다녀올게."

"미안하네."

사이먼은 존의 등을 툭 치며 말했다.

존은 화장실에서 조금 시간을 끌었다. 화장실에서 나오는데 좀
전에 그에게 정보를 건넨 신사가 지나치며 말했다.

"미끼를 삼켰습니다."

친구이기 이전에 사이먼은 스파이다. 중국이라는 단어가 존의 입
에서 나왔을 때 이미 반쯤 미끼를 문 것이나 다름없었다. 그는 지금
어느 때보다도 간절하게 중국에 넘겨줄 정보를 원하고 있었다. 사
이먼이 방에 간 건 장비를 챙기기 위해서다. 그가 세미나에 참석한
건 우연이 아니다. 그는 세미나에 참석하는 이집트 정부요원의 핸
드폰 데이터를 복제하기 위해 입국했다. 그것 때문에 그가 이번 작
전의 주연으로 선택된 것이다.

그는 존이 화장실에 간 동안 존의 핸드폰에 저장되어 있는 데이터
를 복제했다. 핸드폰에는 흑표의 중국 전화번호와 위성전화, CIA 하
급 요원의 전화번호가 들어 있다. 비밀번호를 걸어두긴 했지만 모사
드는 금방 패스워드를 찾아낼 것이다. 그들은 데이터에 있는 전화번
호를 모두 추적해서 곧 흑표의 정체를 밝혀낼 것이다. 누가 뭐래도
그들은 세계 최고의 명탐정이니까.

아무튼 이스라엘이 중국을 통해 이란에 대한 정보를 얻으면 그건
누이 좋고 매부 좋은 일이 된다. 이스라엘이 이란의 핵 개발을 저지

할 수 있다면 군이 미국이 힘을 쓸 필요가 없어지기 때문이다.

존은 자리로 돌아가 사이먼과 다시 술잔을 기울였다. 둘 다 기분이 좋아서 아무리 마셔도 취하지 않았다. 그렇게 워싱턴의 밤은 깊어갔다.

테러범들에게 정보를 넘기는 건 좀 더 노골적인 방법으로 진행됐다. 그들은 위험한 자들이긴 하지만 정보기관만큼 치밀하지 않기 때문이었다. CIA에 포섭된 한 무기 거래상이 주연 배우로 캐스팅되었다. 오래전 CIA에 의해 무기거래 현장에서 적발된 그는 감옥과 협조 중에 후자를 택했다. 그는 CIA의 묵인하에 중동, 아프리카, 아시아, 남미 등 세계 각지의 무기 밀거래에 관여하고 있었다.

끊임없이 발생하는 분쟁은 불황을 몰랐다. 녀석은 세계 각지를 바쁘게 뛰어다녔다. 이에 걸맞게 녀석의 외국어 구사력은 수준급이었다. 영어나 불어, 스페인어뿐 아니라 아랍어에도 일가견이 있었다. 유창한 아랍어와 특유의 친화력을 바탕으로 녀석은 테러 조직과도 연결고리를 만들었다. CIA의 강력한 요청에 따른 것이기도 했다.

마침 녀석은 올해 초 흑표와 거래한 적이 있었다. 총기류의 대금으로 받은 마약을 처리하는 데 흑표의 손을 빌린 것이다. 물론 이전에도 몇 번 흑표와 거래한 적이 있었다. 그에게 약간의 '닭 모이(첩보계의 은어로 하급 자료)'와 정교하게 위장된 자료들을 넘기는 것으로 작전이 시작됐다.

그는 총 대신 자료를 들고 시리아로 날아갔다. 전부터 무기 구입을 원하던 자들과 약속을 잡았다. 그는 처음 미팅에서는 흑표에 대해 일절 언급하지 않았다. 그리고 본격적인 협상을 하는 두 번째 미팅에서 더 이상 그들과 거래하지 않겠다는 폭탄선언을 했다. 당황하는 그들에게 누군가 그들의 뒤를 캐고 있다고 말했다. 그들과 거래했다가는 그도 위험해진다고 목청을 돋웠다.

테러범들은 크게 당황했다. 오랫동안 자리를 비운 수뇌부는 돌아오자마자 대뜸 그자의 이름을 요구했다. 녀석은 정보비로 50만 불을 요구하는 과감함을 보였다. 그들은 다시 한 번 혼란에 빠졌다. 이번에도 한참 후에 돌아온 수뇌부는 그에게 내일 다시 만날 것을 요구했다.

다음날 새벽, 그는 침대에서 납치됐다. 호텔에 있던 그의 소지품도 그와 함께했다. 납치범들은 그의 목에 칼을 들이대며 테러범들의 뒷조사를 하는 자가 누군지 밝히라고 협박했다. 그는 돈을 요구하다 두어 번 쥐어박히는 위험한 연극을 피하지 않았다. 두 번째는 흥분한 자가 그의 목에 칼을 바짝 들이대는 바람에 약간의 출혈이 발생했다. 피를 본 후 그는 존이 지시한 사항들을 술술 불었다. 자료들도 전부 넘겨줬다. 녀석들은 자료를 보며 놀란 표정을 감추지 못했다.

납치범들은 100달러 지폐 한 장을 남겨두고 사라졌다. 택시비로 사용하라는 뜻이었다. 녀석은 택시를 타고 호텔에 도착하자마자 존에게 전화했다. 녀석은 뿌듯해했다. 두 대 맞은 걸로 10만 불을 버는 건 말 그대로 거저먹기였다. 물론 돈보다는 당분간 그의 사업을 묵인해 준다는 약속이 훨씬 가치 있었다.

차가운 칼날이 목을 찌를 때는 움찔하기도 했지만 그들이 자신을 죽이지 않을 것이라는 사실을 그는 잘 알고 있었다. 그들에게 그는 아직 이용 가치가 많은 인물이었고, 결정적으로 그들이 원한 건 그가 아니라 그가 가진 정보였다.

당연한 얘기지만 폭력 조직에 정보를 넘기는 게 가장 쉬웠다. 그들은 까다롭고 의심 많은 스파이나 테러범들보다 상대적으로 단순하고 잘 속았다. 작전에 참여했던 요원의 말을 빌리자면 '땅 짚고 헤엄치기'였다.

흑표는 그들에게 영웅이자 제거 대상 1호였다. 흑표는 거대한 네트워크를 구축해서 판매망을 확충했지만 동시에 그 네트워크를 독점하려는 독재자였다. 상대의 약점을 120프로 활용하는 것이야말로 모든 작전의 핵심이다. 흑표를 동업자가 아니라 라이벌로 만드는 데 주력했다.

흑표는 존의 의뢰로 이번 조사에 임하면서 한국은 물론이고 일본, 중국, 동남아의 조직들까지 속속들이 조사했다. CIA가 요구한 조사는 테러범을 찾기 위한 목적도 있었지만 이번 작전을 위한 포석이기도 했다. 물론 존은 흑표에게 조사를 의뢰할 때 그것까지는 알지 못했다. 기분 나쁘긴 했지만 만일 그가 진실을 알고 있었다면 흑표를 완벽하게 속여 넘기지 못했을 거라는 점 또한 잘 알고 있었다.

은밀하게(물론 약간 노골적으로) 흑표가 동아시아의 마약 조직을 모두 접수하기 위해 사전 작업 중이라는 소문을 흘렸다. 반응은 뜨거웠다. 소문이 퍼지자 당장 확인 작업이 진행됐다.

흑표의 조직은 규모가 큰 만큼 말단 조직원까지 완벽하게 관리되지는 않는다. 미리 매수한 몇몇 조직원(이들 중에는 핵심 인물도 있다)이 그런 소문이 사실이라고 증언했다. 물론 확실한 자료는 하나도 없었지만 그걸로 끝이었다. 애초에 그들은 명백한 물증을 바탕으로 움직이는 자들이 아니었다.

이제 흑표는 동아시아의 모든 조직에게 공공의 적이 되어버렸다. 만일 그 방법이 실패한다면 신흥 조직에 뒷돈을 주며 흑표의 암살을 의뢰할 생각이었다. 하지만 그럴 필요는 없을 듯했다.

50

흑표는 혼란스러웠다. 연길에서의 일도 그렇고 호랑이의 일도 내부의 배신일 가능성이 있다. 루돌프가 판매한 마약이 그 증거다. 동남아에서 판매된 마약의 성분 또한 이전의 결과와 동일했다. 내부의 누군가가 몰래 마약을 빼돌리고 있을 소지가 다분하다.

흑표는 오래전부터 배신자가 있는 건 아닌지 고민해 왔다. 애초부터 이쪽 세계에 의리란 존재하지 않는다. 오직 돈에 충성할 뿐이다. 사업 파트너 또한 마찬가지다. 서로를 묶어주는 건 각종 이권이라는 이름의 돈뿐이다. 그건 삼합회만의 문제는 아니다. 전 세계의 어떠한 폭력 조직이고 간에 돈 앞에 무릎을 꿇지 않는 조직은 없다. 거짓말을 하지 않는 스파이나 정치인이 없는 것처럼 그건 불변의 진리다.

그래서 굳이 이인자를 키우지 않았다. 그가 아니라 돈에 충성하는 녀석을 이인자로 만든다는 건 굶주린 호랑이와 같은 방을 쓰는 것이나 마찬가지다. 단 하나 예외가 있다면 털보였다. 유일하게 그만은 믿을 수 있었다.

그는 누가 배신했는지 가려내기 위해서 배신자의 관점에서 모든 걸 따져보았다. 그동안 그가 진행했던 사업과 이에 따른 포상에서 누가 어떤 불만을 가졌는지, 필요 이상의 욕심을 드러내진 않았는지.

흑표는 우선 여덟 명의 용의자를 확보했다. 연길과 호랑이 문제, 그리고 다량의 마약을 빼돌릴 수 있는지 여부를 확인했다. 여기서 세 명이 떨어져 나갔다. 이제 용의자는 다섯 명으로 압축되었다. 더 이상 용의자를 줄인다는 건 현재로서는 불가능했다.

'친구는 가까이 두되 적은 더 가까이 두라'는 말이 있다. 흑표는 의심스러운 이들 다섯 명을 당장 한국으로 불러들여야 하는 건 아닌지 고민했다. 만일 소집에 응하지 않는다면 그건 배신을 증명하는 것이 된다. 그런데 그들을 한국에 불러들일 마땅한 핑곗거리가 없었다.

이럴 게 아니라 중국에 들어가야 하는 건 아닌가? CIA는 어떻게 하고? 어지러웠다. 수천 개의 창이 그의 머리를 찌르는 것 같았다.

요란하게 울어대는 전화벨 소리가 그의 상념을 파고들었다.

"중화산업의 양주우 씨입니까?"

"잘못 거셨습니다."

흑표는 전화를 끊고 호텔 밖 공중전화로 갔다. 예상보다 연락이 빨랐다. 좋은 소식이 있는 건가? 하나라도 빨리 해결됐으면 하는 마음이 간절했다.

"무슨 일인가?"

"지원을 좀 해주셔야겠습니다."

전혀 망설임이 없는 목소리다. 흑표는 부하의 목소리에서 자신감을 읽었다.

"왜? 혼자서는 힘들어서 그래?"

"두 명 정도 긴급하게 지원해 주셔야겠습니다."

"무슨 일이야?"

"아무래도 관련자를 납치해야 할 것 같습니다."

"왜? 고문하려고?"

"네. 그래야 할 것 같습니다. 정상적인 방법으로는 더 이상 조사를 진행할 수 없습니다. 경찰이 했던 조사를 그대로 답습하게 될 뿐입니다."

"누구를 왜 납치하려는 건데?"

"우선 조사 경과를 보고드리겠습니다. 총을 쏜 아부사야프 조직원에 대한 조사는 아쉽게도 진전이 없습니다. 그래서 저는 현장에서 사용된 오토바이와 사고 현장 인근에서 사고를 낸 차량을 집중적으로 조사했습니다. 딴 건 전혀 증거가 없었으니 사실 그게 남아 있는 단서의 전부였습니다. 우선 오토바이부터 말씀드리면 그건 사건이 발생하기 일주일 전 도난당한 물건입니다. 사건 이후에도 발견되지 않았습니다. 틀림없이 부품을 몽땅 분해한 후 팔아버렸을 겁니다. 하지만 차량은 달랐습니다. 사고를 낸 사람은 경찰 조사까지 받았고, 지금도 이곳에 살고 있습니다."

"정말 실수로 사고를 낸 건가?"

"결론부터 말씀드리면 아닙니다. 차량은 그자의 것이 확실하지만 사고 현장에서 차를 운전했던 건 그자가 아니라는 목격자가 있습니다. 사고 당시 차를 운전했던 자는 사고가 나자 바로 현장을 떠났고, 차량 소유주가 자기가 운전한 것처럼 거짓말을 했다고 합니다."

"확실한가?"

"100프로 확신은 못합니다. 하지만 그냥 넘길 정보는 아닙니다. 경찰은 이 부분에 대해서 전혀 조사하지 않았습니다."

"왜 조사하지 않았지?"

"목격자가 말하지 않았기 때문입니다."

"왜 말하지 않은 거지?"

"괜히 귀찮은 일에 말려들고 싶지 않았다고 합니다."

"그런데 자네는 어떻게?"

"술에 취하면 몽땅 떠들어대게 마련이죠. 술집에서 정보를 얻었습니다. 그렇다고 그자가 술에 취해서 헛소리를 한 건 아닙니다. 당시 접촉 사고를 당한 또 다른 사람도 같은 주장을 했습니다. 다른 사람이 운전했다고 말이죠. 사고 차량 소유주가 수리비를 닉닉하게 주겠다고 약속했고, 다음날 바로 지불했기에 그냥 넘어갔다고 합니다. 사고 차량 소유주는 그렇게 부자는 아닙니다. 의심스럽지 않으십니까?"

"냄새가 나긴 하는군."

"아무튼 차량 소유주를 조지면 뭔가 나와도 나올 겁니다."

"그래도 납치까지 하는 건 조금 귀찮은 일인데……. 알겠네. 자네의 예감을 믿어보지. 당장 애들을 보내겠네."

"고맙습니다. 빠른 시간 내에 최종 보고를 완료할 수 있도록 최선을 다하겠습니다."

"수고하게."

흑표는 중국으로 전화를 걸어 믿을 만한 부하 두 명을 당장 필리핀으로 보냈다.

생각을 정리하는 데 걷는 것만큼 좋은 것도 없다. 그는 통화를 마치고 호텔 주변을 서성였다. 북한에 보낸 호랑이의 부하들은 아직까지 별다른 연락이 없다. 그들도 아무 흔적을 못 찾았다면 호랑이가 죽은 건 확실해 보인다. 도대체 누굴까? 써드 웨이브에 대한 조사를 이쯤에서 중단하는 건 어떨까? 지금 당장 상하이에 돌아가서 조직의 결속을 다질 필요가 있었다.

처음 해본 고민이 아니다. 그는 이번에도 고개를 저어야만 했다. 여기서 발을 뺀다는 건 사업을 접겠다는 말과 동일했다. 이 사업도 경쟁이 치열하다. CIA와의 거래를 모두 중단하면 마약을 싸게 구입할 주요 루트를 잃게 된다. 결정적으로 CIA 정도면 그를 망하게 하는 건 손바닥을 뒤집는 것만큼 쉽다. 내일이라도 그의 경쟁 조직에 마약을 대량으로 풀어버리면 된다. 굳이 그런 방법을 쓸 필요 없이 그를 경찰에 넘겨 버리면 모든 게 해결된다.

정보원들은 하나같이 CIA가 북한에서 별다른 작전을 진행하고 있지 않다고 보고했다. 오히려 그게 더 의심스럽다. 호랑이의 손을 빌려 CIA 요원이 북한으로 침투했는데 별다른 직진이 없다니. 어쩌면 존은 처음부터 끝까지 거짓말로 일관하는 건지도 모른다. 스파이가 거짓말을 하지 않고 대화를 한다는 건 섹스를 하고 싶은데 깜빡 잊고 여자를 데리고 오지 않은 것과 같다.

아무래도 존을 한번 떠봐야 할 것 같다. 얼굴을 보고 대화하면 더 좋을 텐데. 존을 한국에 불러들일 구실은 없을까? 흑표는 호텔 주변을 한 바퀴 돈 다음 존에게 전화했다. 존은 전화벨이 여덟 번 울리고 나서야 전화를 받았다.

"새로운 소식이 있나요?"

자다 깬 목소리 같지는 않았다.

"C4가 한국에 반입된 것 같지는 않습니다. 적어도 제가 아는 마약 밀매업자들은 그런 걸 취급하지 않았습니다."

"그래요? 그럼 다른 루트를 사용한 건가? 보고할 사항은 그게 전부인가요?"

"참! 북한에 대한 최신 정보가 있는데."

흑표는 미끼를 던졌다.

"어떤?"

"그걸 알려줄 수는 없소. 공짜로 정보를 내놓으라는 말이오? 사겠소, 말겠소?"

흑표는 다그치듯 말했다.

"최소한 무엇에 관한 정보인지는 알아야 판단할 것 아니오?"

"가장 궁금해할 북한 핵무기에 관한 내용이오."

흑표는 잠시 뜸을 들인 후 말했다.

"그래요?"

흑표는 존의 목소리가 시큰둥하다고 느꼈다.

"살 의향이 없으면 관두시오. 북한 핵무기에 관해서라면 러시아나 중국, 한국, 일본 모두가 관심을 가지고 있소. 정보를 원하는 건 CIA뿐만이 아니오. 멀리 갈 것도 없이 펜타곤만 해도 지금 정보에 굶주려 있소."

흑표는 확실히 하기 위해 한 번 더 미끼를 던졌다. 자신의 능력을 과시하고 CIA의 라이벌인 펜타곤까지 끌어들였다.

"알았소. 얼마 정도 생각하오?"

"백만 불."

흑표는 일부러 가격을 세게 불렀다.

"그건 너무 비싼데…… . 생각할 시간을 좀 주시오."

"만나서 얘기하는 건 어떻소? 비싼 거래를 하려면 직접 만나는 게 좋을 것 같은데. 보안상의 문제도 그렇고."

"내일 다시 전화 주겠소?"

"알겠소. 시간이 그렇게 많지 않소. 정보란 시간이 가장 중요한 법이요. 내일 오전까지 연락이 없으면 다른 곳과 접촉하겠소."

"전화 주겠소."

눈앞에 펼쳐진 서울의 밤은 화려했다. 흑표는 여느 사람들처럼 그걸 즐기고 싶었지만 여유란 그에게 허락되지 않았다. 그는 숙소로 돌아와서 와인을 마시며 깊은 고뇌에 빠졌다.

CIA의 작업이 잘 진행되고 있으면 굳이 그를 통해 비싼 정보비를 지출하려고 하지 않을 것이다. 존이 구매 의사를 보이지 않으면 CIA를 의심해야 한다. 반면 그들이 구매 의사를 보이면 그들의 작업이 순탄치 않다는 걸 뜻한다. 하지만 꼭 단정 지을 순 없다. 일부러 시간을 끌기 위해 가짜로 구매 의사를 보일 수도 있다.

존이 직접 움직이느냐 아니냐만 주시하기로 했다. 존이 이곳에 나타나면 그건 CIA가 정보와 그를 모두 필요로 한다는 걸 뜻한다. 그들에게 넘겨줄 정보가 형편없는 것이란 건 나중 문제다. 일단은 누가 그의 적인지 파악해야 한다. 그의 동지라면 형편없는 정보를 넘겼다고 그를 죽이지는 않는 법이다.

만일 존도 아니라면? 과연 누구인가? 역시 내부의 배신자인가? 아니면 라이벌 조직인가? 페르마의 마지막 정리를 증명하는 것만큼이나 어려운 문제였다.

51

교수에게는 두 번째 한국 방문이었다. 그는 02년 한일 월드컵 때

고국 남아공을 응원하기 위해 처음 한국을 찾았다. 아쉽게도 16강에 오르진 못했지만 남아공의 전사들은 후회 없는 경기를 펼쳤다.

그의 머릿속에서 축구는 금방 지워졌다. 표적은 흑표라는 별명으로 불리는 중국의 전직 스파이다. 갑작스레 그것도 거액을 주고 그를 고용한 것을 보면 만만찮은 상대가 분명했다. 그래서 그런지 시작부터 쉽지 않았다.

그자의 모든 것은 베일에 싸여 있었다. 그는 이름을 수시로 바꿨다. 흑표라고 불릴 뿐 그자의 본명조차 알려지지 않았다. 가족 관계 또한 불명확하다. 독신으로 추정될 뿐이다. 1940년대에 태어난 것으로 추측되지만 이것 역시 확실하지 않다. 당시 중국은 혼란기였다. 일부러 감추지 않아도 그의 출생을 증명할 자료는 어디에도 남아 있지 않다. 그의 행적 중 그나마 알려진 건 정보기관에 근무할 당시의 것들이다. 그는 꽤 실력 있는 스파이였다. 주로 외국에서 활동했는데 동남아와 미국을 제집처럼 드나들었다. 비록 지금은 마약 거래상이 되어 있지만.

교수는 우선 흑표의 주변 인물에 대한 자료와 사진을 요청했다. 사진은 모두 최근 것을 요구했다. 사진 속의 인물 중 그와 마주칠 비밀 경호원이 있으면 곤란하기 때문이다. 현재까지 알려진 경호원은 한 명이다. 그는 무시할 수 없는 존재였다. 경호원으로서의 능력도 뛰어나지만 맹목적인 충성심이 가장 큰 걸림돌이었다.

교수는 이라크에서 사설 보안요원으로 잠시 근무했었다. 그곳은 믿을 수 없을 정도로 위험했다. 죽음을 두려워하지 않는 적들은 악몽 그 자체였다. 그들은 돈도 미래도 없었지만 광적인 신앙심으로 무장하고 있었다. 많은 전장을 돌아다녔지만 그렇게 무서운 적은 처음이었다. 보디가드가 그들처럼 목숨을 아끼지 않는다면……. 새로운 악몽이 시작될 것이다.

암살 방법 또한 골칫거리였다. 의뢰인들은 총과 폭탄을 사용하지 말 것을 강력하게 요구했다. 이건 차포를 떼고 장기를 두라는 것이나 마찬가지다. 하지만 사람을 죽이는 방법은 무궁무진하다. 독약도 있고, 칼도 있고, 정 안 되면 차를 탄 채 표적에게 돌진하는 방법도 있다. 어떻게 처리하는 게 좋을까? 머릿속이 복잡해졌다.

우선은 상대를 관찰하는 게 중요하다. 그가 어떤 곳을 즐겨 찾는지, 정해진 시간마다 조깅을 하지는 않는지, 숨겨둔 애인을 만날 때면 경호원 없이 혼자서 움직이지는 않는지, 모든 동선을 파악해야 한다. 그런 다음 상대의 약점을 교묘하고 집요하게 파고들어야 한다.

가장 큰 문제는 그들이 넘겨준 자료가 부실하다는 점과 기한이 너무 짧다는 점이다. 그들은 늦어도 보름 안에는 암살을 완료해 줄 것을 요구했다. 당연한 얘기지만 준비할 시간이 부족하면 암살의 성공 확률은 떨어지게 마련이다. 행여 성공한다고 하더라도 흔적을 남길 소지가 다분해진다. 물론 시간이 많다고 완벽해지는 건 아니지만.

"도착했습니다."

택시기사가 비교적 유창한 영어로 말했다.

그는 목적지인 호텔에서 1킬로미터가량 떨어진 곳에서 내렸다. 호텔까지 택시를 타고 가는 게 편했지만 안전을 위해 그럴 수는 없었다. 그가 호텔에 묵는다는 사실을 택시기사가 알기를 원하지 않았다. 또한 호텔에 들어가기 전에 할 일이 있었다.

그는 호텔 주위를 한 바퀴 돌면서 주위의 건물들과 도로 상황, 비상시 탈출로 등을 꼼꼼하게 점검했다. 짐이 조금 거추장스럽긴 했지만 그다지 무겁지는 않았다. 호텔에 들어서자 비상계단과 엘리베이터의 위치, 행여나 수상한 자들이 있지는 않은지, 경비원은 몇 명인지를 확인했다.

모든 걸 마치자 프런트 데스크로 향했다. 예약되어 있던 이름을 불러주었다. 그러면서 호텔 직원의 행동을 유심히 살폈다. 조금이라도 수상한 낌새가 있는지를 주의 깊게 관찰했다. 조심성은 그가 지금까지 살아 있는 이유였다.

직원에게서 이상한 점은 느껴지지 않았다. 그에게 방 키를 건네주는 직원의 손톱은 깔끔하게 다듬어져 있었고, 전체적으로 깨끗한 손 모양을 유지하고 있었다. 전형적인 호텔 직원의 손이었다.

호텔 방은 그다지 크다고는 할 수 없지만 깔끔하니 그런대로 만족스러웠다. 그는 TV부터 틀었다. 채널을 돌리다 뉴스 채널에서 멈췄다. 알아듣기 힘든, 아니, 불가능한 한국어가 쏟아져 나왔지만 이곳에서 일어난 각종 사건 사고 소식을 그냥 훑어봤다.

짐을 풀기 전에 행여나 있을지도 모를 도청 장치나 카메라를 찾기 위해 방을 샅샅이 뒤졌다. 그런 다음 짐을 풀었다. 일련의 과정을 기계적으로 마치고는 샤워를 했다. 화장실에서 나온 후 담배를 피우며 여행의 피로를 달랬다.

그는 서울의 밤하늘을 보며 작전을 점검했다. 모든 작전이 그렇듯 암살에도 지원이 아주 중요하다. 작전이 성공했을 때 무사히 탈출할 수 있는 퇴출로는 그들이 마련해 준다고 했다. 사실 암살이 완벽하게 성공한다면 흔적을 남길 일도 없다. 실패했을 때 한국을 무사히 빠져나가는 게 문제다. 한 가지 좋은 점은 표적 또한 경찰을 꺼린다는 점이다. 어떤 상황이라도 표적이 그를 경찰에 신고할 일은 없어 보였다.

어떻게 처리하는 게 좋을까? 이번에도 석시닐콜린을 사용할까? 교수는 완벽한 사고사로 위장했던 그의 멋진 작품을 떠올렸다. 그가 처리한 일 중 다섯 손가락 안에 꼽을 정도로 성공적인 암살이었다. 그날 석시닐콜린은 두 번 사용됐다. 첫 번째는 술집에서 나오는 상대를 납치하기 위해, 마지막은 상대를 익사시키는 데.

적절한 양의 석시닐콜린을 주사하면 일시적인 마비를 일으킨다. 이 약물의 좋은 점은 병리학적으로 분명한 증거를 남기는 법 없이 체내에서 곧 분해된다는 점이다. 석시닐콜린의 분해 산물인 석신산과 콜린은 인체 내에 정상적으로 존재하기 때문이다. 검시를 담당한 의사가 확대경을 들고 수사에 의해 생긴 미세한 자국을 찾아내기 위해 사망자의 전신을 조사하지 않는 한 들킬 염려가 없다. 외상이 전혀 없는데다 폐에 물이 찼고 혈중 알코올 농도도 높았다. 피살자는 술에 취해 발을 헛디뎌 익사한 것으로 결론 났다. 의뢰인은 아주 만족했다. 특별 보너스까지 받았다.

하지만 이번에는 사용하기 곤란했다. 보디가드가 문제였다. 석시닐콜린은 두 명을 동시에 처리하기에는 좋은 방법이 아니다. 여러 명이 동시에 주사한다면 또 다른 문제지만.

여러 가지 생각이 동시에 떠올라 혼란스러웠다. 한편으론 즐거웠다. 그는 도전을 좋아했다. 위험하고 어려운 임무가 그를 흥분시켰다. 실패가 두렵다면 애초에 이 일을 하지 않으면 된다.

교수는 이라크에서 근무하던 당시를 떠올렸다. 거기는 말 그대로 사방에 적이었다. 밖에 나갈 때면 항상 조심했다. 그래도 사망자는 속출했다. 보급품 운반 도중 길을 잃었다고 차를 멈췄던 동료들은 다 죽었다. 암살도 이와 마찬가지다. 한 가지 방법이 통하지 않는다고 멈추면 안 된다.

언제나처럼 이번 임무가 마지막일지도 모른다는 사실이 그를 자극했다.

52

하릴없는 기다림의 시간을 때우는 데 사격만큼 좋은 것도 없다. 총기의 영점 조절을 겸해서 사격 연습을 했다. 마틴은 여전히 녹록잖은 기량을 과시했다. 아벨의 실력은 예상을 훨씬 뛰어넘었다. 톰은 저격수 훈련까지 받은 베테랑임을 실력으로 입증했다. 그는 600미터 거리에서 드라구노프로 사슴을 잡았다.

덕분에 바비큐 파티가 벌어졌다. 아벨이 구해온 약간의 술이 더해지면서 분위기가 고조됐다. 다들 노래를 부르며 춤을 췄다. 마치 원시시대로 돌아간 것 같았다.

파티 다음날 오마르가 이곳을 찾았다. 그는 행운을 몰고 왔다. 아벨은 톰과 마틴이 무기 거래상이고 무기를 구매하기 위해 이곳에 왔다는 소문을 흘렸다. 에티오피아는 가난한 나라다. 모두가 돈에 굶주려 있다. 바로 날파리들이 달라붙었다. 정보도 따라왔다. 소문을 종합해 보면 최근 대량으로 무기를 판 조직은 하나밖에 없다. 그런데 그들은 이쪽의 미끼를 물지 않았다. 오마르가 도착하기 전까지는.

덜컹거리는 차 안은 무척 시끄러웠다.

"자네는 굳이 이런 곳까지 올 필요가 없는데. 나한테 이슬람교라도 전파하려고 왔나?"

마틴은 불편한 심기를 감추지 않았다. 하지만 오마르도 지지 않았다.

"제가 독실한 신자는 아니지만 코란은 다 읽어봤습니다. 코란에 이르기를 '종교에는 강요가 없나니 진리는 암흑 속으로부터 구별되니라'고 했습니다. 서방에 잘못 알려져서 그렇지 무슬림들은 비무슬림에게 이슬람교를 받아들이라고 강요한 적이 없습니다."

"자네는 참 아는 게 많아서 좋겠어. 이곳 에티오피아의 유적에 대해서도 나보다 더 잘 알 테지? 이왕 이곳까지 온 김에 오벨리스크에 대해 설명해 주겠나? 무척 궁금한데 말이야."

마틴이 또 시비를 걸고 있었다. 종교 때문에 둘 사이가 나빠진 건 아니다. 마틴은 신이라는 존재를 부정한다. 오마르도 독실한 무슬림은 아니다.

둘의 사이가 나빠진 건 고고학 때문이다. 오마르는 교양이 풍부했다. 특히 고고학에 대한 지식이 뛰어났다. 그래서 그 분야에 강한 자부심을 가지고 있는 마틴과 종종 의견 충돌을 빚었다. 둘 다 지지 않으려 했기에 감정이 계속 쌓여만 갔고, 결국 앙숙이 되어버렸다.

아이러니하게도 둘은 처음에는 사이가 아주 좋았다. 오마르를 발굴한 건 톰이지만 당시 정보원에 대한 사정은 마틴이 담당했다. 그는 인터뷰를 마치자 군말 없이 오마르를 채용했다. 그만큼 오마르를 맘에 들어 했다. 고고학 때문에 논쟁을 벌이기 전까지는.

"에리트레아에 있는 제 정보원 때문에 온 거라고 몇 번을 말해야 합니까? 그와 이곳 국경 지역에서 만나기로 했습니다. 그래서 이곳까지 온 것입니다."

오마르는 음성을 높였다. 그의 정보원은 무기를 이곳에서 에리트레아에 반입한 자들에 대한 정보를 가지고 있다고 주장했다. 녀석은 정보비로 현찰이 아니라 금을 요구했기에 오마르는 급히 금을 구하느라 무척 고생했다.

"이곳은 화약고야. 당장 전쟁이 벌어져도 전혀 이상하지 않은 곳이야. 자네가 굳이 이런 위험을 감수할 필요가 없잖은가?"

마틴도 지지 않았다. 톰은 둘의 대화를 그냥 지켜봤다. 마틴이 오마르를 싫어하긴 하지만 이번만큼은 그를 지켜주려는 의도가 엿보였다. 물론 그게 착각임을 곧 깨닫게 됐다.

"제 정보원은 저를 믿고 국경을 넘어오는 겁니다."

"자네 정보원은 우리가 만나봐도 돼. 굳이 우리 뒤를 이렇게 졸졸 따라다닐 필요가 있나?"

"제 정보원의 얼굴도 모르잖습니까?"

"자네 정보원을 지금 당장 만나는 것도 아니잖아? 혹시… 숙소에 혼자 있기가 무서웠던 거야? 그래서 우리 뒤를 졸졸 따라다니는 거야? 보디가드라도 붙여줘?"

오마르는 대답하지 않았다. 대신 어금니를 힘껏 깨물었다.

"이제 그만 좀 하세요."

톰이 나섰다. 그는 마틴을 재촉했다.

"약속 장소가 정확히 어딥니까? 이제 말다툼은 그만하고 업무에 충실합시다."

"제가 잘 알고 있습니다. 걱정 마세요. 거의 다 왔어요."

아벨이 대신 대답했다.

밤은 산등성이를 넘어 빠른 속도로 다가왔다. 아디스아바바도 전력 사정이 엉망인데 이곳은 말할 필요도 없었다. 날이 저물고 있는데 빛이라곤 보이지 않았다.

"다 왔습니다. 저기 보이는 분지가 바로 약속 장소입니다."

아벨이 왼편을 가리키며 말했다. 가운데가 약간 내려앉은 분지 지형에 집들이 무질서하게 지어져 있었다.

"이상한데."

톰은 고개를 갸웃거렸다.

"왜 그래?"

마틴이 질문했다.

"전기가 들어오지 않는다고 해도 등불이라도 켜야지. 불이 켜진 곳이 한 곳도 없잖아요?"

"이 미을은 전쟁 때문에 주민이 모두 떠나 버렸습니다. 페어나 마찬가지죠."

아벨은 언덕 뒤편에 차를 세우며 말했다.

"하지만 우리와 만나기로 한 자들은 와 있어야 하잖아요."

톰은 손전등을 챙기며 말했다.

"우리가 오는 걸 못 본 모양이죠, 뭐."

오마르는 차 문을 열었다.

"내가 먼저 가볼 테니 다들 이곳에서 기다려요."

톰은 오마르의 어깨를 지그시 누르며 말했다.

이곳에서 방탄조끼까지 준비하기는 힘들었다. 아벨이 고생 끝에 겨우 하나 구했다. 톰이 그걸 차지했다. 자신의 목숨이 더 중요해서가 아니었다. 특수부대 출신인 그가 제일 선두에 서기 위해서다. 일행 중 가장 먼저 위험 지역으로 들어가고 가장 마지막으로 나오는 게 그의 임무였다.

"아벨, 시동 끄지 말고 대기하고 있어요."

톰은 차에서 내리며 말했다. 그는 USP를 허리춤에 꽂았다. 셔츠를 밖으로 꺼내 총을 감추고 팔꿈치 위까지 옷을 걷었다. 무기를 들고 있지 않음을 보여주기 위해서였다.

"제 목소리 잘 들립니까?"

톰은 검은색 셔츠에 붙어 있는 마이크로폰에 대고 속삭이듯 말했다. 그는 아래위로 검은색 계열의 옷을 입고 있었다. 비단 그만 검은색 옷을 입은 건 아니다. 일행 모두 검은색 계통의 옷을 착용했다. 검은색은 어둠 속에서 그들을 지켜줄 적절한 위장이기 때문이다.

"잘 들린다."

귀에 꽂은 이어폰에서 마틴의 목소리가 생생하게 들려왔다. 역시 돈값을 하는 장비다. 통신 장비는 카이로에서 직접 가져왔다. 세관을 통과할 때 문제가 생기지 않을까 걱정했는데, 마틴이 미리 손을 써둬서 그런지 아예 검사도 받지 않았다.

"여기서 정면으로 보이는 돌산을 기준으로 방향을 잡읍시다. 이상."

마을 입구를 쭉 따라가다 만나는 언덕 뒤편에 큰 돌산이 있었다. 어느 방향에서든 돌산의 위치는 확인할 수 있었다.

"알았다. 이상."

톰은 마을까지 쭉 뻗은 길을 따라 천천히 접근했다. 그렇게 큰 마을은 아니었다. 50채가 조금 못 되는 집들이 무질서하게 지어져 있었다. 포화가 이곳을 쓰다듬지는 않은 모양이다. 낡긴 했지만 포격에 무너져 내린 집은 없었다.

뺨을 스치는 바람 소리를 제외하고는 아무런 소리도 들리지 않았다. 지나칠 정도로 조용했다. 간만에 위협을 느끼자 아드레날린이 펑펑 뿜어져 나왔다. 팽팽한 활시위 같은 긴장감 덕분에 칼날을 밟고 있는 기분이었다. 뒤를 돌아보고 싶지만 그러지 않았다.

마을 입구에 거의 도착했는데도 아무런 반응이 없었다. 불빛도 전혀 보이지 않았다.

젠장. 함정이군. 톰은 벽 뒤로 몸을 숨기고 권총을 빼 들었다. 왼쪽 뒷주머니에 넣어두었던 소음기를 꺼내서 재빨리 결합했다. 기습 작전이 아니기에 굳이 소음기를 사용할 필요는 없지만 총성과 화염을 줄여서 이쪽의 위치를 정확하게 알지 못하게 하는 이점은 있다.

"함정인 것 같습니다. 이상."

톰은 다급히게 말했다.

"내가 지금 야시경으로 감시 중인데 수상한 움직임은 없어. 신중해서 그런지도 몰라. 어쩌면 아직 도착하지 않았는지도 몰라. 아무튼 경솔하게 움직이지 마. 이상."

마틴이 말했다.

"지금 적외선 쌍안경으로 주변을 둘러보고 있는데 수상한 움직임은 없습니다. 시야가 넓은 곳으로 이동해서 좀 더 자세히 확인해 보겠습니다. 이상."

아벨이 말했다.

톰은 더 이상 마을 안으로 들어가지 않았다. 사방에서 공격당할 위험이 있는 곳으로 들어가는 건 자살 행위다.

무엇을 기다리는 것일까? 설마 아직 도착하지 않은 것인가? 아니면 나머지 일행이 올 때 한꺼번에 총알세례를 퍼부으려는 건가?

톰은 인기척을 파악하기 위해 정신을 집중했다. 집들은 반듯하게 지어진 게 아니라 지그재그로 지어져 있었다. 대낮이라도 움직임을 파악하기 힘든 곳이다.

얼마나 기다렸을까? 뒤쪽에서 발걸음 소리가 들렸다. 톰은 몸을 숙인 후 뒤를 돌아봤다. 젠장. 뭐 하는 거야? 톰은 믿을 수 없었다. 마틴이 흰 손수건을 흔들며 마을로 걸어오고 있었다.

"마틴, 지금 뭐 하는 겁니까?"

톰은 마이크로폰에 대고 속삭였다.

"거래를 하려는 거지. 무기를 구입하려는 사람은 두 명인데, 한 명밖에 나타나지 않아서 그들이 기다리고 있는 건지도 몰라."

"너무 낙관적인 생각입니다. 어서 돌아가세요. 얼굴만 보여준 걸로도 족합니다."

"이거 간만에 긴장되니까 너무 좋은데."

마틴은 웃으며 말했다.

그는 천천히 걸어왔다. 그가 막 마을 입구에 들어섰을 때 적막을 깨뜨리는 총성이 울렸다.

53

기환은 속초항에서 배를 탔다. 긴 밤이 지나고 아침이 되자 러시아 땅이 보이기 시작했다. 목적지인 자루비노 항이다. 속초항에서 출발한 지 열다섯 시간이 흘렀다. 따지고 보면 먼 거리도 아니다.

점으로 보이던 항구가 점점 커졌다. 항구는 황량했다. 정말 아무것도 없다. 상점도 없고, 식당도 없고, 사람도 없다. 척박한 시베리아 벌판을 연상시켰다.

통관 절차를 마친 기환은 새벽까지 술잔을 기울이며 블라디보스토크 현지사정을 상세하게 알려줬던 무역상들과 택시를 잡았다. 자루비노에서 블라디보스토크까지는 택시로 네 시간이 소요됐다. 정말 큰 나라라는 생각이 들었다. 이건 부산항에 내려서 대전, 아니, 거의 서울까지 차를 타고 가는 것이나 마찬가지다. 땅이 워낙 넓어서 그런지 도로는 대부분 비포장이다.

시내에 들어서는데 김일성, 김정일 배지를 단 이북 노동자들의 모습이 보였다. 작은 체구에 작업복 차림, 선글라스를 착용한 모습. 그들은 기계로 찍어낸 듯했다. 왠지 씁쓸하기도 했고 본능적으로 위험을 감지하기도 했다.

기환은 같이 간 일행과는 다른 호텔을 잡았다. 그들을 먼저 내려줬다. 기환은 호텔에 도착하자 거주지 등록을 하고 짧은 수면을 취했다. 한 시간 정도 자고 나자 몸이 개운해졌다. 그는 간단하게 요기한 후 호텔 근처에 있는 카지노로 향했다.

이곳에는 꽤 많은 카지노가 있다. 도시 규모에 비하면 무척 많은 편이다. 카지노는 문전성시를 이루고 있었다. 하긴 BMW 같은 고급차들이 즐비한 도시다. 의외로 한국 버스를 많이 볼 수 있는 곳이기도 하다. 버스는 90% 이상이 부산의 중고 시내버스다. 이 중고 차량을 수입하는 이들은 러시아 마피아다. 그들은 마약 밀매는 기본이고 러시아의 석유나 가스 자원 수출, 차량 수입에까지 열을 올리고 있다. 부산항으로 총기류를 반입하는 이들도 물론 러시아 마피아다.

호텔에서는 거의 영어가 통하지 않아서 고생했는데 카지노는 영어가 통하는 편이었다. 그 점이 정말 마음에 들었다. 카지노 테이블은 저마다의 팽팽한 긴장감에 휩싸여 있었다. 도박사들은 이마에 흐르는 땀을 닦을 생각도 하지 않은 채 연신 담배만 피워댔다. 칩을 가득 쌓아놓은 자들은 여유롭게 담배를 즐기고 있었다.

기환은 500달러를 환전한 다음 룰렛부터 시작했다. 그는 신중하게 배팅했고 운이 좋았는지 200달러 정도를 땄다. 좀 더 즐기고 싶었지만 자리에서 일어났다. 그는 커피를 마시며 실내를 관찰했다. 역시나 뜨거운 건 카드 게임 쪽이었다. 그는 바카라와 홀덤을 하는 테이블을 기웃거렸다.

홀덤은 세븐 포커와 비슷하다. 커뮤니티 카드 다섯 장, 핸디 카드 두 장이 사용된다. 세븐 포커와의 차이점이라면 커뮤니티 카드를 누구나 사용할 수 있다는 점이다. 가운데에 오픈된 커뮤니티 카드와 개인이 들고 있는 핸디 카드 중에 가장 좋은 것 다섯 장이 그 사람의 패가 된다. 만일 바닥에 오픈된 커뮤니티 카드가 A, A, 2, 7, J이고 손에 든 핸디 카드가 A, 7이라면 A, A, A, 7, 7이 최종적인 패가 된다. 내가 커뮤니티 카드 중 에이스 두 장과 7을 사용했다고 다른 사람이 그 카드를 사용하지 못하는 건 아니다. 커뮤니티 카드는 누구나 사용할 수 있다.

홀덤을 즐기는 테이블이 서너 군데 있었다. 기환은 게임을 구경하며 게임 감각을 회복하려고 노력했다. 마지막으로 홀덤을 한 지가 6개월이 넘었기 때문이다.

시간이 흐를수록 테이블은 하나같이 팽팽한 긴장감에 휩싸여 갔다. 근처에만 가도 폭발할 것 같았다. 기환은 가장 치열한 곳에 합류했다.

돈을 들고 있으면 언젠가는 돈을 딸 수 있는 기회가 온다. '이번에 못 따면 끝장이야'라며 한 판에 올인하려는 심리를 경계해야 한다. 기환은 쉽게 흥분하는 성격이지만 일과 도박에 대해서만은 냉정했다. 덤벙댄다고 김 과장에게 자주 꾸중을 듣긴 하지만.

그는 크진 않지만 조금씩 칩을 쌓아나갔다. 홀덤만 두 시간 정도 한 것 같은데. 영감은 끝내 모습을 드러내지 않았다. 이 카지노에 자주 들른다고 하던데. 정보가 잘못된 건 아닐까 싶었다. 피곤하기도 하고 도박에 너무 몰입하고 싶지 않았다. 기환은 자리에서 일어났다.

"가시려고요?"

딜러가 영어로 말했다.

"피곤해서. 오늘은 일찍 들어가려고."

기환은 그에게 10달러짜리 칩을 던져주며 말했다. 딜러의 얼굴이 금방 환해졌다.

"참! 혹시 말이야, 나 정도 되는 키에 코가 빨간 노인 몰라? 고려인인데."

알렉세이는 고려인이다. 같은 민족이라 말도 잘 통하고 접근하기 용이할 것 같아서 이전에 그를 선택했던 것이다.

"왜 그러시는지?"

딜러는 경계하는 표정이 역력했다. 혹시 원한을 가진 사람이 아닌지 의심하는 눈치였다. 하긴 여긴 청부살인이 종종 일어나는 곳이다.

"별건 아니고, 아는 사람 중에 그 노인한테서 돈을 땄다는 사람이 있어서 말이야. 아주 물주라고 하더라고."

기환은 10달러짜리 칩들을 만지작거리며 말했다.

"물주까지는 아닌데… 간혹 무리한 배팅을 해서 큰돈을 잃긴 하죠."

딜러는 가볍게 웃으며 말했다.

"홀덤만 하지?"

"네. 딴 건 손도 안 댑니다."

"요즘은 안 와?"

"왜 안 오겠습니까? 한판 크게 붙으시려고요?"

"여기 내 연락처야. 노인이 나타나면 바로 전화 줘."

기환은 10달러짜리 칩 열 개와 전화번호를 딜러에게 건넸다.

호텔로 돌아오자 샤워부터 했다. 머리카락에 남아 있는 찌든 담배 냄새가 물을 타고 흘러내렸다. 머리를 감고 몸에 비누칠을 하려는데 전화벨이 울렸다. 호텔의 유선전화기는 소리가 무척 컸다. 천둥이 치는 것 같았다. 기환은 쏜살같이 전화기로 달려갔다.

"Hello."

"접니다. 카지노 딜러."

"무슨 일로?"

"노인이 왔습니다."

"언제?"

"방금 와서 자리를 잡았습니다."

"조금만 더 기다릴 걸 그랬나?"

기환은 벽시계를 보며 말했다. 카지노를 나선 지 15분 정도 지났을 뿐이다.

"홀덤을 하고 있어?"

"네. 중국인들과 한판 붙고 있습니다."

"나하고 게임을 했던 중국인들인가?"

"아닙니다. 그들도 막 들어왔습니다. 제가 보기엔 미리 게임을 하기로 약속되어 있던 모양입니다."

"아는 자들인가?"

"네. 가끔 들르는 자들입니다."

"그 중국인들 실력은?"

"꽤 좋은 편입니다. 하지만 사기도박을 하지는 않습니다."

딜러는 사기도박이라는 말에 유난히 악센트를 주며 말했다. 지금 기환을 사기도박에 끌어들이는 게 아니라고 항변하는 것처럼 들렸다.

"자네 테이블인가?"

"아닙니다. 전 지금 휴식 중입니다. 교대 때 그 테이블로 갈 겁니다."

"알았어. 고마워."

기환은 다시 화장실로 가서 느긋하게 샤워를 마쳤다. 사기를 치지 않는다고 하지만 지금 패를 돌리고 있는 딜러를 믿고 싶지는 않았다. 전화를 걸어온 딜러가 있을 때 게임을 할 생각이었다. 게임을 해보면 상대는 물론 딜러의 성향을 파악하게 된다. 이 녀석은 사기를 칠 놈 같지는 않았다. 또한 그가 카드를 배분하면 왠지 행운이 따라올 것 같았다.

카지노로 들어서니 반백의 노인이 그보다 최소 10년은 젊어 보이는 세 명의 중국인과 홀덤을 하고 있었다. 알코올 중독자 특유의 붉은 얼굴. 떨리는 손. 웃을 때면 금으로 때운 양쪽 송곳니가 조명을 받아 번쩍였다. 그가 틀림없었다.

기환은 중국인들을 관찰했다. 세 명이 짜고 도박을 하는 것 같지는 않았다. 하지만 만만한 상대가 아니었다. 기본적으로 돈이 많아서 그런지 배팅할 때는 과감했고, 표정이 잘 읽히지 않았다.

조금 있으니 그에게 전화한 딜러가 테이블을 맡았다. 기환은 슬그머니 하나 남은 끝자리에 앉았다. 모두의 시선이 그에게 집중됐다. 특히 노인은 기환을 뚫어져라 쳐다봤다.

뭔가 눈치챈 건가? 서로 얼굴을 보는 건 분명 오늘이 처음인데. 기환은 칩을 올려놓고 담배에 불을 붙였다.

"처음 보는 얼굴인데. 자네, 중국인인가?"

노인이 영어로 질문했다.

"한국 사람입니다."

"한국 사람?"

이번에는 한국말로 질문했다.

"고려인이십니까?"

기환은 짐짓 몰랐다는 척 말했다.

"아무튼 반갑네."

노인은 빙긋이 웃으며 말했다.

중국인들은 둘의 대화를 듣지 않는 척했지만 노인과 짜고 도박하지 않는지 의심하는 눈치였다.

여느 도박판이 그렇듯 시간이 지나자 배팅이 점점 과감해졌다. 긴장감도 그에 비례해 강해졌다. 직접 배팅하는 도박사들뿐만 아니라 구경하는 사람들도 그런 분위기에 흠뻑 젖어들었다.

승부를 걸어야 할 시간이 왔다. 커뮤니티 카드로 A, A, 2, 3, 4가

깔렸다. A, 2, 3, 4는 스페이드였다. 스트레이트 플러시까지 가능한 패다. 최소 스트레이트나 플러시는 돼야 이길 수 있는 판이다. 그런데도 아무도 죽지 않고 끝까지 왔다. 판돈이 수북하게 쌓였다.

기환의 핸디 카드는 A, 3이었다. 풀 하우스면 먹을 확률이 높긴 하지만 일말의 불안감은 남아 있었다. 기환의 옆자리에 있는 중국인이 판돈을 크게 올렸다. 자신의 패를 스트레이트 플러시로 읽어 달라는 압박이었다.

기환은 콜만 하려다 마음을 바꿔 더 받아쳤다. 한 명이 죽고 노인 차례였다. 노인은 기다렸다는 듯 올인했다. 그러자 한 명이 더 죽었다. 마지막 남은 중국인은 노인이 아니라 기환을 바라봤다. 기환은 그의 패가 스트레이트 플러시가 아님을 확실하게 읽었다. 그는 콜만 했다. 기환도 콜만 했다.

"패를 오픈해 보게."

노인은 떨리는 목소리로 말했다.

54

사격은 주로 마을 입구에 집중됐지만 톰의 근처에도 총알이 날아왔다. 바닥에 맞은 총알이 흙먼지를 일으켰고, 핑 소리를 내면서 그의 머리 위를 지나갔다. 총격전이 벌어지면 동굴 속에 갇힌 것처럼 시야가 좁아진다. 주변의 소리도 제대로 들리지 않는다. 더불어 시간은 평소보다 몇 배는 느리게 흘러간다.

하지만 톰은 베테랑이었다. 그는 가장 가까이에서 총성이 울린 곳을 감지했다. 총구 화염 때문에 위치를 찾는 건 어렵지 않았다.

10시 방향 네 집 건너편에서 화염이 보였다. 그는 고개를 숙이고 오른쪽으로 우회해 그곳으로 접근했다.

다행히 한 명이었다. 표적이 탄창을 가는 모습이 보였다. 그는 톰이 등 뒤에 있다는 사실을 전혀 눈치채지 못했다. 톰은 침착하게 방아쇠를 당겼다. 첫 발을 맞고 움찔하는 상대에게 두 발을 더 먹였다. 소음기를 단 덕분에 화염은 크지 않았다. 소음은 주위의 소란에 자연스럽게 묻혔다. 바닥에 쓰러진 녀석은 미약하게 꿈틀거렸지만 곧 움직임을 멈췄다.

사방에서 울리는 총성이 귀를 어지럽혔다. 마틴은 어떻게 됐을까? 톰은 마을 입구를 돌아보았다. 사람의 흔적은 어디에도 없었다. 마틴은 아직 살아 있음이 분명했다.

"마틴! 어디 있어요? 마틴! 어서 응답해요!"

톰은 다급하게 마틴을 호출했다. 그런데 응답이 온 건 아벨이었다.

"조제프, 9시 방향에서 적이 한 명 접근합니다. 집 사이로 사라져버려서 저격할 수가 없습니다. 이상."

아벨이 군사 훈련을 받았다는 마틴의 말은 거짓이 아니었다. 톰은 아벨의 침착함에 놀랐다. 아벨은 저격수로서 적을 직접 저격함은 물론 전장 상황을 파악, 전체적인 상황을 조율하고 있었다. 톰자신이 저격총을 쥐고 있었어도 이만큼 할 수 있었을까 싶었다.

"마틴은 못 봤습니까? 이상."

"살아 있습니다. 걱정 마세요. 그는 무사히 몸을 숨겼습니다. 이상."

"적들은 모두 몇 명입니까? 이상."

"집 안에 숨어 있는 녀석도 있어서 전체 인원을 파악할 수는 없습니다. 일곱 명에서 열둘, 아니, 열세 명 정도로 보입니다. 이상."

톰은 그의 왼편에 모든 신경을 집중했다. 기대와 달리 아무런 움직임이 없었다. 그는 앞으로 조금 나아갔다. 그때 불꽃이 번쩍였다. 톰은 요란한 총성과 벽에서 튀는 회반죽 가루를 뚫고 정신없이 내달렸다. 돌덩이에 걸려 나자빠졌지만 벌떡 일어나 다시 뛰었다. 지금 멈춘다는 건 죽음을 의미했다.

웅덩이가 보이기에 냅다 뛰어들었다. 정신없이 달리다 보니 방향 감각을 완전히 상실했다. 여기가 어디쯤인지 알 수 없었다.

"아벨, 제가 보입니까? 이상."

톰은 헐떡이며 말했다.

"네. 보입니다. 이상."

"제 근처에 적이 있습니까? 이상."

"없습니다. 이상."

"마틴은 어디 있습니까? 이상."

"마틴은 6시 방향에 있습니다. 그는 방금 보급을 받았습니다. 마이크가 고장 난 모양이지만 이어폰은 이상 없습니다. 분명 제 질문에 반응했습니다. 지금도 우리 대화를 듣고 있을 겁니다. 그리고 6시 방향에서 아군이 그곳으로 가고 있습니다. 사격하지 마세요. 다시 한 번 말합니다. 6시 방향에서 아군이 접근하고 있습니다. 이상."

"마틴입니까? 이상."

"아닙니다. 이상."

"적들은 어디 있습니까? 이상."

"적들은 대부분 10시에서 1시 사이에 있습니다. 이상."

톰은 뒤편을 흘끗 돌아보았다. 어두운 그림자가 조심스럽게 그에게 다가오고 있었다. 오마르였다. 이쪽이 기습당한 걸 보고 도와주러 온 모양이었다. 오마르는 USAS—12를 들고 X 자 모양으로 배낭 두 개를 메고 있었다.

"오마르, 이쪽이야."

톰은 조심스럽게 오마르에게 왼손을 흔들며 말했다. 곧 오마르가 톰을 확인했다. 그는 가볍게 손을 흔들었다. 톰은 12시 방향을 신경 쓰며 조심스럽게 그에게 다가갔다.

"RPG!"

아벨의 다급한 고함 소리가 들려왔다.

누구에게 말하는 걸까? 아무튼 톰은 바닥에 납작 엎드린 다음 양팔로 머리를 감싸려고 했다. 정말 찰나의 순간이었다. 충격은 너무도 강렬했다. 천지가 진동하는 것 같았다. 흙과 돌덩이, 나무토막이 마치 간헐천처럼 하늘로 치솟았다. 이 순간만큼은 중력이란 존재하지 않는 것 같았다. 한 무더기의 쓰레기는 잠시 공중에 떠 있었다. 곧 그것들은 거부할 수 없는 중력에 의해 아래로 쏟아져 내렸다. 톰은 몸을 바짝 웅크렸다. 날카롭게 부서진 돌덩이와 나뭇가지가 폭우처럼 쏟아지며 톰의 등을 사정없이 두들겼다.

충격이 지나자 그냥 멍할 따름이었다. 톰은 귀가 먹었는지 아무것도 들을 수 없었다. 정신이 없었다. 죽음이 그의 코앞까지 따라붙었다는 사실만 자각할 수 있었다.

누군가 먼지 더미 속에서 그를 일으켜 세웠다. 톰은 그게 오마르라는 걸 몸을 완전히 일으킨 다음에야 깨달았다. 여기 계속 있는 건 죽음을 의미했다. 톰과 오마르는 정신없이 달렸다.

전쟁터에서 혼란을 극복하고 침착함을 유지하는 건 목숨과 직결

된다. 총을 쏘는 소리나 스치는 총알은 무시할 줄 알아야 한다. 반면에 주변의 벽에서 튀어 오르는 파편에는 대응할 줄 알아야 한다. 매 호흡이 생애 마지막일지도 모른다는 사실이 톰의 생존 본능을 극도로 자극했다.

톰은 멈춰 섰다. 더 이상 그의 주변에 파편이 날아들지 않았다.

"톰, 다친 데 없어? 괜찮아?"

오마르는 사방을 흘끔거리며 말했다.

귀가 좀 튄 것 같았다. 톰은 이제 들을 수 있었다. 그는 재빨리 몸 상태를 확인했다. 얼굴이 좀 긁히고 군데군데 상처가 있긴 했지만 죽을 정도는 아니었다. 방탄조끼 덕분인 것 같았다.

"괜찮아."

톰은 아치 싶었다. 그는 마이크에 대고 말했다.

"아벨, 난 괜찮습니다. 이상."

"천만다행입니다. RPG를 쏜 놈은 제가 따끔한 맛을 보여줬습니다. 두 번 다시 RPG를 사용할 일은 없을 겁니다. 이상."

"적들은 어디에 있습니까?"

"주로 3시 방향에서 6시 방향 사이에 있습니다. 두 명이 그곳으로 접근하고 있습니다. 조심하세요. 적들이 제 위치를 눈치챈 모양입니다. 저는 지금 이동합니다. 반복합니다. 저는 지금 이동합니다. 당분간 현장 상황을 알려줄 수 없습니다. 이상."

"알겠습니다. 이상."

톰은 권총을 허리춤에 차고 오마르를 향해 양손을 내밀었다. 오마르는 USAS—12와 배낭 하나를 톰에게 건넸다. USAS—12는 묵직했다. 위력과 무게 모두 권총에 비할 바가 아니었다.

"오마르, 여긴 위험하니까 차로 돌아가. 어서."

톰은 차가 있는 방향을 가리키며 말했다.

"나도 싸우러 온 거야. 이봐, 톰. 잘 들어. 난 겁쟁이가 아니야. 나도 총을 쏠 줄 안다고."

"돌아가."

"지금 날 무시하는 거야? 우리 부족에 비겁한 남자는 없어. 설령 죽을지언정 동료를 버려두고 도망가지는 않아."

오마르는 거칠게 맞섰다.

"오마르, 널 무시하는 게 아니야. 넌 우리 전부를 합친 것보다 훨씬 중요한 존재야. 네가 없으면 테러범들에 대한 조사를 더 이상 진행할 수 없어. 어서 돌아가."

톰은 다시 한 번 차가 있는 곳을 가리키며 말했다.

"이게 다 나 때문에 생긴 일이야. 내가 책임져야 한다고."

"아무도 너에게 책임을 묻진 않아."

하지만 오마르는 톰의 말을 듣지 않았다. 그는 자신의 배낭에서 AKS—74U를 꺼냈다. 익숙한 동작으로 접힌 개머리판을 펴고, 탄창을 결합하고, 탄알을 일발 장전했다.

그와 말다툼할 시간이 없었다. 톰은 오마르에게서 받은 배낭을 확인했다. 장전된 드럼 탄창 두 개와 바나나 탄창 세 개, 산탄 수십 발과 수류탄 하나가 들어 있었다. 톰은 배낭을 몸에 대각선으로 멨다.

톰은 그의 왼편에 모든 신경을 집중했다. 곧 수상한 그림자가 나타났다. 톰은 방아쇠를 당겼다. 산탄총에 당한 상대의 배가 완전히 터져 버리면서 창자가 튀어나왔다. 사방에 살덩어리가 튀고 피가 뿜어져 나왔다. 참혹한 광경이었다.

하지만 그 광경에 집중할 수가 없었다. 목재로 만든 낡은 가옥에 총알이 박히는 둔탁한 소리가 귀를 어지럽혔다. 톰은 재빨리 몸을 숙이고 총구만 위로 내밀었다. 정신없이 방아쇠를 당겼다. 적은 곧 쓰러졌다. 운이 좋았는지 눈먼 산탄이 얼굴에 명중했다. 적의 얼굴은 피와 뼈의 범벅이 되어 있었다. 역시 무식할 정도로 강한 총이다, USAS—12라는 놈은.

"아벨, 들립니까? 이상."

톰은 마이크에 대고 속삭였다.

"잘 들립니다. 이동 완료했습니다. 이상."

"제가 보입니까? 이상."

"잘 보입니다. 이상."

"제 근처에 적이 있습니까? 이상."

"없습니다. 이상."

"적은 얼마나 남았습니까? 이상."

"집 안에 숨어버려서 정확한 숫자를 파악하기 힘듭니다. 이상."

"이대로 철수하는 게 어떻습니까? 이상."

톰은 마을 입구를 흘끔 쳐다보며 말했다. 입구까지는 그리 멀지 않았다.

"제가 있는 곳이나 차가 있는 곳으로 가려면 개활지를 통과해야만 합니다. 안타깝게도 적에게 들키지 않고 탈출할 방법은 없습니다. 이상."

마을 주변은 나지막한 언덕이 둘러싸고 있었다. 언덕 꼭대기까지 몸을 숨길 만한 바위나 나무가 별로 없었다. 적들이 이 마을을 약속 장소로 잡은 건 그 때문이다. 역으로 지금 아벨에게 농락당하고 있지만.

"전부 다 죽이지 않으면 안 되는군요. 이상."

"네. 안타깝게도. 이상."

"잘 알겠습니다. 마틴한테 오인 사격 조심하라고 말해주세요. 이상."

"마틴은 11시 방향에 있습니다. 거기서 30미터쯤 됩니다. 이상."

"그럼 이제부터 집들을 수색하겠습니다. 이상."

톰은 오마르를 돌아봤다. 그가 고개를 끄덕였다. 톰은 가장 가까이에 있는 집 앞에 섰다. 조정간을 자동으로 바꿨다. 문을 힘껏 발로 찼다. 움직이는 물체가 있으면 방아쇠를 당겼겠지만 다행스럽게도 아무런 반응이 없었다. 톰은 휴 하고 한숨을 내쉬고 다음 집으로 향했다. 두 번째 집에도 아무도 없었다. 세 번째 집도 마찬가지였다. 네 번째 집의 문을 걷어차는데 뭔가가 번쩍였다. 반사적으로 방아쇠를 당기는데 가슴에 커다란 충격을 느꼈다. 망치로 힘껏 내려치는 것 같았다. 톰은 그대로 바닥으로 쓰러졌다. 그의 뒤에 있던 오마르의 총이 불을 뿜었다.

톰은 곧 정신을 차렸다. 재빨리 가슴을 왼손으로 더듬었다. 손바닥을 뒤집어 확인했다. 핏자국은 없었다. 이번에도 방탄복이 제구실을 했다. 두 번이나 방탄복 덕분에 목숨을 구했다. 몸을 일으키는데 총을 맞은 부위가 움찔했다. 고통에 절로 얼굴을 찡그렸다.

그는 총을 챙기고 주위를 둘러보았다. 근처에는 아무도 없었다. 적도 오마르도. 마이크로폰으로 오마르를 호출하려다 멈칫했다. 통신 장비가 세 쌍밖에 없어서 오마르에게는 지급하지 못한 사실이 기억났다.

그는 어디에서 총성이 울리는지 파악하려고 노력했다. 아쉽게도 총성은 한군데에서만 울리지 않았다. 이곳에서 총성이 울린 걸 신호탄 삼아 뜨겁게 타오르고 있었다.

"아벨, 오마르는 어디 있습니까? 이상."

"제가 있는 곳에서는 사각이라 그쪽이 보이지 않습니다. 죄송합니다. 이곳은 사각이 많아서 안 보이는 곳이 많습니다. 이상."

"총성이 울리는 곳은 어디입니까? 이상."

"지금 마틴이 교전 중입니다. 그는 양쪽에서 공격당하고 있습니다. 2시 방향으로 30미터쯤 됩니다. 이상."

"마틴, 내가 갑니다. 기다려요."

오마르를 생각할 여유가 없었다. 톰은 총성이 울리는 곳으로 달려갔다. 부서진 창문 사이로 사격하는 자가 보였다. 오마르도 마틴도 아니었다. 톰은 수류탄을 던져 넣었다. 수류탄은 정확하게 창문을 통과했다. 곧 폭발이 일어났다.

창문 사이로 환한 달빛이 스며들었다. 톰은 내부를 확인했다. 온몸이 터져서 사방 벽에 덕지덕지 붙은 살덩이며 뼛조각들이 매캐한 화약 냄새 속에서 강렬하고 그로테스크한 영상을 만들었다. 코끝을 자극하는 비린내에 그것이 인간의 몸을 재료로 해서 만들어졌다는 사실을 깨달았다.

"톰, 11시 방향으로 집중 사격을 해주게. 애송이 녀석들에게 뜨거운 맛 좀 보여줘."

마틴의 목소리가 들렸다. 너무 반가웠다. 톰은 대답 대신 탄창이 빌 때까지 방아쇠를 당겼다. 철컥철컥. 어느새 드럼 탄창을 다 사용했다. 바나나 탄창을 갈아 끼웠다.

"내가 잡았어."

마틴의 고함 소리가 들려왔다. 톰은 그곳으로 접근했다. 쓰러져 있는 남자가 보였다. 흑인이었다. 마틴은 보이지 않았다.

"마틴!"

"자네 뒤편이야. 빨리 들어와."

톰은 고개를 돌렸다. 마틴이 문 옆으로 고개를 살짝 내밀고 있었다.

"아벨, 적들은 어디 있습니까? 이상."

톰은 집 안으로 들어가며 말했다.

"전혀 보이지 않습니다. 방금 마을 입구로 도망가던 녀석을 저격했습니다. 더 이상 움직임은 보이지 않습니다. 이상."

"지금까지 모두 몇 명이나 제거한 겁니까? 이상."

"글쎄요. 우리가 제거한 자들이 적어도 열두 명 정도는 되는 것 같습니다. 이상."

"그럼 다 제거한 걸까요? 이상."

"확신하지는 못합니다. 이상."

"좋습니다. 일단 시야가 잘 확보되는 곳으로 이동한 다음 연락 주세요. 그곳으로 가도 적들이 좀 전처럼 강하게 저항하지는 못할 겁니다. 이상."

"알겠습니다. 이상."

톰은 마틴을 돌아보았다. 마틴은 오른손으로 왼팔 이두박근을 가리켰다. 톰은 그에게 다가가 팔을 살폈다. 축축했다. 피를 꽤 많이 흘렸다. 톰은 마틴의 셔츠를 찢어 상처를 자세하게 확인했다. 뼈를 다치진 않았다. 스친 상처일 뿐이었다. 하지만 피는 계속 흘러나왔다. 톰은 급한 대로 찢어진 마틴의 셔츠로 상처 부위를 동여맸다.

"다행이군요. 죽을 정도의 상처는 아니군요."

톰은 바닥에 내려놓았던 총을 들며 말했다.

"내 운은 질긴 편이거든."

마틴은 웃으며 말했다. 그의 말마따나 정말 질긴 목숨이다. 집중 사격에도 불구하고 겨우 이 정도 상처밖에 입지 않다니. 적들의 사격 실력이 워낙 형편없었던 덕분일까?

"자리를 잡았습니다. 이상."

아벨의 목소리가 들려왔다.

"지금부터 집들을 하나하나 수색하겠습니다. 움직임이 있는지 잘 관찰해 주십시오. 이상."

"알겠습니다. 이상."

톰이 앞장서고 마틴이 뒤를 따랐다. 다급했다. 아무런 소리가 없다는 건 오마르의 신상에 좋지 않은 일이 발생했다는 걸 뜻했다. 마틴은 중간 중간 톰의 어깨를 잡아당기며 급한 행동을 제지했다.

여덟 번째 집을 수색하던 톰은 건물 벽에 기대어 앉아 있는 오마르를 발견했다. 그는 양손으로 오른쪽 다리를 잡고 있었다. 톰이 가까이 다가가도 아무런 움직임이 없었다.

톰은 다급하게 그의 맥박을 확인했다. 전혀 잡히지 않았다.

그의 콧구멍에 오른손 검지를 갖다 댔다. 바람 한 점 없었다.

"젠장. 제기랄. 젠장. 이 망할."

톰은 벌떡 일어서서 벽을 주먹으로 힘껏 쳤다. 그거로는 분이 풀리지 않았다. 톰은 반대편 모퉁이에 쓰러져 있는 적의 시체에 걸어 갔다. 몸통에 한 발을 먹였다. 시체가 들썩였다. 또 한 발, 또 한 발,

또 한 발……. 그는 탄창이 빌 때까지 방아쇠를 당겼다.

"이제 그만해."

마틴이 톰의 어깨를 잡으며 말했다.

"만족하십니까? 그렇게 믿지 못하던 인간이 죽었으니 이제 만족하냐고요?"

분노의 화살은 엉뚱하게 마틴을 향했다.

"톰, 수색을 완료하는 대로 한시바삐 이곳을 떠야 하네. 워낙 요란하게 한판 붙는 바람에 국경 경비대가 곧 도착할 거야. 우리는 지금 맨몸으로 왔네."

맨몸이란 외교관 신분인 화이트가 아닌 블랙이라는 걸 뜻했다. 잡히면 바로 처형되는 상황이라는 걸 의미했다.

"오마르의 시신은요?"

"그에게는 정말 미안한 말이지만… 그의 시신을 챙길 수는 없네. 행여 군인들에게 잡히지 않으려면 무기도 모두 이곳에 버리고 가야 하네."

"오마르는 이슬람 신자입니다. 24시간 이내에 매장해 주어야 합니다."

"우리가 할 수 있는 건 나중에 그의 무덤을 알아내서 그의 가족과 다시 찾는 것뿐이네."

"이런 망할. 젠장."

톰은 바닥에 널브러진 의자를 걷어찼다.

둘은 나머지 집을 수색했다. 살아 있는 자는 없었다. 탈출에 성공한 자도 없었다. 깨끗이 전멸한 것이다.

톰은 다시 오마르의 시신이 있는 곳으로 돌아갔다. 톰은 조심스

럽게 오마르의 눈을 감겼다. 손끝으로 따뜻한 그의 체온이 느껴졌
다. 그가 죽었다는 사실을 눈으로 보면서도 도저히 믿을 수가 없었
다. 단지 잠을 자는 것 같았다.

"어서 움직여야 합니다. 시간이 별로 없습니다."

아벨이 다급하게 재촉했다. 그는 어느새 차에 시동까지 걸어두
었다.

"이제 베타와의 접촉은 완전히 물 건너간 건가? 정말 큰일이군."

마틴은 차가 있는 곳으로 달려가며 말했다.

톰은 그의 얼굴에 침을 뱉어주고 싶은 걸 억지로 참았다.

55

예상대로였군. 기환은 담배를 비벼 끄며 생각했다. 겉으로는 인
상을 잔뜩 구겼지만 속으로는 환호했다.

중국인의 패가 가장 낮았다. 그는 스페이드 J를 들고 있었다. 플
러시면 낮은 패는 아니지만 기환도 이기지 못했다. 노인이 가장 높
았다. 그의 패는 A, 4 풀 하우스였다. 칩이 모두 노인 앞으로 모였
다. 핸디 카드를 확인한 중국인들은 미련 없이 자리에서 일어났다.
아직 기환에게는 칩이 남아 있었다. 하지만 그 역시 자리에서 일어
섰다.

"끝까지 안 하고?"

노인은 갈망하는 눈빛으로 말했다.

"적당할 때 일어나는 게 제 원칙입니다. 한잔하러 갈 생각인데
같이 가지 않으시겠습니까? 이럴 게 아니라 돈도 따셨는데 한잔 사

는 건 어떻습니까?"

기환은 노인 앞에 놓인 칩을 물끄러미 쳐다보며 말했다.

"좋아. 오늘 횡재했는데 그깟 술 한잔 정도야. 더구나 같은 조선 사람인데."

노인은 자주 가는 단골집이 있다며 기환을 안내했다. 그는 가게에 들어서자 기환을 자리에 앉게 한 후 사장과 한참 얘기하다 돌아왔다. 돈을 건네는 걸 보니 밀린 술값을 계산하는 눈치였다.

"다 드나(원샷)!"

"하라쇼(좋다)!"

둘은 부지런히 술잔을 부딪쳤다.

"초면에 이런 말 해도 될지 모르겠는데… 자네와 같은 민족이니 허물없이 말하겠네."

노인의 얼굴은 용광로의 쇳물처럼 벌겋게 달아올라 있었다.

"편하게 말씀하세요."

"자네 뭐 하는 사람인가? 돈 쓰는 씀씀이나 외모를 보면 분명 직장인은 아닌데."

술기운이 오르는지 그는 직설적으로 물어왔다.

"자그마한 사업체를 운영하고 있습니다."

"어떤?"

"이것저것 하고 있습니다."

"보따리 무역상은 아니고?"

"아닙니다."

기환은 빙긋이 웃으며 말했다.

"그런데 블라디보스토크엔 무슨 일로?"

"중고차를 좀 팔아볼까 해서요. 제가 한국에서 중고차 매매도 하는데 이곳 블라디보스토크에 중고차 수요가 많다고 하더군요. 뭐 시장 조사도 할 겸, 카지노에 들러 손도 풀 겸 겸사겸사 왔습니다."

"이곳은 한국과는 달라."

노인은 목청을 살짝 높였다.

"잘 알고 있습니다. 저도 한국에서 굴러먹을 대로 굴러먹은 놈입니다. 위험은 충분히 감수하고 있습니다."

"자네에게서는 어둠의 냄새가 나. 자네도 마피아인가?"

노인은 기환을 부담스러울 정도로 빤히 쳐다보며 말했다.

"뭐, 그 비슷한 거라고 보면 되겠죠."

"역시… 그것 때문에 나한테 접근했나?"

알코올 중독자라도 눈치는 빠르군. 기환은 노인을 향해 미소를 지어주며 생각했다.

"발이 넓다는 소문이 있어서요."

"중고차가 아니라 다른 사업에 생각이 있는 모양이군. 중고차라면 내가 아니라 다른 사람이 필요할 텐데."

"돈이 되는 사업이라면 다 관심이 있어서요. 젊었을 때 부지런히 벌어놔야지요."

기환은 비열하게 웃으며 말했다.

"나한테서 뭘 바라나? 난 이제 은퇴했다네."

노인의 목소리에서 힘이 많이 빠졌다. 일방적으로 해고당한 게 꽤나 충격이 컸던 모양이다.

"사람을 좀 소개시켜 주십시오."

기환은 노인의 손을 움켜잡으며 말했다.

노인은 기환의 눈을 정면으로 응시했다. 그의 뿌옇던 눈에서 생기가 살아나는 것 같았다. 뭔가를 할 수 있다는 건 병상에 누워 있는 노인에게도 활기를 불어넣는다.

"구체적으로 어떤 쪽으로?"

"총을 좀 구하고 싶습니다."

"그것 역시 나를 통하지 않고도 충분히 가능할 텐데."

"그냥 권총이 아니라 가능하면 RPG와 수류탄, 소음저격총 따위를 구하고 싶습니다."

"전쟁이라도 하려고?"

노인은 구미가 당기는지 의자를 당겨 앉으며 말했다.

"그건 말할 수 없습니다."

"전에 이런 일을 해본 적이 있나?"

"솔직히 말해서 무기 구입은 이번이 처음입니다. 하지만 이번 일만 잘되면 계속 거래할 생각입니다."

"곤란한데……."

노인은 고개를 저었다. 러시아에서 이런 일을 하다가 적발되면 징역 5년 형이다. 하지만 실제로 적발되는 경우는 거의 없다. 러시아 극동 마피아들은 주 정부나 치안 기관과 밀접한 관계를 유지하고 있다. 기환은 한번 떠보는 거라고 생각했다.

"그럼 이만 일어나 보겠습니다."

기환은 자리에서 일어나며 말했다.

"앉게. 아직 술도 남았는데."

노인은 기환의 잔에 보드카를 가득 따랐다. 그는 기환과 잔을 부딪치며 말했다.

"자, 한잔 들게. 술은 내가 사는 거니까 마음껏 들게."

"좋습니다. 먼저 쓰러지지나 마십시오."

기환은 '러시아식 해결 방법'을 김 과장을 통해 배운 상태였다. 그는 연신 건배를 제의했다. 물론 그걸 마다할 노인이 아니었다. 그들은 보드카를 가득 채운 글라스를 연달아 비웠다.

"그런데 자네가 경찰 끄나풀이 아니라는 건 어떻게 확신할 수 있나?"

노인은 혀 꼬인 목소리로 말했다. 아직 쓰러지지 않은 게 신기할 정도로 그는 과음했다. 물론 기환의 상태도 그리 좋은 편은 아니었다.

"아직도 저를 못 믿으시는군요."

기환은 자리에서 벌떡 일어나며 말했다.

"앉게. 뭐든지 확실한 게 좋은 거야. 잘 알면서 그러나?"

"마동포라고 아시죠?"

"뭐? 누구?"

"마… 동… 포……. 왜 이전에 그 사람과 거래하지 않았습니까? 머리 벗겨지고 왼쪽 뺨에 칼자국이 있는."

기환은 왼손 검지로 왼뺨에 칼자국을 만들면서 말했다.

"아! 그래, 알지. 그럼 자네 그 사람 소개로?"

"네. 마 사장님 소개로 왔습니다. 당장 내일이라도 마 사장님한테 전화해서 확인해 보십시오. 여기 마 사장님 전화번호입니다."

기환은 마 사장의 전화번호가 적힌 쪽지를 건넸다. 물론 전화번호는 마 사장이 아니라 국정원 요원의 것이었다.

노인은 쪽지를 주머니에 넣고는 작은 약병을 꺼냈다. 그는 자신의 손등에 하얀 가루를 뿌리더니 코로 흡입했다. 코카인 가루다.

"자네도 하겠나?"

노인은 약병을 잡으며 말했다.

기환은 순간적으로 갈등했다. 단순히 마약이라서 거부감을 느낀 건 아니다. 조폭이라고 다 마약을 하는 건 아니기 때문이다. 오히려 일반인보다 마약을 더 꺼린다. 마약 중독자로 밝혀질 경우 조직에서 추방당하기까지 한다. 약을 구하기 위해 무슨 짓이든 할 수 있기 때문이다.

그래도 마약 중독사는 있다. 특히 마 사장 같은 경우는 본인이 중독자다.

"주십시오."

기환은 손등을 내밀며 말했다.

노인은 빙긋이 웃으며 기환의 손등에 약을 뿌렸다. 첫 경험은 아니었다. 위장 수사 때문에 1년 전에 한 번 복용했었다. 의심받지 않으려고 한 번에 쭉 흡입했다.

처음에는 약간의 거부감이 들었다. 곧 따뜻하고 감미로운 자극이 몰려왔다. 주변의 움직임이 눈에 띄게 느려졌다. 하지만 머리는 굉장한 속도로 회전했다. 결혼 생활은 이제 끝장났다. 그러나 지금은 아주 편안하다. 그냥 현실을 받아들이면 된다. 이런 위험한 위장 수사를 왜 하는 걸까? 그냥 잊어라. 넌 지금 충분히 즐겁다. 머릿속에서 환상적인 일들이 격렬한 쾌감과 함께 몰려왔다. 하지만 그것에만 빠져 있을 순 없었다.

"도움을 주시면 수고비를 넉넉하게 챙겨 드리겠습니다."

기환은 지폐를 만지작거리며 말했다. 노인은 갈등하는 눈치였다.

"이런 좋은 기회를 놓치고 싶은 겁니까? 상대편에서도 수고비를 받을 수 있지 않습니까? 양쪽에서 받으면 꽤 괜찮은 수입이 될 텐데."

기환은 지폐를 지갑에 넣으며 말했다.

"잠시만."

노인은 기환의 손을 잡으며 말했다.

그는 눈에 띄게 순순해졌다. 술과 약에 취해서 횡설수설 지껄이긴 했지만 원하는 정보는 대부분 얻을 수 있었다. 노인은 사업에서 손 뗀 지 열 달 가까이 됐다. 그래서 최근의 정황에 대해서는 자세한 사정을 알지 못했다.

그렇다고 그의 인맥까지 모두 사라진 건 아니다. 기환은 그에게 우선 몇 가지 정보를 알아봐 달라고 부탁했다. 헤어지면서 호텔 전화번호와 조사비용 500달러를 건넸다. 노인의 비틀거리는 뒷모습을 보고 있으니 그가 과연 부탁한 걸 기억할 수 있을지 걱정됐다.

56

"저자는 어제도 봤는데."

운전석에 앉은 털보가 고개를 갸웃거리며 말했다.

"누구?"

"방금 택시에서 내린 백인입니다."

털보는 백미러를 흘끔거리며 말했다.

흑표도 뒤쪽으로 고개를 돌렸지만 차가 막 신호를 받아서 출발하던 참이라 차들이 쉴 새 없이 몰려왔다. 아쉽지만 그자의 얼굴을 확인할 순 없었다.

"우연히 마주친 거 아냐?"

한 번은 우연이고, 두 번은 우연의 일치, 세 번은 적의 수작이다.

"그럴지도 모르죠. 사실 우리가 워낙 많이 돌아다니긴 하니까요."

본능적으로 위험을 직감했기에 숙소에 있는 시간을 가급적 줄이기 시작했다. 만일의 사태에 대비해 안가를 마련해 두긴 했지만 서울이 아니었다. 불안하긴 하지만 아직 서울을 떠나기에는 일렀다.

매일같이 호텔을 바꾸는 건 기본이고, 방은 서너 개를 잡았지만 한 방에서 털보와 같이 잤다. 이틀 전부터는 밤늦게 체크인하고 새벽같이 체크아웃 했다. 그러다 보니 도로 위에 있는 시간이 대부분이었다.

차량도 매일같이 바꿨다. 처음에는 렌터카 회사를 이용하다가 대포차를 이용했다. A 상인에게서 산 대포차를 다음날 B 상인에게 팔며 다른 차와 교환하는 식으로 매일같이 차를 바꿨다.

"새로 온 CIA 요원인가?"

흑표는 고개를 갸우뚱거리며 말했다.

"그건 아닌 것 같습니다. 그들이 차도 없이 혼자서 미행할 리는 없습니다. 그나저나 좀 전부터 새로운 날파리가 달라붙었습니다."

"새로운 날파리? CIA가 아니라?"

"CIA가 아닌 건 확실합니다. 그 친구들은 저렇게 바짝 붙어서 따라오지 않거든요."

털보는 자신 있게 말했다.

흑표는 고개를 돌려 확인하고 싶었지만 참았다. 그들에게 미행이 파악됐다는 걸 알려서 좋을 건 하나도 없었다. 그는 부드러운 목소리로 말했다.

"미행인지 확인해 보자. 뭐든지 확실한 게 좋으니까."

"알겠습니다."

누군가 차량으로 미행하는지 알고 싶다고 영화처럼 가속 페달을 힘껏 밟는 건 그다지 좋은 방법은 아니다. 당장 교통경찰의 주의를 끌 뿐만 아니라 복잡한 대도시에서 스피드를 계속 유지하기는 불가능하다.

가장 확실하고 쉬운 방법은 바보처럼 운전하는 것이다. 속도를 내다가 갑자기 정지하고, 왼쪽 깜빡이등을 켜놓고는 우회전을 한다. 물론 가장 확실한 건 역주행이다. 미행을 알아내기 전에 병원에 실려 갈 가능성이 높아서 그렇지.

아무튼 화가 난 운전자들이 신경질적으로 클랙슨을 울려도 무시하고 계속 바보같이 운전해야 하는 게 키포인트다. 미행하는 자가 있나면 아무리 노련한 운전사라고 해도 언젠가는 실수하게 마련이다.

털보의 말처럼 이번 상대는 그렇게 노련하지 않았다. 급출발과 급제동을 몇 번 반복했을 뿐인데 금방 자신을 노출시켰다.

"어떻게 할까요? 따돌릴까요?"

털보는 백미러를 흘끔거리며 말했다.

"일단은 놔둬보지. 누군지 궁금하기도 하고. 미행을 확인했으니 이제부터는 정상적으로 운전하게."

도대체 누구지? 사설 보안업체? 흑표는 고개를 내저었다. CIA가 의뢰할 정도의 사설 보안업체라면 거기에 근무하는 자들은 대부분 전직 CIA나 FBI 요원들이다. 현역으로 근무하는 요원들보다 훨씬 베테랑이다.

그러면 도대체 누구란 말인가? 흑표는 한층 더 혼란에 빠졌다.

57

감시를 하려면 계획을 세워야 하고 정찰도 해야 한다. 장소를 훤히 알고 있다고 해도 표적을 한 시간, 혹은 하루 종일 앉아서 기다릴 장소가 필요하다. 중간 중간 생리적인 문제도 해결해 줘야 한다. 한곳에 오래 있으면 당연히 주목받게 되는 일도 많다. 그래서 감시란 참으로 따분하고 짜증 니는 일이다.

의뢰인들은 감시 임무를 그들이 수행하겠다고 했다. 지리도 익숙하지 않고 백인이라 눈에 잘 띄는 교수가 표적을 미행하는 것보다 그들에게 맡기는 편이 나았다. 무엇보다 괜히 표적의 눈에 띄어서 이쪽을 노출시킬 필요는 없었다.

하지만 교수는 표적 확인을 겸해서 간단한 미행을 하곤 했다. 자신의 눈으로 직접 보고 판단하고 싶은 욕망을 떨칠 수가 없었기 때문이다. 그리고 그 정도의 미행은 킬러에게 반드시 필요한 작업이기도 했다.

표적은 아주 노련했다. 굉장히 불규칙한 동선으로 이동했고, 이동 수단을 수시로 바꿨다. 호텔방을 잡을 때도 외부에서 감시가 불가능한 벽 쪽을 바라보는 창문 없는 방을 잡았다. 물론 가능한 한 엘리베이터에서 멀고 비상구에서 가까운 곳으로.

교수는 택시에서 내렸다. 더 이상 그들을 따라붙었다가는 미행을 눈치챌 위험이 있었다. 보디가드는 노련했다. 골목길도 잘 이용했고 속도를 갑자기 높였다가 늦추곤 했다. 택시는 의심받을 가능성이 적긴 하지만 그가 운전하는 차가 아니다. 이상하게 쳐다보는 택시운전사를 봐서라도 이만 내리는 게 좋을 것 같았다.

마침 표적이 탄 차가 신호등 앞에 정지해 있었다. 교수는 무심코 운전석을 바라봤다. 지긋지긋한 보디가드 녀석이 백미러로 그를 보는 것 같다는 느낌이 들었다. 다음 순간 신호가 바뀌면서 차량이 출발했다.

그날의 실수 때문일까? 교수는 인상을 찡그리며 생각했다. 추적자가 목표물과 눈을 마주치는 건 있어서는 안 되는 일이다. 표적은 추적자가 누군지 몰라서 항상 긴장하게 마련이다. 평소보다 몇 배나 예민한 상태다. 그런 상황에서 눈이 마주치는 자는 모두 적으로 생각하게 된다. 특히 민감한 자라면 누가 적인지 본능적으로 감지해 낸다. 그런데 어처구니없게도 초보적인 실수를 범하고 말았다.

호텔 로비에서 보디가드와 눈이 마주치고 말았다. 실내라서 신글라스를 벗는데 정말 우연히도 보디가드가 고개를 돌렸다. 1초도 안 되는 짧은 시간이었지만 교수는 상대가 보통이 아님을 직감했다. 그리고 상대도 그에게서 똑같은 감정을 느꼈다는 걸 분명히 감지했다.

교수는 차량의 뒷모습을 물끄러미 바라봤다. 차는 오른쪽 골목길로 사라졌다. 검은색 승용차가 그 뒤를 따랐다. 분명 택시를 잡을 때 본 차다. 오늘 저녁에는 그가 표적을 미행하기로 되어 있었다. 그가 아는 한 다른 미행 팀은 없다.

저건 뭐야? 도대체 누구지? 혼란스러웠다. 어쩌면 그의 의뢰인은 그뿐만 아니라 복수의 킬러에게 암살을 의뢰했는지도 모른다. 분명 좋은 소식은 아니다.

머리가 아팠다. 교수는 정처 없이 밤거리를 거닐었다. 표적을 놓치긴 했지만 곧 찾을 것이다. 표적은 잘 곳이 필요했고 특급호텔은 일부러 피하는 눈치였다. 일반 호텔의 전산망은 의외로 열악하다. 해커 한 명이 계속 호텔 전산망을 주시하고 있다. 표적의 여권이 사용되면 바로 연락이 온다. 그 외에도 여러 감시 팀을 운용 중인 눈치였다.

서울의 밤은 개미지옥 같았다. 화려한 네온사인 아래 문을 연 갖가지 가게들이 행인을 끊임없이 빨아들이고 있었다. 그의 고향인 케이프타운은 워터프런트를 제외하면 밤 문화를 즐길 곳이 별로 없다. 하지만 서울은 밤을 위해 존재하는 도시 같았다.

교수는 마침 눈에 띈 바에 들어갔다. 간단하게 한잔하면서 대책을 세우기 위함이었다. 칵테일을 다섯 잔이나 비웠지만 어떠한 아이디어도 떠오르지 않았다. 젠장. 교수는 다급해졌다. 시간은 가는데 해결책은 어디에서도 나오지 않았다.

표적은 노련한 스파이답게 아주 좋은 습관을 가지고 있었다. 절대 규칙적으로 움직이지 않는 것이다. 당장 체크아웃 하는 것만 봐도 그랬다. 새벽같이 호텔을 나설 때도 있었고 점심이 다 되어서야 호텔을 나설 때도 있었다. 이틀 전부터는 새벽에 체크아웃 하긴 했지만.

혹시라도 자주 찾는 식당이나 간식거리가 있으면 예전에 썼던 방법을 사용해 보려고 했다. 당시 표적은 출근길에 길거리에서 파는 샌드위치를 즐겼다. 교수는 샌드위치 재료에 장염을 유발하는 비브리오와 살모넬라균을 몰래 넣었다. 몇 시간이 지나자 표적은 복통을 호소했고, 결국 조퇴해서 병원으로 향했다. 평소에는 무척 조심스러운 자였지만 고통 때문인지 미행 따위는 전혀 신경 쓰지 않았다. 교수는 느긋하게 그를 따라갔다.

병원에 간 표적은 장염 진단을 받고 링거 주사를 맞았다. 그게 교수가 노린 거였다. 표적은 고통 덕분에 교수의 남자 간호사 복장에 쉽게 속아 넘어갔다. 그는 영양제라고 상대를 안심시킨 후 링거에 칼슘을 함유한 용액과 함께 주사해서는 안 되는 항생제 로세핀을 투입했다. 그렇게 표적은 생을 마감했고, 병원 측의 과실에 의한 의료 사고로 결론지어졌다.

하지만 이 방법도 사용할 수 없었다. 메뉴나 찾는 식당이 모두 제각각이었다. 식사 시간도 들쭉날쭉했다. 점심은 12시부터 1시. 저녁은 6시부터 7시. 그런 개념은 애초에 없었다. 저녁 전에 먹으면 점심이고, 자기 전에 먹으면 저녁이었다. 표적이 어둠의 세계에서 별탈 없이 아직까지 살아 있는 이유를 충분히 엿볼 수 있었다.

가장 큰 문제는 떡보라는 경호원이었다. 그 방탕 녀석은 24시간 밀착 경호하는데다 충성심도 대단했다. 또한 아주 노련했다. 험악한 외모와는 달리 동선 하나하나 신경 쓰며 경호했다. 녀석은 차 문을 열기 전에 거울로 엔진 밑을 확인하고 시동 걸 때는 차량에서 충분히 떨어진 다음 리모컨을 사용했다.

물론 고전적이고 간단한 방법이 없는 건 아니다. 보디가드 녀석은 연료통 내부까지 확인하는 건 아니었다. 수류탄을 청테이프로 감아서 고정한 후 안전핀을 뽑아 자동차 연료통에 넣는 방법이 있다. 시간이 좀 지나면 테이프의 접착력이 떨어지면서 폭발한다. 누구나 만들 수 있는 아주 간단한 시한폭탄이다. 하지만 이건 정확한 시간을 맞추기 힘든데다 의뢰인은 어떠한 종류의 폭탄도 사용하지 말 것을 요구했다.

교수는 지금의 상황이 스위스 주머니칼 같다고 생각했다. 모든 것을 두루 갖췄지만 제대로 된 건 하나도 없었다.

　교수는 일단 나이프를 사용하기로 했다. 사고사로 위장하기 힘들고 총도 폭탄도 사용할 수 없다면 역시 나이프가 해답이다. 그는 흑표를 처리할 나이프로 거버 마크2를 선택했다. 이는 전설적인 나이프로 찌르기 전용으로 만들어졌다. 따라서 단 한 번의 공격으로 상대를 제거할 수 있다. 그러나 나이프로 동시에 두 명을 제압한다는 건 힘든 일이다. 털보가 결사적으로 저항하면 그 틈에 흑표는 도망가 버릴 것이다.

　그래서 교수가 선택한 게 바로 투검이다. 투검을 사용해서 털보를 일시적으로 제압하고 그 틈에 흑표를 제거하는 것이다.

　보통 사람들이 생각하는 것과 달리 투검은 위력적인 기술이 아니다. 나이프 파이팅을 할 때도 거의 쓰이지 않는다. 하나뿐인 칼을 던져 버린다는 건 실패하면 곧 죽음을 의미하기 때문이다. 사실 투검은 실전용이라기보다는 스포츠에 가깝다.

　러시아의 특수부대 스페츠나츠에게는 따로 지급되는 전술 나이프가 있다. 칼날이 손잡이에서 발사되도록 특별히 디자인된 NR—2가 바로 그것이다. 투검은 아니지만 투검과 같은 역할을 할 수 있다. 아쉽게도 이것 역시 당장은 구할 수 없었다.

　그래서 그가 선택한 것이 Colt CT93이다. 이것은 투검 전용으로 나온 칼이다. 일반적인 전술 나이프에 비해 무게 균형이 잘 잡혀 있어서 칼날이나 손잡이 양쪽을 잡고 던지기 쉽게 만들어진 칼이다. 한국에서도 구입할 수 있는 물건이라 의뢰인을 통하면 어렵잖게 구매할 수 있다. 이건 투검 전용으로 나온 것이라 날이 상당히 무르다. 옆 날은 아예 없는 것이나 마찬가지다. 어차피 지금은 연습만

할 거니 상관없었다. 사용하기 전에 날을 좀 갈아놓으면 된다. 의뢰인이 날을 갈아줄 곳을 찾아낼 것이다.

이놈의 목표는 머리와 목이다. 정확도와 빠른 타격이 생명이기 때문에 적 뒤 3~5미터 이내에서 확실하게 상대를 보낼 수 있는 거리를 정한다. 투검의 경우 탄도가 곡선을 그릴 정도로 멀면 의미가 전혀 없어진다. 따라서 7미터 정도가 한계 거리다.

투검이 성공하는 관건은 날의 회전수 조절과 스피드다. 최선의 거리를 측정할 수 있도록 많은 연습이 뒤따라야 한다. 던지는 형태는 정통파 투수의 오버 스로우 동작과 매우 유사하다. 언더 스로우로 던지는 방법도 있는데 이는 검집에서 칼을 빨리 빼는 장점이 있을 뿐 파워가 적어서 거의 쓰이지 않는다.

연습힐 경우에는 처음부터 있는 힘껏 던지민 어깨를 나치게 된다. 서서히, 그리고 하체를 기본으로 해서 던져야 한다. 얼핏 만만하게 보이지만 결코 쉬운 운동은 아니다. 생각보다 운동량도 많고 정신 집중에도 많은 도움이 된다.

교수는 투검으로 사람을 죽여본 경험은 없었다. 실전에서도 사용해 본 적은 없었다. 하지만 스포츠용으로 연습 삼아 꾸준히 던져왔다. 투검 자체에 숙달되면 어떠한 칼이라도 무게중심에 맞춰서 던질 수 있게 된다. 처음에는 제대로 나무판에 박히지 않지만 곧 나무판 가운데에 박히기 시작한다. 땀이 흠뻑 배일 정도로 연습하면 금방 자신감이 생길 것이다.

하지만 교수는 이런 종류의 일은 하나같이 전장의 안개라는 사실을 너무나 잘 알고 있었다. 모든 것이 완벽해 보이고 이쪽이 압도적인 화력을 보유하고 있는 작전이라도 일단 사격이 시작되면 엄청나게 꼬이게 마련이다.

58

전화벨이 울렸다. 기환은 시간을 확인했다. 오후 4시 26분이었다.

"날세. 기쁜 소식이네. 자네에게 무기를 팔겠다는 사람이 나타났네."

알렉세이는 들뜬 목소리였다.

"벌써요?"

기환은 당황했다. 정보를 얻으려고 한 것이지 실제로 무기를 구입하려는 게 아니었다. 돈 욕심이 난 노인이 지나치게 앞서 나갔다. 하지만 여기서 꼬리를 내리면 모든 게 수포로 돌아간다. 알렉세이도 결코 호락호락한 인물이 아니다. 어둠의 세계에서 지금까지 죽지 않고 살아왔다는 사실이 그걸 증명한다.

"조금 있다 우리가 그쪽 호텔로 갈 테니 준비하고 있게. 거기서 저녁 식사를 같이 하기로 했어. 명심하게."

노인은 잠시 뜸을 들인 후 다음 말을 이었다.

"식사만 하는 자리야. 사업 얘기는 삼가도록 하게. 그리고……."

"소개비는 준비되어 있습니다. 오시면 바로 드리겠습니다."

"역시 사업을 할 줄 아는 친구군."

노인은 호탕하게 웃었다.

기환은 김 과장에게 전화할까 망설였다. 하지만 어떤 대답이 돌아올지 잘 알고 있었다. 틀림없이 작전을 중지하고 당장 귀국하라고 호통칠 것이다. 여기까지 왔는데 그냥 돌아가고 싶진 않았다. 노인은 전적으로 그를 믿는 눈치다. 노인이 소개해 주는 자만 속이면 된다. 물론 노인을 속이는 것보다 몇 배는 힘들겠지만.

그들은 7시가 조금 못 돼서 호텔에 도착했다. 노인은 동행을 어업 회사의 간부라고 소개했다. 기환은 실제도 그럴 것이라고 추측했다. 이곳의 러시아 마피아들은 겉으로는 어업 회사를 관리한다. 물론 내부적으로는 불법 어업과 밀수출에 관여하고 있다.

그와 많은 대화를 나누지는 않았다. 식사를 하며 약간의 담소를 나눈 게 전부였다. 그들은 처음 만난 사람과 사업 얘기를 할 정도로 어리석지 않다. 잔금을 받아서 그런지 노인은 아주 기분이 좋아 보였다. 그가 대화를 주도했다. 노련한 영감답게 절대 직접적인 사업 얘기는 꺼내지 않았다. 대신 기환의 배경을 설명해 주며 믿을 만한 친구라는 킹친을 이끼지 잃있다. 어업 회사 산부는 감정 표현을 하지 않는 스타일이었다. 그가 무슨 생각을 하는지 읽어내기 힘들었다. 하지만 기환은 억지로 상대를 떠보려고 하지 않았다. 어설프게 그런 짓을 했다간 상대의 의심을 사게 마련이다. 노인이 충고했듯 식사만 하고 헤어지는 게 최선이다.

"자네가 마음에 든 모양이야. 조만간 자네에게 연락이 갈 거야. 그럼 수고하게."

노인은 호텔을 나서며 기환의 귀에 속삭였다.

첫선을 보이는 건 어느 정도 성공했군. 기환은 만족했다. 사람 간의 관계에서 첫인상은 굉장히 중요하다. 그가 기환에게 호감을 가졌다면 작전이 성공할 확률도 덩달아 높아진다.

다음 날. 전화를 기다리는 건 언제나 사람을 초조하게 만든다. 대학의 합격발표를 기다릴 때도 이 정도로 초조진 않았는데. 식욕이 없어서 하루 종일 굶다시피 했더니 신경이 무척 날카로워졌다.

전화벨은 밤 10시가 넘었을 때 울렸다. 오늘은 전화가 안 오겠거니 포기하고 술이나 한잔할까 하는 참이었다.

"여보세요?"

기환은 한국어로 말했다. 일부러 영어를 사용하지 않았다.

"고영민 씨?"

어색하긴 하지만 한국말이다.

"누구신지?"

"어제 소개받았던 분의 비서입니다."

상대는 영어로 말했다. 러시아 억양이 많이 들어가긴 했지만 유창했다.

"아, 그러세요. 그런데 무슨 일로?"

기환 역시 영어로 말했다.

"저희가 지금 호텔 앞에 있습니다. 잠시 만나 뵐 수 있을까요?"

"방으로 올라오시겠습니까?"

"아뇨. 차 안에서 잠시 뵀으면 하는데요."

"그러죠."

그들은 차가 서 있는 곳의 위치와 차의 종류, 번호를 불러줬다. 기환은 간편한 복장에 지갑만 챙겨서 내려갔다. 검은색 벤츠가 호텔 맞은편 길가에 시동을 걸고 주차해 있었다. 기환이 다가가자 뒷문이 열리면서 덩치 좋은 남자가 내렸다.

"고영민 씨?"

전화 건 남자와 목소리가 똑같았다.

"네, 접니다."

기환은 조금 빠른 걸음으로 그에게 다가가며 말했다.

"일단 차에 타시지요."

그는 기환에게 뒷자리에 탈 것을 종용했다. 뒷좌석에는 그 말고
도 한 명이 더 타고 있었다. 그자 역시 체격이 우람했다. 덩치들이
양쪽에서 기환을 압박했다.

"죄송하지만 이걸 착용하십시오. 괜찮으시죠?"

강압적인 말투는 아니었다. 기환은 고개를 끄덕여 주었다. 남자
는 기환의 눈에 안대를 착용했다. 그리고 보자기를 씌웠다. 세상은
완전한 암흑으로 변했다. 그 상태에서 몸수색을 당했다. 그들은 기
환의 시계, 지갑, 벨트를 모두 압수했다.

눈을 감은 상태에서의 시간 감각은 상당히 부정확하다. 1분이 10분
처럼 느껴지게 마련이다. 그걸 감안하더라도 차는 꽤 오랫동안 달
렸다.

차가 멈춰 섰다. 그리고 문이 열리는 소리가 들리더니 기환을 차
에서 끌어 내렸다. 양쪽에 팔짱을 끼고 기환은 그들이 안내하는 곳
으로 향했다. 저벅거리는 자갈이 밟혔다. 이래서 차를 세워두고 걷
는 모양이다. 역시 보통 녀석들이 아니다. 값싸고 효과적인 보안 수
단 중 하나가 차량이 드문 곳을 사용하는 것이다. 이런 거친 자갈길
을 차를 타고 접근할 수는 없다. 결국 걸을 수밖에 없고, 그 상태에
서는 금방 눈에 띄게 마련이다.

꽤 오랜 시간을 걸었다. 방향을 정확하게 파악할 순 없지만 일부
러 둘러서 간다는 느낌을 받았다. 녀석들은 필요 이상으로 조심스
럽다. 그건 그들이 조금이라도 수상한 낌새를 채면 자신을 절대 살
려두지 않을 것이라는 사실을 의미한다. 심장이 당장에라도 몸 밖

으로 튀어나올 것 같았다.

그들이 멈춰 섰다. 곧 낡은 엘리베이터가 녹슨 비명과 함께 도착했다. 그들은 기환을 엘리베이터에 태웠다. 문이 닫히자 암내가 코를 어지럽혔다. 엘리베이터는 낡아서 그런지 갑갑할 정도로 천천히 올라갔다.

건물은 꽤 큰 편이었다. 엘리베이터에서 내려서 거의 30미터 가까이 걷고 나서야 정지했다. 문을 여는 소리가 들리더니 그들은 기환을 안으로 안내했다. 그리고 그를 의지에 앉힌 후 답답한 보자기와 안대를 풀어주었다.

눈이 부실 거라고 생각했는데, 의외로 실내는 어두웠다. 그의 바로 맞은편 커다란 탁자 뒤편에 앉은 남자를 중심으로 좌우에 한 명씩 건장한 남자가 서 있었다. 우측에 서 있는 남자는 실내인데도 야구 모자를 쓰고 있었다. 그들 외에도 기환의 양옆으로 각각 한 명, 입구에 한 명, 이 방에는 기환을 포함해 모두 일곱 명의 남자가 있었다. 하나같이 덩치가 컸고 괜히 거들먹거리지도 않았다. 동상처럼 묵묵히 제자리를 지키고 있었다. 그게 훨씬 위협적으로 느껴졌다.

딱 하는 소리가 들리자 실내에 불이 들어왔다. 기환은 눈이 부셔서 눈을 조금 찡그렸다.

"영어는 할 줄 알죠?"

탁자 뒤에 앉은 남자가 말했다. 러시아식 악센트가 섞여 있긴 하지만 유창했다. 기환은 그의 얼굴을 확인했다. 의외였다. 어제 만난 어업 회사 간부일 줄 알았는데 다른 사람이었다.

"조금 합니다."

기환은 영어로 답했다. 너무 유창하게 발음하지 않으려고 신경 썼다.

"러시아어는?"

"죄송합니다. 거의 못합니다."

"좋소. 그럼 이제부터 영어로 질문하겠소. 당신은 무슨 일을 하는 사람입니까?"

그는 기환을 빤히 쳐다보며 질문했다.

"그건… 지금 말하기는 곤란합니다."

"사업을 하러 왔으면서 그것도 말하지 못한단 말입니까?"

"제가 뭣 때문에 왔는지는 이미 알고 있지 않습니까?"

이곳까지 그를 불렀다면 이미 뒷조사가 끝났다는 걸 의미했다.

"마 사장의 심부름?"

"그렇소."

"왜 그가 직접 오지 않은 거지?"

그의 말투에서 감정을 느낄 수 있었다. 의심과 분노. 기환은 긴장하지 않으려고 노력했다.

"급한 일이 생겼소."

"무슨 급한 일?"

"그런 것까지 당신한테 일일이 보고할 필요는 없는 걸로 아는데."

기환은 기 싸움에서 져서는 안 된다는 사실을 떠올리며 말했다.

"보고? 아니, 거래 당사자가 바뀌었는데 그 사실을 알려주는 게 무슨 큰일인가? 당연히 알려줘야 하는 거 아냐? 더구나 이런 위험한 거래에서."

"위험한 거래이기 때문에 직접 와서 말하려고 한 거요. 그 정도의 보안 의식도 없소?"

기환은 상대의 눈을 정면으로 응시하며 말했다. 등줄기를 타고 한줄기 땀방울이 빠르게 흘러내렸다.

"이게 무슨 개 같은 소리야?"

상대는 고함을 내지르며 자리에서 벌떡 일어났다.

"여기까지 온 김에 한번 들어나 봅시다. 거래는 어차피 깨진 거고."

여태까지 침묵을 지키고 있던 야구 모자를 쓴 남자가 말했다. 무척 차분한 목소리다.

기환은 아차 싶었다. 잔뜩 인상을 구기고 있는 남자가 아니라 그가 이 모든 상황을 제어하고 있었다.

"그게… 경찰에서 냄새를 맡았습니다."

기환은 잠시 뜸을 들인 후 말했다.

"언제 경찰에서 냄새를 안 맡은 적이 있기나 했어?"

탁자 뒤에 앉아 있던 남자가 다시 자리에서 일어나며 말했다. 야구 모자를 쓴 남자가 그를 지그시 노려봤다. 그는 잠시 머뭇거리다 자리에 앉았다.

"사실… 냄새를 맡은 건 경찰이 아닙니다."

"경찰이 아니면 누구?"

야구 모자를 쓴 남자는 흥미를 느낀 듯 목소리를 살짝 높이며 말했다.

"아무래도 국정원에서 냄새를 맡은 것 같습니다. 확실하진 않지만 CIA에서도 조사 중인 것 같습니다."

"무슨 말도 안 되는 소리를 하는 거야."

탁자 뒤에 앉아 있던 남자가 다시 자리에서 일어나며 말했다.

"잠시만. 이자의 말을 끝까지 들어보지."

야구 모자를 쓴 남자가 기환에게 다가오며 말했다.

그는 기환의 1미터 앞에 멈춰 선 후 기환의 눈을 정면으로 응시했다. 기환은 상대의 매서운 눈길을 피하지 않았다. 얼핏 보면 무척 순해 보였다. 하지만 기환은 그 내면 깊숙한 곳에 자리 잡고 있는 잔혹함을 엿볼 수 있었다.

"한국의 국정원이 무기와 마약 거래를 조사하는 건 알고 있죠?"

"그러네. 하루 이틀 일도 아니지 않은가?"

"APEC이 가까워지면서 단속이 한층 강화됐습니다. 그들은 특히 마 사장을 예의 주시하고 있습니다. 그래서 외국에 나가는 게 힘들어졌습니다. 잘 아시겠지만 올해 들어서 마 사장은 해외로 한 번도 나가지 않았습니다. 그런데 지금 블라디보스토크에 나타난다면 그건 당신들을 팔아넘기는 것이나 마찬가지입니다."

"이자 몸수색은 했나?"

야구 모자를 쓴 남자가 입구에 서 있는 기환을 데려온 남자에게 말했다.

"간단한 수색은 했습니다. 아무것도 없었습니다."

"옷을 다 벗기고 정밀하게 수색해 봐. 소형 녹음기 따위를 숨겨 왔을지도 몰라."

"이런 경우가."

기환은 저항하려고 했지만 억센 손들이 그의 사지를 결박했다. 기환은 그들 앞에서 팬티까지 다 벗겨져 완전한 알몸이 되었다. 그들은 버클과 구두, 볼펜까지 꼼꼼하게 검사했다. 그리고 기환의 입 안과 귀, 심지어 항문까지 수색했다. 그동안 야구 모자를 쓴 친구는 부담스러울 정도로 기환을 빤히 쳐다봤다.

기환은 오히려 다행이다 싶었다. 그는 미리 마 사장의 조직원들과 똑같은 문신을 몸에 새겨두었다. 특수 재질로 만들어져 물로 씻어도 지워지지 않는 특수 문신이다. 매일같이 샤워해도 최소 열흘은 간다. 그것보다 더 확실한 건 그의 몸에 난 상처 자국이다. 전에 마약상을 검거하다 칼에 찔린 적이 있다. 거기에 더해 며칠 전에 다친 멍 자국도 남아 있다. 일반인들에게야 혐오스러운 것들이지만 이곳에서는 문신과 흉터가 좋은 영향을 미치게 마련이다.

"그만하면 됐어. 이제 내가 그를 심문하겠네. 이반만 남고 다들 나가주게."

야구 모자를 쓴 남자가 러시아어로 말했다.

처음 기환에게 질문한 자는 밖으로 나가지 않았다. 그가 이반인 모양이다. 기환은 주섬주섬 옷을 챙겨 입었다. 야구 모자를 쓴 자가 손으로 의자를 가리켰다. 기환은 털썩 의자에 주저앉았다.

"자네의 전과를 말해보게."

그가 질문했다. 기환은 미리 만들어뒀던 전과를 말했다. 암기한 듯이 쏟아내지 않도록 주의하면서.

"02년도에 청송교도소에 있었다면 쌍칼을 알겠군."

한국말을 못하는 줄 알았는데 의외로 쌍칼이라는 말은 유창한 한국어를 사용했다. 그나저나 쌍칼? 기환이 알 리가 만무했다.

"아니."

기환은 단호하게 대답했다.

"뭐? 쌍칼도 모른다고?"

"난 그때 경제사범으로 들어간 거라서 다른 쪽은 잘 몰라."

하나의 거짓은 또 다른 거짓을 낳게 마련이다. 어설픈 거짓말은 차라리 안 하는 게 나은 법이다. 몇 번만 돌다 보면 하나의 거짓을 은폐하기 위해 수백, 수천의 거짓말을 만들어내야 하고 곧 꼬리가 잡힌다.

"경제사범이 어떻게 이런 거래를 책임지게 된 거지?"

"잘 알겠지만 이 세상의 모든 거래에는 필연적으로 돈이 따르게 마련이야. 몸을 쓰는 놈도 필요하지만 머리를 쓰는 놈도 필요한 법이거든. 더구나 난 영어로 의사소통이 가능해. 완벽하지 않아?"

기환은 오른손으로 자신의 머리를 가리키며 말했다.

"영어가 가능한 사람이 너 혼자는 아닐 텐데, 왜 굳이 널 보낸 거지?"

"거래에는 돈 계산이 가장 중요한 법이지. 그리고 난 머리만 쓰는 게 아니기든. 위험한 곳에서도 내 한 몸 정도는 충분히 지킬 줄 안다고."

상대는 여전히 믿지 않는 눈치였다. 그는 좀 더 구체적인 사항을 질문했다. 기환은 미리 준비되어 있던 답변을 늘어놓았다.

"같은 감방에 있던 이광헌이라는 사람의 소개로 마 사장을 알게 됐단 말이지……. 그래, 지금 이광헌이라는 사람은 어디에 있나? 주소와 전화번호는 알고 있겠지? 마 사장을 소개해 줄 정도로 친한 사이고, 그도 마 사장과 친분이 있으니 말이야."

야구 모자를 쓴 남자는 집요했다. 물론 이광헌에 대해서는 모든 게 준비되어 있다. 하지만 이런 식으로 집요하게 파고들면 언제 실수할지 모른다. 단어 하나만 잘못 사용해도 끝장이다. 기환은 대화의 주제를 돌려야겠다고 생각했다.

"내 모든 행적에 대해서 듣고 싶으시오? 내가 어떤 사기를 누구한테 쳤는지, 내가 어느 여편네와 바람을 피웠는지, 횡단보도를 무단으로 건넌 적은 없는지까지 다 털어놓아야 하는 거요?"

기환은 버럭 화를 내며 말했다.

"이게 어디서 큰소리야."

이반이 기환의 멱살을 잡으며 말했다. 그의 악력은 예상한 것 이상이었다. 머리로 통하는 피의 흐름이 멈추며 순간적으로 눈앞이 캄캄해졌다.

"풀어줘."

야구 모자를 쓴 사내는 여전히 사무적인 목소리로 말했다.

"나도 당신들을 믿지 못하긴 매한가지야. 당신들이 짭새인지 아니면 짭새 끄나풀인지 내가 알 게 뭐야. 아무튼 난 할 말 다 했소. 알아서 하시오."

기환은 잠시 숨을 고른 다음 말했다.

"그리고 최소한 상대방에 대한 예우는 갖춰야 하는 거 아니오? 이건 나뿐만 아니라 우리 조직을 무시하는 처사요. 돌아가서 내가 당한 모든 걸 빠짐없이 보고할 것이오."

기환은 자리에서 벌떡 일어났다. 상대에게 생각할 시간을 너무 많이 주는 건 좋지 않다. 여기서 더 몰아붙여야 한다.

"나를, 아니, 우리 조직을 의심한다면 당장 거래처를 바꾸겠소. 무기를 팔려는 사람은 많소. 지금 결정하시오. 우리와 거래할 것인지 아닌지."

기환은 오른손을 내밀며 말했다.

"잠시 시간을 주시오."

야구 모자를 쓴 사내는 몸을 돌리며 말했다. 그는 밖으로 나갔다.

기환은 그를 따라 나가려고 했다. 이반이 재빨리 문을 막고 섰다. 기환은 이반을 노려본 후 의자에 앉았다.

기환은 침착해지려고 노력했다. 필요 이상으로 흥분하거나 손톱만 한 두려움을 드러내는 순간 그걸로 끝이다. 그들은 약자에게는 지독할 정도로 잔인하다. 이반은 잠시 방 안을 서성이다 밖으로 나갔다.

기환은 준비한 시나리오에서 의심받을 만한 점은 없는지, 그의 연기가 완벽했는지 되짚어보았다. 나름대로는 완벽했다고 생각했는데. 오래전에 준비한 작전이라 그런지 곳곳에 구멍투성이였다. 연기력에 대해서도 솔직히 자신이 없었다.

한참이 지났는데도 아무도 돌아오지 않았다. 중간에 다른 남자가 들어와서 물병과 컵을 건네줬나. 목이 말랐지만 한 번에 다 비우지 않도록 신경 써서 마셨다. 물을 두 잔째 마실 때 그가 돌아왔다.

"많이 기다리게 해서 미안하오. 다시 한 번 당신이 이곳에 온 정황을 상세히 설명해 주겠소?"

야구 모자를 쓴 남자는 정중하게 말했다.

"그러니까……."

기환은 상대가 왜 그런 질문을 했는지 금방 이해했다. 그는 여전히 기환을 테스트하는 중이었다. 금방 지어낸 거짓말이라면 좀 전에 한 말과 다른 구석이 어딘가에서는 튀어나오게 마련이다. 기환은 자연스럽게 그간의 상황을 설명했다. 모든 설명을 마쳤지만 상대는 아무런 반응이 없었다.

"좋소. 당신에게 흥미로운 제안을 하나 하겠소."

모자 쓴 남자가 침묵을 깨뜨리며 말했다.

기환은 속으로 만세를 불렀다. 일단 시험을 통과한 것이다.

"흥미로운 제안?"

"당신 조직이 지금 정보기관의 감시를 받고 있다고 했죠?"

"그런데요?"

"급히 알아본 바에 따르면 사실이더군요."

기환은 속으로 안도의 한숨을 내쉬었다. 거짓을 감추기 위해 흘린 진실의 연막들이 제대로 먹혀들었다.

"그래서요?"

기환은 여전히 무표정한 얼굴로 말했다.

"우리 소식통에 의하면 결코 쉽게 끝날 것 같지는 않다고 하더군요. 그래서 말인데… 당신에게 일생일대의 기회를 주려고 하오."

"어떤 기회를 말하는 거죠?"

"당신 조직의 한국 내 주요 거래처를 소개해 주면 평생 먹고살 수 있는 돈을 주겠소? 어떻소?"

"조직을 배신하라는 말이오?"

기환은 속으로 만세를 외치며 말했다. 그들은 그가 기대했던 것 이상으로 엮여들고 있었다.

"그렇소."

"당신 미쳤소? 그들이 그 사실을 모를 것 같소?"

기환은 의자에서 벌떡 일어서며 말했다.

"진정하시오. 우리가 책임지고 당신을 보호해 주겠소."

그는 양손으로 기환의 어깨를 부드럽게 잡으며 말했다.

"당신들을 어떻게 믿고? 더구나 난 조직을 배신할 마음이 손톱만큼도 없소."

기환은 상대의 손을 거칠게 뿌리치며 말했다.

"인생에는 세 번의 기회가 온다고 하죠. 어쩌면 이것이 마지막 기회일지도 몰라요. 잘 생각해 보시오. 모든 걸 씻고 새로운 인물로 다시 태어날 수 있는 기회요. 남태평양에서 비키니를 입은 미녀들과 평생을 즐길 수도 있고, 정당하게 돈을 버는 멋진 사업가가 돼서 전 세계를 돌며 비즈니스를 할 수도 있을 거요."

"그래도 싫소."

"잘 생각해 보시오. 기회는 자주 오지 않는다오."

그는 방문을 나서며 말했다.

59

전화벨이 울렸다. 흥분과 번뇌로 밤잠을 설쳤던 존의 단잠을 방해하는 훼방꾼이었다. 하지만 존은 진득하게 달라붙는 수면의 유혹을 뿌리치며 전화기를 들었다.

"무슨 일인가?"

갈라진 목소리가 나왔다.

"흑표를 따라붙는 놈들이 나타났습니다."

요원이 조금 흥분된 목소리로 말했다. 존은 잠이 확 달아났다.

"중국인가?"

"다수의 동양인과 백인입니다. 동양인은 추적을 맡고, 암살은 백인의 몫입니다."

"아무래도 추적하는 데는 현지인을 고용하는 게 가장 낫지. 그런데 킬러가 백인이라고? 중국이 암살자를 고용한 건가?"

"중국이 외국인 킬러를 고용할 이유는 없을 것 같습니다."

듣고 보니 그랬다. 자체 킬러도 있는데 돈도 들고 보안 문제도 있는 외부인을 끌어들이진 않는다. 정치인에 대한 암살이라면 몰라도.

존은 헛기침을 했다. 그의 헛기침이 끝나기가 무섭게 요원이 말했다.

"암살자는 교수라는 별명으로 불리는 자입니다."

"교수?"

"별명입니다. 살인에 관한 한 박사 학위 소지자라는 평을 자주 듣다가 아예 살인학 교수라는 별명을 얻었습니다. 이후 그냥 교수라고 불린다고 합니다. 별명에서 알 수 있듯 그쪽 바닥에서는 전설적인 인물입니다."

"어디 출신이야?"

"악명 높던 남아공 32대대 출신입니다. 남아공민간협력국(CCB: South African Civil Cooperation Bureau) 요원을 지내기도 했습니다."

"남아공민간협력국이라면… 과거 아파르트헤이트 정권에 반대하는 해외 인사들을 제거하는 데 이용된 비밀 암살 조직의 간판 아닌가?"

"네. 그는 그곳에서 근무할 당시 여러 건의 암살 임무를 성공적으로 수행했습니다. 이후 이그제큐티브 아웃컴즈(Executive Outcomes)에서 근무했습니다. 앙골라 내전 등 여러 분쟁에 투입되었습니다만 신디케이트에 몰래 숨어든 범죄 조직에 잠입, 제거하는 임무를 주로 맡았다고 합니다. 이그제큐티브 아웃컴즈가 형식적으로 문을 닫은 이후로는 그 자회사에서 근무하다가 몇 년 전부터 프리랜서로 뛰고 있다고 합니다."

"말 그대로 전문 킬러군. 하긴 암살자는 의사와 같지. 모두가 제일 실력 있는 사람만 찾거든. 그래, 삼합회나 야쿠자가 고용한 건가?"

"공권력에 대한 도전도 아닌데…… 제가 알기론 이런 경우 그들은 자체 킬러를 쓰지 용병을 고용하지는 않습니다."

"그럼 누구? 설마 테러범들인가? 그들이 가장 먼저 움직였단 말인가?"

존은 의외라고 생각하면서 질문했다. 테러범들의 자금 동원 능력은 조폭들에게 뒤진다. 물론 보통 조폭이 아니라 거대한 사업체가 된 삼합회나 야쿠자이기에 가능한 얘기다. 그런데 그들을 제치고 테러범들이 가장 먼저 움직였다고? 한국에서의 테러 준비로 자금 사성노 넉넉지 않을 텐데.

일단 테러범들의 테러 자금을 다른 곳으로 돌리는 부가적인 작전 하나는 대성공이었다. 그 정도의 전문 킬러라면 고용하는 데 상당한 돈이 들었을 것이다.

"아무래도 그럴 가능성이 가장 높아 보입니다."

"주특기가 뭐야?"

"주특기라뇨?"

"장거리 저격이야, 아니면 권총이야? 그것도 아니면 칼이나 폭탄이야?"

"다 능숙하답니다. 못 다루는 무기가 없고 육탄전에도 능하다고 합니다. 나이프 다루는 솜씨도 수준급이고요. 물론 폭탄 제조 능력도 갖췄습니다."

목소리가 밝았다. 정말 실력 있는 놈인가 보다고 존은 생각했다.

"녀석들이 돈을 많이 썼나 보군. 일단 테러에 쓸 돈을 그런 곳으로 돌린 것만 해도 성공이라고 봐야겠군."

"어떻게 할까요?"

"일단은 계속 지켜보도록 해. 녀석을 잡는 건 놈이 흑표를 제거한 이후야. 그때 잡아서 뒤를 족치면 돼. 이거 정말 일석이조군. 흑표도 제거하고 테러범들의 배후도 캘 수 있고 말이야."

"용병이 고용주에 대해 알 가능성은 거의 없습니다. 단지 대리인을 통해 살인 계약만 맺었을 겁니다."

"그건 나중에 그자에게 직접 확인하면 확실한 사실을 알게 되겠지. 설령 그렇다고 해도 테러범에 대한 최소한의 단서를 얻을 수는 있어. 흑표를 추적하는 건 동양인들이라며?"

"네. 제가 조사한 바에 따르면 그들은 돈을 주고 현지에서 고용한 심부름꾼 정도입니다. 물론 더 파보면 뭔가 나오겠지만요."

"단순한 심부름꾼이라고 해도 단지 추적하는 사람만 고용하지는 않았을 거야. 무기도 조달하고 여러 가지 일을 처리하려다 보면 인원이 많이 필요하게 마련이야. 그러다 보면 어딘가에는 흔적을 남기게 되어 있어. 사람은 실수하게 마련이거든. 더구나 상대는 철저한 정보기관이 아니야."

"그렇긴 하군요."

"중국이나 삼합회, 야쿠자가 먼저 움직일 거라고 생각했는데……. 의외긴 하군."

존은 턱을 쓰다듬으며 말했다. 수염이 무척 빳빳했다.

"참! 삼합회도 좀 전에 미행을 붙였습니다. 아직 킬러가 입국하진 않은 것 같지만요. 야쿠자도 조만간 움직일 겁니다."

"그냥 감시만 해. 그들에게 들켜서도 안 되고, 어떤 경우라도 나서면 안 돼. 그들이 너희를 향해 총을 쏘더라도 반격하지 말고 그냥 도망 가. 무슨 말인지 잘 알겠지?"

존은 음성을 높여 말했다.

"알겠습니다."

"그리고 단순한 감시 업무라고 해도 위험 요소가 많으니 전원 베테랑으로 교체하도록 해."

"이미 그렇게 하고 있습니다."

"수고해."

존은 전화를 끊고 화장실로 갔다. 뜨거운 물줄기를 맞으며 생각을 정리했다. 암살자들은 생각보다 빨리 움직였다. 그들의 암살 성공률을 높이려면 당분간 흑표를 한국에 붙잡아놓아야 한다.

당장 한국행 비행기에 올라타야겠다고 생각했다. 더 이상 대답을 늦췄다가는 흑표가 수상한 낌새를 눈치챌 것이다.

60

"수고했네. 보드카 한잔하겠는가?"

이반은 부드럽게 웃으며 말했다.

"주시오."

기환은 무뚝뚝하게 대답했다.

"자, 이거 한잔 들게."

이반은 술잔을 건넸다. 그는 기환이 술을 들이켜는 모습을 보며 말했다.

"너무 화내지는 말게. 우리 사업이 어떤지 자네도 잘 알고 있지 않나? 위험하고 더러운 일이지. 우리가 무기를 어떻게 빼내오는지 알고 있나?"

"잘 모르오."

기환은 여전히 퉁명스럽게 말했다.

"모든 일에는 희생이 따르게 마련이지. 무기 같은 경우는 가난한 병사들이 그 희생양이야. 러시아에서 가난한 집 출신은 고향에서 먼 타향으로 배치된다네. 극동 출신은 서부전선으로, 서부 출신은 극동전선으로 말이야. 우리와 연계된 군 간부들은 무기를 빼돌린 다음 이런 병사들에게 누명을 씌우지. 다들 가난한 집안 출신이라 부모들이 변호사를 고용하는 건 고사하고, 수천 킬로미터나 떨어진 자식을 면회 올 능력도 없다네. 누명을 쓴 불쌍한 친구는 고문을 받다 지쳐서 결국 거짓 자백을 하고 말지."

"그나저나 가격을 좀 깎아야 할 것 같소. 우리 측 구매자들이 가격을 많이 낮췄다오. 중국에서도 물건이 쏟아져 들어와서 말이오."

"그건 곤란해. 좀 전에 말했듯 이건 사들일 때부터 누군가의 희생을 담보로 한 거라고."

"일단 빼돌리고 나면 파는 데까지는 별문제 없지 않소? 무기를 빼돌린 사람이나 이걸 배달하는 배의 선주나 마피아 모두 한통속 아니오? 이곳에서는 선장의 짐은 검색도 하지 않잖소?"

"그렇다고 공짜로 일이 처리되는 건 아니야. 뭘 하더라도 돈이 들어가지."

이반은 빙긋이 웃으며 말했다.

"일단 물건부터 좀 봅시다."

"너무 서두르지 말게. 물건을 고르더라도 고깃배로 할지 고철 배로 할지 배달 편도 알아봐야 하고⋯⋯. 뭐 이것저것 할 일이 많네. 일단은 돌아가서 쉬도록 하게. 그리고 우리의 제안을 진지하게 생각해 보게. 이건 정말 좋은 기회네."

"그럴 일은 없소."

기환은 화를 냈지만 처음만큼 격한 반응은 아니었다.

"준비되면 연락하겠네."

이반은 기환에게 안대를 건네며 말했다.

기환은 안대를 착용했다. 이반은 기환에게 보자기를 씌웠다. 돌아가는 길은 지루하진 않았다. 시간 감각이 없어서 정확하진 않지만 일단 신분 조회가 된 상대라서 올 때처럼 복잡하게 돌지는 않는 눈치였다.

그들은 기환을 호텔 맞은편에 내려줬다. 소지품도 모두 돌려받았다. 기환은 그들이 탄 차가 떠나는 모습을 보며 시간을 확인했다. 네 시간이 흘렀다. 따지고 보면 그렇게 긴 시간은 아니다. 하지만 족히 일주일은 지난 것처럼 느껴졌다.

기환은 따뜻한 물로 샤워했다. 피로와 긴장이 풀리자 졸음이 밀려왔다. 그는 보드카를 한 잔 마신 후 잠자리에 들었다. 눕자마자 잠이 들었다.

누군가가 벨을 누르는 소리에 깼다. 아직 밖에는 어둠이 남아 있었다. 누굴까? 누가 이 새벽에? 기환은 잔뜩 긴장했다. 그는 벌떡 일어나 무기가 될 만한 것부터 찾았다. 테이블 위에 있는 묵직한 재떨이가 눈에 띄었다. 기환은 재떨이를 오른손으로 움켜쥐고 문으로 향했다.

"누구시오?"

"날세. 어서 문부터 열게."

익숙한 목소리다. 알렉세이였다.

"이 새벽에 무슨 일이오?"

기환은 재떨이를 다시 테이블에 내려놓은 후 문을 열었다.

"당장 짐부터 싸게."

노인의 입에서 역한 술 냄새가 풍겼다. 지금까지 술을 마신 눈치였다. 기환은 자신도 모르게 눈살을 찌푸렸다.

"그게 무슨 소리요?"

"자네 목숨이 위험하네. 아무리 돈이 좋다고 해도 목숨보다 중요하진 않네. 내 말 듣게. 어서 짐을 싸고 이곳을 떠나게. 시간이 없네."

"도대체 그게 무슨 소리요?"

기환은 어이없어 허 하고 헛웃음을 터뜨리며 말했다.

"내가 술주정뱅이라고 믿지 않는 모양인데……. 그래도 아직 양쪽 귀는 멀쩡하다네. 무슨 말인지 알겠나?"

"아직 정보력은 있단 말이군요."

"그들에게 어떤 소리를 들었는지 모르지만… 그들이 자네를 제거하기로 한 모양이야. 그건 확실해."

"어떻게 확신할 수 있죠?"

기환은 고함을 내지르고 싶은 걸 억지로 참으며 말했다.

"그들이 일을 맡기는 킬러의 동생이 내 단골 술집 주인이야. 녀석은 형과 달리 순하고 여린 놈이지. 술도 좋아하고."

"그래서요?"

"오늘도 난 그곳을 찾았네. 거긴 날이 밝을 때까지 영업하거든.

그런데 좀 전에 녀석과 대화하다가 문득 녀석 형에 대한 얘기가 나왔어. 요 근래 통 얼굴을 보지 못했거든. 그런데 녀석 말로는 형이 좀 전에 집에 돌아왔다고 하더라고. 참고로 술집 위층이 녀석이 형과 같이 사는 집이야. 방에 뭘 가지러 갔다가 형이 통화하는 소리를 들었다고 하더군. 그런 동양인 하나 처리하는 건 누워서 떡 먹기나 마찬가지다, 뭐 그런 내용이었다고 해."

기환은 꿀꺽 침을 삼켰다. 그가 질문하려는데 노인이 먼저 말했다.

"그 동양인이 자네인지 어떻게 확신하느냐고 물어보고 싶은 거겠지?"

기환은 대답 대신 고개를 끄덕였다.

"녀석으로 말하자면, 흔하디흔한 싸구려 건달이 아니야. 비싼 녀석이라고. 그는 최근에도 한 건 했네. 그래서 잠잠해질 때까지 잠적 중이었네. 그런데 이 새벽에 갑자기 돌아왔어. 무슨 말인지 알겠나? 그만큼 급하고 중요한 일이란 말이야. 최근에 그들이 급박할 일이, 특히 동양인과 관련된 일이 자네 말고 또 있겠나?"

"그럼 나 때문에? 설마… 그들은 내 신분을 이미 확인했소."

기환은 고개를 갸웃거리며 말했다. 그의 위장은 완벽하진 않았지만 어떻든 그들을 속였다. 그러니 그를 풀어준 것이다.

"젊은 친구, 내 충고 하나 함세. 러시아 마피아를 절대 만만하게 보지 말게. 그들은 자네가 생각하는 이상으로 치밀한 자들이야. 또한 자네가 상상할 수 없는 곳에도 발이 닿아 있는 자들이라네. 그들은 자네가 경찰 아니면 경찰 끄나풀이라고 확신하는 모양이야. 그들이 손을 쓰기 전에 어서 이곳을 떠나게."

"왜 나한테 이런 친절을 베푸는 거요?"

기환은 노인을 빤히 응시하며 말했다.

노인은 기환은 물끄러미 바라봤다. 애정이 그의 눈동자에 담겨 있었다.

"자넨 내 아들을 닮았어. 처음에 카지노에서 자네를 보고 깜짝 놀란 것도 그 때문이야. 그 녀석이 살아 있었으면 자네 나이 또래일 거야. 자네하고 좋은 친구가 될 수도 있었을 테지. 둘 다 화통한 성격이라 틀림없이 금방 친해졌을 거야. 하지만… 아쉽게도 녀석은 살아남지 못했어. 너무 뜨거웠거든. 무모했던 거지. 그 녀석만은 정상적인 삶을 살길 바랐건만……. 결국 뒷골목에서 총을 맞고 말았네. 내 유일한 혈육이었는데……."

노인은 다음 말을 잇지 못했다. 그는 눈물을 감추기 위해서인지 화장실로 들어갔다. 기환은 혼란스러웠다. 노인이 화장실에서 나오는데 전화벨이 요란한 소리를 내며 울렸다.

"받지 말게."

노인은 협박하듯 말했다. 기환은 노인의 충고는 아랑곳없이 전화기로 다가갔다.

"받지 말게. 그들이야."

기환은 잠시 머뭇거렸다. 그는 결국 수화기를 들었다.

"이거 너무 이른 시간에 전화한 건 아닌지 모르겠습니다."

이반이었다.

"이 새벽에 무슨 일로?"

기환은 금방 깨어난 것처럼 톤을 최대한 낮춰서 말했다.

"좋은 소식이라서 빨리 알려드려야 할 것 같아서요."

"그럼?"

"네! 물건이 조만간 들어올 겁니다. 넉넉잡고 이틀만 기다리세요."

"고맙습니다."

"참! 오후에 시간 되시죠?"

"특별한 일은 없습니다. 그런데 무슨 일로?"

"저녁이나 같이할까 해서요. 오후에 다시 전화 드리겠습니다."

"알겠습니다."

기환은 수화기를 내렸다. 그리고 노인의 눈을 정면으로 응시했다. 분명 둘 중에 한 명은 거짓말을 하고 있다. 과연 누가 거짓말을 하는 걸까?

어쩌면 그들은 노인을 통해 마지막으로 그를 떠보는 건지도 모른다.

61

NKCELL은 잠수함으로 원산에 침투한 경험이 있다. 그래서 이 탈출로가 최우선적으로 선택됐다. 당시 사용했던 비트는 온전하게 남아 있었다. 덕분에 그곳을 은신처로 삼을 수 있었다.

물론 시내로 가서 숙소를 잡을 수도 있다. 그의 모든 서류는 완벽하다. 하지만 낯선 사람은 괜히 시선을 끌게 마련이다. 특히 북한 같은 경우는 주변 모든 사람에게 주목받게 된다. 그런 상황에서 새벽에 숙소를 빠져나와야 한다. 그래서 비트에 숨어 잠복했던 것이다.

눈에 띄지 않는 비트에 숨어 있다곤 하지만 무척 가슴을 졸여야 했다. 북한의 산은 황량하다. 땔감이라곤 나무밖에 없어서 나무가 남아나지 않기 때문이다. 어디를 가든 민둥산밖에 없는 나라가 북한이다. 사람도 자연도 모두 헐벗은 척박한 곳이다. 더구나 먹을 것이 귀해서 산나물을 캐어 먹기 위해 다들 산을 찾는다. 깊은 산속이라고 해서 방심할 수 없다.

망할. NKCELL은 인상을 잔뜩 구겼다. 시간은 막 새벽 4시 반을 지나고 있었다. 오늘이 마지막 날인데도 SEAL 팀은 끝내 나타나지 않았다. 미처 배터리를 챙기지 못해서 그쪽의 사정을 알아볼 방법이 없다. 데이터 전송도 간당간당 마쳤다.

어떻게 된 것일까? 만일 잠수함이 발각됐다면 하루 종일 선전 방송을 떠들어댔을 것이다. 잠수함이 발각되지 않은 건 분명하다. 그런데 왜 나타나지 않는 걸까? 어쩌면 잠수함이나 SDV에 문제가 생겼는지도 모른다.

이제부터 자신의 힘만으로 북한을 탈출해야 한다.

허탈감과 함께 허기가 몰려왔다. 민이 간식거리나 하라며 건네준 과자와 캔이 지난 사흘간 먹은 전부였다.

우선 도청 장비부터 처리해야 한다. 이걸 가지고 이동할 수는 없다. 위성 장비 역시 분해해서 처리해야 한다. 어둠 속에서 그는 익숙한 동작으로 장비를 분해했다.

어디로 가야 할까? 마음 같아서는 산을 타고 남쪽으로 내려가고 싶지만 휴전선은 지구상에서 가장 위험한 곳 중의 하나다. 휴전선을 따라 촘촘히 수백만 개의 지뢰를 묻어놓았을 뿐만 아니라 수십만 명의 군인들이 밤낮으로 지키고 있다.

헤엄쳐서 남한으로 내려가는 방법도 있다. 적당한 곳까지 산을 타고 내려간 다음 바다를 헤엄쳐 내려가는 것이다. 아니면 중국 어선을 이용할까? 원산에는 중국 어선이 조업 중이다. 중국 무역회사와 계약을 체결해 중국 어선들에 조업을 허용하고 있다. 그들에게 약간의 돈을 쥐여 주면 별문제 없이 북한을 탈출할 수 있을지도 모른다.

어느덧 분해가 끝났다. NKCELL은 해안가를 따라 이동하며 부품을 바다에 던졌다. 장비를 거의 다 버렸을 무렵 그의 심장을 터지게 만든 고함 소리가 들려왔다.

"동무! 거기서 뭐 하는 게야?"

아직 어두웠다. 이 시간에 항구도 아닌 이런 외딴곳을 찾는 사람이 있다니. 처음에는 파도 소리를 잘못 들은 줄 알았다. 하지만 동무라고 외치는 고함 소리가 재차 들려왔다. NKCELL은 소리가 들려온 방향으로 몸을 틀었다. 군복을 입은 기 삭은 남자가 그를 향해 회중전등을 비추고 있었다. 젠장. 군 보위부 요원이 틀림없다. 이 시간에 왜 이런 곳에 나타난 걸까?

"안녕하십니까. 먹을 게 없나 해서 새벽같이 나와봤습네다."

NKCELL은 떫은 미소를 지으며 말했다.

"일단 이리 와보라우. 양손은 번쩍 들고."

녀석은 다짜고짜 총부리를 겨누며 말했다.

NKCELL은 양손을 들고 그에게 다가갔다. 거짓말은 금방 들통난다. 가방을 뒤지면 미처 버리지 못한 장비를 확인하게 될 것이다. 녀석을 죽여야 한다. 그것도 맨손으로. 칼은 가방 안에 있다. 그러나 그의 손이 가방 안으로 들어가면 보위부 요원은 가차 없이 방아쇠를 당길 것이다.

"새벽마다 바닷가를 기웃거리는 사람이 있다고 해서리 나와봤더니……. 너 어제도 이곳에 있었디?"

"아닙네다. 오늘 처음 나왔습네다. 이곳에 먹을 게 많다는 소문이 있어서리."

NKCELL은 최대한 비굴하게 보이려고 몸을 움츠리며 말했다.

"가방에 든 건 뭐이가? 뭘 바다에 버리고 있었디?"

보위부 요원은 전등으로 가방을 비추며 말했다.

10미터. 평지라면 총을 든 상대를 제압할 수 있는 최대 거리지만 약간 오르막이라 더 다가가야 한다. 디급해지는 마음을 달래려고 노력했다. 상대를 방심하게 만들려면 최대한 천천히 접근해야 한다. 공격하기 전까진.

"그냥 쓰레기입네다. 쓸 만한 거면 왜 바다에 버리갔습네까."

"쓰레기를 왜 바다에 버리디? 그것도 이 새벽에."

녀석은 전혀 믿지 않는 눈치였다.

7미터. 공격할까? 조금만 더 다가갈까?

"쓰레기도 버리고 먹을 것이 있나 좀 뒤져보려고 나왔습네다. 낮에 오면 남아 있는 게 별로 없어서리."

"가방을 열어보라우. 내가 볼 수 있게 활짝 벌리라우."

좋아. 좀 더 다가갈 수 있다. NKCELL은 천천히 가방을 열며 녀석에게 접근했다. 거의 3미터 거리까지 접근했다. 전등 불빛과 상대의 눈 모두 가방을 향하고 있다. 찬스다. NKCELL은 가방을 상대의 얼굴로 확 집어 던지고는 태클을 시도했다. 덩치가 그리 크지 않아서 완력만으로 충분히 제압할 수 있을 것 같았다.

의외였다. 녀석은 가방을 피한 건 물론이고 태클까지도 간발의 차로 피했다. 사흘간 굶다시피 해서 체력이 많이 떨어지긴 했지만 반사신경까지 느려진 건 아닌데…….

NKCELL은 상대를 스쳐 지나치는 순간 겨우 상대의 왼손 옷깃을 붙잡을 수 있었다. 그는 몸을 돌리며 회전력을 이용해 상대를 확 잡아당겼다. 깜짝 놀랐다. 녀석은 회전력의 탄성까지 더해서 앞 돌려차기를 날렸다. 엉겁결에 왼손으로 막았다. 전기에 감전된 것처럼 찌릿했다. 아마추어의 발차기가 아니다. 가장 안 좋은 건 상대가 여전히 권총을 쥐고 있다는 점이다.

"이 반동 새끼, 간첩이구나."

녀석은 총부리를 겨누며 말했다.

이제 정말 끝장이다. 숨이 턱 막혔다. 녀석의 눈에서 심장을 얼어붙게 만드는 살기를 읽었다. NKCELL은 매트릭스의 네오처럼 상체를 뒤로 젖혀 총알을 피하려고 했다. 녀석은 가차 없이 방아쇠를 당겼다. 딸깍, 딸깍. 총성 대신 허망한 소음이 연이어 들려왔다.

NKCELL은 허리 반동을 이용해 벌떡 일어났다. 그리고 상대의 낭심을 노리고 낮고 빠른 발차기를 날렸다. 녀석은 예상대로 뒤로 피했다. NKCELL은 달리던 탄력 그대로 몸을 돌려 뒤차기를 시도했다. 녀석은 이번만큼은 능숙하게 피하지 못했다. 발끝으로 타격감이 전해졌다. 아쉽게도 정타는 아니었다.

"본격적으로 한번 붙어보자는 기야? 좋아, 총이 고장 났다고 네가 유리하다고 생각하나 본데, 내래 격술대회에서 상까지 탄 사람이야. 이 반동 새끼, 각오 단단히 하라우."

어쩐지 만만치 않더라니. 보위부 요원은 격술 고수였다. 북한의 격술은 실전에서 유용하게 써먹을 수 있는 실전 기술 위주로 발전했다. 대련 시에는 손에 얇은 가죽 장갑만 끼고 아무런 규칙 없이 실전 격투를 벌인다. 대부분 상대의 급소를 집중적으로 공격하기에 경기 시간은 길어야 5분을 넘기지 않는다. 상대를 제압하는 게 아니라 죽이는 게 목적인 살인 기술이다.

NKCELL은 고환 방어에 신경 썼다. 한 방만 맞아도 끝장이기 때문이다. 녀석 또한 상대가 만만찮음을 깨닫고 섣불리 공격해 오지 않았다. NKCELL은 상대의 눈에서 살기를 읽었다. 녀석은 사람을 죽여본 경험이 있다. 그것도 맨손으로. 상대의 살기가 그의 아드레날린을 자극했다. 힘이 솟아났다.

그는 녀석에게 로우 킥을 날렸다. 녀석은 피하지 않았다. 대신 그의 낭심을 노리고 발차기가 날아왔다. 재빨리 오른쪽 다리를 당겨서 공격을 막았다. 낭심은 피했지만 정강이뼈를 정통으로 맞았다. 그는 뒤로 대여섯 발자국 물러났다. 수백 개의 커다란 침으로 사정없이 찔러대는 것처럼 아팠다. 애써 무시하려고 해도 다리를 절뚝거려야만 했다. 안 좋다. 균형이 잡히지 않으면 공격도 방어도 힘들다.

시간은 그의 편이 아니다. 죽든 살든 빨리 끝내야 한다. 아직 왼발은 그의 체중을 굳건하게 받쳐줄 수 있다. NKCELL은 상대의 복부를 노리고 오른발을 날렸다. 녀석은 몸을 틀어 발차기를 피하며 오른발을 잡으려고 했다. NKCELL은 재빨리 발을 거두었다. 기다렸다는 듯 녀석의 주먹이 날아왔다. 처음은 피했지만 두 번째 주먹이 목을 스쳤다. 묵직했지만 목젖을 맞지는 않았다. NKCELL은 상대의 몸을 끌어안았다. 스피드는 녀석이 한 수 위다. 완력으로 제압할 생각이었다.

하지만 실수였다는 걸 곧 깨달았다. 녀석은 유술에도 능숙했다. 녀석은 양손으로 NKCELL의 오른팔을 잡더니 암바를 시도했다.

아직 암바가 제대로 걸리진 않았지만 좀체 빠져나올 수가 없었다. 고통은 점점 가중됐다. 이대로 팔이 꺾이면 끝장이다. NKCELL은 바닥으로 몸을 굴렸다. 아래쪽은 절벽이다. 몇 바퀴 더 구르면 절벽으로 떨어질 위험에 처하고 나서야 녀석은 암바를 풀었다. 팔은 부러지진 않았지만 힘이 제대로 들어가지 않았다. 죽을 만큼 아프기까지 했다.

NKCELL은 재빨리 일어나며 녀석의 머리를 향해 사커 킥을 날렸다. 하지만 자세가 좋지 못했다. 느리고 힘도 제대로 실리지 않았다. 녀석은 그의 오른 다리를 잡고 이번에는 니바를 시도했다. 기술이 완벽하게 걸리지 않았는데도 다리가 부러질 것 같았다. 손을 뻗어 녀석의 눈을 찌르려 했지만 간단히 피해 버렸다. 고통이 점점 쌓여갔다. 몸을 꼭릴하게 들었시만 녀석은 꿈썩도 하지 않았다. 당장에라도 무릎이 터져 버릴 것 같았다.

고통에 사정없이 몸을 뒤트는데 왼손에 뭔가 뾰족한 게 잡혔다. 끝이 뾰족한 돌멩이였다. 그걸 움켜쥐었다. 무릎이 찢어지는 것 같았다. 고통 때문에 숨을 쉬기도 힘들었다. 하지만 생존 본능이 고통을 이겼다. 그는 정신을 차리고 왼손에 쥔 돌멩이로 상대의 갈비뼈 끝 부분을 찔렀다. 자세가 안 좋아서 힘이 제대로 들어가진 않았지만 분명 효과는 있었다. 다리에 가해지는 압력이 미세하지만 약해졌다.

세 번째 찔렀을 때 발이 약간 풀렸다. 아홉 번째 찔렀을 때 비로소 완전히 풀렸다. 그는 상대의 몸 위에 올라탔다. 그리고 머리를 사정없이 찍었다. 곧 상대의 몸이 축 늘어졌다.

머지않아 해가 뜬다. 시체를 다른 사람 눈에 띄게 할 수는 없다.

NKCELL은 시체를 바닷가로 끌고 갔다. 팔과 다리의 통증은 여전했다. 뼈가 부러지진 않았지만 두 군데 다 인대에 손상을 입은 게 분명했다. 이런 몸으로 무거운 시체를 옮긴다는 건 여간 힘든 일이 아니었다. 내리막길에서는 굴리기만 하면 되지만 바다까지는 험난한 자갈밭이 기다리고 있었다. 그는 수십 번 넘어지고 나서야 적당한 곳에 도착했다. 그는 시체를 바닷가 낮은 절벽에서 바다로 밀어 넣었다.

바닷바람에 정신이 좀 돌아왔다. 보위부 요원의 실종은 보통 일이 아니다. 시체를 당장 발견하지는 못하더라도 실종 사실은 몇 시간 내에 알려질 것이다. 정말 시간이 없다. 한시바삐 원산을 떠야 한다.

NKCELL은 남은 장비를 바다에 버리고 비트로 향했다. 녀석과 격투를 벌이느라 옷이 엉망이 되어버려서 갈아입어야만 했다. 지금 입고 있는 약간 낡은 옷이 가장 편한데. 비트에 남아 있는 옷은 북한 기준으로는 다소 돈 냄새를 풍기는 복장이다. 그건 다른 사람의 시선을 자극하게 마련이다. 그나마 다행이라면 엉망이 된 몸과는 달리 얼굴에는 별다른 상처가 없다는 점이다.

이런 몸 상태로는 헤엄치는 것도 불가능하고, 시간이 얼마나 걸릴지 모르는데 중국 배에 도움을 청할 수도 없다. 결정했다. 북한 방문증과 통행증을 이용, 혼자 힘으로 국경선까지 이동한 다음 밤에 강을 넘는다.

그것 말고도 비장의 카드가 하나 더 있다. 북한은 상층부부터 말단 계층까지 전체 사회에 뇌물이 만연해 있다. 오죽하면 '고이면 움직인다'는 말까지 생겼을까? 이는 안 되는 일도 뇌물을 고이면(바치면) 된다는 뜻이다. 이를 '운동의 제4법칙'이라고 칭하기까지 한다.

뇌물로 사용할 담배와 돈은 넉넉하게 소지하고 있다. 위험할 경우 그의 생명을 지켜줄 총보다 강한 무기다. 그는 기차를 타기 위해 고통을 참으며 발걸음을 재촉했다.

62

기환은 혼란스러웠다. 한쪽은 그가 위험하다고 주장한다. 다른 쪽은 그에게 물건이 도착할 테니 기다려 달라고 한다. 그건 그를 해칠 의사가 전혀 없다는 걸 뜻한다.

"아직도 날 믿지 못하겠는가?"

노인은 기환을 빤히 쳐다보며 말했다. 이제 술이 좀 깨는지 얼굴색이 많이 돌아왔다. 기환은 대답 대신 노인에게 커피를 권했다. 그도 커피를 마셨다.

"저거 내가 마셔도 되겠나?"

노인은 테이블 위에 있는 반쯤 남은 보드카를 가리켰다. 기환은 가볍게 고개를 끄덕였다. 노인은 커피를 내려놓고 보드카를 병째 들이켰다.

기환은 해가 떠오르는 광경을 보며 사색에 잠겼다. 그의 직감은 노인 쪽이 더 진실하다고 말하고 있다. 이 세계에서는 이런 위험한 곳에서 작업할 때는 직감을 믿으라고 가르친다. 잘못되었다고 느껴지면 그건 잘못된 것이고, 그 즉시 작전을 중지해야 한다.

하지만 고지가 바로 눈앞인데. 여기서 물러나긴 억울했다. 최소한 그가 처한 상황이 어떤지는 확인해 보고 싶었다. 확실한 건 둘

중 한 명은 거짓말을 하고 있다는 점이다.

"한 병 더 드릴까요?"

기환이 말했다. 노인은 가볍게 웃기만 했다. 쑥스러움을 감추는 웃음이다.

"그런데 제가 갑자기 사라지면 곤란해지지 않겠습니까? 저를 그들에게 소개시켜 주기까지 하셨잖아요."

기환은 부드럽게 말했다.

"어차피 그들은 날 별로 신뢰하지 않네. 술독에 빠진 알코올 중독자라고 생각할 뿐이야. 큰 문제는 없을 거야. 그리고 난 오래 살고 싶은 욕심도 없다네."

"배고프진 않으십니까?"

"괜찮아. 사실… 자네한테… 미안하네."

노인은 머뭇거리며 말했다.

"그게 무슨 말이죠?"

"아무래도… 내가 소개한 사람이 되어놔서 그들이 뒷조사를 아주 철저하게 한 모양이야. 틀림없어."

"그래서 이 새벽에 저한테 달려오신 거군요. 양심의 가책 때문에."

"뭐 굳이 가책이라고 할 건 아닌데……. 용돈도 좀 필요하고."

노인은 누런 이빨을 드러내며 웃었다.

혹시 돈이 필요해서 거짓말하는 걸까? 기환은 노인을 보며 생각했다.

"얼마나 필요하십니까?"

"아니, 됐어. 농담이야."

노인은 손사래를 쳤다.

"제가 가진 현금이 많지 않습니다. 그리고 도피하려면 자금도 필요하고요."

기환은 지갑을 뒤지며 말했다.

"됐다니까 그러네."

노인은 역정을 냈다. 그의 행동이 기환에게는 무척 어색하게 느껴졌다. 어쩌면 누군가에게 사주받아서 이곳에 온 것인지도 모른다. 기환이 빨리 사라져 주길 바라는 다른 구매상이 노인에게 몇 푼 쥐여 줬을지도 모른다. 노인은 충분히 그런 사람으로 보였다. 이반의 조직이 노인을 통해 마지막으로 그를 확인해 보는 건지도 모른다.

한편으로 생각하면 이렇게까지 그를 떠본다는 건 그를 신뢰하지 않는다는 것을 뜻한다. 그런데 무기를 넘겨주겠다고? 그것도 이틀 안에?

위장이 들통 났을 땐 무조건 시간을 끌어야 한다. 놈들이 뭘 얼마만큼 아는지 알아낼 때까지 살아 있어야 한다. 그리고 살기 위해 더 큰 거짓말을 해야 한다. 머릿속이 복잡해졌다. 한 가지 확실한 건 빨리 결정해야 한다는 것이다.

"그 킬러라는 친구는 어떻게 생겼습니까?"

기환이 말했다.

"키는 자네보다 약간 크고 체격은 자네와 비슷해. 짧은 금발에 눈동자는 푸른색이야. 피부는 창백한 편이야. 외모만 보면 그가 잔인한 킬러라는 생각은 절대 안 들지. 되레 약골로 보여."

"문신 같은 건 없습니까?"

"잘 몰라. 참! 녀석 동생 말로는 몸에 문신이 꽤 많다고 하더군.

가슴과 등에 말이야. 하지만 손이나 팔뚝에는 문신을 하지 않았어. 그건 괜히 다른 사람 시선을 자극하기 때문에 절대 하지 않는다고 하더군."

"그가 정확하게 뭐라고 했습니까? 단지 동양인을 죽이겠다고만 했습니까?"

"아! 그가 통화했던 거? 그게 뭐더라……. 잠시만……. 그게 그러니까… 동양인 하나 죽이는 것쯤 아무것도 아니다. 걱정 말고 돈이나 준비해 놔라. 뭐 그런 내용이었다고 하더군."

지어낸 말로는 보이지 않는데. 기환은 노인의 표정을 주의 깊게 살피며 생각했다.

"뭔가 큰 오해가 있는 모양입니다. 전 경찰도 경찰 끄나풀도 아닙니다."

"난 자네가 누구인지 전혀 관심 없네. 그리고 솔직히 자네 신분이 뭔지도 모른다네. 난 단지 자네가 위험하다는 사실을 알려주고 싶어서 이곳에 온 것뿐이야."

노인은 거짓을 말하는 눈치는 아니었다. 그렇다고 그에게 진실을 얘기할 수도 없다.

"사실 전… 무기를 구매하려고 이곳에 온 건 아닙니다."

"역시 경찰인가?"

"아닙니다. 전 프리랜서 기자입니다."

"기자?"

예상외의 답변이었는지 노인의 눈이 휘둥그레졌다.

"네. 요즘 러시아, 특히 블라디보스토크를 통한 총기 거래가 빈번하다는 말을 들었습니다. 그래서 이를 취재 차 왔습니다."

"음… 좋지 않아. 경찰이든 기자든 그들에게는 모두 제거해야 할 대상이야."

"아직 무기 거래를 하지도 않았는데……. 그래도 절 제거하려고 할까요?"

"그들은 잔인하고 과감하다네. 조금이라도 조직에 누가 될 사람은 절대 살려두지 않아."

노인은 오른손으로 목을 그으며 말했다.

"그들이 내가 도망친 사실을 알면 당신을 가만 놔두지 않을 텐데요?"

"나를 죽여서 그들이 얻을 건 없어. 더구나 하루 종일 술에 취해 있는 술주정뱅이한테서 정보가 넘어갔다고는 생각하지 않을 걸세. 자네가 뭔가 이상한 낌새를 눈치채고 도망갔다고 생각할 거야."

기환은 창가를 서성였다. 날이 서서히 밝아오고 있었다. 햇살이 진실을 밝혀주었으면 하는 마음이 간절했다.

"정 그렇게까지 날 못 믿겠나? 그럼 증거를 보여주지. 창밖을 내다보게나."

노인은 창가로 걸어오며 말했다. 기환은 커튼을 살짝 열어 밖을 내다봤다. 옅은 안개가 내려앉아 있었다.

"호텔 맞은편에 검은색 토요타 센추리가 한 대 서 있지? 거기 마피아들이 타고 있네. 자네를 감시하기 위해 거기 있는 거야."

"어떻게 확신할 수 있죠?"

차 유리는 모두 검은색으로 짙게 선팅되어 있다. 대낮이라도 누가 타고 있는지 알 수 없을 정도였다.

"내가 아는 차량이거든. 차 넘버를 불러줄까?"

"됐습니다."

"저 차에 타고 있는 녀석들은 모두 내가 아는 녀석이야. 좋아, 자네에게 내 말을 믿게 해주지. 이 길로 호텔을 나가서 해안을 산책해보게. 그럼 조수석에 탄 녀석은 걸어서 자네를 뒤쫓을 거야. 차량은 도로를 따라 자네를 따라올 테고. 자네는 바닷가를 좀 걷다가 택시를 타고 시내를 한 바퀴 돌든지 알아서 미행을 확인해 보게. 참! 자네를 미행할 녀석은 자네보다 키가 조금 작을 거야. 하지만 어깨는 떡 벌어졌지. 그렇다고 뚱뚱하진 않아. 다부진 체격의 소유자야. 30대 중반인데 벌써 머리가 벗겨지기 시작했어."

노인의 눈동자는 전혀 흔들림이 없었다. 자신감이 넘쳤다.

"미행이 확인되면 바로 이곳을 떠나게. 정말 시간이 없네. 그들은 오늘 중으로 자네를 암살할 거야. 필요 없는 짐은 여기 놔두고 여권과 돈만 챙겨서 어서 나가게."

노인은 기환에게 다가와 그의 어깨를 지그시 누르며 말했다. 술냄새가 확 풍겨왔다.

"짐이라고 해봐야 옷가지 몇 개뿐인데요. 좋습니다. 손해 볼 건 없으니 한번 확인해 보도록 하죠."

"그리고 우리가 단지 한국하고만 거래하는 건 아니야. 전 세계가 우리를 원하고 우린 그에 부응한다네. 얼마 전에 지구 반대편까지 무기를 수송했다고 하더군. 소총뿐만 아니라 중화기까지 수송한 모양이야. 심지어는 핵잠수함을 팔려고 한 적도 있어. 러시아 마피아는 그 정도로 세계적인 조직이야. 어디를 가더라도 조심해야 하네."

"알겠습니다. 술은 마음껏 드십시오."

기환은 여권과 지갑, 사진기만 챙겨 호텔을 나섰다. 안개 때문일까, 아니면 공포 때문일까? 모든 것이 무겁고 답답하게만 느껴졌다. 마치 철의 장막 속에 갇힌 느낌이었다.

그는 안개 속을 또박또박 걸었다. 그러다가 갑자기 달렸다. 어디선가 개 짖는 소리가 들려왔다. 그 틈으로 그를 따라오는 발걸음 소리가 귀청을 울렸다. 기환은 천천히 속도를 줄이고 태연하게 사진을 찍었다. 앵글은 사방을 향했다. 그는 자신을 따라오는 검은색 토요타를 발견했다. 그리고 앞머리가 벗겨진 건장한 남자가 4~50미터 거리에서 서성이는 것도 확인했다.

노인의 말은 진실이었다.

63

"아직도 쫓아오나?"

흑표가 말했다.

"네. 부지런히 쫓아옵니다."

털보는 백미러를 흘끔거리며 말했다.

"그들 외에 다른 차는 없는 게 확실하지?"

"네, 확실합니다."

흑표는 가죽 장갑을 꼈다. 그는 권총에 탄알을 장전했다. 만일의 사태에 대비해 중국제 92식 9밀리 권총을 한 정 구했다. 그는 이 외에도 명품 나이프인 매드독 Seal A.T.A.K.까지 휴대하고 있었다.

발송인을 알 수 없는 우편물이 배달됐다. 바로 쓰레기통에 버리고 호텔을 나왔다. 상대가 누구든 감시당하는 건 즐거운 일이 아니다. 더구나 우편물까지 보낸 건 노골적으로 이쪽을 위협하는 행위로밖에 해석되지 않았다.

역시나 호텔 입구에서 수상한 차량이 따라붙었다. 차는 시 외곽으로 빠졌다. 밤늦은 시간이라 도로는 한산했다. 녀석들은 바짝 붙어서 따라왔다. 초보도 이런 초보가 있을까 싶을 정도였다. 털보는 뭐가 그렇게 신이 나는지 콧노래를 흥얼거렸다.

그들이 탄 차가 왕복 2차선의 좁은 길로 들어섰다. 속도를 전혀 줄이지 않은 채 2킬로쯤 가다 갑자기 정지했다. 뒤차도 급히 브레이크를 밟았다. 타이어 긁히는 소리가 새벽의 정적을 깼다. 가벼운 충돌이 발생했다. 흑표와 털보는 재빨리 문을 열고 나와 뒤차로 향했다.

"갑자기 정지하면 어떻게 해?"

운전석에 앉아 있던 친구가 차에서 내리며 말했다. 털보는 대답 대신 그자의 명치에 주먹을 날렸다. 묵직한 털보의 주먹에 맞은 상대는 그대로 쓰러졌다. 조수석에 있던 친구는 막 문을 열고 나오는 참이었다. 흑표는 당수로 그의 뒤통수를 가격했다. 그자는 앞으로 자빠졌다. 총까지 사용할 일은 없었다.

아직 녹슬지 않았군. 흑표는 쓰러진 상대를 보며 생각했다. 그들은 가지고 있던 노끈으로 길바닥에 쓰러진 두 명을 단단히 결박했다. 털보가 그들 두 명을 뒷좌석에 태우고 먼저 출발했다. 흑표는 그들이 타고 온 차를 몰고 그 뒤를 따랐다.

20분가량 달려 도착한 곳은 외딴 창고였다. 흑표가 예전부터 봐 뒀던 곳이다. 주변에 사람의 흔적이라곤 없는 곳이다. 폐허가 된 지 오래돼서 천장 곳곳에 구멍이 뚫려 있었다. 당장 무너진다고 해도 전혀 이상하지 않았다.

당연한 얘기지만 전기는 들어오지 않았다. 지독하게 어두웠다. 헤드라이트 불빛이 꺼진다면 완벽한 암흑이었다. 두 대의 차량은 나란히 서서 먼지투성이 바닥을 비췄다.

털보는 뒷좌석에 포개져 있던 놈들을 한 명씩 헤드라이트 불빛 앞으로 내던졌다. 바닥에 부딪힌 녀석들은 온몸을 마구 비틀었다. 흑표는 의자를 주워 들고 그들에게로 걸어갔다.

"누가 먼저 하겠나?"

흑표는 탁하고 의자를 내려놓으며 말했다.

"아, 참. 내 정신 봐. 재갈을 물려놨지. 그냥 고개를 끄덕이게. 누가 먼저 하겠나?"

아무도 고개를 끄덕이지 않았다. 흑표는 운전석에 있던 남자를 손짓했다. 털보가 그를 의자에 앉힌 다음 재갈을 풀었다.

"선생님, 왜 이러시는 겁니까? 갑자기 급브레이크를 밟아서 항의 좀 했다고 사람을 납치하는 법이 어딨습니까?"

흑표는 대답 대신 그자의 복부를 후려쳤다. 숨을 들이쉬다 맞아서 그런지 비명도 제대로 내지르지 못했다. 그는 한참 동안 바닥을 기며 고통을 호소했다. 털보가 그자를 다시 의자에 앉혔다.

"질문은 내가 한다. 알겠나?"

상대는 8배속으로 재생한 것처럼 엄청난 속도로 고개를 끄덕였다.

"누가 보내서 왔는가?"

"누구라니요? 그게 무슨 말……."

흑표는 다시 주먹을 날렸다. 상대는 미리 대비하고 있었지만 명치는 괜히 급소가 아니다. 녀석은 이번에도 바닥을 구르며 괴상한 소리를 냈다. 흑표는 조수석에 있던 남자를 손짓했다. 털보가 그를 의자에 앉혔다.

"누가 보내서 왔는가?"

"무슨 오해가 있는 모양입니다. 도대체……."

흑표의 주먹이 작렬했다. 털보가 뒤에서 단단히 잡고 있어서 바닥에 쓰러지진 않았지만 격렬하게 몸을 뒤틀었다.

"질문은 내가 한다고 했다. 알겠는가?"

이 녀석 역시 8배속으로 고개를 끄덕였다.

"누가 보내서 왔는가?"

"저는 모릅니다."

흑표는 물끄러미 상대를 노려보다 털보에게 고갯짓했다. 털보는 트렁크에서 쇠톱을 꺼내 흑표에게 건넸다.

"이게 뭔지는 잘 알겠지? 이건 평범한 쇠톱이야. 이걸로 도대체 뭘 할 수 있을까?"

흑표는 상대의 손목에 쇠톱을 갖다 대며 말했다. 녀석은 깜짝 놀라 몸을 움츠렸다. 그 바람에 상처가 났다.

"저런, 아프지 않아? 이거 녹슨 톱이라서 파상풍도 조심해야 할 텐데."

흑표는 상처에 손을 갖다 대며 말했다. 녀석은 움찔했다.

"선생님, 무슨 오해가 있는 모양인데… 돈이 필요하시면 어떻게든 마련해 보겠습니다. 가족이라곤 늙은 어머니와 저뿐입니다. 제 어머니를 봐서라도 제발 살려주십시오."

간절한 목소리였다. 연극을 잘하는군. 흑표는 그자의 팔뚝에 새겨진 문신을 보며 생각했다.

"구질구질하게 굴지 말고 빨리 끝내자. 누가 보내서 왔냐?"

흑표는 그자의 눈앞에 쇠톱을 흔들어 보이며 말했다.

"정말 오해……."

흑표는 그자의 복부를 힘껏 후려쳤다. 털보에게 고갯짓했다. 털보가 걸어와서 남자의 몸을 단단히 잡았다.

"마지막 기회다. 누가 보내서 왔나?"

"오해……."

흑표는 쇠톱을 느리지만 힘 있게 왕복했다. 사내는 비명을 내지르다 욕설을 마구 내뱉기 시작했다. 하지만 흑표는 멈추지 않았다. 최대한 천천히 써는 게 중요하다. 그게 고통과 공포를 극대화시킨다. 이마에서 굵은 땀방울이 흘러내렸다.

"제발. 이제 말하겠소. 제발. 제발. 그만하시오."

상내는 흘낙이며 말했다. 그의 얼굴은 땀과 눈물, 콧물로 뒤범벅되어 있었다.

"진작 그랬어야지."

흑표는 쇠톱을 내려놓으며 말했다. 그는 생수병을 가져와 상대의 입에 부었다. 그리고 상처 윗부분에 그자의 허리띠로 응급 지혈을 해주었다.

"자, 그럼 누가 보냈는지 말해보게."

"전 흥신소 직원입니다."

"흥신소?"

"네. 사흘 전에 웬 남자가 저희 사무실을 찾아왔습니다."

"처음 보는 사람이었나?"

"네. 처음 보는 사람이었습니다. 그 사람은 선생님 사진을 보여주며 미행을 부탁하더군요."

"잠깐. 입 좀 벌려보게."

흑표는 남자의 입에 쌀가루를 한 숟갈 떠 넣었다.

"이제부터 내 질문에 그냥 고개만 끄덕이게. 맞으면 상하로, 틀리면 좌우로. 알겠나?"

상대는 상하로 고개를 크게 끄덕였다.

"자네는 흥신소 직원인가?"

남자는 여러 번 상하로 고개를 끄덕였다. 흑표는 잠시 뜸을 들이다 말했다.

"이제 입에 있는 걸 뱉어내게."

남자는 쌀가루를 뱉어냈다. 흑표는 바닥에 떨어진 쌀가루를 유심히 관찰했다. 쌀가루는 모두 말라 있었다. 이것 봐라. 아직도 거짓말을 하는군. 흑표는 단단히 화가 났다.

거짓말을 하면 침 분비선이 말라서 입에 들어 있는 쌀가루는 마른 상태로 나온다. 이 방법은 복잡한 장비가 필요 없기에 기동성이 뛰어나고 가격도 저렴하다. 정확도는 말할 필요도 없다.

"거짓말."

흑표의 주먹이 명치를 향했다. 그거로는 분이 풀리지 않는지 그는 다시 쇠톱을 들었다.

"병신이 되고 싶다면 어쩔 수 없지. 뒤에 있는 놈, 너도 각오 단단히 해."

흑표는 천천히 톱질하며 말했다. 비명과 욕설이 창고를 메웠다.

10분이 지나지 않아 녀석들은 모든 걸 술술 털어놓았다. 그들은 삼합회의 한 조직에 소속된 화교들이었다. 상명하복과 강력한 중앙집권을 바탕으로 성장한 마피아나 야쿠자와 달리 삼합회는 단일화

된 범죄 조직이 아니다. 삼합회는 느슨한 집단, 또는 갱들의 집합체에 가깝다. 중국 범죄 조직은 감기 바이러스와 같다. 쉴 새 없이 모습을 바꾸고 또 동맹을 맺는다. 그래서 여느 범죄 집단보다 추적하기 힘들다.

녀석들은 홍콩을 중심으로 맹위를 떨치는 신흥 조직의 일원이었다. 흑표와는 사업상 충돌한 적은 없지만 그다지 사이가 좋지 않았다.

천운이 따라주는지 생각지도 못했던 정보를 얻을 수 있었다. 루돌프에 관한 것이었다. 그 망할 녀석은 어느새 중국 범죄 조직의 주요한 고객이 되어 있었다. 루돌프는 돈이 된다면 어디든 기웃거렸다. 마약은 기본이고 금, 다이아몬드 등의 밀거래와 무기 거래에도 관여하고 있었다. 규모도 예상했던 것 이상이었다. 자금력이 상당하다는 얘기다. 혹시 그들이 암살을 의뢰한 건 아닌지 질문했다. 그건 아닌 것 같다고 대답했다.

중요한 건 루돌프가 아니다. 들리는 소문으로는 킬러도 입국 중이라고 한다. APEC 때문에 입국 검사가 까다로워져서 우회해서 입국한다고 시간이 좀 걸린다고 했다. 털보가 백인은 아닌지 질문했다. 아니라는 답변이 돌아왔다. 킬러는 그들 조직원이라고 했다.

왜 흑표를 노리는지에 대해서는 전혀 모르는 눈치였다. 하부 조직원이라 단지 미행하라는 명령만 받았다고 주장했다. 테스트 결과 거짓말은 아니었다.

감히 나를 노려? 흑표는 기가 막혔다. 일단 연결고리 한 가닥은 잡았다. 그 끝이 어디까지 이어질지 알 순 없지만.

우선 이 귀찮은 녀석들부터 처리하는 게 순서일 것 같았다. 토막

을 낼까? 그냥 묻어버릴까? 그는 톱날이 너무 닳았다고 생각하며
그들에게 다가갔다.

64

마틴의 부상은 심각하지 않았다. 총알이 스친 것뿐이었다. 오히
려 톰의 상태가 더 안 좋았다. 방탄복을 입고 있었지만 근거리에서
피격당했기에 두 군데 모두 심한 멍이 들었다. 다행히 갈비뼈에 금
이 간 것 같지는 않았다. 하지만 차가 덜컹거릴 때마다 심한 통증을
느껴야 했다. 원거리에서 저격했던 아벨은 아무런 부상이 없었다.

임시 숙소에 도착했다. 격전지와는 60킬로미터 이상 떨어진 곳
이라 군인들이 그들을 의심할 것 같지는 않았다. 하지만 현장에 타
이어 자국이 남아 있을지 몰랐다. 아벨은 일행을 공항까지 바래다
준 다음 차를 바꾸겠다고 했다. 모든 뒤처리도 자신이 알아서 할 테
니 어서 이곳을 떠나라고 종용했다. 그에게 떠밀리다시피 악숍으로
갔다. 마지막 비행기는 이미 떠나고 없었다. 할 수 없이 거기서 일
박했다.

톰과 마틴은 다음날 에티오피아를 떠났다. 목적지는 카이로가 아
니었다. 본부에서 그들을 긴급 호출했기에 랭글리로 향했다. 문책
이 있을 줄 알았는데 의외로 간단한 조사만 받았다. 상부에서는 베
타의 덫이라고 판단했다. 그래서 둘의 안전을 위해 급히 불러들인
것이다.

톰도 그렇고 마틴도 그에 대해서는 반대 의견을 피력했다. 그들
둘을 제거할 목적이었으면 그렇게 허술하게 공격하지는 않았을 것

이다. 모든 상황을 정확하게 재구성할 수는 없지만 충격은 분명 우발적으로 시작되었다. 이후의 공격도 무질서하고 산만했다. 이쪽을 그곳까지 유인한 치밀성을 고려해 보면 그런 어설픈 공격은 도저히 말이 되지 않는다.

조사를 끝내자 둘 다 워싱턴 근교의 병원에서 정밀 신체검사를 받으라는 명령을 받았다. 간만의 휴식이었다. 그런데 상부에서 마련해 준 특실에는 인터넷에 연결된 노트북, 전화기, 팩스가 구비되어 있는데다 그들은 쉬는 게 뭔지 몰랐다.

"톰, 이자가 누군지 알아보겠나?"

마틴은 노트북 화면을 가리키며 말했다. 중년의 백인 남자 얼굴이 화면을 가득 메우고 있었다. 갈색 머리에 네모난 각진 턱. 무척 강인해 보였다. 육체뿐만 아니라 정신적인 면에서도.

"글쎄요. 누굽니까?"

낯익은 얼굴이긴 한데 금방 기억나지 않았다. 어디서 봤지? 톰은 고개를 저으며 생각했다.

"아벨이 현장에서 찍은 시체 사진 속에 이자도 있었네. 물론 지문도 일치했어."

아벨은 모든 시체의 사진과 지문을 확보했다. 그들이 누군지 알아야 했기 때문이다.

"네? 거기 백인이 왜 있었던 거죠?"

톰은 당시 상황을 떠올렸다. 그가 죽인 자들 중에는 분명 백인이 없었다. 하지만 그 혼자 습격자를 제거한 건 아니었다. 아벨이 제거한 모양이다.

"기억이 나지 않나? 좋아, 힌트를 주지. 그리스. 콜트 1911."

"11월 17일!"

톰은 고함을 내질렀다.

"그래. 이자는 11월 17일 단원이야, 우리가 그때 놓친."

'11월 17일'로 알려진 극좌파 테러 조직은 과거 그리스를 극도의 혼란에 빠뜨렸다. 그들은 1975년 CIA의 아테네 지부 부장을 그들의 트레이드마크인 콜트 1911 45구경 권총으로 암살했다. 그들은 21명을 살해했다. 그중에 네 명은 미국인 외교관이었다. CIA 입장에서는 철천지원수나 다름없었다.

CIA는 그들을 체포하기 위해 총력을 기울였지만 단 한 명도 체포하지 못했다. 심지어 누가 공격을 지휘했는지에 대한 단서조차 잡지 못했다. 치욕이었다.

하지만 2002년 결국 꼬리를 잡고 만다. 아테네의 피레우스 항구에서 폭탄 테러를 계획했던 40살의 초상화가가 검거된 것이다. 그자에게서 그 비밀스러운 조직에 대한 정보가 흘러나오기 시작했다.

그리스 경찰은 아테네 도심지의 한 아파트에서 대전차 로켓과 미사일, 총기류를 찾아냈다. 그리고 2주 후 '11월 17일'의 은신처를 발견했다. 그 작전에는 당연히 CIA도 참여했다. 당시 톰과 마틴은 동료들의 복수와 CIA의 명예회복을 위해 누구보다 앞장섰다.

아쉽게도 그들 모두를 검거하는 데는 실패했다. 몇 명의 조직원은 치밀한 경비망을 뚫고 그리스를 탈출하는 데 성공했다. 사진 속의 인물은 당시 탈출했던 조직원 중 한 명이었다.

"그래서 내 얼굴을 확인하자 바로 방아쇠를 당긴 거야."

마틴은 사진을 향해 오른손으로 방아쇠를 당기는 시늉을 하며 말했다.

"왜 제 얼굴을 보고 바로 사격하지 않은 거죠?"

"추측이네만, 이 녀석은 자네 얼굴은 정확하게 알지 못했을 거야. 자네하고 녀석이 마주친 건 아주 순간적이었잖아. 하지만 나는 녀석의 거친 숨소리를 들을 수 있는 곳까지 접근했었어."

"그러면… 마틴 당신의 얼굴을 알아보기 무섭게 총을 쏜 거군요."

"그래……. CIA가 자기를 잡으러 온 줄 알았던 거야. 젠장. 오마르가 아니라 내가 그곳에 가지 말아야 했는데. 젠장. 망할."

"이런 말도 안 되는 일이."

톰은 의자에 털썩 주저앉았다. 하느님 맙소사. 이런 젠장. 어떻게 이런 기막힌 우연 때문에 전체 작전과 소중한 정보원을 잃을 수 있단 말인가?

이무튼 모든 의문은 풀렸다. 기습은 베타의 배신 때문이 아니었다. 과거 그들이 쫓던 테러범과 에티오피아에서 조우하는 최악의 상황 때문에 벌어진 해프닝이었다.

톰은 신이 테러범들의 손을 들어준 건 아닌가 생각했다. 인정하긴 싫지만.

"이제 우리의 희망은 베타가 유일한 건가?"

"제 명함을 가지고 갔으니 오마르와 연락이 되지 않으면 틀림없이 저한테 연락할 겁니다."

톰은 오마르의 이름을 꺼내자 마음이 아팠다. CIA의 비밀 작전이기에 오마르의 신분을 에티오피아 측에 알려줄 수가 없었다. 오마르는 장례식도 치르지 못했다. 심지어 그의 시신은 부검까지 당한 후 암매장됐다. 독실한 무슬림은 아니었지만 오마르도 무슬림이다. 시신을 훼손하는 건 무슬림들에게는 커다란 모욕이다. 그는 죽어서도 편히 눈을 감지 못한 것이다.

톰은 오마르에게 큰 빚을 졌다는 생각을 떨칠 수 없었다. 덕분에 불면의 밤을 보내는 중이었다.

"혹시 11월 17일이 써드 웨이브와 연관된 건 아닐까요?"

톰은 마틴을 물끄러미 쳐다보며 말했다.

"그럴 가능성이 전혀 없진 않지. 아쉽게도 그건 우리 관할이 아니야. 정보를 넘겼으니 그들을 추적하는 팀에서 진실을 밝혀내겠지."

"그나저나 에티오피아인들이 함정을 파놓은 건 아니잖습니까? 우발적인 총격전이었을 뿐이잖습니까?"

"무슨 말인지 알겠네. 다른 루트를 통해서 그들과 접촉하자는 말이지?"

"바로 그겁니다."

"문제는 우리가 시간이 없다는 거야. 그들과 접촉할 다른 루트를 확보하고 시나리오를 구상하는 데도 시간이 걸릴뿐더러, 틀림없이 녀석들은 이번 일 때문에 깊숙이 잠수해 있을 거야. 바보가 아닌 다음에는 말이야."

마틴은 맞은편 의자에 앉으며 말했다.

"역시 이 방법밖에 없군요. 당장 오마르의 정보원을 만나봐야겠습니다."

"오마르가 죽기 전에 언급한 에리트레아에 있다는 녀석 말하는 거야?"

"네. 그자를 통해서 정보를 얻는 게 가장 빠르고 확실할 것 같습니다."

"어떻게 만나려고? 연락처도 모르잖아?"

마틴은 얼굴을 찡그렸다.

"오마르는 자신의 정보원 연락처를 암호화해서 저장하고 있었습니다. 좀 전에 암호를 모두 해독했습니다."

톰은 그가 사용하는 노트북을 가리키며 말했다.

오마르는 은퇴 전 자신의 정보원들에 대한 모든 정보를 톰에게 넘겨주기로 했다. 그래서 인터넷에 그 정보를 차근차근 업데이트했다. 운이 좋았던지 에리트레아인의 정보가 올라와 있었다. 톰은 오마르에게 또 빚을 졌다고 생각했다.

"톰, 그럼 수고해 주게. 그리고 미안하네."

마틴은 자리에서 일어서며 말했다. 미안하다는 말은 모기가 날갯짓하는 소리만큼이나 작았다.

65

"젠장. 젠장. 망할. 제기랄."

교수는 욕을 내뱉고는 핸드폰을 침대에 던져 버렸다. 감시원에게서 온 전화였다. 안타깝게도 작전은 실패했다.

그간 교수는 너무 일찍 암살 방법을 굳힌 건 아닌가 하고 고민했다. 늦은 밤 와인을 홀짝이다 좋은 아이디어가 떠올랐다. 그는 시내를 돌며 영어가 가능한 택시기사를 찾았다. 택시에서 내릴 때 동료에게 서류를 전달하는 걸 깜빡했다며 대신 배달해 줄 수 있는지 물었다. 넉넉한 수고비를 제시하자 택시기사는 흔쾌히 그의 요구에 응했다. 그가 사용한 방법은 '체첸의 체 게바라'로 불리던 체첸 반군 지휘관 에미르 하타프를 살해했던 것과 동일하다. 그는 2002년

독이 묻은 편지를 읽다 죽었다.

택시기사가 들고 간 서류 안의 종이에는 독이 잔뜩 발라져 있다. 맨손으로 그걸 만지면 그날로 저승행이다. 운이 좋으면 둘 다 처치할 수 있고, 그렇지 않은 경우라도 한 명은 제거할 수 있다. 표적을 제거하는 게 가장 좋지만 끔찍한 보디가드가 제거되어도 나쁠 것은 없다.

그런데 보디가드 녀석은 프런트 직원에게서 건네받은 서류를 뜯을 생각도 하지 않았다. 호텔 입구의 쓰레기통에 바로 던져 버렸다. 그 길로 호텔을 떠났다고 한다. 더구나 미행할 차량의 운전자가 키를 가지고 화장실에 간 바람에 그들을 놓치기까지 했다.

그는 당장 화장실로 가서 샤워기를 틀었다. 찬물이 그의 몸을 따갑게 어루만졌다. 10분 정도 지나자 열이 조금 가라앉았다. 그는 방으로 돌아와서 차분하게 상황을 정리했다. 잠시 그들의 행적을 놓치긴 했지만 한국을 떠나지 않은 이상 어떻게든 찾아낼 것이다. 문제는 어떻게 제거하느냐다. 아무리 머리를 굴려 봐도 투검 외에는 방법이 없었다.

어떻게 보디가드에게 들키지 않고 유효 살상거리까지 접근할 수 있을까? 적어도 7 내지 5미터까지는 다가가야 한다. 그 거리는 의외로 상당히 가깝다. 10미터의 거리면 칼을 가진 사람이 권총을 뽑으려는 상대를 충분히 제압할 수 있는 거리다. 보디가드 녀석은 거리에 상당히 민감했다. 사방 10미터 이내에 접근하는 사람은 모두 그의 요주의 감시 대상이다.

장소도 문제였다. 사람이 너무 없어서 눈에 잘 띄는 곳도 피해야 하고, 반대로 사람이 너무 많아서 행동에 제약이 생기는 곳도 피해야 한다. 자연스러운 흐름에 섞여서 7미터 이내로 접근해야 한다.

일단 투검으로 보디가드를 제압한 다음 재빨리 표적에게 접근해
야 한다. 상대가 반응하기 전에 두 번의 공격을 모두 끝내야 하는 것
이다. 교수는 그 모든 동작을 초 단위로 점검해야만 했다. 이를 위해
미리 창고와 마네킹을 요구했다. 그는 표적과 가장 체형이 유사한 마
네킹을 골라서 연습했다. 곳곳에 비디오카메라를 설치해 동선을 하
나하나 되짚어보고 필요 없는 동작과 혹시 발생할지 모를 돌발 상황
들을 따져보았다. 하지만 아직 미숙했다. 창고에는 작은 숙소가 딸려
있다. 거기서 먹고 자며 투검에만 전념해야 한다.

교수는 체크아웃 한 다음 택시를 타고 창고로 갔다. 그는 창고에
도착하자 염색을 하고 구레나룻을 깨끗하게 면도했다. 염색이 다
되자 컬러렌즈를 끼고 거울에 비친 자신의 모습을 여러 각도에서
관찰했다. 짙은 갈색 머리와 엷은 갈색 눈동자 덕분인지 다른 사람
처럼 보였다. 이곳 사람들의 머리와 눈 색깔과도 비슷해서 이전보
다는 눈에 덜 띌 것 같았다.

교수는 보디가드의 목에 투검을 던졌다. 투검은 화살처럼 날아가
그자의 목에 적중했다. 그는 투검을 던짐과 동시에 재빨리 흑표에
게 달려들어 그를 쓰러뜨리고 그의 목에 거버 마크2를 찔러 넣었
다. 비디오카메라를 통해 시간을 확인하니 투검을 꺼낼 때부터 흑
표의 목에 칼을 찔러 넣는 데까지 1.8초가 걸렸다. 늦다면 늦고 빠
르다면 빠른 시간이다. 그는 1.5초까지 줄이고 싶었다. 그는 0.3초
를 단축하기 위해 다시 연습에 몰입했다.

66

기환은 다급했다. 최대한 빨리 이곳을 벗어나야 한다. 배를 타고 돌아가는 건 시간이 너무 많이 걸린다. 기차를 타고 다른 곳으로 떠날까?

지금 당장 해야 할 일은 미행을 떼어내는 것이다. 사람과 차 모두 그를 따라오고 있다. 인원이 부족하긴 하지만 미행의 기본에 충실하다. 절대 어설픈 아마추어가 아니다. 그들이 지원을 요청하면 한층 곤란해진다.

모든 것이 절망적이기만 한 건 아니다. 시간은 그의 편이었다. 이곳의 아침은 서울만큼 북적대지는 않아도, 여느 도시가 그렇듯 출근 시간이 가까워지면서 도로는 차와 사람들로 넘쳐났다.

감시자를 따돌리는 기본적인 방법 두 가지는 차량이 붐비는 도로로 들어가서 군중 속으로 사라지는 것과 감시자가 도저히 따라올 수 없는 곳으로 가는 것이다. 기환은 이 중 두 번째 방법을 응용해 차량을 따돌렸다. 그는 버스와 백여 년의 역사를 자랑하는 트램(노면전차)을 번갈아 탔다. 트램은 딱딱한 나무 의자에다 무척 덜컹거렸다. 그는 트램에서 내려 갑자기 길을 건넜다. 그리고 반대방향으로 가는 버스를 탔다. 꼬리를 문 차량 사이로 유턴할 공간은 없다.

하지만 걸어서 추적하는 자가 남아 있다. 녀석이 다급하게 통화하는 모습이 보였다. 차량 운전자에게 이쪽 위치를 알리고 지원을 요청하는 게 틀림없다. 숨이 가빠왔다. 지원군이 도착하기 전에 따돌려야 한다.

기환은 우연히 한국인 단체 관광객을 만났다. 그는 그들과 같이 사진을 찍으며 동행했다. 마치 그들과 약속이 되어 있던 것처럼 태연하게 행동했다. 그들은 이곳에서 가장 번화한 혁명전사의 광장으로 가는 길이었다. 기환은 그들과 같이 걸으며 차량을 살폈다. 검은색 토요타는 보이지 않았다. 하지만 감시자는 여전히 그를 따라오고 있었다.

맞은편에 택시가 서더니 승객이 내렸다. 기환은 택시를 향해 손을 흔들며 대로를 가로질렀다. 사방에서 클랙슨 소리가 울렸다. 삿대질과 욕설이 난무했지만 무시하며 걸음을 재촉했다. 다행히 기사는 기환을 기다려 줬다. 그는 기사에게 돈부터 쥐여 주며 '븨스뜨러 븨스뜨러(빨리빨리)'를 외쳤다. 기사는 어리둥절한 표정이었다. 그는 시내를 한 바퀴 둘러달라고 했다. 가능하면 골목길을 이용해 달라는 요청을 덧붙였다. 뒤를 돌아보았다. 대로를 가로지르는 미행자의 모습이 보였다. 차가 모퉁이를 돌자 그의 모습은 금방 사라졌다.

기환은 자주 방향을 바꾸게 했다. 그때마다 돈을 쥐여 줬기에 기사는 아주 만족해했다. 미행을 따돌린 게 확실해 보였지만 그는 버스와 택시를 번갈아 탔다.

그는 '블라디보스토크 에어라인'에 가서 부산행 비행기 표를 예매했다. 이륙시간은 13시 정각이다. 공항까지는 한 시간 남짓 걸린다. 아직 시간이 남았다. 기환은 공항에서 시간을 보낼지 아니면 다른 곳에 몸을 숨길지 고민했다. 아무래도 공항이 안전할 것 같았다.

다시 택시를 타고 공항으로 향했다. 공항에 내리자 절로 안도의 한숨이 터져 나왔다. 공항 청사는 우리나라 작은 소도시의 그것과 흡사했다. 그는 대합실에 들어섰다. 한 명 한 명 모든 사람을 체크했다. 그는 앞사람과 대화를 나누면서도 식당에서 무슨 일이 벌어지는지 모두 확인할 수 있다. 주변에서 벌어지는 일 중 뭔가 잘못되거나 수상한 점은 없는지, 순간적으로 모든 정보를 처리한다. 그의 기억 속으로 들어온 대부분의 정보는 그때 사라진다. 특징적인 부분만 기억에 남는다. 이 모든 것은 무의식적으로 행해진다. 마치 숨을 쉬는 것과 같다. 무수한 시행착오 끝에 이젠 따로 의식하지 않아도 자연스럽게 처리된다.

다행이었다. 그다지 눈에 띄는 자는 없었다. 마피아들이 이곳에 사람을 보내지는 않은 것 같았다. 물론 확신할 순 없다. 그 점이 계속 그의 뒤통수를 간질였다.

출국 수속을 밟아야 할 시간이 됐다. 세관은 아무 문제 없이 통과했다. 출입국관리소도 아무 문제 없었다. 이제 국경수비대만 지나면 비행기에 탈 수 있다. 국경수비대 요원은 현역 러시아군 장교다. 군복을 입은 모습이 괜히 상대를 주눅 들게 했다.

"왜 이러는 겁니까?"

기환은 영어로 질문했다. 국경수비대 요원은 서투른 영어로 뭔가 문제가 있다며 그를 멈춰 세웠다. 시간을 확인했다. 비행기는 오후 1시에 이륙한다. 기껏해야 30분 정도 남았을 뿐이다. 가장 큰 문제는 다른 사람들은 다 통과시키면서 그만 제지했다는 점이다. 요원은 그의 여권을 들고 2층으로 올라갔다.

5분, 10분, 시간은 속절없이 흘러갔다. 그사이 다른 승객들은 모두 탑승했다. 하지만 2층으로 올라간 요원은 감감무소식이었다.

"도대체 무슨 일입니까? 급한 일이 있어서 지금 바로 가야 합니다."

기환은 검색대에 서 있는 요원을 재촉했다. 그는 기환의 말을 알아듣는 눈치였지만 짐짓 영어를 못하는 척했다. 그 점이 기환을 한층 답답하게 만들었다.

"아버님이 지금 위독하십니다. 어떤 일이 있어도 이 비행기를 놓치면 안 됩니다."

기환은 애걸하듯 말했다. 정 안 되면 요원을 밀치고 비행기로 달려갈까 하는 상상도 해봤다. 금방 고개를 저었다. 삼엄한 경비를 뚫고 그곳까지 달려가는 것도 불가능할뿐더러, 설령 비행기에 탄다고 해도 출발시킬 권한이 없었다.

그새 마피아들이 손을 쓴 건가? 러시아에 그들의 손길이 미치지 않는 곳은 없다. 식은땀이 흘러내렸다. 그들의 잔혹함에 대해서는 귀가 닳도록 들어왔다. 변장도 하고 여권도 바꿨어야 한다는 뒤늦은 후회가 들었다. 대사관에 전화를 한 통 넣을까? 그가 지금 어떤 상황에 처했는지 상부에 알려야 한다. 그렇지만 지금은 꼼짝달싹할 수 없는 형편이다.

어느새 1시가 지나고 있었다. 물론 여느 비행기가 그렇듯 부산행 비행기 역시 정각에 출발하진 않았다. 그렇다고 언제까지고 그를 기다려 준다는 보장도 없었다.

비행기가 떠나면 문제는 몇 배나 복잡해진다. 단지 그를 비행기에 타지 못하게 하는 게 목적일지도 모른다. 이 경우 이미 킬러가 대기하고 있다고 봐야 한다. 시내까지 돌아가는 버스나 택시기사 모두 믿을 수 없다. 최악의 경우 그를 억류한 다음 마피아에게 팔아넘길지도 모른다.

기환은 거의 10초 간격으로 대합실을 흘끔거렸다. 심장이 덜컥 내려앉는 것 같았다. 짧은 금발에 창백한 얼굴을 한 남자가 시야에 들어왔기 때문이다. 그는 곧 사라졌다. 그가 킬러라고 단정 지을 순 없지만 이 세계에서 우연을 믿는 어리석은 행동은 죽음과 직결된다. 더구나 그자는 기환과 눈을 마주치지 않으려고 노력했다. 확실하다. 킬러가 틀림없다. 초조했다. 목이 타들어갔다.

2층으로 올라갔던 요원이 내려왔다. 기환은 그에게 질문하려고 다가갔지만 그는 기환 쪽으로 눈길 한번 주지 않았다. 그는 1층에 있는 다른 요원과 급하게 몇 마디 나누고는 다시 2층으로 올라갔다. 시간은 막 1시 15분을 지나고 있었다. 숨 쉬기가 힘들었다.

시간에서 초연하고 싶었는데, 어쩔 수 없이 시계에 눈이 갔다. 1시 28분이다. 공항은 한산했다. 그를 제거하려는 킬러만 남아 있다. 돌아버릴 것 같았다. 그때, 2층에 올라갔던 요원이 다급하게 뛰어내려 왔다. 그는 기환에게 여권을 돌려주고는 통과 사인을 보냈다. 직원들이 분주하게 그를 비행기로 안내했다. 기환은 무심코 뒤를 돌아보았다. 멀어서 확신할 순 없지만 벌겋게 달아오른 노인의 얼굴을 본 것 같았다.

그가 좌석에 앉자마자 기장은 시동을 걸었다. 승객들은 갑자기 뛰어든 그를 보며 고개를 갸우뚱거렸다. 하지만 기환은 다른 이들의 시선을 외면한 채 창밖만 바라봤다. 왜 노인은 목숨이 위험할지도 모르는데 그를 구한 걸까? 그는 진심으로 기환을 걱정했음에 틀림없다. 아들에 대한 죄책감을 그를 통해 해소한 것이다.

비행기는 굉음을 내며 가라앉듯 허공으로 치솟았다. 낡아서 그런지 좌석이 계속 삐걱거렸다. 그래도 크게 불편하지는 않았다. 살았다는 안도감에 세상 모든 것이 아름답고 감사하게만 느껴졌다. 푸른 하늘과 구름, 지금 숨 쉬고 있는 공기가 그토록 반가울 수가 없었다.

기환은 타는 속을 달래기 위해 맥주를 한 잔 마셨다. 슬며시 졸음이 밀려왔다. 이젠 긴장을 풀어도 돼. 안심해. 넌 안전해. 기환은 눈을 감으며 생각했다.

67

"한국에 계속 머물 거라면 아무래도… 안가에서 지내는 게 좋지 않겠습니까?"

털보가 말했다.

흑표는 만일의 사태에 대비해 한국에도 안가를 두 채 준비해 놓고 있었다. 하나는 안산, 다른 하나는 부산에 있다.

"아직 때가 아니야. 위험하긴 하지만 좀 더 참아야 해."

사실 마땅한 대책이 있는 건 아니다. 하지만 갑자기 자취를 감추면 당장 이목을 끌게 된다. 아직은 그가 아무것도 눈치채지 못한 것처럼 행동하는 게 성대의 속셈을 알아내는 데 도움이 된다.

그래서 삼합회 녀석들을 죽이지 않았다. 녀석들은 순순히 이쪽에 협력했다. 그들은 차 사고가 나서 차를 폐차하고 병원에 입원 중인 것처럼 상부에 보고했다. 그 길로 녀석들을 무허가 의사에게 데려가 응급치료를 받게 했다. 당분간은 살려놓아야 했기 때문이다.

그들을 감시할 사람이 필요했다. 마침 적임자가 있었다. 한때 인신매매 조직의 두목이었던 자다. 지금은 은퇴해서 개 농장을 경영하고 있다. 그에게 두둑한 사례비를 주며 녀석들을 감시하게 했다. 녀석들의 핸드폰이 울리면 전화를 받게 하고 그 내용을 바로 알려달라고 했다. 그는 중국어에도 능통한데다 인신매매 조직을 운영했던 눈치 빠른 사람이다. 더구나 백여 마리 정도의 개를 기르고 있다. 부상당한 자들이 탈출하는 불상사는 결코 발생하지 않을 것이다.

"녀석들, 머리에 총을 맞았나? 도대체 왜 우리를 제거하려는 겁니까?”

“이제부터 알아내야지.”

이 바닥에서 단지 사이가 좋지 않다는 이유만으로 총부리를 겨누는 바보는 없다. 아무리 고민해 봐도 그들이 자신을 노리는 이유를 도무지 알 수 없었다.

아무래도 내부의 배신자가 그들과 결탁했을 가능성이 높아 보였다. 틀림없이 삼합회뿐 아니라 야쿠자나 한국의 폭력 조직에도 손을 뻗쳤을 것이다. 가장 꺼림칙한 건 배신자가 그를 중국 당국에 고발했을지도 모른다는 점이다.

그는 당장 중국의 상황부터 알아보기로 했다. 그는 공중전화기 앞에서 내렸다. 전화 상대는 그와 깊은 관계를 맺고 있는 당 간부다. 그러면 큰 어려움 없이 중국정보국이 어떻게 움직이는지 알아낼 수 있다. 그의 직통 전화로 걸었지만 흑표는 전혀 엉뚱한 사람을 찾았다.

“거기 장하오 씨 계신가요?”

“그런 사람 없습니다.”

상대는 무뚝뚝하게 받았다.

“죄송합니다.”

흑표는 전화를 끊었다. 그리고 차로 돌아갔다. 차는 천천히 움직였다. 흑표는 세 블록쯤 떨어진 공중전화에서 다시 전화를 걸었다. 이번에는 다른 번호였다.

“잘 지내시죠?”

흑표가 말했다.

“덕분에 잘 지냅니다. 사장님도 잘 지내시죠?”

"뭐 그럭저럭 지냅니다."

"바쁘신 모양이군요. 요즘 연락도 뜸하고."

"이런저런 일이 많아서요."

"저도 같이 바쁘면 안 되는 일인가 보죠. 그런데 무슨 일로?"

"다름이 아니라 조사를 부탁드릴 일이 있어서요."

"사업 문제는 아니군요."

실망감이 느껴지는 목소리다. 정치인은 읽기 쉽다. 같은 거짓말을 하지만 그들은 밀랍 인형 같다. 그들도 스파이와 마찬가지로 시도 때도 없이 거짓말을 한다. 그러나 그건 미리 준비된 것이다. 반면 스파이에게 준비된 거짓말은 그리 많지 않다. 사기꾼에게 사기를 한 번이라도 쳐보면 금방 깨닫게 된다. 선수들 사이에서는 준비된 거짓말이란 존재하지 않는다는 사실을.

흑표는 핵심만 얘기했다. 상대가 전화를 끊기 전에 흑표는 자신을 노리던 조직을 단단히 손봐 달라고 부탁했다. 그는 자신 있게 그러겠다고 대답했다. 그는 폭력 조직의 특성을 잘 알고 있는 사람이다. 폭력 조직은 아주 철저하게 손을 봐줘야 다음부터 달려들지 않는다. 따로 부탁하지 않아도 그는 강력한 처벌을 내릴 것이다.

통화를 마친 흑표는 잠시 머리를 식힌 후 상하이에 있는 지인에게 전화했다. 그나 지인 모두 용푸회의 회원이다. 용푸회는 상하이에 있는 부자 클럽이다. 엄격한 자격 심사를 통과한 사람만이 들어갈 수 있는 철저한 회원제 클럽인 만큼 회원 중에는 고관과 그 자제들이 많다.

흑표는 지금은 사업 파트너가 된 그에게 중국정보국과 루돌프에 대한 조사를 부탁했다. 정보는 먼저 전화한 친구가 훨씬 빠르고 정확하게 얻어낼 수 있지만 교차 검증이 필요했다. 그건 기본이자 지금은 목숨과도 직결된 사안이다.

혹시나 일이 잘못됐을 경우 도피처가 필요하다. 그는 망설임 없이 러시아를 택했다. SVR에 근무하는 친구를 통하면 모든 게 해결되기 때문이다. 만일 중국이 그를 노릴 경우 CIA와 FBI에 근무하는 중국 스파이들의 명단을 넘기겠다며 그들에게 접근하면 된다. 러시아는 그들을 협박해 지금보다 쉽게 미국의 고급 정보를 빼낼 수 있다. 그들을 이용해 러시아의 강력한 리이벌이 된 중국에 기만 정보를 넘기는 것도 가능하다. 구미가 당기지 않을 리 없다.

보험은 빨리 들어놓는 게 좋다. 만일 부하가 그를 고발했다면 중국은 이제부터 그의 조국이 아니라 영원한 적이 된다. CIA가 그를 보호하겠다고 큰소리를 쳤지만 왠지 석연찮은 구석이 있다. 그의 안전을 보장받는 데 지금으로서는 러시아만큼 좋은 곳이 없다.

흑표는 일단 그들에게 건넬 '닭 모이'를 누구로 선정할지 고민했다. 너무 하급 직원이어서도 안 되고, 그렇다고 고위급 직원의 이름을 공짜로 넘겨줄 수는 없는 노릇이다.

68

수진은 크게 기지개를 켰다. 어느새 세 시간 반이 지났다. 좀 쉬어야 했다. 그녀는 휴게실로 갔다. 커피를 뽑고 담배에 불을 붙였다. 연기를 깊숙이 빨아들였다가 천천히 내뱉었다. 몽롱해지는 느낌이 너무 좋았다.

그녀는 도시의 화려한 네온사인을 감상했다. 거리는 사람들로 가득했다. 모든 걸 훌훌 털고 그들처럼 도시의 밤을 즐기고 싶었다. 가끔씩 드는 직업에 대한 회의가 오늘따라 그녀를 괴롭혔다.

처음 국정원에 가겠다고 했을 때 다들 웃기만 했다. 대학교 3학년 때의 일이다. 가족들은 물론 친한 친구들도 하나같이 농담으로 받아들였다. 그건 오산이었다. 그녀는 이를 악물고 공부했고, 당당히 합격했다. 물론 가족들에게 그 사실을 알리진 않았다. 그들에게는 무역회사에 합격했다고 둘러댔다. 군이 감출 필요는 없었지만 가족들이 꺼리리란 걸 너무 잘 알고 있었기 때문이다.

1년간의 연수는 힘들었지만 즐거웠다. 그리고 부서 배치를 받고 업무를 배우며 적응해 갔다. 국정원의 생활도 여느 직장과 다르지 않았다. 조금씩 지루해져 갔다. 그러던 어느 날, 새로 창설된다는 조직이 그녀의 시선을 끌었다.

국내외적으로 빈번해지는 테러에 대비해 CTA(Counter Terror Agency)라는 새로운 조직이 만들어진다고 했다. CTA는 국정원과 경찰 등 여러 부서로 나누어진 테러 관련 업무를 통합하고 해외 대테러 부서와의 원활한 업무 협조를 위해 창설됐다.

항간에는 APEC을 대비한 한시적인 TFT라는 말이 떠돌았다. 하지만 그녀는 새로운 조직에 끌렸다. 무엇보다 신생 조직의 창설 멤버가 된다는 점이 마음에 들었다. 이대로 국정원에 있는 것보다 발전 가능성이 높다고 판단했기 때문이다. 더구나 테러라는 건 이미 세계화되어 있다. 일각의 우려와는 달리 대테러 기관이 없어질 가능성은 영에 수렴했다.

그녀의 결정에 힘을 실어준 건 당시에도 상사였던 김 과장이었다. 그도 CTA에 지원한다고 했다. 그녀의 대학 선배이자 멋진 동료인 기환 역시 CTA에 지원했다. 그녀가 CTA를 마다할 이유는 없었다.

경찰에서도 일부 일원이 충원됐지만 대부분 국정원에서 넘어온 요원들이었다. 그래서 처음에 우려했던 조직 내의 파벌 싸움은 그렇게 크지 않았다. 오히려 시간이 지나면서 국정원과 보이지 않는 알력 다툼이 벌어지는 눈치였다. 가끔 김 과장은 노골적으로 국정원에 대한 불만을 털어놓기도 했다.

아직 CTA가 외부에 알려지지 않아서 괜히 손해 본다는 느낌도 있었다. CTA 직원은 공식적으로는 CTA 요원이 아니라 국정원 요원으로 활동하고 있다. 국정원이 CTA에 영향력을 행사하기 위해 완전히 독립시키지 않는다는 추측도 있었다. 대외적으로 국정원의 하부 조직으로 보인다는 점 때문에 몇 번 국정원에 항의하기도 했다. 하지만 국정원은 그들에게 고향과 같은 곳이다. 어떻게 보면 그건 단순한 투정인지도 몰랐다.

그냥 다시 국정원으로 돌아갈까? 요즘 들어 괜스레 국정원이 그리웠다. 타고난 방랑벽이 있어서 그래. 그녀는 담배를 끄며 생각했다. 어디 한곳에 안주하기 싫어하는 자신의 성격이 이럴 때는 정말 싫었다.

자리에 돌아왔지만 여전히 잡생각이 가득했다. 이럴 땐 잠시 다른 일을 하는 게 도움 된다. 폴더를 뒤지는데 일전에 기환이 조사를 부탁했던 자료가 눈에 띄었다. 그중에서도 특히 궁금증을 자아냈던 풍경 사진들을 클릭했다.

아무리 생각해 봐도 이건 스테가노그래피(Steganography)가 틀림없다. 이는 사진 속에 메시지를 숨기는 암호화 방법으로 알 카에다와 헤즈볼라는 최근 이를 적극적으로 활용하고 있다. 컴퓨터로 보는 사진은 아주 작은 픽셀들로 이루어져 있다. 컴퓨터는 이 픽셀들을 색깔이 아니라 숫자로 인식한다. 암호를 보내려는 자는 암호를 숨긴 특정 픽셀(행렬의 형태로 이루어져 있음)에 암호 키 행렬의 값을 곱한다. 따라서 원래 암호를 알아내려면 암호 키 행렬의 값을 알아낸 다음, 암호화된 특정 픽셀에 암호 키의 역행렬을 곱해야 한다.

사진의 어느 픽셀에 암호 메시지를 저장했는지, 또 암호 키 행렬의 값이 무엇인지 알아낸다는 건 무척 어려운 일이다. 그래서 사진에 대해서는 완전히 포기하고 있었다. 이걸 해독하려면 국정원의 암호해독팀에 의뢰해야 하는데 아무런 물증 없이 이런 사진을 조사해 달라고 의뢰할 수는 없다. 설령 의뢰를 받아들인다고 해도 암호를 해독한다는 보장도 없다. 그만큼 어려운 암호다.

문득 새로운 아이디어가 떠올랐다. 과연 사진에 담긴 메시지가 그렇게 복잡하고 어려운 것일까? 기환의 정보원은 메시지를 알고 있었던 눈치다. 그래서 이걸 저장하고 있었을 것이다. 그가 아무리 컴퓨터에 능했다고 해도 암호 전문가도 풀기 힘든 복잡한 암호를 해독했을 가능성은 희박했다. 그건 고도의 수학적 지식이 필요한 작업이다.

"그래, 이건 Visual cryptography야!"

수진은 자신도 모르게 환호성을 내질렀다. 그녀는 부지런히 사진들을 겹쳐보았다. 두 번째 사진과 네 번째 사진을 뒤집어서 겹쳤을 때 드디어 결과가 나왔다. 겹쳐진 사진 위로 분명 알파벳이 나열되어 있었다. 알파벳은 Yangsan으로 시작했다. 암호는 영어로 적힌 국내 주소였다. 그녀는 다급하게 해당 주소를 검색했다.

69

에리트레아의 첫인상은 그다지 좋지 않았다. 공항은 경찰이 아니라 군인들이 지키고 있었다. 가만히 서 있어도 위압감을 주는데 그들은 무척 권위적이기까지 했다. 하지만 톰은 다른 사람들처럼 가방 안의 속옷까지 꺼내는 수모를 당하지는 않았다.

시내로 들어서자 공항에서 느꼈던 거부감이 씻은 듯이 가셨다. 해발 2,100미터에 위치한 수도 아스마라는 아프리카인 걸 감안하면 그다지 덥지 않다. 도시는 깨끗하고 잘 정돈되어 있다. 상가 주인은 대부분 백인이다. 마치 유럽의 중소 도시에 온 착각이 들게 했다. 거기다 멀리서 울리는 교회 종소리가 마음을 편안하게 해주었다.

이틀이 지났다. 하지만 아무런 연락이 없었다. 무슨 일이 생긴 건 아닐까 걱정됐다. 이게 정말 마지막 연결고린데. 톰은 길고 괴로운 불면의 밤을 보내야 했다.

사흘째 정오 무렵, 그렇게 기다리던 멜레스에게서 연락이 왔다. 그는 호텔 근처에서 전화한다고 말했다. 톰은 당장 그를 방으로 불러들였다. 멜레스는 사진보다 조금 늙긴 했지만 키가 크고 아주 건강해 보였다.

"반갑습니다. 조제프 방드리예스입니다."

톰은 악수를 청하며 프랑스 억양이 섞인 영어로 말했다.

"멜레스라고 불러주세요."

외국인과 오랫동안 거래해서 그런지 그의 영어 발음은 유창했다. 손은 따뜻하고 두꺼웠다. 오마르의 프로파일에 적힌 것처럼 정이 많고 정직해 보였다.

"맥주 괜찮으시죠?"

톰은 냉장고를 가리키며 말했다.

"네. 고맙습니다. 그런데… 오마르는 무척 바쁜가 보죠?"

"갑자기 애가 아파서요."

"많이 안 좋은 모양이죠?"

"급성복막염이 걸려서 말이죠. 다행스럽게도 이제 많이 괜찮아
졌다고 합니다. 아무튼 그런 피치 못할 사정 때문에 제가 대신 왔습
니다. 부담 갖지 마시고 오마르를 대하듯 편하게 대하시면 됩니다."

톰은 맥주를 건네며 말했다.

"너무 늦게 와서 죄송합니다."

"괜찮습니다. 전 무슨 일이 생긴 게 아닌가 하고 무척 걱정했습
니다. 아무튼 이렇게 얼굴을 볼 수 있게 돼서 정말 다행입니다."

"사실… 제가 늦은 건… 제가 정보를 가진 게 아니기 때문입니
다. 전 단지 정보를 가진 사람을 알고 있을 뿐입니다. 그를 어떻게
든 여기까지 데리고 오려고 했는데……. 정 이곳까지 오는 게 꺼림
칙하면 정보를 저한테 넘기면 대신 정보비를 받아주겠다는데도 돈
을 보여주기 전에는 아무것도 말하지 않겠다고 우기더군요. 정말
황소고집도 그런 황소고집이 없습니다."

멜레스는 고개를 절레절레 흔들었다.

"요구하신 대로 금으로 준비했습니다."

톰은 자리에서 일어서며 말했다.

금을 몰래 가져오기 위해 마틴의 힘을 빌려야 했다. 폭넓은 인맥
을 자랑하는 그답게 에리트레아의 고위 공무원과도 줄이 닿아 있었

다. 그가 아니었다면 톰 역시 공항에서 모든 짐을 샅샅이 수색당했을 것이다.

톰은 가방을 열어 내용물을 확인시켜 주었다. 멜레스는 감정을 잘 숨기지 못하는 솔직한 사람이었다. 그의 얼굴에 금방 환희가 번졌다.

"시간이 많이 없으시죠?"

멜레스는 맥주를 내려놓으며 말했다. 어느새 병이 깨끗하게 비어 있었다.

"정보를 가진 사람은 어디 가야 만날 수 있습니까?"

"마사와까지 가야 합니다. 그는 마사와 항에서 근무합니다."

"역시 마사와 항을 통해 무기가 반출된 모양이군요."

"자세한 사항은 그를 만나서 직접 들으시기 바랍니다. 전 단지 안내자일 뿐입니다. 참! 차를 준비했습니다. 좋은 차는 아니지만 거기까지 가는 데는 별 무리가 없을 겁니다."

멜레스는 자신의 차로 톰을 안내했다. 승용차나 지프차가 아니라 낡은 트럭이었다. 털털거리긴 했지만 갑자기 시동이 꺼지지는 않았다. 마사와까지는 첩첩산중 고갯길을 내려가야 했다. 이런 험난한 곳에도 사람들의 삶은 이어진다. 주민들은 척박한 지형을 계단식으로 개간해서 농사를 짓고 있었다. 산길을 내려갈수록 온도가 올라갔다.

마사와까지는 세 시간 남짓 걸렸다. 바닷가인데도 바람 한 점 없는 특이한 곳이다. 도시 전체가 거대한 한증막 같았다. 온몸이 땀에 흠뻑 젖었다. 톰은 올해 여름은 유난히 덥다며 투덜거리지 않을 수 없었다.

에리트레아는 세계 최빈국 중 하나다. 그래서 아직 전쟁의 상처를 깨끗하게 치유하지 못했다. 국경에서 먼 이곳 마사와에서도 에티오피아와의 전쟁 흔적을 어렵잖게 찾을 수 있었다. 폭격으로 무너져 내린 건물의 모습이 보였다. 지나다니는 사람도 거의 없고, 무척 황량한 느낌이 드는 도시였다.

멜레스는 톰을 잠시 차에서 기다리게 한 다음 골목길로 들어갔다. 그는 10분이 지나서야 돌아왔다.

"일단 집으로 들어오라고 합니다. 여전히 절 믿지 못하는 눈치더군요."

멜레스는 난처하다는 표정을 지었다.

"집에 들어가는 게 어려운 일도 아닌데요, 뭘. 그 사람, 영어는 할 줄 알죠?"

톰은 손가방을 챙기며 말했다.

"네. 의사소통하는 데는 전혀 문제없습니다."

멜레스는 골목에서 세 번째 집으로 들어갔다. 회색 벽에 파란색 대문이 있는 집이었다. 노인 한 명이 문가에 서서 일행을 맞았다. 톰은 그의 눈에서 기대감과 불신을 동시에 읽었다.

"반갑습니다. 조제프 방드리예스입니다."

톰은 노인에게 먼저 악수를 청했다. 상대는 덤덤하게 악수를 받았지만 아무 말도 하지 않았다. 톰은 그게 무엇을 뜻하는지 금방 눈치챘다.

"약속한 물건입니다."

톰은 손가방을 열어 물건을 확인시켜 줬다. 금방 노인의 얼굴에 화색이 돌았다. 이곳 사람들은 참 순진하다는 생각이 들었다. 너나 할 것 없이 감정이 실시간으로 표출됐다.

"정말 그것만 말하면 되는 거지?"

노인은 멜레스를 흘끔거리며 영어로 질문했다. 억양이 조금 이상했지만 알아듣는 데는 아무런 문제가 없었다.

"아시는 걸 전부 저에게 말씀해 주십시오. 하나도 빼먹으시면 안 됩니다. 시간은 넉넉합니다. 천천히 자세하게 설명해 주세요. 그리고 대화 내용은 녹음하도록 하겠습니다. 혹시라도 제가 까먹는 부분이 있으면 곤란하니까요. 녹음해도 괜찮죠?"

톰은 손가방에서 꺼낸 녹음기를 만지작거리며 말했다. 노인은 잠시 망설이더니 고개를 끄덕였다. 톰은 방구석에 있는 의자를 가져와 노인 앞에 앉았다. 멜레스는 문가로 가서 밖에서 누가 엿듣지나 않는지 감시했다.

곧 노인은 입을 열었다.

70

흑표는 밤을 꼬박 새웠다. 이 정신 없는 와중에 존이 한국으로 오고 있다. 따라서 미처 준비해 놓지 않았던 핑곗거리를 만들어내야 한다. 어느 정도 시나리오를 완성하긴 했지만 자신이 없었다.

여태까지 그가 CIA를 실망시킨 적은 없다. 하지만 그들을 실망시킨다면 언제 버림받을지 모른다. 그들의 의중을 읽어내는 것만큼, 아니, 그 이상으로 그들과 우호적인 관계를 유지하는 게 중요하다. 당근과 채찍을 들고 있는 건 그가 아니라 CIA이기 때문이다.

회담은 존이 타고 온 검은색 밴에서 이루어졌다. 흑표가 차에 타자 운전사는 차에서 내리더니 20미터쯤 떨어진 곳에 주차된 흰색 승용차의 조수석에 앉았다.

"고생이 많은 모양이군요."

존은 악수를 청하며 말했다.

흑표는 가볍게 악수하고 자리에 앉았다. 존의 말대로 그의 얼굴에서 피로를 읽기란 아주 쉬웠다. 얼굴이 창백해서 다크서클이 한층 짙어진데다 살도 조금 빠졌다.

"서울까지 오시느라 수고했습니다. 바쁘실 텐데."

흑표는 존을 빤히 쳐다보며 말했다.

"북한에 대한 정보란 건 어떤 겁니까?"

"돈은 준비되었습니까?"

"우선 가격부터 정해야겠죠."

"어느 정두까지 생가하고 있습끼?"

둘은 지루한 줄다리기를 시작했다. 정보비를 높게 불렀기에 당연한 일이었다. 흑표는 비열할수록 더 쾌감을 느끼게 하는 그의 일에 흠뻑 빠져들었다.

그의 머리는 거짓을 감추기 위한 더 큰 거짓말을 위해 정신없이 돌아갔다. 눈으로는 존의 행동을 주의 깊게 살폈다. 존이 한국까지 날아온 걸 보면 그들이 북한에서 진행 중인 작업이 그렇게 성과가 좋은 건 아닌 눈치다. 무엇보다 존이 여기까지 온 건 CIA가 아직 그를 필요로 한다는 사실을 증명해 준다. 이것만 해도 만족할 만한 성과다.

"그러니까 정확한 문서나 사진은 없다는 말이군요."

존은 몸을 뒤로 젖히며 말했다. 어느새 40분이 흘렀다.

"그게 있으면 백만 불로 끝나겠소? 천만 불 이상의 가치가 있는데."

흑표는 끝까지 버텼다.

"가격을 너무 높게 생각하는 거 아니요? 정말 문서나 사진은 한 장도 없소?"

"시간이 좀 걸리겠지만… 어쩌면 구할 수도 있을 것 같소. 그는 해당 서류에 직접 접근하지 못하지만 방법이 전혀 없는 건 아니오."

그는 흑표에게 핵 개발 관련 정보를 넘기겠다고 한 가상의 인물이다.

"그러다기 괜히 발각되지 않을까요? 그럴 경우 북한은 우리가 그들의 핵 개발에 대해서 어느 정도까지 알고 있는지 확인하게 될 텐데……."

"너무 걱정하지 마시오. 북한도 뇌물이 통하는 사회요. 그는 들키지 않고 정보를 얻어낼 방법을 찾을 겁니다. 문제는 가격이죠."

"아무리 그래도 너무 비싼데……."

존은 양손 끝을 뾰족하게 맞대며 말했다.

"이건 한반도에서 전쟁까지 벌일 수 있는 자료요. 그런데도 천만 불의 가치가 없다고 생각하시오?"

흑표는 이제 가격을 천만 불로 고정시켜야겠다고 생각했다. 그 정도 돈이면 어떻게든 정보를 빼내올 수 있을 것이다.

어느 분야든 성공의 비결은 앞으로 자기에게 도움이 될 사람을 많이 확보하는 데 있다. 그는 지금까지 많은 사람을 만났고 그들과 거래해 왔다. 그는 그들에게 도움이 되도록 최대한 신경 썼다. 그게 그를 성공으로 이끌었다.

북한에 있는 모든 인맥을 이용한다면, 더구나 그런 거액을 제시한다면 정보를 빼내오는 게 불가능한 일도 아니다. 시간과 보안이 문제일 뿐.

"우린 전쟁을 원하는 게 아니오."

존은 난색을 표했다.

"그래서 이라크에 쳐들어갔소? 아무런 증거도 없이?"

흑표는 일부러 도발했다.

"당신한테 비난받아야 할 이유는 없을 텐데."

존은 예상과 달리 차분하게 받아쳤다.

"그것 때문에 지금 확실한 증거를 원하는 거 아니오?"

"일단 확실한 증거가 없는 건 어떤 것도 구매하지 않겠소. 지금 필요로 하는 건 확실한 증거요. 그걸 구하면 그때 다시 협상하도록 하겠소. 무슨 말인지 알겠소?"

"음……. 그렇다면 시간이 조금 걸릴지도 모르오."

"당분간 한국에 있을 테니 증거가 확보되면 언제든 연락하시오. 그리고 테러범들에 대한 조사는 어떻게 되어가고 있소?"

흑표는 조사에 대해 상세하게 설명했다. 필리핀에서 진행되고 있는 부분은 생략했다. 그것 역시 확실한 정보가 아니기 때문이다.

회담을 끝내자 두 시간 반이 지났다. 흑표는 자리에서 일어서며 잠시 비틀거렸다. 실제로 피곤하기도 했고, 그가 얼마나 열심히 조사 중인지 보여주기 위한 연극이었다. 둘은 악수를 나누고 저마다의 속셈을 숨긴 채 헤어졌다.

71

북한의 열차 검열은 엄격하다. 역에서의 조사는 물론 기차의 화장실이나 열차 꼭대기까지 다 뒤진다. NKCELL은 좋은 옷에다 민이 구해준 북한 방문증과 여행증명서 덕분에 이를 무사히 넘겼다.

기차가 원산을 완전히 벗어나자 현재 상황을 되짚어볼 여유가 생겼다. 아무래도 이 기차에 탄 사람들이 의심받을 가능성이 높을 것 같았다. 그래서 첫 번째 정거장에서 내렸다. 근처를 잠시 배회하다 무작정 걸었다. 한참 걷다 보니 다음 역이 나왔다. 그곳에서 다시 열차를 탔다. 손해 볼 게 없는 판단이지만 문제는 그의 몸이 정상이 아니라는 점이다. 아픈 몸으로 걷다 보니 부상이 더 악화됐다. 더구나 약을 구할 수도 없는 형편이다.

몸만 엉망인 게 아니라 철도 역시 엉망이었다. 철마는 달리는 게 아니라 엉금엉금 기어갔다. 시속 20킬로 정도밖에 되지 않았다. 단선이기 때문에 정거장에서 대기하는 시간도 무척 길다. 그나마 계속 달릴 수 있으면 좋은데 잦은 정전으로 멈추기 일쑤였다. 국경까지는 무려 사흘하고 반나절이 걸렸다.

기차가 혜산으로 접어들었을 때 NKCELL은 기차에서 뛰어내렸다. 안 그래도 느린데 커브 구간이라서 부드럽게 착지할 수 있었다. 그는 인근 산으로 올라가서 해가 지기를 기다렸다. 부상 입은 몸으로 좁은 열차에서 사흘이 넘게 보냈더니 조금만 걸어도 통증이 몰려왔다. 국경에 빨리 도착하는 게 중요한 게 아니다. 무사히 국경을 넘는 게 관건이다. 그는 몸에 무리가 가지 않도록 천천히 걸으며 몸을 추슬렀다. 두만강 기슭에 도착했을 때는 날이 밝고 있었다. 그는 다시 밤이 되길 기다렸다.

북한의 여느 곳이 그렇듯 이곳 역시 쥐 죽은 듯 조용했다. 그는 수풀 사이에 몸을 숨기고 하루 종일 감시 초소를 살폈다. 아무래도 건너기 쉬운 상류 쪽이라 그런지 감시가 엄중했다.

방문증을 이용해 국경을 넘을까 하는 충동이 일었다. 하지만 그건 최후의 수단으로 남겨놓기로 했다. 그가 알기론 호랑이의 조직은 북한군 고위층과 깊이 연관되어 있다. 그가 국경에 나타나면, 그들이 도착할 때까지 잠시 구류해 놓으라는 정도의 부탁은 결코 어렵지 않다.

밤이 되자 건너편 중국 땅에 하나둘 불이 들어왔다. 하지만 북한은 여전히 어두웠다. 그의 몸을 숨기기에는 더없이 좋았다. 그는 어둠을 방패 삼아 하류 쪽으로 이동했다. 하류 쪽도 사정은 상류와 별반 다르지 않았다. 다만 초소 간격이 상류보다는 멀찍이 떨어져 있을 뿐이다. 그는 인내심을 가지고 보초들이 느슨해지기를 기다렸다. 사람이라면 동이 트기 진 한 번은 해이해지게 마련이다.

멀리서 봐도 물살은 무척 강했다. 몸이 정상이 아니라는 점이 신경 쓰였다. 새벽이 되자 보초들이 깜빡깜빡 졸기 시작했다. 마침 아주 옅은 안개가 강을 휘감기 시작했다. NKCELL은 천천히 전진했다.

강가에 도착했다. 물살은 세차고 수심도 깊어 보였다. 강폭도 무척 넓었다. 좀 더 상류로 올라가야 했던 것 아닌가 하는 후회가 들었다. 하지만 사람이 건너기 쉬운 곳에 위험이 도사리고 있게 마련이다.

허리까지 물에 잠겼을 때 고함 소리가 귀청을 때렸다. 보초가 그를 발견했다. 심장이 철렁 내려앉았다. 그는 정신없이 앞으로 나아갔다. 여기서 머뭇거리는 건 죽여달라는 말이나 마찬가지다. 목까지 물이 차오르자 가뜩이나 더딘 걸음이 한층 느려졌다. 물살이 강변과는 비교할 수 없을 정도로 강했다. 폭풍우가 몰아치는 바다 한 가운데 있는 것 같았다. 그는 가라앉지 않기 위해 발버둥 쳤다. 정신없이 허우적거리자 다친 팔과 다리가 당장에라도 끊어질 듯 아팠다. 그냥 이대로 가라앉아 버릴까 하는 달콤한 충동이 그를 유혹했다. 단지 아무것도 하지 않으면 된다. 그러면 고통은 금방 끝날 것이다.

하지만 그럴 순 없다. 그의 생존 본능이 고통의 장벽을 뚫고 그의 뇌를 자극했다. 그는 바동거리며 계속 지맥질 쳤다. 강물이 겨우 무릎까지 차올랐을 때 그는 멈춰 서서 턱밑까지 차오른 호흡을 가다듬었다. 족히 1킬로는 떠내려온 것 같았다. 뒤를 돌아보았다. 저 멀리 개미 크기의 보초가 보였다. 그들은 강을 건너오지는 않았다.

이제 살았다는 안도감이 들었다. 아직 해가 뜨기 전이라 주위는 어두웠다. 하지만 사물을 분간하기 힘들 정도는 아니었다. 바로 앞에 있는 옥수수 밭으로 들어가 몸을 숨기려는데 희끄무레한 그림자가 나타났다. 그림자는 하나가 아니었다.

젠장. NKCELL은 옥수수 밭으로 질주했다. 끔찍한 고통이 무릎을 찔렀지만 그렇다고 멈출 수는 없었다.

"거기 서!"

바로 뒤에서 고함 소리가 들려왔다. 무시하고 달리는데 등에서 강한 충격이 느껴졌다. 그는 바닥을 나뒹굴어야만 했다.

"이 자식이 귀가 먹었어?"

NKCELL은 거친 호흡을 가다듬었다. 여차하면 가진 돈을 모두 줄 생각으로 앞주머니에 손을 가져갔다. 젠장. 아무것도 없었다. 증명서와 돈을 비닐로 동여매 두었는데 급류에 휘말릴 때 비닐 통째로 떠내려간 모양이다. 만일을 대비한 독약도 거기에 같이 들어 있었는데. 그건 끔찍한 악몽의 시작일 뿐이었다.

"어! 이거 봐라. 너 이 자식, 나 모르겠니? 야! 이거 원수는 외나무다리에서 만난다더니. 난 옷이 좋아 보여서 돈이 될 줄 알고 악착같이 쫓아왔는데……. 이거 오늘 정말 운수 대통한 날이구나."

그를 잡은 건 이전에 죽도록 두들겨 패줬던 보위부 요원이었다.

72

교수는 택시 뒷자리에 앉았다. 조수석에 이미 한 명이 타고 있었다. 조수석에 앉은 사람과 운전사 모두 조직이 고용한 자였다. 그들은 차분하게 표적의 뒤를 따랐다. 다들 영어가 가능했지만 아무도 입을 열지 않았다. 어색하고 무거운 침묵이 공기도 벨 것 같은 살기와 함께 차 안을 가득 메웠다.

표적이 탄 차량이 주차장으로 들어갔다. 조수석에 앉은 자가 내렸다. 택시는 근처 건물 지하로 향했다. 그곳에 차를 세운 다음 연락을 기다렸다. 교수는 도수 없는 안경을 착용하고 마지막으로 장비를 점검했다. 날카롭게 날을 세운 Colt CT93은 모두 세 개를 준비했다. 최후의 일격을 위해 준비한 거버 마크2는 당장이라도 피를 보고 싶다며 울부짖었다.

30분쯤 지나자 연락이 왔다. 운전사는 시동을 걸고 부드럽게 차를 출발시켰다. 그들은 흑표가 탄 차를 조심스럽게 미행했다. 10분이 지났다. 이제 멈출 때가 됐는데. 교수는 표적이 탄 차를 주시하며 생각했다. 조수석에 타고 있던 녀석은 지시 사항을 이행했다고 거듭해서 확인했었다.

작전은 간단했다. 보디가드는 차에 타기 전 차를 꼼꼼히 점검하지만 연료통 내부까지 확인하진 않는다. 그것이 이 작전의 핵심이다. 연료통에 설탕을 넣으면 곧 엔진이 망가지고 차가 멈추게 된다. 보디가드는 당황해서 차를 세울 것이다. 그는 보닛을 열고 차를 점검할 것이다. 그러면 목표는 무방비가 된다. 교수는 그 순간을 노리기로 했다.

역시 효과가 있었다. 표석이 탄 차가 딜털거리더니 치선을 바꿨다. 교수는 운전사의 어깨를 쳤다. 운전사는 속도를 늦췄다. 보디가드가 차에서 내렸다. 그는 욕설을 내뱉으며 보닛을 열었다. 절호의 찬스다.

교수는 운전사의 어깨를 신경질적으로 두들겼다. 그가 차를 세우려는 순간, 놀라운 일이 벌어졌다. 그들 뒤에서 따라오던 갤로퍼가 전속력으로 표적이 탄 차로 돌진했다. 보디가드가 놀라서 뒷걸음질 쳤다. 갤로퍼는 표적이 탄 차를 정통으로 들이받았다. 그와 동시에 소나타 한 대가 표적이 탄 차의 앞을 막아섰다. 갤로퍼에서 세 명, 소나타에서 세 명. 모두 여섯 명의 건장한 남자가 내렸다. 그들의 손에는 사시미 칼과 망치, 쇠파이프 따위가 들려 있었다.

택시운전사가 놀라서 급브레이크를 밟았다.

"저들은 뭐지? 누가 저들을 불렀나?"

교수는 고함을 내질렀다.

"저도 모릅니다⋯⋯. 우리 편은⋯ 아닙니다⋯⋯. 확실합니다."

운전사는 더듬거리며 말했다. 영어를 못해서가 아니라 잔뜩 공포에 질려 있었다.

"도대체 누구지?"

교수는 Colt CT93을 손에 쥐며 말했다. 그는 전방에서 벌어지는 상황에 집중했다. 보디가드의 주위를 세 명이 에워쌌다. 보디가드는 비무장이었다. 그는 격렬하게 저항했지만 곧 제압될 것 같았다. 교수는 차에서 내릴까 하다가 상황을 좀 더 지켜보기로 했다. 아직 시간이 있다. 괜히 서두를 필요는 없다.

목표가 문을 열고 비틀거리며 차에서 내렸다. 그는 품에서 뭔가를 꺼냈다. 교수는 그게 총이라는 걸 금방 깨달았다. 목표는 가장 가까이에 있던 자를 겨눴다. 총성이 울렸다. 그 소리는 모두를 얼어붙게 만들었다.

총에 맞은 자는 가슴을 움켜쥐며 쓰러졌다. 다른 두 명은 재빨리 차 뒤로 숨었다. 보디가드에게 접근했던 자들도 허둥지둥 달아났다. 그걸 놓칠 보디가드가 아니었다. 그는 가장 가까이 있던 남자의 목덜미를 낚아채더니 그대로 바닥에 내다 꽂았다. 그자는 사지를 활짝 벌린 자세로 기절했다. 보디가드는 바닥에 떨어진 쇠파이프를 오른손에 움켜쥐었다.

그때 또 다른 총성이 울렸다. 보디가드는 쇠파이프를 떨어뜨리고 멍한 눈으로 목표를 바라봤다. 상대편도 권총을 가지고 있다는 걸 알리려는 눈치였다. 목표의 권총이 다시 불을 뿜었다. 하지만 위력이 약한 권총 탄환은 차를 뚫지 못했다. 적들이 잠시 주춤한 틈에 보디가드가 목표에게 다가갔다. 보디가드는 목표에게 권총을 달라고 손짓했지만 목표는 그를 무시했다.

교수는 계속 지켜봐야 할지 아니면 지금 나서야 할지 혼란스러웠다. 총격전에 뛰어드는 건 아무래도 자살 행위라고 판단했다.

다시 총성이 울렸다. 동시에 목표를 습격한 자들 중 한 명이 옆으로 크게 우회했다. 그자 역시 권총을 소지하고 있었다. 목표는 상대의 지원사격 때문에 미처 그를 파악하지 못했다.

보디가드가 그자를 발견했을 땐 이미 늦었다. 그는 허공에 한 발을 발사한 후 목표를 겨눴다. 교수는 아차 싶었다. 그들은 목표를 제거하려는 게 아니라 납치하려는 것이다. 여기까지 왔는데 그들에게 뺏길 수는 없다.

젠장. 역시 세상에 공짜는 없어. 교수는 차 문을 열고 나가며 생각했다. 최우선 공격 목표는 총을 가진 자들이다. 그들과의 거리는 30미터. 가로등이 널찍이 떨어져 있는 곳인데다 그들은 이쪽은 전혀 신경 쓰지 않았다. 녀석들은 목표와 보디가드를 흠씬 두들겨 패는 데 열중하고 있었다.

투검은 모두 세 개. 일단 총을 들고 있는 두 명부터 먼저 제거한다. 좀 전에 아스팔트에 처박힌 자는 여전히 뻗어 있었다. 총을 맞은 자 역시 꿈틀거리긴 했지만 저항할 힘은 없어 보였다. 그래도 그가 제거해야 할 대상은 여섯 명이나 됐다.

그가 투검을 던질 거리에 거의 접근했을 때, 가장 뒤편에서 권총을 쥐고 있던 자가 그의 존재를 파악했다. 그자는 몸을 돌리며 교수에게 총구를 겨눴다. 교수의 투검이 한발 빨랐다. 화살처럼 날아간 투검이 그자의 목에 꽂혔다.

교수는 왼손에 쥐고 있던 투검을 오른손으로 고쳐 잡았다. 권총을 들고 있던 또 다른 자가 총부리를 돌렸다. 총구가 그를 향했다. 시간은 아주 천천히 흘러갔다. 그래서 더 무섭다. 아드레날린이 마구 솟구쳤다.

교수는 오른팔을 위로 올렸다. 총구가 거의 다 돌았다. 언제나 그렇듯 머릿속에는 '아직 총을 맞을 때는 아니야' 하는 생각뿐이었다. 그의 시야에서 표적의 상체를 빼고 모든 것이 사라졌다. 목표도, 놀라서 고함을 지르는 자들도 아무도 보이지 않았다. 보이는 거라곤 그의 투검이 향해야 할 목뿐이었다.

교수는 투검을 던지고 반사적으로 오른쪽으로 몸을 날렸다. 그의 눈은 여전히 상대의 목을 향해 있었다. 투검이 목에 꽂히자 상대는 우욱 하며 낮게 신음했다. 그자는 재빨리 왼손으로 목을 감쌌다. 하지만 총을 놓지는 않았다. 총구가 다시 자신을 향하는 걸 본 교수는 방향을 틀어 나무 뒤편으로 지그재그로 달렸다. 이런 식으로 달리는 표적이 가장 맞기 힘든 법이다.

총성이 울렸다. 교수는 나무 뒤편에 숨은 뒤 마지막 남은 투검을 꺼내 들었다. 이상했다. 총성은 더 이상 들리지 않았다. 거친 고함 소리만이 들려왔다. 교수는 고개를 살짝 내밀었다. 목표와 보디가드가 나머지 녀석들과 난투극을 벌이고 있었다. 완전히 개판이군. 교수는 앞으로 달려가며 생각했다.

그는 가장 가까이에 있는 자를 향해 투검을 던졌다. 그가 누구든 상관없었다. 어차피 다 제거해야 할 대상이다. 투검이 등에 적중했지만 큰 충격을 주지 못했다. 상대는 움찔하더니 그를 향해 몸을 돌렸다. 교수는 재빨리 거버 마크 2를 꺼내 들었다. 상대도 칼을 쥐고 있었다. 귀찮군. 교수는 리버스 그립을 잡으며 생각했다.

상대의 손보다는 눈과 어깨에 주목했다. 그자는 찌르기를 시도하려고 했다. 교수는 오른쪽으로 몸을 틀어 상대의 공격을 흘린 다음 왼손으로 상대의 오른손을 잡았다. 동시에 자신의 오른손에 쥔 거버 마크 2로 상대의 목을 찔렀다. 더 찌를 필요는 없었다. 즉사는 하지 않겠지만 이미 치명상을 입혔다. 그는 칼을 빼고 다음 표적을 찾았다.

고개를 돌리다 불꽃이 번쩍이는 모습을 봤다. 망할. 그는 재빨리 몸을 숙였다. 어느새 목표의 손에 권총이 들려 있었다. 총에 맞은 자의 머리가 옆으로 홱 돌아갔다. 교수는 순간적으로 그와 눈이 마주쳤다. 총알이 눈 둘레에 명중하면서 눈알이 파열해 튀어나왔다.

교수는 목표가 명사수라는 사실을 깨달았다. 빨리 엄폐물을 찾아야 한다. 몸을 숨기려는데 타이어 긁히는 소리가 귀를 어지럽혔다. 목표가 차에 타는 모습이 보였다. 그들은 고무 타는 냄새를 뒤로하고 사라져 버렸다.

주위를 둘러보았다. 목표를 습격한 놈들은 모두 바닥을 나뒹굴고 있었다. 이제 더 이상 위험은 없다. 한시바삐 목표를 뒤쫓아야 한다. 그는 급하게 뒤를 돌아다보았다. 택시가 보이지 않았다. 그가 내리자 바로 내뺀 모양이다. 망할 자식.

흑표의 차는 엔진이 망가져서 고철 덩이가 되어버렸지만 아직 갤로퍼가 남아 있다. 영리한 녀석들이야. 교수는 갤로퍼를 살피며 생각했다. 녀석들은 타이어를 칼로 찢어놨다. 그는 전화를 걸어 운전사를 찾았다. 망할 녀석은 10분 정도 있어야 도착할 것 같다고 대답했다.

그동안 할 일이 생각났다. 우선 바닥을 뒹구는 권총을 살폈다. 두 정 모두 38구경 리볼버다. 그는 총을 챙긴 다음 숨을 헐떡이는 녀석들에게 다가갔다. 누가 그들을 보냈는지 확인하는 데는 5분이면 충분했다. 그런 다음 혹시 흔적을 남긴 건 아닌지 현장을 꼼꼼히 살폈다.

73

기환은 깜빡 잠이 들었다. 눈을 떴을 때는 해가 산등성이 너머로 저물어가고 있었다. 그는 지난 며칠을 뒤돌아보았다. 블라디보스토크에서 겨우 탈출에 성공했다. 지금 생각해도 천운이 따랐다고밖에 달리 표현할 말이 없었다.

부산에 도착한 다음 날, 김 과장에게서 한 통의 전화가 왔다. 국정원 감사팀에서 그를 조사하려는 걸 겨우 막았다고 한다. 그가 정보원을 살해했다는 제보가 있었다는 것이다. 어이가 없었다. 기환은 곧 제보자가 누군지 깨달았다. 김 형사가 틀림없다. 그 멍청한 놈이 기환을 살인자로 오해한 것이다. 아무튼 김 과장이 모든 오해를 풀었으니 부산에서 조사에만 전념하라고 했다.

조사는 뚜렷한 성과가 없었다. 그런데 이틀 전 수진에게서 전화가 왔다. 그녀는 그간의 상황을 설명하며 주소를 불러줬다. 사진 속에 감춰뒀던 비밀 메시지는 양산의 한 보세창고 주소였다.

그는 곧바로 창고에 대한 조사에 착수했다. 창고를 소유한 회사는 크게 문제 될 것이 없었지만 직원 중에 수상한 자가 한 명 있었다. 그는 과거 업무상 횡령으로 실형을 선고받고 복역한 전력이 있었다. 주위의 평도 돈이라면 무슨 짓이든 할 사람이라고 했다. 혼자서 모든 직원을 감시할 수 없기에 기환은 그를 요주의 감시 대상으로 선정했다. 아직까지 용의자에게서 특이한 점은 발견되지 않았다. 하긴 이제 겨우 이틀이 지났을 뿐이다.

목이 말랐다. 기환은 생수를 마시려고 조수석에 있는 비닐을 뒤졌다. 물은 조금밖에 남아 있지 않았다. 배도 고팠지만 빵 한 조각이 남은 전부였다.

자신의 신세가 처량하게 느껴졌다. 마누라는 이혼장을 내밀고, 수사는 여전히 지지부진하고, 얻어맞은 곳은 쑤시고, 목은 타들어가고, 배는 고프고. 망할. 제기랄. 그는 욕을 내뱉으며 핸들을 마구 쳤다. 그래도 화가 다 가라앉지 않았다. 그는 애꿎은 담배만 무수히 죽였다.

어느새 밤 9시다. 퇴근할 시간이 지났는데. 일이 많은가? 용의자의 소나타 승용차는 여전히 주차장을 지키고 있다. 10분이 지나자 소나타의 헤드라이트에 불이 들어왔다. 기환은 조심스럽게 뒤를 따랐다.

직장은 양산이지만 녀석의 집은 부산이다. 그런데 녀석은 집으로 가는 게 아니었다. 녀석은 도심으로 향했다. 차는 부산역 맞은편의 차이나타운에 들어섰다. 그는 주차장에 차를 세운 다음 오른쪽 초량 외국인 거리로 걸어갔다. 화교보단 러시아인이나 카자흐스탄, 동남아인들이 많은 곳이다.

술 약속이 있는 걸까? 녀석은 망설임 없이 걸었고, 곧 술집으로 들어갔다. 기환은 잠시 밖에서 서성였다. 그자를 따라 들어가는 사람은 없었다. 주변에 그렇게 눈에 띄는 사람도 없었다. 밖에서는 가게 내부가 전혀 보이지 않았다. 그는 근처 슈퍼에서 담배를 한 갑 산 다음 술집으로 들어갔다.

손님 대부분은 외국인이 아닐까 걱정했는데 한국 사람도 있었다. 그것도 기환처럼 혼자 온 사람이었다. 바(Bar)라서 간단하게 한잔하러 온 모양이다. 기환은 자리에 앉으며 롱티를 주문했다. 표적은 구석자리에서 두 명의 동남아인과 대화를 나누고 있었다. 냄새가 났다.

보세창고 직원이 그들과 개인적인 친분을 가질 확률은 거의 없다.

좌석이 꽉 차지는 않았지만 손님은 꽤 있는 편이었다. 기환은 간혹 말을 걸어오는 외국인과 가벼운 농담을 주고받으며 시간을 보냈다. 바텐더에게 지나가는 말로 표적 일행이 자주 오는 손님인지 질문했다. 바빠서 그런지 잘 모르겠다는 성의 없는 답변이 돌아왔다. 아무튼 단골은 아닌 게 분명했다.

표적이 먼저 자리에서 일어났다. 동남아인들은 여전히 자리를 지키고 있었다. 기환은 표적을 따라가지 않기로 결정했다. 그의 주소와 직장, 심지어 처갓집 주소까지 속속들이 알고 있다. 언제든 그를 추적할 수 있다. 하지만 동남아인들은 사정이 다르다.

그들은 20분 정도 지나자 자리에서 일어났다. 기환도 슬그머니 자리에서 일어나 그들을 따랐다. 밤이 깊어지면서 거리에는 술에 취해 비틀거리는 외국인의 숫자가 눈에 띄게 늘어났다. 정보원과 마지막으로 만났던 이태원의 밤거리가 생각났다. 공교롭게도 그날처럼 가는 빗방울이 얼굴을 간질였다. 괜스레 우울해졌다.

그들이 차에 타는 모습이 보였다. 그의 것과 같은 흰색 아반떼다. 그의 차는 그리 멀지 않은 곳에 주차되어 있다. 기환은 비를 피하기 위해 양손으로 머리를 가리고 차로 뛰어갔다. 그는 조심스레 표적을 추적했다.

그들이 탄 차가 대청공원으로 가는 산복도로로 들어섰다. 부산항의 멋진 야경이 내려다보였다. 경치는 좋았지만 구불구불한 길은 롤러코스터를 연상시켰다. 차는 산복도로를 벗어났다 다시 진입하기를 반복했다. 그러다 부산대교를 건너 영도로 들어섰다.

이상한데. 기환은 좀 전에 끼어든 청색 세피아를 보며 고개를 갸웃거렸다. 서울 넘버를 달아서가 아니었다. 세피아 역시 그와 똑같은 차를 추적하고 있었다. 그것도 바짝 붙어서 아주 노골적으로 따라가고 있었다. 누굴까? 혹시 그들의 동행은 아닐까?

곧 그들의 동행이 아니라는 사실을 확인했다. 아반떼가 급브레이크를 밟자 세피아는 아슬아슬하게 충돌을 면했다. 운전석과 조수석에서 동시에 사람이 내렸다. 세피아 운전자도 문을 열고 나왔다. 기환은 깜짝 놀랐다. 아는 얼굴이다. 김 형사였다. 그는 뒷주머니에서 수갑을 꺼내며 돌아서라고 고함을 내질렀다. 동남아인들도 이제 질세라 고함을 질렀고, 곧 몸싸움이 벌어졌다.

저 인간 저거 뭐야? 기환은 기가 찼다. 김 형사와는 정말 묘한 악연으로 이어진 것 같았다. 이런 중요한 시점에 홀연히 나타나서는 수사를 방해하다니. 화가 머리끝까지 치밀었다.

분노는 곧 사라졌다. 그를 용서해서가 아니었다. 별안간 두 명 모두 칼을 꺼내더니 앞뒤에서 김 형사를 난자했다. 워낙 순식간에 벌어진 일이라 김 형사는 속수무책으로 당했다. 기환은 황급히 문을 열고 뛰쳐나갔다. 녀석들이 탄 아반떼는 제자리에서 미끄러지는가 싶더니 총알처럼 튀어 나갔다. 놀랍게도 김 형사는 금방 기환을 알아봤다.

"여긴 어떻게?"

김 형사는 힘겹게 말했다.

"용의자 추적 중이었습니다. 그런데 김 형사님은 어떻게?"

기환은 상처를 살펴려고 했다.

"어서… 어서 저들을 쫓아! 어서!"

김 형사는 억지로 짜낸 목소리로 말했다.

용의자들이 탄 차는 어느새 시야에서 사라지고 있었다. 머뭇거릴 틈이 없었다. 기환은 차로 돌아갔다. 이젠 상대에게 미행을 들킬까 걱정할 필요가 없다. 기환은 과감하게 운전했다.

쫓기는 자는 엄청난 스트레스를 받게 마련이다. 녀석들은 부산 지리에 익숙한 눈치지만 언젠가는 실수를 저지를 것이다. 녀석들은 거칠게 운전했고, 그때마다 아슬아슬하게 대형 사고를 면했다. 덕분에 기환도 정신이 없었다.

몇 분이 흘러서야 기환은 경찰에 도움을 요청해야겠다고 생각했다. 그리고 보니 앰뷸런스도 불러야 할 것 같았다. 기환은 수진에게 전화해 이쪽의 사정을 알린 다음 김 형사부터 최대한 빨리 조치해 줄 것을 부탁했다. 또한 핸드폰 위치 추적을 통해 자신의 위치를 경찰에게 알려줄 것도 잊지 않았다.

긴장해서 좋을 건 없다. 마음은 다급했지만 기환은 부드럽게 차를 몰려고 노력했다. 앞차보다는 그 전방을 주시했다. 앞차에만 신경을 빼앗기면 시야가 좁아져 미처 장애물을 확인하지 못할 가능성이 높다. 머릿속으로는 차량 사이를 어떻게 빠져나갈지 쉬지 않고 계획을 세우고 실행했다.

어느새 녀석의 차가 바로 코앞에 있었다. 뒤범퍼에 바짝 붙었다 떨어지기를 반복하며 상대를 계속 자극했다. 그래도 녀석들은 아랑곳 않고 달렸다.

눈에 띄게 차가 줄어들었다. 밤늦은 시간 외진 길이라서 그런 모양이다. 기환은 본격적으로 상대편 차의 뒤범퍼를 쳤다. 이렇게 범퍼를 치면 상대 차의 속도가 줄고 운전자는 기진맥진하게 마련이다. 물론 이쪽 역시 위험하긴 매한가지지만.

내리막길이 시작됐다. 공격하기에 가장 좋은 지형이다. 기환은 액셀러레이터를 힘껏 밟았다. 쿵 하고 충격이 전해져 왔다. 동시에 그의 차에 밀린 상대편 차량이 연석을 뛰어넘어 가로등을 박았다. 녀석들은 후진하려고 했지만 기환이 연속해서 박아버렸다. 결국 가로등과 기환의 차 사이에 끼고 말았다. 기환은 핸드브레이크를 당겼다. 경찰을 칼로 찌른 놈들을 맨손으로 상대할 순 없다. 재빨리 공구함에서 글록(Glock) 17을 꺼냈다.

"손들어!"

기환은 총을 겨누며 말했다. 운전석에 있던 놈은 아랑곳 않고 도망쳤다. 기환은 허공에 한 발을 쐈다. 그래도 멈추지 않았다. 기환은 다리를 노렸다. 빗줄기가 눈을 때렸지만 개의치 않았다.

탕. 빗나갔다. 침착하자. 호흡을 가다듬고, 발사.

탕. 두 번째 총알은 명중했다. 녀석이 고꾸라졌다.

기환은 다른 한 명에게 시선을 돌렸다. 녀석은 총이 발사되자 당황했는지 제자리에서 어쩔 줄 몰라 했다. 기환은 녀석을 깍지 낀 채 꿇어앉게 했다. 차로 돌아가 공구함에서 수갑을 꺼내 녀석을 결박했다.

총에 맞은 녀석은 어떻게든 기어서 도망가려고 했다. 의지가 정말 대단했다. 그 녀석도 수갑으로 결박했다. 빗속으로 요란한 사이렌 소리와 경광등이 깜빡이는 모습이 보였다. 이제야 경찰이 도착했다.

참 빨리도 오는군. 기환은 담배에 불을 붙이며 생각했다.

74

"오늘 정말 수고했어."

흑표가 말했다.

"이런 꼴이 돼서 정말 죄송합니다."

침대에 누워 있던 털보는 억지로 몸을 일으키려고 했다.

"아니, 됐어. 일단 푹 쉬도록 해."

흑표는 털보의 이마를 가볍게 밀며 말했다. 털보는 목숨을 건지긴 했지만 중상을 입었다. 오른쪽 어깨에 관통상을 당했고, 쇠파이프에 맞아서 양쪽 갈비뼈와 왼쪽 손목에 금이 갔다. 칼에 찔린 곳은 헤아리기도 힘들 정도였다. 출혈도 상당했다. 그와 달리 흑표는 가벼운 찰과상이 전부였다. 목숨 걸고 그를 지킨 털보 덕분이었다.

"병원에 입원하지 않아도 되겠어?"

위험한 고비는 넘겼다지만 2차적인 감염이 석정됐다. 총상을 입은 털보를 병원에 데려갈 순 없었다. 그건 당장 경찰을 불러들이기 때문이다. 할 수 없이 안산에 있는 무허가 의사를 찾았다. 물론 그의 수술 솜씨는 누구나 인정한다.

하지만 병원이 아니라 일반 가정집을 개조했기에 문제가 한두 가지가 아니다. 부족한 의료 장비보다 청결이 가장 큰 문제였다. 지하실이라 습하고 공기도 잘 통하지 않았다.

"정말 괜찮습니다. 며칠 쉬면 금방 나을 겁니다."

"혹시 우리를 습격한 자들 중에 얼굴을 아는 자가 있나?"

"글쎄요……. 다들 처음 보는 얼굴이었습니다. 하지만 백인은 전에 본 것 같습니다. 염색하고 안경을 쓰긴 했지만 이전에 본 자가 분명합니다."

"음……. CIA 요원인 모양이군."

총이 아니라 칼을 사용한 게 이상했지만 그자 덕분에 목숨을 건질 수 있었다. 흑표는 그에게 감사했다.

"그도… 분명 우리를 제거하려고 했을 겁니다."

"뭐? 어떻게 확신하지?"

흑표는 깜짝 놀랐다.

"CIA 요원이 총 대신 칼을 사용하지는 않습니다. 더구나… 그는 지원도 전혀 없었습니다. 전에도 이상하다고 말하지 않았습니까? 혼자서 택시를 타고 우리를 쫓아온다고."

"아! 그때 그 친구였군. 듣고 보니 수상하군. 그런데… 우리를 제거하려고 했다고 어떻게 그렇게 확신하지? 그가 누군지도 알지 못하는 상황인데."

흑표는 털보가 뭔가를 감춘다는 걸 깨달았다. 그는 털보를 노려보며 말했다.

"사실은……."

털보는 어렵게 입을 열었다. 그는 호랑이의 복수를 위해 NKCELL을 제거하려고 했던 사실을 고백했다. 그리고 북한에 간 호랑이의 부하들이 실종된 사실도.

그의 설명을 듣자 모든 의문이 풀렸다. CIA가 자신에 대해 따로 진행 중인 작전이 없다는 것만 믿고 너무 방심했다. 그들은 직접 제거하는 대신 다른 자들의 손을 빌린 것이다. 영악한 놈들.

가장 괴로운 건 털보의 행동이었다. 흑표는 잠시 비틀거렸다. 옛말이 틀리지 않았다. 역시 배신은 가장 가까운 곳에서 일어난다. 그렇게 믿었던 녀석이었는데……. 하지만 털보를 미워하려고 해도 그럴 수가 없었다. 털보는 그에게는 가족이나 마찬가지였다.

분노는 존을 향했다. 이제야 어제 만남에서 존이 그를 심하게 다치지 않은 이유를 깨달았다. 그런 형편없는 정보 때문에 한국까지 불렀는데도 그는 적당히 넘어갔다. 존은 그가 암살자들이 준비된 한국에 계속 남아 있길 바란 것이다. 그것도 방심한 채로.

가장 중요한 건 CIA가 그를 제거하기 위해 어디까지 손길을 뻗쳤는가 하는 점이다. 그러고 보니 깜빡했던 약속이 생각났다. 흑표는 직접 차를 몰고 근처 아파트 단지로 향했다. 적당한 곳에 차를 세우고 노트북을 켰다. 무선 포트가 잡혔다. 그는 곧바로 인터넷 채팅 사이트에 접속했다. 러시아 해외정보국(SVR)에 근무하는 친구는 아직 그를 기다리고 있었다. 약속된 시간에서 50분이나 늦었지만.

'늦어서 미안하네. 확인했나?'

흑표는 영어로 질문했다.

'구입하지 않기로 했네.'

흑표는 충격을 받았다. 그는 떨리는 손으로 자판을 두드렸다. 문장이 짧아서 다행이다 싶었다.

'왜?'

'그자는 이미 FBI에서 조사를 받고 있더군.'

'그래?'

FBI가 이미 알고 있었나? 흑표는 아차 싶었다. CIA가 작업했을 가능성이 높다. 밀고자는 몇 겹의 장막을 치긴 했지만 흑표로 했을 것이다. 민감한 사건이라 중국은 끝까지 추적할 것이다. 시간문제일 뿐. 중국은 결국 흑표의 배신을 밝혀낼 것이다.

그들은 빠르지는 않지만 확실하게 보복한다. 수십 년간 근무한 흑표는 어느 누구보다 그들에 대해 잘 알고 있다. 등줄기를 타고 굵은 땀방울이 흘러내렸다.

'그럼 다른 이름을 불러주지.'

흑표는 아직은 가능성이 있다고 생각했다.

'자네하고는 어떠한 거래도 불허한다는 방침을 하달받았네.'

'그게 무슨 소리인가?'

'상부에서는 자네가 우리 쪽에 침투하기 위해 작업 중이라고 생각하네. 다들 자네를 희대의 사기꾼이라고 부르고 있네.'

사기꾼이라는 직접적인 표현을 사용하다니. 음. 흑표는 낮게 신음했다. 그가 CIA의 사주로 러시아에 기만정보를 제공하기 위해 작전 중이라고 지레짐작한 모양이다. 냉전시대 때부터 이런 식의 기만작전은 무수히 행해졌다.

'그게 사실이 아니라는 걸 자네는 잘 알고 있지 않나?'

'솔직히 잘 모르겠네. 우리 사업이 원래 그렇지 않은가?'

'샘플도 보지 않을 생각인가?'

'이미 결정 난 사항이네. 더 이상 내가 할 수 있는 일은 없네.'

'알겠네. 그럼 이만.'

황당하고 화가 났다. 하지만 흑표는 곧 흥분을 가라앉혔다. 처음에 의도한 대로 술술 풀리는 작전은 여태까지 단 한 번도 없었다. 아주 쉬워 보이는 일도 최소한 한두 번의 난관은 넘어야 성사되는 법이다.

흑표는 러시아 요원과의 짧은 채팅에서 두 가지를 깨달았다. 우선 러시아는 중국 스파이를 통한 우회 정보를 필요로 하지 않는다. 그건 그들이 고급 정보를 얻을 두더지를 CIA나 FBI 내부에 심어놓았음을 의미했다. 그를 통하는, 소위 배신의 위험이 크고 복잡한 우회 경로를 택할 필요가 없음이 분명했다.

다른 한 가지는 러시아가 그를 전혀 믿지 못하게 CIA가 비밀리에 작업을 완수했다는 점이다. 이전 몇 번의 거래에서 러시아는 그가 건네는 정보에 만족해했다. 그가 러시아와 더 이상 거래하지 않은 건, 러시아가 그를 필요로 하지 않아서가 아니라 그들의 정보비용이 형편없었기 때문이다. 하지만 지금은 상황이 다르다. 러시아는 사기꾼이라는 노골적인 용어를 사용했다. 그건 그들이 자신을 CIA의 이중 스파이로 확신한다는 걸 의미했다. 가장 안 좋은 점은 예상과 달리 그가 러시아에 필요한 존재가 아니라는 사실이었다.

분노의 감정은 모두 사라지고 그 자리를 허탈감이 메웠다. 기댈 수 있는 큰 언덕 하나가 눈 깜짝할 사이에 사라져 버렸다. 러시아가 이렇게 편딘힐 정도라면… 이미 중국은 그를 블랙리스트의 가장 위에 올려놓았을 것이다. 존. 이 망할 새끼. 흑표는 이빨을 갈았다.

아무튼 중국의 상황도 알아봐야 한다. 그는 당장 중국에 연락했다. 답변은 두 군데 모두 똑같았다. 어떻게 정보를 얻었는지 확실하게 알 순 없지만 흑표가 CIA를 위해 활동했다는 정보를 중국정보국이 입수했다. 그들은 발 빠르게 움직였고, 벌써 몇 가지 결정적인 증거를 확보한 듯했다.

"이렇게 된 이상 자네 쪽에서 깨끗하게 정리해 줘야겠어."

당 간부는 침통한 목소리로 말했다.

"처음부터 증거를 남기진 않았습니다."

흑표는 그가 원하는 걸 정확하게 알고 있었지만 말을 돌렸다.

"그들은 철저하게 조사할 거야. 티끌 하나도 놓치지 않을 걸세. 누구보다 자네가 잘 알지 않나?"

"알겠습니다. 최대한 피해가 가지 않도록 하겠습니다."

"그래도 한 가지 좋은 소식이 있네."

"어떤?"

"이왕 이렇게 된 김에… 아주 현실적인 시각이라고 보이긴 하는데……. 자네를 미국에 기만정보를 넘기는 데 사용하자는 소수 의견이 있네. 물론 반발이 심하긴 하지만……."

"그래서 당장 움직이지 않은 거군요."

"최소한의 시간을 벌어주긴 하겠지만 그렇게 길지는 않을 거야. 빨리 모든 걸 확실하게 지우도록 하게."

"알겠습니다."

흑표는 공손하게 전화를 끊었다. 그는 크게 심호흡을 하며 화를 달랬다. 당 간부는 그가 자결하길 바라고 있다. 정치인들은 기저귀와 같다. 최대한 자주 갈아줘야 한다. 하지만 그들은 항상 주위 사람부터 바꾸길 원하는 뻔뻔한 족속들이다. 망할 자식들.

인정하긴 싫지만 지금 상황에서는 그게 가장 좋은 방법일지도 모른다. 하지만 흑표는 허무하게 생을 마감하고 싶지 않았다.

좀 전에 연락한 용푸회 회원 역시 모든 연락을 끊자고 했다. 섭섭했지만 충분히 이해할 만했다. 이번 사건의 후폭풍이 어디까지 미칠지 누구도 예측할 수 없었다.

끔찍한 일이지만 그간 거래했던 자들이 그를 암살할 가능성도 배제하긴 힘들다. 그는 너무 많은 걸 알고 있고, 그것 때문에 생명의 위협을 느끼는 자들이 한둘이 아니다. 결정적으로 그들은 그를 제거할 힘을 가지고 있다. 과도할 정도로.

역으로 그들을 협박해서 사건을 덮을까? 아니, 이미 늦었다. 주사위는 벌써 굴렀다. 어떤 협박과 거짓말로도 상황을 이전으로 돌린다는 건 불가능했다.

이런 상황에서도 스파이의 본능이 기만정보를 흘릴 것을 지시했다. 물론 성공하진 못하겠지만 적어도 몸을 숨길 시간은 벌어줄 것이다. 흑표는 이를 위해 신화통신사의 동경지부를 이용했다. 이전부터 신화통신사의 해외특파원들은 중국정보국을 위해 일해왔다.

동경지부 요원과는 안면이 있는 사이였다. 흑표는 간단한 안부인사 후 바로 본론으로 들어갔다.

"나에 대해 안 좋은 소문들이 돌고 있다는 말을 들었다네. 혹시 들어봤나?"

"글쎄요. 처음 듣는 얘긴데요."

침착한 목소리다. 목소리만으로는 상내의 마음을 선혀 읽을 수 없다. 이래서 전화가 싫어. 흑표는 얼굴을 찡그리며 생각했다.

"누군가 나를 모함하려고 하는 모양이야. 손 하나 안 대고 나를 제거하려고 하는 거지."

"누굽니까?"

"CIA하고 대만정보부야."

"그들이 왜 선생님께 그런 짓을 하죠? 대체 그들이 얻는 게 무엇이기에?"

"그들은 중국의 고급 스파이를 제거하려고 아주 오래전부터 작전을 구상해 왔어. 그들이 나 때문에 곤란한 일을 당한 게 한두 번이 아니거든."

"그런데 굳이 지금 시점에 왜 그런 작업을 하는 걸까요? 이미 현역에서 은퇴하시지 않았습니까?"

역시 날카로운데 하고 흑표는 생각했다.

"아직도 내가 그들에게 위협이 된다고 판단했기 때문이네."

"구체적으로 어떤?"

"그간 아무한테도 말하지 않은 비밀이네……. 난… 중국정보국에 있는 대만과 미국의 스파이에 대해서 알고 있네."

"정말입니까?"

이번에는 감정을 읽을 수 있었다. 녀석은 분명 놀랐다. 그가 이어서 말했다.

"음……. 그게 정말 사실이라면 그들이 선생님을 위험인물이라고 판단할 수도 있겠습니다. 그런데… 선생님의 주장을 증명할 구체적인 증거는 있습니까?"

"당장 준비하기는 힘들어. 지금 한국에 있어서 말이야."

망할 놈의 증거. 대충 넘어가. 역시 스파이를 속이는 건 힘들다. 더구나 이런 황당한 스토리로는. 흑표는 머리를 쥐어뜯고 싶었다.

"한국이라? 그들이 선생님을 노리고 있다면 그곳도 위험하지 않겠습니까? 지금 당장 중국으로 들어가는 게 낫지 않을까요?"

나보고 호랑이 굴로 들어가라고? 흑표는 쓴웃음을 삼키며 생각했다.

"그들에게 찍히면 안전한 곳은 지옥밖에 없다네. 이곳에서 급히 처리해야 할 일이 있어서 그것만 처리하고 바로 들어갈 생각이야. 그리 오래 걸리진 않을 거야."

"한국은 치안이 좋은 편이라 큰 문제는 없을 테지만……. 알아보고 전화 드리겠습니다. 아무튼 몸조심하십시오."

일단 미끼를 던지는 데는 성공했어. 흑표는 한숨을 내쉬며 생각했다. 하지만 이것만 가지고는 턱없이 부족하다는 사실을 그는 너무나 잘 알고 있었다.

75

시간은 막 새벽 4시 반을 지나고 있었다. 하지만 기환은 그칠 줄 몰랐다. 그에게 주어진 시간이 얼마 남지 않았다. 테러 용의자들이 경찰에 넘어가기 전에 최대한 정보를 얻어내야 한다.

안타깝게도 김 형사는 과다 출혈로 순직하고 말았다. 녀석들은 지금 경찰 살해범이 되어 있는 것이다. 김 형사의 사망 소식이 전해진 뒤로 경찰들의 눈초리가 심상치 않다. 그들은 흉흉한 눈빛으로 용의자들을 노려봤다. 그들의 분노는 기환을 향하기도 했다. 왜 경찰이 아니라 CTA가 그들을 먼저 취조하는지에 대해 거침없이 불만을 토로하는 자도 있었다. 기환은 그들의 심정을 충분히 이해할 수 있었기에 그냥 속으로 삭였다.

상부에 요청해 시간을 좀 더 끌어보려고 했지만 총에 맞은 녀석이 문제였다. 중상은 아니지만 응급치료만 받았을 뿐이다. 치료 때문이라도 늦어도 오전 7시까지 경찰에 인계해야 한다.

기환은 용의자 두 명을 검거 단계에서부터 철저하게 격리시켰다. 그들이 대화할 틈을 단 1초도 허용하지 않았다. 총에 맞은 녀석은 계속 비협조적이었다. 하지만 다른 녀석은 그렇지 않았다. 녀석은 경찰이 죽었다는 말에 동요하는 기색이 역력했다.

그간 새로운 사실도 알게 됐다. 김 형사가 품에 지니고 있던 수첩을 통해 이들이 정보원의 죽음과 연관되어 있다는 놀라운 사실을 알게 됐다. 정보원의 죽음을 캐고 싶은 마음이 굴뚝같았다. 그러나 지금은 하나에만 집중해야 한다.

"잘 들어. 이게 정말 마지막 기회야. 밖에 경찰 보이지? 넌 저들의 동료를 죽였어. 저들이 너를 가만 놔둘 것 같아? 더구나 넌 그전에 민간인을 죽이기까지 했어. 이 상황이 이해가 돼? 누군가 신경 써주지 않으면 넌 바로 사형이란 말이야."

기환은 과장된 몸짓과 말투로 쉬지 않고 윽박질렀다.

녀석은 괴로운 감정을 숨기지 못했다. 쉴 새 없이 다리를 떨며 기환의 시선을 외면했다.

"어서 협조해. 나중에 경찰에게 살려달라고 손이 발이 되도록 빌어봐야 아무 소용 없어. 넌 저들의 동료를 죽인 원수란 말이야. 내가 도와줄 수 있을 때 어서 협조해. 이게 정말 마지막 기회야. 이대로 형장의 이슬로 사라지고 싶어?"

기환은 담배를 건네며 말했다. 녀석은 떨리는 손으로 담배를 받았다. 기환은 직접 불을 붙여주었다.

"잘 생각하도록 해. 앞으로 살날이 50년은 남았는데 그냥 이대로 날려 버리고 싶어? 고향에 있는 가족이 보고 싶지 않아?"

녀석은 거칠게 연기를 뿜을 뿐 대답하지 않았다. 하지만 동요한다는 건 분명히 느낄 수 있었다. 이제는 손이 걷잡을 수 없이 떨려서 따로 재를 털 필요가 없을 정도였다.

"확실한 증거에 증인까지 있어. 넌 결코 일급살인죄를 면할 수 없어. 하지만 유일한 증인이 나란 말이지. 내가 어떻게 증언해 주느냐에 따라서 넌 감면받을 수도 있어. 몇 년이 걸리긴 하겠지만 다시 세상에 나갈 수도 있다고."

여기까지만 하자. 기환은 녀석에게 생각할 틈을 좀 줘야겠다고 생각했다. 문을 열고 나가려는데 녀석이 영어로 질문했다.

"제가 어떻게 해야 하는 겁니까?"

"한국말은 전혀 몰라?"

분명 한국말을 알아듣는 눈치였는데. 기환은 고개를 갸웃거리며 영어로 질문했다.

"듣는 데는 아무 문제 없습니다. 말하는 게 조금 어렵습니다."

"아무튼 지금부터는 영어로 대화하도록 하지. 그래, 나하고 거래할 의사가 있나?"

"네."

녀석은 아주 작은 목소리로 대답했다.

"왜 경찰을 죽였지? 뭘 감추고 싶었던 거지?"

"어떻게 절 도와주실 겁니까?"

"질문은 내가 한다. 왜 경찰을 죽인 거야? 너희의 계획을 그가 알고 있다고 생각했지? 그렇지 않아?"

기환은 상대를 노려보며 말했다. 녀석은 움찔했다.

"언제 어디를 통해 무기를 반입하려고 한 거야?"

기환은 넘겨짚었다.

"저도… 자세한 건 모릅니다. 다만 무기가 곧 들어온다는 사실만 알고 있습니다. 물건은 우리가 미리 지정한 보세창고로 들어오기로 되어 있습니다. 그리고……"

한번 봇물이 터지자 녀석은 모든 걸 뱉어냈다. 아쉽게도 녀석은 자세한 사항은 알지 못했다. 총에 맞은 자가 모든 걸 총괄한다고 했다. 개략적이긴 하지만 몇 가지 정보를 얻을 수 있었다. 이것만 해도 대단한 성과였다.

기환은 녀석을 잠시 쉬게 한 후 교차 확인을 위해 총을 맞은 녀석을 취조했다. 기환은 방금 들은 내용에 약간의 살을 덧붙여 녀석을 강하게 윽박질렀다. 녀석은 무기를 반입하려고 시도했던 건 인정했다. 하지만 다른 건 끝까지 인정하지 않았다.

"무기는 한국이 아니라 인도네시아로 가고 있습니다. 처음부터 부산항에서 환적화물에 섞여 인도네시아로 반입하도록 되어 있었습니다."

녀석은 어이없다는 표정으로 말했다.

기환은 보세창고 직원을 취조해서 확인해 봐야겠다고 생각했다. 그는 몇 시간 전에 이곳으로 끌려왔지만 기환은 아직 그를 취조하지 않았다. 시간이 없었기 때문이다. 이들의 취조가 모두 끝난 후, 그러니까 7시부터 그를 취조할 예정이었다.

"벌써 환적했어?"

"네."

"어떤 배로 운송하는 거지? 화물의 최종 목적지는 정확하게 인도네시아 어디야?"

"저도 정확한 사항은 알지 못합니다. 전 단지 환적 작업을 지원하라는 명령을 받았을 뿐입니다."

"거짓말로 판명될 경우 어떻게 될지 잘 알지? 난 최대한 너에게 불리한 증언을 할 테고, 넌 하늘이 두 쪽 난다고 해도 사형을 면할 수 없게 될 거야."

기환은 녀석을 노려보며 잠시 침묵했다. 자신의 말이 그의 가슴 속에 스며들게 하기 위해서였다. 녀석은 아무런 반응이 없었다.

기환은 방을 나왔다. 둘 중 한 명은 거짓말을 하고 있다. 아무래도 총에 맞은 녀석이 거짓말을 하는 눈치지만 진실을 확인해야 한다. 녀석들은 이런 경우를 대비해 미리 입을 맞췄을지도 모른다. 진실하게 보이는 자가 거짓말을 하는 것으로. 그러나 지금과 같은 경우 진실을 확인할 수 있는 방법이 있다.

기환은 우선 협조적인 자를 심문했다.

"상대편이라면 무기가 지금 어디로 가고 있다고 할까?"

"녀석은 당신을 엿 먹이고 싶어할 겁니다. 자신에게 총까지 쏜 사람이니까요. 녀석은 틀림없이 외국으로 가고 있다고 할 겁니다."

같은 질문을 총에 맞은 자에게 했다.

"녀석은 동남아나 미국으로 가고 있다고 할 겁니다."

기환은 웃으며 취조실을 나왔다. 그는 당장 심 과장에게 전화했다.

"과장님, 무기가 한국으로 들어오고 있습니다. 확실합니다. 시간이 없어서 일단 용의자들을 경찰에 넘겨줘야 하지만 테러범들이 매수한 한국인이 있습니다. 그를 취조하면 화물이 언제 어떤 배로 들어오는지 알 수 있을 겁니다."

"수고했어. 그리고 이건 좀 미안한 말인데……."

김 과장의 목소리가 그다지 밝지 않았다. 환호성을 내질러도 전혀 이상하지 않은 상황인데 너무 이상했다.

"뭡니까?"

"국정원 요원이 자네를 찾아갈 거야."

"CTA가 아니라 국정원이 이번 사건을 맡게 되는 겁니까?"

기환은 의아했다. CTA가 계속 조사한 사건을 갑자기 국정원에 넘긴다는 건 말이 되지 않는다. 그것도 사건의 중요한 단서를 잡은 지금 같은 시점에.

"아니. 그들이 자네를 찾아가는 건… 자네를 심문하기 위해서야."

"심문요? 이번에도 누가 절 고발했나요?"

그때 누군가 방문을 노크했다.

"잠시만요. 전화 중입니다."

기환은 신경질적으로 말했다. 하지만 상대는 아랑곳하지 않았다. 문이 활짝 열렸다.

"김기환 씨, 국정원입니다.

방문을 열고 들어온 남자는 신분증을 내보이며 말했다.

"무슨 일입니까?"

"신분증과 무기, 그리고 그 전화기도 당장 압수합니다. 당신은 지금 국정원 내사과의 조사를 받고 있습니다."

"그게 무슨 뚱딴지같은 소립니까?"

"순순히 협조해 주십시오. 그렇지 않으면 물리력을 동원하겠습니다."

그는 입구를 고갯짓했다. 입구에는 건장한 남자 두 명이 서 있었다. 경찰들은 무슨 일인가 의아해하며 이쪽을 기웃거렸다.

"김 과장님, 들으셨습니까? 무슨 이런 개 같은 경우가 있습니까? 쟤들 미친 거 아닙니까?"

기환은 어이가 없었다.

"일단 협조해. 아직까지 CTA 직원에 대한 수사 권한은 국정원이 가지고 있어. 내가 조금 있다 국정원에 가서 항의하겠어. 지금은 그들에게 협조해야 해."

젠장. 기환은 전화를 끊고 핸드폰과 신분증, 권총을 상대에게 건넸다. 순간적으로 긴장이 풀리면서 당장이라도 쓰러질 것 같았다.

국정원 직원은 수갑을 채우진 않았지만 양쪽에서 기환의 팔을 결박해 차로 안내했다. 그들이 탄 차는 부산에 있는 국정원 사무실로 향했다. 그곳에서 기환은 건물 지하에 있는 취조실로 끌려갔다. 국정원 직원들은 최대한 예의를 갖춰 그를 대했지만 무척 기분이 나빴다.

취조실에 들어온 지 한 시간이 지나도록 아무도 나타나지 않았다. 일부러 그렇게 한다는 걸 잘 알고 있었기에 기환은 담담하게 기다렸다.

그는 테러범들의 거짓말을 알아낸 방법을 떠올렸다. 이번 경우처럼 A와 B 모두 사실을 알고 있고 둘 중 한 명이 거짓말을 할 경우 진실을 알아낼 수 있는 방법이 있다. 상대방이 어디를 가리킬 것이냐고 질문하면 진실을 말하는 자는 상대가 거짓을 말할 걸 알기에 잘못된 장소를 가리킨다. 거짓을 말하는 자는 당연히 잘못된 장소를 가리킨다. 따라서 그들이 가리킨 곳의 반대 방향이 진실 된 장소다. 둘 다 국외를 지적했다. 그래서 무기가 반입되는 곳이 국내가 된 것이다.

결국 문이 열렸다. 경찰서로 그를 찾아왔던 국정원 직원이 두툼한 서류를 가지고 들어왔다. 전부 나와 상관없는 쓸데없는 서류들이지. 기환은 콧방귀를 뀌고 싶은 걸 억지로 참았다. 그자는 너무 뻔히 보이는 수작을 프로에게 사용하고 있었다.

"그럼 이제 시작해 볼까요?"

국정원 직원은 의자를 당겨 앉으며 말했다.

기환은 그를 노려보다 천천히 자리에 앉았다. 이유야 어떻든 그는 지금 심문을 당하는 입장이었다.

76

작전이 실패했을 땐 빨리 탈출해야 한다. 하지만 교수는 이번만큼은 이 원칙을 따르지 않기로 했다. 무모함도 쓸데없는 집착도 아니다. 표적과 표적을 기습했던 자들 모두 경찰에 신고하지 않을 것이라고 확신했기 때문이다.

놀랍게도 표적을 습격했던 자들은 삼합회 조직원이었다. 그는 녀석들에게서 그 말을 듣자 자신이 태평양판과 유라시아판 사이에 끼고 말았다는 사실을 깨달았다. 적의 적은 동지는 아니지만 이용 가치가 충분하다. 그러나 이번만큼은 적의 적 또한 그의 적이 되어버릴지도 모른다.

혹시 증거가 남진 않았는지 꼼꼼하게 살핀 후 현장을 떠났다. 목격자만 제거하면 그가 삼합회 조직원들의 죽음과 연관될 근거는 어디에도 없다. 그가 삼합회 조직원들을 살해한 사실을 숨기기 위해서라도 표적은 반드시 제거해야만 한다.

사실 아직까지 한국에 남아 있는 건 모험에 가까웠다. 너무 많은 사람이 죽었다. 총기도 여러 번 발사됐다. 경찰은 끝까지 이 사건을 조사할 것이다. 물론 그들은 폭력 조직 간의 암투로 결론지을 가능성이 높다. 현장에 남겨진 조직원들의 시체와 총은 다른 생각을 할 여지를 주지 않을 것이다.

너무 낙관적인 걸까? 솔직히 말해서 그의 발목을 잡은 건 마지막 기회였다. 표적의 보디가드는 부상을 당했다. 그것도 총상이다. 당장 죽지는 않겠지만 치료를 받지 않으면 목숨을 장담하기 힘들다. 그렇다고 그들이 병원에 갈 입장은 아니다. 총상 환자는 바로 경찰에 신고하기 때문이다.

교수는 이럴 경우 그들이 찾을 곳을 알고 있었다. 그는 불법 시술을 하는 무허가 의사들의 명단을 확보하고 있었다. 꽤 오래된 습관이었다. 예전에 구사일생으로 살아난 표적을 이런 방법으로 제거한 후 어디를 가든 이런 자들의 명단은 반드시 챙겼다. 그는 즉시 그곳으로 정보원들을 파견했다.

기다림의 시간은 초조했다. 의자에 앉았다 일어서기를 수백 번 반복했다. 세 시간쯤 지났을 때 안산에서 연락이 왔다. 좀 전에 중국인 총상 환자가 한 명 들어왔다고 했다. 교수는 당장 그곳으로 출동했다. 그는 중국어 통역이 가능한 사람과 망을 보고 그를 안내할 사람을 데리고 갔다. 목적지는 주택가 한가운데에 있는 평범한 집이었다. 겉으로 봐서는 눈에 띄는 점이 하나도 없었다. 안내인이 벨을 누른 후 대문 스피커에 대고 뭐라고 하자 문이 열렸다. 그들은 지하로 안내되었다.

지하로 들어서자 약 냄새와 피비린내가 섞인 시큼한 냄새가 코를 찔렀다. 그곳에는 방음 시설이 완비된 수술실과 침대 몇 개가 놓여 있었다. 이래서 밖에서는 아무것도 눈치챌 수 없었던 것이다. 지하실에는 보디가드 혼자뿐이었다. 그는 진정제를 맞고 잠들어 있었다. 그의 상태는 한마디로 종합병원이었다. 성한 곳이 없었다.

교수는 피가 배어 나온 상처 부위를 꽉 눌렀다. 신음 소리와 함께 텁보가 깨어났다. 그는 깜짝 놀란 표정을 감추지 못했다. 교수는 통역을 통해 흑표가 어디 있는지 질문했다. 털보는 완강하게 고개를 내저었다. 고통을 줄 곳이 너무 많아서 고민이었다. 일단은 지금 압박하는 곳에 집중하기로 했다. 붕대 위로 피가 번졌다. 털보는 고통으로 얼굴을 찡그렸지만 아무 말도 하지 않았다.

수술실은 동시에 훌륭한 고문실이다. 방음 시설까지 갖춰진 건 금상첨화였다. 교수는 의료 장비들을 훑으며 어떤 방법으로 그를 고문할지 즐거운 고민에 빠졌다.

그런데 상내를 너무 만만하게 봤던 모양이다. 끝내 털보의 입을 여는 데 실패하고 말았다. 그는 정말 표적의 위치를 모르는 눈치였다. 어쩔 수 없다. 목격자 한 명을 제거한 것으로 만족해야만 했다.

의뢰인들은 빨리 한국을 떠나라고 종용했다. 그렇다고 그들과의 거래가 모두 끝난 건 아니었다. 그들은 호주로 가서 중국인 한 명을 암살해 줄 것을 요청했다. 이번에는 무기에 대한 제약이 없었다. 그건 그만큼 급박하다는 걸 의미했다. 안내인들은 그를 인천공항까지 데려다 주었다. 출발까지는 두 시간 정도 남았다. 길지도 짧지도 않은 시간이다.

그는 대합실에서 지난 하루를 뒤돌아보았다. 너무 많은 일이 급작스럽게 벌어졌다. 이번 암살이 처음에 생각한 것처럼 단순하지 않다는 사실이 그를 계속 자극했다. 그것 때문인지 좀체 흥분이 가라앉지 않았다. 그는 자신도 모르게 뿜어져 나오는 살기를 억누르느라 진땀을 빼야 했다. 공항에서 살기를 내뿜는 건 경찰을 두들겨 패는 것이나 마찬가지다.

할 수 없이 화장실에 틀어박혔다. 그는 크게 심호흡을 하며 한국에 올 때 들고 왔던 '호밀밭의 파수꾼'을 읽었다.

77

안산에 안가가 있지만 서울에서 멀리 떠나는 게 좋을 것 같았다. 흑표는 낡은 대포차를 하나 구입한 다음 부산으로 향했다. 그의 목적지는 창고였다. 부산 시내에 안가가 한 채 있긴 하지만 지금 같은 위기 상황에 그곳도 안전할 것 같지 않았다. 그곳을 알고 있는 자가 있기 때문이다.

반면에 창고의 위치를 아는 사람은 그뿐이었다. 그가 직접 계약했고, 이를 철저하게 비밀에 부쳤다. 지금 같은 비상시를 위해서.

차가 낡아서 중간에 퍼지지 않을까 걱정했는데 목적지까지 무사히 도착했다. 운이 따라준다는 희망이 생겼다.

흑표는 창고 문을 열기 전에 이전에 경첩 바닥에 발라둔 촛농 봉인이 그대로 있는지부터 확인했다. 다행히 창고에 손댄 사람은 없었다. 그는 창고 뒤편 화단으로 갔다. 방금 주운 나무막대기로 땅을 팠다. 곧 비닐에 싸인 열쇠가 모습을 드러냈다. 그는 자물쇠를 열고 창고로 들어갔다.

가로 3미터, 세로 4미터 정도인 창고에 짐은 많지 않다. 한가운데 먼지를 뒤집어쓴 낡은 소파가 있고, 여행용 가방 세 개와 캐비닛, 비닐 옷장이 전부였다. 그는 가지고 온 가방을 내려놓고 공동화장실로 가서 세수부터 했다.

다시 창고로 돌아와 옷을 갈아입는데 안산에서 산 선불 휴대폰이 울렸다. 하늘이 무너져 내리는 것 같았다. 털보의 사망 소식이었다. 그는 잠시 소파에 앉아 휴식을 취해야만 했다.

현장은 그 어떤 공포영화보다 끔찍하다고 했다. 사이코패스 수십 명이 달라붙어서 난도질한 것 같다고 했다. 그건 털보가 끝까지 비밀을 지켰다는 걸 의미했다.

분노와 공포로 혼란스러웠다. 심장 박동 소리가 헤비메탈 밴드의 드럼 소리처럼 귀청을 울리고 식은땀이 줄줄 흘렀다.

누가 털보를 죽였지? 삼합회 놈들인가? 아니면 그 백인? 중국이 벌써 움직였나? 혹시 CIA가 비밀 자금으로 용병을 고용한 건 아닐까? 지금 낭장 한국을 떠나야 하는 건 아닐까? 도대체 어디로 가야 하나? 러시아는 나를 거부하고, 중국과 삼합회는 잔뜩 독이 올라 있는데. 정체를 알 수 없는 암살자까지 따라붙고 있는데. 더구나 여차하면 CIA도 직접 움직일 텐데. 하늘이 캄캄했다.

'비가 내려 흐르다 웅덩이를 만나면 그곳을 다 채워야지만 다음으로 향한다'는 말이 있다. 한시가 급하지만 일에는 순서와 과정이 있는 법이다. 흑표는 마음을 다잡았다. 그리고 만일을 대비해 이전부터 물색해 두었던 인물에게 전화했다.

"우선 선금으로 만 달러를 지급하겠네. 내일 내 부하가 자네를 찾아갈 걸세. 물론 작전이 취소되더라도 돌려줄 필요는 없네."

흑표는 부드럽게 말했다.

"알겠네. 그나저나… 작전이 실행되기 전에… 내 가족들을 미국에 보내는 데는 아무런 문제가 없겠지."

목소리에 생기라곤 없었다. 억지로 말을 짜내는 것 같았다.

"걱정 말게. 그 정도쯤 나에게 아무것도 아니란 것, 자네도 잘 알고 있지 않나?"

"그럼 자네가 부탁한 내용대로 유서부터 작성해 놓겠네. 다시 말하지만… 내가 잘못되면… 내 가족을 부탁하네."

"날 믿게."

"내 아들 녀석은 오래전부터 미국을 동경해 왔네. 녀석에게 좋은 선물이 될 것 같군."

흑표는 그의 아들에 대해 잘 알고 있었다. 반항기는 많지만 똑똑한 친구다. 하지만 중국의 체제에는 맞지 않는 부분이 많았다.

"몸조리 잘하게."

이런 방법까지 쓰긴 싫었는데. 흑표는 수화기를 내리며 생각했다. 어쩔 수 없다. 지금은 보험이 절실히 필요한 시점이다. 그 대신 모든 걸 뒤집어쓸 희생양 말이다.

그와 같이 일했던 전직 요원 중에 말기 암 환자가 한 명 있었다. 어느 임환사가 그렇듯 오랜 병원 생활은 막대한 돈을 거침없이 빨아들이고 있었다. 더구나 현역으로 근무할 때 따로 챙겨둔 것도 없는 친구였다.

죽음을 앞에 둔 사람에게 무서운 건 없다. 단지 남은 가족들이 걱정될 뿐이다. 흑표는 가족의 미국 밀항과 미국에서의 생활을 책임져 주겠다고 그를 유혹했다. 대신 흑표가 그간 저질러 왔던 비리는 모두 조작된 것이고, 사실 그가 저질렀다는 내용의 유서를 적도록 했다. 그리고 흑표가 요청한 시점에 자살해 달라고 요구했다.

이미 살 희망이 없는, 고통 때문에 당장에라도 목숨을 끊고 싶은 사람에게는 엄청 솔깃한 제안이었다. 무능력하고 커다란 짐이 되어버린 그는 가족들에게 마지막 선물을 줄 수 있다는 사실에 감사해하기까지 했다.

이제 다음 일을 할 차례다. 잠시 통화를 하는 정도로 신화통신사

직원을 엮을 수는 없다. 흑표는 동경에 있는 부하에게 꼼꼼하게 지시 사항을 전달했다. 부하는 은밀하게 소문을 흘릴 것이다.

CIA의 비밀 작전을 눈치챈 전직 중국 스파이를 제거하기 위해 CIA가 고도의 심리작전을 개시했다. 그들은 돈을 주고 정보를 조작함으로써 충성스런 전직 스파이를 반역자로 몰아가고 있다.

신화사 직원이 부하를 찾아올 단서를 남겨두는 것 또한 잊지 않았다. 신화사 직원은 유능하다. 그가 흔적을 더듬어 부하에게 도달하는 데는 오랜 시간이 걸리지 않을 것이다. 그기 증거를 대라고 요구하면 부하는 다음과 같이 말할 것이다.

"그에 관한 소문의 출처를 조사해 보십시오. 모두 한 곳을 가리킬 것입니다. 그건 바로 CIA입니다. 그들은 지금 이 정보를 흘리는 데 최선을 다하고 있습니다. 잘 생각해 보십시오. 정보가 진짜라면 왜 그들이 정보를 흘리는 데 모든 역량을 동원하겠습니까? 그들이 이 사건에 총력을 기울이는 건 가짜를 진짜처럼 믿게 하기 위함입니다. 이건 누가 봐도 CIA의 더러운 음모가 분명합니다. 그들은 애국자를 천하의 역적으로 만들고 있을 뿐만 아니라 중국의 손을 빌려 그를 제거하려고 하고 있습니다."

언론에 대한 작업은 그게 시작이었다. 그동안 그에게 얻어먹기만 하던 기자들에게 이번에는 돈 대신 정보를 먹였다. CIA가 중국의 정보국을 상대로 작업 중이고, 그들에게 동조하는 매수된 정보원이 있다는 내용이었다.

사실 가장 확실한 방법은 당 간부를 이용하는 것이다.

흑표는 그의 사업을 위해 무능한 관리를 이용하는 것이 최선이라는 걸 잘 알고 있었다. 유능하고 똑똑한 자들은 조종하기 힘들기 때문이다. 그래서 그는 무능하지만 출신 성분은 좋은 몇몇 관리를 선택했다. 그는 넓은 인맥과 정보망을 이용해 그들의 승진을 최대한 도왔다.

정치판 역시 그가 살아왔던 어두운 곳처럼 음모와 배신으로 점철되어 있다. 유능한 스파이였던 그에게 그곳은 새로운 전쟁터였지만 이전보다 위험하거나 힘들지는 않았다. 그는 복잡한 형세 속에서 살아남는 법을 터득하고 있었다. 혼잡한 정치판에서 누구에게 아부하고 돈을 써야 할지 정확하게 짚어냈다. 그래서 남들보다 한발 앞서 이득을 취했다. 그는 자기편을 보호하면서 상대를 공격했다. 승진에 방해가 되는 자들에게 불이익이 될 자료를 수집하고 루머를 퍼뜨려 그들을 공격했다.

중국은 덩이 우신하는 곳이나. 핵심 산부들의 힘은 상상을 초월한다. 그들의 힘이면 그가 다시 복귀하는 건 힘든 일이 아니다. 문제는 그간 너무 무능한 관리들만 이용해 왔다는 점이다. 그가 옆에서 직접 지도하지 않는 이상 그들이 할 수 있는 일이란 게 그다지 많지 않았다. 괜히 어설프게 작업하다가는 그가 스파이라는 확신만 심어주고 자폭할지도 모른다. 더구나 그에게 노골적으로 자결을 요구하는 뻔뻔스러운 녀석도 있다.

흑표는 허탈한 웃음을 터뜨렸다. 미래를 위해 그가 선택했던 자들이 지금 그의 발목을 잡는 형국이 되어버린 것이다. 답답했다.

아무튼 이곳에 오래 머물 수는 없다. 어떤 경로로 한국을 탈출할까? 흑표는 잠시 고민하다 배를 타고 가는 것으로 결론지었다. 마침 재일교포의 여권을 구해놓은 것이 하나 있다. 그 여권을 이용해 이곳에서 배를 타고 오사카로 간 다음, 그곳에서 다른 여권을 구해 호주나 남미로 가서 잠시 숨어 있어야겠다고 생각했다.

78

톰은 노인이 아는 모든 정보를 얻어냈지만 마사와를 떠나지 않았다. 정보의 교차 확인과 새로운 정보가 있는지 조사하기 위해서였다. 노인은 그가 일했던 배에서만 무기를 선적했다고 주장했다. 하지만 다른 배를 통해 무기를 선적했을 가능성을 부정할 순 없었다. 물론 노인에게서 얻은 정보는 바로 존에게 전송했다.

이곳은 견디기 힘들 정도로 무더운데다 숙소와 식사 모두 형편없었다. 거기에 두통까지 겹쳤다. 멜레스는 일단 아스마라로 돌아가 있으라고 권유했다. 그가 이곳에 남아서 조사하다가 새로운 정보가 있으면 연락 주겠다고 했다. 하지만 톰은 그의 제안을 거절했다. 톰은 멜레스와 같이 돌아다니고 싶었다. 그를 좀 더 알고 싶었고, 친해질 필요가 있었다.

저녁마다 술을 한 잔씩 했다. 멜레스는 마틴처럼 맥주를 무척 좋아했다. 하긴 이렇게 더운 곳에서 시원한 맥주만 한 것도 없다. 그는 유머 감각도 있고 많은 곳을 돌아다녀서 세상 물정에도 밝았다. 무엇보다 감정을 숨기지 않는 솔직함이 마음에 들었다. 그래서 그와의 술자리는 늘 즐거웠다.

마사와에 온 지 나흘째 되는 날, 마틴에게서 전화가 왔다. 그의 목소리는 무척 밝았다.

"톰, 정말 수고했네. 이제 그만 돌아오게."

"다 해결된 겁니까?"

"마침 한국에서도 같은 정보가 나왔어. 그래서 해당 선박을 계속 감시하다가 부산항에 도착하는 즉시 수색했네."

"한국에서도 이미 알고 있었다고요?"

"국정원이 우리와 거의 같은 시기에 정보를 입수했어. 그들은 한국에서 테러를 계획 중이던 자들을 생포했어. 그들을 취조해서 관련 정보를 모두 확보했네."

"그들도 발 빠르게 움직였군요."

좋은 소식이었지만 한편으로 허탈하기도 했다.

"아무튼 자네가 언급한 선박에서 무기가 나왔네. RPG에 수류탄, C4, 다량의 총기와 실탄까지. 전쟁을 해도 될 정도였다는군."

"녀석들, 정말 화끈하게 한판 붙으려고 했군요."

톰은 테러를 막았다는 사실에 날아길 듯이 기뻤다. 만약 그 무기들이 한국에 반입됐다면 무시무시한 재앙이 됐을 것이다. 테러범들이 그렇게 중무장하리라고는 아무도 예상하지 못했다. 기껏해야 폭탄 테러 정도만 예상하고 있었다.

이번 사건은 험난한 앞길을 예언하는 것 같았다. 녀석들은 갈수록 치밀하면서도 대담해진다.

"그래. 언론에는 말라카 해역의 해적들 때문에 자위 차원에서 보유하고 있던 것이라고 흘렸네. 경천동지할 테러가 거의 실행되기 일보 직전이었다는 사실을 알려서 좋을 건 하나도 없어서 말이야."

"당연히 그렇게 해야죠."

선전과 공포야말로 테러범이 진정으로 원하는 것이다. 어떤 경우라도 그들에게 도움이 되는 행동은 절대 금물이다. 대부분의 테러는 이런 식으로 조용히 묻힌다. 아주 가끔 성공하는 테러가 세간에 알려질 뿐이다.

"그래서 이번에도 자네한테 대대적인 축하 파티를 열어줄 순 없네. 하지만 긴 휴가와 이를 마음껏 즐길 넉넉한 휴가비가 지급될 걸세."

"그걸 받아야 할 사람은 제가 아닙니다."

"오마르의 가족들에겐 모든 걸 지원했네. 더 이상 신경 쓰지 않아도 돼."

마틴은 음성을 높였다.

"저는 신경 쓰입니다. 휴가는 언제부터입니까?"

"자네가 원하는 대로."

"그럼 지금 당장 휴가를 쓰겠습니다."

"왜? 애인이라도 생겼어?"

"그럼."

"잠시만, 이 사람아. 그냥 끊으면 안 돼. 베타는 어떻게 할 건가? 그와 접촉할 수 있는 사람은 자네뿐이야. 그는 우리의 아주 소중한 자원이야."

톰은 괜히 화가 났다. 하지만 마틴에게 화를 낼 수는 없었다. 그는 크게 심호흡을 하며 마음을 달랬다.

"어디를 가든 제 연락처는 남겨놓겠습니다. 그럼."

톰은 거기까지만 말하고 다짜고짜 전화를 끊었다.

두 가지 감정이 동시에 몰려왔다. 오마르의 희생이 헛되지 않았다는 사실에 날아갈 듯 기뻤다. 반면 이렇게 끝나 버린 건가 하는 아쉬움에 가볍게 몸을 떨었다. 사정한 직후보다 더 허무했다. 그 감정은 그리 오래 지속되지 않았다.

자! 이제 오마르를 만나러 가는 거야. 아, 참! 그러고 보니 멜레스

에게 한잔 거하게 산다고 약속했는데. 이번 작전의 성공을 축하하는
의미에서 아스마라에 돌아가면 밤새도록 퍼야겠군. 이제 이 지겨운
더위와도 안녕이군. 톰은 얼마 되지 않는 짐을 챙기며 생각했다.

<h2 style="text-align:center">79</h2>

보위부 요원은 NKCELL을 바로 북한으로 압송하지 않았다. 공
안이 옆에 있었기 때문이다. 탈북자의 신분이지만 NKCELL은 중
국 땅에서 체포되었기에 일단 구류소로 끌려갔다. 그곳으로 끌려온
모든 사람은 짐승만도 못한 대접을 받았다. 기침만 해도 사방에서
주먹이 날아왔다.

보위부 요원의 요청이 있어서인지 그는 특별대우를 받았다. 그는
밤새도록 두들겨 맞았다. 까무러치면 물을 끼얹어 정신을 차리게
했다. 그리고 또 때렸다. 맞는 데는 이력이 났다고 생각했지만 그건
착각이었다. 매에는 장사가 없었다.

민에게 도움을 요청하고 싶은 마음이 간절했다. 고통이 턱밑까지
차오를 때마다 그 생각은 하나의 신앙처럼 머릿속에 자리 잡았다.
하지만 참아야 한다. 여기서 민의 이름을 노출하면 모든 것이 수포
로 돌아간다. 지금 그는 신분을 증명할 아무런 서류도 없다. 단지
탈북자로만 알고 있을 뿐이다. 그렇지만 민의 이름이 알려지면 그
간의 모든 행적이 노출된다. 물론 민의 도움으로 모든 게 무사히 해
결될지도 모른다.

이런 상황일수록 냉정해져야 한다. 그런 헛된 희망은 품지 말아
야 한다. 보위부 요원들은 바보가 아니다. 무단으로 국경을 넘은 자

가 정식 북한 방문증을 받은 조선족에 유력 인사까지 알고 있다는 건 누가 봐도 냄새가 나는 상황이다. 더구나 호랑이의 조직도 보위부와 연결되어 있다. 그들을 통해서 정보가 넘어갈 가능성도 다분하다. 그렇게 되면 중국에 있는 요원뿐만 아니라 북한에 어렵게 심어놓은 모든 기반이 송두리째 날아간다. 북한은 탈북자를 심하게 다루지만 운이 좋으면 살아남을 수도 있다. 정말 운이 좋으면……

다음날 그는 발목에 족쇄를 차고 국경 초소에 도착했다. 탈북자가 너무 많아서 서류 작업이 지연됐다. 그곳에서 이틀 밤을 보냈다. 그리고 국경을 넘어 지옥 같은 국가안전보위부 감옥으로 끌려갔다.

잡혀온 탈북자는 수백 명에 달했다. 그들은 좁은 복도에 콩나물시루처럼 **빽빽**하게 늘어서서 몸수색을 당했다. 모든 소지품은 물론 심지어 항문과 여성의 생식기 안까지 검사받았다. 첫날부터 간수들은 잠을 재우지 않았다. 밤새도록 의자에 앉아 있도록 했다. 그건 힘들긴 했지만 견딜 수 있었다.

감옥에 도착한 지 나흘째 되는 날 진정한 악몽이 시작됐다. 그를 체포했던 보위부 요원이 찾아온 것이다. 녀석은 다짜고짜 NKCELL을 두들겨 팼다. 몇 번이나 깨어났다 혼절하기를 반복하다가 완전히 정신을 잃었다. 그제야 그날의 고문이 끝났다.

NKCELL은 그 길로 독방에 수감됐다. 강물에 휩쓸릴 때 독약을 잃어버린 게 너무 안타까웠다. 잡혔을 때 바로 자결했어야 하는데. 방은 몸을 구겨 넣어야 겨우 들어갈 수 있을 정도로 좁았다. 위생 상태도 엉망이었다. 손 닿는 곳마다 쥐가 있었다. 그건 참을 수 있었다.

가장 견디기 힘든 건 시간이 얼마나 흘렀는지 알 수 없다는 점이었다. 하루가 지났는지 이틀이 지났는지, 낮인지 밤인지도 알 수 없었다. 이 지옥이 영원히 지속될지도 모른다는 사실이 죽음보다 더 끔찍했다.

80

부산을 출발, 오사카에 도착하는 팬스타페리호는 예정대로 오후 4시에 출항했다. 항해는 순조로웠다. 날씨는 쾌청했고 바다는 평소보다 잔잔했다. 배는 다음날 오전 5시경 세토나이카이를 통과했다. 세토나이카이는 '이 코스를 돌아봐야 비로소 일본인이라고 말할 수 있다'는 명성에 걸맞게 새벽 어스름 속에 수려한 경관을 뽐냈다.

긴 여행의 피로에 잠든 사람이 대부분이었지만 밋진 주변 경관과 일출을 보기 위해 선상에 올라오는 사람들도 있었다. 팬스타페리호는 경치를 감상하기에 정말 좋은 배였다. 갑판은 넓었고 여러 명이 앉을 수 있는 긴 의자가 곳곳에 놓여 있었다.

사람들은 해돋이의 장관에 감탄사를 자아내며 기념사진을 찍는다고 분주했다. 그런데 갑자기 소란이 일어났다. 선상을 거닐던 노인 한 명이 별안간 가슴을 부여잡고 쓰러진 것이다. 다들 어쩔 줄 몰라 우왕좌왕했다. 발 빠른 승객 한 명이 직원을 불러왔다. 직원 역시 속수무책이었다. 그는 조타실로 날듯이 뛰어갔다.

곧 한국어와 일본어로 의사나 간호사가 있으면 긴급히 선상으로 올라와 달라는 안내 방송이 나갔다. 운이 좋았는지 의사가 두 명이나 있었다. 한 명은 한국인이었고 다른 한 명은 일본인이었다. 하지만 그들의 노력은 수포로 돌아갔다. 오래지 않아 둘은 고개를 절레

절레 흔들며 사망 선고를 내렸다. 그들은 소중한 추억을 위해 선택했던 바다 여행을 이런 소란 때문에 망친 것보다 사람을 살리지 못한 사실에 괴로워했다.

일부 승객들은 왜 이런 큰 배에 제대로 된 구호 장비와 인력이 없는지 따졌다. 직원들은 사망자를 어떻게 처리해야 할지 몰라 당황했다. 일단 시신은 객실로 옮겨졌다. 사망자의 신원을 파악하기 위해 선내를 수색했다. 사망자의 손가방에서 심장약과 메모가 발견됐다. 그기 평소에 심장 질환을 앓았고, 만일을 대비해 비상연락처를 항상 휴대하고 있었다는 사실에 직원들은 안도했다. 전적으로 그들의 잘못만은 아니었던 것이다.

노인은 혼자 여행하던 60세의 재일동포였다. 그는 160 정도의 작은 키에 피부가 검었다. 나이에 비해 몸은 단단했다. 겉으로 보기엔 건강해 보이는데도 심장마비라는 복병을 피해 갈 순 없었다. 혹시 독살은 아닌가 하는 추측이 있었지만 한국과 일본 의사 모두 심장마비로 판명했다.

직원들은 황급히 노인의 가족에게 연락했다. 가족들은 놀라움을 감추지 못했지만 곧 안정을 찾았다. 그들은 오사카 항에서 기다리겠다고 했다. 앰뷸런스도 그들이 알아서 준비해 놓겠다고 했다.

배가 오사카에 도착하자 대기하고 있던 응급요원들이 시체를 운반했다. 이 때문에 하선이 조금 늦춰졌지만 아무도 불만을 토로하지 않았다. 통곡하는 유가족의 모습을 보면서 화를 낼 수 있는 철면피는 없었다. 승객들은 즐거운 여행을 망친 사실에 분노하면서도 진심으로 노인의 명복을 빌었다.

일부 승객은 배를 떠나는 마지막 순간까지 승무원들에게 항의하기도 했다. 어떻게 이런 큰 배에 의료진이 없는지 따지고 또 따졌다. 그렇게 소란은 끝났고, 흑표의 시체는 앰뷸런스에 실려 어딘가로 향했다.

BLACK
2 부

1

비포장도로를 달린 지 벌써 세 시간째다. 덜컹거리는 소리를 제외하면 차 안은 숨소리도 듣기 힘들 정도로 조용했다. 운전하는 아벨도, 뒷좌석에 앉은 톰과 오마르의 장남도 모두 약속이나 한 듯 입을 다물었다. 웃고 떠들 분위기가 아니었기 때문이다.

톰은 에리트레아에서 바로 에티오피아로 오려고 했지만, 상부에서는 당장 랭글리로 돌아와 디브리핑할 것을 요구했다. 한국에서 건네준 정보와 교차 검증이 필요한데다 테러를 막았다고 모든 게 끝나는 건 아니다. 사실 시작이라고 해도 무방하다. 누가 테러를 계획했고, 어떤 경로를 통해 무기를 입수하고, 테러범들은 어떻게 입국했는지 모든 것을 속속들이 조사해야 한다.

덕분에 랭글리에서 열흘간 밤을 새우다시피 했다. 아쉽게도 베타는 어떤 연락도 취해오지 않았다. 마틴은 테러범들이 검거됐다는 사실에 주목했다. 이 때문에 베타가 잠시 엎드려 있는 것으로 추측했다. 그들 역시 어디서 정보가 새어 나갔는지 정보의 누출 경로를 샅샅이 뒤지고 있을 것이다.

"저곳입니다."

아벨은 왼편 나지막한 언덕을 가리키며 말했다.

오마르의 시신은 다른 시체들과 함께 암매장되어 있었다. 아벨은 그곳에서 오마르의 시신을 꺼내 양지바른 곳에 다시 묻었다. 톰이나 존이 따로 요청하지 않았는데도.

정말 고마웠다. 톰은 그에게 수고비를 건네려고 했지만 아벨은 정색을 하며 거절했다.

세 사람은 차에서 내려 나지막한 언덕을 올라갔다. 정상에서 약간 내려간 곳에 자그마한 무덤이 있었다. 메마르고 더운 바람이 뺨을 스쳤다. 이런 척박한 곳에 묻히다니. 톰은 안타까웠다. 그는 오마르의 묘지에 헌화한 후 잠시 묵념했다.

오마르의 장남인 무스타파는 옆에서 코란을 낭독했다. 소년이 먼저 톰에게 연락했다. 소년은 아버지에게 문제가 생겼음을 직감하고 있었다. 어디에 있든 오마르는 가족, 특히 장남과 연락했기 때문이다. 소년은 아버지의 수첩에서 톰의 위장 회사 전화번호를 알아냈다.

처음 아버지가 어디 있느냐는 말을 들었을 때 사실을 숨길까 고민했다. 당분간 오마르의 죽음을 공표할 수 없었다. 혹시 베타가 연락해 올지도 모르기 때문이다. 그렇다고 언제까지 숨길 수도 없는 노릇이었다. 톰은 소년을 찾아가겠다고 했다. 놀랍게도 소년은 워싱턴에 있는 위장 회사에서 두 블록 떨어진 곳에서 전화했다.

오마르가 소년에 대해 자랑했던 건 한 치의 과장도 없었다. 소년은 입이 무겁고 영리한 아이였다. 그에게 대강의 사정을 설명했다.

물론 많은 것을 숨겨야 했다. 오마르는 사업 파트너의 배신으로 사망했다. 하지만 오마르가 살해당한 건 어떻게든 숨겨야 된다고 했다. 조만간 큰 거래가 있기에 어쩔 수 없는 일이라고 주장했다. 그것만 끝나면 어떻게든 오마르의 시신을 가족의 품으로 돌려주겠다고 약속했다.

소년은 가족에게 알리진 않겠지만 무덤은 찾아가 봐야겠다고 우겼다. 그렇지 않으면 모두에게 이 사실을 알리겠다고 엄포를 놓았다. 할 수 없이 톰은 소년을 이곳까지 데려올 수밖에 없었다.

"아저씨는 아버지의 마지막을 지켜보셨죠?"

낭독을 끝낸 소년은 톰을 물끄러미 쳐다보며 말했다. 그러고 보니 아버지의 죽음에 대해 꼬치꼬치 질문하지 않았다는 사실이 떠올랐다. 진실을 알게 되는 게 너무 두려웠던 모양이다. 그가 그랬던 것처럼.

"그래."

"아버지는 어떻게 돌아가셨나요?"

"네 아버지는 정말 용감한 분이셨단다. 너희 부족의 모든 남자가 그렇듯이 그는 동료들을 지키기 위해 최선을 다했단다."

"일부러 지어낸 말은 아니죠?"

"저기 있는 아벨 아저씨가 증인이란다. 그도 현장에 같이 있었다. 내 말을 믿지 못하겠으면 나중에 아벨 아저씨한테 물어봐라. 그도 같은 말을 할 거다."

톰은 사랑이 담긴 눈으로 소년을 바라봤다. 소년은 고개를 끄덕였다.

"그가 아니라 내가 이 무덤에 묻혀야 했는데……. 내가 총에 맞고 쓰러지자 나 대신 적을 쫓다가 그만……. 총알이 급소를 관통해서 고통은 없었단다. 다만 그의 유언을 듣지 못한 게 안타까울 뿐이다."

톰은 소년의 눈가에 눈물이 고이는 걸 보고 슬그머니 시선을 돌렸다. 남자라고 하지만 아직 애송이다. 그도 이 정도 나이였을 때 아버지를 잃었다. 경찰관이던 아버지는 철부지 갱이 쏜 38구경 탄환에 심장을 관통당했다. 그때 그의 머릿속에는 복수라는 단어밖에 없었다.

"혹시 복수할 생각이라면 그만둬라. 네 아버지는 스스로 복수했단다."

소년은 대답 대신 눈물을 보이지 않기 위해 고개를 숙였다.

톰은 자신이 빗나가지 않았던 이유를 떠올렸다. 한창 예민한 사춘기였던 그가 엄청난 충격을 극복해 낼 수 있었던 건 가족들의 사랑도 컸지만, 아버지 대신 그를 지켜봐 준 아버지의 동료들 덕분이었다. 그들은 수시로 톰을 불러내 볼링을 치거나 낚시를 다녔고, 진로 문제나 여자 문제로 고민할 때마다 좋은 상담자가 되어주었다.

"우린 종교도 피부 색깔도 다르지만… 이제부터 날 삼촌이라고 생각하고 힘든 일이 있으면 언제든 연락하렴."

"두 분은 얼마큼 친하셨나요?"

"목숨을 맡겨도 될 만큼."

"아버지는 어떤 분이셨나요?"

"성실하고 가족을 정말 사랑하는 사람이었지."

"그런 것 말고 아저씨와 일할 때 말이에요."

"훌륭한 사업 파트너였지."

"전 어린애가 아니에요. 바보도 아니고요. 전 아저씨가 CIA라는 걸 오래전부터 알고 있었어요."

톰은 깜짝 놀랐다. 그는 부인할까 하다가 자신이 그 나이였을 때를 더듬어보았다. 지금 생각하면 어리석은 행동만 했지만 결코 바보는 아니었다. 주위상황이 어떻게 돌아가는지 어른들이 생각하는 것보다 더 깊고 자세하게 알고 있었다.

"그 사실을 또 누가 알고 있니?"

톰은 부드럽게 말했다.

"나만 알고 있어요. 엄마도 동생들도 알지 못해요."

"틀림없이 아버지는 이 비밀이 영원히 지켜지기를 바라실 거다. 이 사실이 알려지면 가족들이 위험해지기 때문이란다."

"그건 저도 알고 있어요. 그래서 아무한테도 말하지 않았어요."

"방금 나한테 말하지 않았니?"

"아저씨는 아버지의 믿을 만한 사업 파트너였으니까요."

톰은 소년과 주변을 산책하며 이런저런 얘기를 나눴다. 의외로 말이 잘 통했다. 처음에는 오마르에 대한 얘기만 하다가 학교 얘기, 요즘 한창 열을 올리는 여학생에 대한 것까지 톰에게 털어놓았다.

해가 뜰 때 출발했는데 어느새 붉은 노을이 사방을 물들였다. 자주 올 수 없는 곳이라 이대로 떠나기에는 많은 게 아쉬웠다. 일행은 여기서 하룻밤 노숙하기로 했다. 소년은 아이스박스에 넣어둔 양고기를 꺼내서 직접 요리했다. 어머니한테 급하게 배운 것치고는 요리 실력이 상당했다. 소년은 태어나서 처음으로(물론 본인의 주장일 뿐이지만) 술도 마셨다. 톰과 아벨은 소년을 남자로 대해줬다. 그는 이제 한집안의 가장이 되었기 때문이다.

긴 여행에 지쳤는지 소년은 자정이 지나자 무거운 머리를 눕혔다. 톰과 아벨은 이런저런 얘기로 밤을 지새웠다. 피곤했지만 이렇게라도 망자의 곁을 지켜주고 싶었다.

"저기, 먼지가 이는데요."

아벨은 언덕 너머를 오른손으로 가리키며 말했다. 아직 해가 뜨진 않았지만 주위는 그렇게 어둡지 않았다. 회색 랜드로버 한 대가 먼지구름을 만들며 굉장한 속도로 달려왔다. 톰은 재빨리 총을 챙겼다. 아벨은 쌍안경을 꺼내 차량을 확인했다.

"총 내려놓으셔도 됩니다. 마틴입니다."

아벨은 웃으며 말했다.

"마틴이라고요? 그가 왜? 설마 오마르를 추모하러?"

톰은 한 번도 마틴에게 오마르의 무덤에 가자고 말하지 않았다. 마틴도 그에 대해서는 일절 말을 꺼내지 않았다.

그도 역시 오마르의 죽음을 애통해하고 있었던 것일까? 톰은 마틴의 고집을 누구보다 잘 알고 있었다. 그는 곧 그럴 가능성이 거의 없다는 데 한 표를 던졌다.

랜드로버는 주차되어 있던 승합차 옆에 멈췄다. 차에서 내린 마틴은 태클을 시도하는 수비수처럼 무시무시한 기세로 달려왔다. 그는 톰의 어깨를 마구 흔들며 말했다.

"지금 당장 우리가 격전을 벌였던 마을로 가세. 젠장. 내가 바보였어."

"그게 무슨 말입니까?"

톰은 역시나 하는 마음에 화가 났다. 이곳까지 왔으면 적어도 오마르의 무덤이 어디 있느냐는 질문 정도는 할 줄 알았다.

"베타의 계략이었어. 모든 건 그 망할 놈의 함정이었단 말이야. 젠장."

"그게 무슨 말이에요?"

"오마르의 마지막 모습 생각나?"

"당연히 기억하죠."

지금도 기억에 생생했다. 오른쪽 다리를 잡고 죽어 있던 그의 모습이. 톰은 고개를 끄덕이며 말했다.

"잘 들어. 그건 오마르의 다잉 메시지였어. 이 멍청한 인간이 이제야 그걸 깨달았지 뭐야."

마틴은 자신의 머리를 사정없이 때리며 말했다.

"다잉 메시지요? 도대체 뭘 말하려고 한 거죠?"

톰은 이이기 없었다.

2

"정말 이럴 수 있는 거야?"

기환은 술잔을 탁 하고 내려놓으며 말했다. 앞선 두 군데의 술집에서 적지 않은 양을 마셨는데도 테이블에는 빈 술병이 가득했다.

"선배, 너무 취했어. 이제 그만 마시고 일어나."

수진은 기환의 팔을 잡으며 말했다.

"나 안 취했어. 걱정 마. 기분이다. 노래방이나 가자. 내가 쏜다."

기환은 비틀거리며 자리에서 일어섰다. 카운터로 가기 전에 쓰러질 것 같았는데 의외로 똑바로 걸었다. 하지만 수진은 걱정스러운 눈으로 그를 바라봤다. 술보다는 충격 때문에 그가 망가지지 않을까 하는 우려 때문이었다.

그는 오늘 오후 결국 정직당하고 말았다.

문제의 발단은 아주 사소했다. 기환이 앰뷸런스를 요청한 시간이
시발점이었다. 김 형사는 과다 출혈로 사망했다. 기환의 신고가 조
금만 더 빨랐으면 살릴 수 있었을지도 모른다. 이에 상부에서는 기
환이 그의 죽음을 방치하지 않았는지 의심했다. 워낙 급박한 상황
이었지만 신고까지 늦게 할 이유가 있었느냐는 게 그들의 주장이었
다. 김 형사기 기환을 고발했던 것 때문에 감정을 상하지 않았는지
추궁했다.

본격적인 조사가 시작되자 그들은 기환을 완전히 발가벗겨 버렸
다. 그동안 그가 숨겨왔던 모든 것이 속속들이 까발려졌다. 그가 이
혼 청구 소송을 당하고 있고, 이 때문에 자금 압박에 시달리고 있다
는 사실이 밝혀졌다. 사실 그건 문제가 아니다. 어디까지나 개인적
인 일이니까.

문제는 기환이 죽은 정보원에게 건네준 정보비가 그의 개인 통장
에서 나왔다는 점이다. 곧 해당 구좌에 대한 조사가 행해졌다. 기환
은 돈세탁하는 방법을 알고 있었지만 그걸 적절하게 사용하지는 못
했다. 그가 정보비를 횡령했음이 밝혀졌다.

사실 그건 횡령이라고 말하긴 곤란했다. 미처 상부의 승인을 받
을 시간이 없는 경우 비상금으로 사용할 돈이었다. 그건 일종의 관
행이었다. 하지만 내사 팀이 보기에는 횡령일 뿐이었다.

정보원에게서 획득한 정보를 상부에 보고하지 않은 것도 문제가
됐다. 다행히 정보를 확인한 후 보고하려고 했다는 수진의 증언 덕
분에 이것만큼은 깨끗하게 해결됐다.

여기까지는 어떻게 넘어갈 수도 있는 상황이었다. 그는 성실한 요원이었고, 사실 이번 일로 훈장과 승진을 보장받아야 하는 입장이었다.

그를 망친 덫은 마약이었다. 그가 마약 양성 반응을 보인 건 어떻게 손쓸 방법이 없었다. 수사 과정상 어쩔 수 없었다는 항변이 있었지만 상부에서는 이를 철저히 무시했다. 보고서 어디에서도 그가 마약을 복용했다는 내용은 없었기 때문이다.

절망하던 기환에게 결정타를 날린 건 김 과장이었다. 그는 기환에게 모든 사실을 인정하고 정직 처분을 받아들이라고 종용했다. 누구보다 앞장서서 그의 허물을 덮어줘야 할 김 과장의 그런 모습에 기환은 큰 충격을 받았다. 그건 수진도 마찬가지였다.

수진은 '사랑도 가고, 친구도 가고, 모두 다'를 목이 터져라 외치는 기환을 바라봤다. 노래 가사가 그의 심정을 정말 기막히게 대변하는 것 같았다. 그의 고통을 조금이라도 덜어줄 수 있었으면 했다. 그가 봐온 기환은 자신감이 넘치고 밝은 사람이었다. 그래서 그를 보는 게 항상 즐거웠다. 비록 자신의 감정을 꼭꼭 숨겨야만 했지만. 노래를 끝낸 기환이 마이크를 넘겨줬다.

기환은 수진의 노래를 들으며 술잔을 들이켰다. 터질 것 같은 감정은 노래를 불러도 좀체 가라앉지 않았다. 여기서 더 마시면 정말 필름이 끊길 것 같았다. 세상이 빙글빙글 돌고 있었다. 하지만 그의 손은 어느새 술을 따르고 있었다.

노래를 끝낸 수진이 그의 옆자리에 앉았다. 그녀의 따뜻한 숨결이 느껴졌다. 그녀가 그만 마시라며 술잔을 뺏으려 할 때, 그의 오른팔은 그녀의 부드러운 젖가슴을 느꼈다. 그는 거부할 수 없는 욕망을 느꼈다. 그는 양손으로 그녀의 얼굴을 잡고 거칠게 키스했다. 처음에는 저항했지만 곧 부드러운 그녀의 혀를 느낄 수 있었다. 그제야 이전에 노래방에 갔을 때, 잠시 김 과장이 화장실에 간 사이 그녀와 키스했다는 걸 기억해 냈다.

그들의 몸은 더 강한 걸 열망하고 있었다. 그들은 서로의 몸을 어루만졌다. 그녀의 셔츠가 벌어지면서 흰색 브래지어가 모습을 드러냈다. 그는 그 속으로 손을 밀어 넣었다. 딱딱해진 그녀의 젖꼭지가 만져졌다.

"여기서는 싫어."

그녀는 기환의 손을 부드럽게 밀치며 말했다.

이후 모든 것은 필름을 고속으로 감은 것처럼 띄엄띄엄 기억났다. 그녀와 근처 모텔로 갔고, 문을 닫자마자 뜨겁게 키스하고, 허겁지겁 옷을 벗고, 당장에라도 지구가 멸망할 것처럼 격렬하게 서로를 탐닉했다.

황홀한 밤을 보내고 그가 겨우 정신을 차렸을 땐 해가 중천에 떠 있었다. 그는 팔을 뻗어 옆자리를 확인했다. 차갑게 식어 있었다. 그녀의 향수 냄새만이 남아 있을 뿐이었다. 허탈했다. 하지 말아야 할 불장난을 저질렀다는 후회보다 옆에 아무도 없다는 사실이 괴로웠다.

담배를 피우기 위해 테이블로 갔다. 쪽지가 있었다.

선배, 그냥 실수였어요. 우린 아무 일 없는 거예요.

하긴 나 같은 쓰레기를 누가 좋아하겠어. 마누라도 나를 버렸는데. 기환은 쪽지에 불을 붙였다. 그리고 그 불을 라이터 대신 사용했다. 가뜩이나 쓰린 속에 담배 연기가 들어가자 헛구역질이 나왔다. 그는 개의치 않고 필터가 탈 때까지 피웠다. 그리고 또 담배에 불을 붙였다.

담배만으론 만족할 수 없었다. 알렉세이가 줬던 코카인 생각이 간절했다.

3

한국과 일본에 있는 요원들은 경찰의 협조하에 배에 탔던 의사들을 면담했다. 존은 해당 서류를 세 번이나 정독했다. 검토가 끝나자 조사를 담당했던 부하를 호출했다.

정말 흑표가 죽은 걸까? 존은 부하가 올 동안 방 안을 서성였다. 곧 노크 소리가 들렸다. 그는 직접 문을 열어주었다. 부하는 잔뜩 긴장한 눈치였다.

"킬러는 한국을 떠났다고?"

존이 말했다.

"네. 하지만 바로 떠난 건 아닙니다. 그는 흑표의 부하를 고문해 끝까지 그의 위치를 알아내려고 했습니다. 그런데 예상과 달리 아무런 정보도 얻지 못하자 포기하고 떠났습니다."

"어디로 갔나?"

"일본을 경유, 호주로 갔습니다."

"호주?"

"네. 호주로 갔습니다."

"아직 거기에 있나? 참! 그에게 미행은 붙였나?"

"현지 요원이 감시 중이긴 한데, 인력이 워낙 부족하다 보니……."

부하는 머뭇거릴 뿐 더 이상 말을 잇지 못했다. 요주의 감시 대상이 아닌 자를 24시간 감시할 수 있는 기관은 없다. 더구나 본토도 아니고 인원이 부족한 호주인데.

"그렇긴 하지. 일단 출국하지 않는지만 체크하라고 해. 외국으로 출국하려고 할 경우 여권을 문제 삼아서 잠시 붙잡아두도록 하고."

존은 암살범을 이대로 놓아둘지 잡아들일지 아직 결정하지 못했다. 상황이 닥치면 그때 결정하기로 했다.

"알겠습니다."

"이 면담 내용은 어디서 검증받았나?"

서류에는 면담 내용을 누가 어떻게 검증했는지에 대해서는 자세하게 나와 있지 않았다.

"우선 의학적인 검증에는 저명한 심장전문의를 비롯하여 다섯 명의 의사가 참여했습니다. 그들은 하나같이 면담 내용에 아무런 문제가 없다고 결론 내렸습니다. 그들이라도 사망 선고를 내렸을 거라고 말했습니다. 그리고 심리학자들에게도 면담 내용을 검토받았습니다. 모두 세 명의 심리학자한테 따로 자료를 보냈는데 결과는 일치했습니다. 세 군데 모두 의사들이 거짓말을 하지 않은 것 같다는 답변을 보내왔습니다."

"서류만 보고 어떻게 확신할 수 있나?"

"비밀리에 촬영된 면담 화면을 같이 제공했습니다. 이를 바탕으로 전문가들이 여러 번 검토한 결과입니다."

"난 아직도 흑표가 그렇게 죽었다는 게 믿기지가 않아."

모든 상황은 흑표가 죽었다고 말하고 있지만 존은 좀처럼 그 사실을 받아들이지 못했다. 뭔가 아주 가는 바늘이 등 뒤에서 그를 콕콕 찌르는 느낌을 떨치지 못했기 때문이다.

"아무래도 냄새가 나."

존은 방 안을 서성이며 말했다.

"어떤 점이 말입니까?"

"흑표가 탄 배 말이야. 그거 오사카까지 시간이 꽤 걸린다며?"

"네. 전날 오후 4시에 출발해서 다음날 오전 10시경에 도착하니까, 열여덟 시간 정도 걸리는 셈입니다."

"그렇게 오래 걸리는데 돈 많은 의사들이 그런 시루한 여행을 왜 택할까? 비행기를 타면 두 시간이면 가는데 말이야."

"안 그래도 저도 그게 궁금해서 자세히 알아봤습니다. 돈 많은 사람들이 종종 타는 경우가 있다고 합니다. 우선 비행기에 대한 공포 때문에 배를 이용하는 경우가 있다고 합니다. 더 큰 이유는 지금처럼 날씨가 좋을 땐 운항 코스의 경치가 예술이라고 합니다. 이 경치 때문에 비행기가 아니라 배를 택하는 낭만파들이 있다고 합니다. 물론 의심하시는 것처럼 자주 있는 일은 아닙니다만."

"그들은 왜 배를 탔나?"

"두 사람 모두 경치를 즐기기 위해 탔다고 합니다."

"그렇다곤 해도… 공교롭게도 한국과 일본 의사가 각각 한 명씩 타고 있었단 말이야."

"그 둘은 따로 여행 중이었습니다. 그리고 그들에 대해서는 이미 조사가 끝났습니다. 그들은 그냥 평범한 의사일 뿐입니다. 먼지 한 톨까지 샅샅이 뒤졌지만 흑표와 연관되는 점은 하나도 없었습니다."

"그런 우연이 흑표의 죽음과 겹친다는 게 아무래도 석연찮아."

"하지만 그가 어떻게 그런 우연을 만들어냈을까요? 보디가드까지 버리고 도망칠 정도로 정신없던 상황이었는데 말이죠."

"그건 그렇게 어렵지 않지. 여행사를 찾아가서 난 재일교폰데 좀 있다 일본으로 귀국한다. 죽기 전에 주변 경관이 수려하다는 이 배를 꼭 한번 타보고 싶다. 사실 난 심장이 좋지 않다. 그래서 가능하면 의사들이 승선하는 배에 탑승하고 싶다. 그것도 한일 양국의 의사로. 뭐 이런 주문을 해놓고 연락을 기다리면 되는 거지. 누가 봐도 당연한 요청이고 그걸 의심할 여행사 직원은 없을 거야."

"그렇긴 하군요. 하지만 가장 중요한 문제가 남아 있습니다. 도대체 어떤 방법을 사용했기에 의사를 한 명도 아니고 두 명이나 속인단 말입니까?"

"그게 제일 큰 문제긴 한데……. 그나저나 흑표의 시체는 정말 화장해서 현해탄에 뿌렸나? DNA 감식을 할 수 있는 게 정말 하나도 남아 있지 않아?"

"네. 사실 의문스러운 점이 없잖아 있긴 합니다. 서둘러 화장하고 유골을 납골당이 아니라 흔적이 전혀 남지 않도록 현해탄에 뿌려 버렸으니까 말이죠. 더구나 유가족이라는 사람들도 이후 전혀 연락이 되지 않습니다."

"그들이 진짜 흑표의 유가족이었다면 몸을 숨길 방법을 미리 강구해 놓았겠지. 물론 가짜인 경우도 마찬가지지만."

"그나저나 충격인데요. 흑표가 중국인이 아니라 재일교포라니……."

"아무도 모르는 일이지. 그의 출생에 관해서는 모든 게 비밀이었으니까. 당시 한국과 일본, 중국 모두 극도의 혼란기였어. 그가 국적을 바꾸는 건 그렇게 어렵지 않았을 거야. 물론 그가 재일교포가 아닐 가능성이 다분하지만 말이야."

"아무튼 우리가 손쓸 필요 없이 그렇게 죽은 건 천만다행입니다."

"그가 그렇게 어이없게 죽었을까? 피곤해 보이긴 했어도 건강한 편이었는데."

"흑표의 주치의도 그가 심장에 조금 문제가 있다고 증언하지 않았습니까? 더구나 극도의 스트레스를 받면 싱횡이있습니다. 한창 나이의 청년도 쓰러질 정도로 말이죠."

"그렇긴 한데……."

"자연사든 타살이든 그가 죽은 건 확실합니다."

부하는 아주 자신 있게 말했다.

"그 배에 교수라는 킬러는 타지 않았지?"

"네. 그는 당시 호주에 있었습니다."

"승객의 명단은 모두 조사해 봤나?"

"안 그래도 중국정보국이나 폭력 조직의 킬러가 그를 독살하지는 않았나 싶어서 샅샅이 조사해 봤습니다. 의심 가는 승객은 단 한 명도 없었습니다."

"그래서 더 의심이 간단 말이야. 그가 살해당했다면 오히려 아무 문제 없는데……."

존은 못내 꺼림칙한 기분을 떨치지 못했다.

4

"똑바로 선 다리가 B를 의미한다고요?"

톰이 말했다.

"그래. 이집트 알파벳의 B를 의미해."

마틴은 바닥에 그린 다리 그림을 막대기로 짚으며 말했다. 그는 독수리와 똑바로 선 무릎 아래의 다리 모양을 바닥에 그려놓았다. 독수리는 A로, 다리는 B로 발음된다.

"하지만 오마르는 앉아 있었잖아요?"

"총을 맞았기에 일어설 수가 없었던 거야. 대신 양손으로 자신의 다리를 가리킴으로써 B를 표시했어. B, 즉 베타를 의미하는 거야."

"그것만으로 베타라고 단정하긴 힘들지 않을까요?"

톰은 반문했다. 얼핏 일리 있는 추측같이 보이기도 했지만 너무 막연했다.

"그래서 내가 좀 더 조사해 봤지. 이건 우리가 총격전을 벌였던 지역에서의 통화 내용이야."

마틴은 서류를 한 장 건넸다. 톰은 내용을 확인했다. 당시 해당 지역 상공에 있던 핸드폰 통화 감청 위성의 감청 내용이었다.

통화 시간: 15초

두 명의 남자 목소리

언어: 아랍어

영어로 번역하면 다음과 같다.

첫 번째 음성: 곤란한 일이 생겼다.

두 번째 음성: 무슨 일인가?

첫 번째 음성: 돌발 상황이 발생했다.

두 번째 음성: 미끼는 물었나?

첫 번째 음성: 그런 것 같다.

두 번째 음성: 돌아와서 자세한 사항을 설명하라.

첫 번째 음성: 신은 위대하다.

두 번째 음성: 신은 위대하다.

도청 기록 끝

첫 번째 통화자의 위치: 악슘, 에티오피아

두 번째 통화자의 위치: 리야드, 사우디아라비아

"통화한 위치는 우리가 총격전을 벌였던 마을에서 차로 20분 정도 떨어진 곳이야. 통화 시간은 우리가 마을을 떠난 지 30분 후 이고."

마틴은 설명을 덧붙였다.

"너무 막연한 추측 아닐까요?"

"현장에 우리가 미처 발견하지 못한 생존자가 있었던 게 틀림없어. 그는 우리가 완전히 사라진 걸 확인한 다음 숨겨둔 오토바이 따위로 현장을 떠난 거지. 그리고 안전하다는 판단이 들자 상부에 보고한 거야."

"성문은 확인했습니까? 왜 저번에 베타의 목소리를 녹음한 게 있잖아요."

"둘 다 베타의 목소리는 아니었어. 하지만 통화 내용과 장소, 시간을 봐. 첫 번째 통화자는 틀림없이 베타의 하수인이네. 오마르는 이전에 그를 만난 적이 있을 거야. 그것도 베타와 같이 있는 자리에서 말이야. 그래서 그는 모든 걸 파악하게 된 거야."

"이 모든 게 베타의 작전이었다?"

"그래. 우린 그간 베타의 농간에 놀아난 거야. 녀석은 모든 걸 대비했지만 돌발 상황까지 예측하지는 못했어. 기막힌 우연 때문에 전혀 의도하지 않았던 총격전이 벌어지고 말았어. 그래서 끝까지 모습을 드러내지 않았어야 할 그의 부하가 오마르에게 목격되고 말았던 거야."

"그런데 정말 테러를 계획하고 있지 않았습니까? 그럼 설마?"

"그래. 우리가 상상도 할 수 없는 엄청난 테러를 감추기 위해 미끼를 던진 거야. 우린 그 장단에 계속 놀아난 거고."

"도대체 얼마나 엄청난 걸 터뜨리려고. 그나저나 당시 현장을 다 확인하지 않았습니까? 살아 있는 자는 없었는데. 참! 위성사진은 검토해 보셨습니까?"

"아쉽게도 해당 시간 그 지역을 촬영한 위성은 없네. 그래서 이곳까지 직접 온 거야. 현장에 다시 가보자고. 틀림없이 지하실 같은 게 있었을 거야. 거기에 몰래 숨어 있다가 우리가 떠나는 걸 확인하고 나서 그자도 마을을 떠났을 거야."

"음……. 그럴 가능성이 높긴 하군요……. 그나저나 여기까지 왔는데 오마르는 한번 보고 가시는 게 좋지 않을까요?"

톰은 오마르의 무덤을 바라보며 말했다.

"그게 예의겠지."

마틴은 무덤이 아니라 차로 갔다. 그는 조수석의 문을 열고 꽃을 꺼내더니 오마르의 무덤에 헌화했다. 꽃까지 준비했다는 건 의외였다. 하지만 기분은 좋았다.

톰은 오마르의 장남에게 잠시 기다리라고 한 다음 마틴의 랜드로버를 타고 현장으로 가려고 했다. 이 외진 곳에 소년만 두고 갈 수는 없었다. 아벨이 남아서 소년을 돌보기로 했다. 소년은 자신도 같이 가겠다고 고집을 부렸다. 결국 어른 세 명이 떼쓰는 소년 하나를 이기지 못했다.

지하실을 찾는 건 그렇게 어렵지 않았다. 거의 누워서 떡 먹기였다. 어디를 중점적으로 조사해야 할지 잘 알고 있었다. 오마르가 죽었던 바로 그 집에서 교묘하게 감춰진 지하실을 찾았다. 오마르의 총에 맞은 자가 죽어 있던 장소 아래에 성인 한 명이 몸을 숨길 만한 공간이 있었다.

"정말 베타를 가리킨 게 확실하군요."

톰은 마틴을 보며 말했다.

"아무튼 우리가 눈치챘다는 사실을 베타가 알지 못하도록 해야 해."

마틴은 소년을 흘끔거리며 말했다.

소년은 충격을 받았는지 오른손으로 벽을 짚은 채 부들부들 떨고 있었다.

"한국에서 적발된 무기 밀수 사건에 요원을 추가로 투입하는 게 좋을 것 같군요. 우리가 그쪽에만 전념하는 것처럼 보이게 말이죠."

"어차피 조사해야 할 사건이니 그렇게 하는 게 좋겠지. 톰, 이제 다시 시작이야. 아니, 이전보다 몇 배는 더 어려워졌어. 시간도 없고…… 녀석들은 정말 엄청난 걸 계획 중인 게 확실해. 이렇게 정교한 미끼를 던질 정도면 정말 어마어마한 걸 준비 중일 거야."

마틴은 담담하게 말했다.

톰은 자신도 모르게 몸서리를 쳤다. 두통이 몰려왔다. 가장 안 좋은 건 소년의 눈빛이있다. 그는 니무 깅한 살기를 내비쳤다. 어떻게든 소년을 달래야겠다고 생각했지만 마땅한 말이 떠오르지 않았다.

5

팻은 중국 음식을 좋아했다. 그래서 워싱턴 차이나타운의 고급 레스토랑을 자주 찾곤 했다. 오늘도 저녁 약속을 그곳으로 잡았다. 여느 때 같으면 짜증 났을 워싱턴의 교통 체증도 맛있는 음식을 떠올리자 견딜 만했다. 물론 배가 고파지자 짜증이 평소의 몇 배에 달하긴 했지만.

그는 겨우 약속 시간에 맞춰 도착했다. 붉은 카펫이 깔린 실내는 빈자리가 없었다. 팻은 중국인들은 붉은색을 참 좋아한다고 생각하며 예약한 좌석으로 향했다. 맛있는 음식 냄새가 식욕을 자극했다. 1초도 참을 수 없을 것 같았다.

5분쯤 지나자 딕이 나타났다. 그는 꽤 오랫동안 팻과 같이 펜타곤에서 근무하다가 몇 달 전 국가정보국(DNI)으로 옮겼다. 팻은 환하게 웃으며 그를 맞았다. 딕은 자리에 앉자마자 음식부터 주문했다. 사실 이곳을 약속 장소로 잡자고 한 건 딕이었다. 팻 덕분에 그도 중국 음식에 흠뻑 빠져 있었다.

둘은 모처럼 만에 즐거운 대화와 맛있는 음식을 만끽했다. 대화는 주로 골프에 관한 것이었다. 둘은 골프를 즐겼는데, 한 치의 양보도 없는 숙적인데다 타고난 승부사들이었다.

물론 정보기관에 근무하는 사람답게 그들은 이런 곳에서는 절대 업무 얘기를 하지 않았다. 이런 곳을 통해 얼마나 많은 정보가 흘러나가는지 그간 지겹도록 지켜봐 왔기 때문이다. 무책임한 정치인들의 한마디에 무고한 희생자가 발생하고 애써 준비한 작전이 실패할 때면, 그들의 입에 자물쇠를 채워주고 싶은 마음이 굴뚝같았다.

맛있는 식사와 술, 잡담은 그간 쌓인 스트레스를 활활 불태웠다. 손님의 발길이 끊이지 않아서 다소 혼잡했지만 그게 음식 맛을 한결 돋웠다. 무엇보다 일반인들과 같이 떠들고 호흡한다는 사실이 즐거웠다. 그들은 비밀을 굳게 간직한 채 격리된 공간에서 시간을 보내야 하는 사람들이었다.

"저기, 헤이든 씨 맞으시죠?"

키 큰 종업원이 정중하게 말했다.

"맞습니다만. 무슨 일이신지?"

팻은 누가 그를 알아봤나 싶어서 주위를 두리번거리며 말했다. 직장 동료들도 이곳을 좋아했다. 딕도 주위를 둘러봤다.

"딴 게 아니라 이 쪽지를 전해 드리라는 부탁을 받아서요."

종업원은 파란색 편지봉투를 내밀며 말했다.

"누구? 누가 이걸 전해주던가요?"

팻은 본능적으로 이상하다고 느꼈다. 그건 딕도 마찬가지였다.

딕은 어느새 자리에서 일어나 사방을 두리번거렸다.

"그게… 저도 잘 모르겠습니다. 입구에서 한 청년이 이걸 전해 드리라면서 10달러를 주기에 전해 드리는 겁니다. 그냥 편지를 건네기만 하면 아실 거라도 하던데요."

종업원은 팻과 딕의 반응에 적잖이 놀란 눈치였다.

"청년?"

팻은 의아해하며 봉투를 열려고 했다.

"팻, 잠시만."

딕은 팻의 손을 잡으며 제지했다. 그는 팻의 귀에 나지막한 소리로 속삭였다.

"우리는 탄저균 예방주사를 맞았지만, 손님들은 그렇지 않네. 이건 본부에 가져가서 열어보는 게 좋을 것 같아."

팻은 고개를 끄덕였다. 지금은 시들해졌지만 9.11 이후 탄저균 편지에 의한 테러가 곳곳에서 행해졌다. 팻은 탄저균 편지가 아닐 가능성이 높다고 생각했지만 자신의 실수로 많은 사람이 죽는 건 결코 용납할 수 없었다. 이렇게 사람 많은 곳에서 탄저균 편지를 개봉하는 건 자살 폭탄 테러범이 되는 것이나 마찬가지다.

팻은 종업원에게 팁을 줘서 돌려보냈다. 모처럼 만에 가진 만찬이 이렇게 끝나서 안타깝긴 했지만 둘은 서둘러 펜타곤으로 향했다. 편지에 대한 생화학 검사를 지급으로 의뢰했다.

둘은 초조하게 결과를 기다렸다. 편지에서 탄저균 성분이 발견된다면 잠시 가라앉았던 탄저균 편지 테러가 다시 시작됐음을 의미한다. 그것도 수도 워싱턴에서 정보기관원들을 대상으로.

다행히 편지에는 탄저균도 독성분도 검출되지 않았다. 둘은 편지의 내용을 확인했다. 워드프로세서로 출력하지도 손으로 적지도 않았다. 신문에서 글자를 오려 붙이는 고전적인 방법을 사용했다.

펜타곤과 거래하고 싶다.

연락 방법은 다음과 같다. 정보를 원할 경우 빈티지 에어플레인 지에 어벤저를 구한다는 광고를 내도록 하라.

이건 단순한 장난 편지가 아니다. 내 말의 신빙성을 보여주겠다. 특별 서비스라고 생각하면 된다. 이 정보에 대해서만은 따로 돈을 청구하지 않겠다.

우리의 첫 거래를 기념하는 의미에서 펜타곤에 침투한 중국 스파이의 이름을 하나 알려주겠다. 그의 이름은……

팻은 깜짝 놀랐다. 편지에 있는 이름은 최근에야 스파이로 밝혀진 자였다. 그를 스파이 혐의로 기소할지 아니면 좀 더 지켜볼지 아직 결정하지 못한 상태였다. 사흘 전에야 그가 스파이라는 정황 증거를 겨우 하나 확보했기 때문이다. 편지에는 그렇게 간절하게 원하던 정보가 담겨 있었다. 그자의 연락책과 연락 방법들이었다.

"이 내용이 모두 사실인가?"

딕은 팻의 얼굴을 물끄러미 쳐다보며 말했다.

"연락책과 연락 방법은 지금부터 조사해 봐야겠지만 그가 중국의 스파이라는 건 사실이네."

팻은 편지에 언급된 스파이에 대한 조사 내용을 간략하게 설명했다.

"도대체 누구지? 이 정도의 정보를 가지고 있을 정도면 보통 인물은 아닌데."

딕은 커피잔 손잡이를 쥐었다 폈다 하며 말했다. 뭔가 골똘히 생각할 때면 나타나는 버릇이다.

"딕, 어쩌면 우린 지금 거대한 다이아몬드 광산에 막 첫 삽을 뜬 건지도 모르네. 지금부터 이 편지와 관련된 모든 건 일급비밀이야. 우리에게 건넬 닭 모이로 이런 고급 정보를 넘겨주는 자라면 이자는 우리가 여태까지 상대했던 그 어떤 스파이보다 거물일 걸세. 이건 말 그대로 노다지야."

팻은 흥분했다. 딕도 흥분하긴 매한가지였다. 그도 목청을 높였다.

"노다지도 보통 노다지가 아니지. 이럴 게 아니라 이 편지를 건네준 자가 누군지부터 알아봐야겠군. 뭐 단순한 심부름꾼이겠지만 알아볼 수 있는 건 다 알아봐야지."

딕은 수화기를 들며 말했다. 그는 해당 시간 식당과 그 인근의 CCTV 화면을 요청했다. 그는 통화를 마치자 팻의 눈을 빤히 쳐다보며 말했다.

"그러고 보니 잡지에 광고부터 내야지."

"물론이지. 당장 광고를 내도록 하지. 가격은 부르는 대로 주겠다고 하는 게 좋겠지?"

"처음부터 가격 불문이라고 하면 나중에 감당하기 힘들어. 협상 가능 정도로 하게."

6

기환은 오늘도 점심시간이 다 돼서야 일어났다. 그는 커튼을 젖히고 쏟아지는 햇살에 몸을 맡겼다. 말단 세포까지도 상쾌했다. 모든 것이 엉망이 되어버렸다고 생각했지만 아스팔트에도 꽃은 핀다. 늘 지저분하던 집은 깨끗하게 정돈되어 있었다. 악취가 들끓던 방에 이제는 향긋한 냄새가 났다. 수진의 향수 냄새다. 그녀가 바로 옆에 있는 것 같다. 헤어진 지 몇 시간 되지 않았는데도 벌써 그녀가 그리웠다.

그녀와는 하룻밤 풋사랑으로 끝나지 않았다. 그녀와 그렇게 끝내기는 싫었다. 처음부터 성적인 욕망도 외로워서도 아니라고 생각했기 때문이다. 사무실에 쳐들어갈 수 없어서 그녀의 집 근처에서 기다렸다. 노련한 스파이답게 그는 집으로 가던 그녀를 잡았다. 그녀의 입은 그에게 찾아오지 말라고 했지만 마음은 반대였다.

한번 불이 붙은 둘 사이는 급속도로 뜨거워졌다. 왜 이제야 시작됐는지 의아할 정도였다. 그녀는 차분함 속에 뜨거운 정열을 감추고 있었다. 그녀는 가벼운 몸짓만으로도 돌연 관능적인 여인으로 탈바꿈했다. 그는 그런 매력에 흠뻑 빠져들었다. 단지 육체적인 관계가 그들을 가까워지게 한 건 아니다. 그들은 오랜 동료이자 서로를 깊이 이해하는 사이였다.

둘은 서로에 대해 많은 것을 얘기했다. 기환은 그녀의 충고를 받아들여서 조만간 이혼 서류에 도장을 찍기로 결심했다. 깨진 건 언젠가는 버려야 한다. 어차피 그녀와의 재결합은 요원하다.

세상을 못 보고 죽은 아기도 이만 잊어야 한다. 그와 그녀를 너무나 아프게 했던, 결국 그들을 파국으로 몰아붙였던, 하지만 절대 밉지 않은, 언제나 그리운 존재인 그의 아들.

기환은 가스레인지를 켰다. 수진이 만들어놓은 콩나물국은 금방 끓었다. 그는 냉장고를 열었다. 술병이 사라지고 그 자리를 반찬거리가 메웠다. 그는 간단하게 요기하고 커피를 한 잔 탔다. 인터넷으로 신문을 보고 있으니 담배 생각이 났다. 그는 베란다로 갔다. 담배와 재떨이 모두 그곳에 있었다. 그녀 또한 흡연자지만 집 안에 담배 냄새가 배는 건 질색했다. 그는 순순히 그녀의 의견에 동의했다. 역시 여자가 생기면 많은 것이 바뀐다.

식후에 피우는 담배라 그런지 유난히 맛있었다. 항상 지금처럼만 같았으면 했다. 비로소 제대로 된 미래가 열린 기분이다. 그녀와 함께함으로써 과거가 아니라 미래를 볼 수 있게 된 것이다. 기환은 종교에는 별 관심이 없었다. 하지만 그 나름대로 해석한다면 부활이란 지금의 그의 상태를 의미했다.

수진은 메일을 클릭했다. 동기인 강성진이 보낸 것이었다. 그는 국정원 암호해독팀에 근무하는 암호 전문가다. 메일은 그녀가 의뢰했던 내용에 대한 답신이었다.

기환에게 붙잡힌 테러범들은 정보원을 죽인 건 그들이 아니라고 항변했다. 그들은 상부의 명령으로 단지 지원만 해줬을 뿐이라고 주장했다. 킬러는 정보원을 죽이고 바로 출국했다고 했다. 출입국 기록을 검토한 결과 그들의 말은 사실이었다. 거짓말탐지기 조사 결과도 그들의 주장을 뒷받침해 줬다. 그래서 왜 테러 집단이 정보원을 암살했는지에 대해서는 끝내 알 수 없었다.

고생 끝에 잡았지만 사실 그들은 피라미였다. 그들은 숙소와 차량 제공 등을 맡은 가장 말단 조직원이었다. 테러를 실행할 주력들은 아직 입국하지 않았다고 했다. 이것 역시 거짓말탐지기에는 진실로 나왔다. 조만간 관타나모로 이송된다고 하는데. 미국인들이 심문해 봐야 그들에게서 더 이상 얻어낼 정보는 없을 것 같았다.

아무튼 킬러를 보냈다는 건 정보원이 획득한 정보가 그만큼 중요하다는 걸 의미한다. 수진은 정보원이 가지고 있던 자료를 하나하나 재검토했다. 특히 사진이 그녀의 관심을 끌었다. 두 번째와 네 번째 사진은 해독했지만 첫 번째와 세 번째 사진은 그렇지 않았기 때문이다. 그냥 넘길 수도 있지만 여자의 직감이 뭔가가 있다고 계속 속삭였다.

그녀는 그 사진들이야말로 스태가노그래피로 암호화되어 있을 것으로 추측했다. 그래서 해당 사진을 확대해 꼼꼼히 관찰했다. 두 사진 모두 미세하지만 흐릿한 부분이 발견되었다. 수진은 하나는 암호화 메시지고 다른 하나는 암호화 메시지를 해독할 수 있는 암호 키 행렬의 역행렬이라고 추측했다. 따라서 이 두 행렬을 곱하면 원본 메시지가 나올 것이다. 이에 그녀는 해당 픽셀의 행렬값을 곱했다.

결과는 그녀의 예상과 달랐다. 26까지의 숫자가 나올 줄 알았는데 27뿐 아니라 28도 나왔다. 자신의 가설이 잘못됐나 싶어 각 행렬의 역행렬 값을 구한 다음 다른 행렬과 곱해보았다. 심지어 역행렬끼리도 곱해보았지만 처음보다 훨씬 이상한 값이 나왔다. 그래서 성진에게 조사를 의뢰했다.

메일 내용에 따르면 성진 역시 수진이 사용한 방법을 그대로 답습했다. 그리고 그녀의 추리가 정확했다며 칭찬했다. 그는 왜 28이라는 숫자가 나왔는지에 대해 설명했다. 아랍어 알파벳은 모두 28자다. 그래서 28이라는 숫자가 나온 것이다. 그렇다고 메시지가 모두 아랍어는 아니었다. 아랍어와 영어가 섞여 있어서 두 언어를 자세히 알지 못하는 사람은 해독이 불가능했다.

성진은 아랍어와 영어가 섞인 원본과 이를 모두 영어로 변환한 자료를 보냈다. 해당 사진에 숨겨져 있던 메시지는 사제 폭탄을 만드는 데 필요한 재료와 그 성분비, 해당 재료를 구매할 수 있는 매장(인터넷 주문도 포함)에 대한 내용들이었다. 성진은 메시지 내용대로 하면 사제 폭탄을 제조할 수 있다며 해당 전문가에게 확인받았다는 설명을 덧붙였다.

매장은 모두 호주에 있었다. 지금 그곳을 찾아가 조사할 순 없었다. 그래서 수진은 해당 인터넷 사이트들부터 조사했다. 해당 사이트에서 메시지에 나와 있는 재료(물론 한 군데서 다 주문하는 멍청한 짓을 하지는 않았을 것이다)를 주문한 자들의 고객 명단을 확보한 후 모든 사이트를 교차 검증하기로 했다. 이들 사이트를 모두 이용한 사람이 테러범일 가능성이 농후하다.

해당 사이트가 등록된 곳은 전 세계에 퍼져 있었다. 호주는 물론 미국, 러시아, 프랑스, 호주, 스페인……. 해당 국가에 수사 협조 요청하는 것만 해도 보통 일이 아니었다. 그녀는 결국 불법적인 방법을 사용하기로 결심했다. 그러고 보니 기환을 닮아가고 있었다.

7

마틴과 톰은 오마르를 살해한 자가 누군지 알아내려고 부단히 노력했지만 끝내 실패했다. 그들이 교전을 벌인 시간을 전후해 해당 지역을 촬영한 위성이 없는데다 해당 위성전화는 그때만 사용하고 폐기한 게 분명했다.

그래서 수신자가 있던 지역을 중심으로 기존의 테러 용의자들과 겹치는 인물이 없는지 조사했다. 아직까지 별다른 성과가 없다. 더구나 이런 방법으로 테러범을 찾는 건 불가능하다는 사실을 그들은 너무나 잘 알고 있었다.

"아무래도 베타를 잡아들이는 것 외에는 뾰족한 방법이 없겠어."

마틴이 말했다.

"저도 그렇게 생각하는데……. 문제는 베타와 연락할 방법이 없다는 겁니다. 우리가 완벽하게 속아 넘어갔다고 생각하면 연락이 오긴 하겠지만, 그 시기가 언제가 될지는 신만이 알고 있겠죠."

"시간은 자꾸 가는데 정말 큰일이군. 녀석은 테러가 임박해서 연락해 올 가능성이 높아. 우리 측이 뭘 얼마만큼 아는지 떠보기 위해서 말이야."

마틴은 빈 맥주병을 탁자에 쾅 하고 내려놓았다.

"그때 운 좋게 녀석을 유인해 잡아들인다고 해도 이미 늦다는 말이죠?"

"그래. 빌어먹을. 도대체 어떻게 녀석을 끌어들이지? 오마르가 있었으면 이렇게 속절없이 기다리고 있지만은 않을 텐데."

"아, 참! 아냐, 아냐."

톰은 말을 꺼내려다 세차게 고개를 저었다.

"뭐야? 뭔데 그래?"

마틴은 톰을 지그시 응시하며 말했다.

"아무것도 아닙니다."

톰은 고개를 돌리며 외면했다.

"톰, 방금 자네가 생각한 게 뭐든 간에 나한테 솔직하게 털어놓게. 우리는 모든 수단과 방법을 가리지 않고 베타를 잡아들여야만 하네. 그것도 최대한 빨리."

마틴은 위협적인 목소리로 말했다.

톰은 대답하지 않았다. 그는 마틴의 시선을 외면하기 위해 창밖을 주시했다.

"톰, 자네는 수많은 사람을 살려야 하는 입장이야. 물론 그건 나도 마찬가지야. 지기 길을 건너가는 여인괴 어린 딸이 보이나?"

마틴은 부드럽게 말했다.

"어때? 정말 평화롭고 사랑스러워 보이지 않나? 그런데 저들이 지구 반대편에서 온 테러범들에게 목숨을 잃을지도 모른다네. 그래도 자네는 그냥 지켜만 보고 있을 텐가?"

마틴은 톰에게 맥주를 건넸다. 톰은 맥주를 벌컥 들이켰다.

"처음 사람을 죽인 날이 기억나나? 아니라고 말해도 소용없네. 생생하게 기억날 테니까. 그에 대한 악몽도 여러 번 꿨겠지. 하지만 그런 것보다 수십 배나 무서운 게 뭔 줄 아나?"

마틴은 톰이 자신의 말에 집중하게 잠시 침묵했다가 다음 말을 이었다.

"그건 내가 살릴 수 있었는데 그렇게 하지 못한 사람들에 대한 기억이라네. 그들은 삶을 더 즐길 수 있었어. 결혼해서 자식을 낳고, 아들의 대학 졸업식에 참석하고, 손자를 볼 수도 있었겠지. 하지만 나의 실수 때문에 그들은 그런 기회를 놓치고 말았네. 그게 어떤 기분일 것 같은가? 처음에는 무시할 수 있다고 생각하지. 하지만 그건 착각일 뿐이야. 날이 갈수록 죄책감의 무게는 눈덩이처럼 불어나네. 나중에는 거기에 깔려서 아무것도 못 하고 허우적대는 자신을 발견하게 될 거야. 톰, 자네는 아직 젊네. 능력도 있네. 자네가 나처럼 비참한 기억에 파묻혀 살길 원치 않네."

톰은 마틴의 말을 들으며 창밖을 내다봤다. 개를 데리고 산책하는 젊은 여인과 반팔 차림으로 조깅하는 중년 남자의 모습이 보였다. 그들 뒤편으로 유모차를 끌고 가는 부부의 모습이 보였다.

그는 오마르에 대한 씻을 수 없는 죄책감과 누군지 모를, 그가 도와주지 않으면 목숨을 잃을 사람들 사이에서 방황했다. 결코 쉽게 결정할 수 없는 문제였다.

"톰, 자네가 어떤 결정을 내리든 난 자네의 의견을 존중할 거야. 하지만 내 말을 명심하게. 상사가 아니라 인생 선배로서 하는 말이야. 자기가 힐 수 있는데도 하지 않아서 빌어진 일은 그렇지 않은 경우보다 수십 배, 수백 배는 괴로운 법이라네."

마틴은 그 말을 끝으로 방문을 열고 나갔다.

톰은 이미 충분히 괴로웠다. 마틴의 말이 가슴을 비수처럼 파고들어서 잔뜩 헤집고 지나갔다. 그 상처 사이로 양심이라는 이름의 독이 퍼져 나가면서 고통을 한층 가중시켰다.

하지만 자신 때문에 목숨을 잃은 오마르만으로 부족해서 그의 아들까지 위험한 일에 끌어들이고 싶지는 않았다. 만일 소년의 신변에 안 좋은 일이 생기면……. 죽어서도 오마르의 얼굴을 볼 면목이 없었다.

8

수진은 몇 군데를 우회해 해당 사이트에 접속했다. 보안이 가장 약한 사이트가 최우선 목표였다. 그런데 하나같이 보안이 허술했다. 일부러 이런 사이트를 고른 건 아닐까 하는 생각이 들었다.

혹시 테러범들이 데이터베이스에 접속해 해당 데이터를 삭제해 버린 건 아닐까 걱정됐다. 그녀는 자료를 보면서 테러범들이 왜 이런 곳을 이용했는지 금방 깨달았다. 해당 사이트들은 문제가 될 소지가 다분한 물건도 돈만 입금하면 무조건 배송했다.

그녀는 리스트를 정리했다. 그리고 해당 국가의 달력을 보며 데이터베이스에 접속할 시간을 정했다. 시스템 관리자가 없는 주말이 침투하기에 적당하다고 생각하지만 그건 오산이다. 이 경우 흔적이 발각될 위험이 높다. 월요일 아침 출근한 시스템 관리자가 주말 동안의 불법 침투를 감지해 낼 가능성은 평상시의 몇 배에 달한다. 주말 동안 그가 데이터베이스에 접속하지 않았기 때문에 다른 이의 침투가 금방 눈에 띄기 때문이다.

관리자가 정신없을 시간을 이용해 공격하는 게 탄로 날 위험성이 가장 낮다. 그는 쉴 새 없이 몰아치는 업무와 엄청난 트래픽 속에 푹 파묻혀 그녀가 데이터를 빼내간 사실을 영원히 눈치채지 못할 것이다.

그녀는 오래잖아 가장 유력한 용의자를 확보했다. 해당 사이트들에서 염산과 황산, 히드로과산화물 따위를 몇 번에 걸쳐서 구입한 자가 있었다. 그는 여러 사이트를 통해 수많은 이름과 계좌로 물건을 구입했다.

하지만 수진을 완벽하게 속이는 데는 실패했다. 주문한 주소가 모두 동일했기 때문이다. 온라인으로 구입한 물건의 양을 다 합치자 굉장한 양이 됐다. 염산은 30리터, 히드로과산화물은 50리터, 황산은 150리터에 달했다. 온라인으로 주문한 게 이 정도면 오프라인에서 구매한 것까지 합치면 어마어마한 양이 될 것이다.

수진은 기환에게 이 사실을 알려야 할지 잠시 고민했다. 그는 지금 근신 중이다. 하지만 이 사실을 알게 되면 절대 가만히 있지 않을 것이다. 그렇다고 사랑하는 사람에게 거짓말을 하고 싶지는 않았다.

어떻게 해야 할까? 그녀는 담배를 피우기 위해 휴게실로 걸어가며 생각했다.

9

"추적해."

팻은 부하에게 명령하고 수화기를 들었다. 부하는 전화를 추적하기 시작했다.

"어벤저를 구하신다고요?"

컴퓨터로 합성한 것 같은 목소리였다. 성별도 나이도 분명하지 않았다.

"그렇습니다. 얼마면 되겠습니까?"

"선물은 잘 받았습니까?"

"네! 감사합니다. 그런 귀중한 선물을 보내주셔서 정말 감사합니다."

"앞으로 저와 계속 거래하실 생각입니까?"

"당연히 그렇게 해야죠."

팻은 전화 추적을 확인하며 말했다. 발신지는 미국 동부로 좁혀지고 있었다.

"그럼 전화 추적을 당장 중지하시오."

"그것보다는 만나서 얘기……."

"이것 보시오. 더 이상 장난치지 마시오. 이만 끊겠소."

상대는 가차 없이 전화를 끊었다.

전화 추적은 완벽하지 않았지만 발신지는 워싱턴이 분명했다. 당초 예상보다 그는 훨씬 가까이 있다.

누굴까? 혹시 외교관은 아닐까? 팻은 그럴 가능성이 높다고 생각했다. 그 정도의 고급 정보를 넘겨줄 정도면 굉장히 직급이 높을 것이다. 그건 엄청난 노다지라는 걸 의미한다. 그는 초조하게 전화를 기다렸지만 끝내 전화벨은 울리지 않았다.

다음날, 그에게 편지가 한 통 배달됐다. 편지에는 독약이나 탄저균은 없었다. 팻은 굳이 열어보지 않아도 그가 보냈음을 확신했다.

편지에는 그의 요구 사항들이 나열되어 있었다. 요구 사항을 들어줄 경우 엄청난 정보를 넘겨주겠다고 했다.

곧 긴급회의가 소집되었다. 누군지도 모르는 자에게 끌려다닐 수 없다는 의견이 많았지만 상대의 제안이 너무 화끈했다. CIA를 완전히 엿 먹일 엄청난 걸 넘겨주겠다고 약속했기 때문이다. 덤으로 전 세계를 깜짝 놀라게 할 테러에 대한 정보까지.

회의는 밤늦게 끝났다. 결국 그자의 조건을 받아들이기로 결정했다. 그렇다고 모든 요구 사항을 당장 수용할 순 없었다. 그다지 어렵지 않고, 나중에 문제가 될 여지가 없는 것부터 들어주기로 했다. 덕분에 팻은 그날 밤을 꼬박 새웠다.

다음 날 아침, 그는 빈티지 에어플레인 지에 어벤저를 구한다는 광고를 다시 냈다. 이번에는 가격 불문이었다.

10

다시는 여기 올 일이 없을 줄 알았는데. 기환은 시드니 땅을 밟으며 생각했다. 몇 년 전 이곳을 처음 찾았다. 그때는 혼자가 아니었다. 와이프와 함께였다. 호주에서 일주일간 꿈같은 신혼여행을 즐겼다. 돌이켜 보면 살아오면서 가장 기뻤던 순간 중의 하나다.

당시는 모든 것이 아름답기만 했다. 세상은 신의 축복 속에 희망과 사랑으로 충만했다. 걸인을 봐도 반가웠다. 하지만 테러범을 잡으러 온 지금, 그의 곁을 스치는 모든 사람이 용의자로 보였다. 물론 핵심 인물은 아랍인이지만 그들을 도와주는 현지인이 없을 리가 만무하기 때문이다.

한국은 가을인 데 반해 계절이 반대인 남반구는 봄이었다. 낮에는 반팔을 입어도 될 정도로 따뜻했는데 밤이 되자 쌀쌀했다. 차가운 기후만큼 짜증 나는 밤손님이 하나 더 있었다. 커다란 나방이 사방을 뒤덮고 있었다. 기환은 첫날인데 호텔로 돌아가서 쉴까 하다가 새벽까지 기다려 보기로 했다. 아무래도 그들은 훤한 대낮보다 밤, 특히 새벽을 이용할 가능성이 높아 보였다.

다량의 화학약품이 배달된 곳은 주택가와 창고가 모여 있는 상업지역 가장자리에 위치한 창고였다. 창고의 소유주는 백인인데, 그는 지금 미국에 거주하고 있었다. 시드니에서 사업을 하려는 사람으로 위장해 그와 통화했다. 그의 말에 따르면 올해 초 2년 계약으로 창고를 임대했다고 한다. 돈은 선금으로 받았다. 당연한 얘기지만 그가 계약한 남자는 백인이고 그에 대한 모든 기록은 조사 결과 전부 가짜였다.

근처에 주택이 많지만 기환은 테러범들이 이 근처에 살지 않을 것이라고 추측했다. 이곳은 사람들 눈에 잘 띄는 곳인데다 폭탄을 제조할 조용한 장소가 필요하기 때문이다. 아무래도 그들은 시 외곽의 조용한 목장을 통째로 빌렸을 가능성이 높다고 추측했다. 그곳에서 폭탄을 제조하며 기회를 엿보고 있을 것이다. 이곳은 물품을 받기 위해 잠시 빌렸을 뿐, 다른 용도로는 사용하지 않을 가능성이 높다.

기환은 깜빡 잠이 들었다. 눈을 떠보니 새벽 3시였다. 어디에도 사람의 그림자는 보이지 않았다. 그는 창고를 직접 확인해 보고 싶은 욕망을 느꼈다. 그래서 간단한 장비를 챙겨 창고로 향했다. 창고의 문은 모두 두 군데였다. 길가에 면하고 있는 차가 드나들 수 있는 큰 문과 반대편에 작은 문이 하나 있었다. 큰 문에는 굵은 자물쇠가 채워져 있었다. 경비 시스템이나 CCTV는 없었다. 이런 조용한 곳에 그런 걸 장치하면 오히려 도둑들의 시선을 끌게 마련이다.

기환은 좁은 골목길을 따라가다 끝에서 왼편으로 꺾었다. 창고 뒷문이 나왔다. 사방이 벽으로 둘러싸여 있어서 불빛이 밖으로 새어 나가지 않는 곳이었다. 작업하기에는 안성맞춤이었다. 문은 자물쇠가 채워져 있진 않았지만 굳게 닫혀 있었다.

그는 문에 촛농이나 테이프 따위로 봉인해 놓지 않았는지 꼼꼼하게 확인했다. 봉인이 없다는 판단이 들자 열쇠를 따기 시작했다. 주변이 워낙 조용해서 소리를 내지 않으려고 무척 신경 썼다.

문은 낡긴 했지만 최근에도 사용한 곳답게 소음은 나지 않았다. 가로, 세로 7미터 정도의 창고에는 낡은 드럼통 네 개와 공구 상자가 전부였다. 아무것도 없을 것이라고 예상하긴 했지만 너무 썰렁했다. 실망스러웠지만 그는 창고 내부를 샅샅이 뒤졌다. 운이 좋으면 실수로 흘린 단서를 찾을지도 모른다.

역시 보통 놈들이 아니야. 기환은 창고를 나서며 생각했다. 청소까지 깨끗하게 마쳤고 쓰레기통도 깨끗하게 비워져 있었다. 창고에는 종이쪽지 하나 남아 있지 않았다.

그는 호텔로 돌아갔다. 샤워하고 침대에 누웠다. 피곤했지만 잠이 오지 않았다. 시차 때문은 아니었다. 호주는 멀리 떨어져 있긴 하지만 한국과는 시차가 한 시간밖에 나지 않는다.

혹시 잘못 판단한 건 아닐까? 수진의 추측은 분명 합당해 보였지만 증거는 하나도 없었다. 아냐. 그는 고개를 저었다. 호주 역시 이라크에 병력을 파견한 국가 중 하나다. 미국, 영국, 스페인은 이미 직접적인 보복을 당했다. 한국 역시 테러 시도가 있었다. 이런 상황이라면 호주에서 테러가 발생할 가능성이 높다고 봐야 한다. 또한 이곳은 이미 테러가 발생한 국가보다는 상대적으로 보안이 허술하다. 테러범이 이런 기막힌 먹잇감을 놓칠 리가 만무하다.

불현듯 알렉세이 영감의 불그스레한 얼굴이 떠올랐다. 헤어질 때 그가 한 말이 바로 앞에서 말하는 것처럼 생생하게 기억났다. 그는 얼마 전 러시아 마피아가 지구 반대편까지 무기, 그것도 중화기를 수송했다고 말했다. 그 반대편은 이곳 호주가 틀림없다. 테러범들은 엄청난 양의 사제 폭탄을 제조함은 물론 러시아 마피아를 통해 중화기까지 구입했다.

이건 단순한 폭탄 테러가 아니다. 폭탄 테러범은 중무장하지 않는다. 중화기에 폭탄까지 사용할 정도면 엄청난 규모의 테러가 준비 중이라는 걸 뜻한다. 어쩌면 9.11을 뛰어넘는 사상 최악의 테러가 호주에서 발생할지도 모른다.

아무래도 잠자기는 글렀다. 그는 결국 불을 켜고 일어났다. 그는 시드니 시내와 인근 지역이 표시된 지도를 펼쳤다. 그리고 테러가 예상되는 지역을 모두 체크했다. 아무래도 시드니 인근의 루카스 하이츠 원자력 발전소가 공격 목표기 아닐까 하는 생각이 들었다.

물론 시드니 시내에서 테러가 발생할 가능성도 있다. 그러나 그가 테러범이라면 그런 평범한 목표물보다는 전 세계를 깜짝 놀라게 할 엄청난 걸 준비할 것이다. 선전과 공포는 테러의 가장 큰 목적이다. 거기에 가장 부합하는 게 바로 원자력 발전소에 대한 공격이다.

더구나 그가 알기론 이곳 발전소의 경비는 느슨했다. APEC 때문에 국내 원자력 발전소의 경비를 체크할 일이 있었다. 다른 나라의 경우와 비교해야 했기에 전 세계 원자력 발전소의 경비 상태에 대해 자세히 조사했다. 당시 조사 결과에 따르면, 실력 있는 테러범이라면 루카스 하이츠에 대한 테러가 충분히 가능해 보였다.

차라리 발전소 근처에서 잠복할까? 기환은 떠오르는 해를 보며 생각했다. 그는 곧 고개를 저었다. 보안이 느슨하다고 해도 원자력 발전소 근처에 장시간 주차하면 틀림없이 검문당할 것이다.

소지한 여권은 그의 것이 아니다. 몰래 구한 위조 여권을 사용 중이다. 호주 경찰이 위조 여권임을 알아낼지도 모른다. 그런 위험은 피해야 한다. 시작도 하기 전에 강제 출국당하지 않으려면.

지금쯤 CTA와 국정원 모두 그를 찾으려고 혈안이 되어 있을 것이다. 상부의 명령을 무시하고 해외로 출국한 스파이를 그냥 놔두는 정보기관은 이 세상에 존재하지 않는다. 이런 상황에서 한국에 돌아가면 두 번 다시 한국 땅을 벗어나지 못할 것이다.

11

"할 수 있겠니?"

톰은 소년의 맑은 눈망울을 보며 말했다. 커다란 검은색 눈동자를 보고 있으니 소년이 이런 일을 맡기에는 너무 어리다는 죄책감을 떨칠 수 없었다. 죽을 만큼 괴로웠다.

"걱정 마세요. 저도 남자예요. 그리고 전 아버지를 죽게 한 자를 결코 살려두고 싶지 않아요."

소년은 가슴을 내밀며 말했다. 아직 앙상한 가슴인데도.

"잘 들어. 복수는 우리가 한다. 넌 단지 우리를 그자에게 안내해주면 되는 거야. 명심해라. 절대 위험한 행동을 해서는 안 된다. 이럴 게 아니라 아버지의 이름을 걸고 약속해라. 절대 함부로 나서지 않겠다고."

"좋아요."

소년은 잠시 망설이다 대답했다.

"아버지의 이름을 걸고 약속합니다. 절대 섣불리 나서지 않겠습니다."

"아버지는 널 정말 사랑했단다. 네가 위험해지면 무덤에서 벌떡 일어나 나를 죽이러 올 거다."

톰은 소년의 머리를 쓰다듬으며 말했다.

"제가 원한 거예요. 그리고 전 아저씨를 믿어요."

그는 소년에게 작전에 대해 상세하게 설명했다. 사실 작전은 간단했다. CIA 대신 소년이 베타를 찾는 것이다. 얼핏 이상하게 보이지만 이것 이상 가는 방법은 없다. 소년의 아버지는 실종 상태다. 그래서 소년은 아버지가 실종되기 전 만난 사람들을 모두 찾아다닌다. 주위 사람들은 그런 소년을 성심성의껏 도와줄 것이다. 더구나 소년과 베타는 친척 사이다. 그런 상태에서 베타와 연결되지 않으면 그게 더 이상했다.

가장 좋은 건 누구도 소년을 의심하지 않을 것이라는 점이다. 자식이 부모의 실종을 조사하는 걸 의심할 사람은 없다. 오히려 무관심한 게 수상하게 보일 것이다.

"우선 이 사람들에게 연락하거라. 그들은 베타와 바로 연결되지는 않지만 베타에게 가는 징검다리가 되어줄 것이다."

톰은 몇 사람의 이름이 적힌 서류를 소년에게 건넸다. 그들은 오마르와 친했고 베타와도 연결고리를 가지고 있는 사람들이다.

"명심해라. 이들을 통해 베타에게 바로 접근하려고 하면 안 된다. 일부러 에둘러 가야 할 때가 있는 법이다. 넌 자신이 아주 똑똑하다고 생각하겠지만 어른들이, 아니, 눈치 빠른 그들이 보기엔 넌 아직 애송이일 뿐이다. 베타에게 곧바로 접근하면 아무리 어린애라고 해도 당장 의심할 거다."

"걱정 마세요. 전 바보가 아니에요."

톰은 정말 그렇다고 생각했다. 소년은 영리했고 눈치도 빨랐다. 하지만 아무런 훈련을 받지 못한 아마추어일 뿐이다. 물론 훈련을 받는다면 훌륭한 스파이가 될 자질이 엿보였지만 그건 모든 훈련을 마쳤을 때의 얘기다.

무엇보다 소년이 보였던 분노가 마음에 걸렸다. 다 끝난 줄 알았는데. 원수가 뻔히 눈을 뜨고 살아 있다면? 누구라도 소년만큼 분노했을 것이다.

"우리가 널 지켜주긴 하겠지만 위험한 일을 겪을 가능성을 무시할 수 없다. 그들은 굉장히 조심스럽다. 그런 자들을 속이려면 아주 멀리서 지켜볼 수밖에 없는 상황이 자주 발생할 거야. 그나저나… 어머니한테는 뭐라고 얘기했니?"

"아버지를 찾으러 간다는 편지만 남기고 집을 나왔어요. 다른 말은 일체 하지 않았어요. 동생들한테도요. 아버지 산소에 갈 때도 아버지를 찾으러 간다고 했으니 의심할 리는 없어요. 모든 사람들이 내가 아버지를 찾으러 다닌다고 생각할 거예요."

역시 영리한 아이다. 하지만 오마르에게 죄를 짓고 있다는 이 엿같은 기분은 도무지 가시지 않았다. 톰은 소년의 머리를 쓰다듬었다.

"연락은 가능한 자제하도록 해라. 그게 너의 안전을 지키는 데 가장 중요한 요소다. 불안하더라도 우리를 믿고 연락을 자제해야 한다. 다만 표적이 있는 곳을 알게 되면 최대한 빨리 연락하도록 해라. 우리가 모든 준비를 해놓도록 하겠다. 그는 굉장히 조심스럽고 의심이 많으며 극도로 위험한 인물이다. 그렇게 상대를 완벽하게 속이는 자는 머리털 나고 처음 봤다. 그런 사람을 속이는 건 나 같은 사람도 힘들다. 무슨 말인지 알겠니? 네가 직접 그자를 만나서는 안 된다는 말이다. 그는 네 거짓말을 금방 꿰뚫어 볼 거다."

"걱정 마세요."

소년은 양손을 힘껏 쥐며 말했다.

12

시드니는 서울과 달리 밤이 되면 고요해진다. 가게는 5시면 문을 닫고, 10시 정도 되면 인적이 끊긴다. 가뜩이나 지루한 잠복 시간이 한국보다 몇 배는 더 천천히 흘렀지만 움직이는 사람이나 차량을 관찰하는 건 아주 쉬웠다. 기환을 괴롭히는 건 졸음과 일교차뿐이었다.

그는 하루에 사계절이 있다는 말이 거짓이 아님을 몸소 체험하는 중이었다. 결국 감기가 걸리고 말았다. 감기약을 먹고 푹 쉬면 금방 나을 텐데 밤낮을 바꿔서 생활하니 갈수록 악화되기만 했다.

오늘 아침에는 한국 소주에 고춧가루를 구해 한 컵 마시고 잤는데 이게 상황을 최악으로 몰고 갔다. 재채기가 끊이지 않았고 몸살 기운에 사정없이 떨었다. 날씨까지 그를 괴롭혔다. 빗발이 가볍게 날리는 꾸물꾸물하고 쌀쌀한 저녁이었다.

따뜻한 죽을 먹고 푹 자면 금방 나을 텐데. 아내의 정성이 담긴 죽 한 그릇이 간절했다. 아니, 누군가의 사랑이 그리웠다. 당장 수진에게 전화를 걸고 싶었다. 그녀와 통화하면 힘이 날 것 같았다. 그렇지만 참아야 한다. 그녀와 통화했다가는 그가 어디 있는지 바로 알려질 것이다. 수진과는 익명 이메일로 간단한 소식을 전하는 게 전부였다.

식은 커피도 어느새 다 마셨다. 그는 MP3 플레이어로 음악을 들으며 장단에 맞춰 핸들을 두드렸다. 마이클 잭슨의 스릴러는 언제

들어도 사람을 흥분시킨다. 이런 지루한 잠복에는 커피와 더불어 스릴러 앨범만 한 동료도 없다.

빌리진을 따라 부르던 기환은 만세를 외칠 뻔했다. 누군가 창고 앞에 차를 세웠다. 건장한 남자가 차에서 내리더니 창고 문을 열고 들어갔다. 분명 아랍인이다.

남자는 금방 나왔다. 그의 손에는 공구 상자가 들려 있었다. 그는 트렁크에 공구 상자를 싣고 조용히 출발했다. 기환은 그 뒤를 따랐다. 30분쯤 달리자 비가 그쳤다. 차가 시드니 외곽으로 빠지자 높은 건물은 하나도 보이지 않았다. 대부분 3층 이하의 낮은 건물뿐이었다.

언제부턴가 주변에 건물이 보이지 않았다. 혹시나 해서 오프로드 차량을 빌리길 잘했다고 생각했다. 비포장도로가 나타났다. 그는 차를 세우고 지도를 펼쳤다. 이 길은 농장과 연결되어 있다. 농장에서 도로로 나오는 길은 이 길뿐이다.

그는 더 이상 추적하지 않았다. 이대로 계속 따라가면 상대가 눈치챌 것 같았다. 어차피 외길이다. 혹시나 해서 도로 입구에서 한 시간 정도 기다렸다. 오가는 차량은 한 대도 없었다. 목적지는 알았다. 아무리 오프로드 차량이라도 없는 길을 만들면서 다른 곳으로 가지는 않았을 것이다.

그는 시드니로 돌아가 목장에 대해 자세하게 조사하고 차량도 바꿔야겠다고 생각했다. 이런 곳에서 같은 차량이 이틀이나 눈에 띈다면 바보라도 눈치챌 것이다.

그는 차를 돌려 비포장도로를 벗어났다. 이제 거의 다 왔어. 희열 때문인지 몸살도 다 나은 것 같았다.

13

처음에는 매일같이 오던 보위부 요원이 일주일이 지나도록 NKCELL을 찾지 않았다. 그가 중국으로 장기간 출장 갔다는 소문이 들려왔다. 몸은 이미 만신창이가 됐지만 천만다행이었다.

하지만 이곳의 일상 자체가 지옥이었다. 잠들만 하면 깨웠다. 그리고는 복도에 꼼짝 않고 앉아 있도록 했다. 고개만 조금 움직여도 바로 몽둥이가 날아왔다. 나중에 일어서라고 하면 다리가 굳고 머리가 어지러워서 열 번은 넘게 쓰러지고 나서야 일어날 수 있었다. 물론 그 와중에도 몽둥이는 쉬지 않고 날아왔다.

간수들은 물도 제대로 주지 않았다. 제발 물을 달라고 애원하면 녀석들은 변기 안에 있는 물을 마시라며 구박했다. 할 수 없이 오줌을 받아 마셨는데 이것도 오래잖아 말라 버렸다. 그 상태로 하루가 더 지났을 때 그는 변기 속의 물을 마셨다.

이런 상황에서 하루 종일 먹는 음식이라곤 멀건 죽 한 그릇이 전부였다. 그나마 수시로 찾아오는 구토와 설사 때문에 먹는 족족 몸 밖으로 빠져나갔다. 죽음이 머지않았다는 걸 본능적으로 깨달았다. 그는 어서 그날이 오기를 바랐다. 이런 생지옥보다는 죽음이 한결 편해 보였다.

마지막으로 한 가지 소원을 들어준다면 태양을 다시 볼 수 있었으면 했다. 빛이라고는 전혀 들어오지 않는, 창문 하나 없는 감방에 갇혀 있다 보니 햇살이 그렇게 그리울 수가 없었다. 퀴퀴한 곰팡이 냄새와 배설물 냄새가 아니라 향긋한 꽃향기와 부드러운 햇살을 만끽할 수 있다면.

간절한 희망이 뇌를 속였다. 갑자기 세상이 하얗게 변했다. 그는 꽃이 만발한 따스한 정원 한가운데에 서 있었다. 꽃냄새를 좇아 곤충들이 날아들었다. 황홀했다. 하지만 잠시 피어올랐던 희망의 불씨는 곧 꺼져 버렸다. 정신을 차리자 여전히 어둠이 그를 집어삼키고 있었다.

하루빨리 눈을 가리고 발목에 족쇄를 채워주기를 바랐다. 그건 처형을 의미했기 때문이다.

NKCELL은 사흘째 아무것도 먹지 못했다. 먹는 족족 바로 토해 버렸다. 말 그대로 겨우 숨만 쉬는 상태였다. 간수들은 언제 시체를 치워야 할지 몰라 수시로 그의 상태를 확인했다. 그때마다 얼마 남지 않았다고 공공연하게 떠들어댔다. 아이러니하게도 그에게는 죽음이 희망이었다. 생을 마감함으로써 이 모든 고통이 사라지는 것이다.

햇볕이 없는 곳에 오래 감금되면 토막잠을 자게 된다. 몇 분 자고 몇 시간 깨어 있기를 반복하게 된다. 깜빡 꿈나라에 들었던 NKCELL은 누군가가 어깨를 잡아당기는 걸 느끼며 잠을 깼다. 그는 누운 자세 그대로 독방에서 꺼내졌다. 뼈만 남은 앙상한 그의 몸이 복도로 나오자 건장한 남자 둘이 양쪽에서 그의 팔을 꼈다. 반항하고 싶은 마음도 그럴 힘도 없었다.

이제 드디어 그때가 온 건가? 그는 처형을 직감했다. 순간적으로 공포가 일었다. 생물이 가지고 있는 본능이었다. 그동안 수없이 죽음에 직면해 왔고 절대 이것에 굴복하지 말라고 교육받았다. 그러나 눈이 세 개가 될 수 없는 것처럼 애초에 불가능한 일이었다.

하지만 감옥에서의 일상에서 그는 죽음을 동료로 인정하는 법을 배웠다. 죽음은 적이 아니다. 항상 그의 곁에 머물고 있다. 어느 누구도 그것을 피할 수 없다는 당연한 진리를 깨달았다.

고통도 증오도 모두 집착일 뿐이다. 죽어서 한 줌의 재가 된다면, 바람이 나를 자유롭게 하리라. 그러면 내 영혼도 비로소 안식을 취하리니.

누구보다 최선을 다해 살아왔다고 자부하기에 지나온 삶이 후회스럽지도 않았다. 그는 담담히 죽음을 받아들였다.

이상했다. 안대도 족쇄도 채우지 않았다. 더구나 그를 끌고 간다기보다는 부축한다는 느낌이 들었다. 마지막이라서, 더구나 반항할 힘이 없는 상대라서 배려해 주는 모양이라고 생각했다.

그는 독방에 갇힌 이후 처음으로 건물을 빠져나왔다. 처음 이 건물에 들어설 때 죽기 전에는 나오기 힘들 것이라고 예감했다. 역시 자신의 직감이 정확했다고 생각했다.

앞서 걷던 남자가 힘겹게 녹슨 문을 열었다. 그는 자신도 모르게 오른손을 뻗어 햇살을 가렸다. 그토록 보고 싶던 햇살이었지만 눈을 너무 부시게 했다.

곧 그는 부드럽게 몸을 감싸는 햇살의 포근함 속에 새소리를 들었다. 눈도 서서히 빛에 적응되어 갔다. 처음 이 감옥을 봤을 때는 정말 형편없는 곳이라고 느꼈는데 지금은 달랐다. 찬란한 햇살과 파란 하늘을 배경으로 자유롭게 떠다니는 구름, 새소리, 화려한 꽃들과 나무, 모든 것이 굉장했다.

넋을 놓고 있는데 왼팔이 뜨끔했다. 그는 왼쪽으로 고개를 돌렸다. 처음 보는 남자가 주사를 놓고 있었다. 그는 곧바로 의식을 잃었다.

14

톰은 가만히 앉아 있지 못했다. 그는 쉬지 않고 들썩였다. 옆에 있는 사람이 불안할 정도였다. 보다 못한 마틴이 그의 어깨를 잡으며 말했다.

"진정해. 우리가 할 수 있는 건 하나도 없어."

"이건 너무 위험합니다."

"당사자가 동의한 일이야. 다 잘될 테니 너무 걱정 마."

"아무리 그렇다고 해도… 더구나 이런 식의 준비되지 않은 합농 작전은 너무 많은 위험을 내포하고 있습니다."

톰은 목소리를 낮춰 말했다.

작전용 밴에는 그들뿐만 아니라 파키스탄 정보국(ISI) 요원들이 있다. 그들을 무시하려고 꺼낸 말은 아니지만 결코 듣기 좋은 말은 아니었다.

소년은 기대 이상으로 선전했다. 그는 노골적이지 않게 베타의 흔적을 좇았다. 서너 군데를 거치자 아주 자연스럽게 베타의 측근까지 연결됐다. 실종된 아버지를 찾겠다는 애틋한 사연과 소년의 뛰어난 연기력에 감복해서 많은 사람이 발 벗고 나선 결과였다.

베타는 소년의 만나자는 요청에 흔쾌히 응했다. 그런데 접선 장소가 문제였다. 베타는 소년에게 파키스탄 북서부 페샤와르로 와줄 것을 요구했다.

이곳은 파슈툰 민족이 모여 사는 자치 지구다. 아프가니스탄과 마주하고 있는 국경도시로 탈레반의 해방구라고 불리는 곳이다. 탈레반의 대부분이 파슈툰 족일 정도로 이들은 탈레반의 강력한 지지 세력이다. 빈 라덴이 이곳에 은거하고 있다는 소문이 돌 정도다. 더구나 이들은 빵보다 총을 먼저 산다고 할 정도로 호전적이다.

할 수 없이 마틴은 ISI에 도움을 요청했다. ISI는 베타에 지대한 관심을 보였다. 그들은 전폭적인 지원을 아끼지 않았다. 대신 베타를 파키스탄에서 심문하고, CIA의 심문이 끝나면 바로 ISI에 인계한다는 조건을 걸었다. 거부할 이유도 명분도 없었다.

ISI는 그간 CIA와 많은 일을 해왔다. 하지만 톰은 ISI를 그다지 신뢰하지 않았다. 그들 내부에 알 카에다나 탈레반에 포섭된 두더지가 있다고 추측했기 때문이다. 그래서 마틴이 ISI를 끌어들이려고 했을 때 강하게 반대했다. 테러범들이 덫을 쳐놓고 기다린다면 이쪽이 전멸당할지도 모른다. 그러나 ISI의 도움 없이 페샤와르로 갈 순 없었다. 그건 맨손으로 호랑이 굴에 들어가는 것이나 마찬가지였다.

소년은 페샤와르의 한 호텔에서 베타의 연락을 기다렸다. 이틀이 지났을 때, 그의 방문 틈 사이로 쪽지가 전달됐다. 베타는 인근의 스와트에서 기다리겠다고 했다. 스와트는 페샤와르에서 자동차로 두 시간 거리에 있는 파키스탄을 대표하는 관광지다. 하지만 지금은 페샤와르보다 훨씬 위험한 곳이다.

가장 꺼림칙한 건 소년을 끝까지 미끼로 써야 한다는 것이다. 베타는 소년을 확인해야만 모습을 드러낼 것이기 때문이다. 톰은 끝까지 만류했지만 소년은 굽히지 않았다. 방탄복을 입히긴 했지만 불안했다. 적의 앞마당에서 작전하는 것만으로는 부족해서 목숨까지 담보로 잡다니.

사실 이것보다 몇 배나 위험한 작전도 성공적으로 수행했었다. ISI의 작전계획은 문제가 없었고 지원도 충분했다. 이번 작전을 위해 20명이 넘는 정예요원과 최신 장비가 준비되어 있다. 다 잘될 거야. 톰은 자신에게 주문을 걸었다.

스와트는 이름난 관광지다웠다. 조용한데다 공기는 숨을 뱉기가 아까울 정도로 깨끗했다. 눈 덮인 뾰족한 산봉우리 아래로 날카롭게 미끄러진 능선을 따라 울창한 수풀이 펼쳐져 있었다. 이곳에 오자 톰의 지긋지긋한 두통도 씻은 듯이 가셨다.

소년은 늦은 오후 붐비는 인파를 뚫고 시장으로 향했다. 그의 뒤를 ISI 요원들이 따랐다. 징에 요원답게 그들은 아주 자연스럽게 행동했다. 여느 시장이 그렇듯 이곳도 발 디딜 틈 없이 번잡했다. 수많은 사람 사이로 낡은 수레와 형형색색의 버스, 승용차, 오토바이, 자전거들이 뒤엉켰다. 창문을 닫았는데도 특유의 냄새가 밴 안으로 거침없이 흘러들어 왔다. 길가의 화덕에서 굽고 있는 양고기 냄새, 향신료, 염소 치즈 냄새가 코를 간질였다.

톰과 마틴은 이곳에 들어올 때부터 밴에서 한 발짝도 나가지 못했다. 그게 ISI가 베풀어줄 수 있는 최대한의 호의였다. 백인인 그들이 이런 곳에 나타나면 의심 많은 베타가 절대 모습을 드러내지 않을 것이기 때문이다.

톰이 탄 밴은 소년과 세 블록 정도 떨어져 있었다. 밴에는 작전을 총지휘하는 아마드가 타고 있었다. 톰과 마틴은 옵저버 역할을 맡았다. 아마드 외에 두 명의 통신 전문가가 같이 타고 있었다. 그들은 요원들의 원활한 통신과 도청 임무를 맡고 있었다.

미행을 담당한 ISI 요원에게는 카메라가 장착된 특수 안경이 지급되었다. 카메라가 촬영한 영상은 실시간으로 전송되었다. 사람들 사이로 소년의 모습이 보였다. 그는 아주 태연하게 걸었다. 정말 타고난 요원이라는 생각이 들 정도였다.

조금만 더 힘을 내. 긴장하면 안 돼. 소년보다는 톰이 긴장했다.

"누가 휴대폰을 건네고 갔습니다."

아마드가 말했다.

"휴대폰을 도청할 수 있나요?"

톰은 화면을 뚫어져라 쳐다보며 질문했다.

"가능할 것 같습니다."

통신을 담당한 비랄이 대답했다.

화면에는 휴대폰을 건넨 남자 뒤를 따르는 요원 두 명의 모습이 보였다. 잠시 시야에서 소년이 사라지자 불안감이 엄습했다. 곧 화면은 소년을 비췄다. 톰은 휴 하고 한숨을 내쉬었다.

"전화가 왔습니다."

아마드는 흥분된 목소리로 말했다.

통화 내용은 간단했다. 골목길을 쭉 따라오다가 처음 만나는 골목 안으로 들어오라는 것이었다. 소년은 지시 사항을 정확하게 이행했다. 하지만 몇 분이 지나도 그에게 접근하는 사람은 없었다.

"녀석들은 지금 미행이 있는지 확인하려는 겁니다. 미행 중인 차량과 요원들을 그냥 지나가게 하세요. 그리고 대기하던 요원들을 보내세요."

톰은 아마드의 어깨를 잡으며 말했다.

곧 화면이 바뀌었다. 대기하던 요원이 촬영한 화면이 전송됐다. 그는 골목을 걸어가며 촬영 중이었다. 조금 있으니 소년이 화면에 잡혔다. 그는 누군가를 기다리는 듯 골목길을 서성였다. 전혀 불안해하는 표정은 아니었다.

정말 잘하고 있어. 조금만 더 참아. 이쪽을 자꾸 쳐다보면 안 돼. 톰은 자신의 마음이 소년에게 전달되었으면 하고 생각했다.

5분쯤 지나자 전화벨이 울렸다. 골목을 나와 처음에 가던 길을 따라 계속 걸으면 사거리가 나온다. 그곳에 큰 식당이 있다. 그 식당 앞에 서 있으라는 주문이었다.

역시 조심스러운 놈들이다. 소년을 만나는데 이런 번거로운 확인 절차를 거치다니. 하지만 아직 미행을 눈치채지 못한 게 분명했다.

이세 서의 나 왔어. 조금만 참아. 톰의 손에는 땀이 잔뜩 배있다.

"발신자 위치를 찾을 수 있습니까?"

마틴이 질문했다.

"이 근처인 건 확실한데 계속 이동 중으로 나옵니다. 아마 차나 오토바이를 타고 이동하면서 전화를 거는 것 같습니다."

비랄이 대답했다.

"요원들에게 차나 오토바이를 탄 사람 중에 핸드폰으로 통화하는 사람을 주의 깊게 살피라고 하세요."

"안 그래도 그럴 생각이었습니다."

아마드가 말했다.

곧 요원들의 보고가 쏟아져 들어왔다. 운전 중에 통화하는 사람은 한둘이 아니었다. 그들을 모두 감시할 수는 없었다. 그래서 다시 소년에게 이목이 집중됐다.

갑자기 소년이 멈춰 섰다. 식당에 도착하려면 50미터는 더 가야 한다. 톰은 등골이 오싹했다. 뭐가 잘못된 건가?

"누군가 소년에게 말을 걸고 있습니다."

아마드가 말했다.

사람들이 많은 곳이라 상대의 얼굴이 잘 보이지 않았다. 그때 소년이 오른손을 들어 머리를 세 번 긁었다. 그는 팔을 내렸다가 다시 반복했다.

"목표입니다."

톰이 외쳤다.

"목표 발견. 목표 발견. 모든 요원은 목표를 잡아라."

아마드가 다급하게 외쳤다.

"함부로 발포하지 말라고 하세요."

톰은 핏대를 세우며 말했다.

하지만 아마드는 그의 말을 들을 여유가 없었다. 그가 감당하기에 벅찬 엄청나게 많은 메시지가 쏟아져 들어왔다.

화면이 심하게 흔들렸다. 촬영 중인 요원이 달리고 있었다. 사거리 쪽에서 달려온 오토바이가 요원의 10미터 전방에서 멈췄다. 뒷자리에 타고 있던 남자가 품에서 권총을 빼 들었다. 총성이 사방에서 울려 퍼졌고 사람들의 비명과 고함 소리가 오후의 평화를 깨뜨렸다.

답답했다. 총성에 놀란 사람들이 사방에서 마구 뛰쳐나오는 바람에 현장의 모습을 전혀 확인할 수 없었다. 톰은 소년의 안위가 걱정돼서 미칠 지경이었다. 차는 현장으로 향하고 있었지만 총격전이 벌어진 곳에서 해일처럼 쏟아진 인파 때문에 길이 막혀 버렸다. 밴에서 뛰어내리려는 톰을 마틴이 제지했다.

"안 돼! 이런 상황에서 백인이 모습을 드러내는 건 제발 날 쏴달라는 짓이야. 어차피 지금 가봐야 늦어. 곧 현장 상황이 파악될 거야. 답답하겠지만 제발 참고 기다려."

"우리 요원들이 잘 처리하고 있습니다. 조금만 참으세요."

아마드까지 거들었다.

마틴의 말처럼 현장은 곧 정리됐다. 카메라가 현장을 비췄다. 소년은 무사했다. 다행이었다. 톰은 신에게 감사를 표시했다. 그런데……

"이런 젠장. 앰뷸런스 불러! 어서!"

아마드가 발작적으로 외쳤다.

베타는 가슴에 누 군데나 총상을 입고 바닥에 쓰러져 있었다. 그의 옷은 이미 피로 흠뻑 젖은 상태였다.

15

기환은 목장을 조사하기 위해 가장 큰 부동산 회사를 찾았다. 한국에서 온 투자자라고 자신을 소개하자 다들 구세주를 만난 얼굴로 맞아주었다. 그는 목장에 투자하고 싶다며 해당 목장은 물론 인근의 모든 목장에 대해 질문했다.

정보가 쏟아져 나왔다. 예상했던 대로 해당 목장은 백인이 임대했다. 기환은 임대인의 이름을 기억했다. 조사해 보지 않아도 그에 대한 정보는 가짜임이 분명했지만. 목장은 작년 말에 임대됐다. 좋지 않다. 그동안 많은 준비를 해놓았음이 분명하다. 주변 사람들을 탐문하고 싶었지만 목장의 규모는 방대했다. 폭탄을 제조하다 발생하는 가벼운 폭발 사고는 눈치채기 힘들 정도였다. 그래서 그곳을 빌렸을 것이다. 그들은 점심을 같이하자고 제안했지만 기환은 약속이 있다며 그들의 초대를 정중하게 거절했다. 괜히 바쁘게 보일수록 있어 보이는 법이다.

차에 시동을 거는데 괜히 소음이 거슬렸다. 목장에 직접 가보지는 않았지만 그곳도 여느 목장처럼 조용할 것이다. 그런 곳에 차로 접근하면 당장 발각될 것이다. 아무래도 트레일 바이크를 타고 조용히 접근하는 게 나을 것 같았다. 그는 렌터카 회사에 차를 바꾸러 갔다가 직원에게 트레일 바이크 가게를 추천받았다.

바이크 가게는 렌터카 회사에서 그리 멀지 않았다. 가게 직원은 굉장히 친절했다. 그는 여러 바이크를 보여주며 각각의 제품에 대해 아주 상세하게 설명했다. 기환은 직원이 적극적으로 추천한 가볍고 튼튼한 바이크를 구입했다. 이외에도 여행객으로 위장하기 위해 텐트와 취사도구들을 구입했다. 덕분에 쉴 시간이 부족했다.

그는 출발하기 전 죽음과도 같은 세 시간의 수면을 취했다. 깼을 때는 온몸이 땀에 흠뻑 젖어 있었다. 몸은 여전히 오슬오슬 떨렸다. 옷을 따뜻하게 챙겨 입는 것 외에는 방법이 없었다.

시내를 벗어나자 도로는 텅 비었다. 복잡한 대도시에서만 살아서 그런지 이런 고요함이 거북하게 느껴졌다. 어느 순간부터 라디오는 어떤 주파수를 틀어도 잡음만 쏟아냈다. 조금 있으니 핸드폰도 터지지 않았다.

목적지에 도착했을 때는 사방이 어둠에 잠겨 있었다. 지형을 외워두긴 했지만 마지막으로 지도를 꼼꼼하게 살폈다. 차를 눈에 잘 띄지 않는 곳에 숨기고 트레일 바이크와 야영 장비를 챙겼다. 오늘은 비가 내리지 않았다. 덕분에 길은 질퍽거리지 않았다. 비포장도로지만 대부분 평지인데다 도로 상태도 나쁘지 않았다. 그를 스치는 밤바람은 차갑지도 덥지도 않았다. 전혀 힘들지 않다면 거짓말이지만 몸 상태만 좋았다면 즐거운 여행이 됐을 것이다. 목장까지는 바이크로 50분 정도 걸렸다.

그는 언덕 밑에 멈췄다. 지도에 따르면 맞은편 언덕과는 900미터 정도 되는 곳이다. 수풀 사이에 바이크를 눕혔다. 그는 적외선 쌍안경을 챙겨 언덕 위로 올라갔다. 배를 깔고 엎드린 채 목장을 살폈다. 울타리는 그 끝이 보이지 않을 정도로 길었다. 건물은 대부분 맞은편 나지막한 언덕에 있었다. 사료를 저장하는 원탑 모양의 사일로가 두 개 있고 그 뒤편으로 축사가 확실해 보이는 커다란 건물이 있었다. 그곳을 중심으로 건물이 좌우로 띄엄띄엄 펼쳐져 있었다.

건물은 부동산 직원이 보여준 설계도면과 일치했다. 모두 일곱 채였고 따로 손본 곳도 없었다. 좀 더 접근하지 않으면 각각의 건물이 어떤 용도로 사용되는지 확인하기 힘들었다. 두 채는 숙소였지만 나머지 다섯 채는 창고나 마구간, 임시 숙소로 쓴다고 했다. 어느 건물에서 폭탄을 제조하는지 알려면 직접 가서 확인하는 방법밖에 없다.

그는 개가 있는지 확인했다. 초대받지 않은 방문객에게 녀석만큼 위협적인 존재도 없다. 젠장. 그는 인상을 구겼다. 예상은 했지만 목장에는 여러 마리의 개가 있었다. 잠시 망설였다. 여전히 조용했고 바람에 흔들리는 나뭇가지들은 어서 오라고 끊임없이 손짓했다.

기환은 바람 방향을 확인하며 걸었다. 지금으로서는 바람을 맞으면서 전진하는 것 외에 개들을 피할 방법이 없었다. 목장에는 많은 가축이 있었다. 소가 가장 많았지만 염소나 양, 닭, 커다란 말까지 있었다. 그는 조심스럽게 접근했다. 풀과 잔가지들이 그의 몸을 부드럽게 애무했다.

첫 번째 건물에 도착했다. 불빛이라곤 없었다. 문이 닫혀 있었지만 자물쇠로 채운 건 아니었다. 빗장이 걸려 있을 뿐이다. 아직까지 개들은 짖지 않았다. 그는 나무 뒤에 몸을 숨긴 채 인기척을 살폈다. 가축들이 내는 소리를 제외하면 그의 숨소리가 전부였다. 그래도 기다렸다.

주변에 아무도 없다는 확신이 들자 건물로 접근했다. 그의 그림자가 을씨년스럽게 따라붙었다. 대기가 깨끗해서 그런지 달이 너무 밝았다. 그는 이런 상황에 아무런 무기가 없다는 사실이 불안했다. 빗장에 손을 가져가는데 별안간 개가 짖었다. 한 녀석이 짖자 곧 해일처럼 번졌다. 가장 안 좋은 건 풀어놓은 개들이 있다는 점이었다. 젠장.

그는 뒤도 돌아보지 않고 도망쳤다. 사람 키 높이의 나무 울타리를 뛰어넘었다. 사다리처럼 발을 디딜 곳이 있어서 그렇게 어렵진 않았다. 고개를 돌려 뒤를 바라봤다. 다행히 개들은 높은 울타리를 뛰어넘지 못했다. 행운은 그게 끝이었다. 건물 두 채에 불이 들어왔다.

더 조심해야 했는데. 후회가 밀려왔다. 감기몸살 때문에 정신이 없었다.

기환은 바이크가 있는 곳으로 허겁지겁 달려갔다. 뒤편에서 시동 거는 소리가 연속해서 들려왔다. 개 짖는 소리도 점점 커졌다. 이러다 바이크에 도착하기 전에 잡힐 것 같았다. 그는 정신없이 달리다

돌부리에 걸려 넘어졌다. 달리던 관성 때문에 거의 3미터 가까이 날아갔다. 고통을 느낄 새도 없었다. 바로 뒤에서 개 짖는 소리와 엔진 소리가 들려왔다. 조사등은 그의 발밑을 훑고 지나갔다. 그는 벌떡 일어나 미친 듯이 달렸다. 마음이 급했다. 숨은 턱밑까지 차올랐다.

아직 죽을 때는 아니야. 난 살 수 있어. 하지만 엔진 소리가 아우성을 치며 굉음을 토했다. 당장에라도 그를 갈아버릴 것 같았다. 얼마 가지도 못했는데 나무뿌리에 걸려 넘어졌다. 다리가 풀려서 좀 전처럼 금방 일어날 수 없었다. 주변이 환해졌다. 이번에는 조사등이 그를 제대로 잡았다.

그가 몸을 일으켰을 땐 건장한 남자 두 명이 그에게 총부리를 겨누고 있었다. 수위에서는 개들이 당장에라도 불어뜯을 듯이 위협적으로 짖어댔다.

16

작전은 펜타곤에 침투한 중국 스파이에게 가짜 서류를 슬쩍 보게 하는 것으로 시작됐다. 서류를 가지고 있던 요원은 중국 스파이와 커피를 마시며 담소를 나눴다. 요원은 대화 도중 실수로 바지에 커피를 쏟았다. 그는 서류를 놔둔 채 화장실로 달려갔다. 서류에는 중국에서 활동 중인 CIA의 고급 스파이에 대한 단서가 있었다.

그날, 팻의 명령으로 펜타곤 요원 두 명이 비밀리에 중국을 방문했다. 그들은 베이징 근교에서 한 노인을 만나 몇 가지 물건을 주고받았다. 그들이 막 중국 땅을 벗어났을 때 중국정보국 요원들이 노인의 집에 들이닥쳤다. 노인은 총을 쏘며 저항했지만 그가 죽여야 할 상대는 그가 가진 탄환보다 훨씬 많았다. 중무장한 요원들이 방문을 부수고 돌입했을 때, 그는 자신을 향해 방아쇠를 당겼다.

방은 불타고 있었다. 요원들은 긴급히 화재를 진화했다. 서류는 다 불타 버렸지만 몇 가지 증거물이 발견되었다. 미국 스파이가 사용하는 독약과 총기, 도청 장비와 통신 장비가 발견되었다. 잘 타지 않는 물건이라 원형 그대로 보존되어 있었다.

미처 소각하지 못한 서류에서 그의 가족이 미국에 있다는 증거가 나왔다. 하지만 그들이 출국한 정보는 어디에도 없었다. 폭력 조직이 그들의 밀항을 돕지는 않았다. 더 강력한 힘이 작용한 게 틀림없다. 예를 들면 CIA. 가장 결정적인 증거는 노인의 비밀금고에서 발견된 유서였다.

중국정보국은 즉시 광범위한 조사에 착수했다. 그동안 중국의 정보를 빼내왔던 두더지가 그였다는 증거가 곳곳에서 포착됐다. 미국에 침투한 중국 두더지들은 각료 회의 자료에서 이에 대해 우려하는 내용을 확인했다.

그동안 그렇게 잡으려고 애썼던 '칭기즈칸'은 미국으로 탈출한 것이 아니라 중국에 남아 있었던 것이다. 중국 정보부원들은 지금이라도 '칭기즈칸'을 잡았다는 사실에 안도했다. 그들은 이를 감추기 위해 CIA가 죄 없는 전직 정보부원을 희생양으로 삼았다는 사실도 알게 됐다.

같은 시기 삼합회는 그야말로 날벼락을 맞았다. 승승장구하던 신생 조직들이 경찰의 강력한 단속에 와해될 지경에 이르렀다. 대만의 죽련방도 경찰의 단속에 전전긍긍했다. 아시아에 불어닥친 범죄

와의 전쟁은 야쿠자라고 피해 갈 수 없었다. 그들도 경찰에 쫓겼다. 한국의 조직 폭력배도 마찬가지였다. 마약과 총기 밀수에 관여해 왔던 조직의 보스들이 하나둘 검거되자 많은 사람이 환호했다.

팻은 신문을 보며 그가 소식을 보내오길 기다렸다. 들어줄 수 있는 그의 요구 사항들은 충실히 이행했다. 이제 그가 이쪽의 노력에 보답할 차례다.

팻은 다음날 오전 한 통의 편지를 받았다. 그가 보낸 것이었다. 내용은 너무나 충격적이었다. 당장 긴급회의가 소집됐고, 격렬한 토론은 그날로 끝나지 않았다. 다음날 새벽까지 이어진 마라톤 회의는 CIA에 엄청난 파장을 예고했다.

회의실을 나설 때, 팻은 환호했다. 이제 더 이상 CIA는 펜타곤의 직수가 되지 못한다. 그들의 만신창이가 된 몸을 시냉해 주던 나리 하나가 이제 잘려 나갈 것이기 때문이다.

17

소년의 손에 권총이 쥐어져 있었다. 발사한 흔적도 있었다. 소년은 바닥에 떨어진 권총을 주웠을 뿐이라고 항변했다. 톰은 소년이 베타를 죽였다고 생각했지만 더 이상 소년을 추궁하지 않았다.

인파가 많은 곳에서 순간적으로 발생한 돌발 상황이라 ISI 요원들은 누가 베타에게 총을 쏘았는지 확인하지 못했다. 짧지만 꽤 격렬한 총격전이 벌어졌다. 베타를 포함한 테러범 세 명이 현장에서 즉사했고, 여덟 명이 검거됐다. ISI 요원도 두 명이 사망하고 네 명이 부상당했다.

ISI는 작전 결과에 대해 아주 만족해했다. 비록 목표한 베타를 생포하지는 못했지만 그를 제거한데다 다수의 테러범을 검거하는 데 성공했기 때문이다.

톰과 마틴은 ISI의 도움을 얻어 생포한 테러범들을 심문했다. ISI 요원들은 테러범들을 아주 심하게 다뤘다. 차라리 관타나모로 이송해 달라는 요청이 쇄도할 정도였다. 그곳도 지옥이지만.

결국 그들은 입을 열었다. 예상했던 바이지만 그들은 피라미들이라 고급 정보를 가지고 있지는 않았다. 고급 정보는 베티만 알고 있었다.

허탈하고 안타까웠다. 베타가 죽음으로써 테러범을 찾을 모든 단서가 날아가 버리고 말았다. 이런 상황에서도 톰은 소년에게 화를 낼 수가 없었다. 마틴도 그 문제에 대해서는 철저히 침묵했다.

모든 걸 포기하고 랭글리로 돌아가려고 할 때, 한국에서 한 통의 전화가 걸려왔다. 전화를 걸어온 사람은 CTA에 근무하는 김 과장이었다. 톰과는 초면도 구면도 아닌 어정쩡한 관계였다. 한국에서 잡힌 테러범과 관련해서 얼마 전 통화한 게 전부였다.

하지만 마틴은 달랐다. 톰은 마틴의 인맥이 어디까지인지 그 끝을 알 수 없었다. 마틴은 그와 굉장히 친해 보였다. 전화상이지만 둘은 자연스럽게 농담을 주고받았다. 마틴의 부연 설명에 따르면 이전에 서너 번 같이 작업한 적이 있다고 했다.

김 과장이 말한 내용은 꽤 충격적이었다. 또 다른 테러가 있지 않을까 조사하던 CTA 요원이 호주에서 실종됐다고 했다. 톰은 묘한 운명을 느꼈다. 마틴도 그랬다. 실종된 요원은 한국에서 테러범을 잡은 바로 그 요원이었기 때문이다.

APEC이 코앞으로 다가왔다. 그래서 CTA는 요원의 실종까지 조사할 여력은 없다고 했다. 더구나 요원은 상부의 명령에 불복해 무단으로 출국했다고 한다. 김 과장은 마틴에게 요원이 조사하던 자료를 보내주며 대신 조사해 달라고 부탁했다. 마틴은 흔쾌히 응했다. 아무런 단서도 없는 것보다 설령 잘못된 정보라도 조사해야 하는 게 그들의 숙명이었다.

톰과 마틴은 김 과장이 보낸 자료를 꼼꼼히 검토했다. 그들은 이 자료가 꽤 신빙성 있다고 판단했다. 요원이 이를 토대로 수사한 방향도 정확했다고 결론 내렸다. 실종된 요원을 찾는 게 테러범을 색출하는 지름길이라는 확신이 들었다.

시드니의 햇살은 따가웠다. 계설이 반대인 남반구는 여름을 향해 달려가고 있었다. 톰은 정말 지긋지긋한 더위라고 생각했다. 올해는 유난히 더운 지역만 골라 다니는 것 같았다.

"그런데 정말 그 요원의 실종과 테러범이 관련되어 있을까요?"

톰이 질문했다. 그럴 가능성이 높다고 생각하지만 확실한 증거는 하나도 없었다.

"단순히 감일 뿐이지만 이상하게 그 요원과는 어떤 운명의 끈 같은 게 느껴져. 그 요원은 한국에서 테러범들을 검거하지 않았나? 우리가 아프리카를 들쑤시고 돌아다니는 동안 말이야. 이번에는 그를 직접 만날 것 같다는 예감이 들어. 물론 그가 아직 살아 있다면."

마틴은 선글라스를 고쳐 쓰며 말했다.

둘 다 요원이 아직 살아 있을 것이라고 생각하지는 않았다. 잔인한 테러범들이 이렇게 오랫동안 그를 살려둘 이유가 없었다.

"그래도 최대한 서둘러야죠. 테러가 임박한 눈친데."

"우리 둘이서 커버하기엔 호주는 너무 큰데."

확실한 정보가 아니었기에 별도의 지원은 없었다.

"어디서부터 시작할까요?"

톰은 답을 알고 있었지만 상관인 마틴을 예우했다.

"일단 렌터카 회사부터 들러보자고. 사람은 실종됐는데 차는 멀쩡히 돌아오다니. 분명 냄새가 나."

마틴은 실종된 요원이 사용한 위조 여권을 통해 그가 이디시 차를 빌렸는지 알아냈다. 놀랍게도 차는 반납되어 있었다.

렌터카 회사에서 그들은 더 확실한 정보를 얻었다. 차를 빌려 간 건 실종된 요원이었지만 반납한 건 아랍인이었다고 했다. 마틴은 당장 현지 요원을 불러들였다. 직원을 통해 몽타주를 작성하고 테러 용의자들과 비교하도록 지시했다. 직원이 곤란해하기에 차를 세 대나 빌렸다.

현지 요원에게 CTA 요원이 탄 차량을 조사하도록 했다. 차를 돌려받을 때 깨끗하게 세차되어 있었고, 그 상태에서 다시 세차했다고 한다. 그리고 좀 전까지 다른 사람이 사용하고 있었다. 차를 사용 중이던 사람에게 양해를 구한 다음, 빌린 차 중 한 대를 주고 사용 중인 차를 돌려받았다.

톰도 마틴도 차에서 결정적인 증거가 나오지는 않을 것이라고 생각했다. 차의 상태가 워낙 엉망이었다. 차를 사용하던 자는 오프로드 주행을 과도할 정도로 즐겼다.

그렇다고 단서가 전혀 없는 건 아니었다. 차를 빌려주었을 때와 받았을 때의 주행거리계 기록을 바탕으로 실종된 요원이 어디에서 실종됐을지 추측하는 작업을 시작했다. 그런데 광활하다고 표현해야 할 정도로 범위가 넓었다. 더구나 시내만 계속 주행했을지도 모른다. 뉴욕 같은 엄청난 대도시는 아니지만 시드니는 인구 4백만 명이 넘는 대도시다. 이곳을 뒤지는 것만 해도 손자가 결혼할 때쯤 끝날 것 같았다.

하늘은 스스로 돕는 자를 돕는다더니 뜻밖의 행운이 찾아왔다. 톰은 용의자로 의심되는 인물의 CCTV 사진을 확보했다. 차량을 돌려받은 시간대에 아랍인이 카메라에 찍힌 것이다. 장소는 렌터카 회사에서 5킬로 정도 떨어진 쇼핑몰이었다.

톰은 사진 확인을 위해 렌터카 회사를 다시 찾았다. 미리 전화를 했는데 해당 직원은 자리에 없었다.

"아! 전화하신 분이죠. 잠시만 기다리세요. 그 친구 화상실에 갔거든요. 어제 너무 과음하더니."

다른 직원이 자리에서 일어나며 말했다. 그는 무척 사교성이 좋았다. 냉커피도 건네주고, 오늘 새로 들어온 차라며 매장에 있는 차를 가리키며 설명했다.

"오프로드를 주행하는 데는 이 차가 최고예요. 힘이 끝내주죠. 그리고 특별히 이번 달에 한해서 이걸 빌리는 사람에게는 트레일 바이크까지 무료로 대여해 줍니다. 트레일 바이크가 힘들긴 한데 의외로 굉장히 재미있어요. 물론 안전 장비도 모두 공짜로 대여해 줍니다."

"트레일 바이크요?"

톰은 반문했다.

"한 번도 안 타보셨어요? 정말 재미있는데. 꼭 한번 타보세요. 며

칠 전 차를 빌린 그 동양인 남자도 트레일 바이크를 타려던 모양이
던데."

"무슨 말이죠? 자세히 설명해 주세요."

톰은 깜짝 놀라 반문했다.

직원의 증언을 바탕으로 그가 소개했다는 자전거점을 찾았다. 그
곳 직원은 실종된 요원을 자세하게 기억하고 있었다. 감기에 걸려
훌쩍이면서도 바이크를 타려는 초보한테 마음이 많이 쓰였다고 한
다. 요원은 자진거를 구입하며 여러 가지를 질문했고, 직원은 그의
질문에 최대한 성실하게 답변했다. 기억력이 무척 좋은 친구였다.
그는 CTA 요원의 질문 사항을 하나도 빠짐없이 기억하고 있었다.

톰과 마틴은 이 정보를 바탕으로 수색 지역을 다시 설정했다.

"일단 그가 시 외곽으로 빠진 건 확실해요. 자전거를 판 사람이
추측하기로는 이곳, 이곳이 가장 가능성이 높다고 하는데 내가 봐
도 그래요."

톰은 지도를 가리키며 말했다.

"그러니까 차로 접근하면 들킬 위험이 많으니까 차를 세워두고
조용한 자전거를 타고 접근했단 말이지?"

"네. 저 같아도 그렇게 했을 겁니다. 그런 식으로 접근하면 들킬
위험이 거의 없거든요."

"그래도 의심 가는 지역이 너무 넓은데."

마틴은 이마를 찡그리며 말했다. 그들이 수색해야 할 지역을 다
둘러보는 데만 일주일은 걸릴 것 같았다.

"일단 이곳들을 둘러보면서 최근 아랍인들을 목격하진 않았는지
질문하면 됩니다. 한두 명이 테러를 준비하진 않을 겁니다. 몰려

다니면 결국 사람들 눈에 띄게 되어 있습니다."

톰은 빙긋이 웃으며 말했다.

18

테러범들은 기환을 고문했지만 그는 절대 굴복하지 않았다. 그들은 여러 형태로 심문했다. 처음에는 그의 팔을 쇠사슬에 감아 천장에 매단 다음 구타하는 것부터 시작했다. 구타는 그가 기절하거나 그들이 질문할 때만 멈췄다. 그러다가 음식과 담배를 건네며 사실대로 말하면 바로 풀어주겠다고 유혹했다. 그들이 알고 싶은 내용은 오직 하나, 왜 이곳에 왔는가 하는 것이었다.

그는 끝까지 트레일 바이크를 타고 여행 중이었다고 주장했다. 적당한 곳에 차를 세운 후 트레일 바이크를 즐기며 야영할 계획이었다. 그런데 깜빡 잊고 먹을 걸 챙기지 않았다. 그래서 달걀이라도 구할까 싶어 접근한 것이라고 우겼다.

그들에게 정보를 주기도 싫었을 뿐 아니라, 그가 테러범을 추적 중이라는 사실을 알면 당장 죽일 것이다. 그것도 굉장히 고통스럽게. 물론 그에 대한 의심을 모두 떨친다고 해도 순순히 돌려보내진 않겠지만.

당연한 얘기지만 그들은 기환의 말을 전혀 믿지 않았다. 그들은 고문이 별 효과가 없자 감각차단술을 사용했다. 한낱 테러범이 감각차단술을 사용하다니. 녀석들이나 주변 인물 중에 관타나모에 감금됐던 자가 있음이 분명했다.

그는 지난 며칠간 어두운 지하실에 감금되어 있었다. 감각 차단은 극도의 지루함 속에 가두는 고문 방법이다. 그래서 정확하게 며칠이 지났는지 알 수 없었다. 시간은 너무 느리게 흘러간 반면 가파르게 그를 쫓아다닌 죽음이 이제 그의 턱밑까지 찾아왔다. 이가 다 빠진 주름투성이 노인에게서 풍기는 죽음의 악취가 그의 주변을 휘감고 있었다.

누군가가 그를 찾을지 모른다는 희망이 점점 약해졌다. 처음에는 수진이 어떻게든 그가 있는 곳을 찾아 상부에 보고할 것이라고 생각했다. 하지만 그는 상부에 들키지 않기 위해 상당히 조심스럽게 움직였다. 설령 그들이 손을 쓴다고 해도 시간 내에 그를 구출하기는 힘들어 보였다.

몸 상태는 이미 최악이었다. 고문이 시작된 이래로 체중이 급속도로 빠져서 가죽만 남은 피부 아래로 갈비뼈와 쇄골이 삐쭉 튀어나와 있었다. 뼈도 그다지 상태가 좋지 못했다. 무수한 구타의 후유증으로 갈비뼈의 경우 최소 서너 군데는 금이 간 것 같았다. 오른손 모든 손마디도 부러져 있었다. 손톱과 발톱은 이미 오래전에 빠져버렸다. 얼굴도 성할 리가 없었다. 코뼈는 진작 부러져 있었고, 성한 이빨이 거의 없었다. 그건 그래도 견딜 수 있었다.

소중한 그의 남성이……. 차마 남성을 확인할 용기가 나지 않았다. 정말 기적이 일어나 지금 당장 구출된다고 해도 그의 남성을 다시 살릴 순 없을 것 같았다.

그런 고통에 더해 지루함의 정도가 인내심의 한계를 넘었다. 온몸이 가라앉는 것 같고 지루해 미칠 지경이다. 빛도 소리도 모든 것이 차단된 상황은 고문보다 견디기 힘들다. 마치 조그만 잠수정을 타고 심해로 가라앉는 기분이다. 시간이 갈수록 수압이 점점 그를 짓누르며 한계 상황으로 몰고 갔다.

다음 10분은 어떻게 견디지? 다시 햇빛을 볼 수 있을까? 아니, 당장 내일이 오기는 할까? 머릿속에는 의문만이 가득했다.

이대로 굴복하긴 싫었다. 굴복은 곧 견디기 힘든 고통을 의미했기 때문이다. 어떻게든 긍정적인 생각을 떠올리며 지루함을 견뎌내야만 한다.

그는 연애 시절 아내와 찾았던 진해 벚꽃 축제를 기억해 냈다. 뜨겁게 불타올랐던 그날 밤으로 다시 돌아갔다. 그를 몇 번이나 절정으로 몰고 갔던 아내의 부드럽고 따뜻한 몸, 격렬한 움직임, 향수 냄새……. 수진과의 첫날밤도 기억났다. 식어가던 그의 열정에 다시 불을 당겼던, 그가 심장이 펄떡거리는 정열적인 생명체임을 상기시켜 줬던 그녀의 과감함과 신신함.

하지만 이번만큼은 대상을 잘못 선정했다. 그는 금세 자신의 상태를 깨달았고, 앞으로 절대 허락되지 않는다는 사실에 절망에 빠졌다. 그는 곧 죽음을 연상했다.

죽음으로써 한 가지 좋은 점이 있다면 아들과 다시 재회하게 된다는 것이다. 정말 해줄 말이 많았는데. 언제나 널 사랑한다고, 네 옆에 있어주지 못해서 미안하다고.

갑자기 파편이 그에게 날아들었다. 흙더미와 돌 부스러기가 비 오듯 쏟아졌다. 그의 정면에 있던 장갑차가 방패막이 역할을 했다. 덕분에 그는 멀쩡했다. 장갑차는 아무렇지도 않다는 듯 디젤 엔진에서 엄청난 소음을 뿜어내며 힘차게 전진했다. 그는 주위를 둘러보았다. 조명탄이 안개 속에서 터지며 천천히 낙하했다. 조명탄은 바람에 흔들리며 주위를 을씨년스럽게 비췄다. 사람 그림자들이 마구 흔들리며 전진했다. 커다란 포탄 구덩이가 보였다. 구덩이 주변에 널브러진 박살 난 시체 사이로 비명 소리가 들려왔다.

천지가 진동하는 굉음과 함께 땅이 다시 들썩였다. 그는 소총을 자기 몸 아래로 당기며 털썩 주저앉았다. 다리를 방탄조끼 아래로 끌어당기며 몸을 움츠렸다. 헬멧에 뭔가가 탕 하고 부딪혔다. 다행히 충격은 거의 없었다. 그는 주위를 둘러보았다. 좀 전에 보였던 장갑차가 사라져 버렸다. 파편이나 생존자도 보이지 않았다. 말 그대로 증발해 버렸다.

이제 환각이 보이는군. 밧줄 끝에 매달린 한 가닥 이성이 그의 상태를 깨닫게 했다. 지금처럼 주의를 기울일 대상이 전혀 없으면 환각 상태에 빠진다. 그는 몸을 일으키며 환각에서 깨어나려고 노력했다.

쉽지 않았다. 좀체 환각을 떨칠 수 없었다. 이제 정말 끝까지 온 걸까? 총성은 시간이 갈수록 한층 격렬해졌고 점점 가까워졌다.

19

"트레일 바이크를 빌릴 걸 그랬나요?"

톰은 조수석에 있는 마틴을 흘끔거리며 말했다.

좀 전에 시드니 남서부의 한 농장에서 아랍인들을 봤다는 목격자를 인터뷰했다. 목격자는 아쉽게도 그들이 몇 명인지는 정확하게 알지 못했다. 그만큼 조심스럽게 움직인다는 얘기다. 그들은 즉시 목장으로 출동했다.

목적지가 가까워지자 여러 가지 문제가 눈덩이처럼 불어났다. 해당 지역의 정밀한 지도와 위성사진부터 확인했어야 했다. 지금 가지고 있는 지도로 대강의 지형은 알 수 있지만 어떤 장애물과 보안장치가 있는지, 하다못해 건물이 몇 채 있는지도 알 수 없었다.

무엇보다 그냥 지나가는 여행객처럼 보이진 않을 거라는 점이 마음에 걸렸다. 농장까지 난 길은 외길에 비포장도로였다. 아무리 길을 잃었다고 해도 이런 외길을 끝까지 거슬러 갈 사람은 없다.

"걸어서 가려면 이틀은 걸릴 텐데 어쩔 수 없지. 대충 둘러대자고. 테러범을 잡는데 이런 늙은이까지 합쳐서 달랑 두 명만 보냈다고는 누구도 생각하지 않을 거야."

말은 그렇게 하면서도 마틴은 MP7에 탄창을 결합했다. 그는 주무장으로 MP7을, 부무장으로 Colt 1911을 선택했다. 톰은 M4와 USP compact tactical을 미리 챙겨뒀다.

"이런 젠장."

마틴이 고함을 내질렀다.

"왜요?"

"핸드폰이 안 터져. 분명 핸드폰 사용 가능 지역이라고 했는데."

"위성전화기는 안 가져왔어요?"

"그거 고장 나서 어제저녁에 수리 맡긴 거 기억 안 나?"

"다시 돌아갈까요? 위성전화기야 바로 구할 수 있는데."

"여기까지 왔는데 그냥 돌아갈 순 없지. 더구나 그 요원에게는 시간이 별로 없어. 물론 아직 살아 있다면 말이야."

톰과 마틴은 묘한 예감을 느끼고 있었다. 농장이 가까워질수록 요원이 살아 있다는 확신이 들었다. 마틴은 요원을 수호하는 영혼이 그에게 속삭인다고 생각했고, 톰은 신이 그에게 알려준다고 믿고 있었다.

20분 정도 더 달리자 농장 건물이 모습을 드러냈다. 그들은 차를 길가에 세우고 망원경을 꺼내 농장을 관찰했다. 어디에서도 사람의 모습을 찾을 수 없었다. 다들 건물 안에 있다는 얘기다. 여기서는 거리가 너무 멀어 건물 내부에 있는 사람을 관찰할 수 없었다.

"자네도 MP7을 챙기지 그랬어?"

마틴은 MP7을 챙기며 말했다.

MP7은 크기가 작아 휴대해도 눈에 잘 띄지 않는다. M4도 그렇게 큰 총은 아니지만 다른 사람 눈을 속일 정도로 작지는 않았다.

"현역 때 많이 사용하던 놈이라 이게 제일 편해요."

톰은 USP와 탄창을 챙기며 말했다.

둘 다 만일의 사태를 대비해 방탄복까지 챙겨 입었다. 아직 완전히 어둠이 내려앉지 않았지만 그들은 서둘러 농장으로 접근했다. 그들을 부르는 영혼의 울부짖음을 외면할 수 없었기 때문이다.

톰은 농장을 돌아다니는 개들을 보며 눈살을 찌푸렸다. 왜 CTA 요원이 잡혔는지 녀석들을 보니 바로 알 수 있었다.

"개들이 너무 많은데요."

톰은 마틴을 돌아보며 말했다.

"방법이 없어. 젠장. 핸드폰은 여전히 불통이네."

마틴은 계속 핸드폰을 주시하고 있었다.

"이거 잘못하면 우리까지 당하겠는데요."

"돌아갈까?"

"제가 여기 남아 있을 테니 돌아가서 지원군을 부르세요."

"난 동료를 버려두고 가진 않아."

"핸드폰 통화 지역까지 가는 데 그렇게 오래 걸리진 않잖아요? 요원이 어디 감금되어 있는지 알아야 작전을 짤 거 아니에요. 전 여기 남아서 계속 감시하고 있을게요. 참! MP7은 저한테 주고 가세요."

"그럼 조심하게."

마틴은 등 뒤에 감춰두었던 MP7을 꺼냈다.

그때 총성이 울렸다. 둘은 바닥에 납작 엎드렸다. 사격은 그들에게 집중되고 있었다. 사방에서 파편이 날아왔다. 톰은 마틴의 어깨를 두드린 다음 오른편을 손짓했다. 그리고 재빨리 왼편으로 기었다. 이렇게 뭉쳐 있는 건 자살 행위였다.

사격은 여러 방향에서 가해졌다. AK 계열 소총의 묵직한 총성이 귀를 울렸다. 총성은 끊이지 않았다. 화력 차이가 너무 심하게 났다.

톰은 엄폐물을 찾아 몸을 숨겼다. 당장 날아오는 총알은 막아주지만 우회하는 적들에게는 무용지물이다. 그는 마틴을 확인했다. 마틴은 간간이 MP7으로 적들에게 반격을 가했지만 계란으로 바위 치기였다.

젠장. 어떻게 해야 하지. 톰은 손에 쥔 USP를 내려다보며 생각했다. 화력과 병력 숫자 모두 절대적으로 열세였다. 지원을 요청할 방법도 없었다.

마침 농장 상공을 날던 Scan Eagle 무인정찰기가 총격전을 감지했다. Scan Eagle은 고도를 낮춰 현장을 좀 더 자세히 확인했다. 소음이 작고 날개를 편 길이가 3미터밖에 되지 않는 기체는 누구의 눈에도 띄지 않았다. 녀석은 조용히 자신의 임무를 수행했다.

20

톰은 남은 탄창을 확인했다. 아껴서 사격했는데도 이제 탄창이 하나밖에 남지 않았다. 마틴도 단발로 사격하는 것으로 봐서 탄환이 다 떨어진 모양이다. 적들은 이 상황을 즐기고 있는 듯했다. 빈약한 화력에다 예비 탄창을 많이 휴대하지 못한 상황을 백분 활용하고 있었다.

적들은 일부러 도발해서 사격을 유도하기만 했지 본격적인 위협은 가하지 않았다. 이곳은 통화도 불가능하고 근처에 인가라곤 없다. 밤새도록 총을 쏴봐야 아무도 알지 못한다. 그들은 이쪽이 지치기를, 그리고 탄환도 다 떨어지기만을 기다리고 있다.

결정적으로 날이 어두워지고 있다. 녀석들은 틀림없이 야시경을 가지고 있을 것이다. 구름이 달을 가리면 녀석들의 세상이 도래할 것이다.

차에만 갈 수 있다면. 차에는 M4와 여분의 탄약, 야시경이 있다. 그것만 있으면 이렇게 일방적으로 당하지는 않을 텐데. 하지만 그곳으로 가는 길은 지옥의 입구였다. 차가 있는 곳으로 가려면 개활지를 가로질러야 하기 때문이다.

얼마나 더 견딜 수 있을까? 톰은 그들이 테러범을 한 명도 제압하지 못했다는 사실을 떠올렸다. 적은 최소한 열두 명 이상은 되는 것 같았다. 그들이 마음먹고 공격한다면 1분도 견디기 힘들다. 답답했다. 그동안 무수한 위기를 넘겨왔지만 이번만큼은 희망이 보이지 않았다.

아버지는 그가 변호사나 의사 같은 전문직에 종사하길 바랐다. 당신처럼 임무 중에 총에 맞아 죽은 모습을 보면 절망할 것이다.

하지만 아무것도 모르는 사람들은 다를 것이다. 그들은 아버지를 영웅이라고 칭송했다. 아버지의 동료들은 당신의 죽음에 분개했지만 일반인들에게는 새로운 영웅이 한 명 탄생했을 뿐이다. 나 또한 영웅이 될 수 있을까? 쓴웃음이 흘렀다. CIA 요원이 된 순간, 아니, 아버지의 죽음이 현실로 받아들여진 순간 마블이나 DC 코믹스와는 영원히 이별한 줄 알았는데.

그나저나 아버지는 그날 아침에 봤던 웃는 모습 그대로일까? 아니면 총에 맞은 모습일까? 그곳에서 나이를 먹었을까? 정말 천국에는 눈물이 없을까? 그런데 내가 천국에 갈 수 있을까?

지나온 삶에 대한 후회가 밀려들었다. 하지만 애를 낳지 않은 건 정말 탁월한 선택이었다고 생각했다. 나이를 먹을수록 애를 가지고 싶다는 욕망이 커지긴 하지만.

그는 적들이 접근하지 않는지 살피다가 아주 약한 소리를 들었다. 얼핏 들으면 바람 소리 같았다. 그러나 그의 예리한 청각은 그 소리를 놓치지 않았다. 굉장히 자주 듣던 소리다. 그는 그 소리를 재차 확인했다. 그리고 마틴에게 아군이 왔다는 신호를 보냈다. 그들이 어떻게 이곳까지 왔는지 알 수 없지만 신은 그를 버리지 않았다. 아직까지는.

펜타곤은 호주군에 Scan Eagle 무인정찰기 네 대를 무상으로 제공했다. 호주군이 구매 의사를 표시한 제품이라 손해 볼 게 없는 장사였다. 이 무인정찰기는 체공 시간이 열다섯 시간에 달하는데다 발사대를 이용해 발진하기에 활주로 없이도 사용이 가능하다.

펜타곤은 테러범의 공격 목표가 루카스 하이츠 원자력 발전소이고, 적들이 시드니 근방에서 테러를 계획 중이라는 사실은 알고 있었다. 그렇지만 테러범들이 정확히 어디에 거주하는지는 알지 못했다. 시드니 주변을 모두 조사했지만 최근 아랍인이 건물을 임대한 기록은 찾을 수가 없었다. 테러범은 바보가 아니다. 백인 대리인을 내세워서 임대 계약을 맺었음이 분명했다.

그래서 부랴부랴 호주군에 Scan Eagle을 제공하기에 이른 것이다. 네 대의 무인정찰기는 밤낮으로 발전소 주변을 감시했다. 발전소 근처에 장시간 주차하는 차량이나, 망원 카메라나 쌍안경으로 발전소를 관찰하는 사람, 자주 나타나는 차량은 없는지를 살폈다.

최근에는 발전소를 중심으로 시드니 근방을 샅샅이 뒤졌다. 발전소를 감시하는 건 한 대면 충분했다. 나머지 세 대는 주변을 수색했다. 젊은 아랍인들이 이들의 최우선 수색 목표였다. 그들이 탄 차량을 찾기만 하면 모든 건 일사천리로 진행된다. Scan Eagle은 조용하고 우아하게 그들의 집까지 미행할 것이기 때문이다.

정찰은 Scan Eagle이 맡지만 타격은 사람의 몫이다. 이를 위해 영국의 SAS와 유사한 호주군의 SASR, 이 중에서도 대테러 조직인 TAG(Tactical Assault Group) 소속의 공중 침투 팀이 세 개 팀이나 동원됐다. 펜타곤에서도 대테러 특수부대를 두 개 팀이나 파견했다. 이들은 파딩턴의 군부대에서 24시간 대기 중이다.

이들이 탈 UH—60 블랙호크 헬기 또한 만반의 준비를 갖췄다. 작전에는 다섯 개 팀이 사용할 다섯 대에다 예비용 한 대, 부상자 수송용 한 대, 모두 일곱 대의 블랙호크가 동원된다. 이들 헬기는 모두 최신 소음 방지 장치가 엔진에 장착되어 있다. 덕분에 시속 130킬로미터까지는 자동차의 소음보다 더 조용하게 비행한다.

지루한 기다림의 시간에 대한 보상이 주어졌다. 시드니 남서부를 비행하던 Scan Eagle이 총격전 장면을 전송해 왔다. 두 명의 백인이 아랍인들과 교전 중이었다. 곧 두 명의 신원이 밝혀졌다. 그들은 테러범을 조사하던 CIA 요원들이었다. 그렇게 기다리던 출동 명령이 떨어졌다.

다섯 대의 블랙호크는 각각 한 개 팀을 태우고 긴급히 이륙했다. 나머지 두 대도 그 뒤를 따랐다. 부상자 수송용 헬기에는 역시 24시간 대기 중이던 긴급 의료팀이 탑승했다.

목표한 목장이 가까워지자 선두 헬기부터 속도를 늦췄다. 날은 급속도로 저물고 있었다. 수색을 담당할 예비용 헬기가 선두에 나섰다. 해당 헬기 조종사는 열 영상으로 이 지역의 모든 열원을 조사할 것이다.

총격전은 잠시 소강상태를 맞고 있었다. CIA 요원들은 예상외로 잘 버텼다.

테러범들이 지대공 미사일을 구입했다는 정보가 있어서 헬기가 농장까지 접근할 수는 없었다. 헬기는 농장 외곽에서 특수부대원을 내렸다. 그들은 농장을 포위하며 접근했다. 저격수들이 가장 먼저 자리를 잡았다. 그들의 엄호하에 특수부대원들은 조심스럽게, 그러나 신속하게 농장으로 접근했다.

조종사인 롤랜드는 헬기 속도를 시속 50킬로까지 줄였다. 바람은 정면에서 불어오고 있었다. 이런 상황이라면 농장에 있는 자들은 헬기 소리를 듣지 못할 것이다.

부조종사인 카릴은 대시보드의 조이스틱을 부지런히 움직여 헬기 앞부분에 코처럼 튀어나와 있는 FLIR(Forward Looking Infra—Red: 전방 감시 적외선 장치)을 조작했다.

침투하는 대원들에게 가장 위협이 되는 건 개들이다. 테러범들은 총격전이 벌어지자 개들을 모두 우리에 집어넣은 모양이다. 개 짖는 소리는 들리는데 돌아다니는 개는 한 마리도 보이지 않았다. 카릴은 이쪽에 운이 따라준다고 생각했다.

그는 가장 가까이에 있는 건물부터 훑었다. FLIR은 값비싼 장비답게 고성능을 자랑했다. 카릴은 곧 선명한 사람 형상을 두 군데 감지했다. 그는 이 데이터를 실시간으로 본부에 전송했다.

본부에서는 Scan Eagle과 카릴이 전송하는 정보를 모두 분석해 이를 다시 현장에 전송했다.

저격수인 폴은 그가 맡기로 한 창고 건물을 뚫어져라 주시했다. 옆에서 바람 방향과 풍속을 알려주는 관측수가 없었지만 전혀 불편하지 않았다. 바람은 잔잔했고 200미터 정도의 거리면 그의 탄환이 바람의 영향 때문에 표적을 놓칠 위험은 없다. 300미터까지는 돌풍이 아닌 한 바람의 영향을 거의 받지 않기 때문이다.

폴은 곧 표적을 발견했다. 창고에는 두 명이 있었는데 둘 다 총을 들고 있었다. 한 명은 건물 입구에 있었고, 다른 한 명은 2층에 있었다.

표적이 둘이라 조금 난감했다. 그가 사용하는 M24는 볼트 액션식이라 재장전하는 데 시간이 걸린다. 상부에서는 반자동 저격총을 권했지만 그는 M24를 버리지 못했다. 손에 익어서이기도 하지만 이것만큼 좋은 저격총도 드물기 때문이다.

M24는 정확하고 무엇보다 잔고장이 없어서 어떤 경우에도 신뢰할 수 있는 명품이다. 보너스로 여자의 몸매를 연상시키는 유려한 곡선까지 자랑한다. 녀석의 곡선에 흥분한 적이 있을 정도로 관능적이다.

폴은 2층에 있는 자부터 먼저 제거하기로 결정했다. 아직 사격 명령은 떨어지지 않았다. 일단은 현장 상황을 무전으로 보고하는 임무만 수행했다. 저격수는 사격만 잘하는 게 아니라 전투의 진행 상황을 빠르고 정확하게 보고하는 능력도 겸비해야 한다. 그는 건물에 있는 자들의 위치와 무장 상황을 상부에 알렸다.

곧 작전에 돌입한다는 신호기 왔다. 폴은 심호흡을 시작했다. 의외로 시간이 많이 걸렸다. 요원들은 모두 준비됐다고 보고했지만 상부에서는 아직 돌격 명령을 내리지 않았다.

저격수가 사격을 위해 20번 이상 숨을 죽이고 있었으면 정상적인 호흡을 재개해야 한다. 그리고 다시 한 번 일련의 과정을 통해 조준을 시작해야 한다. 폴은 정상 호흡한 후 다시 표적을 조준했다.

스코프에 잡힌 표적은 잠시 후 어떤 상황이 벌어질지 모른 채 태연하게 웃고 있었다. 폴은 그의 영혼을 위해 기도했다.

총격전은 테러범이 CIA 요원을 거의 다 포위했을 때 시작됐다. CIA 요원에게 접근하던 테러범 세 명이 한 번의 공격으로 모두 무력화됐다. 놀란 나머지 테러범들은 재빨리 건물 내부로 숨었다. 하지만 처음부터 저격수의 표적이 됐던 두 명은 살아남지 못했다. 그래도 적들은 아직 반 이상 남아 있었다.

프루이트는 그의 팀에 배정된 건물 벽에 붙어서 재럴드의 뒤를 따랐다. 이 건물에는 모두 두 명의 테러범이 있었다. 한 명은 좀 전에 저격당했다. 동료의 머리통이 풍선처럼 터져 버리는 걸 본 테러범은 머리카락이 보일까 싶어 건물 내부에 꼭꼭 숨어버렸다.

프루이트는 잔뜩 긴장했다. 그는 가장 위험한 '달리는 토끼' 역할을 맡았다. 그가 방을 가로질러 달려가면 테러범이 그를 향해 사격할 것이다. 그때 뒤따라오는 팀원들이 테러범을 향해 사격을 가한다.

방탄 장비를 착용하고 있지만 그게 완벽하게 몸을 보호하지 못한다는 사실을 총과 함께 살아온 사람들은 잘 알고 있다. 토하고 싶었다. 심장도 마구 뛰었다.

선두에 있던 캘빈이 슬러그 탄으로 문을 부쉈다. 그가 뒤로 물러나자 재럴드가 섬광탄을 던져 넣었다. 하지만 건물 내부가 워낙 복잡해서 큰 위력은 발휘하지 못할 것 같았다.

재럴드가 뒤로 물러나며 프루이트의 등을 세 번 쳤다. 이제 달려야 한다. 프루이트는 깊이 숨을 들이쉰 상태에서 호흡을 멈췄다. 그는 최대한 낮은 자세로 그가 빠져나갈 뒷문만 보고 미친 듯이 내달렸다. 마루는 신경질적으로 삐걱거렸다. 팔과 다리에 뭔가가 부딪혔지만 무시하고 계속 달렸다. 그가 뒷문에 거의 다다랐을 때 묵직한 총성이 울렸다. 곧 익숙한 M4와 MP5의 총성이 그 소리를 묻어 버렸다.

"프루이트, 수고했어."

캘빈이 손을 내밀며 말했다.

프루이트는 그제야 뒤를 돌아보았다. 집중 사격으로 박살 난 유리와 나무 조각이 즐비했다. 그 난장판 위로 쏟아진 피와 내장, 뇌수가 흥건했다. 여기서는 남자의 상체밖에 보이지 않았다. 수십 발을 맞은 그의 몸은 말 그대로 걸레가 되어 있었다.

진압 작전은 3분 만에 끝났다. 압도적인 공격에 적들은 곧 총을 내던지고 항복했다. 아홉 명이 사망하고 여덟 명이 생포됐다. 부상자는 없었다. 총에 맞은 자는 모두 즉사했다.

이쪽은 경상자도 없었다. CIA 요원도 모두 무사했다. 긴급 의료팀은 대원들의 긁힌 상처를 소독하는 것 외에 따로 할 일이 없었다. 마틴은 그들에게 혈압을 좀 재달라고 부탁했다. 톰도 의료팀의 강요로 마지못해 혈압을 쟀다.

특수부대원들은 그들이 현장을 확인하겠다고 했지만 톰과 마틴은 같이 참여하겠다는 뜻을 굽히지 않았다. 그들은 조심스럽게 건물을 수색했다. 부비트랩이나 숨어 있는 자가 없다고 했지만 테러범의 말을 신뢰할 수는 없었다.

다행스럽게도 건물 내부에 숨어 있는 자는 없었다. 현장을 감시하던 Scan Eagle과 블랙 호크 모두 탈출한 사람을 발견하지 못했다. 테러범은 모두 검거된 게 확실했다.

하지만 지하실 문을 열 땐 침 넘어가는 소리가 들릴 정도로 긴장했다. 조심스럽게 문을 열었다. 조용했다. 어디에서도 총알은 날아오지 않았다.

요원이 막 바닥에 도착했을 때, 구석에서 낮은 신음 소리가 들려왔다. 요원이 사격을 가하려는 걸 톰이 제지했다. 톰은 그가 누군지 보지 않아도 알 수 있었다. 톰은 하릴없이 빈둥거리던 긴급 의료팀을 다급하게 호출했다. 지하실에서 그들을 기다린 건 만신창이가 된 CTA 요원이었다.

21

처음에는 파리나 모기 소리인 줄 알았다. 윙윙거리는 소음이 끊이지 않았다. 그는 파리를 쫓기 위해 팔을 뻗었다. 하지만 손이 자유롭지 못했다. 오른손에는 투명한 튜브가 연결되어 있었고, 손가락에는 집게가 물려 있었다. 그러고 보니 가슴과 머리에도 여러 검사 장비가 부착되어 있었다.

도대체 여기가 어디지? NKCELL은 주위를 두리번거렸다. 곧 자신이 깨끗한 병원 침대에 누워 있다는 사실을 깨달았다. 꿈인가? 혹시 이곳이 천국인가? 링거 병을 보면 병원이 분명한데. 헛것을 보는 중인가? 그는 어지러웠다.

그때 누군가가 문을 열고 들어왔다. 하얀 가운을 입은 백인 남성이다. 그는 영어로 질문했다.

"다행입니다. 이제 정신이 드십니까? 제 손이 보입니까?"

남자는 NKCELL의 눈앞에서 손을 좌우로 흔들며 말했다.

NKCELL은 'Yes!'라고 답변했다. 간만에 영어를 써서 그런지 자신의 말이 무척 어색하게 느껴졌다.

곧 여러 명의 의사가 우르르 몰려왔다. 그들은 NKCELL을 살피며 알 수 없는 용어들을 쉬지 않고 지껄였다. NKCELL은 외계인들이 말하는 듯한 그들의 대화를 듣다 잠이 들었다.

다시 눈을 떴을 땐 하루가 지났다. 건장한 남자 간호사가 그에게 죽을 먹였다. 그는 힘이 워낙 좋아서 NKCELL이 화장실에 가고 싶다고 하자 가볍게 들어서 옮겨주었다. 그는 큰 덩치에 걸맞지 않게 무척 다정했다. NKCELL의 귀찮은 질문에도 성실하게 답변해 주었다. 덕분에 많은 걸 알게 되었다.

NKCELL은 닷새 전 이 병원으로 후송되었다. 처음에는 시체가 실려 오는 줄 알았다. 환자는 온몸에 성한 곳이 없었다. 뼈에 금이 간 곳만 수십 군데에다 멍이 들지 않은 곳을 찾기가 힘들었다. 가장 심각한 건 영양실조와 탈수 증상이었다. 당장 숨을 거둬도 이상하지 않을 정도였다. 일단 위험한 고비는 넘겼지만 좀 더 지켜봐야 한다. 그게 간호사가 아는 전부였다. 무엇보다 그를 놀라게 한 건 이곳이 싱가포르라는 점이었다.

도대체 어떻게 북한에서 싱가포르까지 올 수 있었는지 의문투성이다. 하지만 어떤 사람도 그 질문에 대해 답해주지 않았다. 처음에는 다들 그를 속인다고 생각했지만 오래잖아 정말 몰라서 말해주지 않는다는 걸 깨달았다.

사흘이 지났을 때, 남자 두 명이 그를 찾아왔다. 둘 다 백인이었다. NKCELL은 그들이 CIA 요원이라고 생각했다. 그의 직감은 그들이 정보기관에서 일하는 사람이라고 확신했기 때문이다. 하지만 그들은 CIA가 아니라 펜타곤에서 근무한다고 했다. 그들은 많은 얘기를 들려주었다. 그들 덕분에 의문은 대부분 풀렸다.

북한에서 NKCELL을 빼돌린 건 펜타곤이었다. 그들은 북한 군부에 돈을 찔러 넣어서 그를 감옥에서 빼냈다. 거기서 중국까지 이동하는 건 식은 죽 먹기였다. 처음에는 미국으로 후송하려고 했다.

그런데 미국까지 가기에는 환자의 상태가 너무 안 좋았다. 그렇다고 중국에 있기에는 꺼림칙했다. 그래서 이곳으로 옮겼다고 했다.

"이제부터 저희와 같이 일하지 않겠습니까?"

둘 중에 나이가 더 들어 보이는 요원이 말했다. 귀 밑이 희끗희끗한 게 50대로 보였다. 그는 자신의 이름이 팻이라고 했다. 나이도 그렇고 같이 온 요원의 조심스러운 행동을 보면 꽤 직급이 높은 것 같았다.

"저 같은 사람을 높게 쳐주셔서 정말 감사합니다만, 전 CIA 요원입니다."

"그쪽에서는 당신이 사망한 것으로 알고 있습니다. 더구나 그들은 당신을 구하려는 노력도 전혀 하지 않았습니다. 그런데도 그들과 계속 일할 생각입니까?"

팻은 부드럽게 하지만 경멸을 담아서 말했다.

"그렇긴 한데… 만일 제가 당신들과 같이 일하지 않겠다고 하면 다시 북한으로 돌아가야 하는 겁니까?"

NKCELL은 조심스럽게 말했다.

팻은 한참을 웃었다. 같이 온 요원도 따라 웃었다. 물론 팻과 눈이 마주치자 젊은 요원은 움찔했다. 팻은 NKCELL에게 시가를 건네며 말했다.

"물론 그렇지는 않습니다. 하지만 우리와 같이 일하는 게 CIA에서 일하는 것보다 몇 배는 더 만족스러울 것입니다. CIA는 지금 북한에서 작업할 능력이 전혀 없습니다. 그들은 당신과 관련된 모든 인원과 장비를 철수시켰습니다."

"그렇습니까?"

NKCELL은 당연함을 알면서도 질문했다.

그간 쌓아왔던 노력이 모두 물거품이 되어버렸다는 사실을 인정하기 싫었다. 감옥에 있을 때는 제발 살 수 있으면, 아니, 고통만 없으면 했다. 하지만 몸이 회복되자 몇 년간의 노력이 수포로 돌아가버린 현실이 피를 토하고 싶을 정도로 안타까웠다.

"네! 그건 정보기관으로서 당연히 해야 할 일이었죠. 문제는 그들이 다시 북한에서 이런 치밀한 작전을 기획할 자금과 인원이 없다는 점입니다. 하지만 저희는 다릅니다. 원하신다면, 물론 자발적인 의사로 말입니다. 다시 북한에 들어가서 작업할 수 있도록 최대한 지원해 드리겠습니다. 저희는 CIA처럼 요원을 버리지도 실수하지도 않을 겁니다. 제 명예를 걸고 약속드립니다."

"북한에 들어가지 않겠다면요? 그러면 어떻게 되는 거죠?"

NKCELL은 상대를 빤히 쳐다보며 말했다.

"물론 이런 꼴을 당한 끔찍한 곳에 돌아가고 싶지 않으시겠죠. 그건 당연한 반응입니다. 하지만 제가 장담하건대 한 달만 지나면 생각이 달라질 겁니다. 더구나 지금 당장 북한에 들어가라는 말이 아닙니다. 일단은 몸부터 추슬러야겠죠. 말 그대로 죽다가 살아났는데 말이죠."

팻은 빙긋이 웃으며 말했다.

NKCELL은 믿지 않은 미소라고 생각했다. 그는 시가를 즐기며 사색에 잠겼다.

"작은 부탁이 하나 있는데… 들어주실 수 있겠습니까?"

동혁은 시가를 끄며 말했다. 그의 뜨거운 가슴에서 애써 잊었던 인간적인 감정들이 용솟음치고 있었다.

"어떤 겁니까?"

"북한 보위부 요원의 주소를 알고 싶습니다. 그는 지금 중국에 있습니다."

"그런 부탁은 언제든 하십시오. 기꺼이 도와드리겠습니다. 그의 이름과 계급을 불러주십시오. 내일 아침까지 알려 드리겠습니다."

"거버 마크2도 구해주실 수 있죠?"

"물론입니다."

"좋습니다. 당신들과 같이 일하겠습니다."

동혁은 오른손을 내밀며 말했다.

22

기환은 호주에서 두 달, 한국에 돌아와서 다시 한 달을 더 입원했다. 몸은 어느 정도 회복됐다. 거동하는 데 큰 불편은 없었다. 하지만 그는 결국… 성불구가 되고 말았다.

그가 퇴원하는 날 김 과장이 찾아왔다. 병원에 입원하던 날 봤으니 정확하게 한 달 만이다. 김 과장의 얼굴은 침울했다. 더 이상 나빠질 것이 없다고 생각했는데 그의 얼굴을 보자 덜컥 겁부터 났다.

김 과장은 무척 조심스러웠다. 기환은 그런 모습을 처음 봤다. 혹시 파면된 건 아닌지 가슴이 철렁 내려앉았다. 그는 담배를 두 개비나 피우고 나서야 입을 열었다. 그는 기환에게 CTA가 아니라 국정원으로 복귀하라고 했다. 동료 직원과의 부적절한 관계 때문에 더이상 CTA에서 근무할 수 없기 때문이라고 이유를 설명했다.

부적절한 관계? 어떻게 수진과의 관계를 알았지? 기환은 그녀를 기억 속에서 지우려고 노력하는 중이었다. 그가 입원한 사실을 아는데도 그녀는 한 번도 찾아오지 않았다. 차마 사랑하는 사람의 비참한 모습을 볼 자신이 없어서라고 생각했는데…… 김 과장의 말을 듣고 나니 모든 게 이해됐다.

그녀는 매몰차게 그를 버린 것이다. 분노보다는 허탈감이 엄습했다. 엄연히 그는 유부남이고 그녀는 처녀다. 처음부터 이루어질 수 없는 사랑이다. 그녀와 나눴던 모든 사랑은 덧없는 것이다. 한 달간 그렇게 자신을 달래며 이별을 대비했지만, 막상 그녀가 자신을 버렸다는 사실을 확인하자 가슴에 커다란 구멍이 뚫렸다.

잠시 방황하긴 했지만 그는 순순히 현실을 받아들이기로 결정했다. 그는 국정원으로 복귀했다. 상부에서는 한 달짜리 위로 휴가를 합쳐 모두 두 달간의 휴가를 줬다. 아직 정상적으로 근무할 상태가 아니었기 때문이다.

그는 바닷가의 펜션을 빌렸다. 해변을 산책하며 몸과 마음의 상처를 달랬다. 그곳에서는 모든 것이 평화로웠다. 오랫동안 잊고 있었던 바다낚시의 재미에도 흠뻑 빠졌다. 짜릿한 손맛은 두말하면 잔소리고, 갓 잡은 싱싱한 생선회를 초장에 찍어 소주와 함께 넘길 땐 천국이 따로 없었다.

펜션에서 보름을 보낸 후 그는 그간 미루던 일을 처리했다. 와이프와의 이혼 서류에 도장을 찍었다. 그러고 보니 짧은 시간 두 명의 여자를 떠나보냈다. 물론 정은 와이프 쪽이 더 많이 들었다. 미운 정이든 고운 정이든 정이란 건 그간 같이 보낸 시간에 비례하게 마련이다.

하지만 고통은 수진 쪽이 더 심했다. 와이프는 그에게 기대려고

만 했지 그가 기댈 곳은 없는 사람이었다. 반면 수진은 그의 영혼을 편안하게 만들어주는 여자였다. 그녀와 함께라면 어떤 힘든 고난도 너끈히 이겨나갈 수 있을 것 같았다.

가장 견디기 힘든 건 이 세상에 사랑할 대상이 하나도 남아 있지 않다는 점이었다. 아들은 햇살도 보지 못하고 묻혔다. 미친 듯이 모든 것을 바쳤던 직장은 그를 버렸다. 심지어 괴로워하는 와이프까지 외면하며 충성했던 곳인데…….

망할 직장 덕분에 그의 인생에서 가장 사랑했던 여자와도 헤어졌다. 그리고 다시 사랑의 불꽃을 피웠던 여자와도 미처 활활 타오르기 전에 꺼져 버렸다.

더구나 그는 앞으로 그 어떤 사랑도 할 수 없는 운명이 되어버렸다. 그 점이 가장 견디기 힘들었다. 더 이상 여자를 안을 수 없다는 사실에 절망하고 또 절망했다. 이런 상태만 아니라면 당장에라도 수진을 자신의 여자로 만들 자신이 있었다. 설령 그녀가 떠나가더라도 얼마든지 다른 여자를 만나 또 사랑할 수 있었을 것이다.

시간이 갈수록 그녀가 자신을 버린 게 성적인 문제라는 확신이 들었다. 이는 감당할 수 없는 분노로 이어졌고, 술을 마시는 시간이 점점 늘었다. 그는 낮에도, 심지어 아침에도 술을 들이켰다.

다시 국정원에 복귀했을 때, 그는 하루라도 술이 없으면 살기 힘들 정도로 중독되어 있었다.

23

존은 두툼한 보고서를 받았다. 중국 국경 지역에서 살해된 북한 보위부 요원에 대한 공안의 수사 자료에다 현지 요원이 별도의 조사 자료를 덧붙였다.

보위부 요원의 사인은 과다 출혈이었다. 그는 아주 끔찍한 죽음을 맞았다. 살아 있는 상태에서 양쪽 눈과 손톱, 발톱이 모두 뽑혔다. 이빨도 성한 게 하나도 없었다. 거기에다 수십 군데나 칼에 찔렸다. 그건 범인이 사이코패스이거나 깊은 원한에 의한 범죄라는 걸 의미한다. 어쩌면 그 둘을 합친 건지도 모른다.

보위부 요원과 같이 잠을 자던 동료도 살해당했는데, 그자는 목뼈가 부러져 죽었다. 아무런 저항 흔적이 없는 것으로 봐서 갑자기 기습당해 죽은 게 분명했다. 하지만 보위부 요원에게는 저항한 흔적이 남아 있었다.

그러니까 귀찮은 동행부터 먼저 제거하고, 보위부 요원을 최대한 괴롭힌 다음 죽인 것이다. 그것도 혼자서. 피살자들의 발자국 외에 현장에 남은 발자국은 모두 같은 신발에서 나왔다.

존은 자료를 다 확인하자 어렵지 않게 NKCELL을 떠올릴 수 있었다. 이론과 실전은 판이하게 다르다. 미국에는 수만 명의 전·현직 특수부대원이 있다. 그들은 사람의 목뼈를 부러뜨리는 훈련을 받는다. 하지만 그걸 실전에서 이렇게 완벽하게 구사하는 사람은 손으로 꼽을 정도다. 더구나 피살자를 찌른 거버 마크2는 NKCELL이 가장 좋아하는 나이프다.

NKCELL이 범인이라고 단정 지을 수 있는 또 하나의 근거는 살해당한 보위부 요원이 NKCELL과 구면이었다는 점이다. 예전에 NKCELL이 그자를 무차별 구타해서 문제가 된 적이 있다. 그래서 보위부 요원의 죽음에 흥미를 가졌던 것이다.

확실하진 않지만 NKCELL이 북한에서 탈출하지 못한 건 그자와 관련 있을 것이다. 아무튼 동기와 살해 수법이라는 살인의 주요 증거가 NKCELL을 지목했다.

펜타곤이군. 존은 서류에 불을 붙이며 생각했다. 그는 불타는 서류로 시가에 불을 붙였다. 망할 펜타곤 녀석들이 이쪽의 소중한 자원인 NKCELL을 빼돌린 게 틀림없다. 그리고 그 뒤에는 그가 두려워하던 복수의 화신이 버티고 있다.

펜타곤은 북한에 아무런 기반이 없다. 그런데도 NKCELL을 무사히 빼돌리고 그의 복수를 도왔다는 건 북한에 영향력을 행사할 수 있는 자와 동맹을 맺었다는 걸 증명한다.

이제 모든 퍼즐이 맞춰졌다. 중국이 칭기즈칸이라고 철석같이 믿고 있는 자는 흑표의 사주로 자살했음이 분명하다. 펜타곤이 루돌프를 괴멸시키고, 기가 막힌 시점에 호주에서의 테러를 막은 것도 모두 이해됐다. 흑표는 테러범에 대한 조사를 완벽하게 마쳤고, 이를 CIA가 아니라 펜타곤에 보고한 것이다.

그간의 여러 의문점도 모두 해결됐다. 테러범들이 비싼 돈을 들여서 교수라는 암살자를 고용한 건 흑표가 진실에 접근했기 때문이다. 그들이 오랜 시간 공을 들여 완성한 기만 작전이 흑표 때문에 무용지물이 될 위기에 처한 것이다.

그리고 교수가 흑표 암살에 실패하자 바로 호주에 간 건, 호주에서 조사 중이던 흑표의 부하를 제거하기 위해서였다. 흑표는 부하가 보낸 정보와 잇단 죽음을 통해 호주에서 테러가 계획 중이고, 한국에서의 테러는 위장이라는 사실을 간파했음이 틀림없다. 그래서 그 정보를 펜타곤에 넘겨 킬러를 보낸 테러범들에게 복수함은 물론 펜타곤의 위상을 높여줬다.

가장 괴로운 건 루돌프가 완전히 공중분해 되었다는 점이다. 루돌프는 테러범에 대한 정보 입수와 CIA의 비밀 자금을 마련하기 위한 목적으로 만들어진 비밀 조직이다. CIA가 전 세계에서 압수한 마약을 루돌프가 판매함으로써 비밀 자금을 마련해 왔다.

최근 CIA는 심각한 자금난에 빠져 있다. 정보기관에 배정된 자금 대부분은 펜타곤이 독식하고 있다. 이에 펜타곤과의 갭이 점점 커져만 갔다. 루돌프를 만든 건 이를 만회하기 위한 목적이 가장 컸다.

또한 루돌프는 활용 가치가 무궁무진했다. CIA가 지원하는 세력에 비공식적으로 무기와 자금을 지원할 수 있고, 테러 집단과 교류해 그들의 정보를 얻어낼 수도 있다. 검은 거래라는 문제만 제외한다면 이만큼 많은 것을 얻을 수 있는 방법은 없다.

루돌프는 조직에서도 최상위층 몇 명만이 알고 있는 특급 비밀이다. 그도 흑표 제거 작전에 돌입한 이후에야 이에 대해 알게 됐을 정도다. 그런데 흑표는 루돌프를 꿰뚫어 보고 있었던 것이다.

어쩌면 흑표는 죽음을 가장하고 나서야 진실을 알게 됐을지도 모른다. 그의 죽음이 기정사실화되자 이전과는 달리 드러내 놓고 흑표를 배신한 자들과 접촉했다. 그것 때문에 꼬리가 잡혔을 가능성이 높다.

사실 루돌프 때문이라도 언젠가는 흑표와 충돌할 수밖에 없었다. 사업상 라이벌 관계이기 때문이다. 그래서 상부에서는 그의 제거 작전을 미리 준비해 뒀던 것이다.

아무튼 망할 흑표 녀석에게는 이번 사건이 전화위복이 됐다. 그가 죽은 줄 알았기에 본색을 드러냈던 조직 내 배반자들은 약속이나 한 듯 동시에 사라졌다. 틀림없이 태평양 어딘가에서 상어 밥이 되었을 것이다. 흑표는 이를 통해 조직의 결속을 한층 강화했다.

흑표는 이번 기회에 그를 노리던 라이벌 조직도 모두 확인했다. 그는 펜타곤과 중국 정부의 고위관리를 등에 업고 있다. 그깟 폭력 조직 해체하는 건 누워서 떡 먹기나 마찬가지다. 그의 제거에 가담했던 조직들은 하나같이 철퇴를 맞았다. 그는 라이벌 조직들이 큰 타격을 받아 휘청거리는 동안 동아시아를 평정하는 반사이익까지 누렸다.

풀리지 않던 의문도 독에 정통한 부하에 의해 해결됐다. 흑표가 어떻게 죽음을 가장했는지 알아냈다. 그는 테트로도톡신(복어 독)을 사용했음이 분명하다. 이 독이 몸에 묻으면 체내로 흡수되면서 주요 내장으로 흐르는 피에 의해 온몸으로 퍼진다. 그러면 숨을 느리게 쉬게 되고, 심장 박동도 느려지면서 일시적으로 마비 상태에 빠진다. 양을 조절하면 몇 시간에서 최고 며칠 동안이나 죽은 것처럼 위장할 수 있다.

하지만 최신 의료 장비를 사용하거나 부검을 당하면 이 위장이 들통 난다. 그래서 오사카까지 가는 배를 택한 것이다. 마땅한 장비도 없는 곳에서 죽은 것처럼 위장한다. 누구도 그의 죽음을 의심하진 않겠지만 공식적으로 이를 확인해 줄 사람이 필요하다. 이 문제를 해결하기 위해 의사들이 승선하는 배에 탑승한 것이다. 그것도 가능하면 한 명 이상으로.

이후 모든 건 일사천리로 진행된다. 일본에 있는 그의 부하는 어딘가에서 구한 시체를 실은 앰뷸런스를 대기해 놓는다. 흑표는 앰뷸런스에서 정신을 차리고(이미 깨어 있었을 것이다) 모처에 숨는다.

그의 부하는 준비해 둔 시체로 가짜 장례식을 치른 다음 화장한다. 그리고 증거가 남지 않게 바다에 뿌려 버린다. 그동안 흑표는 다른 여권을 사용해 일본을 떠나 제3국을 경유 워싱턴까지 왔을 것이다.

그런 사실을 알지 못하는 CIA와 테러 조직, 그의 라이벌들은 그의 죽음에 환호한다. 그들이 방심하는 동안 흑표는 차근차근 복수를 준비한다. 그는 펜타곤에 고급 정보를 넘기는 것으로 거래를 텄을 것이다. 펜타곤이 흑표를 마다할 이유는 없다. 그런 고급 스파이는 눈을 씻고 찾아봐도 보이지 않는다. 흑표는 펜타곤에 정보를 넘기며 그 대가로 복수를 요구했을 것이다.

한 가지 더 아쉬운 점은 흑표를 자극해 그의 확실한 뒷줄(정치인)을 알아내고, 이를 근거로 그들을 협박하려던 계획도 무용지물이 되어버린 것이다. 중국의 정지를 좌시우시할 수도 있는 절호의 기회였는데…….

이 망할 새끼. 존은 그를 찢어 죽이고 싶었다. 하지만 그가 펜타곤의 귀중한 자원이 된 지금 그에게 복수할 수 있는 방법은 전무하다.

두고 봐. 이번에는 졌지만 언제까지 CIA가 당하고 있지만은 않을 거야. 펜타곤과의 전쟁에서도 결국 승리하는 건 우리가 될 거야. 여태 수많은 고난이 있었지만 CIA는 결국 이겨냈어. 존은 와인을 들이켜며 생각했다.

24

루카스 하이츠 원자력발전소를 공격하려던 테러범들은 공식적으로는 호주치안정보국(ASIO)에 의해 체포된 것으로 보도됐다. 그들은 목장에서 동물을 사냥하며 사격 훈련을 했고, 폭탄도 제조했다.

테러범들은 총 50리터의 염산, 200리터의 황산, 60리터의 히드로 과산화물을 구입했다. 그들은 이 엄청난 양의 재료를 이용해 7.7 런던 테러 당시 이용됐던 TATP라는 폭발물을 제조하는 중이었다.

그들의 무장 수준 또한 경악할 수준이었다. 수류탄이나 유탄발사기는 애교였다. RPG와 코넷 대전차 미사일까지 발견됐다.

이들을 심문한 결과 멜버른에서 테러범 열 명이 추가로 체포되었다. 무장 수준과 인원, 폭탄의 양은 역대 최대 규모였다. 이들을 그대로 방치했다면 원전에서의 방사능 누출이라는 최악의 테러가 발생했을 것이다.

호주 당국은 비밀리에 펜타곤에 감사를 표시했다. 반면 CIA는 찬밥신세를 면치 못했다. 이제 국내뿐만 아니라 해외에서도 펜타곤의 위상에 눌리고 말았다.

톰과 마틴은 화가 났지만 이런 일이 처음은 아니었다. 그들은 한 잔의 술로 울분을 달랠 줄 아는 남자들이었다. 그러지 않았으면 진작 이 직업을 때려치웠을 것이다.

어쨌든 써드 웨이브가 계획한 두 건의 테러를 모두 저지했다. 한 건은 이쪽의 눈을 돌리기 위한 위장이긴 했지만.

테러를 막았다고 끝이 아니다. 이제 시작이다. 써드 웨이브의 실체를 밝히는 지루하고 어려운 항해의 닻이 올랐다. 둘은 써드 웨이브에 접근하기 위해 모든 역량을 쏟아부었다. 그런데 엉뚱한 곳에서 귀가 솔깃할 만한 정보가 흘러나왔다.

"이 자료의 신빙성이 어느 정도 된다고 생각하십니까?"

톰은 탁자 위에 놓인 서류를 가리키며 말했다. 그는 내용을 암기

할 정도로 수십 번 정독했다.

"전에도 말했지만 반반이야."

마틴은 맥주를 한 모금 마셨다.

"가끔 정말 유용한 정보를 물어다 주는 친구야. 물론 쓰레기 정보까지 몽땅 물어오긴 하지만 말이야."

"분명 확인해 볼 필요는 있다는 말이군요."

톰은 냉장고에서 맥주를 꺼내며 말했다.

"빈 라덴을 잡을지도 모르는데 당연히 그렇게 해야지."

정보는 빈 라덴의 측근에 관한 것이었다. 사실 측근이라고 하긴 그렇고, 빈 라덴의 요리사가 휴가를 얻어 비밀리에 고향 집을 방문한다는 첩보였다.

그는 레바논 출신으로 빈 라덴과 함께한 지는 10년 징도 됐다. 그가 고향에 돌아오는 건 빈 라덴을 만난 이후로 처음이라고 한다. 그의 어머니가 위독하시기 때문에 비밀리에 방문할 예정이었다.

이 정보가 사실이라면 빈 라덴을 잡을 수 있을지도 모른다.

"같이 안 가실 겁니까? 정말 대어를 낚을 수 있을지도 모르는 일인데."

톰은 마틴에게 방금 냉장고에서 꺼낸 맥주를 건넸다.

"어려운 일도 아닌데 군이 내가 그곳까지 갈 필요가 있을까? 테러범도 아니고 요리사 한 명 납치하는 건데."

"그렇긴 하죠."

"위장은 어떻게 할 거야?"

"네덜란드 방송사가 레바논 현지 촬영을 하는 것으로 위장하려고요. 주로 요리사의 집 주변에서 촬영할 겁니다. 좀 전에 레바논 당국에 촬영 허가를 신청해 놨습니다."

"몇 명이나 가기로 했어?"

"저까지 합쳐서 총 일곱 명이 가기로 했습니다."

"너무 많이 가는 거 아냐? 테러범도 아니고 늙은 요리사 한 명 납치하는 건데."

"빈 라덴과 관계된 일이다 보니 상부에서 지대한 관심을 보이고 있습니다. 오히려 일곱 명은 너무 적은 거 아닌가 하고 걱정하던데요."

"평소에 그렇게 팍팍 좀 지원해 주지."

"이번에는 어디를 가시려고 합니까?"

마틴은 휴가를 신청해 놓았다.

"악슘을 한번 둘러보고 오려고."

"아벨을 만나시려고요?"

톰은 마틴이 오마르의 시체를 가족의 품에 돌려보내기 위해 그곳을 방문한다는 사실을 알고 있었다. 그렇지만 짐짓 모른 척했다. 아마 무덤까지 가지고 갈 것이다.

"뭐 그 친구 만나서 술도 한잔하고, 사냥도 하고, 유적지도 좀 둘러보려고."

"좋은 소식 가지고 오겠습니다. 즐거운 여행 되세요."

"수고하게."

BLACK
에필로그

기환은 오늘도 야누스를 찾았다. 화요일만 빼면 매일 줄석부에 도장을 찍었다. 화요일 날 빠진 건 인천에서 술을 마셨기 때문이다.

　금요일 저녁답게 가게는 시끌벅적했다. 기환은 어제 키핑해 둔 잭 다니엘을 마셨다. 손님이 너무 많아서 단골 바텐더는 그의 말상대가 되어주지 못했다. 기환은 담배를 술친구 삼아 잔을 비웠다.

　"혼자 오셨나요?"

　머리가 약간 벗겨진 중년의 남자가 옆자리에 앉으며 말했다.

　"네."

　"합석해도 괜찮을까요? 혼자 마시기 적적해서 그러는데."

　"뭐, 그러죠. 저도 심심하던 참인데. 우선 통성명이나 하죠. 전 김기환이라고 합니다."

　기환은 악수를 청하며 말했다.

　"김병주라고 합니다. 그러고 보니 같은 김 씨네요. 본관이 어딥니까?"

뻔한 수작을 거는군. 틀림없이 같은 본관이겠지. 기환은 본관을 불러줬다. 예상대로 상대는 그와 같은 본관이었다. 항렬은 김병주가 기환보다 약간 높았다. 이것 역시 예상했던 바다.

"야! 이런 데서 우리 본관 사람을 다 만나네. 자, 한잔 쭉 들이켜세."

김병주는 넉넉한 덩치만큼 술을 잘 마셨다. 그들은 양주 두 병을 비운 후 야누스를 나왔다. 김병주는 단골집이라며 근처에 있는 노래방으로 기환을 안내했다. 거기서 양주 두 병과 맥주 스무 병을 박살 냈다.

그래도 술이 모자랐다. 둘은 기환의 단골 포장마차를 찾았다. 소주를 네 병째 시켰을 때, 김병주는 화장실에 간다며 잠시 자리를 비웠다.

기환은 술잔 속에 담긴 지난 1년을 뒤돌아보았다. 긴 휴가를 마치고 국정원에 복귀하자 상부에서는 그를 승진시켜 줬다. 그렇지만 누가 봐도 문책성이 강했다. 그는 내근 업무만 맡게 되었다. 망가진 몸으로 더 이상 현장에서 뛸 수 없다는 게 이유였다. 성불구가 된 걸 제외하면 외상은 깨끗이 치료됐는데도 말이다.

그의 새 업무는 이전과는 비교할 수 없을 정도로 중요했다. 그는 국정원장에게 전달되는 일급 정보를 모두 볼 수 있는 직책을 맡았다.

진급까지 하고 월급도 올랐지만 그가 삶의 의미를 찾을 수 있는 건 술뿐이었다. 거의 매일 술을 마셨다. 도박판도 기웃거렸다. 마약을 하고 싶었지만 그럴 순 없었다. 마약을 복용한 이력 때문에 6개월에 한 번씩 마약 검사를 받아야만 했기 때문이다.

그간 술집과 도박판을 부지런히 들락거렸고, 그 횟수에 비례해서 빚은 늘어만 갔다. 이런 완벽한 조건을 갖춘 자를 건드리지 않는다면 그건 스파이가 아니다.

김병주는 자신을 중국에 공장을 둔 사업가라고 밝혔지만 기환은 이미 진실을 알고 있다. 그는 중국에서 북한공작원에게 포섭된 간첩이다. 그의 사업이 위기에 처했을 때 북한공작원이 도움을 주며 관계를 맺었다. 이후 공작원은 김병주와 여러 불법적인 사업을 벌였다. 어느 정도 시간이 지나자 공작원은 이를 토대로 김병주를 협박했고, 어렵잖게 그를 포섭했다.

김병주는 자신이 기환을 이용한다고 생각하겠지만 천만의 말씀. 그를 이용하는 건 기환이다. 기환은 지금 적대국에 기만정보를 넘겨주기 위한 위장 직업의 결실을 맺는 중이다. 그들이 질문하는 사항을 통해 뭘 얼마만큼 알고 있는지, 뭘 가장 알고 싶어 하는지도 자연스럽게 파악할 수 있다.

이 모든 건 처음부터 계획됐던 건 아니다. 우연이 겹치자 김 과장이 생각해 낸 것이다. 과거 그가 작전에 실패하고 침울해할 때 그에게 접근한 간첩이 있었다. 김 과장은 그걸 응용했던 것이다.

한 가지 의문스럽고, 지금도 참기 힘든 건 수진에 관한 것이다. 기환은 수진도 이 작전에 포함되어 있었던 것인지 질문했다. 김 과장은 끝내 답변을 회피했다. 그렇다고 수진을 찾아갈 마음은 없었다. 병신이 된 몸으로 사랑했던 여자 앞에 나타나긴 죽기보다 싫었다.

화장실에 갔던 김병주가 손을 흔들며 걸어왔다.

난 왜 이 일을 하는 걸까? 기환은 상대를 향해 미소를 던지며 생각했다. 그 흔한 애국심? 투철한 책임감? 섹스를 통해 얻지 못하는 쾌락을 대신할 기막힌 스릴? 여전히 답을 찾을 수가 없었다.

기환은 상대와 잔을 부딪쳤다. 한 가지 확실한 건 그가 이 게임에 아주 심하게 중독되어 있다는 점이다. 그는 비열할수록 더 쾌감을 느끼게 하는 게임에 흠뻑 빠져 환하게 웃었다.

「블랙」END.